国家社科基金
后期资助项目

清代韩愈诗文文献研究

Research on the Literature of Han Yu's Poetry and Prose in Qing Dynasty

丁俊丽 著

人民文学出版社

图书在版编目(CIP)数据

清代韩愈诗文文献研究／丁俊丽著．—北京：人民文学出版社，2020
国家社科基金后期资助项目
ISBN 978-7-02-015877-5

Ⅰ.①清… Ⅱ.①丁… Ⅲ.①韩愈（768—824）—诗词研究 ②韩愈（768—824）—古典散文—古典文学研究 Ⅳ.①I206.2

中国版本图书馆 CIP 数据核字（2019）第 275703 号

责任编辑　葛云波
责任印制　任　祎

出版发行　人民文学出版社
社　　址　北京市朝内大街 166 号
邮政编码　100705
网　　址　http://www.rw-cn.com

印　　刷　三河市中晟雅豪印务有限公司
经　　销　全国新华书店等

字　　数　450 千字
开　　本　710 毫米×1000 毫米　1/16
印　　张　23.75　插页 2
版　　次　2020 年 9 月北京第 1 版
印　　次　2020 年 9 月第 1 次印刷

书　　号　978-7-02-015877-5
定　　价　120.00 元

如有印装质量问题，请与本社图书销售中心调换。电话：010-65233595

国家社科基金后期资助项目
出版说明

　　后期资助项目是国家社科基金设立的一类重要项目,旨在鼓励广大社科研究者潜心治学,支持基础研究多出优秀成果。它是经过严格评审,从接近完成的科研成果中遴选立项的。为扩大后期资助项目的影响,更好地推动学术发展,促进成果转化,全国哲学社会科学规划办公室按照"统一设计、统一标识、统一版式、形成系列"的总体要求,组织出版国家社科基金后期资助项目成果。

全国哲学社会科学规划办公室

目 录

序 ………………………………………………………………… 1

绪论 ……………………………………………………………… 1
上篇　总论 ……………………………………………………… 1
第一章　清代韩愈诗文文献发展史概述 ……………………… 1
　第一节　清前期韩愈诗文文献发展概述（顺治—雍正朝）… 1
　第二节　清中期韩愈诗文文献发展概述（乾隆—嘉庆朝）… 16
　第三节　清后期韩愈诗文文献发展概述（道光—宣统朝）… 32
第二章　清代学术文化与韩愈诗文整理 ……………………… 41
　第一节　清代学术思想之流变与韩集整理 ………………… 41
　第二节　清代科举制度影响下的韩集整理 ………………… 60
　第三节　清代刻书、藏书业对韩集文献之贡献 …………… 71
第三章　清代文学风尚与韩愈诗文整理 ……………………… 83
　第一节　清初古文中兴与韩文评点之兴盛 ………………… 83
　第二节　清代文学评点之兴盛对韩集整理的影响 ………… 93
　第三节　清代岭南地区宗韩风潮下的韩集整理 …………… 107
　第四节　桐城派对韩愈研究的贡献 ………………………… 118
　第五节　晚清宋诗运动下的韩集整理 ……………………… 129
第四章　清代韩集文献的特点及其在韩集文献发展史上的地位 …… 141
　第一节　清代韩愈诗文文献的特点 ………………………… 141
　第二节　清代韩愈诗文文献在韩集文献发展史上的
　　　　　地位及对今后韩愈研究的启迪 …………………… 149

1

下篇　分论

第一章　林云铭《韩文起》研究 ……………………………… 161
- 第一节　林云铭及《韩文起》的成书 ………………………… 162
- 第二节　《韩文起》的评点特色 ……………………………… 172
- 第三节　《韩文起》的价值与时代局限性 …………………… 186

第二章　方世举《韩昌黎诗集编年笺注》研究 ………………… 198
- 第一节　方世举交游考及其诗学思想 ………………………… 198
- 第二节　《韩昌黎诗集编年笺注》的阐释方法 ……………… 208
- 第三节　方世举的韩诗批评观 ………………………………… 216
- 第四节　《韩昌黎诗集编年笺注》的价值及不足 …………… 230

第三章　李宪乔批方世举《韩昌黎诗集编年笺注》研究 ……… 241
- 第一节　李宪乔交游考及其批点韩诗的背景 ………………… 241
- 第二节　李宪乔批韩诗的特点 ………………………………… 252
- 第三节　李宪乔批韩诗的价值 ………………………………… 261

第四章　高澍然《韩文故》研究 ………………………………… 265
- 第一节　高澍然生平交游及其文学思想 ……………………… 265
- 第二节　《韩文故》的创作背景、体例内容及阐释特点 …… 275
- 第三节　《韩文故》的评点特色 ……………………………… 279
- 第四节　《韩文故》的价值及局限性 ………………………… 288

第五章　马其昶的韩文批注研究 ………………………………… 292
- 第一节　马其昶生平及其批注韩集概述 ……………………… 292
- 第二节　马其昶批韩集的体例及批韩文的内容 ……………… 295
- 第三节　马其昶与桐城派的韩文批评观 ……………………… 302
- 第四节　马其昶批注韩文的价值及存在的问题 ……………… 315

第六章　林纾的韩文评析研究 …………………………………… 322
- 第一节　林纾的古文理论及其韩愈研究著述 ………………… 322
- 第二节　分析韩文文体特点 …………………………………… 326
- 第三节　评析韩文创作技巧及审美特征 ……………………… 332
- 第四节　林纾韩文评析的价值及历史局限性 ………………… 340

结　语 ……………………………………………………………… 345

主要参考文献 ……………………………………………………… 352

后　记 ……………………………………………………………… 359

序

俊丽生于中原,长于中原,负笈西北随我读书七载,我对她个性与行事作风的了解远超其他学生。在我的眼里,她是一个独立自强、性格坚毅并在学术上有着执着追求的女性,秀外慧中,做事心无旁骛,又肯下功夫。从攻读硕士开始到博士毕业的七年时间,她凭着坚韧的毅力与刻苦的劲头,不仅完成了硕博士阶段的全部学业,打下了较扎实的文献学与古代文学的基础,撰写了高质量的学位论文,顺利毕业,获得学位,而且还生下一个可爱的女儿。当然在这当中,除了她自己的努力之外,她的丈夫小崔也在生活和精神上给予了很大的支持与帮助。俊丽在参加工作之后仍然孜孜矻矻,专心于学术研究,每年的寒暑假几乎都是奔波于各地图书馆之间,即使是参加学术会议,也是要利用前后短短几天时间去当地图书馆查阅资料,这些都是我亲眼目睹的事实,绝非夸大之词。几年前,在她硕士与博士论文基础上完成的书稿《清代韩愈诗文文献研究》获批国家社科基金后期资助项目。这些成绩的取得,都与她的勤奋、努力是分不开的。受我学术思路与方法的影响,俊丽的硕博士论文选题都与韩愈文献与文学研究有关,经过几年的修改完善,现在她的这部《清代韩愈诗文文献研究》终于要出版面世了,欣喜之余,她希望我为其著作写序。忝为她的老师,当然为她取得的成绩而感到欣慰,也更应该为她写点什么,因此,借此书出版之际谈几点我的感受。

韩愈是"文起八代之衰,道济天下之溺"的一代文章领袖,他所领导的唐代"古文运动",变骈为散,"开创了中国古代散文的一个新时代","到唐代'古文',中国古典散文的面貌才定型了。它奠定了此后散文发展的方向和规模"(孙昌武《唐代古文运动通论》)。韩愈的诗歌创作,"为唐诗之一大变。其力大,其思雄,崛起特为鼻祖,宋之苏、梅、欧、苏、王、黄,皆愈为之发其端,可谓极盛"(叶燮《原诗·内篇》)。同时,韩愈又是唐宋文化转型中的重要人物,陈寅恪先生即说:"退之者,唐代文化学术史上承先启后转旧为新关捩点之人物也。"(《论韩愈》)韩愈尊《孟子》，推《大学》，倡道统，在古代思想史与哲学史上，"实可谓为宋明新儒家之先河"(冯友兰《韩愈李翱在中国哲学史中的地位》)。因此，韩愈在中国古代文学史、思想史、文化史上具有极其重要的地位。宋人十分推崇韩愈，校勘注释韩集蔚然成风，竟出现了所谓"五百家注韩"的盛况，其中朱熹《昌黎先生集考异》、方崧卿《韩集举正》、魏仲举《五百家注音辩昌黎先生文集》等具有代表性。清代以降，传统学术进入总结时期，由于桐城派的推波助澜，韩愈地位不断提升，学韩研韩的文人逐渐增多，使得这一时期的韩集文献不仅数量丰富，而且质量之高、特色之鲜明，也超出前代，形成了韩愈研究的第二次高潮。钱仲联先生甚至认为："清代学者，出其治学绪余，旁治韩集，成绩远出宋、明人之上。"(钱仲联《韩昌黎诗系年集释》)这一时期比较有代表性的韩集文献如林云铭《韩文起》、方世举《韩昌黎诗集编年笺注》、顾嗣立《昌黎先生诗集注》、高澍然《韩文故》、马其昶《韩昌黎文集校注》等，都是值得我们关注并整理研究的重要韩愈文献。陈寅恪先生在《论韩愈》一文中对韩愈的功绩与地位概括为：建立道统，证明传授之渊源；直指人伦，扫除章句之繁琐；排斥佛老，匡救政俗之弊害；呵诋释迦，申明夷夏之大防；改进文体，广收宣传之效用；奖掖后进，期望学说之流传。能得出以上精彩论点，我想陈寅恪不仅仅是依靠韩愈的诗文作品本身，而大多是在总结宋代以后尤其是清代学者的韩愈阐释成果基础上所建立的认识。只有对清代韩愈文献做出整体梳理与研究，才能进一步从理论上深入讨论清人对韩愈的全面接受乃至清代韩学的发展情况。

近年来随着传统学术的繁盛，韩集文献逐渐步入学者们的视野，产生了如张清华《韩学研究》、刘真伦《韩愈集宋元传本研究》(2004年)、杨国安《宋代韩学研究》(2006年)、谷曙光《韩愈诗歌宋元接受史研究》(2009年)、查金萍《宋代韩愈文学接受研究》(2010年)、全华凌《清代以前韩愈散文接受研究》(2011年)、姜云鹏《韩愈古文评点整理与研究》(2013年博士学位论文)、张弘韬《清代韩愈诗歌注本研究》(2014年博士学位论文)等成果，为我们整体把握韩集文献及其流传发展提供了重要文本依据，同时使宋代韩愈接受与韩集文献开掘探讨展现出了新的研究概貌。宋、清二代是产生韩愈文献的两个重要时期，相对于宋代韩集文献研究所取得的成果，学界对清代韩集文献的关注度明显不高，研究论著远不能与清代韩集文献的实际成就相匹配(按，清代重要韩集注评本即有六十余种)。俊丽知难而上，其《清代韩愈诗文文献研究》一书在对清代韩愈诗文文献进行全面、系统梳理的基础上,深入分析清代韩集文献的特点与价值,揭示清人整理研究韩集的成就,并就韩愈对清代文学创作的影响作用做出理论上的论述,进而总结清人研治韩集的经验与教训,为今人整理研究韩集提供文本借鉴与资料依据,以期推动目下韩愈研究的良性发展。她所做的工作主要有如下几个方面:

第一,对分散收藏于各地图书馆的清代韩愈诗文文献进行竭泽而渔式的搜集,并进行了历时性、类型性梳理,尤其是一些未获影印或整理且公私目录书未曾著录的韩集文献,诸如韩集注本、评点本等。她对文献的基础工作在书中以叙录的形式展现出来,也就是说作者分三个时期为近四十种清代韩集文献撰写了较为详细的提要。内容不仅包括对注评者的籍贯、家世、科举、仕历的考述,也包括对文献本身内容体例、刊刻流传、存佚庋藏、版本著录几方面的考录。

第二,对于清代韩集文献及其阶段性发展概貌,从时间与空间上做出鸟瞰式的展示与归纳,并运用历史文化的分析方法阐述清代韩集文献产生的原因以及文学风尚、学术文化背景,具体包括崇宋复古、理学传播、乾嘉朴学、桐城文风、科举制度、书院文化、文学评点、地域空间等诸多社会文化因素对于清代韩集文献的影响与催化作用。作者将清代分为三个时期,并分析各时期不同的文化特征与韩愈文献的关系。如清中期乾嘉考据学兴盛,韩集文本即以校勘、注释为主,产生了如《韩集点勘》《韩集笺正》等校勘专著以及方世举等人的注重词语、典故、职官、地理、史实笺注的韩集文本整理著作。

第三,选取具有代表性的韩集文献,如林云铭《韩文起》、方世举《韩昌黎诗集编年笺注》、李宪乔批《韩昌黎诗集编年笺注》、高澍然《韩文故》以及清末马其昶、林纾等人的韩文注评文本,分别进行个案式的深入探究,依据文本特色,各有侧重,考论结合,文史互证,以此探讨清人整理韩集的特点、方法与成就,并揭示清人整理诠释韩集的价值与影响。如,通过对晚清马其昶、林纾韩集注评本的深入解析,突显桐城派的整体韩愈接受乃至文学思想,以小见大,以点带面。

在此书的撰写过程中,作者最用力之处是对文献的搜集、梳理与考证。这一叙录工作读者或许轻易不能从中有所体会,其实背后付出的艰辛只有作者自知。从查阅各种官私目录书到坐在图书馆里专心抄写序跋、记录文献特征,甚至抄录整本文献,然后再对作者与文献的相关方面进行详细的考证、论述,需调动作者的目录、版本、历史、考据等诸多学科知识,工作环节既琐碎又繁杂，是一项十分费力费时的工作。只有对文献有了如此深刻全面的梳理体认，才能有后面的理论阐述。也就是说后一部分的提升研究，必须是建立在对文献文本做全面梳理基础上的理论探索。因此，作者在此书中所得出的结论也多能言之成理、持之有故。比如，作者分析清代韩集文献产生的原因与背景时认为：从时间发展来看，清代不同时期的韩集整理呈现出不同的特色：前期韩文评点文献较多，中期韩集注本繁兴，后期韩集批注本较多。从空间地域看，清代韩愈诗文文献主要集中于科举发达、刻书兴盛地区——福建、江浙、安徽、岭南、山东等地。科举制度促进了韩集整理的繁兴，又使韩集评点中渗入了八股文思维。从当时的文学思潮特点来看，清初古文复兴运动中，韩愈被看作通往先秦、两汉文之"舟楫"，引起了研治韩文的热潮，促进了清初韩文评点文献的兴盛；评点学的繁兴与新变又使韩集整理富有特点，精评与详解相结合，考据与评点相融合，故韩集创作技巧、意旨及风格特征得到深入解析；贯穿有清一代的桐城派推崇韩愈，研治韩集成果丰富，不乏新颖之见，对韩愈在清代地位的提升与巩固具有重要的影响作用；晚清宋诗运动的兴起再一次促进了韩集整理的热潮，宗宋派不同程度地学韩研韩，通过"扶韩归杜"，形成了"当代竞宗韩"的局面，促成了韩诗文献的撰著风气；岭南是韩愈一生三入之地，历来宗韩风气浓厚，有刊刻韩集的传统，清代也产生了十数种韩集文献，极具地域特色，这些文献的编刻流传，既推动了彼地的韩学流播，亦可窥见韩愈对岭南文学的深远影响。

又比如，在个案研究中，作者通过分析《韩文起》的编排体例与文本，认为评注者以道统思想为核心，结合其经世观念，又融入福建地域信仰文化，显示出韩文批评的独特性。作者对方世举《韩昌黎诗集编年笺注》作出深入探讨，凸显此书开创韩诗编年编排体例的价值，用诗史互证方法分析韩诗，又贯以注者的诗学观，注释极为精细，是一部集大成的韩诗注本，在清代韩集注本中质量最高。李宪乔曾批点过方世举《韩昌黎诗集编年笺注》，作者对此书也进行了系统探究，以为此批点本批评韩诗的方法较为独特，首次揭示韩愈《喜雪献裴尚书》《咏雪赠张籍》等涉雪诗开"白战体"之先河，是清代岭南地区宗韩之风影响下的一部韩集文献。对于另外一部文献《韩文故》，作者侧重于其文化背景的挖掘，认为在福建地区深厚的理学传统和浓厚的宗韩风气下，注评者高澍然深解韩愈绍继孟子及其"修辞明道"之志，评价韩文"广博易良"，是清中后期汉宋思想融合下清人研治韩文的代表性文献。另外，对于马其昶的韩文批注、林纾的韩文评析，作者也都一

序一

一进行了分析阐述,以此揭橥桐城派的尊韩方法及其文学价值与学术意义。

对古人诗文集注释与评点的整体探讨,我们现在一般将其纳入诠释学(阐释学)的研究范畴,诠释学的核心内容是对文本意义的理解与解释,而在文本的解释当中,方法就显得十分重要,也就是说方法是阐释学的关键环节。二十年前,我在拙著《〈钱注杜诗〉与诗史互证方法》中提出钱谦益诠释杜诗时运用了诗史互证方法,从而使这种方法确立下来,进而影响到清人诠释唐宋诗歌的方法以至造成诸多误解,这种方法也促成了现代文史研究方法的形成与发展。陈寅恪《元白诗笺证稿》《柳如是别传》等论著中贯彻的阐释方法,明显是继承了此种方法又有所开拓。当代许多文史学家的关注领域与方法也明显受到此种诗史互证法的启迪与影响。我以为在研究古代诗文作品的诠释文本时,方法论的探讨是不可回避的问题。俊丽受到了我的启发与熏陶,在其《清代韩愈诗文文献研究》一书中十分注重对清人注韩方法的总结。她提出清初实学与理学并兴,韩集诠释以选评韩文为主,注重揭示韩愈的道统思想,以教化民心,为维护社会稳定服务。清中期考据学兴盛,注家充分运用乾嘉考据学方法笺注韩集,包括异文校勘、词语笺注、作品编年等,方法合理,成绩斐然。晚清面对内忧外患的社会危机,汉宋之学的调和,理学与今文经学的相杂糅,韩集诠释体现出汉宋兼采的学术方法,既批点又考据,既注重挖掘韩愈的浩然之气和仁道思想,又有意为挽救民族危亡寻求精神支撑。注评者注重运用文史互证的方法从史实背景切入,考证探索韩愈诗文中的隐微。同时,对各种文献存在的不足之处,俊丽也多有总结。总之,在受大传统文化影响的同时,又受到地域文化的影响,使得清代韩集的诠释方法丰富多样、大放异彩。这些中肯的结论,都是在细读文本并深入解析文本之后的创获。

俊丽为完成这一部著作,花费了近十年的时间与心血,面对她发来的三十余万字的书稿,我想到刘禹锡的诗句"千淘万漉虽辛苦,吹尽狂沙始到金",辛苦与勤奋换来的终究是令人可喜的成果。虽然,书中一些问题仍有可深入挖掘的空间,一些观点也尚有可商榷之处,但我以为这部系统全面总结清朝一代韩集文献的《清代韩愈诗文文献研究》总体上是一部考论扎实并具有较高学术质量的著作。程千帆先生倡导文献学与文艺学相结合的古代文学研究理路,对于我们的文史研究具有重要指导意义,俊丽在这部书中,很好地体现了这一研究思路。我相信此书的出版必将对国内的韩愈研究有所推进。因此,我愿意将其推荐给广大读者与研究者。是为序。

郝润华
2019 年 4 月 3 日于西北大学

绪　论

韩愈是中国文学史乃至思想史上的大家,宋代以来,关于其诗文的编辑、整理与研究文献便踵武不绝,且形成了历史上的两次研韩高峰,一是宋代,一是清代。有宋一代,号称"五百家注韩",但真实存在的注本为数不多。清代韩愈诗文文献六七十种,且成就较高,对韩集的整理研究又是一大推进。刘真伦总结:"元、明时期是千年韩学研究的谷底,韩学晦而不彰,韩集流传也大多承袭朱熹本,没能突破方、朱的藩篱。清中叶以后,韩集整理开始呈现复苏的势头,《韩集点勘》《韩集笺正》《读韩记疑》《韩集补注》等校勘专著以及顾嗣立、方世举等人的韩集文本整理著作相继问世,为现代韩集文本研究开辟了先路。"[1]杨国安也说:"在一千二百多年的韩学史上,宋代和清代无疑是两个高峰。"[2]两位学者对韩集文献发展概况的总结可谓切中肯綮。

目前清代韩愈诗文文献已逐渐进入研究者的视野,但研究仍不够深入系统,还有许多值得挖掘的空间。本书即以清代韩愈诗文文献为研究对象,揭示韩愈在清代的接受状况及清人对韩愈研究的贡献。

一、选题意义

本书的选题意义在于:首先,清人研治韩集文献丰富,成就较高。历史上的两次研治韩集高潮,其中宋代韩集文献研究已较为深入全面,既有系统的研究专著,如刘真伦《韩愈集宋元传本研究》、杨国安《宋代韩学研究》,又有许多个案分析研究的单篇论文。清代韩愈诗文文献在前代研韩成果基础上进一步发展,有重大的突破,但目前被涉猎较少,部分文献还不为悉知,故韩愈对清代文学的影响亦未能被深入了解。清代重要的韩集批注

---

[1] 刘真伦、岳珍《韩愈文集汇校笺注》,中华书局2010年版,页5。
[2] 杨国安《宋代韩学研究》,中国社会科学出版社2006年版,页5。

本,其中部分在目录书中无著录。韩愈及其诗文在清代颇受推崇,清人研韩用力甚深。钱仲联对清代韩集文献给予极高评价:"清代学者,出其治学绪余,旁治韩集,成绩远出宋、明人之上。"①明清时期韩愈被尊为翰林院土地神,赵翼曰:"今翰林院及吏部所祀土地神,相传为唐之韩昌黎,不知其所始。"②尤其清中期以后,韩愈也被民间奉为土地神③,其在清代民间的影响力之大可略见一二。韩愈作为唐宋八大家之首,其文绍继《左传》《史记》,清初古文大家将韩文作为追溯先秦、两汉文之"舟楫",奠定韩文在清代三百年受推崇之局面。散文流派桐城派贯穿有清一代,并波及粤西、福建地区。此流派古文家心仪韩愈,对其心摹力追,研治韩文勤勤恳恳,产生许多韩文批点文献,在内部流传,形成一个韩文批点本内部交流网络,并辐射于外部,促进韩愈研究的发展。山左地区儒家思想深厚,也存在尊韩之风。清中期济宁许鸿磐盛赞韩愈,批点韩文,曰:"余少嗜昌黎文,肄举业时,尝讽诵不去口。既释褐未即得仕,益得肆力于古,取昌黎集置案头,每作文必心摹手追之,辄沾沾自喜,大言于众曰:'世无昌黎,不当在弟子之列。'人咸嗤其妄。久之,读书渐多,略窥古人之门户……忆初读昌黎集忽忽且五十年,怅岁月之已逝,白首之无成,又不禁潸然出涕以悲。虽然钻仰者数十年,不能为之而能知之,由法度以穷其变化,玩词意以测其根基,审离合以辨其得失,若历阶级而窥堂奥。知八家文皆足式,而昌黎之道独尊。"④韩诗在清代也得到了极高的评价,地位升高,清人常将其与杜诗相提并论。钱谦益首先力赞韩诗,《古诗赠新城王贻上》曰:"呜呼杜与韩,万古垂斗杓。《北征》《南山》诗,泰华争岩峣。"钱氏对韩愈的敬仰之情溢于言表。清徐芳曾将钱谦益比作韩愈,既是对钱谦益的赞誉,也是对韩愈的高度肯定。钱谦益《戏题徐仲光藏山稿后》曰:"仲光贻书属余评定其文,自比李翱、张籍,而以昌黎目吾。"⑤继钱谦益之后,叶燮给予韩诗更高评价,曰:"唐诗为八代以来一大变,韩愈为唐诗之一大变,其力大,其思雄,崛起特为鼻祖。宋之苏、梅、欧、苏、王、黄,皆愈为之发其端,可谓极盛。而俗儒且谓愈诗大变汉魏,大变盛唐,格格而不许,何异居蚯蚓之穴,习闻其长鸣,听洪钟之响

---

① 钱仲联《韩昌黎诗系年集释》,上海古籍出版社1998年版,页6。
② 赵翼《韩昌黎为土地神》,《陔余丛考》卷三十五,商务印书馆1957年版,页773。
③ 潘务正《明清翰林院祠祀韩愈考》,《中华文史论丛》2011年第2期。
④ 许鸿磐《唐宋八家文选序》,许鸿磐《六观楼文存》,《清代诗文集汇编》第452册,页186。
⑤ 钱谦益《钱牧斋全集》第六册,上海古籍出版社2003年版,页1605。

而怪之,窃窃然议之也。"①叶燮力肯韩愈开宋诗门户,推尊韩愈,将其与杜甫、苏轼并称:"杜甫之诗独冠今古。此外上下千余年,作者代有,惟韩愈、苏轼,其才力能与甫抗衡,鼎立为三。"②这一评论奠定了韩诗在清代的地位。叶燮对韩愈人品也极为称赏:"举韩愈之一篇一句,无处不可见其骨相崚嶒,俯视一切,进则不能容于朝,退又不肯独善于野,疾恶甚严,爱才若渴,此韩愈之面目也。"③江都(今扬州)诗人汪懋麟诗尊杜、韩,文法韩愈、王安石,称后世能继杜诗者唯韩愈一人:"甫之学鲜能传之者,传之者惟愈……学诗者必明乎愈,而后知乎甫;知乎甫,乃益知乎愈。而不知愈,窃谓知甫者,则亦不知者而已。"④汪氏之论既强调了韩愈承继杜甫,也指出了士人诗学路径,为清代宋诗派宗韩且以韩为中心打通魏晋至唐宋的诗学路径奠定基础。清中期代表官方意识的御选《唐宋诗醇》将韩诗提高到承继《雅》《颂》的位置,扩大了韩诗在清代的影响力,并相继产生了一批韩集选本。清代岭南地区诗人尊韩愈,嗜好韩诗,批点韩诗,也产生十数种韩集批注本。韩愈作为唐宋文化承起转折性关键人物,晚清宗宋诗派、同光体推崇韩愈,"扶韩归杜",把韩愈作为打通唐宋的关键人物,甚至看作打通魏晋至宋的核心人物,使古典诗学呈现出融通的局面⑤。实质上,清初部分韩诗批注者已将韩愈看作衔接魏晋至宋代的枢纽人物,只是没有形成气候。清代韩集文献是清人接受韩愈的一种重要方式,与清代的文化背景密切相关。韩集的编辑、整理也深深地打上了时代的烙印,随着清代学术思潮的变迁而呈现出不同的特征。清代学术文化各领域发展成熟,对韩集批、注、校更为详细,考证过程更加严谨。韩集评点本也多采用考、评结合的诠释方式,成果的可靠性更强。所以,深入系统地研究清代韩集文献尤为必要。

清代很多文人学者研读韩集数十年,对韩集的批注倾注了毕生精力,其中不乏真知灼见。注本方面:清代韩集注本约十多种,钟廷瑛《韩集注补》、黄钺《韩昌黎诗增注证讹》、沈钦韩《韩集补注》、沈端蒙《韩文公诗集》、张瑛《韩文补注》等文献还未被世人了解,部分文献目录书亦无著录。清代韩集注本具有较高的学术价值,如方世举《韩昌黎诗集编年笺注》是集

---

① 叶燮等《原诗 一瓢诗话 说诗晬语》,人民文学出版社1979年版,页8。
② 叶燮等《原诗 一瓢诗话 说诗晬语》,人民文学出版社1979年版,页51。
③ 叶燮等《原诗 一瓢诗话 说诗晬语》,人民文学出版社1979年版,页50。
④ 汪懋麟《百尺梧桐阁集》卷二,《清人别集丛刊》本,上海古籍出版社1980年影印。
⑤ 朱易安、程彦霞《晚清宗宋诗派对韩愈及其诗歌的新阐释》,《上海大学学报》2009年第4期。

大成的韩诗注本，运用乾嘉考据学的知识与方法，对韩诗阐释详赡，成就较高。晚清俞樾，博通古籍，在其《读昌黎先生集》中，综合运用各种校勘方法校订韩愈诗文中异文，考证词语，解决了一些宋代以来韩愈研究中的争议问题。清末桐城派代表马其昶《韩昌黎文集校注》中收录了明清各家评论，尤其体现桐城派的韩文观。在文字训诂、名物制度、史实疏证等方面对旧注作了许多纠谬和补充，对异文也作了细心的校勘。其中还保留了未刊的传抄本和手稿，如沈钦韩《韩集补注》，有些内容传世本中没有，因而具有珍贵的资料价值。所以对清代这些韩集注本进行全面透彻地研究实属必要，既可总结出清代韩集注本的特点，揭示清人对韩集的贡献，又能反映清代注释学特色之一面。

评点本方面：清代韩集评点本数十种，分布在不同时期，是研究当时文学思想、评点学等发展面貌的重要文献。清代评点学的繁荣与发展，对韩集评点影响较大。汪森《韩柳诗合集》、林云铭《韩文起》、沈阎《唐韩文公文集》、杨大鹤《昌黎诗钞》、华达《韩文集成》、林明伦《韩子文钞》、梁运昌《韩诗细》、刘成忠《韩文百篇编年》等，有些文献目录书也未曾著录。清代韩集评点本作者身份各异，他们在编选、评点韩集时既受社会政治背景、学术思想、文学理论等因素影响，又受自身条件制约，编选目的、标准、方式互不相同，体现着清人从不同角度对韩愈的接受与批评。李光地《韩子粹言》主要从理学角度阐释韩文义理，教授子弟，扩大韩文的影响力，一定程度上体现清初理学对文学的影响。林云铭《韩文起》评析韩文侧重探究其特点成因，既评其然，又融合背景，挖掘其所以然，边探边析，结论水到渠成。《韩文起》是清代评点学新变的成果，同时又融入福建地域文化特色。清中期高密诗人李宪乔仕于粤西，远离诗坛中心"芳华典赡"诗风的影响，而受岭南宗韩风气感染，批点方世举《韩昌黎诗集编年笺注》，深析韩诗特点，较有特色。刘成忠选取韩愈各时期创作近百篇进行编年、评点，善用意象批评法分析韩文，并且汇聚多家韩文观点，同时也受到时文评点的影响，细解韩文章法结构。郑珍、曾国藩是晚清宋诗运动的重要人物，受晚清内忧外患下挽救民族危机而再次兴起的经世致用之学影响，批韩集时重新阐释韩诗"因诗见道"、"树骨之本"的内涵，可从中看出晚清宗宋派对韩诗价值的重新阐释。

评注本方面：清以前，训诂考证、评点多分开，因而宋代韩集编辑、整理文献中，批、注也多分离，或侧重注释，或侧重批点，没有既详注释又细批点的韩集文献。清代韩集编辑、整理受集大成时期学术特点的影响，出现了既注重校勘、考证史实、本事,又详细评点文章艺术特色的批注本,如吴辂《韩昌黎文启》、何焯批《韩昌黎集》、高澍然《韩文故》等。《韩昌黎文启》有眉批,文后有考、评,是较早融合考、评一体的韩集文献。何焯进一步发展了清人评点诗文的新风气,即将校、注、评三者融入一炉。他批点韩集,边批边校边注,遇文字难解处,边训诂边考索,疏通词义、字义,再评点艺术特色。高澍然《韩文故》,受汉宋融合学风影响,考证韩文甚为详细,并且在不易解的韩文后附有附考,详述本事或典章制度,有利于读者了解中唐历史事实,便于读者解读韩文,这是韩集文献中少有的体例。高澍然评韩文创作技巧、艺术特色时更加细致,既逐句逐字批点,又在文后有详细总评,评点内容带有福建地区浓厚的朱熹心性之学的色彩,体现儒学视域下的韩文批点特色。

其次,清代韩愈诗文文献对推进韩愈研究至关重要。韩愈是唐代古文运动的领导者,诗歌创作方面也独辟蹊径,在中国传统文化史上的地位举足轻重。陈寅恪《论韩愈》评价其是"结束南北朝相承之旧局面"、"开启赵宋以降之新局面"的"承先启后转旧为新关捩点之人物"。目前韩愈研究还有可待挖掘的空间,对历代韩集文献的深入研究是一个重要方面。韩愈和杜甫同为中国文学史上大家,关于二人集子的编辑、整理文献繁富。杜甫研究,文学、文献方面成果都很丰富,尤其是历代杜诗文献研究,宋、明、清三代杜诗文献都已有大量专著出版,单篇论文更是不胜枚举,杜甫在文学史上地位、价值被深入揭示。相对杜甫,韩愈研究无论思想、文学还是文献方面都远远不够。韩愈研究不足的现状已被学界关注。刘真伦说:"韩愈在近代思想文化系统中的枢纽地位尽管早已得到学界的承认,韩学自身的研究却相当薄弱……思想界的现状向我们提示:理论思想的贫乏,根子在文献研究的滞后。具体说来,长期以来对韩集的文本诠释单纯注重文学艺术层面而忽略思想文化层面的倾向,造成了理论研究的捉襟见肘。实际上,韩文蕴含的思想文化资源非常丰富,只是我们的文本诠释没有能够充分发掘而已。"[①]刘真伦指出韩愈研究在思想史方面存在的问题,归根于韩集本身的价值没被揭橥。无论深入开展韩愈研究的哪一方面,都须挖掘韩集本身的价值。然而韩集本身价值的揭示首先需要一个接近韩愈诗文原貌的集子,并扫除词语文意障碍,这是必备的基础。清人对韩集编辑、整理

[①] 刘真伦《韩愈古文义理笺疏示例》,《唐代文学研究》第 11 辑,广西师范大学出版社 2006 年版,页 559。

甚下功夫，在校勘、注释、评析方面都很有见地，故这些清代韩集文献恰好可为后世研治韩集提供借鉴。厘清古人研治韩集的全貌，可为韩愈研究指明正确的发展方向。

再次，清代韩愈诗文文献是研究清代文学史、文学批评史、诗学史的珍贵资料。历代韩集文献不仅对韩愈研究有重要意义，对研究当时社会学术思潮、文学思想等也有重要的资料价值。清代再次兴起研治韩集高潮是文学史上重要的文学现象，与清代文学风尚的变化、学术的变迁有着切密的联系。古籍的编选是选家意图的表现，"一部选本同时也是一部诗话著作、一本文学史、一部某类文体、某个（类）作家（作品）的注（笺、校、辑）释本，甚至是某个关于文学现象、文学流派的发展演变史、创作史或者批评史"①。清人对韩集的感受、理解与评论，体现清代不同文学流派、不同地区、不同文艺观、审美观的学者、文人的眼光，蕴含着清代文学风尚的发展趋势。如清初韩文评点文献的兴起既是清初古文中兴的产物，反过来又是古文复兴的催化剂，从韩文评点中可窥见清代散文发展史面貌之一斑。古籍的整理是整理者深入解读文本的关键，通过对古籍的校、注、笺、评，整理者可以更加深入地理解作者及其作品。而这种整理状况又反映着当时的文化特点，如校勘学、阐释学、舆地学、评点学等领域发展的面貌。清人整理韩愈诗文在思想内容和理论方面建树颇多，如评点学术性增强，桐城派的篇章脉络之学也不乏理论精品。透过这些选本，可看出作者的文学观念所受当时社会政治思想、文学风尚的影响。因而将清代韩集批评资料贯穿起来，解读隐藏于语言意象之后的不同文化信息、文学理论现象，不仅可发掘古人对韩愈研究的深度和广度，归纳出清代对韩愈文学、思想的接受与传承情况，为后世韩愈研究提供经验、教训，而且对研究清代文学史、文学批评史、诗学文论、美学也有很大启发。故全面系统地研究清代韩愈诗文文献也是揭示韩愈在中国文学史和文化史上的地位和价值的关键一环。

二、研究现状

历史上部分韩集文献自产生之时起便被学者关注。清代关于本朝部分韩集文献的研析，主要是书评跋之类的资料，分散于各种诗话、别集、总集中，其对韩集文献的价值与特点的评价分析较为精准，对后人研究韩愈具有启发作用。如章学诚《〈韩昌黎诗编年笺注〉书后》，首先总结此注本有

---

① 邹云湖《中国选本批评》，上海三联书店2002年版，页307。

开创韩诗编年编排体例价值①。梁廷枏《藤花亭散体文初集》卷三《〈读韩记疑〉跋》,梳理了《读韩记疑》所参考的文献,评价了此书考证方面的价值,对后世韩愈研究具有引导作用。

近代以来,关于清代韩集文献研究的成果逐渐增多,有考述版本源流、分析评注特色的硕博学位论文及单篇文章,而全面系统的研究专著还没出现。下面仅就笔者掌握的有关清代韩集文献研究的主要成果进行分类简述:

第一,关于清代韩集个案分析及整体评价的研究。清代韩集文献有代表性的批注本二十多种,目前还没有全面梳理,个案分析文章逐步增多。张清华《历代韩诗笺述》、《韩学研究》是较早研究韩集文献的成果,为韩愈研究指明了方向。易健贤《郑珍对韩愈研究的学术贡献》,就晚清宋诗运动重要人物郑珍批韩诗成果进行了阐述,总结了郑珍批韩诗的学术价值。邓云生《文笔昌黎百世诗——曾国藩论韩愈古文的美学特征》、代亮《曾国藩的韩愈情结》,以曾国藩批韩集文献为基础,分析论述其对韩愈及其诗文的推崇程度。以上三篇文章都是关于晚清宗宋派代表人物批韩集的研究,分析比较细致。代表性的个案研究有韦力《沈钦韩批校秀野草堂本〈昌黎先生诗集注〉》、丁娅兰《〈昌黎先生诗集注〉注释研究》、李文博《〈昌黎先生诗集注〉初探》、李福标《〈昌黎先生文集〉陈澧父子批点的学术价值》、邓小红《新发现朱彝尊点评韩愈全集研究》等,分别对沈钦韩批《昌黎先生诗集注》、黎简批顾嗣立《昌黎先生诗集注》、顾嗣立《昌黎先生诗集注》、朱彝尊批《韩昌黎先生集》进行了分析,分别揭示这些批注本的版本流传、阐释特点及价值。张彦琳《清代韩诗注本研究》主要比较方世举《韩昌黎诗集编年笺注》与顾嗣立《昌黎先生诗集注》注释异同。姜云鹏《韩愈古文评点整理与研究》②、张弘韬《清代的韩愈诗歌研究》③和陈慧《清末民初的韩愈古文批评研究》④是较为集中研究清代韩愈诗文文献的成果,各自研究的角度和侧重点不同,对清代韩愈诗文文献研究贡献较大。钟志伟《明清〈唐宋八大家〉选本研究》选取明清十一家的唐宋八大家文献作了整体研究,涉及八种清代选本,虽未突出韩愈接受状况,但对韩愈研究有重要参考价值。以上

---

① 章学诚《〈韩昌黎诗集编年笺注〉书后》,《章学诚遗书》卷十三,文物出版社1985年版,页114。
② 姜云鹏《韩愈古文评点整理与研究》,复旦大学2013年博士学位论文。
③ 张弘韬《清代的韩愈诗歌研究》,南开大学2014年博士学位论文。
④ 陈慧《清末民初的韩愈古文批评研究》,中山大学2012年博士学位论文。

这些成果对清代韩集文献进行了不同程度的研究，为本课题提供了宝贵的资料信息和研究思路。

第二，关于清代韩集版本流传和著录情况的研究。近人王欣夫《蛾术轩箧存善本书录》，涉及清代佚名手批顾嗣立《韩昌黎诗集注》、黎简手批《昌黎先生诗集注》、王元启《读韩记疑》①。万曼《唐集叙录·韩昌黎集》，主要考证韩集注本版本流传情况，对宋代韩集文献论述稍细，清代部分涉及陈景云《韩集点勘》、顾嗣立《昌黎先生诗集注》、方世举《韩昌黎诗集编年笺注》、方成珪《韩集笺正》、王元启《读韩记疑》、马其昶《韩昌黎文集校注》，都只作简单概述②。汕头大学中文系主编《韩愈研究资料汇编》收录隗芾《韩学书录》，著录部分历代韩集文献，注明收藏地，为本书提供了重要资料信息。卞孝萱《韩集书录十则》③、《整理韩文各树一帜：〈韩集书录〉十三则》④，对宋、明、清及近代学者研究整理韩愈诗文的二十三种著述逐一介绍选录标准、编辑体例、校梓经过以及对韩愈的简略评价，涉及清代张伯行《韩文公文》、李光地《韩子粹言》、卢轩《韩笔酌蠡》、沈闿《唐韩文公文集》、卢文成《韩文》、陈兆崙《韩文选》、刘成忠《韩文百篇编年》。郭隽杰《〈韩诗臆说〉的真正作者为李宪乔》，考证了《韩诗臆说》作者为清中期李宪乔，澄清作者问题，为进一步研究此文献奠定了基础。常思春《谈韩愈集传本及校理》，梳理了宋元以后主要韩集注本，侧重宋代，对清代韩集注本一笔带过，提及陈景云、顾嗣立、方世举、王元启、方成珪注本。周兴陆《黎简手批〈昌黎先生诗集注〉》，就清中期岭南诗坛大家黎简手批顾嗣立《昌黎先生诗集注》版本流传情况作了详细考述，并概述黎简批韩诗的价值。李福标《〈昌黎先生文集〉清同治广东述古堂刻陈澧父子批点本考述》《〈韩昌黎诗集编年笺注〉李宪乔批校在粤地的流传》，对晚清陈澧、陈宗颖父子批点广东述古堂刻《昌黎先生文集》、李宪乔批方世举《韩昌黎诗集编年笺注》做了梳理，详细考述其版本源流，是研究晚清岭南宗韩风气较有价值的资料。陈炜舜《林云铭及其文学》中对林云铭《韩文起》版本流传进行细致梳理。这些成果对进一步研究韩集文献奠定了基础，为深入全面地研究清代韩集文献提供了搜集资料的信息和分析评价的参考依据。

---

① 王欣夫《蛾术轩箧存善本书录》，上海古籍出版社2002年版，页224—228。
② 万曼《唐集叙录》，中华书局1980年版，页214—235。
③ 卞孝萱《韩集书录十则》，《许昌师专学报》1993年第3期。
④ 卞孝萱《整理韩文各树一帜：〈韩集书录〉十三则》，《唐代文学研究》第5辑，广西师范大学出版社1992年版，页719—732。

另外,还有一些相关成果:一是汇集研究资料。刘声木《苌楚斋随笔 续笔 三笔 四笔 五笔》,收录清代高澍然《韩文故》、沈闿《唐韩文公文》、林明伦《韩子文钞》中的序跋及当时人的一些简单评价[1]。吴文治《韩愈资料汇编》,是目前收录历代韩愈研究资料最为全面的著作,收录部分清代韩集文献成果。翁仲康《〈韩诗〉郑子尹批语并跋》[2]、《〈韩诗〉郑子尹批语并跋二》[3],对郑珍《巢经巢文集》中没有收录的韩诗批跋做了整理,为全面研究郑珍批韩诗成就提供了难得的材料。二是着重从文学方面评析韩愈诗文特点,但兼涉清代韩集文献的零散分析。主要有朱易安、程彦霞《晚清宗宋诗派对韩愈及其诗歌的新阐释》和李建昆《历代学者对韩愈诗之评价》、《韩诗探析》,都从文学角度探析韩诗艺术特点。在评论诗文时引用清代韩集文献中的成果,可为本书提供一些分析文献的思路。三是考述清人刻书、藏书情况,涉及到清代韩集文献的刊刻状况。江汇《顾嗣协、顾嗣立藏书刊书事迹考略》,考述了顾嗣立、顾嗣协兄弟刻书、藏书、批注文人诗文集情况,其中著录有顾嗣立补注并刻《昌黎先生诗集注》和批点《唐宋四家诗选》(又名《杜韩白苏四家诗选》)。前者是以《东雅堂韩昌黎集注》为底本整理刊刻,在文献、印刷方面具有重要的价值,后者目录书中无记载,具体情况不详。另如高海夫主编《唐宋大家文钞校注集评》等今人韩集整理文献,也吸取了不少清代韩集文献的成果。

由此可知当前清代韩集编辑、整理文献已步入研究者视野,出现了较多有价值的研究成果,但仍有许多韩集文献掩埋于历史中,没有被整理,不被熟知,以至于清人对韩愈研究的贡献未被全面揭示出来。因而对清代韩集编辑、整理文献爬罗剔梳、钩深索隐,进行全面系统的研究意义重大。基于此,本书以清代韩愈诗文文献为研究对象,以期对清代韩集文献进行一次较为全面深入的研究,挖掘其所蕴含的价值,以揭示韩愈在清代的影响及清人对韩愈研究的贡献。

---

[1] 刘声木《苌楚斋随笔 续笔 三笔 四笔 五笔》,中华书局1998年版,页963—966,1004—1007,1086—1088。
[2] 翁仲康《〈韩诗〉郑子尹批语并跋》,《贵州文史丛刊》1986年第2期。
[3] 翁仲康《〈韩诗〉郑子尹批语并跋二》,《贵州文史丛刊》1986年第4期。

上篇　总　论

历代文化典籍的整理与社会政治制度、学术思想、文化政策等外部因素有着密不可分的关系。韩集研究经历了元、明沉寂期之后,在清代又达到高峰。宋人研韩成果为清代韩集研究的进一步发展奠定了基础,而清代韩集研究之所以再次兴盛,与社会环境的推动作用以及文学内部发展规律的影响也密切相关。本篇主要概述清代韩集文献历史发展概貌以及清代学术文化、文学风尚等外部、内部因素对韩集编辑、整理带来的影响,探讨韩集研究在清代兴盛的原因以及韩愈在清代的接受状况,进而总结清代韩愈诗文文献特点及其在韩集文献发展史上的地位。

第一章　清代韩愈诗文文献发展史概述

本章主要厘清清代韩愈诗文文献的历史发展概况,并为部分重要韩集文献撰写叙录,概括其特点,以期对清代韩集文献有一个整体的了解。本章分为清前期、中期、后期三个时间段,考察每一个时期韩集文献状况,呈现有清一代韩集文献的发展脉络。

第一节　清前期韩愈诗文文献发展概述
（顺治—雍正朝）

一、韩愈诗文文献发展概况

明清易代之际,社会秩序受到重创,学术文化随之变化。清初学者将明亡归罪于明末空疏心性之学,主张恢复程、朱理学。对于统治者来说,此时文治亦更重于武功,于是提倡以儒家道德观来一统思想,维护统治。正如学者分析:"要稳固入主中原后的政权,必须在以'武功'起家平天下的同时,迅速辅以'文治',来收拾民心,钳制民心。特重'文治',强调道与'武功'并,对挥八旗铁骑入关的清皇室来讲,无疑是心智远高于他们的先祖的。强化以儒治儒,较之一般所谓的以汉治汉,显然更具有深远的战略眼光。"① 故在统治者与学人的双重努力下,程、朱理学成为清初官学。武道房说:"对于清初学人普遍主张向宋学复归,试图以程、朱理学取代王学以救治晚明以来恶化了的风俗人心,清廷顺势而为,也想借助程、朱来统一思想以巩固统治。"② 在理学思想的主导下,清初统治者、文人倡导一种醇雅文风,使文坛回归雅正。陈水云说:"'醇雅'的实质是适应封建统治者的要求,宣扬儒家诗教传统,强调言情不轻佻,出辞不陈俗,思想醇正,不怨不怒,中正平和。"③ 顺治帝时已对文风提出了"纯正典雅"④的要求。康熙帝论文亦明确提出:"文章归于醇雅,毋事浮华轨度。"⑤ 康熙帝《御选唐诗序》曰:"孔子曰:'温柔敦厚,诗教也。'是编所取,虽风格不一,而皆以温柔敦厚为宗,其忧思感愤、倩丽纤巧之作,虽工不录,使览者得宣志达情以范于和平,盖亦用古人以正声感人之义。"⑥ 此选本对韩诗极为推许。雍正帝则明确颁下谕旨曰:"所拔之文,务令雅正清真,理法兼备。"⑦ 清初统治者已对明代文学进行反思,强调文学重新回归儒家传统。

清初学者文人也提倡复兴儒家文教观,强调为文雅正醇厚。清初学者阎若璩对晚明以来的浮靡空疏学风和文风大加斥责:"明三百年文章学问不能远追汉唐及宋元者,其故盖有三焉:一坏于洪武十七年甲子定制以八股时文取士,其失也陋;再坏于李梦阳倡复古学,而不原本六艺,其失也俗;三坏于王守仁讲致良知之学,而至以读书为禁,其失也虚。"⑧ 阎若璩的观点在清初较有代表性。清初古文家们承续传统儒家文论思想,倡导醇厚雅洁

---

① 严迪昌《清诗史》,人民文学出版社2011年版,页16—17。
② 武道房《从宋学到汉学:清代康、雍、乾学术风气的潜移》,《学术月刊》2008年第10期。
③ 陈水云《评康熙时期的选词标准》,《武汉大学学报》1998年第1期。
④ 图海等《世祖章皇帝实录》,"顺治八年辛卯三月"条下,《清实录》第3册,中华书局1985年版,页438。
⑤ 朱轼等《圣祖仁皇帝实录》,"康熙四十一年五月"条下,《清实录》第6册,页116。
⑥ 《御选唐诗》卷首,影印文渊阁《四库全书》本。
⑦ 张廷玉等《世宗宪皇帝实录》,"雍正七年七月"条下,《清实录》第8册,页116。
⑧ 阎若璩《潜邱札记》卷二,《清代诗文集汇编》第141册,页50。

文风,面对晚明文学风尚对千百年来的道统、文统的冲击,重建以儒家经史学为灵魂的文统,端正学古方向,复兴儒家传统文学观。清初古文大家魏禧《答计甫草书》论及文之醇雅与豪肆,曰:"窃谓足下文多高论,读之爽心动魄,失在出手易而微多。韩子曰:'及其醇也,然后肆焉。'"①魏禧极力赞同韩愈观点,肯定了醇雅是文章的基础。代表官方意愿的《四库全书》编纂者"揭示正统古文在明末走到'极敝'的地步,清初方回归醇正,重新遵循衍至唐宋八大家的古代散文文统"②。清初上至统治者,下到文人学者倡导儒家正统思想,寻求文统与道统的合一,提倡醇厚文风,呼吁文学归于雅正,济世致用。韩愈秉承儒家道统、文统,关心民生,倡导为文根柢《六经》,先醇而后肆,并主张为文要将载道和事功相结合,要与反对佞佛崇老、抨击藩镇割据、加强中央集权等社会改革相结合,如《论佛骨表》《平淮西碑》等,用《六经》中的圣人之道为理论指导,力图解决社会现实问题,从而批评邪恶,扶持正义,对世俗的迷惑进行解释。韩愈提出"不平则鸣"之文论观念,弥补事功之外问题,将诗文创作投向更为广阔的社会生活领域,抒情言志。韩愈诗文创作及理论正契合清初社会现实,故继宋之后再一次受到统治者以及文人学者的高度重视。理学名臣蔡世远(1681—1734)因韩文载道,气盛言宜,教授乾隆皇帝学习古文以韩愈为宗。乾隆作《闻之蔡先生》诗:"常云三不朽,德功言并重。立言亦岂易,昌黎语堪诵。气乃欲其盛,理乃欲其洞。"对韩愈甚是推许,并于诗前自述曰:"所从之师虽多,而得力于读书之用,莫如闻之先生……皇考命入尚书房授读,余时学为古文,先生谓:当以昌黎先生为宗,且言惟理足可以载道,气盛可以达辞,至今作文资其益。"③清初文人学者承继韩愈古文理论,倡导"文以载道"、"推陈出新"之文论,提倡醇厚雅正之文风。评点家也通过评点韩文助推古文复兴,故而清初产生了一批韩文批点本。专批韩文的有吴铭《韩昌黎文启》、林云铭《韩文起》、李光地《韩子粹言》、沈闇《唐韩文公文》、卢轩《韩笔酌蠡》,合批本有孙琮《山晓阁选唐宋八大家文》、吕留良《晚村先生八家古文精选》、戴名世《唐宋八大家文选》、张伯行《唐宋八大家文钞》、焦袁熹《此木轩昌黎文选》、储欣《唐宋十大家全集录》《唐宋八大家类选》,皆选韩文较多,多数重在分析韩文蕴含的儒道思想。清初韩诗日益受推崇,也产生了一批韩诗选批本,

---

① 魏禧《魏叔子文集》,中华书局2003年版,页247。
② 张修龄《清初散文论稿》,复旦大学出版社2010年版,页135。
③ 乾隆《怀旧诗·闻之蔡先生》,《御制诗四集》卷五八,影印文渊阁《四库全书》本。

如汪森《韩柳诗合集》、汪懋麟《韩诗选》、严虞惇《批韩诗》、杨大鹤《昌黎诗钞》、余伯岩《韩愈诗》等。此期还出现了韩诗单行注本——顾嗣立《昌黎先生诗集注》，此本在宋人韩集注本基础上进行删补，是第一个韩诗单行注本，意义重大，影响深远。

二、部分重要韩愈诗文文献叙录

清初韩集文献十多种，以下对部分重要韩集文献撰写叙录，以便了解清初韩集整理研究的概况。

（一）林云铭《韩文起》

林云铭（1628—1697），字西仲，福建闽县人，清初古文家、时文家。林云铭一生著作丰富，有《庄子因》《古文析义》《韩文起》《吴山鷇音》《楚辞灯》等。林云铭从文章学角度解析《庄子》，在《庄子》研究中有重要的影响。《古文析义》在当时也流传广泛，甚至超过《古文观止》。

林云铭嗜好韩文，研治韩文数十年，选韩文一百五十九篇，详解韩文行文特点，成《韩文起》十二卷。此书成书过程极为艰难，最初完成的书稿毁于康熙年间闽南事变，之后作者凭记忆又重新评点，并几经修改，最终定稿。康熙三十二年（1693）由新安友人王殿扬帮助付梓。随后又有日本文政二年（1819）刻本，文政六年（1823）刊本，光绪二十四年（1898）翻刻本，1915年上海会文堂书局石印本，都依据康熙三十二年（1693）刻本为底本。《中国丛书综录》《续修四库全书总目》中著录，《续修四库全书总目提要》有《〈韩文起〉提要》，国家图书馆、浙江省图书馆、中山大学图书馆等地藏有上海会文堂书局石印本，复旦大学图书馆、清华大学图书馆藏有康熙三十二年（1693）晋安林氏挹奎楼刻本。

（二）汪森《韩柳诗合集》

汪森（1653—1726），又名文梓，字晋贤，号碧巢，安徽休宁人，其祖父时迁至浙江桐乡。汪森与其兄文桂、弟文柏是清代著名藏书家，皆善诗。汪森康熙间拔贡，历官广西临桂（今桂林）、永福、阳朔知县，桂林府通判，迁知河南郑州事，官终户部江西司郎中，其事迹载《清史列传》。汪森工于音韵学，精于文学，与黄宗羲、朱鹤龄、朱彝尊、潘耒交往密切，常切磋文艺，与朱彝尊合编选《词综》。"碧巢书屋"为其著述之处，"裘杼楼"为其藏书之地，汪森藏书为浙西之首。辑有《粤西诗载》二十四卷、《文载》七十五卷、《丛语》三十卷、《丛载》（称《粤西三载》）、《韩柳诗合集》（不分卷）、《虫天志》等，著有《小方壶存稿》十八卷、《小方壶文钞》六卷等。

第一章 清代韩愈诗文文献发展史概述

汪森高度评价韩诗,与叶燮观点相同,认为韩愈继李、杜之后另辟一境,开宋诗门户,并对后世论者多重韩文忽视韩诗加以批判。《韩昌黎诗集》后总评曰:

> 昔人所称文章,以有韵者为文,无韵者为笔。昌黎先生文起八代之衰,而其诗歌纵横排宕,力去陈言,意境为之一开,风格为之一变,李、杜以后,一人而已。自庐陵欧阳公得先生遗集,学为古文,而眉山、临川诸公一时并起,其声诗之盛,蔚然虽成大观,大抵仰范乎杜而取径先生者为多。乃近代之论者惑于以文为诗之说,辄以无韵之文而掩先生之诗,甚至于河汉其言而不敢望,是犹登培塿而忘泰岱之观,听幺弦而弃钧天之奏也。吾故表而出之,俾论文者知所择云。[①]

从中可见汪氏编选韩诗缘由,因不满论者质疑"以文为诗"的观点,以韩文掩盖韩诗之成就,故选韩诗评点,彰显韩诗特色。同时汪森也指出了宋代大家学杜必由韩入的诗学路径,体现了韩诗承上启下的重要地位。

汪森《韩柳诗合集》不分卷,无目录,清稿本,全四册,韩诗三册,收录全部韩诗,应是最早的韩诗批点单行本,书中有眉批、题下批、诗后评。清初重真诗,倡导儒家诗教传统。此批本是清初诗学语境下的韩诗批点成果,总体上侧重分析韩诗中的性情以及温柔敦厚的风格特点,也盛赞韩诗奇险雄鸷之貌,揭析韩诗易晓古质之风。汪氏或评韩诗创作技巧,如《陆浑山火和皇甫湜用其韵》"祝融告休酌卑尊"句,眉批曰:"此句祝融行火,鬼神恍惚,可畏可愕,全从虚处着笔,正是实写题面处,至其字句之奇崛,仿佛赋家精采。"突出了韩诗以文为诗的创作特点。或溯韩诗渊源,其中不乏独到见解,如《双鸟诗》题下评曰:"奇纵之文,意近《离骚》,文兼《庄子》,有此游戏笔墨。"评《元和圣德诗》曰:"一气旋转,历落参差,是太史公笔法。"或探析韩诗与李、杜相论,从中可见韩诗得李、杜之神,能自成一体。评《调张籍》曰:"公之并推李、杜,非因世人所称,实自有兼得处。他人学识才薄,因不能并历两公之藩,无怪乎偏好耳。"评《八月十五夜赠张功曹》曰:"起结清旷超脱,是太白风度,然亦从《楚骚》变来。"评《醉留东野》曰:"意感愤而气豪荡,其音吐亦在李、杜之间得之。"或评韩诗风格,如评《寄卢仝》曰:"起结极佳,以其无一字支蔓也。老极,洁极。"汪森工于用韵,也注意韩诗用韵之巧,如评《病中赠张十八》曰:"极言论文之

[①] 汪森《韩柳诗合集》,清稿本,藏复旦大学图书馆。注:本书所引汪森韩诗评语皆出此本。

妙,有纵有擒,可悟行文之法,亦大概如此,最为亲切可思也。用韵极险极辣,欧阳公谓韩诗得宽韵则傍借。"或分析一种诗体特点,如评《叉鱼招张功曹》曰:"公诸律诗,格律极细,诸长律每能赋物入微,乃知文章家用心如许纤悉也。"①汪森对韩诗之风格、创作技巧分析简练精准,是清代重要的韩诗批点文献。此书完成于康熙三十二年(1693)之前,有稿本,现藏复旦大学图书馆。

(三)汪文柏《杜韩诗句集韵》

汪文柏(1662—1722),字季青,号柯庭,清代诗人、画家、藏书家。藏书楼有"古香楼"、"摛藻堂"、"拥书楼"。康熙时,汪文柏任东城兵马司正指挥,后调北城,改任行人司行人。为官正直廉明,关心民生疾苦。汪文柏学问渊博,结交多文坛名宿。朱彝尊《汪司城诗序》曰:"柯庭年方少,结交皆老苍,扬扢风雅,气足夺人,嗣是海内称诗者相与订揽环结佩之好。"②汪文柏诗学前人能推陈出新,不落窠臼,朱彝尊评曰:"今之诗家不事博览,专以宋杨、陆为师,庸熟之语,令人作恶,柯庭则能去陈脱近,独出新裁,是足称也。"③著作有《柯亭余习》《古香楼吟稿》等。

汪文柏《杜韩诗句集韵》三卷,成书于康熙三十五年(1696),分为上、中、下三卷,卷上又分上、下两卷,卷中、卷下又各分上、中、下三小卷,总八卷,吴引孙《扬州吴氏测海楼藏书目录》著录此书云:"《杜韩集韵》八卷,练江汪文柏辑,康熙丙戌刊。"此书将杜、韩诗句按平水韵摘出,编于字下,诗句不标诗题。凡杜、韩所未押者,则存其韵于部尾。卷上为上平声韵;卷中为下平声韵;卷下之上为上声韵,中为去声韵,下为入声韵。汪氏认为杜、韩诗"格律天纵,不主故常,诸家卒莫出其范围",故取杜、韩二家诗句编入四声,"以为吟咏者取资"。如序曰:"吾辑杜、韩韵以为鹄,世有解人从此悟入,句法、章法渐可得矣。"④朱彝尊评曰:"又尝擷韩、杜韵语以为诗材,正正奇奇各得其所宜,其诗之日进于格也已。"⑤此书有康熙四十五年(1706)洞庭麟庆堂刻本,光绪八年(1882)姑苏来青阁刻本,前者藏黑龙江省图书馆,后者藏山西省图书馆、国家图书馆。《四库全书总目·类书类存目》著录,《四库全书存目丛书》据康熙本影印收录。

---

① 汪森《韩柳诗合集》,清稿本。
② 朱彝尊《曝书亭集》卷三九,《四部丛刊》本,页482。
③ 朱彝尊《曝书亭集》卷三九,《四部丛刊》本,页482。
④ 汪文柏《杜韩诗句集韵》卷首,《四库全书存目丛书》本。
⑤ 朱彝尊《曝书亭集》卷三九,《四部丛刊》本,页482。

（四）李光地《韩子粹言》

李光地（1642—1718），字晋卿，号厚庵，又号榕村，福建安溪人。康熙九年（1670）进士，官至直隶巡抚、吏部尚书、文渊阁大学士，清初著名理学家。著述丰富，有《离骚经注》一卷、《朱子语类四纂》五卷、《榕村讲授》三卷、《韩子粹言》一卷、《榕村全书》四十卷、《榕村别集》五卷、《榕村韵书》五卷、《榕村全集》、《礼记纂编》十卷等。

李光地既选评韩文又选评韩诗，选评韩文五十四首，编成《韩子粹言》一卷。李光地虽从理学角度选韩文，重道亦不轻文。所选韩文中，序十一，书十六，墓志铭类选《孔子庙碑》《南海神庙碑》及《柳子厚墓志铭》三篇，"五原"中选《原性》《原道》《原人》《原鬼》四篇，基本是韩愈明道之文，也代表了韩文的风格特点。李光地对韩愈及其诗文极为推许，在《韩子粹言序》中曰："韩子之文之学非汉以下，其周之衰讲切于孔氏之徒者乎？故言其继孟子者非独文家如欧、苏称之，虽二程亦云。……若文之一道，则其至者简质明锐，以视西汉能者，邈乎过之，八百年来声谷响幽，不可追矣。公言学圣人之道自孟子始，吾亦言学古之文自公始。虽然，公平生不以文人自域，而公之学由文入者也。故其所玩爱以嬉者并传于今不废。"[1]李光地认为韩愈以古文传圣人之道，其文简质明锐，似西汉风格，其后无人能追及，学古文应先从韩文学起。李光地此选本目的即是为了教授士子，《序》曰："今摘公文授子孙辈，则择其发于理济于事者，而文之简质明锐，亦似非他酬酢所及。欲令后生识文章之正的，且以发明公之雅志。"[2]他的选文标准和意图一目了然。此选本有眉批、旁批，有题解，文末有评。评点内容主要有阐释文意，探析章句技巧、风格，归纳段落大意。从评语来看，基本符合了他的选文标准，如《为裴相公让官表》文后评曰："韩公虽于俳句之文，而辞之质直，气之荡动若此，此所谓拨去其华存其根本者。"《改葬服议》文后评曰："叙述断制简洁明晓，韩公独步。"此本康熙五十二年（1713）教忠堂刊刻，道光二十六年（1846）二酉堂翻刻。除两种单刻本外，《韩子粹言》还收录在《榕村全集》中。《清史稿·艺文志》《中国丛书综录》《续修四库全书总目》有著录，《续修四库全书总目提要》中有《韩子粹言提要》。国家图书馆、中山大学图书馆等多地藏有《韩子粹言》单行本。

---

[1] 李光地《韩子粹言序》，《韩子粹言》卷首，清教忠堂刻本，本书所引皆出自此本。

[2] 李光地《韩子粹言序》，《韩子粹言》卷首。

(五)卢轩《韩笔酌蠡》

卢轩(生卒年不详),字六以,浙江海宁人,康熙年间进士,曾直武英殿。卢轩心仪韩文,研治韩文三十年,并折衷前人研究韩集成果,取醇去驳,成《韩笔酌蠡》三十卷,取杜牧之"杜诗韩笔"之语命名。此书首先为宋荦序、程崟序;次赵德《文录序》,李汉《昌黎先生集序》;次《韩笔叙说》,主要是宋人评论韩文的资料;次凡例、目录;后为正文。此书有夹注有总评,主要采用宋人成果。词语注释、异文校勘、音韵考释方面主要用方崧卿、樊汝霖、祝充、朱熹等家成果,以朱熹《韩文考异》为主,其中采用朱注不注名,其他家则冠以姓氏。韩文断句处用不同符号区别,凡用韵处、换韵处也用不同符号标明。卢轩详解韩文创作技巧,宋荦评曰:"六以为之摘其醇,芟其驳,而自为钩勒点次。凡章法、句法、字法及波澜意度之所以然者,莫不犁然有当,而一一如见作者之用心。"①卢轩生前将手稿交予程崟,其殁后,雍正八年(1730)程崟为之刊刻,乾隆十五年(1750)程崟又复刻,并增方苞评语于页眉上,现有清刻本藏国家图书馆、中山大学图书馆等处。《中国丛书综录》《续修四库全书总目》中著录,《续修四库全书总目提要》中有《韩笔酌蠡提要》。

(六)何焯批《韩昌黎集》

何焯(1661—1722),字润千,一字屺瞻,晚号茶仙,江苏长洲(今苏州)人。先世曾以"义门"旌,世称其"义门先生"。何焯与汉学发轫之初最重要的代表人物阎若璩为友,曾寓居阎家,切磋论学,后又相继拜徐乾学、翁叔元、李光地为师。何焯著述丰富,有《诗古文集》《语古斋识小录》《道古录》《义门读书记》《义门先生文集》《义门题跋》等。何焯通经史百家之学,长于考订,校《汉书》《后汉书》《三国志》等,流布较广。全祖望为其作墓志铭,曰:"长洲何公生于三吴声气之场,顾独笃志于学,其读书茧丝牛毛,旁推而交通之,必审必核,凡所持论,考之先正,无一语无根据。"②

《义门读书记》是何焯读经、史、集部著作后的读书校勘记,初刻于乾隆三十四年(1769),光绪六年(1880)又有苕溪吴氏重修本,其中有《昌黎集》五卷。此本收录韩集批语依据底本应是何焯批注东雅堂本《昌黎先生集》,但何焯原手批本在公私书目中无记载。何焯批韩诗成果后又被过录到膺

---

① 宋荦《韩笔酌蠡序》,卢轩《韩笔酌蠡》卷首,清刻本,藏国家图书馆。注:本书所引卢轩韩文批语皆出此本。
② 全祖望《翰林院编修赠学士长洲何公墓碑铭》,《全祖望集汇校集注》卷十七,上海古籍出版社2000年版,页311。

德堂重刊顾嗣立秀野草堂本《昌黎先生诗集注》中,此本现藏国家图书馆、中山大学图书馆等多地图书馆。而过录本中韩诗批语详于《义门读书记·昌黎集》中所收录的韩诗评语,可见何焯研治韩集应是未间断的。《义门读书记·昌黎集》校、注、评、考融为一体。评语既有章句技巧、风格、源流的分析,又有韩集意旨的阐释,而对韩集章句之义的发明宗于程、朱义理。何焯的韩愈研究体现了清初实学与理学并起下批注韩集的特点,在清代韩集文献中亦具代表性。

(七)顾嗣立《昌黎先生诗集注》

顾嗣立(1665—1722),字侠君,号闾丘,书室名秀野草堂,江苏长洲(今苏州)人。康熙五十一年(1712)进士,曾官庶吉士,以疾归。顾嗣立博学有才名,喜藏书,工于诗,著有《秀野集》《闾丘集》等。

《昌黎先生诗集注》十一卷,收诗四百一十三首,基本依据李汉《韩昌黎集》体例编排。顾嗣立曰:"陇西李汉编定公全集共四十卷,首列诗集十卷,得古诗二百一十一首,联句十一首,律诗一百六十首,今序次悉仍其旧,复采入外集诗五首,遗诗十六首,更于文集中。"①此本按体裁编排,列自序于书前,次各卷目录;次方崧卿、洪兴祖所作韩愈年谱;次《新唐书》《旧唐书》本传;次凡例;后部分是诗与注释。注释体例仍仿旧注,直接散入诗中各词语下。顾注本号称是对前代旧注的删补,但基本上承旧注,补注的多是韩诗中诗句出处及人物传,因而缺少新意。此本以词语注释为主,较少诗意笺释和艺术特色分析。在异文出校方面,顾嗣立所作较多,但有些诗只出校异文缺少考证。此书康熙三十八年(1699)顾嗣立秀野草堂初刻。顾嗣立是清初著名刻书、藏书家,因而此书刻印精美,属于韩集文献中上乘之本。《清史稿·艺文志》《中国丛书综录》《续修四库全书总目》中有著录。此本现藏多处,《中华再造善本》中有收录。其后出现多种以此本为底本的批点本,如黎简批《昌黎先生诗集注》。清道光十六年(1836)膺德堂重刊秀野草堂本,过录朱彝尊、何焯韩诗批语。

(八)沈闰《唐韩文公文》

沈闰(生卒年不详),字师闵,清初古文家,江苏吴江人。沈闰善古文,评析古文精深详赡。沈彤《赠沈师闵序》评其:"吾兄师闵读古书四十年,于左、屈、司马、杜、韩之所为用力尤多,沉潜反复,至于千周,神理文辞罔有乖隔,默而息焉则已。苟有所讲论,直如左、屈、司马、杜、韩之自讲且论也;于

---

① 顾嗣立《昌黎先生诗集注凡例》,《昌黎先生诗集注》,康熙三十八年秀野草堂刻本。

他书之有未尽善者而究切其利病,直如左、屈、司马、杜、韩之相与究而切之也,则其所获何如哉!"①

沈闰嗜好韩文,著《唐韩文公文》十二卷,选韩文七十二篇。此书扉页题《唐韩文公文》,版心刻《韩文论述》,故又名《韩文论述》。沈闰将前六十篇按年编排,后十二篇按李汉《韩昌黎集》编次,从中可以见出韩文发展变化轨迹,曰:"前六十篇不用类编而用年次,欲学者有以见公少时文未尝不烦、不疏、不浅,至三十后乃渐简渐密渐深。自少及老,凡五六变而得大成,则古人之文,其成亦由于工夫,可以学而至,而不懈于用力。后一十二篇照李氏本先后次之,以其年不可考故也。"②此书首先为沈彤序、徐大椿序,次自序、凡例,次为目录,然后为正文。正文题下标明作年,文中有夹批、旁批,每篇后有总评。此书重在详解韩文章法技巧,无词语注释,为初学者指导作文门径。沈闰序之曰:"而于规矩绳墨为独详,其接落斗榫之紧凑,属辞上下之钩连,举十一于千百,略示其端倪而已。"③钱泰吉《沈师闰〈韩文论述〉》评曰:"有志读韩文者,当访求师闰之书。"④可知此书见重于当时。此本初刻于雍正十二年(1723),徐大椿序作于乾隆四年(1739),现在流传版本多有徐氏序,应为乾隆四年(1739)后再次翻刻时增入。此书乾隆间刻本尚友斋藏板全本现存南京图书馆,国家图书馆藏有残本,存文三十七篇,北京大学图书馆、吉林大学图书馆、天津大学图书馆等亦藏有此本,吴文治《韩愈资料汇编》收录仅三十七篇。

(九)杨大鹤《昌黎诗钞》

杨大鹤(1646—1715),字九皋,号芝田,清初江苏常州武进人。康熙十八年(1679)进士,官至左春坊左谕德,有《剑南诗钞》《昌黎诗钞》等。

《昌黎诗钞》分上下两卷,选韩诗一百五十三首,按体裁编排,各体皆有。此本首先为杨大鹤自序,次目录,次正文。题下有题解,主要介绍写作背景;正文中有旁批旁注,主要注词意、音韵,考人物,也有阐释诗歌本事。部分诗后有简单评论,评创作技巧、风格,多引用李光地韩诗评语。书中还有少数眉批,或批创作技巧,或注音韵、训诂。总体来说,杨氏批注内容较少,其选诗意图与标准主要通过所选诗歌体现出来。此本选诗涵盖了韩愈生平各个阶段的作品,有似作者一生履历变化的晴雨表,韩愈不遇时期创

---

① 刘声木《苌楚斋随笔 续笔 三笔 四笔 五笔》,中华书局1998年版,页1005。
② 沈闰《唐韩文公文凡例》,《唐韩文公文》卷首,清刻本。
③ 沈闰《唐韩文公文凡例》,《唐韩文公文》卷首。
④ 钱泰吉《曝书杂记》卷二,《续修四库全书》第1519册,页35。

作所占比例较大。作者代表性作品基本都已选入，应该说此本是一个较为全面的能体现韩诗特点的选本。杨大鹤认为诗与文，虽然一有韵，一无韵，但殊途同归，性质相同，都以传圣人之道为旨归。杨大鹤序曰：

> 柳柳州之言曰：文之用二端，辞令褒贬，本乎著述；导扬讽谕，本乎比兴。二者旨乖，秉笔之士恒偏胜独得，而每难其兼。以余观之，诗与文岂二物哉？《三百篇》勿论矣。彖象爻辞，叶韵十八，非《易》之诗乎？"明良喜起"，五子咸怨，非《书》之诗乎？原田每每，《祈招》愔愔，非《春秋》之诗乎？郊庙歌辞，燕享赠答，非《礼》之诗乎？若《乐》与《诗》之原出于一者，又勿论矣。下迨《庄》《骚》、贾、马，太史所录，《甘泉》、《太玄》，同工异曲。韦孟谏书，源流《小雅》；孟坚叙传，纯用四言。诗与文，不为二物久矣。[1]

杨氏举例论证诗文功用一途自古有之，但到南北朝分道扬镳，诗绮靡言情，文独载道，至韩愈出又重新合一，曰："于是昌黎韩愈氏出，奋然特起为古文，而诗与文复合为一。"[2]言外之意是韩愈诗歌有传道之旨，韩愈不仅文起八代之衰，诗亦拯救前代萎靡之风。在杨氏看来，韩愈在中国文学史上振兴诗文之功大矣。

杨氏对韩愈及其诗持一种完全肯定态度，把韩愈看作传圣贤之道者，"一生以身任道，以诗文贯道"。杨氏品评韩愈操行极高，善于提携后进，培养了一批韩门弟子，使道统思想发扬光大，在序中曰："史称公操行坚正鲠亮，无所避忌。于进贤造士惄如饥渴，奖借济引成名者甚众。自李、杜二大家未尝造就一人，惟公悯恻当世，大拯颓风，教人自为。经公指授皆称韩门弟子，如孟郊、张籍、皇甫湜……数传之后，继诸子而起者犹号为韩门诗派。终盛唐三百年，诗道之盛未有盛于昌黎者也。"[3]杨大鹤对否定韩愈的观点极力反驳，竭力为其辩护。如后人批评韩诗以文为诗，失去诗歌真谛，杨氏则认为："近世之论直谓昌黎于诗本无所解云耳。'蚍蜉撼大树'、'鱼鳖警夜光'，多见其不自量已。通计公门人李汉所编诗三百八十篇，求其不合于《六经》圣人之道、四始六义之旨者，无一焉。"杨大鹤对韩愈的评价显然有拔高之嫌。有人讥讽韩愈晚年生活有失儒家伦常，对此杨氏也极力辩解，序曰：

---

[1] 杨大鹤《昌黎诗钞序》，《昌黎诗钞》卷首，清刻本。
[2] 杨大鹤《昌黎诗钞序》，《昌黎诗钞》卷首。
[3] 杨大鹤《昌黎诗钞序》，《昌黎诗钞》卷首。

论者又曰昌黎身任圣人之道，而以博塞贻讥，又颇蓄声伎，见于张文昌诗，有"坐出二侍女，合弹琵琶声"等语为证，得毋人与文二乎？是又不然。西汉张禹以经学为帝王师，弟子戴崇常责师宜置酒设乐与弟子相娱。禹将崇入后堂饮食，妇女相对，优人筦弦，铿锵极乐，昏夜乃罢……安知公意不比之《毛颖》《送穷》，以为文字之戏。公自有诗曰"妖姬坐左右，柔指发哀弹"……此二事何足为公辨？……读昌黎诗者，得吾说而存之，亦可无惑于近世之论也已。①

杨氏举汉代经学家张禹之例替韩愈辩解，承认其蓄妓，但并不影响传道者之身份，从另外一种角度也可以看出杨大鹤评价韩愈放置于历史背景下，更为人性化。但杨氏对自己韩诗选本的作用评估稍显自负之气。从《序》中足以看出他对韩愈甚为服膺。此本初刻于雍正年间，今藏国家图书馆、北京大学图书馆等地。另外，清初藏书家钱陆灿曾用朱笔批校《昌黎诗钞》，此批校本为近代藏书家罗振常所收藏，书前有罗氏墨笔跋曰："此《昌黎诗钞》为杨氏原刻，钱湘灵除评点外并校改其字画，知乃初刻成时杨氏托为校正者，用开化纸印，虽寻常刻亦有精彩，故书不可不取初印也。"②

（十）陈仪《兰雪斋韩欧文批评》

　　陈仪（1679—1742），字子翙，号一吾，书房名为"兰雪斋"，自称兰雪先生，河北文安人，清代学者、治水专家。康熙五十四年（1715）进士，授翰林院侍读，晚年热衷于治水事业。陈仪学识渊博，善诗古文辞，对佛经道教也深有研究。陈仪与方苞、何焯交往密切，方苞甚为欣赏其文。陈仪著述繁富，有《学庸口义》《读离骚》《毛诗臆评》《金刚经臆说》《楞严经臆说》《南华经解》《易经评选》《战国策评选》《直隶河渠志》《兰雪斋诗集》等。

　　《兰雪斋韩欧文批评》一卷，选韩文十篇，欧文四篇，有夹批、圈点、文后评。韩文选《画记》《新修滕王阁序》《送董邵南序》《送廖道士序》《送王秀才序》《送幽州李端公序》《送殷员外序》《送杨少尹序》《殿中少监马君墓志》《与汝州卢郎中论荐侯喜状》，主要分析韩文创作技巧。如评《画记》曰："分类叙法，然人中有马，有诸物；马中有人，有诸物；诸物中有人，有马。试合而谛观之，见人也马也诸物也，亲合错杂而妙书现于纸上，不然竟成账僧矣。文之妙法也。"③陈仪分析韩文技巧高妙，形神兼备。评《殿中少监马

---

① 杨大鹤《昌黎诗钞序》，《昌黎诗钞》卷首。
② 罗振常《善本书所见录》，上海古籍出版社2014年版，页138。
③ 陈仪《兰雪斋韩欧文批评》，清乾隆抄本。

君墓志》"此篇纯是空中设色"。韩文用笔神龙变化,含蓄而有韵味,此文巧于选取事件,将一生平淡之幕主刻画得栩栩如生。林纾也盛赞此文技巧曰:"殿中少监马君墓志,空衍无可著笔,而昌黎文字乃灿烂作珠光照人,真令人莫测。"[1]陈氏评《与汝州卢郎中论荐侯喜状》曰:"无一字为侯生求荐,无一字不为侯生求荐矣。"突出韩文用笔之精妙。此书有清乾隆抄本,现藏天津图书馆,《中国公共图书馆古籍文献珍藏本汇刊·丛部》据此本影印收录。

(十一)孙琮《山晓阁选唐大家韩昌黎文》

孙琮(生卒年不详),字执升,号寒巢,浙江嘉善人,清初藏书家、文学家,诸生。孙琮以隐士自居,居于"山晓阁"读书,工诗,善选评典籍,有《山晓阁文集》《山晓阁诗》《山晓阁选古文全集》《山晓阁选明文全集》《山晓阁选柳柳州全集》《山晓阁选唐大家韩昌黎文》《山晓阁词集》《山晓阁选唐宋八大家文》等。

《山晓阁选唐大家韩昌黎文》四卷,又收入《山晓阁选唐宋八大家文》《山晓阁选古文》中。孙氏主要评析韩文风格、章法技巧。既有详细分析,又有形象概括,利于士子作文。如评韩愈《杂说》其一曰:"此与《获麟解》同一机杼。如一段说云之弗灵,一段又说云之灵;一段说龙非藉云而灵,一段又说龙必乘云而灵。夭夭矫矫,笔笔变动,真如神龙变幻,东云没爪,西云露甲,莫测其首尾。"[2]将韩文创作技巧概括得形象可感。评《蓝田县丞厅壁记》曰:"一篇小文,妙在处处写得如画。前幅写县丞不敢可否事,惟吏是命,真画出一个小官奉职、狡吏怠玩光景,活活如生。后幅写斯立为丞,喟然兴叹,对树时吟,又画出一个高才屈抑、困顿无聊风景,活活如生。真是传神阿堵。"[3]其评语富有散文韵味,抓住了韩文特点,生动形象地描绘出韩文的创作技巧。又如评《毛颖传》曰:"借游戏小题,撰结一篇奇文。妙在写家世,便有兴衰之感;写遇合,便有出处之奇;写才学,便见学富五车;写性情,便见超俗不群;写宠幸,便见信任无两;写朋友,便见处处必信;写退休,便见衰老投闲;写子孙,便见族姓繁衍。色色写到,色色如生,色色点染,色色涉趣。所谓一茎草,化丈六金身,一盂水,结百尺蜃楼,有此异观。"[4]此文被文家称为千古奇文。孙琮评语如行云流水,总结

---

[1] 林纾《韩柳文研究法》,商务印书馆1932年版,页50。
[2] 孙琮《山晓阁选唐大家韩昌黎文》卷四,清刻本。
[3] 孙琮《山晓阁选唐大家韩昌黎文》卷四。
[4] 孙琮《山晓阁选唐大家韩昌黎文》卷四。

韩文行文之妙精准形象。此书有清康熙年间刻本,现藏国家图书馆、徐州市图书馆。

(十二)吕留良《晚村先生八家古文精选》

吕留良(1629—1683),字庄生,号晚村,浙江石门人。编选过时文,受士人欢迎。与钱谦益、黄宗羲、张履祥有交游,学宗程、朱,卒后,其"清风虽细难吹我,明月何尝不照人"诗句被传播,遭牵连被戮尸,著作亦被禁毁。著有《晚村先生文集》《东庄诗钞》《吕晚村先生四书讲义》等。

《晚村先生八家古文精选》八卷,成书于康熙四十三年(1704),选唐宋八家文一百八十五篇,韩文三十三篇。书中有自序、吕葆中序,次凡例、目录,次正文。吕留良提倡读古文不在数量之多,而在精熟,曰:"夫读书无他奇妙,只在一熟。所云熟者,非仅口耳成诵之谓,必且沉潜体味,反复涵演,使古人之文若自己出,虽至于梦呓颠倒中,朗朗在念,不复可忘,方谓之熟。如此之文,诚不在多,只数十百篇可以应用不穷。"①故其所选八家文数量较他家少。吕氏此书为士子作文而选,《凡例》曰:"是编本为初学学文者设,只发明行文之法,不得泛设议论,惟于作文之缘由及其人之本末行事略为附载,寓古文读书论世之意,盖取诸王闻修《续编》者为多。"②此书重在分析文章创作技巧,并附作者本事以助读者理解作者的创作,是谓知人论世之法。为了士子更好理解八家文,吕氏对文章作了段落层次标示。《凡例》曰:"大段落用'一',小段落用'∟'。古文惟段落最要,批古文惟段落最难。盖段落有极分明者,有最不易识者。其间多有过接钩带,显晦断续,反复错综之法,率由古人文心变化。故为此以泯其段落之痕,多方以误人。即如《原道》一篇,传诵千年,至今鲜人勘破,故段落分则读文之功过半矣。"③一篇中纲领或主要字眼也用符号标示。此本侧重于评析创作技巧,如评《杂说》其四曰:"一起一收,中分三段,逐段转接处,笔法变化入妙。"吕留良也善于文章段落衔接处的分析,以助于读者理解作品。此书有康熙吕氏家塾刻本,《四库禁毁书丛刊》据此影印收录。

(十三)张伯行《唐宋八大家文钞》

张伯行(1651—1725),字孝先,号恕斋,又号敬庵,河南仪丰人。康熙二十四年(1685)进士,累官至礼部尚书,一生政绩卓著,为官福建及江苏时

---

① 吕葆中《晚村先生八家古文精选序》,《晚村先生八家古文精选》卷首,《四库禁毁书丛刊》本。
② 吕留良《晚村先生八家古文精选凡例》,《晚村先生八家古文精选》卷首。
③ 吕留良《晚村先生八家古文精选凡例》,《晚村先生八家古文精选》卷首。

最为显著。张伯行学宗程、朱,倡办书院。其学识博通,一生著书丰富,有《正谊堂文集》《困学录》等,辑有《二程语录》《道统录》《道统源流》等。

《唐宋八大家文钞》十九卷,韩文三卷。首张伯行序、罗伦序,其次各家文引、作者本传,其次正文。张伯行从理学角度选文评文,宣扬程、朱理学,甚少关注文章创作技巧。韩文被认为最得圣人之道,入选六十篇,位居第二。评《五箴序》曰:"先儒谓昌黎因文以见道,观此序知其省身克己之勇如此,固非文人所能及也。学者亦可因是以自奋矣。"①张氏评析中流露出教化士人之意。此书完成于康熙年间,有同治五年(1866)福建正谊书院刊本,同治八年(1869)正谊书院续刊本,藏多地图书馆。

(十四)储欣《唐宋十大家全集录》

储欣(1631—1703),字同人,号在陆,江苏宜兴人。康熙二十九年(1690)举人,后试礼部不遇,遂绝意仕进,杜门著书以终。储欣博通经史,尤善古文辞,以制艺为业。《清史列传》评其"为文谨洁明畅,有唐宋家法,而于苏轼为近"。著有《在陆草堂集》六卷、《春秋指掌》三十卷、《唐宋十大家全集录》五十二卷、《唐宋八大家类选》十四卷等。

《唐宋十大家全集录》五十二卷,韩文八卷,按体分类,八家文之外,又增入李翱、孙樵两家文。储欣早年习韩文,成年后深入研析,序曰:"欣年十五先君子授以韩文,读之跃喜。二十以还刓厘训诂,商量句断,抉发奥赜,吟绎指归,然后喟然而叹,以为韩之文当富于海也。温故获新,老不忍释,于是以先生全集择善书者录在净纸,装成八本,锦囊贮之,不顷刻去离几席,又录诗二本别为一函。"②可见储欣尊崇韩愈,盛推韩文。此本有圈点,有批注,文后评语多析文章风格、意旨、创作技巧。受清初实学风气影响,附"备考"于文后,对文中人物、地名等进行注释。《凡例》曰:"备考,便后人也,然必艰深者始稍加注释,其易晓及彼此集中互见者概无注。"③通观储欣《唐宋十大家全集录》和《唐宋八大家类选》中韩文评点,其分析文章体现儒家道统思想,如评《潮州刺史谢上表》曰:"韩文专精神致志虑之作,气盛思精,字镕句炼,天地间有数文字。臣子得罪君父,悻悻然自以为是,不复思恋阙者,非纯臣也。看韩、苏贬谪后,是何等忠悃。"④乾隆御选《唐宋文醇》以此为基础,多采用储欣评语。储欣善于揭示韩文与先秦、秦汉文的密

---

① 张伯行《唐宋八大家文钞·韩文公文钞》卷二,正谊书院本。
② 储欣《唐宋十大家全集录·韩昌黎集序》,《四库全书存目丛书》本。
③ 储欣《唐宋十大家全集录》卷首,《四库全书存目丛书》本。
④ 储欣《唐宋十大家全集录·韩昌黎集》卷八。

切关系和师古不拟古之作法。如评《答陈给事书》曰："层次法度,昌黎本色。其串合数层,累累如贯珠,最得《国策》妙处。"①又评《送石处士序》曰："不是以议论行叙事,正是以叙事行议论耳。此法自韩而创,然大较由《史》《汉》出,而公尤变动不测,参差历落,气盛则言之短长与声之高下皆宜。"②《唐宋十大家全集录》完成于康熙四十四年(1705),有康熙四十四年(1705)刻本,《四库全书存目丛书》据此影印收录。

第二节　清中期韩愈诗文文献发展概述
（乾隆—嘉庆朝）

一、韩愈诗文文献发展概况

清初文风恢复醇雅,至清中期,温柔敦厚、清真雅正之风已成为主流。文人学者提倡诗文要有载道功用,具有政治伦理价值。沈德潜曰："至于诗教之尊,可以和性情,厚人伦,匡政治,感神明,以及作诗之先审宗旨,继论神韵,而一归于中正和平。"③韩愈诗文因其醇雅载道一面,受到统治者及文人学士的大力推崇。乾隆帝《御制题宋版韩昌黎文集》盛赞韩愈曰："载道惟文语不磨,齐昌黎者更伊何？唐家制度传垂露,宋氏椠铅存擘窠。真是起衰空八代,弗惭济弱息千波。言宜长短因气盛,玩味多年收益多。"④可见乾隆帝研习韩文多年。乾隆曾为沈德潜集作序曰："昌黎因文见道,始有是语,固不必执风骨体裁与李、杜较甲乙。而归愚叟乃能深契于此,识夷守约,敛藻就澹,于向日所为壮浪浑涵、崚嶒矫变、人惊以为莫及者,自视若不足,且有悔心焉。是则李、杜、高、王所未到,而有合于夫子教人学诗之义也。"⑤此期出现了代表官方意旨的选本《御选唐宋文醇》《御选唐宋诗醇》,是为"御选"而发的说教,是乾隆前期学风的展现,都极力推崇韩愈。尤其是《唐宋诗醇》,其序曰："韩愈文起八代之衰,而其诗亦卓绝千古。"将韩诗提高至《雅》《颂》地位,且与李、杜并立："夫诗至足与李、杜鼎立,而论定犹有待于千载之后。"这是清代继叶燮之后又一次对韩诗的至高评价。莫砺

---

① 储欣《唐宋八大家类选》,吴文治《韩愈资料汇编》,中华书局2004年版,页934。
② 储欣《唐宋八大家类选》,吴文治《韩愈资料汇编》,页935。
③ 沈德潜《唐诗别裁集序》,《唐诗别裁集》卷首,上海古籍出版社1979年版,页4。
④ 魏仲举《五百家注音辩昌黎先生集》卷首,影印文渊阁《四库全书》本。
⑤ 乾隆《沈德潜归愚集序》,《御制文初集》卷十一,影印文渊阁《四库全书》本。

锋评《唐宋诗醇》"评语是历史上首次理直气壮地为韩诗张目的言论,它不但较准确地说出了韩诗的特征,而且把它提高到与《雅》《颂》相承的高度来予以肯定","将韩诗评为可与李、杜鼎立,言下之意是韩愈的造诣超过白居易,这就把韩诗的地位提高到前所未有的高度了"[1]。御选《唐宋文醇》《唐宋诗醇》代表官方态度,无疑提高了韩愈在清代的地位,扩大了韩愈的影响力。乾隆十五年(1740),沈德潜选评《唐宋八大家文读本》选韩文较多,对其评价较高,应是当时学韩风貌之体现。沈氏还批点过顾嗣立《昌黎先生诗集注》。乾隆三十四年(1769),陈明善编选《唐宋八家诗钞·韩吏部诗钞》,盛赞韩诗。其它八大家系列韩文选本如秦跃龙《唐宋八大家文选》、刘大櫆《精选八家文钞》、高塘集评《唐宋八家钞》、许鸿磐《唐宋八家文选》等,选韩文数量居多,对韩愈在清代地位的提升不无裨益。诗文之外,韩愈学识人品也颇受赞赏,叶燮门生薛雪曰:"韩昌黎学力正大,俯视群蒙;匡君之心,一饭不忘;救时之念,一刻不懈。惟是疾恶太严,进不获用;而爱才若渴,退不独善。尝谓直接孔孟薪传,信不诬也。"[2]

随着清初理学的保守与僵化,加之统治者为稳固统治大兴文字狱,并兼采稽古右文政策,学者便沿着清初顾炎武、阎若璩等人倡导的实学思潮向纵深发展,至乾嘉时期汉学逐渐崛起,考据学大盛。这种风气不仅表现在经学著作的研究中,还波及到集部著作的整理中。韩诗多用奇险冷僻之词,包揽知识十分广博,向来被认为难解之诗。要解读韩诗,首先要解决字词障碍,弄清创作时间,考证事实,这些都需要研究者具备深厚的考据功夫。此期在考据学兴盛中心地区产生了一批韩集注本,安徽桐城方世举《韩昌黎诗集编年笺注》、江苏吴县陈景云《韩集点勘》、安徽当涂黄钺《韩昌黎先生诗集增注证讹》、浙江瑞安方成珪《韩集笺正》、江苏吴县沈钦韩《韩集补注》及其批注顾嗣立《昌黎先生诗集注》。这些韩集注本多以校勘、考据见长,笺注韩集精深。江苏嘉定王鸣盛《蛾术编·韩昌黎》中也有韩诗批注数十首,考韩诗编年,注释词语。

与江浙地区兴起的笺注韩集风气相对应,僻远的岭南地区也掀起了整理研究韩集的热潮。岭南地区宗韩形式多样,产生了一批很有价值的韩集文献。如黎简批顾嗣立《昌黎先生诗集注》、李宪乔批方世举《韩昌黎诗集编年笺注》、冯敏昌《韩昌黎诗选》、李黼平著《读杜韩笔记》,韩文选本有林

---

[1] 莫砺锋《论〈唐宋诗醇〉的编选宗旨与诗学思想》,《南京大学学报》2002年第3期。
[2] 叶燮等《原诗 一瓢诗话 说诗晬语》,人民文学出版社1979年版,页108。

明伦《韩子文钞》。

二、部分重要韩愈诗文文献叙录

(一)御选《唐宋文醇》

乾隆帝御选《唐宋文醇》五十八卷。因茅坤《唐宋八大家文钞》、储欣《唐宋十大家全集录》皆偏向于为科举服务,乾隆三年(1738),由乾隆皇帝御选,张照等辑评,以储欣《唐宋十大家全集录》为蓝本,选韩愈、柳宗元、孙樵、李翱、宋欧阳修、王安石、曾巩及三苏十家文,其中韩文九十九篇,十卷。此选本"御选"标准是"序而达,达而有物",体现乾隆时期清真雅正的文学思想,引领文坛风气,韩文正符合这一标准。《唐宋文醇序》曰:"昌黎韩愈生周汉之后几五百年,远绍古人立言之轨则,其文可谓有序而能达者然。"①《唐宋文醇》评语多重明理载道、经世致用思想内容的阐发,也有文风及章法技巧的分析。集评多引宋儒言论,清代主要引李光地、沈德潜评语。

(二)御选《唐宋诗醇》

乾隆帝御选《唐宋诗醇》四十七卷,韩诗五卷。乾隆十五年(1750),由乾隆皇帝御选,梁诗正等编纂的大型唐诗选本,选唐宋六家诗,"凡唐诗四家,曰李白,曰杜甫,曰白居易,曰韩愈;宋诗二家,曰苏轼,曰陆游"②。其中选韩诗一百零三首,占韩诗总数四分之一。此选本编选宗旨是发挥诗歌教化功用,遵循孔子删诗标准,补当时选本之不足,与《唐宋文醇》相应合。《四库全书总目》曰:"国初多以宋诗为宗,宋诗又弊。士祯乃持严羽余论,倡神韵之说以救之。故其推为极轨者,惟王、孟、韦、柳诸家。然《诗》三百篇,尼山所定,其论诗一则谓归于温柔敦厚,一则谓可以兴观群怨。"又曰:"兹逢我皇上圣学高深,精研六义,以孔门删定之旨品评作者,定此六家,乃共识《风》《雅》之正轨。"③当时馆阁文臣对韩诗评价较高,认为韩诗"本之《雅》《颂》,以大畅厥词","今试取韩诗读之,其壮浪纵恣、摆去拘束,诚不减于李;其浑涵汪茫、千汇万状,诚不减于杜;而风骨崚嶒、腕力矫变,得李、杜之神而不袭其貌,则又拔奇于二子之外而自成一家"④。此选本尊杜之外,便是宗韩,给韩诗以高度肯定,将其与李、杜并举,再一次奠定了韩诗在清代的极高地位。此选本中韩诗评语主要征引宋明诗话及方崧卿、樊汝霖

---

① 爱新觉罗·弘历《御选唐宋文醇序》,《御选唐宋文醇》卷首,影印文渊阁《四库全书》本。
② 永瑢等《四库全书总目》,"御选唐宋诗醇提要"条,页1728。
③ 永瑢等《四库全书总目》,"御选唐宋诗醇提要"条,页1728。
④ 《御选唐宋诗醇·韩昌黎诗序》,《御选唐宋诗醇》,影印文渊阁《四库全书》本。

评语,采用清代李光地、顾嗣立、俞琰、沈德潜研韩成果,或阐释韩诗创作背景,或解析韩诗思想内容,或分析韩诗风格及创作技巧。

(三)沈德潜《唐宋八大家文读本》

沈德潜(1673—1769),号归愚,长洲(今江苏苏州)人,清代诗人,曾任乾隆时期内阁学士兼礼部侍郎。沈德潜论诗主格调,提倡温柔敦厚之诗教。著有《沈归愚诗文全集》《古诗源》《唐诗别裁》《明诗别裁》《清诗别裁》等。乾隆二年(1737)开始编选唐宋文,乾隆十五年(1750)编定《唐宋八大家文读本》三十卷,其中韩文六卷,九十四篇,位居第一。此选本为初学者学习古文指导门径,"俾读者视为入门轨涂,志发轫也"。编选标准是"文道合一",体现康乾时期正统文学思想,与《御选唐宋文醇》《御选唐宋诗醇》主旨相合。沈氏序曰:"文之与道为一者,理则天人性命,伦则君臣父子,治则礼乐刑政,欲稍增损而不得者,《六经》、四子是也。"①而八家之文"皆以言载道,有醇无驳者"。文中有眉批、旁批、总评、圈点,或考典事,或分析立言之意,或评析章法技巧、探析文法源流,体现沈氏复古与创新相结合的古文理论。选韩文以明道为主,且须含蓄蕴藉,故五《原》全选,具有抑遏蔽掩特点的书序和歌颂功德的墓志较多。此选本刊刻较多,流布广泛。《唐宋八大家文读本》曾传入日本,日本幕府文豪赖襄(1780—1832)进行增评,有清光绪十一年(1885)和刻本。

(四)陈兆崙《陈太仆批选唐宋八大家文读本·韩文选》

陈兆崙(1700—1771),字星斋,号句山,浙江钱塘人,雍正八年(1730)进士。乾隆元年(1736),陈兆崙应召试博学鸿词,授翰林院检讨,后迁太仆寺卿、太常寺卿,后又升为翰林院侍读学士。生平事迹见《清史稿》《清史列传》。陈兆崙旁涉子史,学识广博,曾担任《世宗实录》馆纂修,并兼《三朝实录》馆校对,又任《大清会典》《明纪纲目》《续文献通考》纂修官。陈兆崙精通六书经义,对《易》《书》《礼》都有论述,旁征博引,不专一家之言。陈兆崙诗文"不以气炫才,不以词害志,醇古澹泊,清远简放",为京师士子奉为"文章宗匠"。陈氏又兼工书法,梁同书称他是"不以书法成名而其书法将传于世"的书法家。著有《紫竹山房文集》十卷、《紫竹山房诗集》十二卷、《陈太仆批选唐宋八大家文读本》等,批点过方世举《韩昌黎诗集编年笺注》,现藏于国家图书馆。

《陈太仆批选唐宋八大家文读本》独尊韩愈,选文一百一十七篇,韩文

---

① 沈德潜《唐宋八大家文读本》卷首,清刻本。

四十篇,柳宗元文十二篇,欧阳修文十八篇,王安石文五篇,曾巩文十篇,苏洵文十三篇,苏轼文十二篇,苏辙文六篇。此选本中评注较少。陈兆崙对韩文极为推崇,《韩文选序》曰:"退之之文如玄圃积玉,触目琳琅,不可施以别择……故吾于八家选约之又约,至以四十首读韩,韩之妙岂尽于此哉?不得已也!"陈氏在序中也表明了选韩文的标准,曰:

> 盖吾意欲汝曹专主于韩,然较他家则但录其大制作,有关经世学术者存之。是何也?凡游燕、赠答之作,他家既不能胜韩之理,则韩之大足以括之矣。而就中割爱未登,如墓志铭,乃史氏之体,体尚实,不主乎文。而谀墓又未必皆实,故尽略之,独存《柳子厚墓志》一篇者,韩、柳之交古今有数,不可不深长思也。《原人》《原鬼》极精约,而势奇险如山石嶔岑,可偶一坐卧而不可常,则姑置之。吊祭文多韵语,别是一格。送行如《张童子》《殷员外》等作,简质如理,而或韵度不长,沾溉有限,卒亦阙焉。《浮屠文畅》,《原道》之支流,又可略也。①

陈氏以经世思想为标准,虽表明重道亦不轻文,但不选无关教化之文,必然忽略了文章的艺术特点,则会错过韩文中一些精彩的篇章,不能全面展现韩愈的古文魅力。韩愈序书成就卓然,却入选甚少,序文只入选两篇。《韩文选》分上下两卷,上卷二十篇,下卷二十篇。文中眉批主要评创作技巧,具体到字句的分析;文后又有评语,或阐释文旨,或评文章风格、写作特点,但都较简单。从其注评来看,陈兆崙认为韩文在风格方面大气磅礴,气势如虹。其中尤推《论佛骨表》,评曰:"此表乃公平生第一篇文字,在《原道》《原性》之上。"②评语中透出陈氏对韩愈人格的推崇,也体现其选文的标准。此书完成于乾隆二十三年(1767),有光绪二十六年(1900)紫竹山房影印手批本,今存台湾图书馆,国家图书馆存光绪二十八年(1902)山东书局石印本。

(五)陈明善《唐八家诗钞·韩吏部诗钞》

陈明善(生卒年不详),沈德潜门生。乾隆三十四年(1769)编选《唐八家诗钞》,选李白、杜甫、王维、孟浩然、韦应物、韩愈、柳宗元、李商隐八家。清初王士禛欲选此八家诗,未成,陈明善继而选之。沈德潜为其作序曰:"是钞也,有以补从前选本之所无有,以成渔洋未成之志,有以升后来选家

---

① 陈兆崙《韩文选序》,《韩文选》卷首,光绪二十八年(1902)山东书局石印本。
② 陈兆崙《韩文选》卷二,光绪二十八年(1902)山东书局石印本。

搜讨之法。"①庄存与序之曰:"吾知是书出,流布艺林,当与廷礼《品汇》《正声》诸集并垂久远也。"②庄氏评价虽然过于拔高,但可看出此选本体现沈德潜尊唐一派诗学观。其中《韩吏部诗钞》二百零二首,在八家中位居第三,占韩诗总数近二分之一。除应酬诗及后人赝作窜入者外,韩诗大都入选,入选比率在所选诗人中最高。陈明善在序中表明选诗标准和目的:"严樵川曰:学诗,以识为主,立志须高,入门须正。立志不高,若自退屈,即有下劣诗魔入肺腑。入门不正,头路一差,愈骛愈远,终是野狐外道,不可救药。呜呼!诚确论也……渔洋之欲选此八家也,殆严氏之意欤!明善园居多暇,取八家集汇钞若干卷为课本,请正于沈归愚、庄养恬两师,皆许可,谓当公诸同学。"③此选本以儒家正统思想为目的,作为教科书,也是符合此期诗坛主流诗学观的韩集文献。此选本无评语,作者的选诗标准通过所选诗作表现出来。陈氏自序曰:"坊刻诗集评点、笺释为多,是集只录原注,余皆省却,见浅见深,随时领会,不敢妄加一字。"④选而无评,士人通过所选诗歌领悟其奥秘,选者不强加个人的情感和文艺观于学人。诚如周裕锴所说:"事实上,从评点中我们可得到的仅仅是评点者自己的主观感情和艺术趣味,而不可能指望获得文本意义或作者意图的正确解释。"⑤但多数大家的评注对作品的解读是比较贴近文本的,对读者赏析作品也是有很大的引导作用。此选本完成于乾隆三十四年(1769),今有清刻本存国家图书馆。

(六)方世举《韩昌黎诗集编年笺注》

方世举(1675—1759),安徽桐城人,方苞从弟。方世举布衣一生,但交游之士多为清代名流学者。方世举学识渊博,著作丰富,既有诗集,如《春及堂集》《江关集》;又有诗话著作,如《兰丛诗话》;还有诗歌笺注及杂著,如《韩昌黎诗集编年笺注》《汉书辨注》《世说考义》《家塾恒言》《杂庸轩读书杂录》等。另外,方世举批点过顾嗣立《昌黎先生诗集注》。

方世举《韩昌黎诗集编年笺注》十二卷,是一部集大成的韩集注本,开创韩诗编年编排的体例,得到学界高度认可。此书是乾嘉考据学影响下韩集整理文献的代表。此书乾隆二十三年(1758)刊刻,后被多次翻刻,国家图书馆、浙江省图书馆、华东师大图书馆、复旦大学图书馆等多地藏有乾隆

---

① 沈德潜《唐八家诗钞序》,陈明善《唐八家诗钞序》卷首,清刻本。
② 庄存与《唐八家诗钞序》,陈明善《唐八家诗钞序》卷首。
③ 陈明善《唐八家诗钞序》,陈明善《唐八家诗钞序》卷首。
④ 陈明善《唐八家诗钞序》,陈明善《唐八家诗钞序》卷首。
⑤ 周裕锴《中国古代阐释学研究》,人民出版社2003年版,页336。

二十三年(1758)刻本。《清史稿·艺文志》《中国丛书综录》中有著录,《续修四库全书》依据雅雨堂刻本影印收录。

(七)林明伦《韩子文钞》

林明伦(1723—1757),字穆安,号穆庵,广东始兴人。乾隆十三年(1748)进士,改庶吉士,官衢州知府。与福建古文家朱仕琇友善,常以古文相切摩。著有《诗集》一卷、《文集》二卷、《学庸通解》二卷、《读书迩言》一卷。

林明伦嗜好韩文,选韩文一百三十五篇进行评点,为官衢州时成《韩子文钞》十卷,以供士子习文之用。刘声木评其:"平生最好昌黎文,录文百三十五篇,篇分细段,段注其义法于下。凡文章离合顺逆之法略备于此,以便后人诵习,成《韩子文钞》十卷。"①林明伦自序曰:

> 自周之衰以至于唐,千有余年之间学圣人之道者,皆不能无难于老庄申韩之说。勃兴韩氏,师尊孔孟,张皇仁义,诋排佛老,大声疾呼,导群迷而归之正。扶树教道之功,孟氏以来,未见其比。而其为文,词必己出,不泥古陈,搜抉怪奇,归于顺从。其至者,先儒以为高出迁、固,魏晋以下不论也。其学正,故其文醇,其为之也难,故其传之也久。明伦读而好之,为之不能,窃自谓知之。因手录其文百三十五篇,篇分细段,段注其义法于下,以便观览。后来守衢州,州人士颇晓读古文,然识不先定,则往往为俗本所乱,因刻是编,畀之诵习。凡文章离合顺逆之法,略备于此。而其所以为文之本,则韩氏详其书,学者当终始究之,毋徒震其奇焉。②

林明伦认为韩愈承续孔孟道统,学正文醇,有扶树教道之功,且韩文离合顺逆之章法具备,适合士人研习古文之用。《韩子文钞》重在剖析韩文章法技巧,如评《送石处士序》曰:"'有荐石先生者'下便可直叙去,却接'公曰先生何如'一句,以见乌公之急于求贤,而文字又有照管,故妙。此与《尧典》'师锡帝曰:有鳏在下,曰虞舜。帝曰:俞,予闻,如何'及《左传》'晋魏绛对悼公曰:《夏训》有之曰有穷后羿。公曰:后羿如何',《汉书》霍光数昌邑王之罪未毕太后曰'止!为人臣子,可悖乱如是耶',皆于闲谈中着一忙笔,写得当日情事如画,真千古奇文也。"③林明伦列举《尚书》《左传》《汉书》章法

---

① 刘声木《桐城文学渊源撰述考》,黄山书社1989年版,页350。
② 林明伦《韩子文钞》,衢州府署文起堂刻本。注:本书引林明伦韩文批语皆出自此本。
③ 林明伦《韩子文钞》卷六。

作参照,文中看似突兀的疑问,实是凸显乌公急于求贤,故急切间发问。林明伦于细微处准确地分析了韩文创作技巧,并以史的眼光梳理了此种技巧在先秦经典中的运用情况,从中可看出韩文与先秦、秦汉文之渊源关系。林明伦对韩文的分析也顺带解惑了《左传》研究中的一个疑问,即传统观点认为"有穷后羿"后有佚文,在林氏的分析中这是一种创作形文技巧,本无佚文。而在《左传》研究中,日本学者竹添光鸿(1842—1917)运用了与林明伦相似的分析,即认为晋悼公急切知道《夏训》下文而着急发问,省却了后续问题,竹添光鸿的分析被认为解释了这一疑惑,但此解晚于林明伦近百年。林氏颇喜韩愈文从字顺之文。评《杂说》其一曰:"此公文法度之最整齐者,而从来选家界划多不能清。盖先存一好奇之心自眩其识耳。通篇龙云相承,一丝不乱,于兹可悟文从字顺之法。"①又评《进士策问六首》曰:"就经书人耳目所习熟不经意者,撮举一二条已足观人学识,不必繁文奥义也。文亦古淡有余味,可为后世科场策问之法。"②对韩文风格,林氏也略有评点。如评《潮州请置乡校牒》曰:"气格纯厚,极似西汉文景诸诏。"③此批本有乾隆二十二年(1757)衢州府署文起堂刻本,藏国家图书馆等多地。

(八)李宪乔批方世举《韩昌黎诗集编年笺注》

李宪乔(1746—1797),山东高密人,清中期高密诗派代表。乾隆四十一年(1776)及第,乾隆四十五年(1780)官岑溪,之后一直生活于广西。著有《少鹤诗钞》《偶论四名家诗》等。李宪乔心仪韩愈,批点方世举《韩昌黎诗集编年笺注》,此书完成于粤西时期,具体年代不可知。李宪乔原手批本佚失,但有数种过录本传世,《中国古籍善本书目》中著录有王拯录,李宪乔、施晋批点的过录本,今藏山东省博物馆、中山大学图书馆。李宪乔韩诗批语被近人程学恂抄袭编成《韩诗臆说》二卷。李宪乔用自己的诗学思想批点韩诗,在韩诗评点文献中较有特色。

(九)黎简批顾嗣立《昌黎先生诗集注》

黎简(1747—1799),乾嘉时期岭南著名诗人、书画家,布衣一生,著有《五百四峰草堂诗文钞》二十五卷、《药烟阁词钞》一卷、《芙蓉亭乐府》等。黎简"诗由山谷入杜,而取练于大谢,取劲于昌黎,取幽于长吉,取艳于玉溪,取僻于阆仙,取瘦于东野。锤凿锻炼,自成一家。"④黎简手批顾嗣立康

---

① 林明伦《韩子文钞》卷一。
② 林明伦《韩子文钞》卷二。
③ 林明伦《韩子文钞》卷十。
④ 赵尔巽等《清史稿·列传》卷七十二,中华书局1998年版,页5958。

熙三十八年(1699)秀野草堂本《昌黎先生诗集注》,此书几经周折,今藏复旦大学图书馆。有墨笔、朱笔、墨绿笔三色眉批,应非一时批点,有些眉批后注有"二樵"二字。黎简批注内容有词语注释,字词校勘,艺术特色评析,个别诗标出韵脚。黎简倾向于宋诗派,从对韩诗的评析中可以看出其尤为赞赏韩愈具有奇险雄豪气势的长韵之诗,如《送惠师》,眉批曰:"韩诗奇肆处多,绵远处少。'自然严且神'与'悬瀑垂天绅'二句绝佳。"①评《岳阳楼别窦司直》曰:"此种诗片段宏博如金钟大镛,发生则满天地,未暇择其佳处,又无佳处可择也。"②评《利剑》诗曰:"此种体大抵非昌黎得意之作,短句本非其所专,如《忽忽》《河之水》等是也。"③黎简也肯定浅易有情韵之诗,对《条山苍》一诗,黎简评曰:"浅语深情。"④

　　清代韩集研究者身份不同,他们的思想、人生观各异,研治韩集的方法、角度、态度迥异。在清代韩集研究者中,黎简与方世举都是平民学者,二人解读韩诗有一个相同之处,即对待韩愈诫子诗都持批判态度,认为韩愈以名利诱子读书,而与清代其他学者的态度泾渭分明。方世举在《示儿》诗中引苏轼评语:

　　　　退之《示儿》诗所示皆利禄事也,至老杜则不然。其《示宗武》云:"试吟青玉案,莫羡紫罗囊。假日从时饮,明年共我长。应须饱经术,已似爱文章。十五男儿志,三千弟子行。曾参与游夏,达者得升堂。"所示皆圣贤事也。⑤

方世举引用苏轼评语,表明其与苏轼观点一致。又评《送进士刘师服东归》曰:"昌黎训子侄诗,多涉于名利,宋人议之,可也。"⑥评《符读书城南》曰:

　　　　按:此诗之旨诚不能不为富贵利达所诱,宜为君子所讥。黄鲁直以为劝奖之功与孔子同归,毋乃称之过当。然其警戒惰学者至为恳切。蒋之翘以为但可作村塾训言,亦兼切利病。⑦

从方世举对这几首诗的评价看,他对韩愈教子行为颇有批评味道。黎简评

---

① 黎简批顾嗣立《昌黎先生诗集注》,康熙三十八年秀野草堂刻本。
② 黎简批顾嗣立《昌黎先生诗集注》。
③ 黎简批顾嗣立《昌黎先生诗集注》。
④ 黎简批顾嗣立《昌黎先生诗集注》。
⑤ 方世举《韩昌黎诗集编年笺注》卷九,郝润华、丁俊丽整理,中华书局2012年版。注:本书所引方世举韩诗批语皆出自此本。
⑥ 方世举《韩昌黎诗集编年笺注》卷八。
⑦ 方世举《韩昌黎诗集编年笺注》卷九。

《刘生诗》曰:

> 昌黎《示儿》诗,惟谈贵势。此诗曰"往取将相酬恩仇",教儿岂在贵势,将相岂为"恩仇"耶?我不解古人立言之旨,何肯为之曲说。①

黎简也认为韩愈以富贵诱子读书、以恩仇激励年轻人做将相的行为有悖正道。韩愈教子诗,宋以降评家观点牴牾扞格,主要的批判者有苏轼、方世举、黎简等。苏轼兼容儒佛道思想,为官时为民请命,贬谪时淡然处之。黎简与方世举都是平民学者,一生不入仕途,没有把潜研学问作为进身之阶,都曾被荐举为官,但皆拒绝入仕,甘愿做平民学者,却奉守儒家思想,又都受佛教影响。方世举母亲奉佛,自己也精通佛理,交往之士有僧人、道士。黎简自号石鼎道人,妻女信佛,自己深受佛教思想影响,与僧人也多有来往。方、黎与苏轼心态淡然一面相契合,这应是他们对此诗所持观点一致的缘由之一。

(十)沈端蒙《韩文公诗集》

沈端蒙(生卒年不详),乾嘉时期浙江湖州德清人,著有《史记集注》《战国策编年集注》《韩文公文编年集》《韩文公诗集》,其中《韩文公文编年集注》已无记载。沈端蒙自序曰:"《韩文公文集编年集注》讫,间取诗读之,其中有疑误,虑亦为详求考订焉……而于注韩文时间亦留心于韩诗,亦不能无疑误焉。因又略加考订,再定兹编,亦名为《编年集注》。"②

《韩文公诗集》八卷,又名《韩诗编年笺注》。此注本首为沈端蒙自序,次为方世举注本中自序,次每卷目录,然后是正文。注的形式有题解,夹批,有些诗后有笺语。笺语吸取方崧卿、廖莹中、何焯、方世举、林云铭几家成果,但主要采用方世举《韩昌黎诗集编年笺注》中笺释部分的成果。每首诗题解中先写明创作时间和作者年龄,这是与其他韩集注本的不同之处。如《北极一首赠李观》题解曰:"贞元八年,公二十五。"只注明时间,缺少考证。诗中夹批多是分析诗歌创作技巧、风格,间有校勘,也有纠正前人注考失实处,无词语注释。从整体来看,此注考证不够深入,自己观点较少,但其中也不乏精切评语。沈端蒙欣赏韩愈传道之诗,如将《嗟哉董生行》放入卷一之首,评曰:"理正辞纯,取作压卷,甚觉冠冕,唐人诗集俱在下风。"③董

---

① 黎简批顾嗣立《昌黎先生诗集注》,康熙三十八年秀野草堂刻本,藏复旦大学图书馆。注:本书所引黎简韩诗批语皆出自此本。
② 沈端蒙《韩文公诗集注》卷首,清刻本。
③ 沈端蒙《韩文公诗集注》卷一。

邵南怀才不遇,欲归附河北藩镇,韩愈为之作诗,暗含对违礼社会的讥讽。从沈端蒙对韩诗的态度可看出其对韩愈人格极为赞赏,但对韩诗不免有拔高之嫌。如《读皇甫湜〈公安园池〉诗书其后》诗后评曰:"人有不为也,而后可以有为也。欲为圣贤事业也,先生之志则大矣。"①从沈端蒙的评析中可看出,其对韩愈评价极高。此注本有乾隆间敦化堂刻本,藏国家图书馆、清华大学图书馆。

(十一)王元启《读韩记疑》

王元启(1714—1786),字宋贤,号惺斋,浙江嘉兴人,乾隆十九年(1754)进士。官福建将乐知县,在任三月而罢,颇多善政。厘讼狱,禁赌博,平盐价,修桥梁道路等,皆悉心为之,将乐县百姓以为抵他令数十年之功。王元启谙熟典籍,博闻强识,文法韩、欧诸大家,为学宗程、朱,专于《易》,精于历算。翁方纲《皇清例授文林郎赐同进士出身署福建将乐县知县惺斋王君墓志铭》曰:"幼即有志圣贤之学,不为时俗文字……先生为学以宋五子为宗,说经尤精于《易》,而为文一本韩子……先生博及群书,勤考证,工文词,而笃守程、朱之旨,终身勿贰,诲人勿懈,若先生者可谓真儒也。"②王元启一生历主书院三十年,成就许多人才。翁方纲对其评价极高,《墓志铭》曰:"孰能博综汉唐而笃执程、朱,渊哉!若人不见是图,学则伯厚东发,教则鹿洞苏湖,盖超出乎籍、湜,绍述间而独为韩之徒。"③王元启详细事迹载《清史列传》。著有《祗平居士文集》《惺斋论文》《惺斋杂著》及《读韩记疑》《勾股九章论》《恭寿堂家训》《周易下经》补注等,并传于世。评点《震川先生集》稿本,现藏于国家图书馆。

王元启尊崇韩愈诗文,研习韩集五十余年,著成《读韩记疑》十卷。评韩诗曰:"若其江河万古,则杜之与韩真所谓泰华双岩峨者也。《雅》《颂》之作非二公谁托?"④王元启之评是继御选《唐宋诗醇》之后,又一次将韩诗提高至《雅》《颂》的位置,与杜诗比肩。王元启评点《震川先生集》中也常将韩文作为品评归有光文之标准。其子王尚玨《读韩记疑跋》曰:"先子自幼诵法昌黎,编摹五十余年,随时考订注记书额,功力最为专久。"又曰:"先子之于是书,盖所谓性命以之者也。"王氏倾注毕生精力研治韩集:"丙午六月病笃不能兴,乃为辍业。易箦之前一日,呼不孝尚绳至卧榻前,语以《顺

---

① 沈端蒙《韩文公诗集注》卷二。
② 王元启《祗平居士集》,《续修四库全书》第1437册,页474。
③ 王元启《祗平居士集》,《续修四库全书》第1437册,页474。
④ 王元启《论诗一则》,《祗平居士集》,页484。

宗实录四》有'戊午'二字宜改某某,时已气喘舌拆,听之殊不甚了了矣。"①《读韩记疑》可谓凝聚了其一生心血。马纬云曰:"五十年间三易其稿,成《记疑》十卷,用力可谓勤矣。"②

《读韩记疑》体例仿照朱子《韩集考异》,无诗文原文,只摘句注释。王元启以知人论世方式考释韩集,曰:"余读昌黎诗,私为考论其世,凡德、顺、宪、穆四朝行事及公毕生遭际履历一一恍然如见。"③此本对旧注之误阙进行细致纠正和补充,沈德毓曰:"凡故时刊本中篇题、异字、错简、晦义、伪作以及洪《谱》之疏漏,方、樊诸家好奇踵谬之说,《考异》所未及是正者,补阙纠讹,一一疏通而证明之,俾无失作者之意,而并有以慰朱子待后之心,洵属有韩集来目所未见之书。"④王氏善于用文史互证方法考证韩愈诗文编年,校勘异文,笺注诗文意旨,其中不乏独到之见。后世韩集文献如屈守元、常思春《韩愈全集校注》、钱仲联《韩昌黎诗系年集释》、刘真伦、岳珍《韩愈文集汇校笺注》等对其成果都有借鉴。如《杂诗四首》,王元启笺曰:

> 此诗似为顺宗时群小依附叔文而作。蝇蚊雀鸠,皆指一时欲速侥幸之徒;黄鹄忍饥,则公自谓。又考《顺宗实录》,叔文与韦相同餐阁中,杜佑、高郢心知不可,畏不敢言,郑珣瑜取马归卧不起。卒章"喑蝉"二语,盖指佑、郢、珣瑜;蛙蝇之鸣,则当时内外怨毒、远近疑惧之人。以此推之,疑贞元二十年公令阳山及俟命衡阳时作,因编次在后,故韩氏误指为元和中作。然诗所刺讥,与元和事不类。⑤

王氏以史实为据考证此诗作于贞元二十年(804),宋代韩醇定此诗为元和十一年(816)作,与史实不符,故屈守元注本引用王说。

王元启宗程、朱理学,笺注韩集体现了这一特点。但王元启过于用自己的思想强解韩集,疏解名物词义归于义理,有"《六经》注我"之嫌。例如阐释《送董邵南游河北序》曰:

> 序分三节,首节冀其有合,次节虑其无合,而以此行为卜,谓河北俗化美恶悉于董生之合不合验之。末复道上威德以警动而招徕之,则朱子之论详矣。董生仁义人也,使河北能用此仁义之人,必不至于不

---

① 王元启《读韩记疑序》,王元启《读韩记疑》,《续修四库全书》第1310册,页583。
② 王元启《读韩记疑序》,王元启《读韩记疑》,页583。
③ 王元启《读韩记疑序》,王元启《读韩记疑》,页583。
④ 沈德毓《读韩记疑序》,王元启《读韩记疑》,页473。
⑤ 王元启《读韩记疑》,页495。

臣而习乱。苟其不臣而习乱,必不能用此仁义之人。故董生此行,公于河北有厚望焉。评者乃谓公不欲其往,送之实所以留之,则不知公意正望董生以仁义化彼不驯之气耳。盖公悯恻当世之诚,触处流露如此。后人无此襟期,无怪乎读公文者一一如扣盘扪籥也。偶读张履祥《备忘录》,谓儒者立心须与天地民物相关,否则终不免为小人儒而已。愚谓举念便与天地民物相关,惟韩子足当此语。如李实聚敛小人,忧思一见以申其忠告之诚。河北悍藩,忧思藉董生之仁义以化导之。此等胸襟,岂小儒所能具无惑乎?《上李实书》,则疑其有干进之嫌。《送董生序》一再勉励之以行,则反疑阻使不往。至近人讥董生愤已不得志,欲求合于不奉朝命之逆藩,是以具臣之所不为者目此孝慈行义之人,岂所语于知人论世之学哉?①

其他韩集笺注者多认为韩愈此序旨在劝阻董生,河北藩镇背叛朝廷,已非昔日之燕赵。王元启观点则与诸家不同,从韩愈"举念便与天地民物相关"的角度分析,认为此序勉励董生,希望董生此行能感化河北强藩,"意正望董生以仁义化彼不驯之气"。王氏分析可以作为阐释韩文的另一种思路,但要慎重对待。又如《答李翊书》中"气盛则言之短长与声之高下者皆宜也",注释曰:"此句惟孟、韩二子能然,由其理足而气盛也。他家终未免修饰于句字之间。"又"念生之言不志乎利"句,注释曰:"学道学文,先须绝去志利之念,此真孔、孟嫡传。"对韩集的阐释充满儒道气息。

《读韩记疑》完成于乾隆四十八年(1783),由其子刊刻于嘉庆五年(1800),同乡马纬云协助整理校勘,"今年令嗣尚玨以是书商刻,粤东官事之暇,钩探众籍,躬事校雠"。② 其后又有嘉庆二十五年(1817)刻本。《清史稿·艺文志》《中国丛书综录》有著录,国家图书馆、北京师范大学图书馆、北京大学图书馆等多地藏有此书,光绪二十二年(1896)钱塘汪大钧食旧堂丛书、《续修四库全书》有收录。

(十二)梁运昌《韩诗细》

梁运昌(1771—1827),初名雷,字慎中,一字曼云,又字曼叔,晚号田父,福建长乐市江田人,梁章钜堂兄。嘉庆四年(1799)进士,入翰林院,后因母病归里,不复出,闭门读书,谢绝人事。梁运昌精通篆刻、绘画、音乐、医卜、善书法,喜杜、韩诗,倾力研究杜诗,历数十年。著有《秋斋别集》《杜

---

① 王元启《读韩记疑》,页529。
② 马纬云《读韩记疑序》,王元启《读韩记疑》,页473。

第一章 清代韩愈诗文文献发展史概述

园说杜》《苏诗钞》《秋竹斋诗存》《劳薪集》《陈氏古音考订》《读诗考韵新谱》《四书偶识》《韩诗细》等。

《韩诗细》七卷,选韩诗四百零四首,是韩愈诗歌的单行本。梁运昌分析韩诗踵武杜诗,《序》曰:"昌黎诗以工部为矩矱,盖有意于轶宋齐而上追黄初正始者,其本色之作高闲澹远。"宋代以来对韩诗的非议,梁氏皆为不满,曰:"宋人于昌黎诗殊无定论。欧阳文忠以杜诗多俗句,退之所不肯道。刘贡父则以退之近体为不工,至陈后山之徒,遂有以文为诗之诮。余谓诸说皆过也。"①韩诗用奇险之语、怪癖之词,但梁运昌同样为韩诗辩护,他认为韩诗特点是"大雅平正",韩集中几首奇险之韵的诗歌都是"一时游戏之笔",且受孟郊影响。梁氏认为只有通观全诗才能对其有正确的认识,他著《韩诗细》目的正在于通析韩诗,进而为韩诗中存在的非议做辩解。梁运昌在《序》中说:

> 视唐初绮丽之习蔑如也。其才情豪赡而泽于古者深,时有汪洋恣肆之辞。视大历诸子以五言为长城者,抑又末矣。初诣蕴藉如此,盖得诗家之正轨,其后与东野为埙篪,始喜以艰涩之辞,凑险僻之韵,然亦一时游戏之笔,在集中不能三五篇。余方恨退之所守之不坚,而尚奇喜异者顾独标此种,以为此昌黎体也……而攻韩者亦但约略以为言,何尝取全诗分别观之? 遂使昌黎蒙千载之讥,不亦惜哉! 余故以韩诗胪为数种而略为之说,使读是编者,知昌黎之所为诗大雅平正,未尝矜尚奇异。②

梁氏认为韩诗"得诗家之正轨",奇险艰涩之诗寥寥无几,且是学于孟郊。梁氏观点虽非主流看法,但从中可见其对韩愈之极力回护。此批本按体裁分类,在《凡例》中梁氏对每类诗作了概括说明,从其总结中可得知韩诗与前人的承继关系及韩愈的开创之功。如论五古曰:"五古三种,其大雅平正者乃是少陵嫡派。今人于此种宜学杜不必学韩。杜部伍森严,有绳尺可循。而韩诗复加以汪洋恣肆,未免令人作望洋之叹,杜易学而韩难学也。"③论七古曰:"七古峭调始于少陵,于崎岖艰难中,裁散为整,欹崟历落,风致黯澹。盖常意常语,避庸避俗乃用此体。独昌黎纯用单行而不加装饰,自

---

① 梁运昌《韩诗细序》,《韩诗细》卷首,清寒青山馆抄本。注:本书中所引梁运昌韩诗评语皆出自此本。
② 梁运昌《韩诗细序》,《韩诗细》卷首。
③ 梁运昌《韩诗细凡例》,《韩诗细》卷首。

然鲜丽,于少陵之外又创一格。此种造诣惟昌黎能之,今人无其高古之笔、幽丽之辞,不能学也。"①论联句曰:"联句从前所未有,创始昌黎;亦惟东野能与对垒,无第二手也。"②梁氏对韩诗几乎完全持肯定态度。此本按体裁细致归类并加以评析的编排体例,便是"细"的一种体现,但最能显露这一特点的是对韩诗细密的分析。注释形式采用眉批、旁批、诗后评三种,或注创作背景、时间,或阐释诗旨,还有少数校勘。诗后总评分析诗歌创作技巧,如章法结构、句法、字法技巧。因梁运昌精通音韵学知识,在评析韩诗时多分析韩诗的用韵特点。梁运昌常把韩诗和杜诗比较而论,分析二者的异同。通过读梁氏评析,读者了解到韩愈于细微处对杜诗的接受与创新,这也是其评析韩诗的一大特点。此注本之所以以"细"命名,梁运昌在《序》中已说明:"名之曰细者,盖取条理细密之意云尔。"梁运昌韩诗评析在历来韩诗批本中较为细致。此批本完成于嘉庆二十五年(1820),有寒青山馆抄本,今藏国家图书馆,《长乐县志》卷十九《艺文志》著录此书。

(十三)黄钺《韩昌黎先生诗集增注证讹》

黄钺(1750—1841),字左田,号左君,又号壹斋,安徽当涂人。为乾隆、嘉庆、道光年间内阁尚书、军机大臣,在朝历时二十七年。黄钺一生敏而好学,诗偏向宗宋,在学术上颇有造诣,著有《壹斋集》《壹斋诗集》《萧汤二老遗诗合编》《奏御集》,另有《画友录》《泛桨录》《游黄山记》《两朝恩赉记》《二十四画品》等。他善画山水花鸟,尤长画梅,学于王原祁,与山水画家董邦达齐名。

《韩昌黎先生诗集增注证讹》十一卷,是在顾嗣立《昌黎先生诗集注》基础上增注而成,体例仍按顾注本编排,并保持顾注本中传、各家年谱及注内容。黄氏所增添内容以眉批形式刻于页眉上,便于读者区别。黄钺不满韩集旧注多有舛漏,攻韩诗多年,在前人注本基础上补注。正如其子黄中民为之撰《后序》所言:"先勤敏公,宗仰昌黎先生之诗。以各家注虽称完备,然犹有遗漏,且引据有未详确者,故自乾隆壬辰迄道光辛卯,日事丹铅点勘,不惮广搜博览,以增其未备,证其伪舛,垂六十年所著乃成,洵有功于韩子,可以公诸同好矣。"③所增内容有注、有评,注主要包括释词意、音韵等,还纠谬旧注;评包括评析诗歌创作手法、风格,另外还有为诗歌分段,总结

---

① 梁运昌《韩诗细凡例》,《韩诗细》卷首。
② 梁运昌《韩诗细凡例》,《韩诗细》卷首。
③ 黄中民《韩昌黎先生诗集增注证讹后序》,黄钺《韩昌黎先生诗集增注证讹》卷首,咸丰四年四明鲍氏刻本。

段意。整体来看,黄氏增注内容不多,新意较少。黄钺所评析的角度总体来讲偏向于分析韩诗"以文为诗"的特点,欣赏韩诗典雅的风格。如评《元和圣德诗并序》曰:"典丽裔皇,颂而不谀,《雅》《颂》之亚。"[1]此注本黄中民道光二十八年(1848)广陵二酉堂刊刻,咸丰七年(1857)四明鲍氏二客轩翻刻。《清史稿·艺文志》《中国丛书综录》《续修四库全书总目》有著录,《续修四库全书总目提要》有此书提要,国家图书馆、清华大学图书馆、北京大学图书馆、中山大学图书馆、南京大学图书馆、北京师范大学图书馆等多地藏有四明鲍氏刻本,北京师范大学图书馆、华东师范大学图书馆、辽宁大学图书馆藏有二酉堂刻本。

(十四)沈钦韩《韩集补注》

沈钦韩(1775—1832),字文起,号小宛,为学甚勤,工诗文,多宗韩,藏书处名幼学堂,江苏吴县人。嘉庆十二年(1807)举人,道光三年(1823)官安徽宁国县训导,与黄丕烈、阮元有交往。沈氏擅长训诂考证之学,长于经、史考证,著有《汉书疏证》《左传补注》《幼学堂诗文集》《韩集补注》《王荆公诗补注》等。沈钦韩认为"宋人之注韩昌黎集,空疏臆测,为可笑也",故潜心研治韩集,历时较长。《韩集补注》是沈钦韩在批注清初冠山堂重修东雅堂刻本《昌黎先生集》基础上而成。《韩集补注》仿朱熹《韩文考异》体例,无原文,定稿之前几易其稿。此本既有对韩集中名物、典故、职官、音韵的考释,亦有对文章意旨、史实、人物的评析,旁征经史文籍,正如沈氏所说"既注昌黎集,于唐之典故确得考证"。同时吸纳了清代学者如陈景云、顾嗣立等人的成果,考证详实精审,不乏真知灼见,可补诸家注之不足。《韩集补注》有光绪十七年(1891)广雅书局刻本行世,民国九年(1920)番禺徐绍棨据此本重印,国家图书馆、复旦大学图书馆、中国人民大学图书馆、河南大学图书馆等多地藏有此书。

沈钦韩批注东雅堂本《昌黎先生集》,通篇用朱笔批注。马其昶校注东雅堂本《韩昌黎文集》时,曾得沈氏初稿。沈氏两本相较,互有异同。沈氏批注本中的评注未完全付梓,尤其是对沈德潜等人的驳斥之语,未被刊出。同样《韩集补注》中有些内容,批注本中亦无,可见沈氏研韩用功之勤。此批注本现存国家图书馆。此外,沈钦韩曾批注顾嗣立《昌黎先生诗集注》,完成于嘉庆二十四年(1819),历时二十几年,此书现藏于韦力芷兰斋。韦力说:"钤大印者,为沈钦韩批校本也,卷首首行下有墨笔题'吴沈钦韩记

---

[1] 黄钺《韩昌黎先生诗集增注证讹》卷一,咸丰四年四明鲍氏刻本。

注'，并铃有'文起手校'白文方章，卷十末有'乙卯岁三月八日竟此卷钦韩'，卷中则眉批处处，笔法老道，批校内容有议论，有训诂，有考证，长短不一。"①

乾嘉时期有存目而未见流传的韩诗选本，如颜懋侨（1701—1752）《李杜韩柳诗选》四卷，选李白、杜甫、韩愈、柳宗元四家诗。颜懋侨，字痴仲，号幼客，曲阜人，工于诗。乾隆十三年（1784）赠文林郎，四氏学教授。其著作丰富，有《履月轩稿》《玉磐山房集》等。《山东通志·艺文志》著录此书："《李杜韩柳诗选》四卷，颜懋侨编。"

第三节 清后期韩愈诗文文献发展概述（道光—宣统朝）

一、韩愈诗文文献发展概况

道光以降，社会出现了千古未有的变局。在民族危机下，各种学术思想出现复兴、融合的趋势。内忧外患的困境唤醒了一部分士人的忧患意识和经世意识，经世致用之学再次兴起。争论已久的汉学与宋学开始调和，"道咸以后的学风已趋调和汉宋，朴学与理学的对立已为讲究经世致用之学所消解"②。士人面对异族入侵、列强瓜分的亡国危机，需要的是爱国主义精神和慷慨昂扬的士气，便从传统思想中寻找维系世道人心的精神支撑，故而理学再次兴盛。桐城派后期主要代表曾国藩调停汉宋之争，以宋为主，兼采汉学之长，继承桐城派义理、辞章、考据文论思想，融入经济的成分，为治世服务。其编《清经世文编》所收文章多是清代关于经世治用的实学文章，显示了向经世致用回归的学术倾向。此书还收有理学家方苞、程晋芳等人的学术文章，意在复兴理学，教化风俗。晚清一些有识之士敢于言论，但不敢直接谈改革，便从古书中寻找济世良方，发挥经典中的"微言大义"以图改革，今文经学随之兴起。此时考据学者们已经意识到乾嘉时期朴学远离社会现实，故而开始转向社会实用方向，运用考据学严谨客观的治学精神和方法钻研科学技术，探求经文义理，为现实服务。

---

① 韦力《沈钦韩批校〈昌黎先生诗集注〉十一卷》，《芷兰斋书跋初集》，国家图书馆出版社2018年版，页175。
② 陈居渊《清代朴学与中国文学》，百花洲文艺出版社2000年版，页389。

面对民族危机,晚清士人对韩愈、杜甫甚为推崇。这与乱世之音所需要的精神依托息息相关。钱谦益曰:"昔者有唐之世,天宝有戎羯之祸,而少陵之诗出;元和有淮、蔡之乱,而昌黎之诗出。"[①]杜、韩诗产生于乱世,抒写乱世,也为乱世所需。杜甫、韩愈关心民生疾苦的思想是晚清士大夫最好的济世良药,以儒道自任的思想更契合士大夫振兴国家的心境。韩集根柢《六经》,蕴含儒家正统思想。爱国志士推崇韩愈其人其集,从中寻找浩然正气和爱国热情,以振奋人心,挽救民族危亡。如学者总结:"动荡的时代促使文人将视线转注于文学与现实的关系,注重文学的时代意义、社会作用,强调诗文经世致用的目的和提倡批判现实的精神。"[②]晚清学术思想的融合在韩集的编辑、整理中也表现得异常鲜明。高澍然《韩文故》、俞樾《读韩昌黎先生集》、魏源的韩诗批点、陈澧、陈宗颖父子批点《韩昌黎先生文集》等,将韩愈诗文评点与社会现实相联系,挖掘韩文中正统思想,为治世服务。尤其是在学术思想大融合的风气下,文学领域里兴起的宋诗运动也开始寻找打通中国诗歌的结合点。宗宋者扶韩归杜,打通魏晋至唐宋的诗歌境界。在宗宋派的倡导下,韩愈再次备受关注。宋诗运动代表曾国藩、郑珍、莫友芝都批校过韩诗。诗话著作中论韩分量较重,如刘熙载《艺概》、陈衍《石遗室诗话》,深入分析韩诗的特点及价值。晚清也不乏研究韩文的著作,如刘成忠《韩文百篇编年》、林纾《韩柳文研究法》等,对韩文技巧的分析深入透彻。桐城古文派晚期代表人物大也多都对韩文进行过批点,如梅曾亮、曾国藩、张裕钊、吴汝纶等,蔓延至广西的桐城派古文代表如王拯、龙启瑞等皆批点过韩文。

二、部分重要韩愈诗文文献叙录

(一)高澍然《韩文故》

高澍然(1774—1841),字时垫,号甘谷,晚号雨农,古文家、理学家、方志学家,福建光泽人。《韩文故》十三卷,序中高澍然明确选文标准:"就全集删伪窜者、用时式者、脱误不可读者、未醇者,存二百九十八首,加评注焉,名曰《韩文故》。"[③]主要是选明道之文。此书完成于道光十六年(1836),是高澍然晚年著作,凝聚其一生研韩心得,由其抑快轩刊刻,今藏

---

① 钱谦益《钱牧斋全集》第二册,上海古籍出版社2003年版,页868。
② 王镇远、邬国平《清代文论选》,人民文学出版社2006年版,页2。
③ 高澍然《韩文故序》,《韩文故》卷首,清刻本。

国家图书馆、吉林大学图书馆、福建省图书馆。《清史稿·艺文志》《中国丛书综录》《续修四库全书总目》有著录,《续修四库全书总目提要》中有《〈韩文故〉提要》。

(二)方成珪《韩集笺正》

方成珪(1785—1850),字国宪,号雪斋,又号宝斋,浙江瑞安人。嘉庆十三年(1808)举人,官海宁州学正,升宁波府教授。方成珪博综群籍,精研小学,善诗词,工书法,尤勤于校雠、考证。陈准《〈韩集笺正〉跋》评其"治校勘考证之学,与钱警石泰吉友善,名亦相埒,而为学审慎过之"。方成珪家中万卷藏书皆亲自点校,治学至老不倦,宝研斋为其藏书和校书之处。清代著名学者黄式三甚赏其才华,称"瑞安治考据之学自成珪始",朴学大师孙诒让对其推崇备至。其校勘《集韵考正》十卷、《字鉴校注》五卷、《韩集笺正》五卷、《干常侍易注疏证》一卷《集证》一卷、《敬业堂诗校记》一卷等,有《宝研斋吟草》一卷、《宝研斋诗钞》二卷。《集韵考正》是小学类韵书集大成之作,影响至今,在中国学术史上占据着重要位置。

方成珪著《韩集笺正》五卷,体例同朱熹《韩文考异》,无原文,摘句注释,书后附其编《昌黎先生诗文年谱》。方成珪不满宋人注,此本重在纠正宋人旧注,序曰:

> 明东吴徐氏东雅堂韩集,藏书者家置一编。盖以朱子《考异》止辨正诸本异同暨莆田方氏《举正》所从之当否,未暇它及也,以《考异》散附正文句下。自王留耕始稍有笺注,疏不为赅备。建安魏本广采众说,又未免失之太繁。惟此本录《考异》之文,节取魏本各注,易于循览耳。但徐氏所采实用南宋廖莹中世綵堂本,莹中为贾似道门客,学问芜浅,所采辑多不精审,又经徐氏重刻,例不标注家姓名,往往有强彼就此,胶轕不清者,则亦未得为善本也。①

方成珪逐一分析了宋人注本优缺点,认为宋注存在着繁冗拖沓、注释不当、学术不规范等问题。《韩集笺正》运用"知人论世"方式,以达"以意逆志"目的。方成珪悉心研治韩集多年,参互钩稽多种文献,对韩愈一生行事及作品中人物爵里逐一考释,考证韩愈诗文创作时间,诠释职官典制,阐释作品意旨。方成珪序曰:

> 珪于此集悉心研悦,积有余年,其所援引必为寻究本源,其人物爵

---

① 方成珪《韩集笺正序》,《韩集笺正》卷首,《续修四库全书》第1310册,页585。

里及韩子一生出处,则考之新、旧《唐书》、司马温公《通鉴》、皇甫持正《碑志》、李习之《行状》、程致道《历官记》,吕、洪二《年谱》,参互钩稽,实事求是,《文苑》《文粹》亦旁资校证焉,并酌录何义门《读书记》、陈少章《韩集点勘》、王惺斋《读韩记疑》、顾侠君、方扶南各注,以广见闻。①

可见方成珪广引正史、文人别集,并参考诸家注韩成果。校勘异文是《韩集笺正》又一特点。方氏认为校勘要注重识字工夫,不仅要通其读音,还要深明其原流正变,训诂异同。校勘韩集异文注重梳理源流,依据诸种版本对校。方成珪音韵学知识深厚,也善于从音韵学角度校勘韩集。方氏所注所校亦有附会之嫌,但部分成果被后世多家研韩者借鉴。此书完成于道光二十一年(1841),民国十五年(1926)由瑞安陈准为之刊刻。《清史稿·艺文志》《中国丛书综录》有著录,《续修四库全书》据此本影印收录。

(三)陈溥《韩昌黎先生诗钞》

陈溥(1805—1858),字广敷,号稻孙,江西新城钟贤(今江西黎川县中田乡)人,晚清文学家、理学家。陈溥师从梅曾亮,得桐城古文义法,文多理学之作,诗多道学气。包世臣评其:"泛览百家,为诸臣冠,诗文亦有卓荦之概,然自率资性,未见真实工力。"②陈氏批点古诗文十多种,著有《陈广敷先生诗文钞》《霞绮集》《诗说》等。《韩昌黎先生诗钞》一卷,选韩诗四十四首,按时间编排,收于《陈氏丛书》中。陈溥主要从理学角度选诗,在卷首题曰:"但取其有道气可耳,尚未成章。"③所选韩诗无联句,都是古体诗,且多是韩愈不遇时作品,这类诗歌最能体现韩愈雄直浑豪的诗风和桀骜不驯的人格,又不失《雅》《颂》遗风。陈氏评语不甚多,常以"狷直"、"二《雅》之遗"、"朴劲"、"直气"等简洁语言论韩诗古淡质朴的风格,分析诗歌言外之志。《宿曾江口示侄孙湘》中"海风吹寒晴,波扬众星辉。仰视北斗高,不知路所归"句,评曰:"古色斑远,绝是三代气候。此岂李、杜、苏、黄所能比?"④陈溥对韩诗评价之高可见一斑。

(四)刘成忠《韩文百篇编年》

刘成忠(1818—1884),字子恕,咸丰二年(1852)进士,江苏丹徒(今镇

---

① 方成珪《韩集笺正序》,《韩集笺正》卷首,页586。
② 包世臣《答陈伯游方海书》,《艺舟双楫》卷三,商务印书馆1935年版,页73。
③ 陈溥《韩昌黎先生诗钞》卷首,光绪九年刻本。
④ 陈溥《韩昌黎先生诗钞》卷四。

江市)人,小说家刘鹗之父。刘成忠历充武英殿协修、国史馆协修、纂修、福建道监察御史、河南汝宁府知府、开封知府等职。刘成忠善于河工算学,引进西方新兴的科学技术,治理黄河,功绩卓著。著有《河防刍议》《因斋诗存》《吹台随笔》《因斋杂记》《军务日记》等。

刘成忠少时即读韩文,晚年又重研韩文,解析韩文之法,著成《韩文百篇编年》三卷。刘氏曰:"取少所读公文,约取八十首,朝夕玩索,凡法之所在则标出。"①此书按年代编排韩文,分为上、中、下三卷。以年编之,可见韩文变化之迹,序曰:

> 神理气韵因年而异者,迄未有以辨其睢珍也。今年春阅《五百家韩文注》,见公文多有年月,因补足百篇,分年而列之。孰为少作,孰为中年、晚年作,一经排次,蹊径判然。凡百篇中不可得知其年者,唯七篇而已。综而观之,不独公文与宋以后之文其高下之不同者见,即公文之自少至老各有其高下者亦见。②

清初沈闻《唐韩文公文》部分韩文按年编排,还不属真正编年体韩文文献。《韩文百篇编年》是现存规范成熟的编年体韩文文献。乾隆时期沈端蒙曾有《韩文公文集编年笺注》,但未见传世。《韩文百篇编年》首先是作者自序,后分卷评注;每卷先是目录,次是正文,正文题下有题解,简单考作年;文中有夹批、夹注;文后有总评,重点分析韩文字法、句法、章法技巧以及风格特点,其中不乏精辟之见。此书同治十年(1871)初刻,又有光绪二十六年(1900)食旧堂石印本,今藏国家图书馆、北京大学图书馆、清华大学图书馆、复旦大学图书馆、华东师大图书馆等地。

(五)陈澧批《韩昌黎先生集》

陈澧(1810—1882),字兰甫,或兰浦,号东塾,广东番禺人,晚清汉学家,道光十二年(1832)举人。陈澧学识渊博,精通天文、地理、古文、骈文、书法等,先后受聘为学海堂书院学长、菊坡精舍山长,著有《东塾读书记》二十五卷、《东塾集》六卷附《申范》一卷、《东塾杂俎》十四卷、《公孙龙子注》一卷、《汉儒通义》七卷、《汉书地理志水道图说》七卷、《河防杂著四种》、《菊坡精舍集》二十卷、《摹印述》一卷、《切韵考》六卷《外篇》三卷、《三统术详说》四卷、《声律通考》十卷等。陈澧立足汉学,以古文经学为主,兼采宋

---

① 刘成忠《韩文百篇编年序》,《韩文百篇编年》卷首,光绪二十六年食旧堂石印本。注:本书所引刘成忠韩文批语皆出自此本。
② 刘成忠《韩文百篇编年序》,《韩文百篇编年》卷首。

第一章 清代韩愈诗文文献发展史概述

学,强调通经致用,是晚清汉宋调和的集大成者。《清史列传》记载:"其于汉学、宋学能汇其通。"①其治学与现实联系,尝曰:"吾之书但论学术,非无意于天下事也。"②陈澧自述读书经历:"少时只知近人之学,中年以后,知南宋朱子之学、北宋司马温公之学、胡安定之学、唐韩文公之学、陆宣公之学、晋陶渊明之学、汉郑康成之学。"③陈澧认为韩愈承继道统,是师法对象:"学之为言效也,必当寻师,寻师则必求古人,郑君也、陶令也、陆宣公也、韩文公也、胡安定也、司马公也、朱子也、顾亭林先生也。"又曰:"注疏:陶、陆、韩、胡、司马、朱,细读诸家书,此是求圣人之路。"④陈澧力肯以古人为师,昌黎则是首选,其《与周孟贻书》曰:

> 前者在学海堂,足下问读书之法,欲以仆为师,仆辞不敢……今别有以告足下,凡为学者当于古人中择师。仆为足下择之其昌黎乎! 昌黎《进学解》曰:"先生口不绝吟六艺之文,手不停披百家之篇。记事者必提其要,纂言者必钩其玄。"此昌黎读书法也。上归《尚书》《春秋》《左氏》《易》《诗》,下逮《庄》《骚》、太史、子云、相如,此昌黎作文法也。篇末言孟子、荀卿,此昌黎之学之大旨也……昌黎一生读书为文求圣人之道,必自孟子始,一一自言之,又屡言之,灿然而可见,确然而可循,如此才真高矣,志真博矣,足下性所近矣。仆劝足下先取《昌黎集》熟读之,又取《尚书》《春秋》《左氏》《易》《诗》《庄》《骚》、太史、子云、相如十书熟读之,然后披览百家,提要钩玄,一一如昌黎之所为,而尤以孟、荀为宗,而又取荀之醇,去荀之疵。凡昌黎之学,一一奉以为法,积之以十年、二十年,吾不知其所成如何,虽与李习之、皇甫持正如骖之靳,不难也。⑤

陈澧以韩愈读书、作文为范型,解之甚细,并将韩愈作为追溯先秦、秦汉文之舟楫,奉为孔孟道统思想的接续者。陈澧对韩愈读书为文之法及宗旨的解读正符合当朝的文学风尚和学术旨趣,从微观的学习方法到宏观的道统、文统思想,韩愈都被作为师古的首要典范。陈澧在书院中教授士子习韩文,学韩愈读书之法,必然有利于扩大韩愈的影响,推动岭南宗韩之风的

---

① 《清史列传》卷六十九,中华书局1987年版,页5636。
② 汪兆镛纂辑《碑传集三编·陈澧传》卷三十三,台北文明书局1985年版。
③ 汪宗衍《陈东塾先生年谱》道光二十四年条,商务印书馆1964年版,页33。
④ 陈澧《陈兰甫先生澧遗稿》,《岭南学报》第二卷,1931年第三期,页171。
⑤ 陈澧《东塾集》卷四,《清代诗文集汇编》第637册,页215。

发展。

陈澧批《韩昌黎先生集》有两种,一种所用底本为乾隆四十九年(1784)陈昌齐(1743—1820)刻《新刊五百家注音辩昌黎先生文集》,另一种所用底本是同治九年(1870)广州述古堂刻《昌黎先生文集》,其子陈宗颖又增批其上①。两种批本批注内容各有侧重,互为补充。前者侧重评点韩文艺术特色,中有文字校勘,后者深入挖掘韩文中蕴含的儒道思想,将韩文的批点与社会现实相联系,以为治世之用,体现陈澧后期汉宋兼采的学术思想,也是晚清汉宋学调和下韩集整理的典型。两种批本今藏中山大学图书馆。

(六)俞樾《读昌黎先生集》

俞樾(1821—1907),字荫甫,自号曲园居士,浙江德清人。清末著名学者、文学家、经学家、古文字学家、书法家,章太炎、吴昌硕皆出其门下。俞樾是道光三十年(1850)进士,曾任翰林院编修,后移居苏州,潜心学术达四十余年。俞樾治学以经学为主,继承皖派学者王念孙、王引之父子专治文字学的传统以及孙诒让的古礼研究,号称朴学殿军。旁及诸子学、史学乃至戏曲、诗词等,为学可谓博大精深。

俞樾《读昌黎先生集》一卷,是其研读韩集的成果。就读书过程中发现的问题,参照前人旧注,对某些观点进行考证纠谬,主要内容侧重校勘方面。俞樾依据韩集文献主要是方崧卿《韩集举正》、朱熹《韩文考异》、魏仲举《五百家注音辩昌黎先生集》、东雅堂《韩昌黎先生集》、陈景云《韩集点勘》。此书选韩诗十五首,韩文十五篇,不录原文,摘句考释,校勘以理校为主,综合运用对校、本校、他校,考证过程旁征博引。此书同治十年(1871)刊刻,光绪七年(1881)收入《俞楼杂纂》,光绪二十八年(1902)收入《春在堂全书》三十五种,今藏国家图书馆等地。

作为古文经学家,俞樾对韩集的注释、校勘多有发覆,但也不可避免地存在一些过于质实而失诗歌真谛的问题。如《八月十五夜赠张功曹》诗中"赦书一日行万里"注曰:

> 愚按:一日万里,无此神速。虽极言之,不应如此也。"一日"疑"一月"之误。据《答张彻》诗曰"赦行五百里",以一日行五百里计之,刚一月可行一万五千里,故举成数而言,曰"赦书一月行万里"也。②

---

① 李福标《〈昌黎先生文集〉清同治广州述古堂刻陈澧父子批点本考述》,《图书馆论坛》2009年第4期。
② 俞樾《读昌黎先生集》卷一,载《春在堂全书》,光绪二十八年刻本。

对于此句的校勘,俞樾过于注重字面意思,有失诗歌蕴藉之美。

(七)李详《韩诗证选》

李详(1859—1931),字审言,号愧生,扬州兴化人,晚清《选》学研究专家。李详小学功底深厚,工诗文考证,善于利用《文选》与其他文集互相发明。李详推崇韩诗,对韩诗评价极高。其《韩诗萃精序》曰:"余更益以公《城南联句》云'蜀雄李杜拔'。以公刚方屈强之性,于并世诗人服膺赞叹如此,又能遗貌取神,不相剽袭,自成一家,独立千秋。此韩公之诗,所以与天地比寿,日月齐光者。"①又曰:"余少好公诗,在光绪己卯、庚辰之间,背诵无遗……与郑君苏戡相习,郑云:'由宋以来,诗人纵不能学杜,未尝不于韩公门庭周历一番者。'余抚掌以为明言。嗟乎!伊挚言鼎,轮扁语斤。余得戡此论,深幸吾道之不孤,而韩诗其将大昌也。"②李详研习韩诗已久,对韩愈推许嘉誉之情溢于言表。李详一生著作丰富,有《愧生丛录》《〈颜氏家训〉补注》《王荆文公诗补注》《文心雕龙补注》《文选精粹说义》《选学拾渖》《杜诗证选》《韩诗证选》《韩诗萃精》等。

《韩诗证选》一卷,光绪三十一年(1905)至宣统二年(1910)期间刊登于《国粹学报》,后收入《李审言文集》。序曰:"唐以诗赋试士,无不熟精《文选》,杜陵特最著耳。韩公之诗引用《文选》亦多,惟宋樊汝霖窥得此旨……余据樊氏之言,推寻公诗,不仅如樊氏所举,因条而列之。"③宋樊汝霖评韩愈《秋怀诗十一首》是《文选》体,李详藉此潜心研治《文选》,并以之注释韩愈学《选》之诗。李详笺注韩诗六十九首,多以《文选》注释韩诗。李详注释韩诗用典出处,也侧重解释韩诗语境。其中也有少部分不是学《文选》之诗,李详注其典故出处。李详《韩诗证选》在笺注方法上与其他注家无显著区别,但集中用《文选》证韩诗却是一种新的角度,从中可直接看出韩诗与六朝诗赋的密切关系。李详另有《韩诗萃精》讲稿,完成于民国十五年(1926),已散佚,《韩诗萃精序》收入《李审言文集》,《序》曰:"窃尝论诗必具酸咸苦辛之旨,济以适丽典赡之词,始能及远。李、杜之诗善矣!学韩公诗,于《骚》《雅》、陶、谢,一一具在。韩不称陶公,有极似陶者。余故罗缕其词,揭其篇目。"④由序可推测此书应注意抉发韩诗与陶诗、谢诗渊源关系。

---

① 李详《韩诗萃精序》,《李审言文集》,江苏古籍出版社1988年版,页907。
② 李详《韩诗萃精序》,《李审言文集》,页907。
③ 李详《韩诗证选序》,《李审言文集》,页35。
④ 李详《李审言文集》,页907。

晚清还有马其昶《韩昌黎文集校注》、林纾《韩柳文研究法》也是重要韩集文献，将在下篇中探讨，此不赘述。清代后期也有佚而见存目的韩集选本，如彭应珠《杜韩诗文选注》十卷，《云南通志·艺文志》著录。彭应珠，字真崖，生活于同治时期，黎平（今属贵州）府举人。

第二章 清代学术文化与韩愈诗文整理

清代学术文化影响研治韩集的因素,主要包括清代学术思想、科举制度以及藏书、刻书业几个方面。清代学术思想的变迁、科举制度中的八股取士使韩集整理呈现出与其密切相关的特点,藏书和刻书业的兴盛也促进了韩集整理的兴盛,为韩集文献的广泛流传做出了巨大的贡献。

第一节 清代学术思想之流变与韩集整理

清代学术思想经历了前、中、后期的不同变化,王国维《沈乙庵先生七十寿序》曰:"我朝三百年间,学术三变:国初一变也,乾嘉一变也,道咸以降一变也。"[1]清代韩集整理随着学术思想的流变呈现不同特点,通过诠释韩集而彰显其价值。清初实学与理学并兴,韩集整理以选评韩文为主,注重揭示韩文道统思想。清中期考据学兴盛,促进韩集注本的繁兴,注家充分运用乾嘉考据学的知识和方法笺注韩集,新见迭出。晚清内忧外患,汉宋之学调和,理学和今文经学兴起并与现实结合,韩集整理多集批注于一体,体现汉宋兼采的学术思想,注重阐释韩集浩然之气和道统思想,为挽救民族危亡寻求精神支撑。

一、清初理学与经世致用之学兴起下的韩集整理

清初统治者再次抬出传统的儒家思想和道德标准维护自己的统治,以宋儒性理之学为宗,程、朱理学被重新推崇利用,以稳定社会秩序。清初统治者对理学的倡导"实为中国帝王前所未有,后亦莫之能及,故康熙间学术,德性与问学并重。而稽古右文,公卿风雅,天下翕然知所向往"[2]。面对

---

[1] 王国维《王国维文集》第一卷,中国文史出版社1997年版,页97。
[2] 孟森《清史讲义》,广西师范大学出版社2005年版,页237。

天崩地解的时代变化,学者们重新恢复儒学的经世传统,倡导经世致用之学,试图从中寻找救世良方。如顾炎武、黄宗羲、王夫之三家为代表,着重于实践,博览群经,从而掀起了一股经世致用的实学思潮。张修龄概括说:"顺康之世,天造草昧,学者多胜国遗老,离丧乱之后,志在经世,故多为致用之学,求之经史,得其本原,一扫明代苟且破碎之习,而实学以兴",在统治者和学界的共同作用下,"清初学术出现了实学和理学同步发展的趋向"①。

随着清初学术思想的变化,文学风气也为之一变。马积高论及此说:"明末清初,学者们既提倡把传统的理学及经学推向经世致用的轨道,自然不能不相应地提倡与之相应的文风。"②在清初实学与理学结合之下,文人学者倡导文章应根柢《六经》,与济世相连,摆脱晚明空疏无用之弊病。顾炎武曰:"故凡文之不关于《六经》之指、当世之务者,一切不为。"③清初古文三大家亦提倡为文根柢《六经》。学者计东评汪琬文曰:"圣人之道,载于《六经》,学者能从经见道而著之文,不使经与道与文三者析而不可复合,则可谓善学矣……而我郡有汪苕文者出,其始亦仅志乎古人之文,习其矩矱而已,既乃知文之不可苟作,必根柢《六经》而出之,然犹未得夫经之指归也,益黾勉窥测于道之原。而得其所以为经者,遂能贯经与道为一而著之,为文洋洋乎积数万言,而沛然不悖于圣人之道,则其文之足传于后世,而近继归、王垂绝之绪,远蹑韩、欧诸公无疑也。"④汪琬文远绍韩、欧而能根柢《六经》。清初不仅文人学者对于空事涂饰却了无内涵之文加以指责,统治者亦强调文章须宗经载道,忌空疏。康熙帝曰:"文章以发挥义理,关系世道为贵。骚人词客,不过技艺之末,非朕之所贵也。"⑤韩愈开道统传授之统绪,其儒道思想主要包含:"以治国平天下为目的的心性哲学;以维护大一统为目的的政治哲学;以弘扬自我、张扬个性、追求自由、追求独创为特征的艺术主张。学统、政统、文统,三统合一,一以贯之。"⑥韩集约《六经》之旨,用圣人之道为理论指导,力图解决社会现实问题,故而甚受推许。受清初学术思想的影响,韩文批点特点鲜明。

---

① 张修龄《清初散文论稿》,复旦大学出版社2010年版,页16。
② 马积高《清代学术思想的变迁与文学》,湖南人民出版社2002年版,页19。
③ 顾炎武《顾亭林诗文集》,中华书局1959年版,页91。
④ 计东《改亭集》卷一,乾隆十三年计瑸刻本。
⑤ 朱轼等《圣祖仁皇帝实录》卷四十三,"康熙十二年八月"条下,《清实录》第4册,页572。
⑥ 刘真伦《韩愈集宋元传本研究》,中国社会科学出版社2004年版,页3。

第二章　清代学术文化与韩愈诗文整理

（一）重韩文儒道思想之阐释

清初研韩者评选韩文目的虽有不同,但都注重韩文道学思想的探析。如张伯行《唐宋八大家文钞》,选韩文六十篇,序曰:"文人之文,不免因文而见道,故其文虽工,而折衷于道,则有离有合,有醇有疵,而离合醇疵之故,亦遂形于文而不可掩。韩子之文正矣,而三《上宰相书》何其不自重也……又不可审择明辨于其间,而概以其立言而不朽者,遂以为至矣也。余故选其文而论之,不特以资学者作文之用,而穷理格物之功,即于此乎在。"①张氏选八家文为宣扬理学,评析文章也以此为中心,同时也可看出张氏对韩愈上宰相书行为有微词。如《荐樊宗师状》文末评曰:"士君子处士,以孝友忠信为根本;艺学以充其识,仁恕以善其施。观昌黎所以荐樊者,而立身之道备矣。"②《五箴序》末评曰:"先儒谓昌黎因文以见道,观此序知其省身克己之勇如此,固非文人所能及也。学者亦可因是以自奋矣。"③从张伯行的评语中可窥其评韩文的道学气息甚是浓厚,深受清初儒学思想影响。

李光地《韩子粹言》教授士人学治古文,发扬韩愈之"雅志"。序曰:"今摘公文,授子孙辈,则择其发于理,济于事者,而文之简质明锐,亦似非他酬酢所及,欲令后生识文章之正的,且以发明公之雅志。"④此选本多选韩愈载道之文,揭示韩文蕴含儒道思想。如《原性》文末评曰:"此篇言性,上接孟子而下启周、程。"⑤又如《请迁玄宗庙议》文末评曰:"此等文真所谓《六经》之风绝而复新者也。"⑥李光地身为理学家,在政治上较有作为,他不仅推崇韩文中的道统思想及艺术特色,还盛赞韩愈极强的政治、军事才能。如评《复仇状》曰:"事理周尽而辞令简要,此等文非秦汉来所有,盖自韩公始也。观韩公论典礼、兵刑处,岂可以文学之科限之,其老练精核,远侔武侯,近比宣公矣。"⑦对韩愈文章和政治、军事才能赞誉有加。

储欣以制艺为业,最为欣赏有雅道之韩文。其《昌黎先生全集录序》曰:"自魏晋以降,柔筋脆骨,嫣然弄姿,雅道塞绝,而韩文奋发,皆天也。"⑧

---

① 张伯行《唐宋八大家文钞》卷首,正谊书院本。
② 张伯行《唐宋八大家文钞·韩文公文》卷三。
③ 张伯行《唐宋八大家文钞·韩文公文》卷二。
④ 李光地《韩子粹言序》,《韩子粹言》卷首。
⑤ 李光地《韩子粹言》卷一。
⑥ 李光地《韩子粹言》卷一。
⑦ 李光地《韩子粹言》卷一。
⑧ 储欣《昌黎先生全集录序》,《唐宋十大家全集录·昌黎先生全集录》,《四库全书存目丛书》本。

储欣批点韩文,善于揭示韩文道统思想。《鳄鱼文》文末评曰:"《周书·大诰》之遗。羊豕以食之,礼也;导之归海,仁也;不听则强弓毒矢随其后,义也。享其礼、感其仁、畏其义,安得不服!"①储欣揭示韩文蕴含的儒道思想有利于教化民心、维护统治,故其评韩文成果多被乾隆御选《唐宋文醇》吸取。孙琴安说:"由于储欣评选唐宋散文,观点和选择标准都与明代唐宋派的路数有所区别,所含儒家观点,反到引起了清统治者的兴趣。后乾隆继位不久,在编选《唐宋文醇》时便以储欣的《唐宋八大家类选》《唐宋十大家全集录》为蓝本,重加改订。不少地方大量引用了储欣的评语。"②

再如卢轩《韩笔酌蠡》,也注重韩文儒道思想的评析。宋荦为之作序曰:"有唐昌黎韩子之文,上接孟子,下正荀、扬,斯道绝续之关系,匪直为大家倡始也。"③卢轩综合唐宋以来诸家评语加以折衷,尤其历来对韩愈三《上宰相书》《潮州刺史谢上表》有质疑的观点,卢轩站在宋明理学的角度,以封建纲常伦理为依据大加驳斥。《潮州刺史谢上表》文末评曰:"归德侯方域有书后一首,称公之表论佛骨何其壮,至潮谢上降辞乞哀何其卑。以此訾公之守道不笃,轩不谓然。臣之于君犹子之于父也,父母有过则必谏。"④又如《禘祫议》中"事异殷周,礼从而变,非所失礼也"句,卢轩批曰:"按公礼学精深,诸儒所不及。故其所议独深得孝子慈孙报本反始、不忘其所由生之本意,真可谓万世之通法,不但可施于一时也。程子以为不可漫观者,其谓此类也欤?"⑤卢轩此评转引朱熹评语,探析韩文道统思想。卢轩深熟四书五经,批点韩文受到程、朱理学的影响也是必然的。

清初学者专门为士子指引作文门径所选韩文选本,分析韩文创作技巧的同时,亦重韩文道统思想的探索,如林云铭《韩文起》、沈閬《唐韩文公文》。林云铭和沈閬都是清初古文家,二人选评韩文的目的相同,即寻绎韩文创作堂庑,为初学者指引作文津筏。林云铭一生以维护国家安定、关心民生疾苦为行事准则。他推崇韩愈,重在其大一统思想。林云铭面对福建叛乱三藩的威逼,宁可入狱,不与其同流。《韩文起》在体例安排上首次打破李汉编韩文顺序,以道统思想为核心,遵照先国后家、以经世为用的原则,批点中也处处挖掘韩文蕴含的道统思想。《重答张籍书》文末评曰:"文

---

① 储欣《昌黎先生全集录》卷七。
② 孙琴安《中国评点文学史》,上海社会科学院出版社1999年版,页240。
③ 宋荦《韩笔酌蠡序》,卢轩《韩笔酌蠡》卷首。
④ 卢轩《韩笔酌蠡》卷二十一。
⑤ 卢轩《韩笔酌蠡》卷四。

第二章 清代学术文化与韩愈诗文整理

中以道自任,以天自信,其一段持世苦衷,此朱晦庵所以称为豪杰之士也。"①评《凤翔陇州节度使李公墓志铭》曰:"《志铭》词云'维昧之诒',是明明欲使河朔诸镇不明道理者,咸知以忠为法,以不忠为戒,无不可以转祸为福。其用意有关于世道人心不小,尤非文士所能及者,读者当细心参考,不然,则懵然置之矣。"②林云铭分析出韩文中蕴含的维护大一统的政治思想,对韩愈儒道思想、政绩的称赞远超对其文章艺术的欣赏。沈闇《唐韩文公文》重在解析韩文创作技巧,也注意揭示韩文立言之功。沈闇认为古文之法"必缘其义与辞,而立义必随其事而起",评韩文"详其事,发其义,剖其辞",从而"标揭其法"。如评《答李翊书》曰:

  此书备告翊以蕲至于古之立言之道,而"无望其速成,无诱于势利",是存心之旨要;"非圣人之志不敢存",气不可以不养,是用功之始终。盖立言专发明圣人之道,故"非圣人之志不敢存","非气不足以达其言",故气不可以不养。然志必尽醇,气必极盛,而后可称至于古之立言者,是岂能一蹴而就也?故曰"无望其速成"。③

沈闇剖析韩文旨在告诉李翊作古文要志醇气盛,即文章要"发明圣人之道",充满浩然之气,方称得上上乘之文。又评《送浮屠文畅序》曰:"古人作一文,固立一意为主,然结构莫不成于波澜,而波澜又莫不生于间隙。如此文,一篇之注意在告以圣人之道。"④正如钱穆评韩愈:"独昌黎韩氏,进不愿为富贵功名,退不愿为神仙虚无,而昌言乎古之道。曰为古之文者,必志乎古之道。"⑤沈闇边析韩文构思技巧,边揭示韩文波澜意度的行文结构之中所蕴藏的儒道思想。

  此期的韩诗批点也重在揭示其道统思想,艺术特色方面重温柔敦厚风格的评析。如李光地《榕村语录》中收入多首韩诗批语,侧重阐释韩诗蕴含的道统思想。杨大鹤选评《昌黎诗钞》以阐释韩诗道统思想为主,认为韩诗无一不合于圣人之道,并把韩愈看作传圣贤道统之人,序中评其"一生以身任道,以诗文贯道"。杨氏多引李光地韩诗评语,揭示韩诗中儒道思想。汪森《韩柳诗合集》也多分析韩诗温柔敦厚风格和关心国事

---

① 林云铭《韩文起》卷三。
② 林云铭《韩文起》卷十二。
③ 沈闇《唐韩文公文》卷三。
④ 沈闇《唐韩文公文》卷二。
⑤ 钱穆《中国近三百年学术史·引论》,商务印书馆1997年版,页1。

之特点。

（二）开韩集整理考、评、校结合之风

受清初求实学风的影响，诗文评点中开始融入考据的成分。何焯批注《韩昌黎集》，既重词语注释、异文校勘，又重诗文风格、章法技巧的分析、创作意旨的阐释，其中多引李光地研韩成果。这种边注边评边校研究韩集的方式是之前韩集文献所没有的。如评《韶州留别张端公使君》曰：

> 起句"再"字与末句"淹留"反对。"久钦江总文才妙"二句，《南史》：刘之遴尝酬总诗，深相钦挹。台城陷，避难会稽。总舅萧勃据广州，自会稽往依焉，流寓岭南积岁。陈天嘉四年，以中书侍郎征还。此句乃断章用岭外事，与第七"奏课征拜"呼应。虞仲翔徙交州不返，自危机，类此也。"清歌缓送款行人"，注："款"诸本作"感"。按作"感"便与"缓"字无情。①

此诗作于元和十五年（820），时韩愈量移袁州途经韶州。何焯考释韩诗用典，即用江总事喻指诗人贬潮州事，同时分析韩诗前后呼应之技巧，又用理校法校勘韩诗异文。又如评《送区弘南归》曰：

> 温柔敦厚，声如厥志。惜惜蔼蔼，所谓伯牙之琴弦乎？气味出于平子《思玄赋》，中边皆甜。"穆昔南征军不归"六句，与《送廖道士序》同意。"观以彝训或从违"，伏后"业"字。"落以斧引以纆徽"，注引张文潜云云。按：汉《铙歌·上邪》篇云"山无陵，江水为竭"。又，汝南童谣云"饭我豆，食羹芋魁"，其句脉皆上三字略断，韩子必有本也。"虽有不逮驱骒骒"，伏后"勤"字。"服役不辱言不讥"，伏后"苦"字。"虽不勒还情庶几"，《三百篇》妙语。"行行正直慎脂韦"，伏下"志"字。王道正直即上彝训归宿也。②

区弘自韩愈贬阳山量移江陵追随，直至韩愈回京，区弘辞别，韩愈作诗送之。何焯追溯韩诗句式、风格、语词渊源所出，又逐一解释诗歌中上下呼应之处，评析可谓全面。在清初理学兴盛之下，何焯思想不免受时下风气影响。何焯评韩文注重韩文道统思想的阐释，且多引李光地研韩评语。评《与鄂州柳中丞书又一首》曰："字字着实。观昌黎议礼制，谭兵、农、刑律等

---

① 何焯《义门读书记》，中华书局1987年版，页524。
② 何焯《义门读书记》，页512。

文,稽古而不迁,适时而不诡,经术纯明,非诸子修词者所及。"①评《送许郢州序》曰:"忠告善道,亦《六经》孔氏之词,讽刺之辞却语语平恕蔼如也。"②何焯评韩文劝谏于頔"以国家之务为己任",且以温醇之言行之。张伯行亦评此文"深得立言之体"。何焯不仅善于揭示蕴含道统思想之韩文,对自认为不合《六经》之旨之韩文,也明确辨析。如评《送孟东野序》曰:

> 只说文章如何关系,便有酸气,旁见侧出,突兀峥嵘。"鸣"字句法虽学《考工》,然波澜要似《庄子》。"其在唐、虞、咎陶、禹,其善鸣者也",在上。"夔弗能以文辞鸣",又自为波澜。"周之衰,孔子之徒鸣之",在下。"其他浸淫乎汉氏矣",其他盖以杂文言之。"李翱、张籍其尤也",又入二子。前半千波万嶂,不容此处太平也。"三子者之鸣信善矣",结过前半。"抑不知天将和其声,而使鸣国家之盛耶",以下始因其不释然而解。"其在上也奚以喜"二句,一宾一主。三子之上下,系国家之盛衰,却说得蕴藉不流于夸毗。又藏过弃才,则国家之盛可卜,极得体,但吾终疑"不得其平"四字,与圣贤之善鸣及鸣国家之盛处,终不能包含。此韩子之文尚未与经为一耳。③

何焯细解韩文章句技巧,又从道统思想角度评判韩文,认为此文所说"不得其平"而鸣中孟郊、李翱、张籍之鸣非圣贤善鸣之含义,非鸣国家之盛衰,"尚未与经为一"。

二、乾嘉考据学对韩集整理的影响

清考据学兴盛,影响深远,韩集整理也富有特色,主要是韩集注本的繁兴。理学作为统治者统驭之"术"依然代表官方意识形态,具有载道功能之韩集得到官方高度肯定,产生了具有说教功用的御选《唐宋文醇》《唐宋诗醇》。代表理学的桐城派古文家心仪韩愈,刘大櫆《唐宋八家文百篇》、姚鼐《古文辞类纂》选韩文最多。偏远岭南地区尊韩达到历史之最,研韩风气浓厚,产生数种韩诗批本。而从"学"的层面上,清初学者倡导的实学思潮至乾嘉时期演变为考据学的大兴,汉学成为学术思想的主流,对韩集整理来说促成了注本的兴盛。韩集注本集中于考据学中心地区。乾嘉时期小学知识异常发达,地理、职官、年谱之学也随之兴旺。笺注者都具有深厚的考

---

① 何焯《义门读书记》,页562。
② 何焯《义门读书记》,页563。
③ 何焯《义门读书记》,页563。

据学功底,学识渊博,在总结宋人韩集注本的基础上,运用清代考据学特有的知识和方法,进一步诠释韩集,纠谬旧注,学术规范性很强,展现出极富时代特色的乾嘉考据学风。此部分所举韩集文献以受考据学影响为主要选取标准,故将稍晚但极富乾嘉考据学特征的《韩集笺正》等韩集文献列入。

（一）注重韩集字词的训释考证

韩愈诗文内容涉猎广,尤其韩诗有奇险怪僻之风,用典丰富,笺注者需具有广博的知识。宋人韩集注本也多词语训释、本事考释。与宋人笺注韩集词语、本事相比,清代乾嘉考据学影响下的韩集注本不仅考释词语、本事更详细,而且重在"证"之一面。校注一词语时,考证过程旁征博引,从不同角度引用多种文献加以校注,得出结果极具说服力。如《陆浑山火和皇甫湜用其韵》中"齿牙嚼啮舌齶反"之"齶",宋祝充注曰:"齶,音咢,一作腭,口中断也。"廖莹中注本作"腭",注曰:"'腭',或作'齶'。'齗',口中劓也,出《字统》。"《韩集举正》:"祝季宾云:腭,恐作喽。按,腭,齿断也。"方世举注曰:"《玉篇》有'齶'字,无'腭'。《说文》俱无。《广韵》:'喽,口中断。''喽'出《字统》,与'齶'同,亦无'腭'字。"[①]方成珪在此注基础上又补注曰:"'腭'当从魏本,作'齶'。'齗'亦'齶'字之误,'劓'当作'断'。"[②]方世举和方成珪秉持乾嘉学者"孤证不为定说"的治学原则,详查各种字书,征引多种文献,对"腭"字进行详尽考证,结论极为肯定。相对而言,宋人注则显得太过简略,既没考证,又没断语,文献引用也有错误。又如《汴州乱二首》中"健儿争夸杀留后"中"夸",方崧卿《韩集举正》本作"夸",文说《新刊经进详注昌黎先生文集》、魏仲举《五百家注》作"诱",无注释。朱熹注曰:"'夸',或作'诱'。"俞樾《读昌黎先生集》注(为便于了解字形变化,"夸"字仍用繁体字)曰:

"誇",或作"诱"。愚按:作"诱"、作"誇"均未合,是时军乱而杀其将,非为人所诱,亦非欲以此誇于人也。"誇"乃"譁"字之误。《广韵·九麻》:"譁,喧譁。誇,上同。"是唐人书"譁"字,有作"誇"者。《国语·晋语》:"士卒在陈而譁。"《吴语》:"三军皆譁,扣以振旅。"韩子用"譁"字本此,言健儿争譁呼而杀留后也。因字从俗作"誇",而后人罕

---

① 方世举《韩昌黎诗集编年笺注》卷六。
② 方成珪《韩集笺正》卷四。

见"誇"字,遂误作"詿"矣。"誘"则又"詿"之误也。①

贞元十五年(799)宣武节度使董晋卒,以行军司马陆长源为宣武军节度度支营田,汴宋亳颍观察使,汴州军乱杀陆长源,韩愈作此诗。俞樾依靠深厚的小学知识,详细查阅古籍,并结合韩诗考证"誇"应为"譁"字之误。从俞樾的考证过程看,"譁"字更适合诗意。与旧注的臆测之语相比,俞樾考证过程既扎实可靠,又合韩诗之意。正确确定文本,有利于进一步解读文本。俞樾的校注成果,被后世韩集注本所吸取,屈守元《韩愈全集校注》即引用此条。《赴江陵途中寄赠王二十补阙李十一拾遗李二十六员外翰林三学士》"拜疏移阁门"句中"阁"字,方世举注曰:"《说文》:'阁,门旁户也。'《新唐书·百官志》:'监察御史入自侧门,非奏事不至殿庭。开元七年,诏随仗入阁,弹奏先通状中书门下,然后得奏。'"②方世举引字书注"阁"字本义,又引《新唐书》考此字在韩诗中的用意。沈钦韩注曰:

> 《六典》:"宣政殿之左曰东上阁,右曰西上阁。"《事文类聚》《续通典》:天祐二年敕:东上西上阁门,制置各别。至于常事,则以东上阁居先。或大忌进名,遂用西阁为使。知常日章奏于东阁门进也。③

沈钦韩《韩集补注》在方世举注释基础上又进一步考证"阁"有东上阁、西上阁之分,并确定朝廷大臣日常奏事所经之阁门。又如《卢郎中云夫寄示送盘谷子诗两章歌以和之》诗"平沙绿浪榜方口"句中"方口"一词,方世举注曰:

> (东雅堂本)云:"公《盆池》诗'恰如方口钓鱼时',即其地也。"按:方崧卿《盆池》诗注云:"'方'或作'枋',唐属卫州,桓温败枋头,乃其地也。公此诗及《盘谷子》诗只作'方口'。"朱子曰:"按公《盘谷》诗因及方口、燕川,则二处皆盘谷旁近之小地名耳。盘谷在孟州济源县,孟州东过怀州乃至卫州,而济源又在孟州西北四十里,则游盘谷者安得至卫州之枋头乎?方说非是。"余窃谓朱子之辨有未核者。按:《水经注》:沁水南径石门,晋安平献王孚兴河内水利,因太行以西,王屋以东,众谷走水,小口漂迸,木门朽败,于去堰五里以外取方石为门,用代木枋。故石门旧有枋口之称。又云:于沁水县北,自方口东南流,奉沟

---

① 俞樾《读昌黎先生集》,载《春在堂全书》,光绪二十八年刻本。
② 方世举《韩昌黎诗集编年笺注》卷三。
③ 沈钦韩《韩集补注》卷一,光绪十七年广雅书局本。

水右出焉。考之《晋书·桓温传》：温至枋头,使开石门以通运,正与此合,岂非即其地乎？又按：《新唐书·地理志》：孟州济源县有坊口堰。则方口、盘谷同在济源矣。《孟郊集》有《游枋口》诗云:"一步复一步,出行千里幽。为取山水意,故作寂寞游。太行青巅高,枋口碧照浮。明明无底镜,泛泛忘机鸥。"又《与王涯游枋口柳溪》诗云:"万株古柳根,挐此磷磷溪。野榜多屈曲,仙浔无端倪。"则非盘谷旁近小地名矣。要之枋、方、坊三字不同,其地则一,崧卿误以为属卫州,朱子亦未深考耳。①

关于此地名,宋人观点不一。方崧卿认为"方口"或为"枋口",指同一地,唐时属卫州,今应属豫北地区,在太行山东麓。朱熹认为"方口"与"枋口"不属同一地,"方口"属"盘谷"旁近一小地名。方、朱二人都缺乏深入考证,观点有误。方世举广征博引,考证"方口"在济源,而济源属豫西北,在太行山南边,不属唐时的卫州,纠正了方崧卿观点的错误之处。方世举考证此地地名的变化情况,得出"方口"、"枋口"、"坊口"属同一地,纠正了朱熹注释的疏忽之处。方世举考辨地理极为详细精到,尽显乾嘉考据学者之功力。

清代注本注重字词训释考证的同时,也善于考韩集本事。如《东方半明》诗"嗟尔残月勿相疑"句,宋文说注曰:"言二王用事,自相疑沮,势将不久也。"②文说释此句为王叔文、王伾相疑,无注解。王元启注曰:

> 顺宗时,王叔文用事,首引韦执谊为相,执谊初不敢负叔文,后迫公议,时有异同。及叔文母死,执谊益不用其语。叔文乃大怒,谋起复必先斩执谊,而尽诛不附己者。及太子监国,两人先后诛逐。篇中残月相疑句,盖指王之怨笔也。③

永贞元年(805)顺宗即位,君弱臣强,王叔文、王伾、韦执谊当朝,此诗暗刺群小。王叔文、韦执谊二人起初密结,后来尚以私意互相猜忌。永贞革新期间,王伾与王叔文之间无甚矛盾,主要是韦执谊与王叔文之间产生嫌隙。韦执谊后期惧怕朝臣非议,不再听从王叔文之言,二人开始交恶。王元启详细考察史实、诗歌本事,进而笺释句意,较为合理。

(二)侧重以文史互证法笺注韩集

---

① 方世举《韩昌黎诗集编年笺注》卷八。
② 文谠注、王俦补注《新刊经进详注昌黎先生集》卷三,《续修四库全书》第1309册。
③ 王元启《读韩记疑》卷一,页484。

第二章 清代学术文化与韩愈诗文整理

在清代诗歌阐释学中,"最能显示考证学精神的就是所谓'以史证诗'和'以诗证史',或曰'诗史互证'"①。在韩集整理中,笺注者运用文史互证方法笺释韩集意旨、创作年代,或纠史之误、补史之缺等。如《题于宾客庄》诗,方世举注曰:

《旧唐书·宪宗纪》:元和八年二月,宰相于頔贬恩王傅。九月,以为太子宾客。十年十月,以太子宾客于頔为户部尚书。又《于頔传》:頔,字允元。贞元十四年为山南东道节度。宪宗即位,归朝入觐,册拜司空、平章事,贬恩王傅,改授太子宾客。十三年,頔表求致仕。宰臣拟授太子少保,御笔改为宾客。其年八月卒。按此诗盖十年春所作。九年则孟郊未死,不应后诗有"孟生题竹"之句。十一年则頔已为户部尚书,不应称宾客。至頔没,以后则孟生宿草,而张籍病愈久矣。②

方世举引用《旧唐书》人物传详细考证宰相于頔履历,根据人物一生官职变化进而考证出韩愈此诗的创作时间为元和十年(815)。又《酬王二十舍人雪中见寄》诗,方世举通过史实考证此诗作于元和九年(814),较为准确,被后世韩愈研究者认可。乾嘉时期,韩集注本中运用文史互证方法笺释韩诗的例子比比皆是。

(三)注重考证韩愈诗文系年

清代研治韩集学者注重对韩愈诗文进行编年考证。如王元启《读韩记疑》、方成珪《韩集笺正》、沈钦韩《韩集补注》等,都有大量关于韩愈诗文编年考证的内容,成果多被后世注本借鉴。如《赠郑兵曹》诗,因不能断定诗中"郑兵曹"所指之人,魏仲举本引韩注、樊注都不能确定此诗编年。沈钦韩注曰:"兵曹者,州之判司,与通诚官位悬殊。此诗当是在江陵作,郑兵曹即郑群。"③韩愈旧识有郑通诚、郑群。郑通诚曾为张建封副使,卒于贞元十六年(800),与诗意显然不合。郑群元和元年(806)以殿中侍御史佐裴均于江陵,此年韩愈徙掾江陵,诗中所指应是郑群,所以此诗应作于元和元年(806)。屈守元《韩愈全集校注》中引沈钦韩观点,说:"沈说是也。"④又如《答张十一功曹》诗,洪兴祖《韩子年谱》系此诗于贞元二十年(804)。方成珪《昌黎先生诗文年谱》系此诗于元和元年(806),并注曰:"是年春作,以

---

① 周裕锴《中国古代阐释学研究》,上海人民出版社2003年版,页373。
② 方世举《韩昌黎诗集编年笺注》卷九。
③ 沈钦韩《韩集补注》卷三,光绪十七年广雅书局本。
④ 屈守元、常思春《韩愈全集校注》,四川大学出版社1995年版,页302。

'踯躅闲开艳艳花'句见之。白香山《送春归》诗云'杜鹃花落子规啼',即踯躅也。洪《谱》系二十年,非。"①屈守元《韩愈全集校注》借鉴此成果,说:"方成珪系元和元年春为是。"②又《喜雪献裴尚书》诗,孙汝听认为此诗作于贞元十九年(803)五月,方成珪注曰:"永贞元年十二月立春后作,篇中有'已分年华晚'句,已见岁暮之证也。明年作《春雪间早梅》诗云'先期迎献岁',殆即谓此喜雪耳。"③方成珪以韩证韩,考此诗作于永贞元年(805),屈守元本、钱仲联本都吸取方成珪观点。又《郴州祈雨》诗,是韩愈徙掾江陵待命郴州时作。沈钦韩注曰:"李伯康为郴州刺史,公时于郴州待命作。"方成珪注曰:"贞元二十一年夏秋作。"④二人对此诗创作时间考证正确,屈守元《韩愈全集校注》引二人观点:"今从沈、方说。"⑤

此期还产生了首次将韩愈诗文按编年编排的注本,是清人研究韩集的新贡献。韩诗编年注本有方世举《韩昌黎诗集编年笺注》、沈端蒙《韩诗编年集注》。方世举《韩昌黎诗集编年笺注》首次将韩诗按编年编排,对韩诗创作时间的考证也很扎实,其成果多被韩愈研究者借鉴。如沈端蒙《韩诗编年集注》多参考了方世举本的成果。后世韩集注本、选本、韩愈年谱也都大量借鉴方世举注本考证韩诗作年的成果,如钱仲联《韩昌黎诗系年集释》、童第德《韩集校诠》、陈迩冬《韩愈诗选》、陈克明《韩愈年谱及诗文系年》等。清代首次对韩文编年编排的注本是沈端蒙《韩文公文集编年集注》,沈端蒙自序曰:"《韩文公文集编年集注》讫,间取诗读之,其中有疑误,虑亦为详求考订焉……而于注韩文时间亦留心于韩诗,亦不能无疑误焉。⑥从沈端蒙自序中可知《韩文公文集编年集注》的成书早于《韩诗编年集注》,但未见传世,公私目录书亦无著录,可能佚失。

(四)治学态度严谨客观

宋人整理古籍有错引古书、随意杜撰现象,钱谦益总结宋人注杜存在"伪托古人"、"伪造故事"、"改窜古书"、"颠倒事实"等缺点。宋代的韩集整理也存在不严谨问题,如引书不尚古、断章取义、校勘异文改动底本未尽出校原文等现象。刘真伦评方崧卿《韩集举正》:"方崧卿出校异文的体例

---

① 方成珪《昌黎先生诗文年谱》,载《韩集笺正》,页650。
② 屈守元、常思春《韩愈全集校注》,页298。
③ 方成珪《昌黎先生诗文年谱》,载《韩集笺正》,页649。
④ 沈钦韩《韩集补注》卷九。
⑤ 屈守元、常思春《韩愈全集校注》,页189。
⑥ 沈端蒙《韩诗编年集注序》,《韩诗编年集注》卷首,乾隆五十三年刻本。

第二章 清代学术文化与韩愈诗文整理

存在一种失误,即在根据他本改动底本文字之后,没有全部出校底本原文,使得底本南宋监本的原始面貌未能得以完整保存,这是其学风不严谨之处,清代校勘名家在这一方面体例严谨。"[1]如《示爽》中"此来江南近",方崧卿《韩集举正》据别本改作"汝来江南近",未出校原文,曰:"范、谢校同。"《韩集举正》中此类例子较多。清代乾嘉考据学风影响下的学者整体上治学态度更为严谨,做学问强调言必有据,征引文献标明出处,征引内容避免断章取义。此种风气下的韩集整理对宋代韩集文献中存在的错乱征引、颠倒事实等问题进行纠正。王元启《读韩记疑》是其花费五十年心血而完成的成果,笺注态度极其认真,受到了学者高度评价。王欣夫评曰:

> 韩集注者虽多,而莫善于宋方崧卿《举正》、朱熹《考异》。至嘉庆时王惺斋《读韩记疑》出,可与方、朱二书称鼎足。其书汇集众本,凡篇题、异字、错简、晦义、伪作,以及洪谱之疏漏,方、樊诸家好奇踵谬之说,《考异》所未及是正者,补阙纠讹,一一疏通而证明之,无失作者之意。盖用力五十年,三易其稿,至易篑之前一日,犹呼其子至卧榻前,语以《顺宗实录四》有二字,宜改某某。其于是书,所谓性命以之者矣。[2]

王欣夫对《读韩记疑》的定位较高,客观地概括了此注本注释内容全面这一特点,并揭示了作者严谨细密的治学态度。清梁廷枏《读韩记疑跋》评曰:"采书不多,而校论视他家尤精审,不可谓非昌黎功臣也。"[3]王元启《读韩记疑》代表了清代韩集注本的一个共同特色。方成珪因不满前人注本,尤其是不满清代通行的东雅堂《昌黎先生集》,便对其进行纠正和补充,著《韩集笺正》。明徐泰时东雅堂翻刻宋代廖莹中世綵堂本,廖本多抄撮魏仲举《五百家注》本,且删去诸家姓名。《五百家注》本中诸家引文本身也存在讹误,而东雅堂本对其的引用又去取失当,窜乱较多。方成珪《韩集笺正》对这些问题逐一纠谬,主要包括两方面内容:一是纠正各注家引用文献时出现的错误,二是纠正注家观点及东雅堂本删取材料的失当之处。另外,方成珪对前人注本所遗漏的词语也有补充注释。这些做法正体现了乾嘉考据学风气下,学者严谨的治学态度以及清代学术趋专门的特点。如《游西林寺题萧二兄郎中旧堂》诗中"伯道无儿可保家"句,樊汝霖注:"皇天无知,

---

[1] 刘真伦《方崧卿韩集校理本考述》,《华中科技大学学报》2003年第5期。
[2] 王欣夫《蛾术轩箧存善本书录》,上海古籍出版社2002年版,页228。
[3] 梁廷枏《藤花亭散体文集》卷三,清刻本。

邓伯道无儿。"方成珪据《晋书》校曰："《晋书·邓攸传》，'皇天'作'天道'，'邓'上有'使'字。"《奉和李相公题萧家林亭》诗中"山公自是林园主"句，廖莹中删取《五百家注》本中孙注曰："山简，晋永嘉中为襄阳守，岘山有佳园池。"①方成珪校曰："当云岘山南习郁有佳园池，简每临此池辄大醉而归，名之曰高阳池。孙氏原注不阙。"②以上两例，旧注虽不影响读者理解韩诗，但经过方氏的纠正补充更加清晰，引用文献注明出处，读者更易检索。而有些旧注错引历史知识，容易误导读者。如《酬王二十舍人雪中见寄》诗题解下，方崧卿注曰："王涯为舍人，见《王适墓志》，《本传》略之。"③《旧唐书·王涯传》中有记载，方崧卿应该没有仔细查阅。方成珪纠正曰："按《旧史·王涯传》：王涯于元和九年八月拜中书舍人。是《本传》并不略之，十年即转工部侍郎，此诗九年冬作。"④又如《除官赴阙至江州寄鄂岳李大夫》中"盆城去鄂渚"，魏仲举本中引孙注曰："《离骚经》曰：'乘鄂渚而久顾。'"⑤但此句并不出自《离骚》，而是《涉江》，且引文也有误。方成珪曰："句见《楚辞·九章·涉江》篇，非《离骚经》也。'久'当作'反'。"⑥这些实属宋人治学有失客观严谨之处，此类例子不胜枚举。

梁启超总结乾嘉朴学学风：一、凡立一义，必凭证据。二、选择证据，以古为尚。三、孤证不为定说。⑦清代韩集研究者笺注韩集时征引文献严格遵循"选择证据，以古为尚"的原则。如《南山诗》中"澒洞"一词，方世举注曰："贾谊《旱云赋》：'运清浊之澒洞兮，正重沓而并起。'则西汉已有此语，非自唐人也。"⑧方崧卿注曰："《淮南子》：'澒蒙鸿洞。'王褒《箫赋》、扬雄《羽猎赋》，所用皆同，唐人始兼用之。杜诗'鸿洞半炎方'、'澒洞不可掇'是也。"⑨方崧卿引用唐人诗注此词的出处，与方世举所引汉代文献相比，年代相差甚远。方世举的注释真正起到了溯源的作用。王元启《读韩记疑》也引用方世举注，批评方崧卿注释引书较晚。

---

① 廖莹中《东雅堂韩昌黎集注》卷十，影印文渊阁《四库全书》本。
② 方成珪《韩集笺正》，页610。
③ 魏仲举《五百家注音辩昌黎先生文集》卷九。
④ 方成珪《韩集笺正》卷二，页606。
⑤ 魏仲举《五百家注音辩昌黎先生文集》卷六。
⑥ 方成珪《韩集笺正》卷二，页601。
⑦ 梁启超《清代学术概论》，上海古籍出版社2000年版，页47。
⑧ 方世举《韩昌黎诗集编年笺注》卷四。
⑨ 魏仲举《五百家注音辩昌黎先生文集》卷一。

三、晚清新经世之学兴起下韩集整理的特点

晚清经世致用之学之所谓称新,是与清初经世致用之学相对而言。相同之处,都是由社会现实引发的一种通经致用的学术思潮,以解决现实问题为目的,为治世服务。不同的是,社会现实状况不同,经世致用的内容有所变化。清初士人面对的是改朝换代的现实,明末遗老归咎明亡于理学空谈之风,尤其是阳明心学,因而便回归元典,寻绎圣贤经典中治国之策,引起实学之风。统治者面对社会的不稳定,需要用儒家思想来教化人心,重新搬出程、朱理学教化民众,稳定社会统治。嘉道年间,面对民族存亡的危机,增强士人关心民瘼的爱国热情,是为当务之急。正如潘德舆所说:"欲救人事恃人才,欲救人才恃人心,欲救人心恃学术。"[1]为此学术必须转向经世,"清中叶学术的转向,大致说来主要歧为三途:一是今文经学的兴起,二是宋学势力的回潮,三是汉学的义理化趋向。这三股学术势力的共同点都是反对'为考证而考证'的乾嘉学风,主张学术要张扬忧患意识和救世功能,要发挥义理和经世致用"[2]。

面对内忧外患的局面,学术思想再一次发生变化:"汉学的无用性愈发明显,而宋学虽不一定是理想的选择,但当时复兴宋学的人还试着把学问与现实产生联系,而且发生过相当的效果。"[3]理学开始复兴,汉宋之学开始调和,并与经世结合。与此同时,今文经学派兴起,将治经与现实联系,发挥经典微言大义,从中寻求治世良方。各种学术相互融合,为经世服务,从而形成新的经世致用之学。此时期文人学者对韩集的整理研究深受这一学术思潮的影响,注重挖掘韩集中的浩然之气和爱国思想来振奋士气,以振兴国家。关于揭示韩集浩然之气之特点在第三章第五节讨论,此处探讨其它几点:

(一)整理韩集考评结合、汉宋兼采

古文家高澍然与福建汉学家陈寿祺交往密切,治学应受其影响,其《韩文故》有评有注,明显呈现出了考、评结合的整理特色。注释词语、阐释本事、考证人物比较详细,有些篇章评后还有附考,用大量篇幅对韩文中牵涉到的不易理解的典章制度进行诠释,以便于读者解读韩文,也有利于掌握

---

[1] 潘德舆《与鲁通甫书》,《养一斋集》卷二十二,《清代诗文集汇编》第548册。
[2] 武道房《论清中叶学术发展的三个转向》,《学术月刊》2005年第11期。
[3] 王汎森《中国近代思想与学术的系谱》,河北教育出版社2001年版,页24—25。

更多唐代文化知识,这些特点显然有乾嘉考据学遗风。评则主要是挖掘韩文中儒道思想,也辨章文体源流,概括文章风格特征。高澍然身为古文家,重古文之养气、道心,在韩文批评中渗透宋儒性理之学的色彩。序曰:

> 公门人李汉序公集云:"文者贯道之器。"盖一言蔽之矣……公笃于伦,达于治,屡斥而不夺其所守,其于道殆躬蹈之。虽省治之功,未知其邃密何如,要其本不可诬也。而发为文章,其体易良,其气浑灏,又足以载焉。故虽寻常赠答之辞,题记志传之作,按之鲜不器于道。而论者但举《原道》诸篇,指为贯道,岂得与于知言哉?是编所评,并发明斯旨。其注则有资论世及考证者特详,而于世所称"无一字无来历"者不及。①

高澍然评韩文多有载道之功。在韩文渊源和风格方面,高澍然认为其主要继承了《诗经》《左传》《史记》等先秦经典,具有广博易良、宽平渊懿之特点,与韩文道统思想一致。如《袁州刺史表》末评曰:"寥寥数语而温淳绵厚溢于行墨。"②如《赠太傅董公行状》文末评曰:"树骨训典,兼采《左》《史》,以畅其文,古今第一首。"③又如《与鄂州柳中丞书》文末评曰:"满腔忠悃,浩气磅礴,积相迫而成,公论文云'必有诸于其中',如此文,及《原道》《行难》《佛骨表》《与孟尚书书》《张中丞传后叙》《祭十二郎文》,皆道义生气充塞天地,并非专治气格者所能袭取也。"④高澍然所指"树骨训典"、"道义"正是韩文蕴含的道学思想,与宗宋派所寻绎韩诗的"树骨之本"相同,说明韩愈作品以《六经》为根柢,表达其试图通过振兴儒学以改革时弊、兴盛国家的政治理想以及忧国忧民的思想。《禘祫议》篇,正文后有附考,详述禘祫这一礼制在唐代的情况。《请上尊号表》后的附考详细考证了上尊号这一礼制始于唐止于金这段时期的状况。《韩文故》对韩文的评注呈现了清中后期汉宋之学融合的学术特色,其他如马其昶《韩昌黎文集校注》等多种韩集文献皆有考评结合特点。

陈澧、陈宗颖父子批点《昌黎先生集》正值民族危难时期,陈氏父子立足于现实,深入揭示韩文中的经术、义理。如《原道》中"今也举夷狄之法,而加之先王之教者何也"几句上批曰:"当时风气举夷狄加之先王上耳。今

---

① 高澍然《韩文故序》,《韩文故》卷首,清刻本。
② 高澍然《韩文故》卷二。
③ 高澍然《韩文故》卷七。
④ 高澍然《韩文故》卷四。

日群以为中国法制当尽弃扫,纯以夷狄之法治中国。倘昌黎见之,不知若何痛心疾首矣。"①陈澧用韩愈反释老思想作为其反有识之士欲用西法治国的依据,不免有些牵强,但也是传统文化受到西方文化冲击的一种反应。又如《送杨支使序》,陈宗颖批曰:"尝观并世之人平时修学砥行,非不能卓然有成者。一旦动于富利,有所希望,则更不可问矣。颖常兢兢,窃自戒惧。迨今戒得之年,益虑不能自保。读此为之警醒不置。"②《欧阳生哀辞》"今上初,故宰相常衮"句,批曰:"有大官提倡于上,则人才自兴起于下,犹反掌耳。"③陈宗颖将韩愈注重人才培养与荐举的思想与晚清社会现实密切结合。乾嘉考据学风下,士人为考据而考据,无关世事,在民族危难下,无治国之才。鉴于严峻的现实,有识之士呼吁提高士人道德自律,激发士人关心国计民生的热情,以改变萎靡士风,培育治国之人才。陈澧父子对韩文的批注,既重韩文字词的考释,章法技巧的分析,道统思想的阐释,又与现实相连。

(二)今文经学与经世之学相结合研治韩集

晚清危亡之际,今文经派学者也往往通过阐释作品的"微言大义"为治世服务,与现实密切相连,韩集整理也体现此特点。陈沆(应为魏源)《诗比兴笺》是典型的今文经学与经世致用相结合的整理文献,其中选韩诗五十八首,在汉魏唐诸家中位居首位。此书刊行署名陈沆,实是魏源所著。陈沆与魏源关系密切,魏源曾在陈沆家教其子陈廷经读书。李瑚《关于〈诗比兴笺〉与〈近思录补注〉的作者问题》④和夏剑钦《〈诗比兴笺〉作者归属问题补证》⑤已考实作者是魏源。《诗比兴笺》成书过程复杂,道光九年(1829)魏源在其《诗古微》基础上笺注汉魏古诗,初稿收诗止于庾信,无唐代诗,无卷数,"至咸丰四年魏源在苏州与陈廷经聚会时,才整理增补成四卷,赠予陈于咸丰五年刊行"⑥。

《诗比兴笺》中笺注内容体现魏源的学术思想和诗学理论。魏源学贯经史,旁及诸子百家,并致力于清代历史、地理和政治问题的研究。他曾作

---

① 陈澧批《昌黎先生文集》,同治九年广东述古堂刻本,藏中山大学图书馆。注:本书所引陈澧、陈宗颖韩文批语皆出自此本。
② 陈澧批《昌黎先生文集》,同治九年广东述古堂刻本。
③ 陈澧批《昌黎先生文集》,同治九年广东述古堂刻本。
④ 李瑚《关于〈诗比兴笺〉与〈近思录补注〉的作者问题》,《文史》1983年第21辑。
⑤ 夏剑钦《〈诗比兴笺〉作者归属问题补证》,《中华文史论丛》2006年第1期。
⑥ 夏剑钦《〈诗比兴笺〉作者归属问题补证》,《中华文史论丛》2006年第1期。

《海国图志》,提出学习西方技术,即"师夷长技以制夷"的主张,以图救国。魏源治学不废考据,但多是宏观的考证,对经典微言大义的阐发仍有"《六经》注我"的性质。《诗比兴笺》中,魏源对所选诗歌一一笺释其意旨,序曰:"自昭明《文选》专取藻翰,李善《选注》撰诂名家,不问诗人所言何志,而诗教一敝。自钟嵘、司空图、严沧浪有《诗品》《诗话》之学,专揣于音节风调,不问诗人所言何志,而诗教再敝。"又曰:"诵诗论世,知人阐幽,以意逆志,始知《三百篇》皆仁圣贤人发愤之所作焉。"[1]魏源评价韩诗曰:"当知昌黎不特约《六经》以为文,亦直约风骚以成诗。"[2]《诗比兴笺》入选韩诗,魏源逐一阐发诗旨大义。如《秋怀诗》十一首笺曰:

> 此皆自伤自反之词,叹世情日益,道念日损也。《秋怀诗》始于忧世,终于忧学,所异于秋士之悲者在此。世人但赏音节,莫讨旨归,故学韩学杜千百家,徒得其皮与其骨也。[3]

此组诗历来注家多详注词语典故、辨章文体,较少诠释诗旨。黄震评其"寄兴悠远,多感叹自敛退之意",唐汝询简释此诗是韩愈在宪宗朝为讨不廷所作,方世举在唐汝询基础上补充为讨王廷凑作。魏源既总括组诗意旨,又逐首阐释诗旨。认为前部分"忧国",后三首"皆反己自修为其归"。通过魏源的解析,不仅便于进一步理解韩诗意图,还可看出魏源希望士人要学习修身以便为治世之用的理想。魏源指出前人"但赏音节,莫讨旨归",实是站在今文经派的立场,批评只重文字、音韵、训诂等繁琐考证的古文经学。魏源笺注韩诗,多处都可见其与现实结合的思想,又如《海水》诗笺曰:

> 此感用世之难,而思反身修德也。"海水饶大波,邓林多惊风",喻世道之屯艰,人事之不测。盖鱼鸟依风波以为生,亦因风波而失所者,巨细之异耳。如鲸鹏则风波愈大,而所凭愈厚,所游愈远。如君子之可大受,周于德者之不忧邪世也。细如寸鳞尺羽,则泉木之外便虞飘荡。然则岂海邓风波之罪哉?亦我之鳞羽自不修大耳。与其贪海、邓之广大,怨风浪之荡薄,何如反己进德,潜修俟时?使鳞羽养成,如孟贲之勇、孟轲之气,而后当大任而不动心乎![4]

---

[1] 陈沆《诗比兴笺》卷首,上海古籍出版社1981年版。注:本书以《诗比兴笺》作为魏源成果,考察其对韩诗批点的成就。
[2] 陈沆《诗比兴笺》,页190。
[3] 陈沆《诗比兴笺》,页206。
[4] 陈沆《诗比兴笺》,页201。

第二章 清代学术文化与韩愈诗文整理

此诗是韩愈因与张建封相处不甚融洽,辞去张建封幕时由感而作。注家多不注意此诗,方世举注"海水、邓林以比建封,鱼鸟自喻",甚是恰当,但没详析诗旨及言外之意。魏源不仅探析了诗旨,还举出学以致用的道理,认为士人应"反己进德"以便"潜修俟时",给晚清士人以勉励,这也是其结合现实的经学思想的展现。最能体现魏源今文经派风格的是对《读皇甫湜〈公安园池〉诗书其后》的笺释,曰:

> 皇甫湜《公安园池》诗今不存,谅必刻画虫鱼以刺小人,词琐义碎,刺刺不休,故公诗规之。言君子学务其大,则不屑其细。苟诚知道,则衡盱古今。况自郐以下,么麼呺喝足讥乎?孔子《春秋》褒贬,非以诛其本人一身,盖借以明王法于万世,而岂虫鱼琐屑之比哉?铢铢而称之,至石必差;寸寸而度之,至丈必谬。丈度石量,径而寡失,诚不如两忘,但以一概量之谓也。①

魏源对此诗的阐释典型地体现了其作为今文经派侧重发挥文本"微言大义"的特点。魏源宣扬孔子通过《春秋》寓褒贬以明王道于万世的做法,反对士人学者虫鱼琐碎的治学方式。知大道以通古今,便于治世之用,仍然是魏源放眼现实政治的学术理念,是晚清今文经学与经世致用结合的极好表现。然而因今文经学"微言大义",不重考据史实,会有臆测之论。如魏源阐释《石鼎联句》,推测此诗讥讽宰相皇甫镈、程异。为了应合自己的推论,便认为此诗作于元和十三年(818)。而元和十三年(818)刘师服已被贬连州,不可能在京师与侯喜联句,与韩愈序"师服在京"也不符。此诗实作于元和七年(812),此时皇甫镈、程异还未入相位,何以讥刺?魏源笺释此诗没有考证历史,作"微言大义"之说便不合诗意。

俞樾《读昌黎先生集》校勘韩集中异文,进而阐释其在韩文中意义。俞樾提倡治经要"因文见道",即"训诂名物以求义理"。注释过程广泛运用各种文献资料,以便准确地把握文字的涵义。俞樾说:"自来治经者,其要有三,曰义理,曰名物,曰训诂;三者之中固以义理最重。"②他认为解析义理是治经的目的,"俞樾之经学,在'主义'上倾向于公羊学。他之所以孜孜于文字训诂,是因为他认定'微言大义存其中矣!'而他所言'微言大义',主要是指传统道德"③。俞樾虽然"以汉学家之方法从事经学研究,诂经讲学又往

---

① 陈沆《诗比兴笺》,页208。
② 俞樾《春在堂杂文续编·何崍青〈五经典林〉序》,载《春在堂全书》,光绪二十八年刻本。
③ 罗雄飞《俞樾"通经致用"思想析论》,《首都师范大学学报》2007年第3期。

往浸渍于'通经致用'的思想中,但他所谓的'致用'是以道德教化为根本的"①。俞樾批校韩集时把其治经的方法融入其中,如《与陈给事书》中"属乎其言,若闵其穷也"句,注曰:

> 旧注曰:"属"或作"厉",或从《文苑》,云"属"犹附属、连属之意。愚按:作"厉"固非,以附属、连属释之亦非其旨。《礼记·礼器篇》曰:"属属乎其忠也。"《正义》曰:"属属,专一之貌。其心属属然专一,尽其忠诚也。""属乎其言,若闵其穷",正是尽其忠诚之意。韩公用《礼记》文耳。②

此文贞元十九年(803)公为四门博士时作,陈京为给事中。韩愈作此书,为其曾向陈京干谒《复志赋》做解释,其实不过是再申述一遍自己想要对方提携的意图。文章表达尽是一片忠诚之心,因而俞樾用《礼记》"属"之意来诠释此词在韩文中用意,既符合韩文"皆约《六经》之旨而成"的创作理论,又吻合此篇意旨,也符合俞樾治经的方法和目的。晚清时期考据学逐渐转向现实,不再只是单纯埋头故纸堆,而开始转向于研治学术为社会服务一途,也是汉宋融合大趋势使然。俞樾对韩集的校勘、训诂也从现实政治需要出发,以致用为依归,挖掘韩集中儒道思想。

纵观以上论述,可以看到清代学术思想的变迁对韩集整理的影响甚为明显。在不同的学术背景下,产生的韩集文献都有与之密切相关的特点,韩集之价值与现实意义在清代也得以深入挖掘和充分利用。

第二节 清代科举制度影响下的韩集整理

科举考试是士人步入仕途的重要途径,而明清科举以八股文为考试文体,八股文便成为学校教学和士子学习的重中之重。八股文从其产生就伴随着弊病,遭到病诉,后期更是积弊丛生,引起废除的争论。清初学者严厉批判八股文:"三百年文章学问不能直追配唐宋及元者,八股时文害之也。杜濬于皇闻之曰:'三百年毕竟未生出昌黎辈来耳。若生出昌黎辈,岂数句时文所能掩其笔端?'"③明末至清代,有四次废除八股文之争。崇祯年间首次出现了废除八股文的声讨,其它三次发生在清代。直到光绪二十七年

---

① 罗雄飞《俞樾"通经致用"思想析论》,《首都师范大学学报》2007年第3期。
② 俞樾《读昌黎先生集》,载《春在堂全书》,光绪二十八年刻本。
③ 阎若璩《潜邱札记》卷一,《清代诗文集汇编》第141册,页8。

(1901)废八股,光绪三十一年(1905)彻底废科举。从几次废止八股文的情况来看,士人对其弊端的认识逐渐深刻,八股文在清代受到的讨伐最为激烈。八股取士制度对维护封建统治有着至关重要的作用,不得不在一次次废止的声讨中继续使用。在科举选士制度下,八股文与评点学相互影响。程千帆说:"八股文对明清以来的文学理论批评的影响是显著的、多方面的。首先,明清时代的读书人几乎无一例外的都有学习和写作八股文的经验,在创作中多多少少会受到八股文的结构、章法、文法的潜移默化的影响……其次,为了帮助士子早日顺利地敲开功名利禄之门,社会上出现了很多各种各样八股文选本、范本及其他入门津梁之类的读物。"[1]科举制度对韩集的编选、整理影响重大,尤其是对韩文选评的影响更为显著。为科举服务的选本宋明即有,如《古文关键》《文章正宗》《文章轨范》《唐宋八大家文钞》等,其中韩文篇数所占比例较大。清初韩文受到文人士子的青睐,出现了一批专选韩文且为科举服务的韩集文献。清代韩文文献集中分布在科举兴盛地方,可概括为两种:一类是以指导学子作文为目的的韩文文献;一类是作者嗜好韩文,为之作评点。后者虽不以指导学子作文为目的,但评点者曾以进士出身,深受八股文影响,在批点韩文的方法上也渗入了八股之法。清代书院在科举制度的影响下逐渐官方化,对韩集整理也起到了一定的推动作用。

一、韩文评点文献地域分布特点

清代韩愈诗文文献的地理分布特点契合了"科第盛则文学亦盛"的说法,以下对清代主要韩集文献的情况列以简表:

韩愈诗文文献 \ 作者	姓名	祖籍	是否进士
《韩昌黎文启》	吴铭	浙江	是
《韩文起》	林云铭	福建	是
《韩子粹言》	李光地	福建	是
《唐韩文公文》	沈闿	江苏	是
《韩笔酌蠡》	卢轩	江苏	是

---

[1] 程千帆《八股文的文化批评》,《程千帆全集》,河北教育出版社2000年版,页459—460。

《唐宋八大家文钞》	张伯行	河南（选本完成于福建）	是
《韩昌黎文集全录》	储欣	江苏	否
朱彝尊批《韩昌黎集》	朱彝尊	浙江	举博学鸿词科
何焯批《韩昌黎集》	何焯	浙江	是
《选韩诗》	汪懋麟	江苏	是
《韩柳诗合集》	汪森	浙江	贡生
《杜韩诗句集韵》	汪文柏	浙江	否
《韩昌黎诗钞》	杨大鹤	江苏	是
《兰雪斋韩欧文批评》	陈仪	河北	是
《昌黎先生诗集注》	顾嗣立	江苏	是
方苞批《韩昌黎集》	方苞	安徽	是
《韩文翼》	李馨	福建	是
《唐宋八家文读本》	沈德潜	江苏	是
《韩集点勘》	陈景云	江苏	诸生
《韩昌黎文钞》《韩昌黎集评注》	许鸿磐	山东	是
《精选八家文钞》	刘大櫆	安徽	否
《韩文选》	陈兆崙	浙江	是
《韩昌黎诗集编年笺注》	方世举	安徽	否
黎简批顾嗣立《昌黎先生诗集注》	黎简	广东	否
李宪乔批方世举《韩昌黎诗集编年笺注》	李宪乔	山东（评本完成于广西）	举人
《韩文一得》	单为鏓	山东	否
《读韩记疑》	王元启	浙江	是
《韩集注补》	钟廷瑛	山东	举人
《韩子文钞》	林明伦	广东	是
《读杜韩笔记》	李黼平	广东	是
《韩昌黎诗钞》	冯敏昌	广东	是

《昌黎诗选》	龙启瑞	广西	是
《韩文公诗集》《韩文公文集编年集注》	沈端蒙	浙江	否
《韩文细》	梁运昌	福建	是
《韩文故》	高澍然	福建	是
《韩昌黎先生诗增注证讹》	黄钺	安徽	是
《韩文补注》、校《朱文公校昌黎先生文集》	张瑛	江苏	诸生
《韩集补注》	沈钦韩	江苏	举人
《韩集笺正》	方成珪	浙江	举人
《韩文百篇编年》	刘成忠	江苏	是
曾国藩批《韩昌黎集》	曾国藩	湖南	是
郑珍批《韩昌黎集》	郑珍	贵州	举人
批《韩昌黎集》	吴汝纶	安徽	是
《读韩昌黎先生集》	俞樾	浙江	是
陈澧批《韩昌黎先生集》	陈澧	广东	举人
马其昶批《韩昌黎先生文集》	马其昶	安徽	否
《韩柳文研究法》	林纾	福建	举人
《百大家评注韩文菁华录》	吴人麟	江苏	否
《韩诗证选》《韩诗萃精》	李详	江苏	否

由上表可见,清代韩愈诗文文献主要集中在科举发达地区——福建、江浙、安徽、广东,其中韩文评点文献主要分布在福建、江浙、广东地区,作者多是进士出身,且部分有在学校、书院教书经历。清代二百六十多年间112科进士,苏州府出25个状元,常州府、太仓州、江宁府、镇江府21人,浙江19人,其中一半以上的状元出自江南一带,可见此地科举之盛。[①] 科举最为成功,文学也最为繁荣。江浙地区文学流派纷纭,地域文化深厚,大家辈出,文化世家繁多。清代韩文评点文献中三分之一在江浙地区。清代福建和广东也是科第兴盛地区,前者韩文文献有李光地《韩子粹言》、林云铭《韩文起》、高澍然《韩文故》;后者有林明伦《韩子文钞》,陈澧父子批点《昌黎先生文集》。

---

① 蒋寅《科举阴影中的明清文学生态》,《文学遗产》2004年第1期。

表面上看，清代韩文评点文献集中在科举发达地方，印证了科举兴盛则文学繁荣这一说法。深入分析，则会发现韩文评点文献地域分布特点蕴含着一个更为深刻的文学现象：科举兴盛的地域，扫除八股积弊，倡导古文的风气更浓厚。清代韩文评点文献有一个共性，即作者评点韩文理念相同，立足于古文，"以古文为时文"，详细解析韩文创作技巧，探析韩文神理气韵，在古文与时文中间寻找一种沟通，改变文坛僵硬死板的八股文。南宋以降一直有士人倡导"以古文为时文"，但这一口号被明确提出的是明末艾南英："制举业之道与古文常相表里，故学者之患，患不能以古文为时文。"① 清代八股文的弊端日益明显，时人鞭笞的声势也愈加强烈，提倡"以古文为时文"的呼声便更加激烈。清初李元度说："然余论古文之极致，正以绝出时文蹊径为高论；而时文之极致，又以能得古文之神理气韵机局为最上乘……功令以时文取士，士之怀瑾握瑜者宾宾然欲自泽于古，有能导以古文之意境，宜莹然而出其类矣。"② 这种文学风气还是要借助于福建、江浙、广东地区兴盛的科举的推动。如蒋寅所说："生活在明清时代的作者，只有赢得科举的成功或彻底放弃科举，才能走出举业的阴影，步入自由写作的阳光地带，才有酣畅发挥性灵和天才的文学创造。而这往往需要经历漫长的时间，只有极少数人能较快地走出阴影，他们背后往往有着家族或地域文化背景的支持。"③ 清代韩文评点文献分布地区有着浓厚的家族文化或地域文化，科举得以兴盛。韩文评点者大多既是进士出身，又是古文大家。他们能很快赢得科举的成功，得益于自己所处的优越的地域文化或家族文化。如李光地、林云铭、沈闇、高澍然、刘成忠都有深厚的家族文化为支持。正因为他们较快走出了科举阴影，从而开始研治古文，指导士子作文，倡导"以古文为时文"，体现了他们在文体学上以古文为归宿的价值取向。

二、科举应试需要与韩文的编辑整理

为指导学子应试而编选、整理的韩文批点文献贯穿有清一代，与科举的兴衰相始终。这些韩集批本往往详赡地解析韩文行文技巧，为初学者指引入学门径。如林云铭的《韩文起》，是在清初反八股之风的背景下产生

---

① 艾南英《金正希稿序》，黄宗羲《明文海》，中华书局1987年影印涵芬楼钞本，页3217。
② 李元度《古文笔法百篇序》，李扶九、黄仁黼《古文笔法百篇》卷首，岳麓书社1984年版。
③ 蒋寅《科举阴影中的明清文学生态》，《文学遗产》2004年第1期。

的,但也是为了士子应试而创作。林云铭反对当时士子科考的剽窃之风,想改变文坛死板生硬的八股文,便选取韩文加以批点,以期指引士子以古文为时文,创作出高境界的八股文。林云铭首先选取《左传》《史记》、唐宋八大家之文,"撮其要者,字栉而句比之,篇末各附发明管见,以课子弟"①,著成《古文析义》,其中韩文所占比例较大。又专选韩文进行批点,详解韩文创作技巧、探析行文构思成因,以使"海内君子得是编,当见韩文堂奥,必能于剽窃词句之时,溯流穷源,涤故习"②。林云铭批韩文初衷是反抄袭之风,指导士子作文,但在韩文的批点中又受到八股法的影响,如常用穿针引线法、金针暗度法、文章秘密法等一些八股法分析韩文创作技巧。

沈闇《唐韩文公文》也是详解韩文技巧,为初学者指导作文津筏。沈闇《唐韩文公文凡例》曰:"是书固欲学古之士全识古人为文之道而作,然论述有详此而略彼者,有前缩而后伸者,有分观之而各足合视之愈明者,必统全书读之而所识为文之道始备。使世有为初学肄业选集古文,于文公文不察愚之全书,编举几条,略采几句注于其下,谬生指摘,则于学者无益而徒损于全书云尔。"③"初学肄业者"所在之处多是官方学校或书院之类场所,而清代这些学习机构的目的都是为科举培养选拔人才。这说明沈闇评韩文时已有为学校作教科书之意,虽是为学古者而制,实际是想士人通过学习古文为空洞的八股文注入活水,写出高境界的八股文,这也正是时代所需。八股文要求内容要代圣贤立言,格式符合起、承、转、合,四股中要两两相对。《唐韩文公文》所选多是韩愈道统之文,宣扬圣贤之道。沈闇评点韩文注意到这些方面,以便指导学子,如《送浮屠文畅师序》,评曰:

> 古人作一文,固立一意以为主,然结构莫不成于波澜,而波澜又莫不生于间隙。如此文,一篇之主意,在告以圣人之道,而结构之所由成,又在"徒举浮屠之说赠焉"之间隙为之波澜。④

沈闇指出了韩文既注重传圣贤之道,又讲究古文章法的波澜意度,气势的浑灏豪迈。此种评点表明沈闇融古文气势和技法于制艺之中的创作理念,以改变文坛空洞死板无生气的八股文。这正是明末清初"以古文之气,行八股之法"风气的体现。制艺在艺术手法上讲究章法开阖、上下呼应、音韵

---

① 林云铭《古文析义序》,《增订古文析义合编》卷首,清经元堂刻本。
② 林云铭《韩文起序》,《韩文起》卷首。
③ 沈闇《唐韩文公文序》,《唐韩文公文》卷首。
④ 沈闇《唐韩文公文》卷一。

顿挫、惟妙惟肖,在某种程度上应是对古文艺术手法深入借鉴的结果。反过来,批点家在评古文时也融入制艺之法,"八股文推广并普及了评点之道,并且发展出一整套格式、方法和术语。其所用术语,如'明暗顺逆等法'、'起承转合'、'正反开阖'、'钩'、'渡'、'擒题'等"①。对于韩文创作技巧,沈闇分析详细,如《送李愿归盘谷序》,评曰:

> "愿之言曰"三节,中节是主,首节是宾,末节是余波,宾主原为对偶,起处可以统提,故"人之称大丈夫"二句,用总结。宾主终有轻重分处,岂可两平?故中节"吾则行"句,用正笔;首节"吾非恶"句,用侧笔。余波、起处固不可并提,然绝不埋伏,后又无根。故"人之称大丈夫"句,著一"人"字,使末节隐见于言外。至首节末句,又用反挑,"其于为人"句,只用宕笔。②

此篇序文作于贞元十七年(801)韩愈不遇之时,既是赠友,又抒己怀。文章构思巧妙,引用李愿的话作为文章的主体,写了三种人,一是高官显宦,一是隐士,一是钻营之徒,中间是主。苏轼曾高度评曰"余谓唐无文章,惟韩退之《送李愿归盘谷序》而已"。沈闇逐层分析构思之妙,便于初学者解读韩文。尤其《送杨支使序》一文,沈闇更为细致地分析创作技巧,曰:

> 公之文,真所谓奇而正者也。此文本旨,不过借宣州宾客中李博、崔群,陪湖南宾客中之杨仪之耳。则前半以群、博为主,当归重群、博。至幕下宾客乃群、博之宾,至宣州主人又为宾中之宾,其皆不当归重明矣。文一起,偏提宣州宾客之多贤,下文"凡在宣州"三句,乃申明一起,群、博只作中间一证,似归重宣州宾客多贤,不重在群、博,至下伸出"主人之贤"一层,以上之宾客多贤为证,又以只归重宣州主人之贤,并不重在宾客。则前半以最轻之宾中宾,翻作至重,以最重之主,翻作至轻,此前半布置之奇也。前半宾主有三层,后半宾主亦有三层,论其相当。后"侍言于门下"一层,应与前半"愈未尝至宣州"一层对;"仪之之来"一层,应与"与之游者"一层相对。文偏以"侍言于门下",与"与之游者"相对;以"仪之之来",与"愈未尝至宣州"相对;则以后半之宾中宾,对前半之主;以后半之主,对前半之宾中宾,此后半布置之奇也。然其间之顺逆、虚实、正侧回顾,以分宾主、以见轻重处,又未尝

---

① 程千帆《八股文的文化批评》,《程千帆全集》,河北教育出版社2000年版,页460。
② 沈闇《唐韩文公文》卷一。

不至正也。前半从主说到宾,从宾说到宾中宾,层层用逆;后半从宾中宾说到宾,从宾说到主,层层用顺,则群、博未尝不提而为前半之主,仪之未尝不归而为后半之主也。抑宣州幕下之诸宾、宣州主人,与湖南主人、湖南幕下之诸宾,其贤皆不下一实笔,惟群、博与仪之,皆用实写,专为群、博是前半之主,仪之是后半之主也。又群、博之实写,"道不行于主人"四句,皆用侧笔,语势注下,以宕起诸宾之贤与主人之贤两层。至仪之之实写,"智足以造谋"八句,皆用正笔,与群、博有别,专为群、博是主中宾,仪之是主中主也。又后说到仪之,上文宣州幕下诸宾,并不回顾,而独回顾群、博,正表前半中之群、博,是后半中仪之之陪客也。①

贞元二十年(804)韩愈贬阳山,杨仪之为湖南观察使杨凭府从事,奉朝命以使事来阳山,归时韩愈以序送之。序文仅三百多字,两段,四十五句,前部分写宣州宾客李博、崔群之贤,后部分写湖南主人杨凭之贤。而沈閬的批语却近七百字,解析的详细程度可见而知。这些批语冗长,却条分缕析。沈閬既从大局着眼,把两部分看作一个整体通览,注意挖掘之间的暗联照应;又从小处入手,把每一部分作为一个整体,句句解析,如层层剥笋。他分析韩文整个构思布局是奇中有正,采用正面、侧面、顺笔、逆笔结合的手法,前后照应,突出中心。第一部分写宣州李博、崔群之贤为突出第二部分杨仪之之贤作陪衬,第一部分和第二部分分别提到的宣州主人和湖南主人之贤都是虚写,为各部分中心作烘托,而这两部分之间又有照应。这种鞭辟入里、细致入微的解析,适应初学者从中学习作文门径。但过于琐碎的评点不免显得拖沓,割裂韩文整体气势。

再如陈兆崙《韩文选》,专选韩文中有理趣妙笔之文,为士人学习。序曰:"以至于无字句处,无非韩子之理趣妙笔。现于心目之前,自是而施之时古文,无所不可。"②陈兆崙所谓"施之时古文,无所不可",即指以古文为时文,可知此书也应是为指导学子作时文所用。

嘉庆间卢文成(生卒年不详)《八家文要编》,选古文近百篇,其中韩文三十篇,所占比例在八家中最多。此选本有眉批、旁批,文后总评。卢文成主要是教授生徒学习古文作法,也是为科举制艺服务。序曰:"八家之文,法严意畅,肆而能醇,尤与经义相表里。"又曰:"韩子云:'记事必提其要。'

---

① 沈閬《唐韩文公文》卷四。
② 陈兆崙《韩文选序》,《陈太仆批选八家文读本》卷首,光绪二十八年山东书局石印本。

读文亦然。寒俭者得其要而循习之，不难纵横以进于博；泛滥者本其要而归宿之，则可精切以返于约。征兵满万，不如召募数千，此之谓也。余自成童，粗知经史，即酷嗜古文。因思八家之文，最神经义，为辑百余篇，与经义合订，加以评点，抉其指归，教授生徒，名曰《要编》。"①卢文成在《凡例》中曰："专论文法，典故来历未遑注释。"②卢文成评点文章时专门分析作文技巧，以教授子弟，也正是士子作八股文的需求。

三、嗜好韩文而评，评析中渗入八股思维

清代有些古文家嗜好韩文，专研韩文数十年，通过批点韩文探微其章法技巧，揭示其神理气韵，使韩文的创作技巧广传于世。为了博取功名，明清时期士人几乎无一例外地受到八股文的熏染。清代这些韩文批点家大都是进士出身，经历过八股文的锻炼，必然谙熟八股之法。虽然他们不是为了学子应试而批点韩文，但必然会受到社会上浓厚的八股风气以及自身参加科考经历的影响，评析韩文免不了会有八股思维。如卢轩《韩笔酌蠡》、刘成忠《韩文百篇编年》，评注韩文掺入八股思维，频用起、承、转、合术语，又深入挖掘韩文中儒道思想。

卢轩《韩笔酌蠡》探析韩文章法、句法之奥妙，自述著书目的曰："吾平生心血半耗于此，今老矣，非子莫能成吾志，以广其传。"③此本注释较少，主要是文后评语，或析韩文道统思想，或辨章文体源流。因受科举制度影响，《韩笔酌蠡》批注中带有浓厚的八股习气。如《原毁》文末评："合看四大股，折看八小股，通首无十句单行。公创此奇格，岂知有今日经书大义为之舆台乎。"④《原道》末评："以仁义道德四字为经，以古今二字为纬，章法井然，读者勿怖其曲折繁碎。"⑤卢轩无论是解析韩文章法，或是探究韩文意旨，都有八股法的痕迹。

刘成忠编选《韩文百篇编年》，以求古文之法，序曰："予自己巳岁矢志，揣摩公之文以求古文家所谓法者……韩子之文之法非犹夫凡为文者之法

---

① 卞孝萱《整理韩文独树一帜：〈韩集书录〉十三则》，《唐代文学研究》第5辑，广西师范大学出版社1992年版，页726。
② 卞孝萱《整理韩文独树一帜：〈韩集书录〉十三则》，《唐代文学研究》第5辑，广西师范大学出版社1992年版，页726。
③ 宋荦《韩笔酌蠡序》，卢轩《韩笔酌蠡》卷首。
④ 卢轩《韩笔酌蠡》卷一。
⑤ 卢轩《韩笔酌蠡》卷一。

也,然犹但通其法而已。其主持乎法者,则法所出之义而已。至于神理气韵因年而异者,迄未有以辨其畦畛也。"①刘成忠侧重于分析韩文创作方法技巧,揭示韩文神理气韵,不免时时用到八股之法。如《祭十二郎文》中"孰谓汝遽去吾而殁乎"句,刘评曰:"拍题。""终当久与相处"句,评曰:"束本节。"②《与陈京给事书》中"其后如东京取妻子,又不得朝夕继见……阁下取其意而略其礼可也"段评曰:"通篇为两大扇,前后对峙。两大扇中又藏两小扇,前两小扇末有总束,此两扇末有归宿,以前后相称见章法。"③刘成忠所谓"扇"应是"股",刘成忠分此文为四扇,且前后对应,实际是四大股之代称。储欣也评曰:"层次法度,昌黎本色。其申合数层,累累如贯珠,最得《国策》妙处。"《袁氏先庙碑》中"惟世传德,袭训集余,乃今有济"句,刘成忠评曰:"发端三语已冒通篇。"④这几句是袁滋自言,正文则是韩愈承此叙述袁氏世系及功绩。袁滋有功于唐世,被立先庙于京,袁滋归功其成就于先世,便托韩愈为其先世撰碑。袁滋所言说明文章主题。刘成忠所谓"冒"指领起文章的开头,是八股文中起、承部分。程千帆说:"总起来看,破题、承题、起讲三部分还只是文章的开篇部分,所以又统之为'冒(帽)子'。"⑤由此可见,刘成忠受八股影响,评析文章也不离八股文之法。夹批之外,还有尾评,这是刘成忠批韩文的最大成就。《原毁》文末评曰:

> 此篇分前后两大段,两大段中又分两小段,两小段中前有两排后有两联。通篇以排偶成文,以一宾一主相形立论,此其章法之严整也。前一大段有起有提,中有分应之句,后无总束。后一大段有起有提,后有总束,中无分应之句,此其章法之参差也。此皆发挥题中一"毁"字者也。两大段后又缀以"原"字一段,与前之两段并立为三。前两段一反一正,皆以责人责己并提,此下以两排分承之。此段以"怠"与"忌"并提,此下亦以两排承之。然但承"忌"而不承"怠",但言"畏人修"而不言"不能修",提笔与前同,而所以应之者不同,此其章法之变幻奇谲而难测也。⑥

韩愈此文揭示当时嫉妒、毁谤人才的社会风气根源,以古之君子与今之君

---

① 刘成忠《韩文百篇编年》卷首。
② 刘成忠《韩文百篇编年》卷上。
③ 刘成忠《韩文百篇编年》卷中。
④ 刘成忠《韩文百篇编年》卷下。
⑤ 程千帆《八股文的文化批评》,《程千帆全集》,河北教育出版社2000年版,页450。
⑥ 刘成忠《韩文百篇编年》卷中。

子责己责人的不同态度作对比。韩文通篇排偶，有侧面、正面论证，前后呼应，显然有八股文因素。茅坤也曾评："此篇八大比，秦汉来故无此调，昌黎公创之。"①相对茅评，刘成忠的分析则详细得多，且不局限于八股规则的范畴，通过解析韩文技巧揭示韩文的神理气韵。刘成忠看出韩文有八股文的因子，同时也揭示出韩愈古文章法奇谲变幻的特点。

四、科举制度下书院的官方化促进韩集整理的兴盛

在科举制度影响下，清代书院逐渐官方化。清代的教育是科举考试制度钳制下的教育，书院不再是自由讨论学术的机构，完全为科举服务，实行考课制度，所考内容为时艺。清代书院性质的变化对韩集的编辑、整理也起到了一定的促进作用。为了考试，书院教学内容多与八股文相关，书院刻书也受到影响。由于韩文与八股文有着一定的渊源关系，且有章法可寻，多被书院主讲选作士子学习的范例。陈澧叙述广东学海堂书院士子课业情况曰："宜令学长于所课诸生中举其尤异，教以专门。治经必始笺疏，读史宜录汉魏，各因资性所宜，听择一书专习，或先句读、或加评校、或钞录精要、或著述发明。学长稽其密疏，正其归趣……课业诸生于《十三经注疏》《史记》《汉书》《后汉书》《三国志》《文选》《杜诗》《昌黎先生集》《朱子大全集》，自择一书肄习，即于所颁日程簿首行注明习某书，以后按日作课，填注簿内。"②可见韩文是学海堂书院教习科目之一。书院学韩之风蔓延滋生，有些书院直接刊刻韩集，以供士子学习，学海堂刊刻《韩昌黎集》。清同治八年（1869）福建正谊书院刊刻张伯行《唐宋八大家文钞》，其中收韩文就比较多。又如孙瑛《韩文补注》一卷，补充前人注文之缺，不载全文，刻于亭林书院。丁祖荫《韩文补注跋》云："光绪十有八年，唐墅创设亭林书院，延张退斋先生掌教，课余，出古文稿数卷，示肄业弟子……芝孙与同人谋付梓……爰酌提院中经费若干，校刊以公同好……《韩文补正》一卷附后。"③孙瑛研韩，于书院教书，书院又刊刻其研韩成果，这必定有利于推动书院习韩之风的发展。

书院讲授韩文的风气还有利于士子整理韩集，清代韩集批注家中部分

---

① 茅坤《唐宋八大家文钞》卷九，影印文渊阁《四库全书》本。
② 林伯桐、陈澧《学海堂志》"课业"条，赵所生、薛正兴编《中国历代书院志》，江苏教育出版社1995年版，页295。
③ 卞孝萱《整理韩文独树一帜：〈韩集书录〉十三则》，《唐代文学研究》第5辑，广西师范大学出版社1992年版，页731。

有过任职或学习于书院的经历。方苞、李黼平、冯敏昌等宗韩且整理过韩集的文人学者,都有过书院主讲的经历。清中期曾经主讲于粤秀书院的陈昌齐刻《新刊五百家注音辩昌黎先生文集》让士子学习,"给广东士子的习韩提供了一个善本,也带来了新的风气,而陈澧曾在粤秀书院肄业,自然沾其泽溉"①。此后肄业于该书院的陈澧则受此风熏染,批点《昌黎先生集》。王元启主书院三十年,文宗韩愈,著有《读韩记疑》,刘声木评其:"为文一本于韩子,思力精锐,皆由心得,能发前人所未发……历主道南、金石、樵川、华阳、崇本、泳源、嵩庵、重华、鲲池等书院讲席三十年,诲人不解。"②广东李黼平曾主讲于粤秀书院,著有《读杜韩笔记》。福建高澍然研治韩文三十余年,其《韩文故》完成之际,在玉屏、邵武、光泽书院主讲。周凯为之序曰:"今岁先生来厦门主讲,云梓将成,属为序。"③晚清俞樾也曾主讲于广州紫阳书院、德清清溪书院、菱湖龙湖书院,著有《读昌黎先生集》。清代书院的官方化与士人整理韩集之间的关系虽不能逐一考证说明,但由上述现象可见两者之间相辅相成,共同促进了清代韩集整理文献的繁兴。

总而言之,清代科举制度影响下的韩集文献,都不同程度地受到八股之风的影响。与清以前受八股文影响的韩文批点文献相比,清代韩文文献有一个特点,即批注韩文既有八股文影响的痕迹,又力求跳出八股文的窠臼,侧重古文创作技巧的分析,贯穿"以古文为时文"的做法。清代韩文评注融合古文之法的趋势明显,这一点应是清代较为浓厚的"以古文为时文"风气影响下评点韩文的共性。清代科举制度下书院的官方化也增强了士子习韩风气,促进了韩集整理的兴盛。

第三节 清代刻书、藏书业对韩集文献之贡献

韩集文献经历了史上两次批注和刊刻高峰,大量文献能留存于世,清代繁兴的刻书和藏书业功不可没。据魏仲举《五百家注》记载,宋代留下来的韩集文献并不多,多是靠魏注本的收录才得以保存部分材料,原书大都佚失,诚然这是多种因素造成的。现存单行本仅文谠注、王俦补注《新刊经进详注昌黎先生集》、祝充《音注韩文公文集》、朱熹《韩集考异》、方崧卿

---

① 李福标《〈昌黎先生文集〉清同治广东述古堂刻陈澧父子批点本考述》,《图书馆论坛》2009年第4期。
② 刘声木《桐城文学渊源撰述考》,黄山书社1989年版,页83。
③ 周凯《韩文故序》,高澍然《韩文故》卷首。

《韩集举正》、王伯大《朱文公校昌黎先生集》、廖莹中《昌黎先生集》。清代韩集文献基本都保存了下来,尤其是一些历经波折的韩集文献仍能被完好保存,还要归功于藏书家的艰辛付出。

一、清代刻书业之兴盛对韩集整理的贡献

清代刻书业十分发达,很多珍贵的韩集文献被保存下来,有些被多次翻刻,流布广泛。这些韩集文献不仅为当朝学者研习韩集带来了便利,也为后世学者研究清代接受韩愈的面貌提供了重要的资料。清代刻书与前代基本相同,分为官刻、坊刻和私刻三个系统,三种形式的刻书对韩集文献的流传保存有不同程度的作用。清代官刻韩集文献数量少,多是选本形式,如《唐宋诗醇》《唐宋文醇》等选韩愈诗文较多的文献;专刻韩集文献主要有魏仲举《五百家注》、廖莹中东雅堂《韩昌黎先生集》、王伯大《别本韩文考异》(《朱文公校昌黎先生集》)、方崧卿《韩集举正》,都是宋人研韩成果。清代韩集文献主要靠坊刻和家刻流传于世,多集中在江浙、广东、福建刻书、藏书较为发达的地区。

(一)清代私刻对韩集文献的贡献

私刻萌芽于唐五代,精熟于宋元,繁荣于明清,特别是在清代,士大夫善刻书,私人刻书达到了它的巅峰期。① 清代韩集文献主要靠私人刻书得以流传。清代私人刊刻韩集文献主要有顾嗣立秀野草堂、汪文柏古香楼、卢见曾雅雨堂、马曰琯小玲珑山房、高瀚然抑快轩等,这些刻书家有刻自己韩集批注成果,也有刻他人研韩成果。私人刻书不以市场为导向,不以销售为目的,精益求精,多数质量较高,因而也为韩集文献留存了精美的善本。

1. 刻前代韩集文献

清代大部分刻书家既刻书又藏书,出于嗜好,他们费尽周折地搜求前人韩集文献进行刊刻,保存了珍贵的韩愈研究资料。李光地翻刻张洽校刊朱熹《韩文考异》原本,澄清了此本原貌。朱熹《韩文考异》原本内容被宋末王伯大散于韩集篇末并加以音释,由南建州初刻,而后麻沙书坊又改造王本,移朱注由篇末散至各句之下,再次刊刻,并命名为《朱文公校昌黎先生集》。朱熹门人张洽校订朱本并刊刻,但流传甚少。此后朱本原貌很长时间不被人知,"至宋末王伯大始取而散附句下,以其易于省览,故流布至今,

---

① 王桂平《家刻本》,任继愈主编《中国版本文化丛书》,江苏古籍出版社2002年版,页6。

不复知有朱子之原本。"①直到李光地翻刻其珍藏的张洽校订本才使其面世。清初藏书家季振宜(1630—1674)藏有张洽校订本宋刻板,其《季沧苇书目》最早著录此书:"《韩文考异》十卷。宋板。"②此本几经周转现存山西省祁县图书馆,"是张洽原刻幸存的海内孤本"③,但季氏藏本当时没有流传开。康熙四十七年(1708),李光地从藏书家吕留良子吕无党处借得张洽校刊原本进行翻刻。李光地去世后原书板佚失,翻刻本也稀少。由于李氏的翻刻,使世人得知"在同行的王伯大编纂本之外,还有一个更符合朱熹原书本来面目的十卷本"④,揭开朱本之谜,厘清了各本之间的关系。乾隆年间纂修《四库全书》时,江苏巡抚采进李氏翻刻本收录,"今录光地所刻十卷之本以存旧式,仍录此本以便参稽"⑤。清光绪十一年(1885),江苏赵元益又依据李光地翻刻本重刊,使此书流传更广。魏仲举《五百家注音辩昌黎先生集》在清代不断被重刻,流传广泛,成为很多学者学习整理韩集的底本。因清代私人刻书风气的兴盛使前人研治韩集的珍贵成果得以广泛流传,为后世韩愈研究提供了便利。

清中期马曰琯(1687—1755)、马曰璐(1701—1761)兄弟是扬州大藏书家,他们的藏书阁小玲珑山馆曾刻宋代韩愈年谱。魏仲举《新刊五百家注音辩昌黎先生集》中收入的《韩文类谱》,宋代以后几乎无人翻刻,流传甚少。陈景云曰:"《韩文类谱》后无继刊者,故世罕得而见也。广陵马君嶰谷涉江耽嗜文史,遍访是谱于藏书家,近始得之。因亟付梓,以广其传。"⑥马曰琯搜集到《韩文类谱》,将其与吕大防、程俱、洪兴祖三人所撰《韩谱》一起,于雍正七年(1729)由小玲珑山馆仿宋本合刻,使宋人所撰韩愈年谱得以广泛流传。随后此书便不断被翻刻,光绪元年(1875)"枕泉庄赠隶释斋"依据"小玲珑山馆仿宋本"又摹雕重印。《五百家注音辩昌黎先生集》元明以来较少覆刻,但此本在清代流传广泛,也得力于清代私刻业、藏书业之兴盛,被大量翻刻。清中期江西有陈昌齐刻仿宋刻本,之后商务印书馆以丁丙家藏本为底本影印。以上韩集文献虽不是清人整理韩集的成果,但对研韩成果的留存却做了极大的贡献。

---

① 永瑢等撰《四库全书总目》卷一百五十,中华书局2003年版。
② 朱熹《昌黎先生集考异》,上海古籍出版社、安徽教育出版社2001年版,页5。
③ 朱熹《昌黎先生集考异》,页5。
④ 朱熹《昌黎先生集考异》,页5。
⑤ 永瑢等撰《四库全书总目》卷一百五十,中华书局2003年版。
⑥ 陈景云《韩谱跋》,载徐敏霞《韩愈年谱》,中华书局1991年版,页223。

2. 刊刻当朝韩集文献

清代私刻质量较高,尤其是精工手写上版的写刻本,更为出色。清代的写刻精本,起始于康熙,兴盛于乾嘉,出现了许多精本佳刻。最初是大部分殿本手写上版,在此种风气的影响下,私刻也兴起了精写上版的风气,许多著作都是由名家精心缮写付梓。这些写刻本,不管是字体或纸张都属刻本中的上乘。字体有点画,或方劲或软美,纸张类型主要有:黄色的毛太纸、白色的连史纸、开化纸(也称桃花纸)、开化榜纸,其中开化纸明末开始使用,洁白细腻,为纸中上品,清前期讲究的刻书家才会选用此种纸①。清代精美的私刻也为后世留下了堪称一流的韩集文献写刻本。康熙三十八年(1699),顾嗣立秀野草堂所刻《昌黎先生诗集注》便是韩集文献刻本中的绝美者。此本选用名贵的开化纸,为吴郡名刻工邓明玘、曾唯圣写刻,刻写技艺精湛,笔画精美,是韩集文献中的精刻本。版本学家黄永年对其评价甚高:"今观平生同学新得秀野草堂《昌黎诗集注》开化纸初印精本,点画明丽,淡雅宜人,诚不得不谓书中极品。平生宝之,一若乾嘉时人之视宋元旧刻矣。"②顾嗣立秀野草堂还刻东雅堂本《昌黎文集》,朱骏声《书〈东雅堂昌黎集〉后》:"余藏明季徐时泰东雅堂《昌黎文集》。有本朝顾嗣立印章……至东雅堂徐氏翻刻廖氏本,而顾君复校定之,为秀野草堂本,重刻于康熙己卯之春。此东雅堂殆其所藏原本欤?"③

清道光十六年(1836),满洲镶蓝旗人穆彰阿(1782—1856)膺德堂刻过录有朱彝尊、何焯批语的顾嗣立《昌黎先生诗集注》,朱墨套印本,朱评为墨色,何评为朱色。此书纸白,开本大气,刻印俱佳。道光二十八年(1848),安徽当涂黄中民精刻其父黄钺《韩昌黎先生诗集增注证讹》。咸丰七年(1857)四明鲍氏二客轩又据黄中民刻本重刊,开本豪气阔大,页眉较高,字体优美,墨精纸白,属开化纸,也是清代韩集文献中上乘刻本。

其他还有康熙三十五年(1696)安徽休宁藏书家汪文柏古香楼藏书阁刻其《杜韩诗句集韵》、康熙四十九年(1710)濂溪山房刊刻余柏岩《韩愈诗》、康熙五十二年(1713)教忠堂刻李光地《韩子粹言》、道光十六年(1836)高澍然抑快轩刻其《韩文故》等韩集文献,质量都较高。《杜韩诗句集韵》随后又有康熙四十五年(1706)麟庆堂刻本、光绪八年(1882)来青阁

---

① 黄永年《清代版本述略》,《黄永年古籍序跋述论集》,中华书局2007年版,页333。
② 黄永年《跋清康熙秀野草堂刻开化纸初印本〈韩昌黎诗注〉》,《黄永年古籍序跋述论集》,中华书局2007年版,页159。
③ 朱骏声《传经室文集》卷六,嘉业堂本。

刻本。

　　清代一些私人刻书家无偿帮助朋友刻书,如清初仇兆鳌刻林云铭《韩文起》、程釜刻卢轩《韩笔酌蠡》、卢见曾刻方世举《韩昌黎诗集编年笺注》等,使得这些珍贵的韩集文献得以流传于世,值得称赞。尤其是卢见曾刻方世举《韩昌黎诗集编年笺注》成为清代学者中的一段佳话。卢见曾(1690—1768),字抱孙,号雅雨,山东德州人,康熙六十年(1722)进士,雍正三年(1726)为四川洪雅知县,故以雅雨自号。乾隆三十三年(1771),以盐商提引案入狱,卒年七十九。卢见曾是乾嘉时代著名学者、校勘家,其雅雨堂刻书丰富,又很精细,多被视为善本。方世举一生贫困,无力刻书,其《韩昌黎诗集编年笺注》被卢见曾雅雨堂于乾隆二十三年(1758)刊刻。卢见曾曰:"扶南老矣,将售是书以为买山计,余既归其赀,且付剞劂。"①卢见曾刊刻此书过程中,对其进行了订正校勘,且在书前加入《新唐书》《旧唐书》本传。又曰:"扶南学问浩博,然未免有贪多之病,其注之重复者、可见者、以诗注复以赋注者、不须注者尽删之,讹舛者更正之,不知扶南以为如何也。"②此书刻成后,书牌上署:德州卢雅雨商定,桐城方扶南通考《韩昌黎诗集编年笺注》,春及堂藏版。春及堂是方世举的书室名,可见卢见曾刻书后版权仍归方世举,这也算得上是清代刻书家中值得学习的典范。

　　(二)清代坊刻对韩集文献的贡献

　　清代书坊兴盛,遍布多地。书坊刻书以市场为导向,以盈利为目的,主要刻民间流行读物以及四书五经等科举类书籍,这类书质量相对较差。为了迎合士子科举考试,一些书坊大量刊刻文人文集作范文。韩文历来是士子学习的范例,是书坊大量刊刻之对象。书坊刻书虽然有些质量欠佳,但有利于韩集文献的普及推广。

　　林云铭对韩集的嗜好便起于所得坊刻本韩集,《韩文起序》曰:"余童年负笈乡塾,见制艺中有用韩文词句人辄喜之,因购一坊本,以为中郎枕秘。"③林云铭批韩文时还不时批评坊本的缺点,如"韩文坊刻编次杂乱"④,"坊刻谬误糊涂,只可付之一噱"⑤,此类评语屡屡出现在《韩文起》中,这是坊刻本促进士子研治韩集的典型例证。林云铭《韩文起》也曾刻于建阳书

---

① 卢见曾《韩昌黎诗集编年笺注序》,方世举《韩昌黎诗集编年笺注》卷首。
② 卢见曾《韩昌黎诗集编年笺注序》,方世举《韩昌黎诗集编年笺注》卷首。
③ 林云铭《韩文起序》,《韩文起》卷首。
④ 林云铭《韩文起凡例》,《韩文起》卷首。
⑤ 林云铭评《太学生何蕃传》,林云铭《韩文起》卷六。

坊。《韩文起》初稿完成于康熙十二年(1674)之前,未刻,又毁于闽变。林云铭移居杭州后又重著,此次完成后的初稿由其从孙林常础刊行于建阳书坊。

北京二酉堂刻书坊产生于明末,是清代北方著名书市,刻书也较多,道光六年(1826)刻李光地《韩子粹言》。明清之际江苏常熟席氏所建刻书坊扫叶山房,以出版古籍为主,刊刻精善,在书界有一定地位。清初业主席启寓刻《唐诗百名家全集》,皆依宋本,且保留宋人题跋,精校精刻,其中刻有《昌黎集》。清末此书坊又刻《韩昌黎诗集编年笺注》,以卢见曾雅雨堂本为底本,刻印精善。

清代中后期岭南地区刻韩集也较多,如述古堂、翰墨园都曾刻过韩集。述古堂是广州著名书坊,咸丰至光绪间刻书较多。清同治九年(1870)述古堂刻《昌黎先生集》四十卷附遗文,此本依据张泊本刻,有很高的文献价值。陈澧曾依此为底本批注,书后有番禺人陈璞跋曰:"学者欲读韩文全集,苦不易得。余藏有宋本,似据《考异》刊定者,合目录四十一卷附遗文一卷,而无外集,殆以外集非李汉编,故不收欤?同人鸠訾刊《日知录集释》成,因复刊是本。除敬避字外,悉依原本,不复校改云。同治九年闰月陈璞识。"①此本保持了宋本原貌,弥足珍贵。翰墨园也是广州著名的书坊之一,业主骆浩泉。此书坊在道光至光绪间刻书较多,其刻书的最大特点是多色套印。光绪九年(1883)翰墨园据穆彰阿膺德堂所刻朱彝尊、何焯批顾嗣立《昌黎先生诗集注》本重刊,改膺德堂本朱墨二色套印为朱墨蓝三色套印,书口下方刻有"膺德堂重刊顾氏本"。朱评蓝笔、何评朱笔,原文墨笔,套色清晰灿然,白纸精印,开本阔朗,是为善本。

清代刻书业的兴盛,使有些韩集文献被不断翻刻,这不仅保存了大量珍贵的研韩资料,还有利于韩集的广泛流传,便于士人学习,扩大韩愈在清代的影响。

二、清代藏书家对韩集编辑、整理的贡献

清代是私家藏书鼎盛时期,藏书家对韩集文献的产生及流传做出了重要贡献,现仅略举几例,以窥一斑。

(一)为韩集整理提供资料

清代藏书家丰富的藏书为当朝韩集整理者提供了可供参考的资料。

---

① 陈澧批《昌黎先生文集》,同治九年广东述古堂刻本。

如清初大藏书家徐乾学(1631—1694)所藏《昌黎集》有宋本五部,元本三部。康熙三十一年(1692),顾嗣立开始与其有交往,应有所经眼徐氏藏书,且顾嗣立有些藏书就是据徐氏藏书重刻的。顾嗣立自己又是大藏书家,这些条件都有助于他注韩诗。方世举身为一介布衣,他的《韩昌黎诗集编年笺注》中引书丰赡,远超前人韩集注本,方世举此书的完成也得到了友人藏书的帮助。方世举之师朱彝尊是江浙地区有名藏书家,藏书丰富。方世举师从朱彝尊时多见古籍秘本。马曰琯、马曰璐兄弟小玲珑山馆藏书富甲江南,方世举与马氏兄弟二人交往甚密,曾到马氏小玲珑山馆拜访兄弟二人。方世举笺注韩诗无疑会得到这些藏书家的帮助。又如方成珪虽称不上清代大藏书家,但其宝研斋藏书较多,在浙江瑞安比较有名。方成珪一生安贫乐道,做官数十年所得俸禄全部用于购书。他的《韩集笺正》引用资料很充分,质量也较高,与其藏书之多不无关系。晚清马其昶曾在李国松家教书,见李氏藏沈钦韩《韩集补注》原本,其批注韩集便采用了此本,内容多于传世版本。正因为这些韩集批注者所见古籍丰富,他们批注韩集的质量才能得以保证。

(二)保存珍贵的韩集文献

清翁同书(1810—1865)家藏《韩昌黎先生文集》为宋版,有很高的价值。刘真伦《翁同书藏本〈韩昌黎先生文集〉考述》[1],考证翁同书所藏《韩昌黎先生文集》为南宋孝宗时浙刻本、江西刻本、闽刻本三个刻本汇集而成的白文无注本,具有较高的文献价值。刘真伦考证此本成书于方崧卿《韩集举证》与朱熹《韩集考异》之间,且为朱熹本参考采用,证明其有较高的校勘价值。

文谠注、王俦补注《新刊经进详注昌黎先生文集》是现存比较早的宋代韩集注本,现藏国家图书馆。此书在清代的流传也几经波折,经清初藏书家徐乾学、清中期汪士锺收藏,道光后入杨氏海源阁,在战乱年代经由杨以增、杨绍和、杨保彝、杨承训四代递藏珍存,最终完好归入国家图书馆。此书的详细流传过程可参见杜学林《〈新刊经进详注昌黎先生文集〉流传渊源考》[2]。

正是由于清代一些藏书家嗜书如命的精神,使得很多韩集文献能够历经灾难而保存下来,尤其是一些大家的手批韩集本,是极其珍贵的研究资

---

[1] 刘真伦《翁同书藏本〈韩昌黎先生文集〉考述》,《文学前沿》1999年第2期。
[2] 杜学林《〈新刊经进详注昌黎先生文集〉流传渊源考》,《图书馆杂志》2015年第6期。

料,如黎简手批顾嗣立《韩昌黎先生诗集注》、李宪乔批方世举《韩昌黎诗集编年笺注》等。这些大家批本历经战乱,有幸保存至今,是研究清代岭南诗坛以及岭南韩愈接受史的重要资料。而这些珍贵的韩集文献在当时能得以广泛流布且保存至今,贵州、岭南等地大藏书家功不可没。黎简手批韩集原本在战争中辗转流传,得以保存,并且又产生出过录本,要归功于广东桂笙陔、贵州莫楚生、四川王秉恩三大藏书家。关于黎简手批本流传过程,周兴陆《黎简手批〈昌黎诗集注〉》已梳理,现将此批本中的跋与题记载录如下,以见此书经历之曲折。复旦大学图书馆藏原手批本卷终叶尔安跋曰:

> 此本为粤东黎二樵先生手评者,今归其同乡桂司马笙陔,携至大梁,出以示余,并为余道先生文学名,云此本特其一斑。余挥汗读数过,极叹鉴赏之精,及观至《月蚀》诗中"附记"一则,益知先生深得《唐贤三昧》,能各道其筋髓,而非独肆力于一家者。且惟其眼力既到,故能句斟字酌,不遗余力。如集中间有率倍之句,正名手不加修饰处,自来评选各本,非震其名而故奇之,抑或不敢自信而讳之,先生直指其疵,不以好之而强作解事,尤见卓识。嗟乎!大声不入于里耳也久矣。先生于尘羹土饭出所心得,其有功于前贤后学,岂浅鲜哉!惜不得先生所著各大家全集读之,是亦一憾,置之案头,心玩不已,为跋数语以归笙陔司马。笙陔有嗜书癖,为搜藏家中卓卓者。今年避夷乱来此,遗弃几数百架,与余言,辄唏嘘久之,吉光片羽,尚其宝之。仁和叶尔安识于中州之监河署斋,时咸丰戊午立秋后二日。①

咸丰八年(1858)广州战乱,桂笙陔至河南叶尔安处避乱,藏书多被遗弃,随身携带少数书中就有黎简手批韩集。桂笙陔将此本示以叶尔安阅读,叶氏览毕又归桂,随后莫友芝侄子莫棠任广东知府时得此书。扉页莫棠题记:

> 余得二樵手批杜集、韩集于广州,辛亥二月,自广至琼,携韩以往,杜诗并他书数十椟,均置省会,遭乱遂散失不可问,此本与随身书卷仅存。癸丑六月,同里何瑞馨为重装,甲寅二月题记,追忆惜尘,殆同隔世,吁可慨已。②

这是黎简手批本又一次难中留存的经历,正如学者所说"藏书与学术之关

---

① 黎简批顾嗣立《昌黎先生诗集注》,康熙三十八年秀野草堂刻本。
② 黎简批顾嗣立《昌黎先生诗集注》,康熙三十八年秀野草堂刻本。

第二章　清代学术文化与韩愈诗文整理

系极为密切,犹如一代学术升降衍变之晴雨表"①,藏书与文学关系也同样密切,一种文学文献的保存情况也可从一个侧面反映当时的文学倾向。在众多书籍中,黎简手批韩集总能被藏书家随身携带,避免劫难,可见其有极为宝贵的价值,也说明了韩诗在当时甚受推崇,这与晚清宗宋派尊崇韩诗的状况似乎甚为吻合。莫氏一直保存此书至上世纪三十年代,陈曾寿又从莫氏处获得此书。叶尔安题跋后有王欣夫跋:

> 此黎二樵手评《昌黎诗集注》,廿年前仲兄苍虬得之莫氏铜井文房。曾共展玩,爱不忍释。后与贾人易他书,深惜未及传录,恒用怅怅,展转入复旦大学图书馆。前年余奉调来此见之,悲喜交集。悲者仲兄已墓有宿草,睹物思人,益增鸰原之痛;喜者多年怀想,仍得快读,因亟借出,照临于景印世彩堂本上,四日而毕,并识卷末,藉留鸿爪云尔。一九五四年六月十六日王欣夫书于江湾之筑庄。②

几经周折,黎简手批本现藏于复旦大学图书馆。黎简手批本流传过程中还衍生出过录本,即上海图书馆藏莫友芝、王秉恩批方世举《韩昌黎诗集编年笺注》,据考证此本实为莫友芝校点方世举《韩昌黎诗集编年笺注》,其中批语为王秉恩过录黎简批顾嗣立《昌黎诗集注》中成果。

李宪乔批注方世举《韩昌黎诗集编年笺注》,原手批本已不可见,现留存过录本数种,具体情况可参见李福标《〈韩昌黎诗集编年笺注〉李宪乔批校在粤地的流传》,梳理甚细。现载录笔者所见中山大学图书馆藏李宪乔批点方世举《韩昌黎诗集编年笺注》过录本中王拯题记,以了解藏书家对李宪乔批点韩集的整理珍存情况。内封页王拯墨笔题记:

> 《昌黎诗集编年笺注》,德州卢氏见曾购于桐城方世举而订正之,刻于乾隆年间,为近刻韩诗之最善本。高密李子乔宪乔,曩官吾粤,平生尤用力韩诗者,评点精辟,多所发明,此本丹笔所过录者是也。道光戊戌,余自礼部放归,故友临川李小庐尝出以示,因借读之。过录未竟,咸丰丙辰京师,又从汉阳叶二润臣所录藏本补录一二。顾时时忆李氏藏本,未尝去心。同治戊辰引归桂林二年余矣,日与唐子仲方谈说及此,仲方见谓书今见存某处,喜属借观,惜乃霉蠹断烂,颇不复任翻阅。明年适有广州之行,仲方因属携往,饬工一整理之。虽其中之

---

① 谢海林《清代宋诗选本研究》,上海古籍出版社2011年版,页54。
② 黎简批顾嗣立《昌黎先生诗集注》,康熙三十八年秀野草堂刻本。

残阙霉蚀未能全复旧观,而已装册完好。归舟用自蓄本校读一过,乃亦叶本所遗子乔眇论甚多,不独有评无点之为憾也。补录既毕,爱书其略简端,仍归仲方。往闻诸小庐,此本乃其尊人松圃老人物,今松孙言老人虽与子乔至交,此本实阳湖施雪帆晋所录者。间有墨笔,则施笔也。松孙为小庐从子,年六十矣。庚午夏时识。①

凡例后王拯墨笔题记:

　　余之引归桂林,小庐时已早殁,独见松孙与此当时故物,不胜愀怆之怀。盖少壮时所与文艺切劘,无有一人之慭遗者,不唯小庐然也。松孙言天下公物,幸而犹存,岂必藏于李氏? 亦达者之言也。因并记之。庚午六月古定甫。②

《昌黎本传》末王拯墨笔题记:

　　李汉所为公墓志铭,方氏编集何以弗载? 当日亲承教育,所言故于后人为较切有味也。此卷首有卢叙、方叙,乃与凡例首页皆霉烂矣。蒙于韩诗卒业数周,李评有先路之导,然已有自谓独得深至于前人者。子乔乃松圃老人至交,此本乃又子乔罢归,施雪帆所过录其评点以持赠者。子乔在粤,于门人学诗皆教以张、贾,自诗乃独宗韩。雪帆在□□间以名,诸生称能诗,然不宗子乔,特书法乃相似,故向以此本评点为子乔亲笔者读也。亦松孙云。定甫又记。

从以上王拯题记可知,王拯、唐岳、施晋、叶名澧都曾藏有过录有李宪乔韩诗批语的韩集文献。施晋(1756—1818),字进之,又字锡藩,号雪帆,江苏常州无锡人,诸生。施晋有才学,但仕途不遇,与黄景仁、刘大观、洪亮吉过从甚密,曾游岭南。王拯(1815—1876年),字定甫,号少鹤,又号龙壁山人,广西马平(今柳州市)人,善诗古文词、书画,与梅曾亮、邵懿辰相切磋,古文步趋桐城派,为"岭西五大家"之一。王拯亦善藏书,其诗曰:"窗中自修治,书卷排鳞次。虽无百城富,一一俨标置。"著有《龙壁山诗文集》《茂陵秋雨词》《归方评点史记合笔》等。王拯费尽周折过录李宪乔韩诗批语,可见其对李宪乔批语之珍惜。

唐岳(1821—1873),原名启华,字仲方,号子实,清岭南大藏书家,广西

---

① 李宪乔批点方世举《韩昌黎诗集编年笺注》,雅雨堂刻本,藏中山大学图书馆。
② 李宪乔批点方世举《韩昌黎诗集编年笺注》卷首。

第二章 清代学术文化与韩愈诗文整理

临桂(今桂林)人。藏书楼为"涵通楼"、"十万卷楼",藏书多达10万卷,雄称西粤,藏书印有"雁山名里"、"唐氏鉴藏所见"等。唐岳整理收藏多种韩集文献,从中山大学图书馆特藏部可知有七部,部分过录有名家批语。其藏清天德堂重修明刻本《朱文公校昌黎先生文》四十卷《外集》十卷《遗文》一卷,并过录吕璜(粤西古文五大家之一)等诸家韩集批语于其中,书中有"天德堂藏书"、"桂林唐氏仲方珍藏图籍之印"、"桂林唐岳珍藏书籍"、"十万卷楼"、"涵通楼藏书印",目录卷四十后有唐岳朱笔题记:

> 余家所藏韩集有东雅堂徐氏、三径堂蒋氏、《五百家注释》《韩文考异》及明莫如士本,凡五种皆明板也。至国朝之秀野堂顾氏则有韩诗无文,卢氏云《韩笔酌蠡》则有文无诗,不列于全集。辛卯余年十一随侍家大人于养利学署,趋庭之暇,以韩文相授。余就行笥中所携《考异》辄以己意肆加评点,时幼年无知,所见谬妄殊甚。丁酉随侍家大人于泗城,携《五百家注韩集》自随,边城无索居,颇研求焉,亦有评点。虽管窥蠡测,时有一得,而仍未得其要妙。甲辰礼部报罢,留居京师主友人王定甫邸。时定甫方肆力于古文,余慕而学之。因定甫而获见上元梅先生,先生故桐城姚姬传先生高弟,为今海内宗主。余以文为贽,先生诧为天才,固将古文法律与定甫朝夕讲求。于厂肆购得明莫如士所刊韩、柳合集,奉以简炼揣摩。莫本无注释,便于诵读,自是十年南北奔走皆携此本。丁未重至京师,复从梅先生,乞其所手评点本丹录于卷。咸丰甲寅家毁于盗,数世所藏十余万卷业为灰烬,韩集数本无一存者。先是,余所藏韩之五本韩集皆手有丹铅,惟东雅堂本初印精好,不忍下笔,友人龙翰臣见而爱之,以所藏莫如士本相易。翰臣所藏莫本模糊漫漶,远不逮余所藏,特翰臣手录《考异》于上端,楷精工,且亦录有梅先生评点,余亦爱不释手,遂与之易。□为故友苏煦谷借去。遘难之后,翰臣本以苏借,而独此本幸存耳。戊午秋,偶获此本市中。适米客庵,亦获《韩笔酌蠡》,上有吕月沧手录姚姬传评点,余固假归,手录一通,既毕事,回忆昔拿情事,有足慨者,因备志于卷云。咸丰辛酉九月廿八日灯下桂林唐岳仲方氏志。①

唐岳家藏书曾遭毁殆尽,此本幸存,历经周折后复归唐氏,见其与唐氏之缘甚深。唐岳藏两部明嘉靖十六年(1537)游居敬刻四十一年(1562)何镗印

---

① 《朱文公校昌黎先生文》,明刻清天德堂重印本,唐岳录诸家评点,现藏中山大学图书馆。

本《韩文》四十卷《外集》十卷《遗集》一卷,其中一部过录有李宪乔、王拯、梅曾亮诸家评语,卷十末有题记:"同治壬申八月三日唐仲方重读于雁山园之涵通楼,并用紫笔录定甫评点于上。"[①]书中钤有"果亲王府图书记"、"果亲王宝"、"自得居士"、"静远斋藏书记"、"桂林唐岳珍藏书籍"、"桂林唐氏仲方珍藏图籍之印"藏书印,另一部有"唐岳校读"、"桂林唐氏仲方珍藏图籍之印"、"函雅楼藏书印"。藏乾隆四十九年(1784)楼观氏(陈昌齐)刻本《新刊五百家注音辩昌黎先生文集》四十卷,唐岳过录诸名家批点于其上,钤有"仲实手校"。藏明万历茅一桂刻茅坤《唐大家韩文公文钞》十六卷本,有王拯过录诸家批校内容,书中钤有"桂林唐氏仲实珍藏图籍"、"函雅楼藏书印"。藏合刻本韩集文献有明嘉靖十六年(1537)游居敬刻三十五年(1556)莫如士印本《韩柳文》和康熙席氏琴川书屋刻《唐诗百名家全集》。唐岳用力搜求韩集,勤于校勘韩文,并过录诸家批语,对韩集文献的留存功绩卓著,可谓是韩愈一大功臣。

沈钦韩批校《昌黎先生集》四十卷《外集》十卷《遗文》一卷《朱子校昌黎先生集传》一卷,书中钤"沈钦韩印"、"文起手校"、"香山草堂藏书记"、"传经堂鉴藏"、"传经后人"、"曾在东山刘悟常处"、"洞庭刘恕"、"宝姜堂印"等,为清中期藏书家刘恕、近代韩愈研究大家童第德递藏。刘恕,清著名书画家、藏书家,一名悟常,字行之,号蓉峰,又号寒碧主人、花步散人,吴县(今江苏苏州)洞庭东山人。沈氏批《昌黎先生集》现藏国家图书馆,沈钦韩曾手批顾嗣立《韩昌黎先生诗集注》原本也留存于世,现存藏书家韦力处。

因藏书家嗜书宗韩之情结,许多珍贵的韩集文献得以保存和流传,给当时以及当今的韩愈研究做出了极大贡献。

[①] 《韩文》四十卷《外集》十卷《遗集》一卷,明嘉靖十六年游居敬刻四十一年何镗印本,藏中山大学图书馆。

第三章 清代文学风尚与韩愈诗文整理

清代文学繁荣,流派繁兴,文学批评理论也发展成熟,尤其是评点学极为兴盛,这些对韩集编辑、整理研究带来极大影响。本章主要从清初古文复兴、清代评点学之兴盛、岭南地区浓郁的宗韩之风、桐城派之宗韩以及晚清宋诗运动之兴起等角度分析其对韩集编辑、整理的影响。

第一节 清初古文中兴与韩文评点之兴盛

韩愈作为两汉以后散文发展史上颇具创造性的古文家,对后世古文创作影响深远。唐代古文运动,韩愈是领袖;宋代古文运动,韩愈是始祖[①];清初古文复兴运动中,韩愈被看作通往先秦、两汉文之"舟楫"。清初不同流派、身份各异的古文家在复古途径上殊途同归,古文理论与韩愈文论一脉相承,倡导由韩文进而《史记》、进而《六经》之复古轨迹,肯定了韩愈在中国散文发展史上的地位及价值。与此呼应,清初大家亦通过评点韩文指导士子学作古文,以推动古文复兴;在韩文评点中,善于将韩文与先秦、秦汉文比较而论,揭示韩文与先秦、秦汉文的渊源关系。

一、韩愈在清初古文复兴中之地位

明代中期"前七子"打着"文必秦汉,诗必盛唐"的口号,着眼点在于秦汉文,对韩愈及其散文未引起足够重视,尤其是何景明对韩愈更是批判有加:"夫文靡于隋,韩力振之,然古文之法亡于韩。"[②]由此开启了明代以后抨击韩文的评论。与何景明同时的王文禄完全赞同这一观点:"韩昌黎有志于古学……当时能望势且延揽英才,籍、混辈尊称之,文名遂盛于唐。后欧

---

① 陈友德《韩愈与宋代古文运动》,《韩山师专学报》1987年第1期。
② 何景明《与李空同论诗书》,《何大复先生集》卷十四,中州古籍出版社1989年版。

83

阳亦好而尊之配孟,以己配韩……是韩又盛于宋。我明宋潜溪《原文》:'《六经》外当读《孟子》与韩、欧文。'夫惟皆知宗韩则不复知先秦、两汉文,故何大复曰:'文靡于隋,韩力振之,古文之法亡于韩。'"①王文禄将韩愈与先秦、两汉文对立而论,认为学韩则不知先秦、两汉文。"后七子"支流"末五子"中带有反复古倾向的代表人物屠隆,更是继承了何景明批判韩愈的观点,其《文论》曰:"文体靡于六朝,而韩昌黎反之,然而文至于昌黎氏大坏焉……昌黎氏盖所谓文起八代之衰者,今读其文,仅能摧骈俪为散文耳。妍华虽去,而淡乎无味也;繁音虽削,而瘖乎无声也。其气弱,其格卑,其情缓,其法疏,求之《六经》、诸子,是遵何以哉! ……昌黎氏之所以为当时宗师而后名世者,徒散文耳。"②屠氏认为韩文气弱格卑,其评着实不符合韩文特点。嘉靖前期崛起的"唐宋派"将"前七子"的"文尊秦汉"改为"文尊唐宋",倡导以韩愈、欧阳修为代表的古文正统。这为清初古文家提倡由韩、欧进而先秦、两汉之复古轨迹奠定了基础。钱基博说:"学者知由韩、欧沿洄以溯太史公,而定清三百年文章之局者,坤实有开山之功也。"③确立由以韩、欧为代表的唐宋八家上溯先秦、两汉文之学古路径,茅坤实有开创之功。至明末清初艾南英明确指出:"夫秦汉去今远矣,其名物器数、职官地理、方言里俗皆与今殊。存其文以见于吾文独能存其神气尔,役秦汉之神气而御之者,舍韩、欧,奚由譬之于山,秦汉则蓬山绝岛也。去今既远,犹之有大海隔之也,则必借舟楫焉,而后能至。夫韩、欧者,吾人之文所由以至于秦汉之舟楫也。由韩、欧而能至于秦汉者无他,韩、欧得其神气而御之耳。"④艾南英强调韩、欧是通达先秦、秦汉之"舟楫",是学习古文必经之途。

  清初因废除八股文的呼声愈加强烈,复兴古文成为一种趋势。清初诗坛在反思明代诗学弊病下,重构诗学范式,扩充诗学传统。同样,清初古文家无论是力主秦汉,还是推尊唐宋,都进一步调和二者之间矛盾,掀起了一股回归先秦、秦汉古文正统的复古风潮。韩文根柢《六经》,文法绍继先秦、秦汉文,同时又开启唐宋古文,为唐宋八家之首。无论韩文之儒道思想还是艺术传统,都可为清初文坛的效法对象。由韩文可进窥先秦、秦汉文,在清初古文复兴运动中韩文自然成为古文家心仪的对象,故而清初大家几乎一致肯定韩愈在复兴古文中的地位,将由韩文而上溯先秦、两汉文的复古

---

① 王文禄《文脉》卷二,载《历代文话》,复旦大学出版社2007年版,页1701。
② 屠隆《由拳集》卷二十三,《屠隆集》,浙江古籍出版社2012年版。
③ 钱基博《中国文学史》,中华书局1993年版,页877。
④ 艾南英《答陈人中论文书》,《天傭子集》卷五,道光十六年刻本。

运动发展得如火如荼。清初古文家或承继韩愈古文理论,或在创作实践上效法韩文。明代批判韩愈的观点,清初大家开始极力驳斥。文坛盟主钱谦益力驳明前七子,曰:"昔学之病病于狂,今学之病病于瞀。献吉之戒不读唐后书也,仲默之谓文法亡于韩愈也,于鳞之谓唐无五言古诗也,灭裂经术,倾背古学,而横骛其才力,以为前无古人。此如病狂之人,强阳偾骄,心易而狂走也。"①清初廖燕文以才胜,倡导文章用世,认为韩愈承接先秦、两汉文,可正"七子"之弊,曰:"予尝疑秦汉以后之文,可传者当不止韩、欧数人,及遍观唐宋遗文,无复有能胜之者。"②又曰:"文莫不起于朴而敝于华,自李于鳞、王元美之徒以其学毒天下士,皆从风而靡,缀袭浮词,臃肿夭阏,无复知有性灵文字,非得如韩、欧之人之文,谁其正?"③廖燕道出了清初文人何以瞩目韩愈的原因。要纠偏自明代七子以来空疏文风,回归儒家古文正统,必从韩、欧入手。山东胶州学者张谦宜,身为雍正之师,高度评价韩文曰:"昌黎文字,其一意孤行绝不屑屑讨好处,真是西汉人大气苍茫之妙……昌黎文如木叶脱而山根见,潦水尽而寒泉清,称为'起八代之衰',良非虚语。大约《史》《汉》之英始自此发。韩文疏古中带涩味,宋大家已不能及,何论于明!墓志严核,深得《史》法,八家所少。"④张谦宜认为欧阳修古文亦是由学韩入手:"欧阳公登第为官,始学古文。其志已高,由昌黎涂辙,径窥龙门堂奥。"⑤

清初古文家达州李长祥文章好尚比较接近"前后七子",推崇秦汉古文,而对秦汉以后文则独尊韩愈:"仆所言者,五经之文也……仆之又言者,五经以外,战国、先秦、龙门、昌黎之文也。"⑥毗陵四大家董以宁、龚百药、邹祗谟、陈玉璂是康熙初年文坛一个重要的古文群体,提倡经世之文,追求醇厚雅洁之风,韩愈是其尊崇对象。陈玉璂等编纂《文统》对正统文学思想的形成和文风的建设起了重要作用,与清初道统和治统合一的理论呼应,其《文统序》曰:

> 客谓予曰:"文何以统名?"予曰:"我朝抚有区宇,至今皇帝缵承前烈而光大之,所云大一统非其时乎?予欲以国家所统之人文,犁然毕

---

① 钱谦益《读宋玉叔文集题辞》,《钱牧斋全集》第六册,上海古籍出版社2003年版,页1589。
② 廖燕《二十七松堂集》卷十二,日本文久二年(1862)东京柏悦堂刊本。
③ 廖燕《二十七松堂集》卷九,日本文久二年(1862)东京柏悦堂刊本。
④ 张谦宜《絸斋论文》,载王水照编《历代文话》,页3923。
⑤ 张谦宜《絸斋论文》,载《历代文话》,页3924。
⑥ 李长祥《天问阁集》卷三,商务印书馆1936年。

备,以为本朝之文教在是也。"昔尧、舜、禹、汤、文、武、周公、孔、孟以道相传,称曰"道统",所传者道,而道赖以传者文,故曰:文者,载道之器,文与道固未可歧而二之。然自尧、舜至于今数千百年,统之不过此数人,今所载文人不可缕指,岂皆得谓之统乎?统有以人统文者,有以文统人者。以人统文,上之如尧、舜、孔、孟所谓斯文未丧,次如《左》《史》、韩、欧之属,皆足以承先起衰者是也。以文统人,则凡偏而未全、大醇而小疵者,皆可以与夫文之内。①

韩愈被认为"以人统文"之属,有"承先起衰"之功,绍继儒学统绪,可见陈氏对韩愈评价之高。陈玉璂又曰:"读古人书而不溯其源、探其本,则文章必不能卓然成一家之言。《六经》、四子书而外,有周、秦、两汉递至于唐宋诸大家。今人学古文者,率由唐宋而止……惟以《六经》为寝庙,以《左》《史》为堂奥,以唐宋大家为门户,而后上者可至于《左》《史》,下不失为唐宋大家。"陈氏此论也倡导由唐宋而进溯先秦、两汉文,依然是指出了学古路径。四大家中龚百药文章从学习韩文入手,追步先秦、两汉文。李长祥评论龚百药文章说:"龚子之文,初纵衍奔放,每一篇出,百家之言聚之,近则尽去之,而从《史记》、韩文以窥乎唐虞三代、先秦、两汉,大炉铸九州牧之金,皆有中火与相催,不化不已。"②

清初古文三大家魏禧、汪琬、侯方域追求文道合一,亦持由韩愈而上溯先秦、秦汉文的复古途径。魏禧《杂说》中以为"韩愈、李翱诸人崛起八代之后,有以振之,天下翕然敦古"。汪琬认为为文应"才雄""气厚",文意需凭"才与气举之"方能打动读者,产生感人力量。其《与周处士书》将宏肆、雄厚的才气来源归结为得自《六经》及韩、欧古文:"仆于词章之学,本无深解,三四年以前,气盛志锐,好取韩、欧阳诸集而揣摩之",后又"退而复取韩、欧阳集,伏读而深思之,未尝不叹其才识之练达,意气之奔放,与夫议论之超卓雄伟,真有与《诗》《书》、六艺相表里者,非后世能文章家所得望其肩项也"。③ 刘声木称汪琬"为文规模韩、欧,私淑归有光"。三大家中使才纵气的侯方域最终也是选取由韩、欧入手,追攀《史记》《汉书》之学问路径。侯方域曾批评李梦阳等秦汉派"舍八家、跨《史》《汉》而趋先秦"的复古途径是"不筏而问津,无羽翼而思飞举"。徐作肃评侯方域《孟仲练诗序》曰:

---

① 陈玉璂《学文堂文集》卷二,《四库全书存目丛书补编》第47册,齐鲁书社1997年版。
② 李长祥《天问阁集》卷四,商务印书馆1936年版。
③ 汪琬《汪琬全集笺校》,人民文学出版社2010年版,页467。

"大段是欧,然全欧之神兼韩之气以驱遣处,劲而肆也。"①宋荦评其曰:"其机轴从韩来,而气全用欧。"②古文家李绂论文以司马迁、韩愈、欧阳修为作文旨归:"文有正宗,《史》《汉》而后,固当以韩、柳、欧、王、曾、苏六家为正矣……文如作画,当工于设色,皴擦烘染点绰,一萦一拂,姿态横生,子长、退之、永叔三人最工于此。"③

作为桐城派古文先驱的方以智,肯定韩愈在散文史上的价值:"韩修武振起八代之衰,为其单行古文法也,子长为质,上溯周秦,气骨自古,曲折作态,尽乎技矣! 其言正直,润色雅故,故超于技。"④另一桐城派先驱戴名世"少好古,而尤嗜八家文",其传志类文如《一壶先生传》《画网巾先生传》等与韩愈《圬者王承福传》在表现手法上颇具相似之处。其论说文寓意深刻,如《穷鬼传》直抒不满时弊之情,承接韩愈《送穷文》,借"穷鬼"之口称自己是继韩愈者:"阅九百余年,闻江淮之间有被褐先生,其人,韩愈流也……自吾游行天下久矣,无可属者,数千年而得韩愈,又千余年而得先生。"⑤又从"穷鬼"之口道出:"先生以是为余罪乎?是则然矣。然余之罪,顾有可矜者,而其功亦有不可没也。"文章极具讽刺意味。方苞之兄方舟为文秉承韩愈之说,认为"古之为言者,道充于中而不可以已也"⑥。方舟留存古文所见寥寥,其《广师说》存于《清文汇》,此文承韩愈《师说》,将古、今人之"相师"比照而言,"古之相师以道,而今之人势所在则相师,利所在则相师",故认为"使韩子生于今,其为师必有别说矣"⑦。

古文家施闰章不仅文气论承继韩愈,文章亦有学韩之处。其《送杜蕃舒归里序》通过对话形式发表议论,类同韩愈《进学解》,开导学生杜蕃舒认清何者为"贪",何者为"贪之至"。而所言之"贪"实指个人道德修养和学识。施闰章序文多恢诡之风格,寓庄于谐,与韩愈《送穷文》《毛颖传》相似。与施闰章并称之宋琬被时人比之韩愈,赵昕《安雅堂文集序》曰:"读先生文者,相率曰:'今韩愈也。'……昕未能尽读先生文,然自许能知先生文者,盖亦未尝不谓先生今韩愈也。人之推韩,以唐承六朝弊。贞观迄天宝,凡二

---

① 侯方域《赠徐子序》,《壮悔堂文集》卷一,《续修四库全书》第1405册。
② 侯方域《壮悔堂文集》卷一,《续修四库全书》第1405册。
③ 李绂《穆堂别稿》卷四十四,《续修四库全书》第1422册。
④ 方以智《通雅》卷首,《方以智全书》,上海古籍出版社1988年版。
⑤ 戴名世《戴名世集》卷十五,中华书局1986年版,页430。
⑥ 方苞《百川先生遗文书后》,《方望溪全集·集外文》,世界书局1936年版,页312。
⑦ 沈粹芬等辑《清文汇》,北京出版社1996年影印本,页1225。

变,而繁艳缛尚未剃,且称韩方如潮,文卓卓有树立,一复于古。先生所承文弊与六朝埒,先生才如潮,文卓卓有树立,天下知为古文,前韩后宋,庶新学小生,便可牵入左、马堂奥。不知韩于文仅规左、马,要皆根柢《六经》,祈正人心。"①宋琬文似韩,拯救时文之弊,复兴古文,其被时人比作韩愈。赵昕指出学韩可进而入先秦、秦汉文之堂奥,并具体分析宋琬效法韩文之处,曰:"试悬之通邑大都,读者拟其碑用意类韩《与潮州大颠》,古题神似韩《画记》,孰知每诵一篇,皆有系名教如此。此昕之韩愈先生者,倘胜于人之韩愈先生矣乎?"②清初经学家蠡县李塨也颇具古文功力,四库馆臣称"今观其文,根柢仍出八家"③。其《与方灵皋书》论颜学精深,被齐玉林之子齐燧侯评为似韩愈《原道》:"昌乎其论,恻乎其辞,诚漆室重光也,而文之雄深沉郁,则酷似昌黎《原道》矣。"④遗民文人杜濬入清"避地金陵",谢绝访客。杜氏认为"文章最著如汉之马、班,唐之韩、柳",其文有韩之沉雄。胡凤丹《重刊变雅堂诗文遗集序》曰:"夫先生一诗一文,皆其寄焉者耳,顾文则以昌黎之沉雄而兼庐陵之跌宕。"⑤

韩愈人格也颇受清初文人学士赞誉。太原遗民文人傅山盛赞韩愈平定藩镇建功立业之举。其《历代名臣像赞·韩文公》曰:

  北斗泰山,起衰八代,人无间然。知公诸以文论诸道兵不堪用。佐晋公时,入汴说韩弘协力。廷凑之变,慨然入镇,数语动悍藩,复使命,可仅目以文章士乎?肤论之士,辄与扬雄并称,殊非伦。即公亦每称雄,何也?世之人不知文章生于气节,见名雕虫者多败行,至以为文行为两,不知彼其之所谓文非其文也。⑥

韩愈平息藩乱多有建功,傅山认为不可仅"目以文章士",其文之气势出于气节。侯方域肯定韩愈在复兴古文中的重要价值,对韩愈贬潮后"不能自持"之行亦持以理解之态。其《书昌黎〈潮州谢上表〉后》曰:"盖士君子之自处,固有生死不难决绝,而落寞悲凉之际反悄然不能自持者,如苏子卿娶胡妇,寇莱公陈天书,与昌黎不安于潮阳,其病一也。"对韩愈此种行为,侯

---

① 宋琬《安雅堂全集》,上海古籍出版社2007年版,页820。
② 宋琬《安雅堂全集》,上海古籍出版社2007年版,页821。
③ 永瑢等《四库全书总目》卷一八四,页1666。
④ 《与方灵皋书》评语,李塨《恕谷后集》卷四,《续修四库全书》第1420册。
⑤ 胡凤丹《退补斋文存》卷四,《续修四库全书》第155册。
⑥ 傅山《霜红龛集》卷二十七,山西人民出版社1985年版,页749。

方域又解释曰:"君子之学,变化以成德。自知其病,矫而克焉,变化之谓也。"①侯方域替韩愈极力辩护,维护其刚正形象。清初古文复兴运动中,韩愈在中国文学史上之地位受到极度肯定,必然对韩文整理带来影响。

二、清初古文复兴运动下的韩文评点

清初古文争论、古文评点、朴学之兴是古文中兴三大基石。② 评点古文可寻绎古人法度,为士子提供学作古文的门径,有利于推动古文复兴。清初储欣评茅坤《唐宋八大家文钞》曰:"茅先生表彰前哲,以开导后学,述者之功,岂在作者下哉!"③明确指出散文批评在文学阐释和文学传播中存在的价值。韩文有章法可循,是通向先秦、两汉文之"舟楫",受到清初大家和科考士子的青睐。评点家通过解析韩文,揭示韩文与先秦、两汉文之渊源,指导士子从有迹可循的韩文中学习古文法度,力助古文之复兴,恢复儒家正统文学。在韩文评点中,评点家善于将韩文与先秦、秦汉文比较而论,探析韩文对先秦、秦汉文的继承与发展,揭示韩文与其渊源关系。

(一)韩文评点兴起为古文复兴推波助澜

清初韩文评点文献的兴盛,除了科举制度的催化作用,力助古文复兴也是重要原因。面对明代秦汉派和唐宋派之争,清初文坛反思明代文坛弊端,希冀找出一条既具审美价值又有载道功能的古文路径,复兴儒家正统文教观,韩愈便成为打通秦汉和唐宋派通向目的地的不二人选。清初古文家希望通过评点韩文,指导士子创作古文,服务科举的同时,对文坛古风的振兴也增添一臂之力。韩文承继《六经》《史记》之义法,又"平正明达",是通向儒家古文正统之"舟楫"。沈闇自序曰:

> 前古作述,义莫精于《六经》、四子,法莫备于《左传》《史记》,而辞之能秩如释如者不可胜计也……止年来,以唐韩文公文实祖述邱明、子长,而复平正明达,乃举若干篇,详其事,发其义,剖其辞,而标揭其法。夫法必缘其义与辞而立,义必随其事而起者也。志乎古文者,尝不以余言为妄,从而寻绎焉,知其然且知其所以然。其将为文也,叙义缀辞必有条贯,宋代以来文之疵类概可免已。自是而进于《史》,进于《左》,其浑穆神化,盖不难探索而识之矣。将更进而探索《六经》、四子

---

① 侯方域《壮悔堂文集》卷九,《续修四库全书》第1405册。
② 李圣华《汪琬与清初古文论争——兼及清初古文中兴》,《中国文学研究》2012年第1期。
③ 储欣《唐宋大家全集录总序》,《四库全书存目丛书》本。

之文,亦必能批导其窾郤,有以识其精义之所在。则是书也,固为为文者道,抑用之穷经读古,其亦不为无助者邪!①

沈氏与清初古文家观点一致,认定复兴古文之轨迹便是由韩愈进而上溯先秦、两汉文。徐大椿为之作序,也持此看法,曰:

> 《六经》之作,文成而法立,是犹造物生成,非可以人力为也。至汉司马氏本六艺而成《史记》,降自魏晋,则采饰胜而法度不足矣。昌黎先生奋兴乎唐,其为文上规《诗》《书》《易》《春秋》,下逮《庄》《骚》、两司马氏与子云之作,是以能超八代之衰。昌黎既没,古文之法度复浸失其传。师罔沈君自少力学古文,久而穷极规模,渊源派别,洞澈融贯,以其道不可以泛论明也。遂举昌黎之文发之,犹大匠诲人,若者为圆而规,若者为方而矩,若者为平直而准绳,莫不指而示焉。盖能知昌黎之法,则《诗》《书》《易》《春秋》以及《庄》《骚》、两司马、子云之作亦无不可知焉者。②

沈氏通过详解韩文,教士子作文之法,以复兴古文。卢轩《韩笔酌蠡》对韩文章法、句法、字法进行详细解析,犁然有当,便于初学者寻绎古文法度。宋荦为之作序曰:"有唐昌黎韩子之文,上接孟子,下正荀扬,其道绝续之关系,匪直为大家倡始也。"③还有选韩文数量居多的选本,如方苞《古文约选》等,指导士子作文,迎合了古文复兴运动。方苞《古文约选序》曰:

> 窃惟承学之士必治古文,而近世坊刻,绝无善本……故于韩取者十二,于欧十一,余六家或二十、三十而取一焉。两汉书、疏,则百之二三耳。学者能切究于此,而以求《左》《史》《公》《穀》《语》《策》之义法,则触类而通,用为制举之文,敷陈论策,绰有余裕矣。④

此选本作为士子学习古文之范例,由唐宋八家而上溯先秦、秦汉文,选韩文比例较高。在方苞著述中,对于唐宋八家之前三家,方苞更倾心于韩愈,论文抑柳扬韩,提韩多于欧阳修。王芑孙称方苞"宗法昌黎,心独不慊于柳"⑤。方苞曰:"《易》《诗》《书》《春秋》及四书,一字不可增减,文之极则

---

① 沈闳《唐韩文公文序》,沈闳《唐韩文公文》卷首。
② 徐大椿《唐韩文公文序》,沈闳《唐韩文公文》卷首。
③ 宋荦《韩笔酌蠡序》,卢轩《韩笔酌蠡》卷首。
④ 方苞《古文约选序》,《古文约选》,清刻本。
⑤ 吴文治《柳宗元资料汇编》,中华书局2004年版,页480。

也。降而《左传》《史记》、韩文,虽长篇,句子可薙芟者甚少。其余著家,虽举世传诵之文,义枝辞冗者,或不免矣。"①从创作技巧层面,方苞给予了韩文较高评价,将韩文与《左传》《史记》并列,仅次《六经》,其余唐宋大家则又次之。

(二)善于将韩文与先秦、秦汉文比较而论

清初文人将韩文看作通向先秦、秦汉之"舟楫",评点韩文也时常将其与《六经》《史记》《汉书》比较而论,或在题解、文末总评中概括韩文与先秦、两汉文关系,或在文中就具体语句、段落分析二者之间渊源。从韩文整体风貌、篇章结构到字词句段用法,进行了详赡解析,直观地呈现韩文与先秦、两汉文之承变关系,利于初学者掌握古文门径,进窥先秦、两汉文之堂奥,如徐大椿《韩笔酌蠡序》所言"能知昌黎之法,则《诗》《书》《易》《春秋》以及《庄》《骚》、两司马、子云之作,亦无不可知焉者"。士子由学韩进而上溯先秦、两汉文,学习儒家正统古文,正呼应了清初古文大家倡导的复古运动。

首先,清初韩文文献注意分析韩文与《史记》关系。方苞《史记评语》曰:"子厚以洁称太史,非独辞无芜累也,明于义法,而所载之事不杂,故其气体为最洁也,此意惟退之得之,欧、王以下,不能与于斯矣。"②又曰:"碑记墓志之有铭,犹史有赞论。义法创自太史公,其指意辞事必取之本文外……此意惟韩子识之。"方苞认为唯有韩愈承继《史记》之义法,但变其格调。"退之、永叔、介甫俱以志铭擅长。但序事之文,义法备于《左》《史》;退之变《左》《史》之格调,而阴用其义法"③。《史记评语·韩长孺列传》曰:"三语括尽安国平生。管子、韩非文有置枢纽于中间,以要绾前后者,后来惟太史公、韩退之能为此。"④评家都善于勾勒分析韩文具体篇章与《史记》关系,或承《史记》创作技巧,《蓝田县丞厅壁记》文末"有问者,对曰:'余方有公事,子姑去'"一句,方苞评曰:"屹然而止,通篇意义皆结聚于此。法本《乐书》《平准书》。"⑤《静边郡王杨燕奇碑文》中"诏从仆射田公平刘展"句,方苞评曰:"叙功伐以'从'字为章法,亦本《史记》。"⑥卢轩《韩笔酌蠡》

---

① 方苞《古文约选序》,《古文约选》,清刻本。
② 方苞《方望溪全集·集外文补遗》,页427。
③ 方苞《古文约选序》,《古文约选》,清刻本。
④ 方苞《方望溪全集·集外文补遗》,页430。
⑤ 马其昶《韩昌黎文集校注》,上海古籍出版社1998年版,页91。
⑥ 马其昶《韩昌黎文集校注》,页357。

评《太原王公神道碑铭》曰:"铭胎于文,杂其曲折,如意用'天子曰'接,是《史记·卫青传》法。"沈阍《唐韩文公文》中评《送湖南李正字序》曰:"斯文法度,尽本《史记》。熟精此等文,读《史记》亦有门径。"①何焯评《张中丞传后叙》曰:"'弃城而图存者'至'设淫辞而助之攻也',世得云:此数句暗渡下贺兰。《史记·列传》过接处多有此法。"②或评韩文学《史记》风格,如《读仪礼》,方苞评曰:"风味与《史记》表、序略同,而格调微别。"③或析韩文学《史记》体例,卢轩评《平淮西碑》曰:"此集中第一大手笔,公之精神所结聚也。首段叙命将,次段叙克敌,末段叙册功,俱以度要,其后郑重严肃。读之,使人筋骸整固,志气端凝。诸臣书名不书姓,《史记》体如此。大抵此篇都仿《左》《国》《史记》。"又评《送郑尚书序》曰:"化《史记》而自为一家。"④林云铭《韩文起》中评《衢州徐偃王庙碑》曰:"至于文词之工,实兼西汉两司马之长矣。"评《崔评事墓铭》曰:"余尝谓,文之至者,如画梅画月,其正面在不着墨处看,画者亦当向不着墨处求之,非寝食于《庄子》《史记》二书,必不知此等妙文。"⑤从这些评析中,可窥韩文与《史记》之渊源关系。

其次,清代韩文评点文献亦注重揭示韩文与《六经》之渊源关系。如《中大夫陕府左司马李公墓志铭》,方苞评曰:"叙事文最易散漫,故《左传》细碎处往往两事两对,于通篇杼柚外,随处置机牙,使章法相接。篇中姑之怜与母之弃、诸父之闻相对,鲁公之拔擢与郑尹之抑损相对,喜得有为与喜不受责相对,乃其遗则。"⑥《董公行状》中"虽有大过,犹将撜焉,如公则谁敢议"句,方苞评曰:"文贵峻洁,而亦有故为复沓者,所以肖急遽中口语也。《左传》宋之盟赵孟叔向语,《史记》张良难高祖,皆然。"⑦《河中府连理木颂》,卢轩评曰:"其气格则《书》,其风调则《诗》。"⑧《许国公神道碑铭》中"少诚失势以走,河南无事"句,何焯评曰:"先叙击走少诚,然后叙诛刘锷事,便不平直,此《左氏》叙事法也。"⑨《衢州徐偃王庙碑》,何焯评曰:"《左

---

① 沈阍《唐韩文公文》,清刻本。
② 何焯《义门读书记》,页540。
③ 方苞《古文约选·韩文约选》,清刻本。
④ 卢轩《韩笔酌蠡》。
⑤ 林云铭《韩文起》。
⑥ 马其昶《韩昌黎文集校注》,页545。
⑦ 马其昶《韩昌黎文集校注》,页579。
⑧ 卢轩《韩笔酌蠡》。
⑨ 何焯《义门读书记》,页585。

氏传》齐侯夫人徐嬴,此文所本。"①《曹成王碑》,何焯评曰:"'嗫锋蔡山踏之'至'拮其州',此段学《左传》襄十八年围齐文法,而变其语。"②《重答张籍书》,何焯评曰:"其原出于《孟子》。"③《送幽州李端公序》,何焯评曰:"及郊一段,《仪礼》也。"④清初韩文评点文献中此类批语俯拾皆是,评家善于揭示韩文之源,可见韩文与先秦、两汉文之密切关系。

第二节　清代文学评点之兴盛对韩集整理的影响

清初古文家廖燕《评文说》论评点有文学津梁的作用:"以吾之手眼定他人之文章,而妍媸立见,非评不为功。故文章之妙,作者不能言而吾代言之,使此文更开生面,他日人读此文,感叹其妙,而不知评者之功至此也。"后又附《评文颂》三则:

妙亦能传,巧亦能与。画龙点睛,破壁飞去。
句批字释,钩隐索玄。与君一夕,胜读十年。
寻章摘句,探流溯源。金针尽度,鸳鸯能言。⑤

廖燕对评点价值的总结可谓精辟。名家评点更能探骊得珠,使读者懂得欣赏佳作之妙,并从中领会创作之奥秘。

清代文学评点承明而臻于兴盛,评点大家云集,故韩集批点文献之丰富也是前代难以企及的。清中期,评点之学虽受到四库馆臣及章学诚等学者病诟,但韩集评点文献不断产生。清代韩集批本大致可分两类:一类是自选自评本,如吴铬《韩昌黎文启》、汪森《韩柳诗合集》、刘成忠《韩文百篇编年》、梁运昌《韩诗细》、林明伦《韩子文钞》、郑珍批《韩昌黎集》、曾国藩批《韩昌黎集》等;一类是在他人的研韩成果上进行批注,其中主要包含批点宋代韩集注本和当朝韩集注本两种类型。如储欣、吴汝纶、陈澧等批过魏仲举《五百家注》本,沈钦韩、马其昶等批《东雅堂昌黎先生文集》;张谦宜、黎简、沈钦韩、莫楚生等批过顾嗣立《昌黎先生诗集注》,纪昀、沈德潜、冯浩、李宪乔、陈兆崙等批过方世举《韩昌黎诗集编年笺注》。其他如桐城

---

① 何焯《义门读书记》,页577。
② 何焯《义门读书记》,页579。
③ 何焯《义门读书记》,页547。
④ 何焯《义门读书记》,页569。
⑤ 廖燕《二十七松堂文集》卷十一,日本文久二年(1862)东京柏悦堂刊本。

93

派诸大家以及岭西古文家吕璜等皆批点过韩文,其中梅曾亮、吕璜、王拯的韩文批语被唐岳过录于《朱文公校昌黎先生文集》中。这些韩集批点本具有清代评点学的时代特色。

一、评点内容丰富

自南宋起,诗文评点的形式有两种,"一种是循行摘墨,一是眉批总评"①。循行摘墨,是指标出章节段落、圈出精妙语句与文字。眉批又包括题评,总评往往在诗文尾部,后来又有行间夹批,批点形式更加完善多样。清代韩集批点文献的评点形式丰富多样,题评,夹批,夹注,眉批,总评,旁批,形式俱全。清代韩集批点文献不仅批点形式多样,评点内容涉及方方面面:或用风趣形象的语言概括韩愈诗文风格;或总结韩文段落大意,揭示篇章旨意,考究作者为文的弦外之音、言外之意;或圈点警策佳句、精言妙语,并从谋篇布局、章法结构、句法用语、炼词炼字等多角度分析其妙在何处;或总述全篇章法结构技巧,分析行文脉络;或考文体流变,追溯句法章法、篇章用句炼字技巧之渊源流变;或指摘诗文中的疵弊。诸种评点可提高读者分析鉴赏诗文的能力和自身的作文水平,但并不是每一个批注本涵盖内容都面面俱到,而是各自有不同的侧重点。如何焯批《韩昌黎集》、梁运昌《韩诗细》、刘成忠《韩文百篇编年》等,重在析韩文章法、句法、字法技巧,评韩文风格。刘成忠"揣摩公之文以求古文家所谓法者"②,评《后二十九日复上书》曰:

> 此文体势如夏雨在空,卷舒层叠,倏忽变化;又如东下之川、横出之矶,所碍瀁洄激荡,而奔注之势愈急。③

刘成忠运用极为形象的语言概括了此文的风格体势。又评《上兵部侍郎李巽书》曰:

> 古人之文无不一线到底者,于一线到底中幻出烟波,乍离乍合,不使人一览而尽,此最韩文胜处,而脉络之分明亦惟韩文为尤易见。如此篇"听之明"二句,乍读之似收束"宵戚之歌"一段耳。然既曰"听之明",则上文奇辞奥旨等语自然关合;既曰"振之",则上文困厄悲愁等

---

① 罗根泽《中国文学批评史》第3册,上海古籍出版社1984年版,页263。
② 刘成忠《韩文百篇编年序》,《韩文百篇编年》卷首。
③ 刘成忠《韩文百篇编年》卷上。

第三章 清代文学风尚与韩愈诗文整理

> 语亦自然关合。岂必有意为之哉?其构思本无庞杂,故首尾自成一线也。①

刘成忠分析韩文脉络清晰,结构严谨有致,首尾贯穿一线,并具体分析文中前后暗自呼应之处。《上凤翔邢尚书书》"欲求待士之道"夹批曰:"顺手递入下一层,如春云之乍展,如叠浪之相踰。"②又如《守戒》"而不知为备"句,夹批曰:"绕转上文,蹴起下文,如俊鹘之翻身。"③刘氏用形象的语言概括出了韩文的行文技巧。

梁运昌《韩诗细》解析韩诗章法、句法、用韵技巧的同时,还常寻韩诗学杜之处。如《八月十五夜赠张功曹》诗,末评曰:

> 虽云不歌,而托之张功曹口中,明明歌出矣。末段虽云"殊科",而"著由命"一语即"公伯寮其如命何"之意也,又已明明歌出矣。制局遣词并皆绝妙。
>
> "君歌"二语过脉截断,别自用韵,少陵《兵车行》例也。"昨者"二句下段首蒙上段一韵,少陵《大食刀歌》例也。昌黎处处学少陵。
>
> 篇末五句配起处六句成音法,而即遥接起处用韵,亦一新格。④

此诗永贞元年(805)韩愈和张署徙掾江陵侯命于郴州时作。因回朝希望落空,心中不免有哀怨之情,诗歌表达则纡曲回旋,千回百转。梁运昌首先分析此诗章法结构,采用抑扬顿挫的手法,一唱三叹,如似一篇古文。梁氏将韩愈心中不遇之情委婉揭橥,分析韩诗典出《论语》公伯寮之事。接着又评此诗用韵特点与杜甫《兵车行》《大食刀歌》相同,既有转换又有接应,甚合韩诗特点。

卢轩《韩笔酌蠡》评析韩文章句之法,追溯渊源,"凡章法、句法、字法及波澜意度之所以然者,莫不犁然有当"⑤。如《故贝州司法参军李君墓志铭》文末评曰:

> 以三"曰"字经纬成文,高脱详尽。公贞元中碑版之文已变化如此。公不肯用古人成语,如此篇"固于是乎在"及《曹成王碑》"王生十年而失先王"、《祭房君文》"犹有鬼神"之类,恰好处偶一用之,然皆

---

① 刘成忠《韩文百篇编年》卷中。
② 刘成忠《韩文百篇编年》卷中。
③ 刘成忠《韩文百篇编年》卷上。
④ 梁运昌《韩诗细》卷二。
⑤ 宋荦《韩笔酌蠡序》,卢轩《韩笔酌蠡》卷首。

《左氏》语耳,秦汉以降勿屑也。①

卢轩分析此文以三"曰"字构成整体布局之巧,将李翱祖父世系、德行、迁葬三方面内容层次分明地连成一个有机统一体,接着分析出韩文去陈言为主,偶用经典的特点。《韩笔酌蠡》中,卢轩追源韩文之法多出自《左传》《史记》《楚辞》。

林云铭《韩文起》、沈闇《唐韩文公文》重在分析韩文章法技巧,阐释韩文意旨,"详其义,明其法,务尽于文公营度之心"②。曾国藩批韩集,除分析行文技巧、风格特色外,还重在段落大意、全篇意旨的总结。如《蓝田县丞厅壁记》,曾国藩评曰:"此文则纯用戏谑,而怜才共命之意,沉痛处自在言外。"元和十年(815)崔斯立任蓝田县丞,有职无权,形同虚设,还受上司欺凌,虽有抱负但不能有所作为。韩愈尽情刻画其种种遭遇,写一个县丞以种树、写诗为业,看似滑稽,其实是对崔斯立的同情以及对社会现实的深刻讽刺。曾国藩分析出韩文的言外之意在同情崔斯立遭遇、讥讽社会现实。李黼平《读杜韩笔记》中评《杏花》诗,曰:

> 起四句云:"居邻北郭古寺空,杏花两株能白红。曲江满园不可到,看此宁避雨与风。"诗凡十韵,只此句是写杏花,着一"能"字,精神又注到曲江,与少陵"西蜀樱桃也自红"用意正同。此下纵笔说二年岭外所见草木,如山榴、踯躅、青枫之类。然后束一笔云"岂如此树一来玩,若在京国情何穷",醒出诗之旨。一篇纯是写情,无半字半句沾着杏花,岂非奇作?少陵《古柏行》《海棕行》《楠树》等篇,不必贴切,而自然各肖其身份,兴寄有在故尔!凡大家皆然。③

此诗元和元年(806)二月韩愈在江陵时作。看似写花,实是抒情。韩愈由阳山徙江陵掾,但回朝还很难。作者通过江陵杏花抒写心情。李黼平透过诗歌表层揭示其意旨。如《李花赠张十一署》诗,李黼平评曰:

> 情动于中而形于言,古人即物流连,藉以法其情之不容已,未尝拘拘于是物也。退之"江陵城西二月尾"一篇,起数韵状李花之白,可谓工为形似之言,而诗之佳处不在此。后段云:"念昔少年著游燕,对花岂省曾辞杯。自从流落忧感集,欲去未到先思回。只今四十已如此,

---

① 卢轩《韩笔酌蠡》卷十七。
② 沈彤《唐韩文公文序》,沈闇《唐韩文公文》卷首。
③ 李黼平《读杜韩笔记》卷二,上海中华书局聚珍仿宋版印1934年版。

96

后日更老谁论哉！力携一樽独就醉,不忍虚掷委黄埃。"百折千回,传出不忍虚掷之意。而前"迷魂乱眼看不得"者,亦不能不携樽而就矣。此刘彦和所谓"以情造文,非以文造情"者也。①

此诗于元和元年(806)韩愈在江陵时期作,同样借写花以抒情。李黼平评此诗"百折千回,传出不忍虚掷之意",认为此诗佳处不在前部分描写李花之工处,而在后部之议论处。作者与张署同谪此地,诗歌前部分写李花繁茂,若不趁此饮酒赏析,甚觉可惜。作者真正感叹的并不是良辰美景,而是怜惜易逝的岁月,匆匆的人生。韩愈时年已四十,却流落至此,一生的政治理想难以实现,不觉有虚掷光阴之叹。借写花以抒情,以情来行文。清末汪佑南《山泾草堂诗话》评曰:"见李花繁盛,弥感身世之易衰。公与署同谪江陵,同悲流落,李花如此盛开,而不赏花饮酒,辜负春光,岂不可惜？惜李花,实自惜也。"②蒋抱玄也评此诗曰:"此诗妙在借花写人,始终却不明题,极匣剑帷灯之至。"③汪、蒋二人的分析实与李黼平的观点相承。

二、评点方式:精评和详解并行

历代批本文献中评点内容虽丰富,但评点方式不外乎有两种:简练而形象的精评,言简意赅,余味无穷;细致而入微的详释,浅显通俗,明白晓畅。详评出现于南宋后期,但至明,批点文集仍主要是言简意赅的精评,详解的形式发展于明末清初,盛行于清代。清代韩集评点精评与细解两种方式互相补充,读者易于解读韩愈诗文。或详赡地解析韩文行文技巧,为初学者指导入学门径;或是简洁的点评,为成学者进一步提升作文境界。沈彤曰:"今天下之善论古文者,吾得二人焉,曰方公灵皋,曰沈君师闵。二人者,皆能上下乎周汉唐宋元明名世之文,较其利与病之大小浅深而辨析之,而其为教也……盖方公为成学者设,而师闵于始学者谋。志各有存,故举以为教,则不能无异。"④程崟受业于方苞时,方苞曾以韩文教其作文法。程崟曰:"卢六以先生《韩笔酌蠡》一书,余梓行之二十年矣。己巳长夏偶理故帙,得吾师望溪先生韩文评骘,盖即余少日请业时所授者,不敢自闷,乃即《韩笔酌蠡》原版补缀于上,以广其传。"⑤程崟增方苞的韩文评语于《韩笔

---

① 李黼平《读杜韩笔记》卷二。
② 钱仲联《韩昌黎诗系年集释》,页363。
③ 钱仲联《韩昌黎诗系年集释》,页363。
④ 沈彤《唐韩文公文序》,沈闵《唐韩文公文》卷首。
⑤ 程崟《韩笔酌蠡跋》,卢轩《韩笔酌蠡》。

酌蠡》页眉之上。从卢轩《韩笔酌蠡》和马其昶《韩昌黎文集校注》中收录的方苞批语来看，方氏评语确有简洁精练的特点。沈闰《唐韩文公文》和方苞韩文批点代表了清代韩集评点文献中精评与详解两种方式。方苞是桐城古文派始祖，为文要求简洁，评点古文也以精练为主。语言凝练简约，需要读者自己领悟其中奥妙，进而提升作文境界。这适合有一定古文创作基础者学习，追求古文创作的更高境界，因而是为"成学者设"。以沈闰的韩文评点为代表的韩集批本，评点方式细致入微，清晰呈现韩文脉络，适合初学者掌握古文入门门径，因此是为"始学者谋"。当然不只韩文，韩诗也一样存在精评和详解。储欣、朱彝尊、桐城诸大家等，批点韩集属精评；林云铭、汪森、沈闰、卢轩、高澍然、梁运昌等，评点韩集属详解；有些韩集文献两种方式交叉运用。

沈闰《唐韩文公文》、林云铭《韩文起》、林纾韩文评点几乎都是详解细评，对韩文的写作意图、章法结构等分析得透彻深入，细致入微。如《谏臣论》，原文数百字，而沈闰洋洋洒洒用了近千字详尽地分析创作意图、构思技巧，读来清晰可见。林云铭也用了二百多字评论此文意义。而茅坤评曰："截然四问四答，而首尾关键如一线。"①姚鼐评曰："此文风格盖出于《左》《国》。"曾国藩评曰："逐节根据经义，故尽言而无客气。"这些评点都比较简练。又如分析《张中丞传后叙》行文技巧，方苞曰："截然五段，不用钩连而神气流注，章法浑成。"②而沈闰在此论基础上又用了近五百字进一步细致解析。林纾评《原道》曰：

> 此篇要旨，全在端末两字。端是仁义道德，末是日用饮食之类。推极至于刑政伦常。盖云圣人之道，端末皆备；而佛老之道，不惟紊其端，而且害其末。通篇尊古而绌今，四用"古"字，六用"今"字，其郑重出之者，斥其徇于今不能复古。不能复古，即所以昧先王之大道。欲推原大道所在，则不能辟佛老也。
>
> 起手分按仁义道德四者之真际，是通篇主意已定矣。先提老子之小仁义，以老子之言，较佛氏为古。老子周人，而佛氏自汉明帝时始入中国。若老佛对举，其中煞费周章，故先辟老氏。辟老氏，则辟其小仁义而不知道之大源也。所谓公言，即圣人之道；所谓私言，特老子之道。将道字界限，已划清楚矣。若即插入佛氏，又嫌无根，于是拈"道"

---

① 茅坤《唐宋八大家文钞》卷九，影印文渊阁《四库全书》本。
② 马其昶《韩昌黎文集校注》，上海古籍出版社1998年版，页73。

字抬高一提。言孔子没后,秦火焚书,大道一厄;汉宗黄老,大道一厄;晋、魏、梁、隋奉佛,大道又一厄。点出佛氏之害道,轻轻从"秦火"三句之下带出。以下将佛老并举,归到本位,便毫不著力矣。其曰"孰从而听"者,以佛老势盛,仁义消沉也。其曰"孰从而求"者,以儒者竞弃其本师,而师佛老也。既不之听,又不之求,由不求其端,不讯其末,所以至此。端末二字,于此清出,为全篇之关键。

以下古今对举成文。言古,即圣人之道;言今,即佛老之教。自"古之时"起,至"害为之备、患为之防"止,言圣道之与老子异也;圣人语常,而老子好奇。"今其言曰"四字,则从老氏者之言是也。"是故君者,出命者也",是言圣道与佛氏异也;圣人务实,佛氏尚空,"今其法曰"四字,则从佛氏之言者也。再将帝王一提,则佛老并辟。两"今"字分帖佛老。"今其言曰:曷不为太古之无事",是斥老氏之消净无为也;"今也欲治其心,而外天下国家,灭其天常",是斥佛氏之虚无寂灭也。前两段分按老佛,此段则将圣人修、齐、平、治工夫一串说。凡无为者不足平治,寂灭者亦不足平治也。"今也举夷狄之法,而加之先王之教之上"句,是重佛氏之罪,言其深于老氏。此时文势又侧注到佛氏矣。凡此汶汶泯泯之时,大道为老佛所淆乱,由不知仁义道德之源也。故再将题首四字,高高一提,见得贞固不摇之气,自明为知道源者。

以下叙圣人之道平易近情,匹夫匹妇皆能行之。及其至,虽圣人亦所不能。故作结穴、语曰:"斯吾所谓道,非向所谓老与佛之道也。"于是上溯尧、舜,及于孟轲而止。意孟轲以下,道统即在昌黎之一身。再将荀、扬撇开,则一身之证道益实矣。其下"火书"、"庐居"数语是余波,无关于道源也。①

《原道》驳斥佛老,是韩愈道统思想的集中体现,极富哲理性,深邃不易解读。关于此文之旨历来也存在争议,而文章创作技巧基本受到一致肯定。《新唐书·韩愈传》评其"奥衍宏深,与孟轲、扬雄相表里而佐佑《六经》"。黄庭坚评此文"命意曲折"。茅坤称赞为文构思之妙曰:"辟佛老是退之一生命脉,故此文是退之集中命根。其文源远流洪,最难鉴定;兼之其笔下变化诡谲,足以眩人,若一下打破,分明如时论中一冒一承,六腹一尾。"②沈德潜称赞,曰:"本布帛菽粟之理,发日星河岳之文。振笔直书,忽擒忽纵,熏

---

① 林纾《选评古文辞类纂》,浙江古籍出版社1986年版,页17。
② 茅坤《唐宋八大家文钞·昌黎文钞》卷九。

之醇粹,运以贾之雄奇,为《孟子》七篇后第一篇大文字。"①学者文人基本赞同此文构思之巧妙,但少有详赡分析。林纾对《原道》的分析可谓掘微探幽,逐一解析韩文之神髓、眼目、主旨,深入透辟。林氏理出贯穿文章的主旨,即端末蕴含意义,宣扬儒道博爱仁义观,再逐层剖析韩文如何构思,如何呼应,对诸家评语做进一步解释。林纾的评析使初学作文者更易通晓韩文奥旨,掌握此文创作技巧。但过于繁琐支离的评点也会割裂文章的整体美感,后世评家评点文本应适当运用此法。

汪森《韩柳诗合集》和梁运昌《韩诗细》是韩诗批点本中以详解为主的韩诗评点文献,或解析整首诗构思之技巧,或评点字词运用之巧妙。如梁氏评《游青龙寺赠崔群补阙》诗曰:

> 句奇语重则用单行,音和节缓则用偶句,整散兼行,此种调法最为可行。李花状出极细,柿叶状出极工,而皆奇语得未曾有。昌黎摹写物态真是诗家射雕手。前半写物处,以瑰伟出奇;后半写情处,以蕴藉见致;中间"前年"八句,以物色映出上文,以情绪带起下文,恰作一篇关捩。②

元和元年(806)韩愈自江陵诏拜国子博士回京,九月与友人崔群同游青龙寺作此诗。诗歌前部分以游踪为线,摹写柿叶之红;中间回想在谪地经历;后部分抒个人情志。梁运昌的分析不仅道出了此诗特点,还概括出了韩愈状物诗技巧之高妙。朱彝尊评曰:"此诗运意却细,又与他处粗硬者不同。"③何焯也评曰:"炎官张伞,金乌啄卵,宋人学奇者多矣,不能得到后半情味,则徒余恶面目也。"④何焯批韩诗集兼用精评和详解两种方式,如《短灯檠歌》诗,评曰:

> 此诗骨节俱灵,字无虚设。首句以宾形主,却是倒插法。"空自长"即反对"照珠翠"也。帘、幕、户、堂,逐层衬入,"近床"正为结句"墙角"一喟。以"裁衣"衬起读书,其间关照亦甚密。"照珠翠"句与"裁衣"、"看书"两层对射,亦若长短檠之相待然。"吁嗟世事"一语,可慨者深矣!⑤

---

① 沈德潜《评注唐宋八大家古文读本》卷一。
② 梁运昌《韩诗细》卷二。
③ 引自钱仲联《韩昌黎诗系年集释》,页568。
④ 何焯《义门读书记》,页512。
⑤ 引自陈克明《韩愈年谱及诗文系年》,巴蜀书社1995年版,页259。

此诗元和元年(806)韩愈为国子博士时作,借咏灯檠暗讽富贵显达后忘本之人,短檠代指贫寒生活,长檠代指富贵生活。何焯详解韩诗构思之巧,通过长檠与短檠的对比,以及短檠今昔之比,批判当时社会上存在的忘本之风。汪佑南《山泾草堂诗话》对此诗的分析与何焯观点一脉相承,曰:"首二句借宾定主,含下二段"①。《唐宋诗醇》评此诗意旨曰:"贫贱糟糠,讽喻深切。"将何焯详细的技巧分析与《唐宋诗醇》中精炼的意旨揭示结合阅读,此诗的解析便更加透彻易懂。何焯有时也运用精评的方式,如《答张彻》,评曰:"以强韵为工。"②《送湖南李正字归》,评曰:"字字妙。"③《送李六协律归荆南》:"淡而有味。"④何氏用简简单单几个字便概括出韩诗特点。

刘成忠《韩文百篇编年》同样交叉运用精评和详解两种方式分析韩文风格技巧,避免读者乏味。如《祭田横墓文》,刘成忠评其风格曰:"波澜跌宕沛然有余。"⑤又如评《徐泗豪三州节度掌书记厅石记》创作技巧曰:"妙于立言,首尾一线,不漏不支。"⑥再如评《答窦秀才书》章法技巧曰:"文如一匹练,一丝一缕不可抽换。"⑦刘成忠用形象的语言比喻此文行文技巧,甚为恰当。这种精简的评点,可以给读者自由的想象空间。细致的评点如《送廖道士序》,刘成忠曰:

> 公之文虽极短,必有烟波出没,无首尾但述一事者。此题所送之廖道士,家于郴州,学于衡山,故借之以起兴。虽只述一事,此一事即题之烟波也。其正意在迷溺于佛老一句,突如其来,悠然而逝,惝恍无端,如读屈子《离骚》及龙门诸论赞。"廖师郴人,而学于衡山"句,不叙于前,而补于后,此《左》《史》序事之法。以序赠人本无深义,得一说以发端足矣。其言中必有含蓄之味,其题外必有点缀之笔。⑧

此序作于永贞元年(805),韩愈自阳山徙掾江陵,道过衡山而作。廖道士是郴州人,韩愈为之赠序。刘成忠对此文创作技巧分析准确恰当,认为其狡狯迷幻。韩文开头对廖道士只字不提,大量篇幅叙郴州山水之盛,物产之

---

① 引自陈克明《韩愈年谱及诗文系年》,巴蜀书社1995年版,页259。
② 何焯《义门读书记》,页508。
③ 何焯《义门读书记》,页513。
④ 何焯《义门读书记》,页523。
⑤ 刘成忠《韩文百篇编年》卷上。
⑥ 刘成忠《韩文百篇编年》卷上。
⑦ 刘成忠《韩文百篇编年》卷中。
⑧ 刘成忠《韩文百篇编年》卷中。

丰。接着引出此地必有忠信才德之人，然而话锋又一突转，无奈此人"迷惑溺没于老佛之学而不出"，道出文章辟佛意旨，真是犹抱琵琶半遮面。最后以廖道士的突现作结，其中"岂吾所谓魁奇而迷溺者"衔接上文，映照中心，体现韩愈反佛之宗旨。全文简短不过三百字，行文构思却变化奇妙。林纾《韩柳文研究法》对此文之评亦较细致。马其昶注本引刘大櫆评曰："此文如黑云漫空，疾风迅雷，甚雨骤至，雷光闪闪，顷刻尽扫阴霾，皎然日出，文境奇绝。"[1]曾国藩也评其："磊落而迷离，收处绝诡变。"刘大櫆、曾国藩都以形象简练的形式概括了此文特点。刘成忠的评点也紧扣此点，但要细致具体得多。刘成忠不仅深入分析此文风格、创作技巧，还指出文章言外之意，并且寻出此文作法之源。若将三者结合阅读，读者会更深刻地领悟到韩愈此文的行文技巧与特点。

三、评点方法丰富多样

清人对"文学研究方法的思考中贯穿着一条主线，这就是在文学评论中克服简单化、模式化的局限，按照文学创作的规律去分析和理解作品，以深入准确地把握其思想和艺术价值"[2]。清代文学评点中，评点家思维鸢飞鱼跃，集前人评点成果之大成。为了能深入透彻地阐释作品，评点家亦尽可能从多种角度，融多种评点方法于一炉，去分析作品的艺术手法，体悟作品的艺术境界，揭示作者的为文用心。清人将审美境界的整体感悟与具体而微的琐细分析相结合，能更好地揭示作品的艺术价值和思想。清代的韩集批点也具此种特点，评点方法多样化，如"推源溯流"法、"以意逆志"法、意象批评法[3]、比较法、文史互证法等，这些都是中国古代文学批评的传统方法。

（一）"推源溯流"法

韩愈创作既吸取前人文化遗产，又在继承中开拓创新，对后世文学影响深远。清代评点家批点韩集时常用"推源溯流"法追溯韩愈诗文风格、章法句法之源以及对后世文学的开创之功。如马其昶《韩昌黎文集校注》中引诸家评《送郑尚书序》曰：

字句皆学《仪礼》。（方苞语）

---

[1] 马其昶《韩昌黎文集校注》，页256。
[2] 郭英德等著《中国古典文学研究史》，中华书局1995年版，页541。
[3] 引用张伯伟《中国古代文学批评方法研究导言》中观点，中华书局2006年版，页8。

第三章　清代文学风尚与韩愈诗文整理

> 气体似《汉书·匈奴传》。(曾国藩语)
> 从《史记·匈奴外夷》诸传出,简古奥峭,却有余意。(张裕钊语)①

长庆三年(823)朝廷派工部尚书郑权为岭南节度使,将行,韩愈作序送之。序文前部分叙岭南节度使之尊贵,所隶二十二州地方之险,人民之难治,海外诸国往来之利害,暗示郑权要识大体、树威信,选帅以廉洁为主;后又称郑权"贵而能贫",人皆效之。文中描写异域风情、珍奇异物细致详尽,始终强调礼之重要性,此地"非有文武威风,知大体,可畏信者,则不幸往往有事",而且韩文行文语言简质古奥,因而评家认为其出自《仪礼》《汉书·匈奴传》《史记·匈奴外夷》,实不为过。又如评《答李翊书》:

> 此文学《庄子》。(姚鼐语)
> 学《庄子》而得其沉着精刻者,惟退之此书而已。(张裕钊语)②

叶百丰曾说自古以来会写文章的只有五人,孟子、庄子、韩愈、归有光、鲁迅。《庄子》文风如行云流水,汪洋恣肆,变幻莫测,在看似没有逻辑的文字背后却隐藏着精深的哲学思想。韩文学《庄子》,有其雄奇浑浩的风格,也有其沉着精刻的思想。此文作于贞元十七年(801),韩愈谈论为文问题。文章语精气盛,笔陈奇恣,吕居仁评其"此书最见其为文养气妙处"。韩愈论作文之理精妙入微,林纾评曰"昌黎精语,已尽于《答李翊书》"。此书是韩愈平生全力论文所在,与《庄子·养生主》篇极其相似。

清代评家揭示韩愈学习前人典籍的同时也注意分析其对后世文学的影响,评《为韦相公让官表》曰:

> 北宋人四六祖此,但加工耳。(方苞语)
> 韩公为四六文,亦不厕一俗字,欧、王效之,遂开宋代清真之风。(曾国藩语)③

四六文是骈文在发展过程中逐渐形成的句式整齐的四字六字句式文。宋欧、苏不守此限,以古文家写古文的手法来写骈文,形式灵活,不同于徐、庾骈文、樊南四六,是骈文"嬗变之风流",这是后世所说的宋四六。此文于元和九年(814)代韦贯之所作,表达韦贯之谦虚之思想。文章以整齐的四六

---

① 马其昶《韩昌黎文集校注》,页283。
② 马其昶《韩昌黎文集校注》,页169。
③ 马其昶《韩昌黎文集校注》,页596。

句式为主,杂入散句,很少用典,行文平易流畅又具古雅风格,为宋代四六文之先河,所以诸评家都认为此开宋欧、苏四六文之风。曾国藩还认为韩愈是宋代清真之风之祖。林云铭认为《为裴相公让官表》也是四六体,评曰:"若其行文,对待中却是一气呵成,此欧、苏四六之祖也。"①

(二)"以意逆志"法

"以意逆志"最早出现在《孟子》一书中,随后逐渐推广应用于古代文学的批评之中。清人研究韩集也擅用此法推阐韩愈诗文意旨。李宪乔批方世举《韩昌黎诗集编年笺注》、李黼平《读杜韩笔记》、林云铭《韩文起》等多用此法。如《杂诗》:

> 古史散左右,诗书置后前。岂殊蠹书虫,生死文字间。古道自愚蠢,古言已包缠。当今固殊古,谁与为欣欢?独携无言子,共升昆仑颠。长风飘襟裾,遂起飞高圆。下视禹九州,一尘集毫端。遨嬉未云几,下已亿万年。向者夸夺子,万坟厌其巅。惜哉抱所见,白黑未及分。慷慨为悲咤,泪如九河翻。指摘相告语,虽还今谁亲?翩然下大荒,被发骑骐驎。②

此诗难解,清以前注家分析较少。朱彝尊评此诗"是寓意,不是古意"。方世举笺曰:"或疑公不好神仙,而此诗多作神仙之语,不知其寄托,盖有深意。"③朱、方都指出此诗蕴含言外之意,但没有进一步阐释。李宪乔在二者基础上评曰:

> 此公寓言中所得者,即《原道》之旨。当世无可与言者,故托之"无言子"也。"夸夺子"即指世俗之人,惟知以世利相竞,而于道懵然无所知识。倏忽之间,已澌灭无存,诚为可怜也。此自明闻道之旨,以悟世人,绝非好神仙之词。所谓"亿万年",正指后世,言此辈混混然而生,混混然而死,与草木同腐,不闻于后也。若认作当时盛衰,则浅甚矣!非此篇之旨。④

李宪乔揭橥此诗宣扬儒道,醒悟世人,与《原道》同旨。李宪乔分析诗中所提"亿万年"后境况是对后世的寓言,并不是神仙之语。李宪乔以韩愈之明

---

① 林云铭《韩文起》卷二。
② 钱仲联《韩昌黎诗系年集释》,页35。
③ 方世举《韩昌黎诗集编年笺注》卷四。
④ 李宪乔批方世举《韩昌黎诗集编年笺注》,雅雨堂刻本。

道思想"逆"其诗之"志",并非限于当时盛衰之况而言,意在告诫世俗小人要识道,不要"世利相竞",浑浑噩噩,遗臭万年。李宪乔的阐释既揭示了诗意,又为韩诗中出现的神仙之语做了解释,避免后人对韩愈排佛的坚决态度产生怀疑。清人对韩愈诗文意旨的阐释多精到准确,阐明韩愈创作之用心。

(三)意象批评法

宋代早期的诗文评点主要是为了教授初学者学习作文,以便应付科举考试,如吕祖谦《古文关键》、真德秀《文章正宗》、谢枋得《文章轨范》等,多以实例讲说读文之法、作文之法、改文之法。随后评点家逐渐开始从文学评论与赏析的角度评骘诗文作品,运用形象精炼的语言概括作品的风格气势及整体创作技巧,感悟作品的艺术境界,不单作支离琐碎的技巧分解,这就是所谓的意象批评法。意象批评法是"由批评家面对作品,透过自己的理解力和想象力而构造的一个或一组意象","用完整的审美经验提示了艺术作品的总体风格"①,能够保持艺术境界的浑然一体,避免理论分析上抽象与支离的缺陷。清代文学评点繁兴,意象批评法运用成熟,韩集批点文献中也多见此种方法。如《守戒》中"今之通都大邑,介于倔强之间,而不知为之备"句,刘成忠评曰:

> 绕转上文,蹴起下意,如俊鹘之翻身。②

韩文前举野人鄙夫有防患之措,下转入社会现实,成德和淄青两大势力勾结,通都大邑深陷隐患,却无防备之举。此句在文中有承上启下的作用,使上下文意过渡自然。刘成忠将之比喻为俊鹘翻身既形象又恰当。文末又评此文整体技巧曰:"出没离合如神龙之在云表。"也是一种极富想象力的评点。又如《袁氏先庙碑》,刘成忠评曰:"首尾一线,状其体势,如长虹之垂天,夭矫连蜷而不可断。"③刘成忠用生动的语言诠释韩文总体风格、行文技巧,易于理解。何焯评《后十九日复上书》气势如流,曰:"文势如奔湍激箭,所谓'情隘辞蹙'也。与前书气貌迥异,故是神奇。"林明伦评《省试学生代斋郎议》曰:"骨节通灵如辘轳之转。公铭樊宗师所谓文从字顺者,此类是也。"④此种评点精炼含蓄,适合于成学者领会其中阃奥。

---

① 张伯伟《中国古代文学批评方法研究》,中华书局2006年版,页200。
② 刘成忠《韩文百篇编年》卷中。
③ 刘成忠《韩文百篇编年》卷下。
④ 林明伦《韩子文钞》卷二,衢州府署文起堂刻本。

(四)比较批评法

在清代韩集文献中,清人用推源溯流法,寻绎韩愈诗文之源流,还时常用比较法将其与其他文人创作进行比较评论,从中见出各自之特点。李黼平《读杜韩笔记》、梁运昌《韩诗细》常将韩愈与杜甫比较分析,汪森《韩柳诗合集》、林纾《韩柳文研究法》时常将韩愈与杜甫、柳宗元比较而论。马其昶批校韩集中所引诸家不仅对韩文推源溯流,还多用比较法分析韩文,突出韩文特点。如《与礼部陆员外书》,方苞评曰:

> 退之信笔直书者,而波澜意度尚高出北宋人。①

又如《守戒》,评曰:

> 此篇为老泉之文格所自出。(方苞语)
> 老泉学之,更加纵横,而高古简峻,终逊退之。(张裕钊语)②

安史之乱后唐之通都大邑在强藩威胁之下,韩文以古圣贤之言讽谏统治者要有防备之举,文风纵横驰骋,又不失高古简洁之风。方苞、张裕钊都指出苏洵文学韩文雄浑风格,张裕钊进一步将二者比较而论,认为苏文学韩文纵横有过,而高古简峻则不及。再如《唐故江西观察使韦公墓志铭》,何焯评曰:

> 初读此文,似无奇;后观杜牧《遗爱碑》,仅存一空壳,乃服其叙致之精赡也。③

韩文和杜牧《进撰故江西韦大夫遗爱碑文表》都是为已故江西观察使韦丹所作。韦丹有德才,爱民,政绩卓著。韩文内容丰富,叙韦丹为官履历,并选取重要事迹进行详述,尤其是韦丹为洪州刺史、江南西道观察使时为民去害兴利之事,突出韦丹人格之高尚。杜文则简短,句式较为整齐,多用四字句的溢美之辞称赞韦丹,无具体事例,显得空洞。何焯将二者放在一起,比较中展现韩文特点,甚为恰当。通过以上诸家的比较评论,韩文风格高洁简峻、叙事简洁、体势雄浑的特点十分鲜明地呈现于读者眼前,这些特点也是后人创作无法超越的。

总之,评点能揭示作者为文用心,阐发结构之妙,勾勒句眼警句,点拨

---

① 马其昶《韩昌黎文集校注》,页198。
② 马其昶《韩昌黎文集校注》,页51。
③ 何焯《义门读书记》,页576。

行文风格，还能寻绎文学发展流变轨迹，很能表现评点者对文本的感受与心态，更重要的是，能够活跃读者思路，激发读者深思，提高其欣赏与审美水平，对当时的时文作者亦颇有实用价值。优秀评点家的精当评语、一语破的的指点，对文章风格的比喻勾勒、篇章结构、句法字法的精细分析以及文章旨意的探幽发微，能使读者顿悟。清代韩集评点者充分运用评点学理论与方法对韩愈诗文做了精深独到的评析，对后世韩愈研究乃至文学批评的研究有着极大的可资借鉴的价值。叶百丰说："评点之学，乃吾国文学理论批评之特有形式，由来尚矣。片言居要，一语破的。其精深透辟，启发人意之处，往往有逾于解说者。"①叶氏特意编《韩昌黎文汇评》一书，主要辑清代诸评家评韩文成果，以示古文之法。从叶氏此书的编选目也可看到清代韩集评点文献的极高价值。

第三节　清代岭南地区宗韩风潮下的韩集整理

韩愈两贬广东，在潮州置乡校，对当地文化产生了深远的影响。储欣评曰："公刺潮，而潮土风俗易移，彬彬称岭南文学大郡矣。至今犹然。大贤之泽长矣哉！"②岭南文学确实受到韩愈的影响而富有特色。贬潮期间，韩愈请海阳人赵德摄海阳尉，赵德将自己所搜集到的韩文编成《昌黎文录》就教于乡校，"将以盗其影响"③。此后韩愈诗文集便在岭南地区不断被刊刻，广泛流布。如汪辟疆说："岭南诗派，肇自曲江（指张九龄），昌黎、东坡以流人习处是邦，流风余韵，久播岭表。宋元而后，沾溉靡穷。"④从唐至清，岭南便不乏学韩者、研韩者。陈永正《韩愈诗对岭南诗派的影响》梳理了韩愈对宋以后岭南诗人的影响，如南宋名臣广州崔与之（1158—1239），诗笔力老健；宋末番禺李昴英（1201—1257），诗风骨力遒健；元末明初"南园五先生"之孙蕡、王佐、赵介、李德、黄哲，诗风雄直刚健；明香山县荔山（今属珠海）黄佐（1489—1566），被誉为"粤中昌黎"，诗歌雄直恣肆，境界雄阔，尤似韩愈；清初"岭南三大家"屈大均、陈恭尹、梁佩兰发展了岭南诗歌的"雄直"风格，古诗笔力尤为雄奇⑤。清初及以前岭南诗人宗韩主要是创作上学

---

① 叶百丰《韩昌黎文汇评序》，《韩昌黎文汇评》卷首，台北中正书局1990年版，页1。
② 储欣《昌黎先生全集录》，《四库全书存目丛书》本。
③ 刘真伦《昌黎文录辑校》，华中科技大学出版社2002年版，页3。
④ 汪辟疆《近代诗人述评》，《南京大学学报》1962年第1期。
⑤ 陈永正《韩愈诗对岭南诗派的影响》，《中山大学学报》1993年第2期。

习韩诗雄奇的风格和"以文为诗"的创作技巧,使岭南地区形成了浑厚雄直的诗风。

清初,岭南与中原诗风真正开始交融,汪辟疆说:"迨王士禛告祭南海,推重独漉;屈大均流转江左,终老江陵;岭表诗人,与中原通气矣。"[1]然而在空浮诗风侵袭乾嘉诗坛时,岭南诗人虽受影响,有清秀典丽一面,但仍保持着自己的传统壁垒。汪辟疆说:"乾嘉之间,黎简、冯敏昌、张维屏、宋湘、李黼平诗尤有名。李氏稍后,卓然名家,而简民所造尤深。今所传之《五百四峰草堂诗钞》,兼昌黎、昌谷之长,工于造境,巧于铸词……洪稚存诗云:'尚得古贤雄直气,岭表今不逊江南。'虽指独漉堂而言,然'雄直'二字,岭表诗人当之无愧也。"[2]直到晚清,岭南代表诗人在大传统的影响下,仍保持自唐以来形成的雄直诗风。岭南文人创作上踵武韩愈,建构岭南地域文学传统。正如蒋寅所说:"当小传统与大传统在审美趣味和创作观念上出现差异,趋向不一致时,小传统往往具有更大的影响力。透过清代诗学,可以清楚地看到小传统与大传统的互动,以及从中不断建构起来的地域文学传统。"[3]清中、后期岭南地区宗韩形式多样,加之此地刻书业发达,崇韩风气更为浓厚,产生十数种韩集文献,对韩愈研究和岭南文学研究很有价值。

一、清中期岭南宗韩之风与韩集整理

清中期游历于岭南的外来诗人与本地诗人构成粤东、粤西两大诗坛,共同在格调派和性灵说笼罩下的乾嘉诗坛上追步韩愈,多宗法宋诗,为晚清宋诗运动的兴起推波助澜。他们或承韩愈人格精髓,或效韩诗特点,使清中期岭南地区宗韩风气承继前代且更加炽烈,达到历史之最。在这种浓厚的宗韩氛围中,韩集的批点校注本便应运而生。再加之岭南兴盛的刻书业,为韩集文献的刊刻流传提供了便利。现拟从地域上分为粤东和粤西两部分,探讨此地宗韩风气下的韩集整理成就。

（一）粤东地区宗韩风气与韩集整理

乾嘉粤东诗坛代表冯敏昌（1747—1806）、黎简（1748—1799）、宋湘（1757—1826）、李黼平（1770—1832）等大家,都服膺韩愈,既效法其诗,又追随其人。在粤东浓厚的宗韩风气下,冯敏昌、黎简和李黼平都批注过

---

[1] 汪辟疆《近代诗人述评》,《南京大学学报》1962年第1期。
[2] 汪辟疆《近代诗人述评》,《南京大学学报》1962年第1期。
[3] 蒋寅《清代诗学与地域文学传统的建构》,《中国社会科学》2003年第5期。

第三章　清代文学风尚与韩愈诗文整理

韩集。

冯敏昌,字伯求,号鱼山,广东钦州人。乾隆四十三年(1778)进士,曾任四库馆臣、刑部河南司主事等,主讲过广东端溪、粤华、粤秀等多家书院。冯敏昌师从翁方纲、钱载,诗学思想受二人影响,有宗宋倾向。冯敏昌诗学韩愈、黄庭坚,上宗李白、杜甫,贯穿诸家。张维屏《听松庐诗话》称冯敏昌"生平宗法杜、韩","学韩而得其骨之重"。冯敏昌高度赞誉韩诗,其《诗说》曰:"能于李、杜外别树一帜者其韩昌黎乎。"[1]冯敏昌选批韩诗,成《韩诗钞》,并刊刻推广,但未知此书是否见存。其《韩诗钞刻跋》曰:

> 今学者自就传受书,无不读昌黎先生之文而知其起八代之衰者……即以七言古诗一体论之,则唐宋诗人中唯李、杜、韩、苏称为大家,并有千古,岂非以先生诗调法最正,句意轩昂,有不但以奇取胜,如敖器之所称先生诗如囊沙背水惟韩信独能者乎……余岭南末学,素未闻见,特以先生尝大有造于岭南,岭南人至今俎豆之。故余尝窃得先生之诗而读之,开卷《南山》一篇,已望而咋舌,既以此诗固与杜少陵《北征》千秋对峙,而全集因以得而悉读焉。然究以全集浩博,亦苦于不能温习,因择其尤要者钞成读本一册,以便循省。而年来从京国暇游雍豫,适孟县宰仇序东姻亲邀摄河阳讲席,则正为先生故里。余因出此册,俾诸生人人诵习。而所谓《南山诗》者人各读之二日亦皆能成诵,而不以自难矣。然又苦于钞写分工,值有《孟志》之刻,因以读本率付剞劂,即旧所评点亦间付于右,使诸生得人挟一册焉,非谓先生之诗之妙遂尽于是也,然与其多而难读,何若读而不多。则是册之刻,或冀引夫诸生先生之乡里者,俾想先生之精神,而犹拟他时携归岭南,以为吾乡俎豆先生欲读先生全诗而不得者之一助云尔。[2]

从冯敏昌之言可知当时学人习韩集盛况,以及岭南人对韩愈的深厚情谊。冯氏深入钻研韩诗,并选韩诗加以刊刻,便于士人习之,不仅在韩愈故里推广韩诗,亦推动岭南习韩风气。弘扬韩愈之光辉,冯氏可谓竭情尽志。创作实践上,冯敏昌学习韩愈诗歌雄浑之风和以文为诗之法,其《发解梁至虞乡,大雾竟日,望道左天柱诸峰雄甚》:"昔闻韩退之,开云祝融宫。又闻苏子瞻,倒海烦神工。"[3]此诗前部分写景境界阔大,气象峥嵘,后由描写山势

---

[1] 冯敏昌《小罗浮草堂文集》卷六,《清代诗文集汇编》第418册。
[2] 冯敏昌《小罗浮草堂文集》卷六,《清代诗文集汇编》第418册。
[3] 冯敏昌《小罗浮草堂诗钞校注》卷三,杨年丰校注,上海古籍出版社2018年版。

雄伟转到韩愈、苏轼两位先贤，从中可知冯敏昌不仅创作上学习韩愈，对韩愈人格更是充满了景仰之情。乾隆五十一年(1786)，冯敏昌亲访韩愈墓，作《韩文公墓考碑》《唐韩文公墓祭文》，考证韩愈祖茔在河阳县尹村(今称为苏家庄)，作《谒韩文公墓》《谒韩文公祠》，并为韩愈祠堂作楹联云：

> 唐代一人共仰斗山之望
> 云祠千载长增河岳之光
> 手挽狂澜已信文章宗海内
> 祠开故里仍同俎豆重朝阳①

其《唐韩文公像赞》曰：

> 卫正闲邪，圣道繄赖。勇夺三军，文起八代。高冠昂昂，高步堂堂。山斗常存，日月争光。②

冯敏昌称韩愈为泰山北斗，承圣贤之道，万代景仰，赞誉韩文力挽狂澜，起八代之衰，为海内之宗，见其对韩愈的仰慕之情甚深。

宋湘，字焕襄，号芷湾，广东嘉应州(今梅州市)人。曾主粤秀书院讲席，后任翰林院编修、云南曲靖知府等职，与冯敏昌关系密切，为冯敏昌《小罗浮草堂诗集》作跋。宋湘诗学杜、韩，晚清福建厦门诗人邱炜菱称其"高妙者，上师韩、杜"③，近代广西文学研究者陈柱评其"五古多得于杜、韩，七古多得于韩、李"④，甚至评其"虽韩、杜复生，恐亦不能过"。评价似乎略嫌拔高，然宋湘襟抱豪迈，才气雄浑，实与韩愈更近。

黎简是一位布衣诗人，七古以杜、韩为宗，雄奇险劲。从黎简诗作来看，长韵较多，且多险怪雄奇之诗，有宗宋倾向。黎简主张诗歌创作由学古到创新，务去陈言，力避平熟。王昶在《蒲褐山房诗话》中评其："诗峻拔清峭，刻意新颖，言人所不能言。"这与韩愈诗风趋同。汪辟疆评其"兼昌黎、昌谷之长"⑤。七古如《徐天池怪石松树歌》《苦热行》等，笔力峻巉，雄视万古，直逼昌黎。《飞龙滩》以文为诗，似韩愈《南山诗》，曰：

> 森狞滩心石，日色炙顽铁。失手过迟速，挂架不得脱；或昂首若

---

① 周为军《冯敏昌诗文研究》，广西大学 2007 年硕士学位论文，页 60。
② 冯敏昌《小罗浮草堂文集》卷六，《清代诗文集汇编》第 418 册。
③ 邱炜菱《五百石洞天挥麈》，清光绪二十五年闽漳邱氏广州观天演斋刻本。
④ 陈柱《嘉应诗人宋芷湾》，《逸经》1936 年第 10 期。
⑤ 汪辟疆《近代诗人述评》，《南京大学学报》1962 年第 1 期。

吭,或翘尾若啜。或中砥若担,负重舟两折。或为马脱缰,或为蚌缠鹬。彼落时数厄,予上日屡歇。两舷声绝天,百指手濯血。北风吹枯山,忽觉冬景热。日落出丛石,始见茅屋列。结构依崩崖,山市静不聒。僰伐去岸远,庶与虎豹绝。惊魂命蛮酒,襟色照露月。①

飞龙滩位于广西横县、南宁间的水道上,地势险要。黎简对沿路风光和惊险的情状描写逼真,用五个"或"字句式形象刻画出乱石的"森狞"之状,正与《南山诗》手法一致,这种险怪雄奇的诗风及以文为诗的创作手法与韩诗极为相似。

黎简心折韩愈,批顾嗣立《韩昌黎先生诗集注》,现存原手批本是韩集文献中的善本。黎简批点内容丰富,有词语考释、艺术特色分析以及诗意阐释,对后世韩愈研究有重要的价值。黎简评点韩诗的态度客观,其虽嗜好韩诗,但对待其中粗率之作也予以否定。如晚清叶尔安所说,"如集中间有率倍之句","先生直指其疵,不以好之而强作解事,尤见卓识"②。王欣夫也评其:"抉出退之精深之处,亦可以窥其作诗宗旨所在","喜其于退之之长,固多指出,而亦不护其短,真有金针度人之妙。"③黎简批《昌黎先生诗集注》,既赞韩诗之长,又批韩诗之短。如评《秋怀诗十一首》曰:"去尽矜奇,渐归淡永,几可继射洪之《感遇》、青莲之《古风》。"又曰:"韩公《秋怀》《读书》独善之念多,济世安民之意浅,固已不及阮公诸作,亦且未能继子昂、太白之博大宏深也。"④黎简宗宋诗,但没有门户之见,对韩诗中富有盛唐情韵的作品也极为赞扬。如评《遣疟鬼》曰:"清波一笔,唐代诗家惟李、杜二公以骚情入诗,故超绝千古者,后且让韩公独妙一时矣。"⑤

黎简欣赏韩诗富于情韵的特点,但作为一个宗宋者评析韩诗,他更爱好求新求变、雄奇险怪之韩诗。如评《谢自然诗》:"自然绝调,不必争一句一字之奇,而集中诸诗皆在其下。文情与诗声皆真切故也。韩公自有此种诗,矜奇是其所好耳。"⑥又评《县斋有怀》曰:"不必作惊怪状,而自然句奇语重,又极铺张约束,杜子美以后惟昌黎能为之。学昌黎者当知此是昌黎

---

① 黎简《五百四峰堂诗钞》卷一,中山大学出版社2000年版,页3。
② 叶尔安《黎简批顾嗣立〈昌黎先生诗集注〉跋》,黎简批顾嗣立《昌黎先生诗集注》,康熙三十八年秀野草堂刻本。
③ 王欣夫《蛾术轩箧存善本书录》,上海古籍出版社2002年版,页225。
④ 黎简批顾嗣立《昌黎先生诗集注》。
⑤ 黎简批顾嗣立《昌黎先生诗集注》。
⑥ 黎简批顾嗣立《昌黎先生诗集注》。

真面目也。"①此二诗确实是韩愈"以文为诗"手法的代表。

李黼平,字绣子,嘉应州人,与冯、黎、宋同为乾嘉岭南诗派的代表。李黼平也甚推崇杜甫、韩愈,著有《读杜韩笔记》。其曾孙李云俦评曰:"公此记二卷,独超众说,通其神恉,非惟学绝,抑亦识精也。推阐诗法,穷其源委,尽其甘苦。"②《读杜韩笔记》中分析韩诗章法结构、语句技巧、用韵特点以及诗意诗旨,如《利剑》诗,蒋之翘《辑注唐韩昌黎集》评其"结语萎餧极矣"。李黼平则评曰:"'决云中断开青天,噫!剑与我俱变化归黄泉',此有功成即退、深藏不出意。评者以'黄泉'字而言其萎餧,不知'归黄泉'者即《易》所谓'龙蛇之蛰',且不见扬子云'深者入黄泉,高者上苍天'语耶?"③李黼平运用《六经》之典阐释"黄泉"一词,揭示此诗的言外之意,析出诗歌雄奇之势,符合韩诗特点。此诗是作者早期不得志时所作,诗中"归黄泉"正如李黼平所指是强大者积蓄力量所致境界。

因科考所需,为了给士人提供韩集善本,广东古文家大力刊刻韩集,推广韩文。陈昌齐(1743—1820),字宾臣,号观楼,广东雷州人。曾任翰林院编修、文渊阁校理、广西道和河南道监察御史、兵部和刑部给事中、浙江温州兵备道等职,先后在雷阳、粤秀书院主讲。陈昌齐学识渊博,工文学,擅考古,精通天文、历算等知识。乾隆四十九年(1784),陈昌齐刊刻《新刊五百家注音辩昌黎先生集》,给士子学韩提供便利,推动了岭南宗韩之风的发展,此本在岭南流布广泛。其后番禺陈澧也收藏此本,并作批点。广东始兴(今韶州)林明伦生平喜好韩文,守衢州时为士子学习古文而选批韩文,成《韩子文钞》十卷,在当时影响颇大。《韩子文钞》细解韩文意旨和创作技巧,便于士子解读韩文。

(二)粤西诗坛宗韩之风与韩集整理

与粤东相呼应,此时粤西诗坛也有着浓厚的宗韩之风。诗坛代表李宪乔(1747—1797)、李秉礼(1748—1830)、朱依真(生卒年不详)也对韩愈寄予一瓣心香。李秉礼,字敬之,号松甫、韦庐,江西省临川人,寄籍桂林,属粤西著名诗人。李秉礼三十岁休官在家,集朋会友,诗酒唱和,最为服膺高密诗人李宪乔。李秉礼虽崇韦应物,但诗歌中也有数首学韩之作。李宪乔为其诗集作过评点,其《述怀》诗:"只今年才四十五,灯下摊书若无睹。晓

---

① 黎简批顾嗣立《昌黎先生诗集注》。
② 李云俦《读杜韩笔记跋》,李黼平《读杜韩笔记》。
③ 李黼平《读杜韩笔记》卷二。

起髭须白数茎,山妻怪我吟诗苦。眼看日月如跳丸,老将至矣良可叹。人生随时且行乐,何用兀兀呕心肝。"①李宪乔评曰:"此在白与韩之间。"②诗歌首句出自韩愈《赠刘师服》诗"只今年才四十五,后日悬知渐莽卤","日月如跳丸"出自韩愈《秋怀诗》之九"忧愁费晷景,日月如跳丸",抒发对时光流逝的深切慨叹。其《子乔寄至王熙甫吏部诗卷,并言熙甫索余近什,赋此答意》:"王君熙甫官吏部,诗笔亦近昌黎韩。蛟龙角牙造次揽,海风万里回波澜……岂无余子弄柔翰,雕缋满眼徒纷纷。看君奋志淬霜锷,摩天锒铛无沮却。古心古味知者谁,珍重传音东海鹤。"③此诗效韩雄直诗风。李宪乔评曰:"直起不枝语,凡自宋以来学韩派者皆如此。"④李秉礼也善于学习韩愈教子之方,如他的诫子诗《宗瀚宗涛还家乡试,作此示之》,与韩愈《示儿》《示爽》诗旨相同。李宪乔评曰:"此与渊明《责子》诗一例,只作家常话,即退之《示爽》《符城南读书》皆是也,其中自具真意,后人或妄为訾之,非也。"⑤可见李秉礼对韩愈推许甚深。

"粤西诗人之冠"朱依真,与诗友黄东旸、冷昭等结诗社于桂林隐山,以唐宋为则,实则宗宋。朱依真诗多是长韵,学习韩诗"以文为诗"的特点尤为突出,且作诗大量铺排典故,如《登滕王阁,仆自乙亥登此,迄今三十四年矣》《松圃诺惠酒度岁,恐其久不复忆诗以索之》。《出陡戏作,用昌黎〈斗鸡〉韵》诗,意境宏阔,雄健浑厚。《望岳》诗用语奇险似韩愈,如:

> 万蛰纷散漫,祝融秉钤束。杜韩昔游历,刻画难罄竹……女魅燌凶焰,飞蝗肆流毒。百粤已荐饥,荆楚靡旨蓄。米价三倍增,乞丐沿门哭。维岳帝股肱,司守等伯牧。眷兹民殿屎,宁不救匍匐。恐是方隅神,谰谩废辰告。载下臣同拜,窃比昌黎祝。似叨岳灵鉴,行见魑魍戮。⑥

诗中描写窜流在粤西之地的女魅、飞蝗、魑魅这些怪诞的现象,似到处蔓延的凶焰、流毒,极尽刻画人民生活的苦难,其极度夸张的描写手法似韩愈《陆浑山火和皇甫湜用其韵》诗。从此诗中还可见出朱依真对韩愈关心民生疾苦的人格魅力极为推崇。再如《浦柳愚明经以诗索画〈桂山图〉并题此

---

① 李秉礼《韦庐诗内集》,《清代诗文集汇编》第423册,页386。
② 李秉礼《韦庐诗内集》,页386。
③ 李秉礼《韦庐诗内集》,页375。
④ 李秉礼《韦庐诗内集》,页376。
⑤ 李秉礼《韦庐诗内集》,页386。
⑥ 朱依真《九芝草堂诗存》卷四,道光二年刻本。

诗》:"平生心折退之语,乘兴自比于骖鸾。"①

在这种浓厚的宗韩风气下,旅桂诗人李宪乔瓣香韩愈,敬仰韩愈其人其诗更是到了如痴的程度。李宪乔与李秉礼、朱依真交往密切,三人有多首赠答、唱和诗。袁枚在广西与李宪乔会晤后写信评其"专学杜、韩"。其《读韩诗戏题》:"退之为小律,岂唯不能工?拗捩多支撑,调嬉乃孩童。格张不敢笑,佛贾不敢讥。乐天广大主,且谓薄不为。及乘五岳顶,或泛四瀛大。摇笔摆风霆,六合不足隘。张愯目瞿瞿,贾馁行僬僬。独倾北斗杓,余沥谁敢醮。乃知营大厦,大匠不他属。下士苍蝇声,责令安床足。"②诗中充满对韩愈的赞誉仰慕之情。李宪乔自述学韩诗:"好韩诗癖孰似我,独不喜观石鼓文。剸残袭缺半疑信,何劳辞费徒纷纷。"③李宪乔还创作了大量仰韩、学韩之诗,如《高车三过赠李文轩员外》:"此生不得身作谏争官,披肝沥血吾君前。但愿一识欧与韩,使我心气高巉岏。"④《珩作〈读北征诗〉,喜有奇气,因复和之》:"汝不闻退之一生叹卑复嗟老,朝得拜官夕拜表。佛骨何预侍郎事,贬死潮阳不悔懊。可知平日多悲吁,本有所为非为躯。世上小儿隘且陋,妄自雌黄宰相书。吾儿气若小於菟,立志崭然逼老夫。能言韩杜不言意,壁立万仞群儿无。"⑤韩愈谏佛骨表一事,其铮铮铁骨,敢向皇帝说声"不"。李宪乔对其刚烈性格的钦佩之情,在这几首诗中体现得淋漓尽致,同时李宪乔痛斥对韩愈三上宰相书行为有微词者。《烧香寄遂师二首》(其二):"韩郎与荀令,世好异吾侪。"⑥此诗中李宪乔把韩愈和荀子同论。《袁州谒韩文公祠》:"城里此台古,相寻秋雨时。同怀过岭路,已感到潮悲。草长疑无径,堂空只有碑。平生苦多感,不合爱公诗。"⑦这些都体现出其对韩愈人格顶礼膜拜。在李宪乔心中,韩愈被推崇为圣人,韩诗也几埒经典。《汪太守以陈洪绶画韩文公访卢仝卷见赠赋谢,并示归顺诸生》:"治水有砥柱,乃通星宿源。治诗有砥柱,乃溯《三百篇》。诗中砥伊何,万古矗一韩……大夫爱韩诗,帷席置一编。"⑧李宪乔论韩诗有《诗经》之遗意,可见其对韩诗评价之高,从其诗可知当时学韩风气浓厚。李宪乔有拟韩诗,如

---

① 朱依真《九芝草堂诗存》卷六,道光二年刻本。
② 李宪乔《少鹤先生诗钞》,《清代诗文集汇编》第439册,页53。
③ 李宪乔《少鹤先生诗钞》,页39。
④ 李宪乔《少鹤先生诗钞》,页37。
⑤ 李宪乔《少鹤先生诗钞》,页58。
⑥ 李宪乔《少鹤先生诗钞》,页22。
⑦ 李宪乔《少鹤先生诗钞》,页43。
⑧ 李宪乔《少鹤先生诗钞》,页92。

《学韩秋怀诗九首》《宿石鼓滩有感韩子龙宫滩作》等。李宪乔学韩之诗数十首,尤其题材上以俗事入诗、创作手法上"以文为诗"极似韩愈。汪辟疆评:"少鹤五言,近贾为多……惟五、七言古体,则尝出入韩、苏,气体较大。"①

从李宪乔仰韩、学韩作品看,他与岭南其他诗人一样,都对韩诗中具有怪诞陆离、雄浑豪迈和"以文为诗"特点的诗歌甚为喜爱。这类诗歌是韩愈关心时政、传达道统思想、抒发心志的最好载体,也是折射韩愈人格魅力的极好方式,岭南诗人推崇韩愈正在于此。李宪乔在《韦庐诗集跋》中以李、杜、韩、苏为效法对象,其最为推崇韩愈,认为只有韩愈"能志孟子之志"。岭南诗人相互之间交往多以韩愈为效法对象。李宪乔评李秉礼《望子乔不至》诗曰:"韩孟欧梅后,几见有此深契。"②李宪乔把二人的交情与韩孟、欧梅之交相比。朱依真《再柬松圃,次见答韵》诗曰:"心与韩孟期,步忘寿陵劣。"朱依真把自己与李秉礼之间交往也比作韩孟之交。岭南诗人来往书序赠跋中,也处处以韩愈为楷模。游历粤西的湖南诗人邓显鹤(1777—1851)撰《韦庐诗外集序》曰:"昌黎之门,籍、湜、郊、岛俱诗雄,然退之独心折东野……古人于友朋生死始终之谊,如此其笃。故其为诗,包孕深厚,真气充积,能历劫不磨也。"③可见其对韩愈其人其诗都颇为欣赏。广西龙州同知王抚棠撰《韦庐诗集·跋》曰:"读竟起步,庭除凉月在树,二君不可得见。悄然就枕,如退之宿洛北惠林寺中时也。"④此"二君"指李宪乔和李秉礼,王抚棠把自己的独处与韩愈曾独宿惠林寺相比。由上述可见韩愈已成为清中期岭南诗人心中的风向标。李宪乔《为正孚考定韩集书后,兼呈敬之郎中、锡蕃秀才二诗》概括此地学韩之风曰:

  曾闻并世重韩张,直气由来副所望。却怪纷纷尊吏部,无人更得著文昌。

  岁隔三千斗两豪,未将猛骨避韩涛。若求真解天浆味,切莫随人笑蟹螯。⑤

刘正孚,即刘大观,李宪乔友人,敬之则是李秉礼。由李宪乔诗亦可证明当

---

① 汪辟疆《论高密诗派》,《中华文史论丛》1962年第2期。
② 李秉礼《韦庐诗内集》,页376。
③ 李秉礼《韦庐诗外集》,页426。
④ 李秉礼《韦庐诗内集》,页424。
⑤ 郭隽杰《〈韩诗臆说〉的真正作者为李宪乔》,《首都师范大学学报》1995年第3期。

时诗坛宗韩之风的兴盛程度大家已明显意识到,相互之间已形成影响。袁枚曾说:"吾乡王文庄公际华与余有总角之好。余游粤西,借其手抄《韩昌黎集》,久假不归,诗学因之大进。"①在岭南,韩诗对清代诗人的影响可见一斑。

粤西地区宗韩之风为李宪乔批注韩诗奠定了坚实的基础,正是在这样的氛围下,李宪乔的韩诗批注才能更加深入,并达到与韩愈精神上的契合。李宪乔很早学韩诗,但真正解读韩诗是在粤西时期。李宪乔批点方世举《韩昌黎诗集编年笺注》(原本已佚,其中部分批语被程学恂抄袭编为《韩诗臆说》②)完成于此期。李宪乔阐释韩诗的方法运用得巧妙深入,挖掘出了韩诗鲜为人知的特点及价值。李宪乔批韩诗在当时流传较广,但今人对其价值却不熟知。

二、清后期岭南地区宗韩之风与韩集的整理

在晚清战乱纷争的局势下,岭南地区宗韩风气如火如荼地发展,从创作上学习到人格上膜拜,从韩集批点到韩集刊刻,始终未曾间断。

广东顺德梁廷枏(1796—1861),自幼熟读韩愈文集,诗歌创作受韩愈影响,学习其雄浑风格和"以文为诗"的创作技巧,在作品中穷形尽相地描绘岭南的一山一水。他的《铜鼓歌》创作手法有似韩愈《石鼓歌》。梁廷枏曾经在赴澄海县任教谕途中,专门拜谒韩愈庙,并作《蓝关谒韩文公庙四十韵》,极力称赞韩愈盛推道学思想的成就。梁廷枏《读韩记疑跋》详赡梳理了宋以来韩集文献发展脉络,高度评价《读韩记疑》价值,从中可知梁氏曾刊刻过此书,曰:"余所藏抄本绝工,壬辰介番禺陈君仲卿购得,穷三日夜始卒业。将求暇力梓之,而先以所知书于后"③。梁廷枏师吴维彰(广东顺德人)诗作有学韩倾向,梁廷枏整理刊刻其师诗稿,评其"用韵似昌黎"④。吴氏临终前曾嘱托梁廷枏曰:"至于死后墓碑可托者少,章冉将来手笔必有可观,可为我主稿。余虽不敢以昌黎自命,亦望章冉勉作皇甫持正也。别恨忽忽,所托如此,勉之谅之而已。"⑤吴氏以韩愈与皇甫湜之间的师生关系来比喻自己与梁廷枏之间师生情谊,这种宗韩现象显然与清中期岭南文人尊

---

① 袁枚《随园诗话》,人民文学出版社 1982 年版,页 555。
② 郭隽杰《〈韩诗臆说〉的真正作者为李宪乔》,《首都师范大学学报》1995 年第 3 期。
③ 梁廷枏《藤花亭散体文初集》卷三,清刻本。
④ 梁廷枏《吴晦亭师古人今我斋诗跋》,《藤花亭散体文初集》卷三,清刻本。
⑤ 吴维彰《古人今我斋诗集》卷首《晦亭先生论诗各札》,嘉庆二十五年刻本。

韩较为相似。广东长乐文人温训(1787—1857)自言:"我文实学韩,而无韩质存。我诗愿师杜,而与韩同源。"①道出了其诗文皆与韩愈有着密切关系。

岭南地区刻书业发达,韩集被频繁刊刻,为此地士子学韩带来极大的便利。道光九年(1870)广州翰墨园刻朱彝尊、何焯批顾嗣立《昌黎诗集注》,此本流传广泛,尤其在岭南地区,诗文大家、藏书家等多藏有此本。陈昌齐刻《新刊五百家注音辩昌黎先生集》让士子学习,陈澧受影响批校此本。同治九年(1883)广东述古堂刻《昌黎先生集》四十卷附遗文,陈澧又批注了述古堂刻《昌黎先生集》,其子陈宗颖进行了增批,两种批本现皆藏中山大学图书馆。陈氏父子所批内容有字句用法、篇章技巧的分析,韩文思想、义理的揭示,并与社会现实相联系。《原道》篇末评曰:"孟子拒杨、墨,昌黎斥佛老,亦是直接孟子之意。此文颇有驳诘之者。然攘斥佛老,是昌黎学术宗旨,读者当心知其意,徒于文辞间指摘之,殊不可必。"陈澧深刻揭示韩愈此文旨在传道。又如陈宗颖批《答殷侍御书》曰:"公羊学唐时已几绝,国朝乾嘉间乃复兴。洎至近日,奸贼辈借改制之说肆其狂謷,一唱百和,迭酿祸变。于是明公达人,遂欲竟废是经。呜呼!何休为公羊罪人,此辈为何休罪人而更加甚矣。何公羊之不幸哉!"②陈氏批判当时今文经派以"微言大义"阐释元典改革时政的现实。

晚清岭西古文家与桐城派交往密切,属桐城派之支脉,如王拯、唐岳师从梅曾亮学习古文,又在粤西传播。故受桐城派的影响,王拯、吕璜、朱琦、龙启瑞等岭西古文大家都曾批点过韩文。唐岳搜集韩集文献数种,并过录李宪乔、梅曾亮、王拯、吕璜等诸家韩集批语于其所藏韩集文献中,保存了珍贵的韩愈研究文献。唐岳藏韩集文献有七部现藏于中山大学图书馆。王拯也曾过录李宪乔、施晋韩诗批语于方世举《韩昌黎诗集编年笺注》中,此书现藏中山大学图书馆。龙启瑞(1814—1858)是晚清音韵学家、文字学家、文学家、目录学家,嗜好韩诗,有《昌黎诗选》,未刊行。其《书所选昌黎诗跋》曰:"公古、近诗四百一十余首,所存最精,常语皆有光彩,淡语皆有古味,故能拔出李、杜之外而独树一枝。后之文人为诗者自公始,柳子厚弗能及也。"③指出韩愈开宋诗门户。这些文坛名家相互之间转借抄录韩集文献,使得韩集文献在粤西广泛流传,推动了粤西韩愈研究的发展。(此部分

---

① 温训《梧溪石屋诗钞》,《清代诗文集汇编》第561册,上海古籍出版社2010年版。
② 陈澧批《昌黎先生集》,同治九年广东述古堂刻本。
③ 龙启瑞《经德堂文集》卷五,清刻本。

可参见上篇第二章第三节)整理韩集之外,粤西文人或创作上效法韩愈,抑或推尊韩愈人格。朱琦(1801—1863)与朱依真同是临桂朱氏家族,在其《小寄斋诗序》中称朱依真为"吾家伯祖小岑"。朱琦诗有"诗史"之称,他的《咏古十首》其三曰:"昌黎好荐士,如饥渴饮食。同时郊岛辈,槁饿待扶植。绍述虽异趋,推毂一何亟。古人性情厚,持论少溪刻。嗜善非为名,义在求自得。"其八曰:"宋诗从韩出,欧梅颇深造。荆公独峭折,硬语自陵踔。"①朱琦不仅对韩愈人品较为尊崇,而且看到了韩诗在宋代的影响力。朱琦在创作上也学习韩愈,曾与友人宗鉴成谈作诗路径曰:"早年取径香山,及与伯言梅郎中游,始改师杜、韩及北宋诸家。"②他的《答友人论诗》曰:"周诗三百十一篇,曾经圣手难为言……平生宗法有数子,李杜韩白苏黄元。此外诸家间参取,渔洋老笔亲排编。"③朱琦用"以文为诗"方法论述历代诗歌,尤似韩愈《荐士》诗。广西临桂(今桂林)况澄(1799—1866),欣赏韩诗的豪迈气势,他的《仿元遗山论诗三十首》其十曰:"昌黎浩气发长吟,殊欠风人静好音。后学推崇谁更议?诗心强半是文心。"④可见清代粤西之地也弥漫着一股宗韩之风,对韩集整理也做出了极大贡献。

岭南韩集文献是清代文坛大传统与小传统共同作用下的产物,价值极高,既可作为研究清代岭南地区接受韩愈情况的珍贵资料,又可由此窥见清代岭南文学现象之一斑,亦可从中考察岭南诗坛与晚清宗宋派的切密关系。

第四节 桐城派对韩愈研究的贡献

桐城文派是清代一个重要的散文流派,影响深远。郭绍虞说:"有清一代的古文,前前后后殆无不与桐城派发生关系。在桐城派未立之前的古文大家,大都可视为'桐城派的前驱';在'桐城派'方立或既立的时候,一般不入宗派或别立宗派的古文大家,又都是桐城派之羽翼与支流。"⑤桐城派波及地域广泛,至福建、广西皆有其支脉。桐城派奉"学行继程、朱之后,古文在韩、欧之间"为治学习文蕲向,古文由韩而入上溯先秦、秦汉。李兆洛曰:

---

① 朱琦《怡志堂诗初编》卷二,《续修四库全书》第1530册。
② 朱琦《怡志堂诗初编》卷末,《续修四库全书》第1530册。
③ 朱琦《怡志堂诗初编》卷七。
④ 况登《西舍诗钞》卷十五,《清代诗文集汇编》第601册。
⑤ 郭绍虞《中国文学批评史》,百花文艺出版社1999年版,页310。

"桐城当康熙、雍正间,方学士苞力讲求古文义法,天下始知宗尚归氏熙甫,以上追司马子长、韩退之,卓然为古文导师。"桐城派在汉宋之争中,经历了兴盛、衰落、中兴起伏变化过程,在古文理论及创作中逐渐吸收汉学之长,将考据纳入古文创作,最终实现了义理、考据、辞章、经济的统一。汉学家鄙薄宋学辞章之士,认为古文属艺而非道。桐城派则高举唐宋八大家之大旗,极力构建文统,认为文以载道,足以羽翼《六经》,为世所用。姚鼐曰:"夫古人之文,岂第文焉而已,明道义、维风俗以昭世者,君子之志;而辞足以尽其志者,君子之文也。"[1]韩集约《六经》之旨,被桐城诸大家所推崇,作为范型文本,成为构建文统之重要一环。

一、桐城三祖之研韩

方苞首创"义法"说,为桐城派古文理论奠定了基础。雍正十一年(1733),方苞任翰林院侍讲学士时,代和硕果亲王编选《古文约选》,指导士子学作古文。《古文约选》收录两汉和唐宋八家文,其中韩文71篇,数量最多;其次是欧文59篇。《古文约选序》曰:

> 窃惟承学之士必治古文,而近世坊刻绝无善本。圣祖仁皇帝所定《渊鉴古文》闳博深远,非始学者所能遍观而切究也。乃约选两汉书、疏及唐宋八家之文,刊而布之,以为群士楷……惟两汉书、疏及唐宋八家之文,篇各一事,可择其优,而所取必至约,然后义法之精可见。故于韩取者十一二,于欧十一,余六家或二十三十而取一焉。两汉书、疏则百之二三耳,学者能切究于此,而以求《左》《史》《公》《穀》《语》《策》之义法,则触类而通,用为制举之文,敷陈论策,绰有余裕矣……先儒谓韩子因文见道,而其自称则曰"学古道"故"欲兼通其辞"。群士果能因是以求《六经》《语》《孟》之旨而得其所归,躬蹈仁义,自勉于忠孝,则立德立功,以仰答我皇上爱育人材之至意者,皆始基于此。[2]

此选本宗旨在指导士子作文,宣扬儒家道统思想。唐宋诸大家中,方苞最为尊崇韩愈,认为韩文源出先秦经典,风格纯正,并将韩愈学古之法教授士子。《古文约选·韩文约选》中多分析韩文渊源和风格,亦有对创作得失的评论。方苞批注过韩文,收录于马其昶注本。方苞还时常以韩文为范例教

---

[1] 姚鼐《复汪进士辉祖书》,《惜抱轩全集·文集》卷六,中国书店1991年版,页68。
[2] 方苞《古文约选序》,《古文约选》卷首,清刻本。

授弟子作文,扩大韩文的影响。

刘大櫆承方苞"义法"说,兼重古文神韵,提出"神气"说。刘大櫆以才气著称,性格豪放,为文博采《庄》《骚》《左》《史》及八大家之长,奇雄更似韩。刘师培《论文杂记》中说:"近代以还,文儒辈出。望溪、姬传文祖韩、欧,阐明义理,趋步宋儒。凡桐城古文家,无不治宋儒之学,以欺世盗名,惟海峰稍有思想。"①事实上,刘大櫆颇为宗韩。与方、姚重韩文儒道思想不同,刘氏更重韩文本身的文学价值,传承韩愈更多的是其古文创作的艺术。刘大櫆创作追求散文艺术之美,求变求奇,言论大胆,不从流俗,故其文章在当时很受讥讽。刘大櫆《恐吪一首别张渭南》曰:"昔韩退之作《毛颖传》,人皆大笑以为怪……士生于当世,未尝不为流俗之所骂讥。然其孰得孰失,数十百年必有能辨之者。"②刘氏对韩愈在当时的遭遇能感同身受,更懂韩文所具有的散文艺术魅力。刘大櫆《论文偶记》中总结为文十二贵,多不脱韩愈文论藩篱,在多方面树韩文为典型。如其论文忌陈言曰:"文贵去陈言。昌黎论文,以去陈言为第一义。"刘氏论文求奇求变,曰:"文贵奇。所谓'珍爱者必非常物'。然有奇在字句者,有奇在意思者,有奇在笔者,有奇在神者。字句之奇不足为奇,气奇则真奇矣,神奇则古来亦不多见。次第虽如此,然字句亦不可不奇,自是文字能事。扬子《太玄》《法言》,昌黎甚好之,故昌黎文奇。"韩文善变化,刘大櫆极为欣赏,曰:"文贵变。《易》曰'虎变文炳,豹变文蔚',又曰'物相杂,故曰文'。故文者,变之谓也。一集之中篇篇变,一篇之中段段变,一段之中句句变,神变、气变、境变、音节字句变,惟昌黎能之。"③韩文雄奇之外,亦有含蓄蕴藉一面。刘氏曰:"文贵远,远必含蓄……意到处言不到,言尽处意不尽,自太史公后,惟韩、欧得其一二。"④此评道出了韩文雄奇中不乏情韵的特点。其它数条虽无明言以韩文为例,但其文论思想承韩愈古文理论之精髓。如论文贵神气,与韩愈"气盛言宜"文论密切相关。刘大櫆有《精选八家文钞》,选唐宋八大家文一百篇,其中韩文二十八篇,居高。刘大櫆认为八大家中唯韩愈诸体皆善,桐城徐丰玉为《精选八家文钞》作序曰:

> 子谓论则韩、苏,书则韩、柳,序则韩、欧、曾,碑志则韩、欧、王,记

---

① 刘师培《中国中古文学史 论文杂记》,人民文学出版社 1984 年版,页 122。
② 刘大櫆《刘大櫆集》,上海古籍出版社 1990 年版,页 131—132。
③ 刘大櫆、吴德旋、林纾《论文偶记 初月楼古文绪论 春觉斋论文》,人民文学出版社 1998 年版,页 7。
④ 刘大櫆、吴德旋、林纾《论文偶记 初月楼古文绪论 春觉斋论文》,页 8。

则八家皆能之,而以韩、柳、欧为最。祭文则韩、王,而欧次之。三苏之所长者一,曰论;曾之所长者一,曰序;柳之所长者二,曰书,曰记。王之所长者二,曰志,曰祭文;欧之所长者三,曰序,曰记,曰志铭;韩则皆在所长,而鹿门必欲其似史迁,何其执耶! 此韩之所以作《毛颖传》也。①

可见刘氏对韩文评价颇高,认为韩愈诸体皆擅长。《精选八家文钞》由其《古文约选》约之而成,因方苞《古文约选》、姚鼐《古文辞类纂》流布海内,刘大櫆《古文约选》及《精选八家文钞》当时皆未广泛流传。徐丰玉序曰:"先是,方灵皋侍郎辑八家文,亦以《约选》名,小异而大同。曾借刻于京师,厥后姚姬传太史撰《古文辞类纂》,博精明确,集文章之大成,门下士刊于粤东,刊于金陵,不胫而走,流布海内。徵君《约选》固可不复刊,默处万山中,书贾罕通,或不尽见。"②道光三十九年(1830),徐丰玉始刊刻《精选八家文钞》,其中有方苞、姚鼐韩文评语。徐丰玉曰:"因检箧所存徵君读本,雠校付梓,入旧有圈点钩乙,暨方侍郎、姚太史评语。盖徵君文法受之方而授之姚者也。"《精选八家文钞》所选韩文体现其雄奇多变特点。选本中刘大櫆评语不多,主要分析韩文风格、笔法。

姚鼐身处汉学鼎盛之时,将考据融入古文创作,主张"义理、辞章、考据"三者合一,以便为遭受汉学家攻击的桐城派探寻出路。姚鼐总结为文由粗而精,神理气味为精,格律声色为粗,学古人应始遇其粗,中遇其精,终而遇其精而遗其粗。姚鼐认为学古之文士,唯韩愈能学古人之精而遗其粗,曰:"文士之效法古人,莫善于退之,尽变古人之形貌,虽有摹拟,不可得而寻其迹也。"③姚鼐为文"近欧而慕韩"。林纾评其:"惜抱生平于文深矣,且倾心于昌黎。"④又曰:"韩者,惜抱文字之所从出也。"⑤姚鼐《古文辞类纂》收录作品约七百余篇,上自《楚辞》,下逮方苞、刘大櫆之文,其中选韩文亦是最多。如吴孟复所说:"唐宋散文中,韩愈一家,录至一百三十余篇之多,作为《韩文选读》亦不能更多于斯。"⑥此选本批评韩文多从风格和创作

---

① 徐丰玉《精选八家文钞序》,刘大櫆《精选八家文钞》卷首,清光绪二年刻本。
② 徐丰玉《精选八家文钞序》,刘大櫆《精选八家文钞》卷首。
③ 姚鼐《古文辞类纂序》,吴孟复、蒋立甫《古文辞类纂评注》,安徽教育出版社2004年版,页18。
④ 林纾《选评古文辞类纂》,页3。
⑤ 林纾《畏庐三集》,商务印书馆1927年版,页31。
⑥ 吴孟复、蒋立甫《古文辞类纂评注》,安徽教育出版社2004年版,页6。

渊源方面分析，批语较少。

桐城三祖主要通过编选和批评古文阐发自己的文学思想和文学观念，阐释自己的古文理论。三家选本入选韩文皆最多，批语虽少，但都表达出了各自的韩文观。桐城三祖推尊韩愈，研治韩文，由侧重韩文"因文见道"之作用，到偏向韩文本身艺术价值，再到趋向文道合一的追求，表现出桐城派关注现实、远离浮华追步汉宋融合的思想倾向，顺应了当时社会趋于求实的潮流，符合韩愈为文意旨。韩愈倡导"古文运动"，即在于以长短不拘、抒写自由、便于表述社会现实的先秦散文来抗衡只追求形式、远离现实的骈体文，回归儒家古文正统，复兴儒学。

二、桐城派中兴期之治韩成就

作为桐城派中期主力军的曾国藩及其师梅曾亮都批点过韩文，晚清岭西藏书家唐岳曾过录梅曾亮韩文批语于其家藏《朱文公校昌黎先生集》中。因现实需要，曾国藩调和汉宋之学，以宋学为宗，吸取汉学之长，力挽狂澜，使陷入困境的桐城派出现了中兴之势。曾国藩在桐城前辈基础上进一步融合汉宋之学于古文："有义理之学，有词章之学，有经济之学，有考据之学……考据之学即今世所谓汉学也。"[①]曾国藩明确指出所谓考据之学即是汉学，在重视研究历史兴衰治乱之源、制度因革之要之外，将小学、训诂引入古文理论及创作中。同治二年（1863）教子家书《谕纪泽》曰：

> 尔于小学训诂颇识古人源流，而文章又窥见汉魏六朝之门径，欣慰无已。余尝怪国朝大儒如戴东原、钱辛楣、段懋堂、王怀祖诸老，其小学训诂实能超越近古，直逼汉唐，而文章不能追寻古人深处，达于本而阁于末，知其一而昧其二，颇觉不解。私窃有志，欲以戴、钱、段、王之训诂，发为班、张、左、郭之文章（晋人左思、郭璞小学最深，文章亦逼两汉，潘、陆不及也）。久事戎行，斯愿莫遂，若尔曹能成我未竟之志，则至乐莫大乎是，即日当批改付归。尔既得此津筏，以后更当专心一志，以精确之训诂，作古茂之文章。由班、张、左、郭，上而扬、马而《庄》《骚》而《六经》，靡不息息相通；下而潘、陆而任、沈而江、鲍、徐、庾，则词愈杂气愈薄，而训诂之道衰矣。至韩昌黎出，乃由班、张、扬、马而上跻《六经》，其训诂亦甚精当。尔试观《南海神庙碑》《送郑尚书序》诸

---

① 曾国藩《曾国藩全集·日记》，岳麓书社1994年版。

篇,则知韩文实与汉赋相近。又观《祭张署文》《平淮西碑》诸篇,则知韩文实与《诗经》相近。近世学韩文者,皆不知其与扬、马、班、张一鼻孔出气。尔能参透此中消息,则几矣。①

此书题下注明教子目的,即"以精确之训诂,作古茂之文章"。从曾国藩教子家书正可见其融小学训诂于古文创作,追踪汉魏,步趋《六经》,反对为考据而考据。而曾氏又辨析了古茂文章之源流,肯定了韩愈在这一传承中的地位,由韩愈可以溯源《六经》,实际上为桐城派古文创作承圣贤道统提供有力依据。曾国藩在韩愈研究中践行了自己的论文主张,与桐城前辈相较有突破。曾国藩有《音注韩昌黎文》,专门从小学训诂方面诠释韩文。《音注韩昌黎文·揭要》曰:"文至六朝,炫彩饰词,骈俪相尚。延及于唐,颓靡极矣,公乃起而振之。其说理之文周情孔思,排斥释老不遗余力,洵足以羽翼《六经》。"②曾氏再一次赋予韩文"羽翼《六经》"地位,强调韩文承继儒家道统的价值。

曾国藩论文追求雄直豪迈之气,推崇骈散兼行之文,为纤弱的桐城文增添气势。其在咸丰十年(1860)三月十五日《日记》中说:"偶思古文之道与骈体相通。由徐、庾而进于任、沈,由任、沈而进于潘、陆,由潘、陆而进于左思,由左思而进于班、张,由班、张而进于卿、云,韩退之之文比卿、云更高一格。解学韩文,即可窥《六经》之间奥矣。"③曾氏提倡古文创作要借鉴骈文,吸纳骈文用词的凝练及音韵的铿锵,力纠桐城古文气弱之病,从而使古文富于一种雄奇之美。曾国藩欣赏韩文豪宕奇伟之气,融扬、马、庄子之长:"雄奇者,瑰玮俊迈,以扬、马为最。恢诡恣肆,以庄生为最。兼擅瑰伟恢诡之胜者,则莫胜于韩子。"④其在咸丰十一年(1861)《家书》中又说:"余好古人雄奇之文,以昌黎为第一,扬子云次之……昌黎《曹成王碑》《韩许公碑》,固属千奇万变,不可方物,即《卢夫人之铭》《女挐之志》,寥寥短篇,亦复雄奇崛起。"⑤且在咸丰十年(1860)《日记》中评价"韩子之于文,技也进乎道矣"。曾氏一生喜读韩文,在咸丰六年(1856)十一月初五日《谕纪泽》中说:"余平时好读《史记》《汉书》《庄子》、韩文、四书。"并明确主张应从汉魏晋六朝文人的骈体与韩愈的散文中揣摩古文的写法,曰:"从鲍、江、徐、

---

① 曾国藩《曾国藩全集·家书》卷九,岳麓书社1985年版。
② 曾国藩《音注韩昌黎文》卷首,上海文明书局石印本。
③ 曾国藩《曾国藩全集·日记》,岳麓书社1994年版,页475。
④ 曾国藩《杂著》,《曾国藩全集·诗文》,岳麓书社1986年版,页373。
⑤ 曾国藩《曾国藩全集·家书》,岳麓书社1985年版,页629。

庾四人之圆,步步上溯,直窥卿、云、马、韩四人之圆,则无不可读之古文矣。"①曾国藩由韩愈上探扬雄、司马相如之文,其文奇偶错综,用字奇崛,声韵炳朗。与桐城平易文风相比,曾文气势沉雄。钱基博评曰:"曾国藩以雄直之气,宏通之识,发为文章,而又据高位,自称私淑于桐城,而欲少矫其懦缓之失。故其持论以光气为主,以音响为辅,探源扬、马,专宗退之,奇偶错综,而偶多于奇,复字单词,杂厕相间,厚集其气,使声彩炳焕而戛焉有声。"②曾国藩批注《韩昌黎集》中多揭示韩文雄奇豪迈之风,在桐城派韩文批评中较有特点。(此在下节论述)曾国藩不仅批注韩集,还善搜集收藏韩集文献,其藏明嘉靖三十五年(1556)莫如士刻《韩文》,其中题记曰:

  《韩文》一部,明巡按御史莫如士校刻,凡四十卷,又《外集》十卷。咸丰九年六月十一日,仁和邵君位西寄赠。余生平好读韩文,而购置数十部,无甚称意者。自出都后,从事军中,益乏佳本矣。邵君赠书数十种,以此及世德堂《庄子》为难得耳。十一日酉刻,国藩记。③

曾国藩购置韩集文献数十部,可见其对韩愈用力之深,推崇之至,贡献之大。

三、桐城派后期之研韩

  桐城派晚期古文家"曾门四弟子"中吴汝纶、张裕钊亦有研韩成果。吴汝纶尊韩愈,嗜好韩文。林纾评其:"向见吴挚甫先生案头日置韩文一卷,时时读之。以桐城人师桐城之大师,在理宜读姚文,不宜取径于韩。且见曾文正亦力主桐城者,乃日抱韩文不去手。"④从林氏言论中可知曾、吴二人皆嗜好韩文,亦可看出桐城派与韩愈渊源关系。吴汝纶曾曰:"曾太傅言:《六经》外有七书,能通其一,即为成学;七者兼通,则间气所钟,不数数见也。七书者,《史记》《汉书》《庄子》、韩文、《文选》《说文》《通鉴》也。"⑤吴汝纶虽为桐城派晚期大家,但不固守"桐城家法","为学由训诂以通文辞,无古今,无中外,唯是之求"⑥,融合汉宋。吴汝纶点勘群经子史、周秦故籍,

---

① 曾国藩《曾国藩全集·家书》,岳麓书社1985年版,页541。
② 钱基博《现代中国文学史》,上海书店出版社2004年版,页29。
③ 《韩文》四十卷《外集》十卷《遗集》一卷,明嘉靖三十五年莫如士刻本,藏上海图书馆。
④ 林纾《春觉斋论文》,刘大櫆、吴德旋、林纾《论文偶记 初月楼古文绪论 春觉斋论文》,人民文学出版社1998年版,页46。
⑤ 吴汝纶《吴汝纶全集》,黄山书社2002年版,页235。
⑥ 赵尔巽等《清史稿·吴汝纶传》卷四百八十六,中华书局1998年版。

至方、姚诸文集,其中有《韩昌黎集点勘》,无不博求慎取,穷其原而竟其委,完全吸收小学训诂知识与方法。吴汝纶批注韩文,多分析韩文章法技巧、创作主旨及风格特点。如评《本政》曰:"奥衍深博,突兀峥嵘。韩公少时固已蹴蹋孟坚,陵轹子云如此。"又评《燕喜亭记》曰:"主客皆贬所,而文特温厚和雅。"吴汝纶批韩文成果多收录于马其昶批东雅堂《韩昌黎先生文集》。张裕钊继承桐城派文论,推尊桐城义法,言"不信桐城诸老绪论,必坠庞杂叫嚣之习"。张裕钊承曾国藩,力纠桐城派古文气弱之弊,提倡文章要雅健,其《答刘生书》曰:"文章之道莫要于雅健,欲为健而厉之已甚,则或近俗而求免于俗。而务为自新,又或弱而不能振。古之为文者若左丘明、庄周、荀卿、司马迁、韩愈之徒,沛然出之,言厉而气雄,然无有一言一字之强附而致之者也。"①张裕钊也调和汉宋之争,认为汉学枝辞碎义者多,"穷末而置其本,识小而遗其大,而反以诋訾宋贤,自立标帜,号曰汉学",又批判"专从事于义理,而一切屏弃考证为不足道"②之宋儒。张氏主张"学问之道,义理尚已。其次若考据、词章,皆学者所不可不究心。斯二者固相须为用,然必以其一者为主而专精焉,更取其一以为辅,斯乃为善学者"③。张裕钊进而强调为文气理为本要,树韩文为典范,《答黎莼斋书》曰:"梅氏胜处最在能穷尽笔势之妙,其修辞诚愈于方、姚诸公,然一意专精于是,而气体理实遂不能穷极广大精微之致,此其所以病也。自唐以来,称文者惟韩退之于本末精粗表里之数无所不尽,故文卓为百代之宗,其他或注意于此而时不能无脱漏于彼。"④张裕钊多分析韩文雄豪简劲风格,及章法、句法技巧,探析韩文源流。如评《对禹问》曰:"雄阔高朗之概,寓之遒简劲整,弥觉声光跃然纸上。"又曰:"一气驰骤而下,逐层搜抉,期于椎碎而止。此种文,实得力于《孟子》。"评《获麟解》曰:"翔蹵虚无,反覆变化,尽文家禽纵之妙。"如《送浮屠文畅师序》"民之初生……宁可不知其所自邪"一段,评曰:"此文所谓'醇乎醇者也',缀此一段,便尔奇特,然要止是切中要害处。故理至而文自奇。舍理而求奇,不知文者也。"⑤张裕钊承桐城"义法",认为文章首先要有理,再谈及风格技巧。张裕钊评韩文成果亦收录于马其昶批东雅堂《韩昌黎先生文集》。吴汝纶与张裕钊批评韩文皆遵循桐城派"义法"说与

---

① 张裕钊《濂亭文集》卷四,民国石印本。
② 张裕钊《与锺子勤书》,《濂亭文集》卷四。
③ 张裕钊《复查翼甫书》,《濂亭文集》卷四。
④ 张裕钊《濂亭文集》卷四。
⑤ 文中所引吴汝纶、张裕钊韩文评语皆出自马其昶《韩昌黎文集校注》。

"雅洁"观,并体现汉宋融合的学术思想。

马其昶是桐城文派后期中坚力量,深研韩集,批注过韩集,将桐城派之宗韩再次推至高潮。以马其昶为代表的桐城派后期学者在学术研究和古文理论及创作中汉宋并重,马其昶批东雅堂《韩昌黎先生集》有注有评,在前人旧注基础上进行了补注,收录明清时期主要是桐城派的韩文批评成就,集中体现桐城派批点韩文的面貌。

四、桐城诗派之宗韩

桐城派既是文派,也是清代有巨大影响的诗歌流派,其创始人为姚范。钱锺书说:"桐城亦有诗派,其端自姚南菁范发之。"①韩文被桐城古文派奉为圭臬,韩诗同样深受桐城诗派的青睐。刘大櫆采用以文为诗手法,诗歌气势豪迈。桐城诗派的中坚力量方氏家族中的方世举诗宗杜、韩,尤为赞赏韩愈以文为诗的长韵:"王新城教人少作长篇,恐其伤气,是也。然杜、韩二家独好长篇,学者诚熟诵上口,如悬河泄水,久之理足乎中而气昌于外,亦莫能自禁。余与望溪兄五古所谓'大儿李杜韩,小儿王孟柳',言气势也。"②方世举《兰丛诗话》中多处从体制上为韩诗长韵追源溯流,肯定此类诗歌价值。蒋寅对方世举推宗韩愈及其在韩愈诗歌经典化过程中所起的作用给予了总结:

> 方世举仍不能不说是韩愈诗歌经典化过程中的一个重要人物,对韩愈诗歌史地位的确立起了非同小可的作用。他将韩愈从被叶燮无限而又抽象地推尊的三圣地位,挪移到古诗宗师的坛坫上来,开启了桐城诗学宗杜、韩的师法宗旨,后来通过姚鼐扩展到清代中后期诗坛,并与翁方纲提倡韩愈、黄庭坚的有力导向合流,最终在程恩泽、曾国藩的推导下,形成晚清诗学中以杜、韩、黄为骨干的同光体主流,这是应该提到的。③

蒋寅的梳理可谓清晰合理,准确勾勒出清代韩诗受推崇的脉络。姚鼐始熔铸唐宋,倡导学诗路径为:"至古体须先读昌黎,然后上溯杜公,下采东坡。"④梅曾亮师从姚鼐,受其影响,诗学渐趋宗宋,且引导了一批与其交往

---

① 钱锺书《谈艺录》,三联书店 2001 年版,页 370。
② 方世举《兰丛诗话》,载郭绍虞《清诗话续编》,上海古籍出版社 1999 年版,页 774。
③ 蒋寅《方氏诗论与桐城诗学的发展》,《安徽师范大学学报》2014 年 6 期。
④ 姚鼐《与伯昂从侄孙》,《惜抱轩尺牍》卷八,安徽大学出版社 2014 年版。

士人的诗歌倾向,对诗坛宗宋风气有助推之功。如李详所论:"道光朝,梅伯言倡学韩、黄,参以大苏,如黄树斋、孔绣山、朱伯韩、何子贞、曾文正、冯鲁川、孙琴西,皆奉梅为职志。"①其中朱琦曾自述学诗受梅曾亮影响而宗杜、韩,宗鉴成《怡志堂诗集书后》曰:"先生尝为余言早年取径香山,及与伯言梅郎中游,始改师杜、韩及北宋诸家。"②桐城诗派中研韩诗成就较突出的是姚范、方世举、方东树、曾国藩。姚范《援鹑堂笔记》校勘群籍,旁征博引,体现桐城派考据与义理结合的文学思想。大量引用汉至清代学者的成果,其中以汉唐为主,稍涉程、朱,姚莹评此书:"以考博佐其义理,于程、朱之学见之真而守之笃。"③《援鹑堂笔记》中有两卷专门论韩,对韩愈诗文中词语详加考证。方世举除了在《兰丛诗话》中多处论韩外,主要成果是笺注韩诗,成《韩昌黎诗集编年笺注》十二卷,此书开创韩诗编年编排的先例,考证词语细密,笺释诗歌意旨较准确,在韩集文献发展史上意义重大。

在汉宋之争中,方东树极力维护桐城派的声誉地位,抨击汉学最为猛烈,但对汉学亦有一定程度的认可:"汉学诸人于天文、术算、训诂、小学、考证、舆地、名物、制度,诚有足补前贤裨后世者。"④方东树逐渐调和汉宋,为桐城派寻找出路,树韩愈为旗帜。方东树在论述桐城三祖时曰:"愚尝论方、刘、姚三家,各得才学识之一。望溪之学,海峰之才,惜翁之识,使能合之,则直与韩、欧并辔矣。"⑤方东树尊崇韩诗,对韩诗评价甚高。其《昭昧詹言》是依据王士禛《古诗选》和姚鼐《今体诗钞》等诗选而作的诗话,是桐城派诗论代表作,多处论及韩诗,并将李、杜、韩并论,是继叶燮《原诗》及乾隆帝御选《唐宋诗醇》之后又一次大力推崇韩诗之举,再一次提升了韩愈在清代的地位及影响。

方东树承桐城派诗论观,认为"诗与古文一也",古文文法通于诗,故以论古文之法论诗,与批评韩愈"以文为诗"的观点截然相反。如评《八月十五夜赠张功曹》曰:"一篇古文章法。前叙,中间以正意苦语重语作宾,避实法也。一线言中秋,中间以实为虚,亦一法也。收应起,笔力转换。"⑥评《山石》诗曰:"只是一篇游记,而叙写简妙,犹是古文手笔。他人数语方能

---

① 李详《药裹慵谈》,《李审言文集》,江苏古籍出版社1988年版,页629—630。
② 朱琦《怡志堂诗初编》卷末,《续修四库全书》第1530册。
③ 姚莹《与张阮林论家学书》,《中复堂全集·东溟文集》卷三,同治六年刻本。
④ 方东树《考槃集文录》,光绪二十年刻本。
⑤ 方东树《昭昧詹言》,人民文学出版社2006年版,页47。
⑥ 方东树《昭昧詹言》,页271。

明者,此须一句,即全现出,而句法复如有余地,此为笔力。"①方氏分析此诗以古文章法入诗,结构明晰流畅。方东树继承韩愈务去陈言、文从字顺文论观,认为诗必学古人,但不可袭其形貌,有因有创,做到义理自得,辞语独造。其在《昭昧詹言》中曰:"文法所以高古,由其立志高,取法高,用心苦,其奥密在力去陈言而已。"②方东树甚为推崇韩愈此方面之造诣,曰:"韩公去陈言之法,真是百世师。但其义精微,学者不易知。"③

桐城诗派论诗与文派思想相通,追求诗歌既要"义理"蕴蓄深厚,又要"文法"高妙。通过前者使诗歌"合于兴观群怨",达到作者所期望的社会作用。方东树《复罗月州太守书》曰:"文不能经世者,皆无用之言,大雅君子所弗为也。"④随着汉宋之争的消长,桐城派吸取汉学之长,进一步弘扬宋学"道问学"传统,持学人之诗与诗人之诗合而为一的诗学观,实现诗歌的经世价值。韩愈主张创作之前首先培养作者的道德修养,充实学问,要身体力行,其《答李翊书》曰"非三代两汉之书不敢观,非圣人之志不敢存","行之乎仁义之途,游之乎《诗》《书》之源",其诗兼学人、文人之质,被桐城派树为典范自在情理之中。方东树曰:"若专学诗文,不去读圣贤书,培养本源,终费力不长进。如韩公便是百世师。"⑤又曰:"如圣人说兴观群怨,及李习之论《六经》之恉与词,惟杜公、韩公诗足以当之。"⑥韩愈通过读圣贤书从中解读圣人义理,为治理社会服务。方东树评"杜、韩之真气脉作用,在读圣贤古人书、义理志气胸襟源头本领上"⑦。方东树批评汉学家为考据而考据,并没有真正领悟圣人义理,曰:"玩李、杜、韩、苏所读之书,博赡精熟,故其使事取字,密切赡给,如数家珍。今人未尝读一书,而徒恃贩买饾饤,故多不切不确;切矣确矣,往往又龃龉不合。"⑧面对汉学家鄙薄宋学辞章之士的抨击,桐城大家极力为构建文统而努力寻找依据。方东树曰:"杜、韩尽读万卷书,其志气以稷、契、周、孔为心,又于古人诗文变态万方,无不融会于胸中,而以其不世出之笔力,变化出之,此岂寻常龌龊之士所能辨

---

① 方东树《昭昧詹言》,页270。
② 方东树《昭昧詹言》,页218。
③ 方东树《昭昧詹言》,页220。
④ 方东树《仪卫轩文集》卷七,同治七年刻本。
⑤ 方东树《昭昧詹言》,23。
⑥ 方东树《昭昧詹言》,页210。
⑦ 方东树《昭昧詹言》,页211。
⑧ 方东树《昭昧詹言》,页46。

哉!"①方东树认为杜、韩集真正绍续圣人之志,能为世所用,"《杜集》《韩集》皆可当一部经书读",因而桐城派继承杜、韩自然是传承正统之举。方东树以韩愈为旗帜,一是在汉宋之争中为理学之正统正名,一是适应社会现实变化,注意调和汉宋,重视文学经世作用,以避免空疏之弊,也是清代诗坛学人诗、诗人诗合而为一趋势使然,为之后曾国藩在此基础上进一步兼采汉宋,主张义理、辞章、考据、经济合一的文论思想奠定了基础。

桐城派深入分析韩愈诗文艺术特色、创作技巧,溯源韩集源流,强调韩集羽翼《六经》的地位,对韩愈研究做出了重大贡献。桐城派认为韩诗上承杜甫,下启苏、黄,韩文继班、马、扬,以至《六经》,是追溯先秦、秦汉文之必经之途,推动清代宗韩思潮的发展。桐城大家在传道受业时也着力推宗韩愈,扩大了韩愈在清代的影响。从桐城派的韩愈研究中可窥见韩愈在汉宋之争中的调和作用,以及在清代文学思潮变化中的导向力,这些正彰显了韩愈在中国文学史、思想史上至关重要的地位及价值。桐城派研韩成果对后世韩愈研究有重要参考价值,如罗联添《韩愈古文校注汇辑》、叶百丰《韩昌黎文汇评》等对桐城派研韩成果多有借鉴。

第五节 晚清宋诗运动下的韩集整理

一、宗宋派尊韩之原因

有清一代,宗宋运动贯穿始终,且在不断深化发展。晚清王朝陷入内外危机,经世之学再次兴盛,宗宋倾向发展到高潮,兴起了所谓的"宋诗运动"。陈子展说:"和曾国藩同时的著名诗人,如郑珍、魏源、何绍基、莫友芝之流,都喜谈宋诗。这种崇尚宋诗的风气,我们可以把它叫做'宋诗运动'。"②宗宋诗派包括两个部分,前一部分是道咸诗人,后一部分是同光诗人。宗宋诗派以程恩泽(1785—1837)为倡导者,以曾国藩为主帅,祁寯藻(1793—1866)、郑珍(1806—1864)、何绍基(1799—1873)、莫友芝(1811—1871)为主力军。程恩泽是这一运动的发起人,道咸诗人之后,同光体诗人陈衍、沈曾植、陈三立继续推起这一运动。钱基博指出:"道光而后,何绍

---

① 方东树《昭昧詹言》,页212。
② 陈子展《中国近代文学之变迁:最近三十年中国文学史》,上海古籍出版社2000年版,页138—139。

基、祁寯藻、魏源、曾国藩之徒出,益盛倡宋诗。而曾国藩地位最显,其诗自昌黎、山谷入杜,实衍桐城姚鼐一脉。鼐每诏人,谓:学诗,须先读昌黎,然后上溯杜公,下采东坡。于此三家,得门径寻入,于中贯通变化,又系个人天分。及自为诗,则以清刚出古淡,以遒宕为雄,由韩学杜,已开晚清同光体之先河,与文之萧然高寄者异趣。"①姚鼐明确提出由韩入杜的诗学路径,与受其影响的梅曾亮一起确为宗杜、韩、黄的宋诗运动的兴起增添一臂之力。陈衍在《小草堂诗集叙》中也总结了道咸以来诗坛风尚:"诗至晚清,同光以来,承道咸诸老薪向,杜、韩为变《风》变《雅》之后,益复变本加厉,言情感事,往往以突兀凌厉之笔,抒哀痛逼切之词。"②至此诗坛学杜、韩已成为一种趋势。

这一时期学术上汉宋学调和,诗学上唐宋之争也渐趋融合,宗宋派并不仅限于因推崇宋诗而宗韩,更重要的是想要打破诗必盛唐的局面,渡越长期以来唐宋之争的畛域,追求一种融通的诗歌境界。韩诗上承杜甫,下开宋诗门户,必然是宗宋者学习的典范。如汪懋麟说"甫之学鲜能传者,传之惟愈。若尧之与舜,孔之与颜,不可诬也"③。宗宋派尊韩,以其为中心上溯下推,旨在寻绎一条贯穿唐宋的诗学链条。如陈衍《密堂诗钞序》所说:"顾道咸以来,程春海、何子贞、曾涤生、郑子尹诸先生之为诗,欲取道元和、北宋,进规开天,以其精神结构之所在,不屑貌为盛唐以称雄。"④与此同时,以王士禛、沈德潜、袁枚为代表的三大诗歌流派对诗坛带来的弊端已逐渐显现,以曾国藩为代表的宗宋者力主重构新的诗学范式,形成清诗风貌。金天羽《答苏戡先生书》称:"盖诗至嘉、道间,渔洋、归愚、仓山三大支,皆至极弊,文弊而返于质。曾文正以回天之手,未试诸功业,而先以诗教振一朝之坠绪,毅然宗师昌黎、山谷,天下响风。"⑤宗宋派重人品、重学问,强调独创。宋诗运动倡导者程恩泽是嘉道时期汉学家,主张性情自学问中出,学问浅则性情非得厚。郑珍师从程恩泽,是晚清宗宋派的中坚。他在《邵亭诗钞序》中说:"窃以为古人之诗,非可以学而能也。学其诗,自当学其人始,诚以其人之所学而志,则性情、抱负、才识、气象、行事皆其人,所语言者

---

① 钱基博《现代中国文学史》,河北教育出版社1996年版,页40—41。
② 张煜《陈衍诗论及学术品格》,《文学评论丛刊》2003年第1期。
③ 汪懋麟《选韩诗序》,《百尺梧桐阁集》卷二,《清人别集丛刊》本,上海古籍出版社1980年影印。
④ 钱仲联《陈衍诗论合集》,福建人民出版社1999年版,页1064。
⑤ 金天羽《天放楼诗文集》,上海古籍出版社2007年版,页796。

独奚为而不似,即不似犹似也。"①郑珍诗歌创作注重学问,善用以文为诗手法。曾国藩主张汉宋调和,不废考据,其诗歌性情与学问并重。同光体陈衍也力倡要学有根柢,其治学擅长于考据。另一代表沈曾植更是以学问为标榜而诗风艰涩。在宋诗派的努力下,学人之诗和诗人之诗合一的清诗渐趋形成。韩诗是才情和学问结合的最好范型,也是杜诗和宋诗之间最好的契合点。故宗宋派重新推出韩愈,扶韩以归杜,上溯魏晋,下至苏、黄,打通了诗歌境界,也形成了自具特色的清诗。陈衍在《石遗室诗话》中清晰地总结了这一现象,说:

> 有清一代诗宗杜、韩者,嘉、道以前推一钱萚石侍郎,嘉、道以来则程春海侍郎、祁春圃相国,而何子贞编修、郑子尹大令皆出程侍郎之门,益以莫子偲大令、曾涤生相国诸公,率以开元、天宝、元和、元祐诸大家为职志,不规规于王文简之标举神韵、沈文悫之主持温柔敦厚,盖合学人、诗人之诗二而一之也。②

陈衍指出当时诗坛宗法盛唐、中唐、北宋大家,还明确提出了"三元说":"盖余谓诗莫盛于三元:上元开元、中元元和、下元元祐也。"③韩愈发展了杜诗"语不惊人死不休"之技巧,形成"横空盘硬语,妥帖力排奡"的风格,也继承了杜诗以古文章法入诗的手法,之后又被宋人绍继发展。郭绍虞对宋诗与杜、韩之间关系作了深入分析,并由此明确了陈衍"三元说"所指的对象:"只能学老杜的夔州以后之作,一方面好似'老去诗篇浑漫与',一方面却依然是'语不惊人死不休',这才成为宋诗特殊的风格。所以清代学宋诗者有'三元'之称,就是于开元(唐玄宗年号)宗杜甫、于元和宗韩愈(唐宪宗年号)、于元祐(宋哲宗年号)宗苏轼和黄庭坚。"④沈曾植在陈衍之后又提出了"三关说",其《与金潜庐太守论诗书》曰:

> 吾尝谓诗有元祐、元和、元嘉三关,公于前二关均已通过,但着意通第三关,自有解脱月。在元嘉关如何通法?但将右军《兰亭诗》与康氏山水诗打并一气读……其实两晋玄言,两宋理学,看得牛皮穿时,亦只是时节因缘之异,名文身句之异,世间法异;以出世法言之,良无一无异也。就色而言,亦不能无抉择。李、何不用唐以后书,何尝非一法

---

① 郑珍《巢经巢诗文集》,上海古籍出版社2016年版,页393。
② 陈衍《近代诗钞》"祁寯藻"条述评,商务印书馆1923年版,页1。
③ 陈衍《石遗室诗话》,人民文学出版社2010年版,页7。
④ 郭绍虞《中国文学批评史》,上海古籍出版社1979年版,页204。

门（观刘后村集可反证）无如目前境事，无唐以前人智理名句运用之，打发不开，真与俗不融，理与事相隔，遂被人呼伪体。其实非伪，只是呆六朝，非活六朝耳。凡诸学古不成者，诸病皆可以呆字统之。在今日学人，当寻杜、韩树骨之本，当尽心于康乐、光禄二家。（所谓字重光坚者）康乐善用《易》，光禄长《诗》（兼经纬），经训菑畲，才大者尽容耩获。韩子因文见道，诗独不可为见道因乎（欧公文有得于诗）？鄙诗早涉义山、介甫、山谷，以及韩门，终不免流连感怅。其感人在此，障道亦在此。[1]

沈曾植以佛教通关之禅理论诗，在其看来诗的最高境界是元嘉谢灵运、颜延之之诗，但是要达到这一关，首先要通过元祐和元和这两关，而元和诗的代表韩愈必然是诗学路径上绕不去的一步。沈氏主张诗要与现实相连，应载道，批评李梦阳与何景明诗过于模拟，无理无事，故被病诟，认为韩愈诗文皆有载道功能，诗家应学习韩集中的儒道思想。由沈曾植的论述中，可知他自己早年诗学路径也曾由韩而入。

正如清初杨大鹤所说，至韩愈，诗文又为一体，韩诗一样具有承载儒家思想的功用。清代文人学者多看到了韩诗的这一特性。翁方纲评韩诗："韩文公'约《六经》之旨而成文'，其诗亦每于极琐碎、极质实处，直接《六经》之脉。"[2]方东树也说："读杜、韩两家，皆以李习之论《六经》之语求之，乃见其全书本领作用。"[3]诗家由元祐、元和而进至元嘉，打通唐宋至六朝诗学，韩愈如同舟楫，不可或缺。清中期梁运昌《韩诗细序》也曾指出韩愈在诗歌史上的地位："昌黎诗以工部为矩矱，盖有意于轶宋齐而上追黄初、正始者。"清初以来诗家一致把韩愈作为打通魏晋到唐宋之关捩点人物，认为学诗应由韩而入，上溯魏晋，下至宋代苏、黄大家，至晚清宋诗派明确提出这一诗学理念，诗坛由来已久的唐宋之争至此得到调和，再融以汉宋兼具的学术特色，真正的清诗风貌也在这种探索实践中得以形成，加之韩文被清代古文大家作为通向先秦、秦汉文的津筏，韩愈在文学史上的舟楫价值被彰显无遗。而韩集中忧国忧民、企图复兴儒道的思想，以及诗中充斥的浩然正气和雄奇傲兀之气势能振奋人心，振兴士气，更适合晚清救亡图存的现实。综上来看，晚清宗宋者乃至整个清代文坛尊韩的缘由便可推知一

---

[1] 郭绍虞主编《中国历代文论选》第4册，上海古籍出版社2003年版，页292。
[2] 郭绍虞编《清诗话续编》，上海古籍出版社1999年版，页1389。
[3] 方东树《昭昧詹言》，页217。

二。曾国藩在道光二十三年(1843)二月十八日所写《日记》中说:"杜诗、韩文所以能百世不朽者,彼自有知言养气工夫,惟其知言,故常有一二见道语,谈及时事,亦甚识当世要务,故无纤薄之响。"①

宗宋诗派对韩愈寄予一瓣心香,大都以韩为堂庑,对其心摹手追。钱锺书说:"清人号能学昌黎者,前则钱箨石,后则程春海、郑子尹,而朱竹君不与焉……程、郑皆经儒博识,然按两家遗集,挽硬盘空,鳌呿鲸掣,悟无本'胆大过身'之旨,得昌黎以文为诗之传,堪与宋之王广陵鼎足而三,妙能赤手白战,不借五七字为注疏考据尾闾之泄也。"②曾国藩心仪韩愈,效法韩诗,在书信中说:"吾于五七古学杜、韩,五七律学杜,此两家无一字不细看","于七古则喜读昌黎集"。祁寯藻主张作诗"为杜、为韩、为苏、为黄",徐世昌《晚清簃诗汇》评其"出入东坡、剑南,而归宿于杜、韩"。郑知同评何绍基诗曰:"早年胎息眉山,终扶韩以归杜。"③黄统评莫友芝诗:"探义山、黄、陈之奥,而融去犷晦,以造杜、韩之门庭。"④晚清宗宋诗派以韩愈为导向,不同程度地学习韩诗,便形成了郑孝胥所谓的"当代竞宗韩"的局面。

当然,宗宋诗人宗韩的同时,也秉持了韩愈"师古不泥古"的诗学理论,学韩中有变化。郑珍便是宗宋者中的一个典型代表,诗学韩愈,但能自成一家。陈衍评郑珍诗:"历前人所未历之境,状人所难状之状,学杜、韩而非模仿杜、韩。"⑤陈衍评其《正月陪黎雪楼舅游碧霄洞作》"效昌黎《南山》而变化之。"⑥胡先骕《读郑子尹〈巢经巢诗集〉》评郑珍"以苏、黄、杜、韩之风骨,而饰以元、白之面目"⑦。这正是文学内部的发展规律,即继承中求发展。

二、晚清宗宋派诗人批注韩集的特点

晚清宗宋派诗人推崇韩诗,多数人整理过韩集,为后世韩愈研究留下了有价值的韩集文献。如郑珍批《韩昌黎集》,曾国藩批《韩昌黎集》《音注韩昌黎文》,莫友芝校《韩昌黎诗集编年笺注》。另外,陈衍《石遗室论文》

---

① 曾国藩《曾国藩全集·日记》,岳麓书社1994年版,页161。
② 钱锺书《谈艺录》,三联书店2001年版,页462。
③ 郑知同《东洲草堂诗钞序》,何绍基《东洲草堂诗钞》,《续修四库全书》第1528册。
④ 黄统《邵亭诗钞序》,莫友芝《邵亭诗钞》,同治五年江宁三山客舍修补本。
⑤ 载钱仲联《近代诗钞》,江苏古籍出版社2001年版,页265。
⑥ 陈衍《石遗室诗话》,人民文学出版社2010年版,页57。
⑦ 张大为编《胡先骕文存》,江西高校出版社1995年版,页114。

中批韩文十多篇,陈衍《石遗室诗话》中也多有论韩之言。批点本中尤以曾国藩、郑珍二人成就显著。曾国藩批《韩昌黎集》中,批韩诗四十九首,批韩文一百七十八篇。郑珍批《韩昌黎集》现已佚失,留存下来有二十二首批语收录于《巢经巢诗文集》中,另有跋文十一首、批语五十五首散见于郑珍外孙赵懿的过录本中。郑珍还曾过录朱彝尊、何焯韩诗批语于方世举《韩昌黎诗集编年笺注》中,其《题移写韩诗批本》曰:

> 世行穆彰阿道光戊戌重刊顾侠君补注本,是依朱竹垞、何义门两先生评点者。原本竹垞用墨书,义门用朱书,并就顾本评点。庄谥庵得之姚江黄稚圭,其兄伯埙馆西斋博明家,西斋因转抄得。穆为西斋外孙,得其本,谓时有假手,不无误,加年久,多所缺蚀,从他处得一本,增入数条,又附入《义门读书记》中批韩诗一卷,仍分朱墨合刻此本。余通阅之,义门为批评专家,确出其手无疑。竹垞深于韩者,乃于平生力追处,似多有所不慊,何邪?岂一时之见邪?避乱桐梓魁岩下,近谷雨,犹寒,不可出,因以三日力移录两批于方扶南笺本上方。于朱书者弃数条,其首加圈者皆是。何则不及半,标"何云"焉。①

郑珍广搜韩集文献,精心批注,于韩可谓用力勤矣。曾国藩和郑珍批注韩诗注重彰显韩愈光辉伟岸人格及韩诗之学问特质。

(一)凸显韩愈光俊伟岸之人格

韩愈一生奉守儒家思想,忧国忧民。他最大的理想是建功立业,在政治上有所作为。韩愈有着光明伟岸的人格,傲骨铮铮。他能做到"在其位",便"谋其政"。面对洛阳不臣之悍卒骄兵,他敢于大胆制裁,与其斗争;面对天下饥荒,他敢于为民请命;面对宪宗奉佛一事,他敢直言上谏,慷慨陈词,写下了千古流传的《谏佛骨表》;面对强藩叛乱,他敢于单身直入叛贼老巢,毫无惧色地劝降叛贼。韩愈的文学创作流露其政治思想,体现其倔强人格。韩愈也有干谒权贵的文章,应当放置历史背景下,持以历史主义原则评判。处于民族危亡的乱世,宗宋诗派诗人对韩愈的人格有着不谋而合的尊崇。正如郑珍所说:"余谓作者先非待诗以传,杜、韩诸公苟无诗,其高风亮节照耀百世自若也;而复有诗,有诗而复莫踰其美,非其人之为耶?"②他们评注韩集,注重揭示韩愈光明俊伟的人格。

---

① 郑珍《题移写韩诗批本》,《巢经巢诗文集》,上海古籍出版社2016年版,页413。
② 郑珍《邵亭诗钞序》,《巢经巢诗文集》,上海古籍出版社2016年版,页393。

第三章　清代文学风尚与韩愈诗文整理

郑珍生长在贵州,对韩愈其人其诗心摹手追,十五六岁开始学习韩诗,终不间断。缘于对韩愈的景仰,郑珍四十六岁自号"柴翁",其《柴翁说》曰:

> 柴翁者何? 山农之老者也。所以号柴翁何? 寓瞻韩意也。昌黎文公《南溪始泛》诗云:"南溪亦清驶,而无楫与舟。山农惊见之,随我观不休。匪惟儿童辈,或有杖白头。"至张文昌祭公诗则云"移船入南溪,东西纵篙撑。柴翁携童儿,聚观于岸旁。"所谓柴翁,即韩之山农而杖白头者也。余年十五六,始见国初顾侠君《韩诗补注》,酷嗜之,抄而熟读焉。继而聚宋之《五百家注》、朱子《考异》、吕、程、洪、方四家年谱,洎明凌稚隆所刊宋廖莹中世绿堂《韩集》,以及国朝朱竹垞、何义门朱墨批本、方扶南之笺注,莫不取而参稽之,互证之,几无一字一句不用心钩索者,至今垂三十年矣。然于韩之所以为韩,固望而未之见也。因思南溪之柴翁,不知曾识字否,乃能馈笼瓜劝淹留,与韩公相酬答,亲接其容色词气,其视余不多乎哉? 然问以韩之所以为韩,仍与余同一茫然也。则余亦适成为柴翁而已矣,故取以为号云。①

郑珍一生奉韩愈为楷模,对韩愈的钦佩之情流露于字里行间,其真正与韩愈在精神上相遇。从中也可知郑珍笺注韩集时对之前注本可谓搜集殆尽,做足了准备。郑珍诗歌创作上学韩,但不拟韩诗,以求自己的风格。批注韩诗中也处处流露出对韩愈人格的赞慕之情。如《示儿》诗"恩封高平君,子孙从朝裾"句,批曰:"饮食衣服,自男女婢仆内外大小各适其宜。足见内治之整饬精细,而公齐家之美矣。"诗后跋曰:

> 东坡论此诗所示,皆利禄事,浅视诗旨也。读"开门"一段是所指为利禄者,深玩之,诗言身为卿相,持国钧轴,而与同官往来,止以酒肉相征逐,博弈相娱乐,所为何如乎? 则玉其带、金其鱼、峨其冠者,皆行尸走肉耳。其所讲之唐虞,亦只口中仁义,即公所云"周行俊异,未去毛皮"者耳。"酒食"联下接云"凡此座中人,十九持钧枢",郑重作一指点。语似热眼,齿实冷极,重言其官职,正轻其哂所为,所谓赞扬甚于怒骂也。不然,上言"无非卿大夫"足矣,又著此二语津津不置,不重复无谓耶? 观"又问"四句,言过从讲道者,唯有张、樊,则自两人而外,皆无一可与言者。愈见上文所云,并非艳于利禄,夸诱符郎也。②

---

① 郑珍《柴翁说》,《巢经巢诗文集》,页365。
② 郑珍《巢经巢诗文集》,页465—466。

又如跋《符读书城南》曰:"黄鲁直尝以此诗劝奖之功与孔子同归,正论也。陆唐老短之,谓退之切切然饵其幼子以富贵利达之美,若有戾于向之所得者,非也。"历来对韩愈教子诗的阐释,存在争议。苏轼认为韩愈以利禄诱子读书,批评这一行为。郑珍则详尽分析,驳斥此说。郑珍认为韩诗所言"卿大夫"实际是讽刺,韩诗有言外之意,只有韩愈挚友张、樊二人可解读。在郑珍看来如若是以利禄诱子,则无需提及此二人。韩愈此诗不仅是以富贵诱子读书,应有更深层意旨。从郑珍的辩解中,便可看到他极力维护韩愈光明人格。又如跋《读皇甫湜〈公安园池〉诗书其后》曰:

> 余玩此诗,大意谓人生百年内,当留心于大者、远者,孔、颜事业终身为之不尽。区区园池中景物,自然不及关怀,正犹晋人旦一映尧舜,《春秋》且不诛其人,况肯以虫鱼花鸟累其笔墨乎?皇甫之《园池》诗,何异掎摭粪壤,用心既误,臧否更不必论也。公盖勉之及时进业,莫复留连光景,费无益之心思耳!刘贡父、叶石林谓讥持正不能诗,劝使不作,并是臆谈。①

刘贡父、叶梦得分析此诗是韩愈为讥讽皇甫湜不会作诗而作,呈现出的韩愈是一副为人苛刻、善于讥嘲的严酷形象。郑珍紧扣诗歌文本分析,认为此诗目的是韩愈以圣贤事业勉励皇甫湜,不要注目于无关乎道统大业之琐事。韩愈用《春秋》传王道之大统的做法劝皇甫湜不要流连光景之琐碎小事,应以"孔、颜事业"为终身"之不暇"。郑珍不仅正确诠释诗意,更重要是揭示了韩愈高峻伟岸的形象,与刘、叶所评韩愈严苛且善讥嘲的为人截然相反。

曾国藩心折韩愈,赞誉韩愈人格之伟岸。同治元年九月二十日《日记》中说:"读《原毁》《伯夷颂》《获麟解》《杂说》诸篇,岸然想见古人独立千古,确乎不拔之象。"②道光二十一年(1841)作《杂诗九首》,其一曰:"早岁事铅椠,傲兀追前轨……述作窥韩愈,功名邺侯拟。"并感慨生不与昌黎同世:"余于诗亦有功夫,恨当世无韩昌黎及苏、黄一辈人可与发语狂言者。"③曾国藩认为韩愈继承了孟子光俊伟岸之气,同治五年十一月初二日《致沅弟书》曰:"日内细玩孟子光明俊伟之气,惟庄子和韩退之得其仿佛,近世如王阳明亦殊磊落,但文辞不如三子者之跌宕耳。"《题炭谷湫祠堂》诗中"吁无

---

① 郑珍《巢经巢诗文集》,页461。
② 曾国藩《曾国藩全集·日记》,岳麓书社1994年版,页690。
③ 曾国藩《曾国藩全集·家书》,岳麓书社1985年版,页80。

吹毛刃,血此牛蹄殷"句,曾国藩批曰:"退之刚正傲岸,不信神道。"①曾氏批韩诗多处流露对韩愈伟岸人格的赞誉和仰慕之情。

(二)揭示韩集注重学问之特质

韩愈博贯淹通,学养深厚,其诗文创作重学问,常化用前人语句、典故不留痕迹,将经、史、子、集及佛道知识融于作品,笺注者若没有渊博的学识便难以识破其中玄机。韩愈曾在《答侯继书》中自言学习方法说:"仆少好学问,自《六经》之外,百氏之书,未有闻而不求、得而不观者也。然其所至,在意义所归。至于礼乐之名数,阴阳土地星辰方药之书……古之人未有不同此而能为大贤君子者。"②宗宋诗派创作讲究学问,倡导学人之诗和诗人之诗合而为一,追步韩愈博涉百家的治学方法。方东树在《昭昧詹言》中多次称赞杜、韩重学问修养,博通淹贯。郑珍在《论诗示诸生,时代者将至》中说:"固宜多读书,尤贵养其气。气正斯有我,学赡乃相济。"③又《诸生次昌黎〈喜侯喜至〉诗韵约课诗于余和之》曰:"作诗诚余事,强外要中歉。膏沃无暗檠,根肥有新艳。"④郑珍倡导作诗注重学养之诗学理论与韩愈一脉相承。郑珍评韩诗多注重挖掘此方面特点。郑珍跋《符读书城南》:"读书通古今,行身戒不义。学行并进,文质相宜……竹垞先生评'文章'、'经训'数联云:'论读书必归到经术行义上,此昌黎学有根本处。'最得其旨。"⑤又如评《题张十八所居》曰:"公从李习之得古文官书,自云为文宜略识字,合此诗观之,知韩门师弟皆通六书,宜并为一代宗匠也。"曾国藩评《答侯继书》说:"观韩公此书,然后知儒者须通晓各门,乃可语道。孔氏所谓博学于文,亦此义也。"⑥他们意识到韩诗包容知识极为丰富,在批注具体词句时注重揭示出其中隐藏的丰厚知识。

郑珍批注韩诗内容广泛,考证本事、编年、注释词语、校勘字词、阐释诗旨等,尤为侧重考释难以理解的字句及史事,如《人日城南登高》中"圣朝身不废,佳节古所用"句,注曰:

> 或问此诗中"佳节古所用",古用人日登高,注家未详,于何征之?曰:晋桓温参军张望有《正月七日登高》诗,李充有《人日登安仁峰铭》。

---

① 曾国藩《求阙斋读书录》,《续修四库全书》第1161册,页228。
② 刘真伦、岳珍《韩愈文集汇校笺注》,中华书局2010年版,页678。
③ 郑珍《巢经巢诗文集》,页130。
④ 郑珍《巢经巢诗文集》,页126。
⑤ 郑珍《巢经巢诗文集》,页466。
⑥ 曾国藩《求阙斋读书录》,页232。

> 《寿阳记》：宋王正月七日登仙楼会群臣，父老集城下，皆令饮一爵。北齐阳休之有《人日登高侍宴》诗，唐宋之问有《人日军中登高》诗，乔侃有《人日登高》诗。《景龙文馆记》：中宗景龙三年正月七日，上御清晖阁，登高遇雪，令学士赋诗，赵彦昭、李乂、李峤、刘宪、宗楚客、苏颋六人皆有作。是知人日登高，自晋至唐皆为故事，公诗云然。①

历来注家没有详注此诗句，少有阐释出其中堂奥。看似极简一句诗，信息涵盖相当丰富。郑珍依据自己广博的学识，爬梳了历代相关文献，详细地阐释了韩诗所蕴含的丰赡知识。对《寄卢仝》诗中"伍伯"一词的注解，郑珍引《周礼》《汉书》《后汉书》《晋书》《神仙传》《演繁露记》《祢衡传》《太平广记》《酉阳杂俎》等十一种文献考证，详细分析，补充旧注不足。由此足见郑珍学识之广博，正体现了学者型诗人注释韩诗的特征。要解韩诗意义，必须要先挖掘韩诗中所蕴藏的深厚知识。这要求注者必须淹贯群书，能慧眼识玄机，道破其中奥秘。

（三）阐发韩集中雄奇崛强之气势

晚清宗宋者诗歌理论与韩愈一脉相承。面对民族存亡的危机，他们更钦佩韩愈雄直傲岸的人格，推崇韩集中蕴含的浩然正气，故批注韩集尽可能地挖掘其中的傲兀气势，为挽救民族危机寻找思想源泉和精神支撑，其中尤以曾国藩为最。

曾国藩既批韩诗，又评韩文。其韩文评点中注意阐发倔强伟岸之势。如评《应科目时与人书》曰："其意态诙诡瑰伟，盖本诸《滑稽传》。干泽文字，如是乃为轩昂，他篇皆不能自振。"②这是韩愈干谒权贵之文，曾国藩依然认为其充满轩昂之势。又评《答吕翌山人书》曰："绝傲兀自负。"③吕翌山人或善医，或称隐逸者，求谒韩愈推荐，未果，曾责难韩愈，韩愈作此文。文中首先解释不能效信陵君求贤的原因，最后曰："足下行天下，得此于人益寡，乃遂能责不足于我，此真仆所汲汲求者。"字里行间充满自信傲兀之气。张裕钊评其"笔力似《孟子》"。又如《送区册序》，曾国藩评曰："《送区弘南归》诗傲兀跌宕，此文当是一时作。故蹊径与句之廉悍，并与诗相类。"④区册为阳山士人，拜访韩愈，二人一起研读诗书。文中叙阳山之穷陋

---

① 郑珍《巢经巢诗文集》，页465。
② 曾国藩《求阙斋读书录》，页233。
③ 曾国藩《求阙斋读书录》，页234。
④ 曾国藩《求阙斋读书录》，页235。

跌宕起伏,反衬区册之为人,行文气势傲兀。吴汝纶评其"文势为之益峻"。又如《送浮屠文畅师序》,曾国藩评曰:"辟佛者从治心与之辨毫芒,是抱薪救火矣。韩公言若无中国之圣人,则彼佛者亦如禽兽,为物所害,莫能自脱。如此立说,彼教更从何处置喙。立言有本,故真气充溢,历久常新。"①当时为文畅作序之人较多,包括柳宗元,但大都"徒举浮屠之说赠焉"。唯独韩愈宣扬以儒化佛,文中以圣人之道抵佛,做到"立言有本",便能振振有词,铿锵有力。又评《送殷员外序》曰:"字字峭立,倜傥轩伟。"②评《送幽州李端公序》曰:"骨峻上而词瑰伟,极用意之作。"③评《柳子厚墓志铭》中"今夫平居里巷相慕悦"一节曰:"此段为俗子剽袭烂矣,然光气终自不灭。"④类似评语不胜枚举,从中见出曾国藩甚为欣赏韩愈文中傲兀自负之气。

曾国藩对具有骈赋特点的韩文,亦指出其铿锵雄伟之势。如评《祭郴州李使君文》曰:"亦不出六朝轨范,不使一浓丽字,不着一闲冗句,遂尔风骨道上。"⑤元和元年(806),韩愈为郴州李伯康所作祭文,吸收六朝骈赋的元素,以六言行文。方苞曾评:"此赋体也,其源出于陆机《吊魏武帝文》。"⑥但文章不用世俗语,便脱去了六朝骈文纤细柔弱之处。此文经过韩愈一番精心的制局运机,仍不失韩文浑灏劲健之气势。

即便是韩愈流露深情之文,或掩蔽抑遏、含蓄温婉之文,其中所蕴含的崛强傲兀之气势,也被曾国藩披露无遗。如评《女挐圹铭》曰:"即卢夫人之铭、女挐之志,寥寥短篇,亦复雄奇崛强。"⑦为早夭之女写悼文,必定是充满沉痛悲切之情。茅坤评此文"悲惋可涕",储欣评其"如诉如泣"。而曾国藩从韩文字里行间看到的却是倔强之气,分析韩文甚是精微。女挐之死与韩愈被贬潮州一事不无关联。韩愈此文在痛悼爱女之外,还暗含对统治者的讥讽,以排斥风靡社会的佛老之风,沉痛中透着倔强之气。又评《题李生壁》曰:"柔和渊懿之中必有坚劲之质、雄直之气运乎其中,乃有以自立。"⑧贞元十六年(800),韩愈离开张建封幕,与旧识李平偶遇,为之题壁留念。韩愈在张建封幕中鲠言无忌,与人不容,离徐还洛,其行为本就充满坚劲之

---

① 曾国藩《求阙斋读书录》,页234。
② 曾国藩《求阙斋读书录》,页235。
③ 曾国藩《求阙斋读书录》,页234。
④ 曾国藩《求阙斋读书录》,页240。
⑤ 曾国藩《求阙斋读书录》,页235。
⑥ 马其昶《韩昌黎文集校注》,页308。
⑦ 曾国藩《曾国藩全集·家书》,岳麓书社1985年版,页629。
⑧ 曾国藩《曾国藩全集·家书》,页934。

气。文中回忆二人相识时"无度量之心",而今自己"黜于徐州","悲《那颂》之不作"久矣。曾国藩看出在温和渊懿的文字下所掩盖着的坚韧雄直之气,与韩愈的行为正相吻合。另外,韩文中不具雄浑气势的篇章,曾国藩便定为非韩愈所作。评《祭薛中丞文》曰:"无俊健之骨,不似韩公手笔,当是同僚所为,而薛氏托公名为重耳。"[①]诚然,以此断定非韩之作显然不可取,但可见曾氏对韩文风格的定位是豪迈雄奇。同光体陈衍也善于称赞韩集中傲兀奇谲之气,如评《寄崔二十六立之》中"生兮耕我疆,死也埋我陂。文书自传道,不仗史笔垂"句曰:"是丈夫语,足见此老倔强处。"[②]宗宋诗派中曾国藩侧重揭示韩集中刚健雄伟之气势,应与其特殊的身份有着密切的关系。曾国藩不仅是宗宋诗派的主帅,更是政治、军事上的风云人物,功绩显赫。他有着容纳百川的胸怀,爱惜人才,善于举荐人才。曾国藩的秉性气质、胸襟气魄无疑与韩愈极为相似,因而他更能体会韩集中隐藏的意旨。曾国藩在《喜筠仙至即题其诗集后》中说:"昌黎圣者徂不作,呜呼吾意久寥廓。"见其奉韩愈为异代知音,对韩愈深为敬仰。

---

① 曾国藩《求阙斋读书录》,页235。
② 陈衍《石遗室诗话》,页358。

第四章 清代韩集文献的特点及其在韩集文献发展史上的地位

受清代社会政治、文化诸多因素影响,清代韩集文献分布、整理方式、方法与前代相比特色鲜明,韩集笺注、批评方面取得了突破性进展,在韩集发展史上有重要的承启作用。

第一节 清代韩愈诗文文献的特点

一、时空分布与清代文化背景密切相关

清代韩集文献与政治背景、学术思想、文学风尚紧密相连,其地域和时段分布特点较为显著。因地域文化差异,韩集编辑整理存在着明显的地域特色。从地域上看,清代韩集文献主要分布在福建、江浙、安徽、岭南四大区域。

福建地区虽地处偏远,唐以后却有着浓厚的尊韩之风。宋代建安(今建瓯)魏仲举《五百家注音辩昌黎先生文集》、邵武廖莹中《东雅堂韩昌黎集注》、长溪(今霞浦)王伯大《朱文公校昌黎先生文集》是研韩重要文献,婺源朱熹《韩文考异》也完成于福建。福建较早古文名家为欧阳詹,晋江人,与韩愈同年进士,二人过从甚密。韩愈曰:"今刘君之请,未必知欧阳生,其志在古文耳。"[1]欧阳詹对韩愈倡导的古文运动给予极大支持。欧阳詹之后,明清福建地区古文大家或创作师法韩愈,或整理韩集,产生了数种韩文评点文献。明万历年间莆田陈臣忠刻《韩文选》四卷。陈衍曰:"吾乡之号称能文于当世者,至明始有一王遵岩,至清始有一朱梅崖,继之者雨农。"[2]

---

[1] 韩愈《题哀辞后》,刘真伦、岳珍《韩愈文集汇校笺注》,中华书局2010年版,页1296。
[2] 陈衍《抑快轩文钞跋》,高澍然《抑快轩文集》卷首,江苏广陵古籍刻印社1998年版。

王慎中、朱仕琇、高澍然三人皆尊韩愈。王慎中是晋江人，反对明七子文必秦汉之论，推崇唐宋大家，认为：“学《六经》、史籍最得旨趣根源者，莫如韩、欧、曾、苏诸名家。”①朱仕琇是建宁人，治古文以学韩愈为主，李翱为辅，认为古文家必须以正身养气为先。《清史列传》：“仕琇治古文，自晚周以迄元明百余家，究悉其利病，而一以荀况、司马迁、韩愈为大宗。”②高澍然从朱仕琇学古文，酷好韩文，研韩多年，成《韩文故》。刘声木评：“《韩文故》尤精力所萃，历三十有三年，而后卒业，富阳周芸皋观察凯为之刊行。”③

此外，清初蔡世远，福建漳浦人，学者、教育家，善古文，编选《古文雅正》，引领清代正统文风。蔡世远倡导载道、雅正之文，古文创作师法唐宋大家。四库馆臣高度称赞其文曰：“今观其文，溯源于《六经》，阐发周、程、张、朱之理，而运以韩、柳、欧、苏之法度。”④闽县林云铭心仪韩愈，著有《韩文起》。安溪李光地喜韩文雅正之特点，有《韩子粹言》。清中期福安李馨、陈从潮，师徒二人善古文，尤酷爱韩愈文章，李馨有《韩文翼》。清末民初闽县林纾推崇韩、柳文，有《韩柳文研究法》。梁运昌，乾隆时期江田人，喜韩诗，有《韩诗细》，详细批点韩诗艺术特色。另外，清初张伯行虽不是福建人，但为官福州期间，刊刻《唐宋八大家文钞》，收韩文居多，让士人学习。可见，唐以后福建地区古文大家似乎都与韩愈有着不解之缘，此地也成为清代韩集文献兴盛区域之一。

清代江浙地区是传统文化之中心，学术发达，文学流派众多，学者、文人云集。考据学尤为兴盛，古籍整理成果繁多。清代韩集注本主要集中在这一地区。江苏长洲顾嗣立、吴县陈景云、沈钦韩，浙江德清沈端蒙、俞樾、瑞安方成珪、嘉兴王元启，多数既是学者，又是文人，都笺注过韩集。江浙地区文人荟萃，还产生不少韩集选本。如浙江石门吴铭、海宁卢轩、钱塘陈兆崙，江苏常州杨大鹤、吴江沈间、丹徒（今镇江）刘成忠，皆评选过韩愈诗文。浙江秀水朱彝尊、长洲何焯等亦批注过《韩昌黎先生集》。除韩集专选本外，江浙地区还有多种总集类选本，江苏宜兴储欣《唐宋十大家全集录·韩昌黎全集录》、《唐宋八大家类选·韩愈文类选》、松江姚培谦《唐宋八家诗·昌黎诗钞》、云江（今松江）焦袁熹《此木轩昌黎文选》、常州陈明善《唐八家诗钞·韩吏部诗钞》，可从中探讨清代江浙地区接受韩愈的情况。

---

① 王慎中《寄道原弟书·九》，《遵岩集》卷二十五，《四库全书荟要》本。
② 《清史列传·文苑传》三，中华书局1987年版，页5895。
③ 刘声木《桐城文学渊源撰述考》，黄山书社1989年版，页359。
④ 永瑢等《四库全书总目》卷一七三，中华书局2003年版。

第四章 清代韩集文献的特点及其在韩集文献发展史上的地位

清代主要散文流派桐城派中多数人是安徽桐城人,桐城派诸大家都尊崇韩愈,多数批点过韩集,因而清代安徽地区也是韩集文献兴盛地之一。桐城派散文家批韩成果多数没有单行刊刻,而被马其昶《韩昌黎文集校注》吸取。清代安徽也是考据学重镇,有学者嗜好韩诗,校勘笺注韩诗,如桐城方世举《韩昌黎诗集编年笺注》、当涂黄钺《韩昌黎诗增注证讹》、桐城吴汝纶《韩昌黎集点勘》,在韩集笺注校勘方面做出了杰出成就。

岭南地区自韩愈两贬广东之后,历代不乏学韩之人,形成了浓厚的宗韩风潮。清代此地宗韩之风达到高潮,产生了一批韩集批点文献。(详细内容可参见本书第三章第三节)

清代韩愈受到推崇,研治韩集者众多,除研韩比较集中的地区之外,其它地区也有零星韩集文献,如山东高密诗派单为鏓批点韩文,有《韩文一得》;济宁许鸿磐批注韩集,有《韩昌黎集评注》;河北王化昭有《六家诗选·韩退之诗选》;贵州郑珍、莫友芝心仪韩愈,也曾批点过《韩昌黎集》。

相对地域上分布特点,清代韩集文献时段分布也呈现出各自的特色。清初古文中兴,理学兴盛,韩文受到青睐,评点韩文力助古文复兴成为风气,韩文批点文献由此兴起。而韩集笺注文献则集中在考据学兴盛的乾嘉时期,主要是考据学发达的江浙和安徽地区。晚清宗宋运动兴起则推动韩诗批点文献的兴盛,因桐城派的影响,韩文批点也再次兴盛。(详细内容参见上篇第一章)

二、整理韩集专精化

清代是学术发展集大成期,学趋专门,各个领域的发展都比较成熟,形成一套相对完整的知识体系,对韩集的整理影响极大。清代韩集研究者身份多样化,上至达官显宦,如张伯行、李光地、黄钺、曾国藩,下至平民学者,如方世举、黎简,还有道士,如樊镇;既有乾嘉考据学者,如方成珪、王启元,又有理学家、经学家,如李光地、陈澧、李黼平、魏源,还有汉宋兼采者,如高澍然;既有宗宋者,如顾嗣立、郑珍、曾国藩、王拯,又有尊唐者,如沈德潜,还有唐宋兼采者,如桐城派姚鼐、梅曾亮等;既有古文家、时文家,如林云铭、沈闻,又有杂剧家,如许鸿磐;既有评点大家,如何焯,又有选学家,如李详,等等,其中有些研韩者集多重身份于一身,有些学者研治韩集专攻一面,精力专注,解决问题深入细致,凸显各自的特色。

(一)诗文分开研究

清代以前韩集一向诗文合刊,单刻韩文或韩诗的文献不多见,仅见元代程端礼《昌黎文式》、明代戴鳌编《韩文正宗》、钱毂《韩文评林》,分别是韩愈诗文单行本。诗文单行本情况前文论述韩集文献发展脉络时已多有介绍,此不赘述。

(二)专攻韩愈诗文之一面

清代学趋专门,研究者身份各异,整理韩集角度和方法也各有侧重。除对韩愈诗文分开批注外,清人或从音韵学角度专门分析韩诗用韵特点,或从理学角度阐释韩集意旨,或从选学角度探源韩诗与《文选》之关系等。研究者运用各自学术特长挖掘韩集的特点与价值,为韩愈研究做出了卓著的贡献。

1. 从音韵学角度分析韩诗

清代音韵学发达,出现了专门对韩诗进行按韵分类的文献,如汪文柏《杜韩诗句集韵》,将杜、韩诗句按平水韵摘出,编排在所属字下,以供吟咏者取资,也便于读者了解韩诗的用韵情况。另外,汪森《韩柳诗合集》、张谦宜批《昌黎先生诗集注》、李黼平《读杜韩笔记》、梁运昌《韩诗细》多从音韵学角度分析韩诗用韵技巧所造成的艺术效果。如《孟生诗》,李黼平评曰:

> 通篇侵韵,其中"采兰起幽念,眇然望东南",按:《毛诗》《楚辞》用"南"字,多入侵,非关协韵。陆士衡《赠颜彦先》云:"大火贞朱光……屏翳吐重阴",余俱侵韵。又《赠冯文黑》云"昔与二三子,游息承华南。拊翼同枝条,翻飞各异寻",余侵韵。朱子:《诗·燕燕》章,上用"音"字,下用"心"字,中用"南"字,不注协音,以其本可以入侵韵也。他章注之者,以"南"字用在上,故须注以就之。①

李黼平分析韩诗通篇用侵韵,并解释"南"字是运用上古读音,入侵韵,不需注协音。又如评《南山有高树行赠李宗闵》曰:"《南山有高树行赠李宗闵》支、微、齐、灰四韵通押,《猛虎行》支、微、齐、佳四韵通押。"②梁运昌评《喜侯喜至赠张籍张彻》曰:

> 此篇韵字破杂,看其消遣之法。"验"、"店"二字,安顿巧妙,较上文"染"、"砭"二字更佳,盖彼乃设喻,此为平叙,难易之别也。合下文"臔"、"墊"诸韵观之,昌黎押韵之巧妙,固已金针暗度矣。《荐士》及

---

① 李黼平《读杜韩笔记》卷二。
② 李黼平《读杜韩笔记》卷二。

第四章　清代韩集文献的特点及其在韩集文献发展史上的地位

《崔十六》篇亦俱可玩。①

梁氏从整首诗的创作手法分析用韵变化的原因,评此诗押韵有金针暗度之巧。梁运昌又评《汴泗交流赠张仆射》曰:

> 七古不用对偶,而偏能奇丽,此艺昌黎所独也。其用韵平仄相间,而仄用二句,平用四句,音节极妙。②

韩愈古诗之所以奇险绮丽,原因之一便在于擅于用韵。此诗用韵平仄交协,韵换意不换,造成峭拔之势,梁氏分析精准,与翁方纲观点一致。梁运昌分析韩诗巧于用韵,其它还有《此日足可惜一首赠张籍》《南山诗》《陆浑山火》诗等,都详细评点韩诗用韵特点。

2. 从理学角度解读韩集

理学在清代学术思想中一直占有着重要地位,也渗入清代的韩集整理研究中。尤其是一些理学家的研韩成果,更是深深烙下了理学的印记。如张伯行《唐宋八大家文钞》、李光地《韩子粹言》等都明显渗透着理学思想,深入挖掘韩文的道统思想,为经世服务。(详细内容可参见上篇第二章第一节)

3. 从《选》学角度证韩诗

明清选学兴盛,有很多专研《文选》的学者,不仅直接研究《文选》,还逆向用《文选》研治其它作品。如晚清《选》学家李详著《韩诗证选》,用《文选》注释韩诗。(参见上篇第一章第三节李详《韩诗证选》介绍)

4. 笺注和评点方法运用更专精

清代阐释学和评点学发展成熟,韩集整理者对各种方法的运用显得更为专精,或侧重运用阐释学的方法笺注韩集本事、编年、意旨、典章制度等,或专门运用评点学的方法解析韩集的文学特点。(上篇第一章和第三章已有论述)

三、韩集评点学理化

清代学术发展成熟,评点家学识渊博,评点诗文集时将学术融入其中,使评点的理性思维增强、可信度增高。孙立说:"清代文学批评史是中国古代文学批评的最后一个时期,文学批评在明代文学批评的基础上又有了新

---

① 梁运昌《韩诗细》卷二。
② 梁运昌《韩诗细》卷二。

145

的发展,也出现了一些新的特征。首先是文学批评与学术研究的关系较以前密切,比如清代文人均注重学问素养,学术研究也达到了很高的水平,表现在文学批评方面,我们可以发现清人的诗文评著作理论性显著增强。学术的专门化也体现到了诗文评中。明代文学批评是博而不精的话,清代的文学批评及其理论研究则体现出精而专的特点。"① 清代学术研究与评点的密切关系也清晰地显现在韩集的批点中,具体表现在:

(一)评点与考据结合

清代文学评点在艺术批评中融入考据学的成就,有时代的学术特色。多数评点大家都在文学评点中融入校、注内容,提高评点中学术分量,使批点成果更扎实可信,更有价值。郭英德说:"清人重视资料考据的治学特点渗透到文学研究的各个方面,很多作家、评论家都在自己的研究著作中加进了考据的内容,理论阐述、评点赏析和资料考据三位一体成为不少诗话文评的特点。"② 弄懂词意、行文技巧,与理解文意息息相关。韩集务去陈言、指陈时事,善用奇词险语的特质需要将史实考据、词语注释融入艺术分析中,清代韩集评点文献大都有此特点。吴铭《韩昌黎文启》既评点韩文艺术特色,又附有相关典章制度的考证。林云铭《韩文起》边考创作背景边分析艺术技巧。何焯批韩集,边校注词语边批点艺术特色,黎简、郑珍、曾国藩等都是在批韩集艺术手法的同时,考证事实。

高澍然《韩文故》是考评结合最为典型的韩集文献。高澍然自序曰:"是编所评,并发明斯旨,其注则有资论世及考证者特详,而于世所称无一字无来历者不及。"周凯为其作序,详细阐释了"故"的含义,即考评结合的意义。为了便于理解,现摘录主要部分如下:

> 光泽高雨农先生以三十年之力,治韩文而得其故……成《韩文故》一书,凡若干卷,有注,有附考,又以其所心得者评于上,于旁,于后。先生是书,可谓勤矣……其注、其附考之精博,读者宜自得之矣,俱不论,论其评之名"故"者。按《汉书·艺文志》:《诗》有《鲁故》《韩故》《齐后世故》《孙氏故》《毛氏故》,《尚书》有大、小夏侯《解故》,小学有杜林《仓颉故》,皆注也。"故",颜师古释曰:"故,通其义指也。"是书兼有评,统曰"故"者,夫亦就其已然之迹,发明夫自然之理而已。欧阳修曰:"孟、韩文虽高,不必似之也,取其自然者耳。"欧阳以是取,先生

---

① 孙立著《中国文学批评文献学》,广东人民出版社2000年版,页392。
② 郭英德等著《中国古典文学研究史》,中华书局1995年版,页532。

第四章　清代韩集文献的特点及其在韩集文献发展史上的地位

以是评,评即所以取之也。凯因思"故"之为训,有通其故、仍其故二义焉。注,通其故也;评,仍其故也……今评是也。夫韩子之文,已然之迹也。寻其本以出之者,因其迹以求其气与神,是即已然者以发明夫自然而完其作,固有不敢支,亦不敢逾,乃焉尔已,又岂有作为于其间哉! 此即孟子之所谓"故"也。韩子曰"文从字顺各识职",曰"从",曰"顺",曰"职",利也,即故也。故先生自序谓:"韩子虽寻常赠答之词,题记志传之作,鲜不器于道。"道希自然也。作者然,评者可不然乎? 是书得其故矣。彼不求诸自然,徒以私智参焉者,即得其似而似之,亦孟子之所谓凿矣,其神气亡焉也。①

周凯解释《韩文故》之"故"有"训"之义,通"义指",实指注释考证词语;"故"还有"发夫自然之理",即探究韩文神理气韵,创作技巧,实指评点。高澍然既训释词语,有探寻文章义理神韵,是典型的评注结合。高澍然评韩文章法技巧、风格体势的同时,详细考释韩文中的史实以及职官、典章等,并且在某些篇章后附有长篇附考解释韩文所涉及的仪礼制度等知识。将文学评析与实学考证结合在一起,较适合韩文特点。

晚清陈澧、陈宗颖父子批点《昌黎先生文集》,注重揭示韩文自身重学问的特点。如评《讳辩》曰:"后世古文家动言不屑考据,若无考据,以空言辩之,能使人折服乎?"②评《禘祫议》曰:"此等文如无考据,能以空论折服群议乎? 近世古文家薄考据而不为者,谬也。考据断不可废也。"③陈澧分析韩文自身重学术,言外之意评家也要具备考学知识才能解读韩文,实际体现晚清汉宋融合的学术发展趋势。

(二)评点的理性思维增强

清代评点家批点文学作品时理性思维增强,不再只停留于鉴赏作品的艺术特色而作零散的感悟式的点评,常从理论的高度概括总结艺术发展规律。对于韩愈及其诗文中历来观点不一致的问题,很多评注家都持以史的眼光,将问题置于历史背景下分析评论,而不是非此即彼。如黎简在《月蚀诗效玉川子作》诗上眉批曰:

《月蚀诗效玉川子作》本是删繁就简,而曰效玉川者,谦语也。韩作不如原作,后人怖韩大名,不敢议耳。李唐以来,作诗而不出力求

---

① 周凯《韩文故序》,高澍然《韩文故》卷首。
② 陈澧批《昌黎先生文集》,同治九年广东述古堂刻本。
③ 陈澧批《昌黎先生文集》,同治九年广东述古堂刻本。

新,断难讨好。三家村学究动称渊明、王、孟、韦、柳,以恬淡为正宗,此亦何尝不是。然恬淡难到,涵养难醇,远非粗浅人所易藉口也。大抵近千年以后,作诗不自抵死生新,决难名家。但其中有一段极难的工夫,又非作者欲得便得也。难处在极出力造作时,顾得奇壮一边,便顾不得情韵一边。即就韩公诗上论,每于大力排荡中得一二最有情有韵之语,如"梅花灞水别,宫烛骊山醒"之类,集中亦不易多见之,即令人神魂清适,吟咏竟日。此为最难也。下此,东野容有之,玉川竟绝无一句矣。嗟乎!以此法观古人诗,则真诗易见,而亦真诗难作矣。因读《月蚀》诗记于此。

昌黎《陆浑山火》诗、玉川《月蚀》诗,亦能使后人不敢动笔便模仿。笔敏而腹俭,与学富而气馁者皆不能。韩公好奇,至樊宗师《绛州园池记》、玉川《月蚀》诗,则奇过于则矣。故韩节其太奇之作,加以裁剪,自成一篇,曰效玉川云……若此诗,读来光怪陆离,似是千门万户,莫可指定。然一再按之,则句句皆是比托之迹,此所以去古远也。玉川此作,经予此论,能不诗魂心死!①

黎简读卢仝《月蚀》诗时所记附于韩诗评点处,包含对二诗的分析。黎简不单单评点两首诗,还用文学批评史家的眼光,揭示了宋元以后诗歌发展的情况。黎简认为面对唐诗盛极难继的局面,宋以后诗只能求新求变,若"李唐以来,作诗而不出力求新,断难讨好"。但这种做法又容易导致"顾得奇壮","便顾不得情韵"的结果。黎简确实概括出了宋以来诗歌发展趋向,总结出了诗歌发展史上的问题。接着黎简还从理论的高度对于一直以来韩诗、卢诗存在的争议,做了中肯的辨析,认为韩诗不如卢诗,但能"自成一篇",又指出了卢诗的不足之处,即"句句皆是比托之迹"。黎简从文学批评史的角度,运用思辨性、逻辑性的思维深入细致地评点诗歌,富有学者学术研究的特性,这是清以前的评点少有的。如周兴陆评价:"更值得注意的是,能如此细致地、富有思辨性、逻辑性地评点一首诗歌,在清代诗歌评点史上也是可贵的。"②清代韩集评点文献中此类现象颇多。对于有争议之韩诗,如《南山诗》与杜《北征》之优劣,清代方世举、李宪乔、方东树等皆能从诗歌发展史的角度比较理性客观地分析二诗的异同,从根本上解决问题。对韩愈以文为诗创作手法,赵翼从诗歌发展史的角度评价,认为韩愈有开

---

① 黎简手批顾嗣立《昌黎先生诗集注》,康熙三十八年秀野草堂刻本。
② 周兴陆《黎简手批〈昌黎先生诗集注〉》,《文献》2004年第1期。

拓之功："自沈宋创为律诗后,诗各格已无不备。到昌黎又斩新开辟,务为前人所未有。如《南山诗》内铺列春夏秋冬四时之景,《月蚀诗》铺陈东西南北四方之神,《遣疟鬼》诗内历数医师、灸师、诅师、符师是也……皆有意出奇,另增一格。《答张彻》五律一首,自起至结,句句对偶,又全用拗体,转觉生峭。此则创体之最佳者。"[①]赵翼从诗歌发展史角度分析诗体之变化,而非就诗歌本身优劣评论,认为韩诗开辟新境,比较理性客观。有些评点文献,作者直接指出了自己评点的目的,如梁运昌总结其《韩诗细》的功用"未必非诗学之一助也"。梁运昌分析韩诗时,多不只限于评点一首韩诗的艺术特色,常作理论性的总结。这些是清代学术与评点学关系密切的一种表现。与学术结合,清代的韩集文献评点更加深入且理性化,读者从中猎取知识更为丰富,思考更深,受益颇多。

第二节 清代韩愈诗文文献在韩集文献发展史上的地位及对今后韩愈研究的启迪

一、清代韩愈诗文文献对宋代韩集文献的继承与发展

宋代是研治韩集的第一个高峰期,号称五百家注韩,实际留存只有数十家,且多依魏仲举《五百家注音辩昌黎先生文集》保存下来。宋人研治韩集有一个变化过程,宋初多是研究韩愈诗文的零散成果,如柳开《双鸟诗解》、朱廷玉《罗池庙碑全解》等。随着学术的发展,宋代产生了一大批整理韩集的文献。首先是韩集的编订校勘。韩愈诗文集是门人李汉编定,宋之前流传情况不可知。宋人对韩集编订下过很大功夫。穆修曾以二十余年时间补正韩、柳集,印行韩、柳集多部,以广流布。其后欧阳修亦曾校订韩集,为韩集的广泛流传提供了质量较高的本子。韩集校勘方面以洪兴祖、方崧卿、朱熹三家所做贡献最大,尤其是方崧卿《韩集举正》、朱熹《韩集考异》,属开山力作,形成方、朱两个版本系统。洪兴祖秉持客观态度,对诸本之异同兼存,不妄加改易。洪氏校勘成果收入魏仲举《五百家注》本。其次,宋人注重对韩集编年和韩愈生平履历的考证,编纂韩愈年谱。现留存于世的主要有吕大防《韩吏部文公集年谱》、程俱《韩文公历官记》、樊汝霖的《韩集谱注》、洪兴祖《韩子年谱》、方崧卿《韩文年表》,以及计有功《唐诗

---

① 赵翼著《瓯北诗话》卷三,郭绍虞编《清诗话续编》,页1168。

纪事》中所附韩集年谱。再次，注释韩集。现有祝充《音注韩文公文集》、韩醇《新刊诂训唐昌黎先生文集》、文谠注、王俦补注《新刊经进详注昌黎先生文集》，其中文谠本注释词语、诠释本事极为详赡。集注本有魏仲举《五百家注音辩昌黎先生集》、王伯大《朱文公校昌黎先生集》、廖莹中《世绥堂昌黎先生集注》，汇辑多家成果，是韩愈研究的力作。魏仲举《五百家注》本是宋代韩集注本的集大成成果，对韩集词语的考释、本事的考证等都做出了重大贡献。另外，宋人学术笔记、诗话中对韩集词语、名物训诂以及诗文意旨也有非常精到的考释分析。洪迈《容斋随笔》、欧阳修《六一诗话》、叶梦得《石林诗话》等，多有论韩新见，对后世韩愈研究有重要的价值。总之，宋代韩集文献价值重在版本和校勘方面，为恢复韩集原貌做出了重大贡献；词语注释和诗文意旨阐释方面也有一定成就，为后人进一步深研韩集提供了不可或缺的文献基础。

　　清代韩集研究者在宋代韩集文献成就上进一步发展，掀起了研治韩集的第二次高峰。清代韩集文献繁富，在校勘、注释、评点方面都有突出贡献，对韩愈研究有很大的推进和突破。对于韩集的版本异文，清代学者持续作精细的研究。虽然清代韩集校勘总体成就逊色于宋代，但也不乏这方面的优秀成果，主要有方成珪《韩集笺正》、王元启《读韩记疑》、陈景云《韩集点勘》、吴汝纶《韩昌黎集点勘》，体例同于《韩集举正》《韩文考异》，未录全文，整理方式因循韩集一向诗文合刊之旧例。韩愈诗文编年方面，清代更进一步，出现了按编年编排的韩集文献。宋代有韩愈年谱，韩集文献中也有对诗文创作年代的考证，但体例基本都是按体裁编排。清承宋代，不仅有年谱，如林云铭、顾嗣立、方成珪等都编有韩愈年谱，还出现了编年编排的韩集文献，方世举《韩昌黎诗集编年笺注》、沈端蒙《韩文公文集编年集注》、刘成忠《韩文百篇编年》。编年编排，便于考察韩愈一生创作轨迹，这是清人整理韩集的一大贡献。清代韩集注释方面，与宋代一大区别是出现了韩诗单行的笺注文献，主要有顾嗣立《韩昌黎诗集注》、方世举《韩昌黎诗集编年笺注》等，专攻一面，注释深入细致。清代韩集注本尚考据，发前人所未发，析疑解惑成就卓越。方世举《韩昌黎诗集编年笺注》运用乾嘉考据学知识详注词语，细考创作背景，精到阐释诗意，成为韩诗文献中集大成的一个注本，价值较高。

　　与宋代相比，清代韩集文献又一大显著变化是评点本异军突起，主要有吴铨《韩昌黎文启》、林云铭《韩文起》、梁运昌《韩诗细》等二十多种，汪森《韩柳诗合集》可说是最早的韩诗单行本。宋代已有为科考服务的评点

第四章 清代韩集文献的特点及其在韩集文献发展史上的地位

本,如楼昉《崇古文诀》、真德秀《文章正宗》、谢枋得《文章轨范》,但多是合选本。清人对韩愈诗文做了详细的评析,包括章法技巧、创作风格、语言特点等,还有诗意文意的阐释,使韩集批评更深入全面。尤其汪森的韩诗评析,在韩诗研析文献中独树一帜,极具特色。与清初诗学思潮一致,汪森重真诗,倡导温柔敦厚之诗教传统,注重揭示韩诗中真性情。如《赠张籍》诗,题下汪森评曰:"观此及《读书城南》《示儿》诸作,可与陶元亮《责子》《命子》诸诗参看,可见古人一片真情流溢,便是至文。"①评《卢郎中云夫寄示送盘谷子诗两章,歌以和之》诗曰:"不重拈今日之和,而先言昔日之寻,便有作法,所谓文生于情也。结处不拈盘谷而从自己说,用意更为切至矣。"②评《陪杜侍御游湘西两寺独宿有题一首因献杨常侍》曰:"先叙湘西,后写陪游独宿以及寄杨之意,婉转入情。"③此种评析在《韩柳诗合集》中非常突出,将韩诗温柔敦厚的风格及真情一面揭示得淋漓尽致,与其他家重韩诗雄奇瑰怪风格及以文为诗特点的赏析完全不同。

清代韩集文献整理方式,除了诗文分开不同于宋代,采用考、评结合的阐释方法也异于宋。清以前,训诂、评点分开,宋代韩集编辑、整理文献中,批、注多是分离,而且批点文献多是合选本,没有既详注释又细批点的韩集文献。清代韩集编辑、整理受兴盛的考据学和评点学的影响,加之汉宋调和的学术思想逐渐成熟,产生了既重考证且详细评点文章艺术特色的成果。

二、清代韩集文献对元明韩集文献的继承与发展

元明是研治韩集的沉寂期,多覆刻宋人成果。元代无韩集新注本,批本有程端礼《昌黎文式》,选韩文七十五篇,批点较为简单,"俾篇章字句",揭橥韩文之妙,是最早的一部韩文专选评点文献。明代初期韩文受官方推尊,台阁文人和翰林院学士皆尊崇韩愈,但受前七子文必秦汉、诗必盛唐文学观念影响,韩集整理并未兴起。之后随着唐宋派的崛起,也产生一部分韩集文献。嘉靖十六年(1537)游居敬刻《韩文》四十卷、外集十卷、集外遗文二卷,白文无注。嘉靖三十五年(1556)莫如士刻《韩文》四十卷、外集十卷、遗集一卷、传一卷。嘉靖时期徐泰时(1540—1598)东雅堂本《昌黎先生

---

① 汪森《韩柳诗合集》,清稿本。
② 汪森《韩柳诗合集》,清稿本。
③ 汪森《韩柳诗合集》,清稿本。

集》，翻刻宋廖莹中世綵堂《昌黎先生集注》，改换了作者名字。明代注本仅见蒋之翘《韩昌黎集辑注》，多借鉴宋人旧注成果，蒋注主要详释地理、史事，新意不多。评本顾锡畴《顾瑞屏太史评阅韩昌黎先生全集》，也是在宋注基础上做简单的评点，新增注释、评语甚少。明代八股文风靡一时，评点家多选古文批点，作为士子学习范例。韩文成为选家热衷评点的对象，出现几种韩文评点本。主要包含两类，一是总集类，主要是唐宋大家散文系统选本，如朱右曾辑《唐宋六大家文衡》、归有光编选、顾锡畴评阅《四大家文选》、唐顺之辑《唐宋六家文略》、茅坤《唐宋八大家文钞》、钟惺评选《唐宋八大家文选》、孙慎行编选《精选唐宋八大家文钞》、董应举《韩柳合评》等。二是专选类，戴鳌编《韩文正宗》，此书实是一种汇评本，将宋元时期真德秀《文章正宗》、吕祖谦《古文关键》、谢枋得《文章轨范》等所收录的韩愈评点成果汇纂而成。还有钱穀《韩文评林》八卷、郭正域辑评《韩文杜律》二卷、王锡爵《王荆石先生批评韩文》十卷、陈臣忠、樊王家合编《韩文选》四卷，多是为科举服务。钱穀《韩文评林引》曰："余旧曾评骘三苏文，客岁自燕归，从舟中阅昌黎集，得其文之近举业者九十五首，为之品骘，如三苏文。"[①]唐宋大家类选本也多是为科举服务，如陆粲辑《唐宋四大家文钞》，明确指出为士子科考服务。

　　相对元明时期，清代韩集笺注校勘文献繁兴，这是一大变化；韩集批点文献方面也是承中有变。明清时期韩文批点文献的产生与科举不无关系，同因科举而评，但评点初衷却不甚相同。明代韩文选本，尤其是专选类，几乎是为了教士子学习八股文而评选。随着科举弊端日益显露，明末开始出现废除八股文的呼声，到了清代更加强烈。在清初文坛批判八股文的声势下兴起复古运动，即所谓的古文"中兴"。而作为八大家之首的韩愈承继班、马，直继《六经》，备受清初文人推崇。为了湔涤时文剽窃陋习，振兴文坛古风，评点家通过批点韩文教授士子以古文为时文，对清初古文复兴运动推波助澜。林云铭《韩文起》、沈闇《唐韩文公文》等，都是为了教授士子作古文而选评韩文。同因科举而评选韩文，明代是为了士子学八股文而评，清代文人则是为了纠正文坛时文之弊，以复兴古文而评韩文。另一种是总集类文献，清代传承明代唐宋大家散文选本系统，产生了数种重要的唐宋八大家散文选本文献，选韩文数量居高。从其对韩文选录角度、评语中可窥测清代散文发展的主流趋势。韩文批本之外，清代还有专选韩诗的

---

① 钱穀《韩文评林》，明万历间刻本，藏北京师范大学图书馆。

评点文献。汪森《韩柳诗合集》、杨大鹤《昌黎诗钞》、梁运昌《韩诗细》等，极力称赞韩诗，提高韩诗地位，扩大韩愈影响，这也是清代韩集整理区别于前朝的一大特点。

三、清代韩愈诗文文献对今人韩集整理的影响

清人在集大成的学术文化背景下研治韩集，探微掘幽，纠旧注之错误、补充旧注之不足，对韩愈诗文艺术特色、内容主旨、本事、编年等方面深入研析，取得巨大成就。今人整理韩愈诗文风气依然浓厚，在前人研治韩集基础上进一步发展，成果颇为丰硕。叶百丰《韩昌黎文汇评》、罗联添《韩愈古文校注汇辑》、阎琦《韩昌黎文集注释》对清人韩文批点成果吸取较多。叶氏韩文选本以马其昶《韩昌黎文集校注》为依据，多引用清代韩文评论资料，尤其是桐城派批点韩文成果。罗联添《韩愈古文校注汇辑》借鉴历代研究韩文的资料，而对清人批点韩文成果吸取较多。陈克明《韩愈年谱及诗文系年》多引用林云铭、朱彝尊、何焯及桐城派阐释韩愈诗文意旨方面的成果。阎琦《韩昌黎文集注释》笺评部分多吸收吕留良、孙琮、储欣、林云铭、何焯、林纾等人评韩成果。注释方面，童第德《韩集校诠》、徐震《韩集诠订》、钱仲联《韩昌黎诗系年集释》、屈守元、常思春《韩愈全集校注》对清人笺注韩集成果亦多有吸收，如方世举、王元启、方成珪、沈钦韩、郑珍的笺注成果多被采用，主要借鉴编年、本事考证以及词语注释方面成就。钱注本集评部分还吸收朱彝尊、何焯等清人批点韩诗成果。刘真伦、岳珍《韩愈文集汇校笺注》对清代韩集注本成果也有吸取。但至今清代仍有部分韩集文献尘封于历史，不被熟知，没有被韩集整理者运用，如吴辂《韩昌黎文启》、安璿评点《韩文》、汪森《韩柳诗合集》、梁运昌《韩诗细》、李馨《韩文翼》、高澍然《韩文故》、单为鏓《韩文一得》等，这些韩集文献的价值未被挖掘利用。

清人对韩集创作技巧、编年、本事、意旨分析的成果多数被今人吸取，但关于辨析韩愈人格的部分观点未被接受。如韩愈道统地位、与僧道人交往、教子、与二妾绛桃、柳枝之事及三《上宰相书》行为，宋明人多有訾议，清人多客观、理性的分析，而今人研治韩集似乎未予重视。如储欣评《送王埙序》曰："字字确。曾、思、孟得圣道正传，自公发之，前此未有云尔也。宋人沿袭公说，便谓如日在中，反谓公之于道有未尽知者，得非饮水而忘其源乎？"[①]储欣较为公正地评价了韩愈的道统承绪地位。又卢轩评《后廿九日

---

① 储欣《唐宋八大家类选》卷十，吴文治《韩愈资料汇编》，页935。

复上书》曰：

> 首篇劝之，次篇求之，此篇直讯之矣。观古人者远其见，高其识，综其终始而论，不可以学究龈龈之说，执一事而该其全体也。昔者封常清自媒为高仙芝傔从，鹄立其门三十日，仙芝不得已收之，后乃以功烈齐名仙芝，卒死禄山潼关之难。其始也甘为众人之所不屑为，而其终也能为君子之所难为，使仙芝薄其始而弃之，则常清之峻功奇节终身不获显矣。今观公三上宰相书，比之常清侯门尚为兀傲，胡后人纷纷然相訾也？孟子曰："夫人幼而学之，壮而欲行之。"公自七岁知读书，至是二十岁矣。古今治乱安危之故既已精熟，气魄力量既已充足，举进士既已及第，上名吏部而厄于弘辞一试。三举无成，君门咫尺，困阻万里，生平匡国济民之志，郁郁不得一试。又不能抵巘由窦婴、商鞅是蹩人，援相如之狗监，于是抱其所著诣光范门而上书宰相，而宰相者朝廷之政府，进贤退不肖之权所系也。求其荐闻天子，授以一官，俾得稍吐其奇贤者，心事本尔磊落，夫何不可告人哉？故使公仕宦终身，而止于居潭潭之府，陟公相之位，夸主妇之恩，封绵子孙朝裾，则其上书求进诚为鄙矣。乃出而建竖非常，所在卓卓，为监察御史则切论天旱人饥矣；除都官郎中判祠部，则日敌宦者矣；令河南，则拟收潜卒杖留守之军人矣；若其条实录以触中官，则知制诰时也；说韩弘使逼蔡用柏耆以招镇州，则行军司马时也。逮其后，年考渐高，官爵渐尊，常清处此必多慕，顾而不避斧钺之诛，请烧佛骨，深入豺虎之窟，抚降廷凑，志业功勋，积而益强，进而益光，是其抱负有断断不可以山林老者。当时宰相无知人之明、忧国之诚，不能荐之天子，优以异数，长养其锐气。乃令抑幕僚，奔窜于汴，龃龉于徐，沉滞八年，始得常参官。向非百炼之刚，鲜不磨折而销铄矣，尚能表现如此瑰伟乎？识者不非宰相而反以学究龈龈之说非公，公岂肯受乎哉！虽然，仲尼可以事高、张、曾、闵不敢隶私家，固与通各视其道何如耳。今人无公之学术，而日伺候形势之门以侥幸富贵，是又公之罪人，不得以三书藉口也。①

韩愈学识渊博，有匡世济民之志，但三试吏部而无一得，报国无门，不得已求荐于宰相。卢轩认为韩愈是有才之人，且心系国家安危，其行为本无可厚非，不当受非议，并逐一列举韩愈为官时之行事为佐证，且进一步分析此

---

① 卢轩《韩笔酌蠡》卷一。

第四章　清代韩集文献的特点及其在韩集文献发展史上的地位

行为适用原则,即无学术之人徒以富贵为目的,效仿韩愈之行则不然。比之以往对韩愈此行为完全否定的态度,卢氏的分析更为深入透彻,且不无道理。李宪乔评《左迁至蓝关示侄孙湘》诗时也提及了韩愈三上宰相书,此诗眉批曰:

> 公三上宰相书,自先儒有论说。后来耳食之流多谓此公一生短处,不知于此果其疚于心而害于义。则大节已亏,余尚何足多耶! 故须识得此正公之安身立命处,盖公学孟子者也。孟子言:"三月无君则吊。"仕何尝不急? 又入孝出弟,守先王之道,则传食诸侯不以为泰,即大声疾呼之义也。退之识之真,信之真,故其心坦然,如天经地义,无少疑贰。其辞朗然,如白日青天,无少回护。独于义之所在,则强立而不回。故看其《上宰相书》时,若不可一日而不仕,及甫致通显,反郁郁怛怛,志不自得。直谏佛骨,冒险不顾,此岂恋恋于禄位者所肯为哉? 孟子历游齐梁以期得用,而不肯少贬其道以徇乎时,此圣贤家法也。无知若周霄、陈代辈,纷纷疑之。非疑其急仕也,疑其不枉也。后世之议退之《上宰相书》者,殆犹周霄、陈代之见也夫

李宪乔也以孟子行事替韩愈辨护,虽有过之,但指出此是韩愈安身立命处,与卢轩观点相似。卢轩、李宪乔等清人对韩愈上书宰相一事的阐释可作为一种理解。清人如同此类的分析,还未受到当今韩愈研究者的充分重视和吸收,关于韩愈人格的问题多数仍在纷争中。

清代韩集文献在宋元明韩集文献基础上开拓发展,对前人注释、评点有所推进。清代评点学、注释学等渐趋成熟,学术思想、文学风尚处于一个集大成时期,清人整理韩集的方式、方法、角度多样化,考证、笺注、评点韩集更加深入细致,并对前人舛误之处进行纠谬,使韩集整理在前人成果基础上取得了极大成就,对韩愈研究贡献较大,故清代韩愈诗文文献在韩集文献发展史上的地位至关重要。

四、清人整理韩集的经验教训对今后韩愈研究的启迪

清人整理韩集态度认真严谨,善于挖掘韩集的现实意义与价值,在韩集创作技巧、意旨及风格的评析以及文本校勘、词语注释等方面有一套成熟的方法理论,在整理韩集的过程中积累了一些有效的古籍整理方法和经

---

① 李宪乔批方世举《韩昌黎诗集编年笺注》卷十。

验,值得当今韩愈研究以及古籍整理借鉴。

　　清人善于从文学史内部的发展规律方面分析韩集,定位韩集价值。清代各个学术领域发展已经趋向专门,小学、舆地、职官、校勘等知识已成体系,阐释学、文学批评理论也渐趋完善。清代研韩者多将韩愈诗文分开研究,依据自己深厚的学养,综合运用多种阐释方法、评点方法,多角度地研治韩集,因而对韩愈诗文艺术特点的探析,词语、本事、意旨的考释已经比较深入完善,且多有精辟独到的见解,还纠正了许多旧注中的误评、误解,特别是对韩愈研究中一些有争议的问题阐释到位,如韩愈以文为诗,清人多从开拓诗境方面给予高度评价。

　　清人注重深入分析韩集文本,对韩愈诗文意旨的解析恰切,这一特点值得当今韩愈研究者学习借鉴。如《陆浑山火和皇甫湜用其韵》,此诗虽是和韵之作,但影射了元和制举案这一政治局势。李宪乔的韩诗批点、沈钦韩《韩集补注》从文本入手,分别认为此诗"讨罪之义"、"其旨深淳",揭示了韩诗的深刻寓意。沈钦韩曰:"火以喻权幸势力熏灼,炎官热属则指附和之人。牛、李等以直言被黜,犹黑螭之遭焚。终以申雪幽枉,属望九重。其词怪矣,其旨深淳。"①元和三年(808)制举案发生后,皇甫湜被斥,补陆浑尉,作诗赠韩愈,韩愈和以此诗。沈氏从文本出发,结合史实,明确揭示诗旨所在,可以说是首次揭开此诗之真面目,即托寓元和三年(808)制举案。韩愈赠答僧人、道士之诗,历代不乏借此訾毁韩愈人格者,认为韩愈与僧人、道士交往的行为与其排佛、道的观点相悖。方世举《韩昌黎诗集编年笺注》、李宪乔韩诗批点都深入文本解析,揭示出韩愈与僧人、道士交往是取各人所长,为国而用,这种行为与其排佛思想并不抵触。李建昆高度评价方世举对《送灵师》一诗的分析:"方说之可贵,在于启示吾人从诗歌本文去研究问题,所得的结论自然比较容易获得信服。"②王元启《读韩记疑》、方成珪《韩集笺正》等也都重文本探析,解决了许多疑惑之处。这正是清人韩愈研究给当今古籍整理的一大启示。

　　但过于受学术文化思想的束缚,清代韩集整理中不可避免地存在着一定的局限性,值得后世韩愈研究者深思,以确定韩集整理的正确方向与方法。

　　首先,繁琐考证与强释本事。清代韩集文献是时代背景下的产物,必

---

① 沈钦韩《韩集补注》,光绪十七年广雅书局本,页10。
② 李建昆《韩愈诗探析》,花木兰文化出版社2009年版,页147。

第四章　清代韩集文献的特点及其在韩集文献发展史上的地位

然会受其影响。宋人阐释诗文力图通过释理、释史、释事获得作者"立言本意",但强调"师心自用",其推理往往失之武断,编年多与所论史实脱节,释事多显得穿凿附会。清代学者不满宋人以意杜撰、"心解"诗文的方法路径,注重考证故实,以版本考校、文字考释等朴学功夫为基础,以经注经,以子说子,甚少妄加己意。尤其是乾嘉考据学者,严守实事求是的学风,使文本诠释的合理性得到有效的验证。故清人的批校注释是接近古典作品较好的进阶,可以让现代人少走弯路。这种特点在清代韩集注本中也体现得淋漓尽致。如《此日足可惜赠张籍》诗"中流上滩潬"句,《五百家注》曰:"滩,方作沙;潬,或作泽。郭璞曰:江东人呼水中沙堆为潬,潬即滩也。音但。今按:下句便有沙字,恐只当作滩,二字复出,如上句言舟航之类。"①沈钦韩《韩集补注》考证曰:"河阳三城有中潬城,《元和郡县志》言之详矣。《一统志》中潬城在孟县西南。今浃滩是滩潬,地势宜两用。朱氏全不考究,辄以熟烂讲章文理绳之,韩公何意有此厄也。"②沈注依据典籍考证,有理有据。清代韩愈诗文文献中类似的考释比比皆是。但考证过于求实,完全以训诂的思路去求作品的妙义,因辞演绎,则会陷入刻舟求剑、削足适履的困境,导致曲解、误解作者创作初衷。清代韩集注本也不可避免地存在此种问题。在清代浓厚的实证学风下,韩集笺注在某些方面成就超越了前代,纠正了旧注舛误,但也因之出现考证过于繁琐、追求过于质实现象。倘若对文学作品完全做繁琐注释与理性分析,可能有失其艺术性特点。将艺术性评点与实证性考证结合起来阐释韩集,要把握好度,才能更好接近作者的创作初衷。

　　宋代"诗史"观念浓厚,随着宋之覆亡,明代兴起"反诗史"之风,而明清交替,清人又对明人空疏学风进行反思和批判,使"反反诗史"观念重新兴起,且变本加厉③,运用于更多诗人的作品中。清代注家以"知人论世"、"以意逆志"方法考释韩集本事、解释文意,多有独到见解。但有时忽略了这些方法的适用原则,在韩集阐释中用之太过,会导致穿凿附会。如《读东方朔杂事》诗,方世举笺曰:

>　　愚见刺张宿也。《旧书》本传:"宿,布衣诸生也。宪宗为广陵王时,即出入邸第。及在东宫,宿时入谒。监抚之际,骤承顾擢,授左拾

---

① 魏仲举《五百家注音辩昌黎先生集》卷二。
② 沈钦韩《韩集补注》,光绪十七年广雅书局本。
③ 周裕锴《中国古代阐释学研究》,上海人民出版社2003年版,页373。

遗,以旧恩数召对禁中。机事不密,贬郴州郴县丞十余年。征入,历赞善大夫、左补阙、比部员外郎。李逢吉言其狡谲,上欲以为谏议大夫,逢吉奏其细人,不足,污贤者位。崔群、王涯亦奏不可。上不悦,乃用权知谏议大夫,俄而内使宣授。"诗云"严严王母宫",指宫禁也。"骄不加禁诃",宪宗念旧恩也。"偷入雷电室",数入禁中也。"鞠鞍掉狂车",机事不密也。"群仙急乃言"六语,指李逢吉、崔群、王涯辈论奏之人。"王母不得已"四语,谓宪宗不悦诸人之奏,乃先用权知谏议大夫也。"方朔不惩创"至"正昼溺殿衙"四语,即论奏所云污贤者位也。此皆一时事迹之明著者也,至于中间"瞻相北斗柄,两手自相授",乃诛心之论,谓时虽未有其事,而心目中则瞻相国柄也。《传》又云:十三年正月,充淄青宣慰使,至东都,暴病卒。故结句云"一旦不辞诀,摄身凌苍霞",正谓其暴死也。顾注有以结语不似讽刺,至疑通篇非讥弄权者,独不见《谢自然》诗写其死者,亦曰"须臾自轻举,飘若风中烟",岂亦予之之词耶?①

王元启笺曰:

考宿本传,方说良是。但其依比事实,颇多牵强缪戾之失。按《新史》,宿自布衣授左拾遗,交通权倖,四方赂遗满门,诗言"络蛟蛇",即谓交通权倖。"瞻相北斗柄",谓盗弄国柄,史言宿以旧恩数召对禁中,机事不能慎密是也。宿漏中语坐贬,当时必有论奏之人,公所谓"群仙急乃言"也。方世举以宿召还后宪宗欲用为谏议大夫,李逢吉、崔群、王涯等皆谓不可当之,非是。宿出为郴县丞,虽以罪贬,仍得怀印曳绂为吏,故曰"送以紫玉珂"。方以宪宗不悦李逢吉诸人之奏,先用权知谏议大夫,为"王母不得已"四句作注。愚谓逢吉奏请,上不悦,卒使中人宣授,是未尝可其奏也,与诗旨戾也。"方朔不惩创"至"正昼溺殿衙"四句,见宿贬谪后骄恣如故。"摄身凌苍霞"者,谓仍入王母之宫,得与群仙为伍耳。宿贬郴县丞十余年,寻复征入,历赞善大夫、左补阙、比部员外郎,此诗自郴初召还朝时作。论携局则回应前文,兜裹最密。论命意则虑小人进用,善类被伤,语亦特有关系。方以宿元和十三年奉命宣慰淄青道卒当之,是叙其死也。死一小人,何足累我笔墨。

---

① 方世举《韩昌黎诗集编年笺注》卷十。

第四章 清代韩集文献的特点及其在韩集文献发展史上的地位

且使此诗通体涣散无收,亦非文法,此则方氏之谬也。①

魏源笺曰:

> 此为宪宗用中官吐突承璀而作也。承璀讨王承宗,丧师失将,故有"不知万万人,生身埋泥沙"之语。元和八年,李绛极言承璀专横,宪宗初怒,既而从之,出承璀为淮南监军,谓李绛曰:此家奴耳,向以其驱使之久,故假以恩私云云,故有"王母不得已,颜嚬口賷嗟。颔头可其奏"之语。章末特故幻词以掩其讥刺之迹耳。俞场乃谓公不当取方朔而拟之权倖,当是指文人播弄造化者云云。固哉,高叟之言诗乎!诗云"骄不加禁诃",又云"挟恩更矜夸",岂非刺诗明证?况此全取小说游戏成文,盖《毛颖传》之流,故题曰《杂事》,曾于方朔何伤?②

关于此诗意旨,诸家说法不一,莫衷一是,但都一致认同此诗有所讥刺。宋代韩醇指出讥刺皇甫镈诸人,洪兴祖认为"此诗讥弄权挟恩者耳",但无进一步阐释。朱彝尊认为"刺天后时事",俞场认为诗"意亦指文人播弄造化",方世举、王元启认为讥讽张宿,魏源则指出此诗寓指吐突承璀。李宪乔阐释曰:"此诗本事点染,以刺当时权幸,且讽时君之纵容,以酿为祸害也。'骄不加禁诃'五字,乃一篇之旨。'不知万万人,生身埋泥沙'数语,见嬖幸恃恩无赖,流毒生民,其害可胜言哉!'王母不得已'云云,曲尽昏庸姑息情态。前云入雷室、弄雷车,后云乘云飞去,仍是就本事衍叙以迷离之耳。不必句句粘煞。"③李宪乔虽指出此诗影射权幸,也抓住了主要诗句的意旨,但没有明确所指。方世举、王元启、魏源既明确指出讥刺对象,并进一步笺释。王元启批评方世举阐释颇多牵强,但自己也陷入附会一辙。方、王两家各自仅从张宿生平履历中摘出与诗歌描写契合的部分进行互证,诠释诗旨,似乎皆有合理的成分,但存在附会现象,不能通释全诗,如"不知万万人,生身埋泥沙"句与张宿行事无吻合处,则无所解。钱仲联认同魏源观点,但魏氏未通体说明,且对诗歌最后两句的解释属臆测之词,不切史实。元和八年(813),宪宗罢李绛相位,欲召还被贬为淮南节度监军的吐突承璀,韩愈对此事不满,作诗讥讽吐突承璀。吐突承璀恃宠骄横,在违背众意之下讨王承宗屡屡失败,损兵折将,耗费资粮,非但没有受到应有惩

---

① 王元启《读韩记疑》卷二。
② 陈沆《诗比兴笺》,页213。
③ 李宪乔批方世举《韩昌黎诗集编年笺注》卷十。

罚,仍为非作歹。因宪宗与吐突承璀关系非同一般,韩愈便用曲笔托喻东方朔之事,从吐突承璀生平行事来看此说比较符合史实。清代笺释此诗者既有偏向汉学的也有偏向宋学的,但把握不好知人论世、以意逆志方法运用的适度,都会出现附会情况。

其次,对韩文思想理论价值阐发薄弱。历来韩集文献整理中韩文思想理论价值阐发薄弱,清代韩集文献也同样存在此问题,今后韩集整理应有所加强突破。清人对韩集整理的贡献极大,韩诗名物之考证、事义之研索、诗境之唯发、韩文章法技巧之得失、风格体势之特点、文章意旨之揭示,都有很大贡献,但对韩集的阐释仍有需要开拓的空间,韩集中的思想理论价值、经济价值等还没被深入挖掘,韩愈在中国思想史、文学史上的地位还远没有被揭橥出来。当今韩愈在中国思想史上的地位甚微,杨东莼评曰:"韩愈在文学上占着重要的地位,在学术思想界却没有特殊贡献。"[1]钟泰评价韩愈"生平致力于文为多,于学则浅"[2],赵纪彬认为"韩愈本人的哲学思想十分贫乏而庸俗"[3]。这与陈寅恪对韩愈在中国思想史、文化史上地位的高度认可相去甚远。刘真伦总结此现象,认为:"韩愈作为思想家的价值没有得到足够的重视,韩文义理笺疏没有充分展开。"[4]鉴于此,刘真伦撰写《韩愈古文义理笺疏》一文探讨如何解决此问题,建议今后韩集整理要注重发掘韩文义理,阐释韩集文本中思想理论价值,弥补前人研究之不足,以期揭示韩愈在中国思想史、文化史上的地位。

清人整理韩集的经验教训对今后韩愈研究有重要的启迪作用。今人在前代韩集文献基础上研治韩集,吸取了前人整理韩集的经验教训,各有斩获,呈现出"后出转精"之态势,在韩集整理方面做出了巨大贡献。从清人整理韩集可以看到,阐释文本时,必须对当时社会主流观念对注释者的渗透保持警惕,避免沦为诠释时代文化背景的传声筒。同时,清人整理韩集认真严谨的态度和各种笺注批点方法的运用应为当今韩集整理者所借鉴,清人韩集整理中存在的薄弱环节在今后的韩集整理中应得到加强,使韩愈研究在继承传统与开拓创新中前进。

---

[1] 杨东莼《中国学术史讲话》,北新书局1932年版,页230。
[2] 钟泰《中国哲学史》,商务印书馆1934年版,页179。
[3] 赵纪彬《中国哲学思想史》,中华书局1948年版,页142。
[4] 刘真伦《韩愈古文义理笺疏示例》,《唐代文学研究》第11辑,广西师范大学出版社2006年版,页559。

下篇　分论

本篇选取具有代表性的清代韩集文献分别进行深入系统地研究,从中揭示清人对韩集的贡献以及清代韩集文献在后世韩愈研究中的价值。所选个案:清初林云铭《韩文起》、清中期方世举《韩昌黎诗集编年笺注》、中后期高澍然《韩文故》、李宪乔批《韩昌黎诗集编年笺注》、晚清马其昶的韩文批注以及林纾的韩文评析研究。林云铭《韩文起》是清初政治背景、学术思想、文学风尚、地域文化影响下的产物,具有强烈的时代特点,是清代韩文批点文献中较有特色的一种。方世举《韩昌黎诗集编年笺注》运用考据学的方法笺注韩诗,是乾嘉考据学兴盛下产生的韩集笺注文献的代表。李宪乔批方世举《韩昌黎诗集编年笺注》是清代岭南地区宗韩之风影响下的研韩成果,阐释诗意深入,评析艺术特色精准,见解独到。高澍然《韩文故》是清中后期汉宋融合下研治韩文的代表,研治韩文考评结合。马其昶批注韩文主要征引了清人的韩文评注资料,尤其是汇辑了清代桐城派诸家批点韩文的成果,代表了桐城派的韩文观。林纾作为古文的最后坚守者,翻译家,瓣香韩愈,研韩成果丰富,可谓是清代韩文研究的集大成者。林纾承继桐城"义法"说,与"意境"说结合,建立一套自己的古文理论,运用在韩文评析中,取得了一定成就,其中不乏新见,为士人理解韩文和创作古文指导津筏。

第一章　林云铭《韩文起》研究

林云铭是清初古文家、时文家,评点过《庄子》《楚辞》以及先唐多家古文，为其评析韩文奠定了深厚的基础。《韩文起》在体例编排和解析韩文中以道统思想为核心，贯穿经世观念，又融入了福建地域神文化信仰特色，在韩集文献中独一无二；采用考评结合的阐释方式、用八股法细致入微地详解韩文文法，在韩文评点文献中颇具代表性。《韩文起》对当时文坛及后世韩愈研究有重要的价值。因林云铭批韩文时有用八股法，《韩文起》一直以来多被批评指责。本章旨在探析《韩文起》评点韩文的特色，揭示其在韩愈研究中的价值。

第一节　林云铭及《韩文起》的成书

一、林云铭生平及著述考

（一）林云铭生平

林云铭（1628—1697），字西仲，号损斋，福建闽县人，是清初研究《庄子》《楚辞》、韩愈的大家。闽县林氏为世家大族，明清两代屡出名宦，但到林云铭的父辈时已家道中落。林云铭父母善良耿直，不与世俗同流。其父林兆熊，性刚直，尝周人之急，解人之纷。林母韩氏通晓诗书文义，曾教林云铭读书做人之道。受家庭环境的熏陶，林云铭一生乐善好施，忠君爱民。顺治十五年（1658），林云铭进士及第，官徽州府通判。康熙六年（1667），以裁缺归故里，居建溪。康熙十二年（1673），靖南王耿精忠在福建起兵叛乱，林云铭拒不附逆，被囚禁一年多。林云铭曰："在闽三党争致书以告曰：'君胡不归？'余重违其请。"[1]这种维护大统的思想更深刻地反映在其韩文评点中。《续修四库全书总目提要》曰："耿精忠之叛，云铭方居家，抗不从贼，被囚十八月，及清师入闽，然后得释，其气节有足多者。"[2]清兵破闽后林云铭被释，后寓居杭州，潜心著述，以卖文为生，过着贫病交加的生活。其《客杭书怀》诗云："老去偏为客，病多不耐愁。疏钟千里梦，淡月半床秋。"[3]康熙三十六年（1697），林云铭病卒于杭州。

林云铭受家庭环境的影响，加之坎坷的人生际遇，他更多关注下层百姓的苦难生活，深具忧国忧民之心，并善于培养后进。林云铭在徽州任上

---

[1] 林云铭《吴山觳音序》，《吴山觳音》卷首，《四库全书存目丛书·补编》第3册。
[2] 陈锹《〈韩文起〉提要》，《续修四库全书总目提要》，齐鲁书社1996年影印。
[3] 林云铭《挹奎楼选稿》卷十二，《四库全书存目丛书》集部第230册，页178。

第一章 林云铭《韩文起》研究

九年,关心民瘼,治事精敏。随后他将此期积累的治狱经验著成《新安谳牍》一书,供统治者借鉴。在徽州为推官时,林云铭见狱吏的儿子汪棣园读书勤奋,亲自教诲。后棣园为福建提学使,感激云铭恩德,为福建培养了许多人才。乾嘉时期林云铭后人林枝春评价说:"公能造士,即又士造闽,公之遗泽远矣!"林云铭这种忠君爱民的精神和善于培养人才的高尚情操与韩愈颇为相似,其对韩文的解读能深入透彻。

林云铭一生勤于治学,王晫《今世说》记载曰:"林西仲少嗜学,每探索精思,竟日不食。暑月,家僮具汤请浴,率和衣入盆,衣尽湿,始觉。里人皆呼为书痴。"①此条著录可作为林云铭勤奋治学的佐证,虽材料未必可信。林云铭尤专研古文,同时也精于八股文创作。仇兆鳌曰:"晋安林西仲先生少禀殊质,绩学嗜文,登戊戌进士……先生于经史无不淹贯,又探奇于庄、屈,取法于《史》《汉》,摹神于唐宋大家,宜其才雄力厚,品格高古,而姿韵悠扬,不愧当代作者。"②林云铭博通淹贯,著述颇丰,有《四书存稿》《庄子因》《新安谳牍》《损斋焚余》《易解》《古文析义》《韩文起》《吴山鷇音》《楚辞灯》等。林云铭与清初学者仇兆鳌、毛际可、陈一夔交往密切,仇、陈二人选定其作品并为之作序、刊刻,编成《挹奎楼选稿》。

(二)林云铭著述考

林云铭的著作经历过两次灾难,一次闽变,一次家中火灾,能够保存下来,实属不易。他自述:"及抱膝建溪,七年方辑得《损斋焚余》十卷,未几,闽变,原板被夺于兵,幸而从孙常础重研请赎,始得携入西泠。又十数年,再辑得《吴山鷇音》八卷,方谋流布,不期甲戌之腊,风炎大作,余身之不恤,文于何有……今且景逼桑榆,荼苦窬穷,旦暮沟壑。"③为了更深入了解林云铭学识修养,以便于解读其《韩文起》,以下对其著述内容、刊刻、流传情况作简单考述。

1.《四书存稿》一卷,主要是作者早年所作制艺,初刊于顺治十五年(1658),后因"闽变籍家,复为逆党杂如他书"。康熙三十年(1691),林云铭再次修订、刊刻。林云铭生长于明末清初,也是八股文盛行又遭非议之时,他不可能摆脱八股之风的侵染,但林氏追求的是一种高境界的八股文。林云铭《四书存稿序》曰:"余十余龄学为制艺,即嗜先正诸大家传文。时明

---

① 王晫《今世说》,古典文学出版社1957年版,页32。
② 仇兆鳌《挹奎楼选稿序》,《挹奎楼选稿》卷首,《四库全书存目丛书·集部》第230册。
③ 林云铭《挹奎楼选稿自序》,《挹奎楼选稿》卷首。

季风气数变,始而骈偶,继而割裂,终而诡异。余虽不能尽屏时趋,然必以讲贯题旨、理会题神、相度题位、阐发题蕴为第一义。但苦无可与语,尝抚几自奋曰'文章定价,寸心千古'。若仅粗记二三百篇烂时文,影响剽窃,逐队棘榛中,学做誊录生。"①可见林云铭反对作生搬硬套的时文。

2.《庄子因》六卷,初稿刊行于康熙二年(1663)。《增注庄子因序》:"余注《庄》二十有七年矣,镌木之后,分贶良友,即携归里,贮建溪别墅。"②后又经过修增,康熙二十七年(1688)再次定稿刊刻,名为《增注庄子因》。此书在当时影响甚大,董思凝在《庄子解序》中说:"近闽人林氏《庄子因》出,而诸注悉废。"③在《庄子因》流传过程中,书名虽有异,但均以康熙二十七年(1688)刻本为底本。钱穆评曰:"林云铭有《庄子因》。此书亦就文章家眼光解《庄》,不免俗冗。而颇能辨真伪,上承欧、归,下开惜抱,亦治《庄》之一途也。"④钱穆虽不满林云铭解《庄子》之法,但对其评价还是很高,能见出《庄子因》在当时的影响。《庄子因》中评庄文章法技巧、意旨较详细,也有用八股之法。

3.《新安谳牍》三十卷,是林云铭在理徽期间治理案狱事件的心得,成书于康熙六年(1667)。《挹奎楼选稿》中有《新安谳牍序》,曰:"念前此一段苦心,不忍自没,悉令誊辑,分为三十卷。"⑤今已不可得知此书是否存于世。

4.《损斋焚余》十卷,主要是林云铭在徽州任职九年期间所作诗文词,并合辞官后两年间的作品,刻于康熙八年(1669)。《损斋焚余序》曰:"曩以归,合之近作,分为十卷,额曰《损斋焚余》。"⑥《损斋焚余》单行本不可知,其中部分作品选入《挹奎楼选稿》。

5.《易解》(卷数不详),是林云铭狱中所注《易经》内容。其《述怀歌》夹注云:"逆藩籍余家,余下狱二年,著有《易解》。"⑦此书不见著录,未知刊否。

6.《古文析义》有前后两编,《初编》六卷完成于康熙二十一年(1682),

---

① 林云铭《挹奎楼选稿》卷三,页46。
② 林云铭《庄子因》,华东大学出版社2011年版,页1。
③ 王夫之《庄子解》,中华书局1981年版,页3。
④ 钱穆《庄子纂笺序目》,《庄子纂笺》,三联书店2010年版,页4。
⑤ 林云铭《新安谳牍序》,《挹奎楼选稿》卷三,页44。
⑥ 林云铭《挹奎楼选稿》卷三,页45。
⑦ 林云铭《挹奎楼选稿》卷十二,页176。

《二编》八卷完成于康熙二十六年(1687)。林云铭研习古文已久,他不满当时以古文词句撺入时文的风气,康熙二年(1662)《庄子因》初稿刊行后,林氏便杜门七载,取《左传》《国语》《史记》及唐宋大家文解析,以便为初学者提供学习作文之法。此次完成后未刊行,闽变遭毁。寓居杭州后又重评析,康熙二十一年(1682)完成刊刻。康熙二十六年(1687),林云铭在《古文析义》基础上进行补充评点,命名为《古文析义新编》。康熙五十五年(1716)林丰玉合并两编,又从《韩文起》中选十余篇增入,编为十六卷,为《增订古文析义合编》。此后又有将两编合刻的十四卷本和十六卷本,篇目同而顺序不同。《古文析义》比《古文观止》成书尚早,在当时影响颇大。

7.《韩文起》十二卷。(详见下文)

8.《吴山鷇音》八卷,是作者避乱寓居杭州所作诗文,成书于康熙二十四年(1685),康熙年间刊刻,具体时间不可知。《四库全书总目·存目类》:"此其寓杭州时所作诗文,故署以吴山。其曰鷇音,则取《庄子》语也。据自序云分为四卷,而书实八卷。或刻时每卷分而为二欤?"①《四库全书存目丛书补编》收录,依据康熙刻本影印。

9.《楚辞灯》四卷,康熙三十六年(1697)挹奎楼刊行,收入《四库全书存目丛书》《楚辞文献集成》。《四库全书总目》中有《楚辞灯》提要。林云铭在《楚辞灯序》中曰:"余少痴妄,不达时宜。私谓用世可以得行其志,及筮仕后,所见所闻,皆非素习,故动罹谴诃。每当读《骚》,辄废书痛哭,失声仆地,因取蒙庄齐得丧忘是非之旨,以抑哀愤。"②林氏因不满仕途中腐朽黑暗的官场生活,便在《楚辞》中寻找心灵的慰藉。从中可推断作者注《楚辞》应始于仕徽州九年间。《楚辞灯序》又曰:"再注未就,又毁于回禄。"由此可知《楚辞灯》未完书稿在康熙十二年(1673)、十三年(1674)闽变和康熙三十三年(1694)大火中两次遭毁,康熙三十五年(1696)林云铭再次评注《楚辞》,此稿最后完成于康熙三十六年(1697)。

10.《挹奎楼选稿》十二卷,由林云铭诗词文汇集而成,其友人仇兆鳌选定、陈一夔修订,康熙三十五年(1696)刊行。《四库全书总目》有《挹奎楼选稿》十二卷提要。仇兆鳌曰:"丙子春,予舟遇西湖,取《损斋焚余》十卷、《吴山鷇音》八卷,严加存汰,又益以近日新篇,厘为一十二卷,洵洋洋大观

---

① 《〈吴山鷇音〉提要》,永瑢等《四库全书总目·存目》,中华书局2003年版,页1648。
② 林云铭《楚辞灯序》,《楚辞灯》,《四库全书存目丛书》第2册。

矣乎。"①《四库全书存目丛书》依据康熙三十五年(1696)陈一夔刻本影印。

从以上著述中可看出林云铭学养深厚，著作涉猎广泛。他评注韩文时，有些著述已完成，如《庄子因》《四书存稿》《古文析义初编》，这些为其评韩文奠定了扎实的基础，故其对韩文构思、文法、意旨的解析能够深入准确。

二、《韩文起》的成书及其体例内容

(一)《韩文起》的成书缘由、经过

清初八股文虽遭士人谴责，但八股之风仍然盛行。士子为了考取功名，大都学习死板的八股文作法，弃古文而不学，只摘取古文中个别词语撺入八股文中应付科举考试，便形成一股剽窃之风。坊间刊刻大批低质量的范文供士子习用。为了挽救文坛恶劣的剽袭之风，重新振兴古文，林云铭悉心研治古文，探究其中神理奥妙，首先著成《古文析义初编》一书，供士子学习。林云铭认为古文皆有章法可寻，曰：

> 古文篇法不一……莫不有一段脉络贯行其间，学者愦愦于此，只记取数语活套、可以掺入八股制艺者，便自称学古有获，如此虽白首下帷，何益？甚而坊本中评注纰缪，以讹传讹，致千古作者苦心埋没尘垒，尤为憾事。余自束发受书，即嗜古文词，时塾师亦仅取坊本训诂口授。然余终疑古文必不如是作，在后人亦必不应如是读也……嗣杜门富沙七年，如《左》《国》《史》《汉》及唐宋诸大家，俱有手注抄本。寅卯闽变，悉荡然没于烽火中，片纸不可复得。近客西湖，日与二三好友相过谈文……尝叹古人所读其书具在，非有秘幻奇诡之学得见者。而今人不能效古人之作，乃今人不能为古人之读耳。因取坊本，撮其要者，字栉而句比之，篇末各附发明管见，以课子弟。②

《古文析义》中选有部分韩文，后来林云铭著《韩文起》时，对《古文析义》中解析不够详尽的韩文重新评析。重振文坛古文之风是林云铭评选古文的初衷，其著《韩文起》也是为了实现这一夙愿。林云铭少时见到制艺中撺入韩文语词，引起学韩兴趣，便购得一坊本。遇有疑问，便请教私塾先生，先生曰："古文不过取其明晰易晓词句撺入制艺足矣，何深求为？"足见当时剽

---

① 仇兆鳌《挹奎楼选稿序》，《挹奎楼选稿》卷首，页4。
② 林云铭《古文析义序》，《增订古文析义合编》卷首，清经元堂刻本。

166

第一章　林云铭《韩文起》研究

窃古文词句的庸俗八股文毒害甚深,即古文已遭到部分士人的误解和忽视。林云铭辩驳曰:"制艺即古文变体。昌黎当日起衰,恐不是窃前人词句攒入篇中而八代之衰遂能起也。"由此可知林云铭少时已有振兴古文的志向。林云铭评析韩文之所以命名为《韩文起》,便有振起、兴起古文之义,《序》曰:

> 因以起衰之义,额之曰《起》。夫昌黎生八代之后,顾于波流茅靡中能自树立,屹然不仆,是众人皆不为而独为,则所谓起者,有振起之义焉。余不佞有宋穆伯之好,谬取家诵户习之书,扫尽俗解传讹,独撮管窥一得,是前此未曾有而始有,则所谓起者,亦有创起之义焉。海内君子得是编,当见韩文堂奥,必能于剽窃词句之时,溯流穷源,涤荡故习,慨然自命,以为一代作者,是古人不可学而可学,则所谓起者,又有兴起之义焉。知此三说,思过半矣。"起"之时义大矣哉!①

林云铭名之为《起》,解说"起"之含义有三层:首先力主振起古文,改变古文之衰境。欧阳修赞誉韩愈"文起八代之衰",林云铭便有承起韩愈之意,通过解析韩文以期振兴古文。其次是期望深解韩文,以扫除当时人错解、误解古文的流弊,给士子提供一个精当的习本。尤其当时盛行于士人中的坊刻评注本错乱严重,影响士子解读韩文。再次是提倡"以古文为时文",要求作者真正领会作文之法,避免只剽袭个别古文词句入八股文,要创作高境界之八股文,成为真正的一代作者。故《韩文起》成书的目的便清晰可见。

林云铭童年时期就喜好韩文,评注韩文历时数十年,曰:"嗣余反复探索,暂有所得,即作蝇头小书,逐段逐句分记于各篇之内,常恐有兔起鹘落、稍纵即逝之虞,不惮一夜十起,如是者有年。渐觉鄙见日新,积疑尽释。谚云'故书不厌百回读',又云'读书千遍,其义自见',良有以也。"②林氏于韩文用力之勤可见一斑。因闽变事件,林云铭之前完成的多数书稿未及刊刻而毁于战火,其中便有《韩文起》。因林云铭研习韩文时间之长,在所毁众书中,对《韩文起》记忆最深,随后寓居杭州期间凭记忆重新评注,又经过修订,最后定稿。林云铭曾说:"所录稿本亦不轻以示人。闽变之后,与所注群书一时俱没。然幸此书习之最久,犹历历可记忆。所登《古文析义》前后

---

① 林云铭《韩文起序》,《韩文起》卷首。
② 林云铭《韩文起序》,《韩文起》卷首。

编,常以额限为憾。迨养病西湖,杜门三载。复取《唐书》磨核,俾全集中一人一事,悉有原委考据,加以篇末总评,发明全文大旨,亟命余子沉校录问世。"①完成此书经历了如此艰难的过程,作者几乎花费了一辈子的心血。在反复的研究过程中,林氏必定对韩文有纵深的理解和独到的感触。

(二)《韩文起》的编纂体例及内容

1.《韩文起》极富时代特色的编纂体例

《韩文起》十二卷,选韩文一百五十九篇。此书体例首先为作者自序,次凡例,次林云铭所编韩文年谱,次目录,然后为正文。清初统治者为维护统治秩序,大力宣扬理学。易重廉说:"康熙之后,社会终究还是渐趋安定了,统治阶级对知识分子也不是一味的镇压了,有时候,他们还笑吟吟地和知识分子沟通思想,宣扬什么忠孝节义。这样,知识分子的思想自然要发生一些变化。"②清初程、朱理学再次复兴,统治者重视道统思想的宣扬,文坛形成重道统之文的风气。《韩文起》的成书过程显然受到这一背景的影响,在选取韩文上,林云铭以古文家的眼光为主,选择能代表韩文艺术成就的佳篇。《韩文起》在体例编排和解析中以清初复兴的儒学思想为核心,又融入了福建民间盛行的神文化信仰,贯穿先神后人的观念,体现大传统与小传统的融合。

首先,《韩文起》体例编排以道学思想为核心,并结合清初经世思想。清初统治者从理学中寻绎教化人心的儒家正统思想和道德标准,以维护统治,理学随之复兴。林云铭对韩文编排原本有史的理念,《凡例》曰:"韩文坊刻编次杂乱,即李汉原本于正集后又分外集,且于所作之前后颠倒甚多。"③林云铭注重考证韩文本事,将韩文编成年谱附入书中,但编排过程中仍坚持以道统思想为核心的观念,并没有完全打通以时间为序排列,以体现其史的思想,而是以道统之文为首。卷一关涉道统之文,有《原道》《原性》《原毁》《师说》。《韩文起凡例》曰:"择其有关道统者,定为卷首卷。"尤其将《师说》放置卷一,理由是:"史臣称其与《原道》《原性》诸篇,皆奥衍闳深,与孟轲、扬雄相表里,故以列之卷首。"④卷二为治世之文,"以表、状、议、论、辨、解为世道、治体、学术,官方所系者次之",与清初经世致用思想的兴起相一致。清初理学与经世致用之学兴起,《韩文起》编排体例应和了这一

---

① 林云铭《韩文起序》,《韩文起》卷首。
② 易重廉《中国楚辞学史》,湖南出版社1991年版,页453。
③ 林云铭《韩文起凡例》,《韩文起》卷首。
④ 林云铭《韩文起凡例》,《韩文起》卷首。

第一章 林云铭《韩文起》研究

特点,以道统思想为核心,重治世之文。《韩文起》卷二"表"中所选有《谏迎佛骨表》《潮州刺史谢上表》《为裴相公让官表》,是韩愈关心世事之文,林云铭将其列在卷二之首,李汉编《韩昌黎集》四十卷,将"表"列为卷三十八,其后按体裁编排的韩集文献基本依照李汉编排顺序。而同一类中,《韩文起》以创作时间先后为序编排,贯穿林云铭史的观念。《韩文起》解析韩文更是处处透露着儒道思想,如《送董邵南序》《送殷员外使回鹘序》等,立足韩愈维护大一统思想,揭示其为文用心。

对韩文各类体裁特点的评析,以及韩文体裁之归属,林云铭也是以儒道思想为标准,判定其所属之类型,与历来韩集研究者的观点有不同之处。如《与汝州卢郎中论荐侯喜状》,李汉将其归为状体,林云铭辨析此文为书体而非状体,将之放在卷六书体之后,曰:"此篇,李本汇入各状编内。但各状皆论国事……与论荐一人于刺史者不同,看来还是书体,不得不附于此卷之末。"此文题目曰"状",但林云铭认为文章内容只是韩愈荐侯喜一人于卢郎中,与论国事之状体不同,应属于书体。历来韩文研究者并未对此文体裁产生过怀疑,林云铭关注此问题并加以辩解。

其次,《韩文起》在体例编排上又融合了福建地域文化特色,即受到了福建民间神文化信仰的影响。《韩文起》最后是"碑文二卷",坚持"先神后人,先国后家"①的原则,将《南海神庙碑》《黄陵庙碑》放在此卷之首。而李汉《韩昌黎先生集》碑文卷则将其放置于后,随后按体裁编排的韩集文献基本都依照此顺序。福建民间神文化浓厚,信仰的神祇多达百个,尤其是海神妈祖。妈祖是宋初福建莆田望族林氏后裔,称林默娘,神力广大,以行善济世,卒后被尊封为"海神"。林云铭生长于闽县,与莆田毗邻,深受这种神文化观念的感染,著作中有反应鬼神观念的作品。《损斋焚余》中《林四娘记》是典型代表,作于康熙六年(1667)。林云铭同乡陈一夔康熙二年(1663)在山东青州任职,夜见一鬼,后变为一国色丽人,自名林四娘,是福建莆田人,能洞知人间负心之事,因父疑其同表兄乱伦而自尽。康熙六年(1667)陈一夔把此事告知林云铭,并嘱其记下。林云铭便作《林四娘记》,曰:"康熙六年,陈补任江南驿传道,为余述其事,属余记之。余谓《左氏传》言涉鬼神,后儒病其诬。然天下大矣,二百四十余年中,岂无一二事出现于见闻所及乎!"②由此可见林云铭还是信奉神秘之事。在韩文阐释中,也

---

① 林云铭《韩文起凡例》,《韩文起》卷首。
② 林云铭《挹奎楼选稿》,《四库全书存目丛书》本,齐鲁书社1997年版,页92。

体现了这一神文化观念。

《韩文起》体例编排以道统思想为核心,同时融入福建神信仰的地域文化特色,在韩集文献中颇具独特性。实质上,这正是清代妈祖文化与儒家文化融合的一种表现。福建妈祖信仰长盛不衰,从其产生就被赋予了神圣的宗教色彩。在宋代妈祖神话带有强烈的道教色彩,元明时期妈祖神话又被附上了佛教色彩。经过一千多年的演变,清代完成了妈祖文化与儒家文化的结合,妈祖几与孔子相埒。林云铭生活在特殊历史时期和特殊环境之地,必然深受感染,《韩文起》是林云铭受地域文化信仰与儒家文化影响下的研韩成果。

2.《韩文起》的内容

《韩文起》正文中有夹注和篇末总评,还有眉批。夹注中,或注词语,或析句法技巧,或释句意段意。林云铭对韩文评注详细,曰:"余逐段逐句逐字训释,不敢草率。"①如《衢州徐偃王庙碑》中"衢州,故会稽太末也"句,夹注曰:"衢在春秋时为越西鄙,故曰'会稽'。至秦则名为'太末'。点出衢州。"林云铭既注释地名,又解析句法技巧。

林云铭的韩文评析内容主要体现在篇末总评中,或通析整篇文章的章法技巧,或考创作背景、时间、人物,或阐释韩文道统思想。林云铭的韩文批点内容既体现其作为一个古文家所擅长之处,详解韩文创作技巧;又展现一个忠君士人心系国家的爱国情怀,深入挖掘韩文的道统思想。如评《故幽州节度判官赠给事中清河张君墓志铭》曰:"铭词虽写张君,却句句骂世人之偷生。此义若行,乱臣孤矣,真有关世教之作也。"②李师道、张弘靖、韦雍乱军骄纵跋扈,张徹娶韩愈从侄女,调停匡救其间,致祸而亡,韩愈写此文盛赞张徹仁义之行。林云铭针对史实,分析韩文讥讽小人,是有关教化之作。又如评《凤翔陇州节度使李公墓志铭》曰:"至铭词云'惟昧之诒',是明明欲使河朔诸镇不明道理者,咸知以忠为法,以不忠为戒,无不可以转祸为福。其用意有关于世道人心不小,尤非文士所能及者。读者当细心参考,不然,则懵然置之矣。"③林云铭揭示此文意在宣扬儒家正统思想,维护国家的大一统,批判藩镇割据。又如《鳄鱼文》,此文在流传过程中题目不甚一致,有作《祭鳄鱼文》。若有"祭"字,似是祭文一类。林云铭详细

---

① 林云铭《韩文起凡例》,《韩文起》卷首。
② 林云铭《韩文起》卷十二。
③ 林云铭《韩文起》卷十二。

第一章　林云铭《韩文起》研究

辨析,否定其为祭文,仍依照李汉所编,列入杂文一类。此后清代吴楚材、吴调侯《古文观止》依然论其为祭文,姚鼐《古文辞类纂》论其为檄文,将其与司马迁《喻蜀檄》归为一类,曾国藩也同此观点。林云铭对此文的阐释体现其儒家正统思想,评曰:

> 鳄鱼为潮患已非一日,若果可以驱杀,前此刺史当有行之者矣。海既可徙,则溪潭必相与通。至当徙时,犹能做暴风震电,则神灵亦与相护。虽有强弓毒矢,试问何处下手?在昌黎作此文时,岂能料其必徙?等之儿戏矣。不知天子有道,山川百神,无不享祀效灵。鳄鱼乃民物之害,与天子命吏亢拒,纵幸逭于人诛,亦难逃于鬼责。故篇中段段提出天子,忽又插入"天地宗庙百神之祀"句,以为悚动。篇末把"有知"、"无知"二意双敲,尤为绝妙。盖鳄鱼虽恶物,实是灵物,自知为人神所不容。若据此不去,以为有知造罪;既不可据,以为无知陷罪,又不愿受。则南徙一著,岂待材技吏民从事而后决哉!然非平日实有忠君爱国之心,可以质诸天地鬼神者,虽有此篇妙文,亦未必信乎豚鱼,今邪不干正如此。所以坡翁作《潮州庙碑》,言其精诚可以驯暴,亦根平日浩然之气来,可谓昌黎知己。①

林云铭对此文的评析依然严守道统思想,将鳄鱼之南徙归结于韩愈的忠君爱国之诚心感动使然。林云铭认为"天子有道",山川神灵享受祭祀,便会为天子守护疆土。而作为天子使臣的韩愈,用一片赤诚的爱国之心管治一方,为民除害,使神灵为之感动。而害民之鳄鱼必然也会遭到神灵的谴责。鳄鱼自知为人神所不容,在邪不干正的境遇下,只能选择迁徙。所以,林云铭最终还是想宣扬一种臣忠君亲的儒道思想。

(三)《韩文起》的刊刻及流传

《韩文起》十二卷,康熙十二年(1674)之前书稿已完成,未及刊刻,毁于战火。林云铭移居杭州后又重著,初稿完成后由其从孙林常础携带至福建建阳书坊刊行,具体时间未可知。林云铭曰:"是编脱稿粗定,因侄孙常础急于问世,遂携入建阳书坊发梓。"之后林云铭又进行增订,曰:"兹复细订另刻。其卷帙次序及训诂未尽处,不无增改。海内明眼者一览能自辨之。即以此刻为定本可也。"②后又由友人黄定可审定,林云铭曰:"是编也,得晋

---

① 林云铭《韩文起》卷八。
② 林云铭《韩文起凡例》,《韩文起》卷首。

江黄子定可,以冰署余闲,究心史学,考证辩难,必极其毫发无疑然后已。"①康熙三十二年(1693),新安友人王殿扬帮助刊刻,林云铭曰:"新安王子殿扬,家学有素,复以系出观察王弘中,《燕喜亭》《滕王阁》二记及《神道碑铭》,祖德攸关,慨然减赀倡梓,均赖其相与有成也。因并书之,以志不忘。"②此为定本,是后世的通行本。

乾隆末年日本人秦鼎对增订本《韩文起》作补标,成为十卷,在日本刊刻流传。《杭州大学图书馆线装书目》著录有《韩文起》十卷附《年谱》,秦鼎补标,日本文政二年(1819)刻本。光绪二十四年(1898),增修本《韩文起》又被翻刻。1915年上海会文堂书局有石印本,以康熙三十二年(1693)增修本为底本。本书依据上海会文堂书局1915年石印本为底本进行研究。

第二节 《韩文起》的评点特色

随着评点学的发展,与前代韩文批点文献相比,《韩文起》有着鲜明的时代特色和地域文化特点,主要以浅显通俗的详解方式对韩文进行分析,史实考证与文学评点结合。

一、考评结合的时代特点

清代以前韩集整理多是考据与评点分开,宋代韩集注本重在词语注解、作品背景阐释,较少艺术分析;有关韩文的几种合批本也主要是简析韩文章法结构、风格。明末清初,形成了一股求实学风。这种风气也使评点学发生了新变,表现在考据和评点相结合,既注重考据文学作品的创作背景、人物、创作年代,又详赡品评作品的创作技巧、风格特征。

《韩文起》有注有评,有驳有立。林云铭对唐及以前历史、地理了如指掌,烂熟于心。他详细考证韩文创作背景、人物生平事迹,并注释隐晦词语,有助于读者理解韩文。正如他在《庄子因》《楚辞灯》中所运用的"知人论世"法。通过"知人论世"达到"以意逆志"的目的,这本是《孟子·万章》中提出的交友方式,后来被评注家运用到中国古代文学作品的解读中,成为中国文学传统批评方法之一——"以意逆志"法。《楚辞灯序》曰:"屈子以王者之佐,生于乱国宗族,志无所伸,义无所逃,不得已以一身肩万世

---

① 林云铭《韩文起序》,《韩文起》卷首。
② 林云铭《韩文起序》,《韩文起》卷首。

第一章 林云铭《韩文起》研究

纲常,寄之于文以自见。太史公既云'推此志',又云'悲其志'。可谓善读屈子之文者。若知世风递降,而树立存乎其人,去流俗之见,以意逆志,则各篇中层折步骤,恍觉有天然位置,不啻为后人写意中事,是以尚友古人,贵论其世也。"①作者在《韩文起凡例》中也说:

> 韩文内其人其事皆有来历根据,若不知其人为何等人,其事为何等事,与其人其事之本末如何,始终如何,便妄学作解事小儿,说长道短。犹今日制艺选家议论他人文字,自己先不认得题目,徒供作者葫芦耳。余取《唐书》一一考证,即起作者于一堂,受其耳提面命,亦不过此,快心曷极!……各代有各代之制度,如科第、官职及郡县地名,沿革不一,多有同名而实异者。若执今日之制度,读唐代之文章,何啻盲人问路?余取《文献通考》查核,凡有制度名目,与今日异同者,必为辨出,附入各篇小注或总评之内。②

林云铭运用大量史料,先"知人论世",再"以意逆志",是以前只注重简单分析章法的韩集评点本所没有的。考证知识的同时,林云铭又详细解析文章技巧,深入探究思想内容,真正使注评考结合。建立在考证基础上的文法分析、文意阐释便显得有理有据,扎实可信。如《黄陵庙碑》文后曰:

> 按公修庙致祭之时,本欲再刻旧碑而铭其阴,因旧碑多破落,其文不可尽识,恐失其实,故作是文而刻石也。全篇引证辩驳,而以二妃有功于天下,当得庙祀之意,做个结局。看来"以谋语舜",如《烈女传》所云鸟工、龙工之说,亦未必不涉于荒唐。故用"既曰"二字,轻轻提过,即倒入人之所敬,即为神之所凭,以明庙当修而碑当立。不然,无可歇手处也。余尝谓禹既摄位,征苗书有明文,巡守亦无不可相代,司马涑水已辩之矣。因《礼记》有"舜葬苍梧,二妃不从"之语,后人遂以征苗巡守,溺死沅湘,纷纷附会凑合。不知《礼记》亦出于汉儒补辑而成,其中不无传闻之误。且以理揆之,即世俗三家村中情痴妇女,亦断无年登百岁,犹奔驰七八千外,追夫不及,投身波流者,况圣帝之佳配乎?若孟子则云:"舜卒于鸣条。"考鸣条岗在夏都安邑西北,所谓造攻自鸣条者。舜都蒲坂,与安邑俱属平阳。《帝纪》言河中有舜冢,河中即蒲州也。此理有可信者,即《吕览》《路史》,皆谓"舜葬于纪"。纪去安

---

① 林云铭《楚辞灯序》,《楚辞灯》卷首,华东师范大学出版社2012年版。
② 林云铭《韩文起凡例》,《韩文起》卷首。

邑,仅两舍耳。然则《山海经》所载:"苍梧山,帝葬其阳,丹朱葬其阴。"恐彼地或别有一苍梧山,隋代异名,非南方之苍梧,亦未可知。不然,何丹朱亦葬此乎?《困学纪闻》云:"苍梧山在海州界,近莒之纪城。"载在《方域志》,虽未必附会凑合。总之舜无征苗巡守之事,则二妃之至湘水,自是不根。而世代荒远,无可考据。辩之亦不可胜辩。昌黎止用"皆不可信"四字作断,省却多少葛藤。但为神之灵,可以无远不至,原不拘定死葬于此,方得庙祀于此也。非见理者,不能道矣。①

林云铭引用大量文献考证分析舜及二妃到过沅湘、苍梧一带的传说属附会,证明韩愈文中所言"皆不可信"为正确。在考证传说故事时,穿插解析韩文用词暗含之意。陈克明评林氏语:"林云铭详加分析和论证,更有助于澄清视听。"②这种既考又评的方式是评点学在清初的新变,是清初求实学术思潮对古籍整理的影响。唐代科举制度名目繁多,称呼不同身份便各异,对此制度没有清晰的了解,会影响到对韩文中人物履历的解读。如《赠张童子序》一文,关于张童子身份便有异议,林氏在解析文章技巧的同时对唐代科举进行考证,对前人观点不能认同之处加以辨析,曰:

> 始叙通经出身之难,转入张童子一举而得之易。随以"进童子于道"一语为通篇结穴,意既正大,词亦条达,不烦注脚也。但茅鹿门以呼为童子,疑唐有童子科,而张得与其选以为荣。不知古人称呼多以质言之,虽同举于礼部,出于陆公之门,其呼为童子,正所以著其异于人,不似后世必称老年台、老门翁也。按:唐制取士,由学馆者曰生徒,由州县者曰乡贡。其科之目,有明经,有进士,有童子,共有十一科。而明经又有五经、二经,通计七种。经分大、小、中三等:《礼记》《春秋》《左传》为大经;《诗》《周礼》《仪礼》为中经;《易》《尚书》《公羊传》《穀梁传》为小经,《孝经》《论语》皆兼用之。明二经者,或一大,或一小,或二中。凡序中所言者,皆与童子科无涉。童子科则十岁以下,能通一经及《孝经》《论语》。每卷诵文十通者予官,通七者予出身而已。况又有"斑白之老"及"终身不与"等语乎!前辈读书,亦往往疏略如此,于后学复何责。③

---

① 林云铭《韩文起》卷九。
② 陈克明《韩愈年谱及诗文系年》,巴蜀书社 1999 年版,页 614。
③ 林云铭《韩文起》卷四。

第一章　林云铭《韩文起》研究

此文叙述唐代科举考试中举之难以及韩愈对张童子的勉励之情。文中张童子,称其"童子"的含义评家存在两种解释。明茅坤认为张童子中了童子科,是一种身份的称谓,但缺乏考证。林云铭、何焯则认为张童子已经中了明经科,童子只是对其有卓异之才的夸赞,以示异于常人。三家批本之中,林云铭考证最为详赡,还对文章脉络加以分析。林云铭首先理出文章思路,揭示文章主旨;接着详细阐释了唐代考试制度的分类以及各科所考内容;然后结合文中"斑白之老"等语辩驳茅坤的观点,有理有据。又如《贞曜先生墓志铭》一文,林云铭辩驳明茅坤的观点:

> 此等文字,当在笔墨外寻其气味,愈读愈见其高,任他如何妙手,总不能仿佛其万一也。茅鹿门谓公与东野生平厚交,志铭亦不妄许一字,不知东野仕路中,并未著有功绩。即为溧阳县尉,亦日向投金濑、平陵城,以赋诗为事,不理邑政,溧阳令言之刺史,使人代摄,而分其半俸,卒以此去尉。则作志铭时,如何以扭捏得来。但赞其为诗与持身孝养处,便觉于古有光,后人无匹,已足以不朽矣,岂靳其揄扬哉!①

韩愈同孟郊情深义厚,茅坤认为韩愈对孟郊评价"不妄许一字"。林云铭不认同茅坤的看法,他结合孟郊的生平经历和韩文的创作技巧,探析文章旨意。孟郊一生成就重在文学而非仕途,韩愈赞孟郊之诗和其孝行,后人无有匹配者。林云铭评曰:"在公尤为关情,走位之哭,事事俱依古礼而行,原不敢以时人相待。"虽然墓志铭中并没有提及孟郊一生政绩,但对孟郊的高度称颂却昭然可见。林云铭结合人物生平深入探析韩文用笔的缘由和含义,能挖掘出韩文字里行间蕴含着对朋友的深厚赞誉之情。

林云铭《韩文起》考评结合的方式是清初求实学风影响下评点学发生新变使然。孙琴安《中国评点文学史》认为何焯的诗文集批点"有校有注有评","开了清人评点诗文的新风气"。对照之下,开诗文评点新风气之人至少可以推至林云铭。之后吴铭《韩昌黎文启》、何焯批《韩昌黎集》、卢轩《韩笔酌蠡》、高澍然《韩文故》等,都将考据融入韩集批点之中,且运用得更加成熟,增强了韩集评点的学术成分和可信度。

二、深入探究韩文构思成因

前代韩文评点多是分析章法技巧、风格特征,很少探析韩文巧妙布局

---

① 林云铭《韩文起》卷十一。

之成因。林云铭评析韩文章法技巧时,几乎篇篇挖掘出韩文背后作者经营之苦心。正如沈闻曰:"志乎古文者,倘不以余言为妄,从而寻绎焉,知其然且知其所以然。"① 林云铭不仅解析韩文技巧之"然",而且探究其"所以然",这是《韩文起》最大最突出的特点。沈闻《唐韩文公文集》亦提及此方面,但只是偶用此法,并且分析的细密程度不及《韩文起》。这种品评较之以前侧重简单的章法技巧的评析有很大不同,是韩集整理的一大变化。林云铭详尽探究韩文构思布局之因,这对于初学者来说是非常有益的。如林云铭在《古文析义凡例》中说:"读古文当先细玩题目,掩卷精思开手如何落笔,既读过一段,复思此段之后应如何接写,如何收拾,直到思路穷尽。"②如《送董邵南序》,评曰:

> 董生,寿州安丰人,贫能读书,有孝行。贞元间,公就食江南时与交,有《嗟哉董生行》诗。河北诸道,赵属成德军,燕属幽州营。其往河北,无非愤己不得志,欲求合于不奉朝命之藩镇。送之者断无言其当往之理,若明言其不当往,则又多此一送也。细思此等题目,如何落笔?乃韩公开口不言今日之河北,止言昔日之燕、赵,并不言燕、赵有爵位之人,止言燕、赵之不得志之士,谓董生到彼,自与此等意气投合,若不知此行有干用之意者然。③

贞元十五(799)至十六年(780)间,董邵南举进士,因不得志于有司,游走古之燕赵之地河北。此时韩愈在徐州张建封幕下,为之送行作序。古代燕赵多忠义之士,而中唐以后河北三镇是叛臣武夫占据的世袭领地。韩愈奉行大一统思想,反对藩镇割据,而董生此行却与己愿相违。董邵南此去河北找出路,他并不赞同,但面对董生"刺史不能荐,天子不闻名,爵禄不及门,门外唯有吏"的境遇,又无法阻止。文中韩愈只言昔日燕赵及其不得志之士,未提及董生所往今日之河北。韩愈为何要如此构思?林云铭从此次送行之特殊性入手分析文章构思之因。韩愈与董生情谊深厚,无法阻拦又不得不送。林氏分析,若支持,则违背自己意志;若明确反对,则如其所说"多此一送"。因此文章借昔日之燕赵与今日之燕赵进行对比,丝毫不提今日之河北,以隐而不晦、婉而多讽的方式,恰如其分地表达了韩愈维护国家统一的思想以及对朋友以大义相勉的情感。通过林云铭的深入探析,读者容

---

① 沈闻《唐韩文公文序》,《唐韩文公文》卷首。
② 林云铭《古文析义凡例》,《增订古文析义合编》卷首,清经元堂刻本。
③ 林云铭《韩文起》卷五。

第一章 林云铭《韩文起》研究

易理解文章的意义所在及行文之因。又如《送廖道士序》,评曰:

> 辟老佛,是此篇正旨。但廖师自衡山来,与昌黎必有往来相识处,故与其别作序送之。若纯用辟老佛话头,未免涉于诋訾唐突,反不如不送之为愈也。看他开手把衡山、郴州形势,缓缓说入,逗出"神"、"气"两字,见得人杰地灵,降神赋气,原不虚生,自不宜辜负此身为异端之学而不用于世矣。妙在将廖师"魁奇"、"迷溺"作疑惑不定语,轻轻提过,便入衡山、郴州必有奇人……其行文云委波属,极有步骤。①

韩愈一生反佛老,却因爱才而与僧人、道士来往密切,廖道士便是其中一位。韩愈徙江陵时道士自衡山来,临行时韩愈为之送序。此序开头从衡山风景说入,以"地灵"引出"人杰",似乎赞美廖道士,可绕了几圈也没将此美誉送给廖道士。为何要如此行文?林云铭分析最根本的原因还是在二人思想各异。韩愈写序旨意仍在反佛老,但又与廖道士关系较近,若直言辟佛老,则失友人送别之意。因此文章便迂回曲折表达己意,"妙在将廖师'魁奇'、'迷溺'作疑惑不定语,轻轻提过,便入衡山、郴州必有奇人"。曾国藩评此文曰:"磊落而迷离,收处绝诡辩。"②林纾评:"此在事实上则谓之骗人,而在文字中当谓之幻境。"③再如《乌氏庙碑铭》,评曰:

> 乌河阳如何比得田魏博,虽同立庙京师,其实迥不相侔。盖追赠乃父为尚书,以乃父生前官爵,不偿其劳而已。即云"其以庙享",未尝明言当在京师,亦未尝明言当三代并祀也。虽唐有二品得祀四朝之制,从未有四庙中祖无追赠,且不得妣为配者。三室同宇,河阳先有一番迁就回护矣。但不提出二祖名爵,则入庙无因,苦在不便突叙。看他把乌氏世派,远远叙来,带出二祖在内。末段只单叙乃父功绩,则此举专为乃父一人,而二祖入庙,出于河阳私意,已可概见。至铭词内但言数备礼登,绝无半字道及天子许其立庙京师,只还他一个致孝便了。④

乌重胤为银青光禄大夫、河阳军节度使,封邠国公。田弘正为银青光禄大夫、魏博节度使、检校工部尚书,封沂国公。二人同为朝中重臣,韩愈为其

---

① 林云铭《韩文起》卷五。
② 吴文治《韩愈资料汇编》,中华书局2004年版,页1490。
③ 林纾《韩柳文研究法》,商务印书馆1934年版,页31。
④ 林云铭《韩文起》卷九。

177

作庙碑铭,行文思路却大相径庭。《乌氏庙碑铭》首叙乌重胤功绩,因之得以祭祖庙于京师,诏赠其父为工部尚书;次追叙乌氏家族发展谱系,详叙其父功绩,附带提及曾祖父佐领军卫大将军令望、祖父中郎将蒙;次是碑铭。《魏博庙碑铭》首叙受宪宗之命为田氏写碑铭;次叙田弘正人品事迹及追赠其父为沧州刺史、兵部尚书,母为梁国太夫人,并得立庙祭三代于京师,又叙及曾祖父、祖父;次是碑铭。《乌氏庙碑铭》中叙追赠乌氏父时无赠其母,后因官吏窃议而补赠其母为沛国太夫人。叙祭三祖时也未交代曾祖父、祖父名爵,则"入庙无因",所以必须在文后叙家世补充说明。林云铭评此点:"看他把乌氏世派,远远叙来,带出二祖在内。"《魏博庙碑铭》开头用大量笔墨交代写碑铭之缘由,文中无叙田氏家族史。为何两篇文章思路迥别?历来很少人关注和探析。如林云铭所说:"千余年来,读者皆与《魏博庙碑》一例看,却把用意处尽行埋没,岂不可惜!"林云铭从两家族背景入手,探究其中蹊跷。因田氏、乌氏家族背景、政绩的不同,韩愈构思这两篇庙碑铭时写法各异。乌氏家族地位、功绩不如田氏显赫,受皇帝恩宠程度远不如田氏。田氏享三庙于京师出于宪宗之意,顺理成章,无需增加暗示之笔。林云铭分析乌氏只是"以其庙享",未说明享几庙,铭词中也"绝无半字道及天子许其立庙京师",其二祖入庙则出于乌氏己意,认为韩愈在"末段只单叙乃父功绩","则此举专为乃父一人"正是为了说明乌氏"二祖入庙,出于河阳私意"这一事实,但却体现了乌重胤一片致孝之心。林云铭真可谓洞悉韩愈为文构思之奥妙。

三、详尽分析韩文文法、意旨

林云铭认为读古文不重视结构,就会导致"千古作者苦心埋没尘坌,尤为憾事"①。他说:"古文篇法不一,皆有神理。有结穴,有关键,有蔽郤,或提起,或脱卸,或埋伏,或照应,或收或纵,或散或整,或突然而起又咄然而止,或拉杂重复,或变换错综,亦莫不有一段脉络贯行其间。学者惯惯于此,只记取数语活套,可以换入八股制艺者,便自称学古有获。"②林云铭详细分解韩文构思,寻求文章布局之巧,从而理清全文脉络,得以诠释韩文意旨。林云铭尤其注重墓志铭一类文章,所选比例较大,这部分也最能体现韩文章法鱼龙百变的特点:"韩文杰作在碑铭者尤多,其叙事篇法有近史

---

① 林云铭《古文析义序》,《增订古文析义合编》卷首。
② 林云铭《古文析义序》,《增订古文析义合编》卷首。

氏。公曾自言与《诗》《书》相表里,虽使古人复生,未肯多让者也。乃坊本登录甚少,盖缘选家粗心俭腹,不解其中事实。即段落间亦茫然不能分析,以故千余年来,无人注得,亦无人读得。兹特登选四卷,逐字考究,使命意练局之工无不跃跃毕现。凡有志者,于此着眼,则百法具备,不待他求矣。"①

（一）详析文法

林云铭深谙韩文结构之内在联系、脉络,从阅读、学习的角度出发,运用通俗浅显而详尽的方式分析韩文章法技巧,以便寻求文章旨意。林云铭说:"韩文全在立意吞吐轻重、布局付应起落,人不能及,总要寻出他眼目来,然后知其个中神理。"②

1. 抽绎韩文脉络

林云铭注意韩文整体结构,于呼应辟阖处体会琢磨,寻出文章的血脉和眼目,探其神理。如同以绚丽的胡绳将兰蕙穿而贯之,使其成为一个有机整体,并且细而密。他在《古文析义凡例》中说:"读古文最忌在前后中间略解得数语,便囫囵读过,其未解者一切置之不知,上下文既解不去,即所解者皆错认也。"③如评《送杨支使序》曰:

> 至以宣州宾客之贤,定主人之贤;又以群、博二人之贤,定宣州宾客皆贤,尤非人意想所能及也。中间撰出"信其主"、"信其客"二语,作承上起下关挨。而后说湖南宾客多贤,再转入仪之身上,而以群、博比况。始知开手许多层折,全为此段出落敷演之地。看他开手,层层是顺写;此段层层是逆应。若不如此,则截然两分,其局散矣。④

贞元二十年(804),御史中丞、湖南观察使杨凭辟杨仪之为观察支使,杨仪之奉命访阳山。林云铭注重韩文整体结构安排之巧,首先层层剖析,寻找上下文呼应、衔接之处,最后归结文章主旨,这种方法容易使读者弄清韩文脉络。文章前后选取宣歙崔衍、湖南杨凭两个幕府的宾客为对象,最终突出杨仪之之贤。先写宣州崔衍幕,以其幕下李博、崔群之贤推出主人崔衍之贤。然后引至湖南杨凭幕府,此段是以主人杨凭之贤推出宾客杨仪之之贤,又以所见杨仪之之智、才、忠、惠进一步证明。写宣州幕府由宾到主,写

---

① 林云铭《韩文起凡例》,《韩文起》卷首。
② 林云铭《韩文起凡例》,《韩文起》卷首。
③ 林云铭《古文析义凡例》,《增订古文析义合编》卷首。
④ 林云铭《韩文起》卷四。

湖南幕府由主到宾,所以林云铭分析"开手""层层是顺写",后段"层层是逆写",中间以"信其主"、"信其客"二语衔接过渡。文中所写崔群、李博、杨凭都是为写杨仪之作铺垫。林云铭称"始知开手许多层折,全为此段出落敷演之地"。林氏分析韩文技巧明了清晰,深入浅出,有金针度人之妙。有些篇章,林氏明确指出文章眼目,分析线索脉络。如评《唐故河东节度观察使荥阳郑公神道碑》曰:

> 郑公一生本领,只是一个"勤"字,历任虽多,其功业在河东军尤著。所云"宽廉平正得吏士心",又是"勤"中大作用也。惟其勤,故其事速而效亦速。计贞元十六年至元和八年,为节度共十四年,前此为军司马,又约有数年。是任事最久,为勤最甚,而国家倚毗最大,军民受福最多。故当其以疾薨,上下远近无不哀悼者此耳。篇中逐段以"能"字作线,见得实有才能,小用大用,凡所著之明效,非幸而成。末叙出平生处己待人,见得无赖于己,有济于人,出于天性自然,非勉而致。至系词特揭出"勤一生"三字,为通篇眼目。①

贞元十七年(801)郑儋卒于任,元和八年(813)韩愈为之作墓碑。林云铭没有弄清郑儋卒年和韩愈写作此文年代,对史实有错解之处,认为"计贞元十六年至元和八年,为节度共十四年"应是误解,但分析此文脉络清晰。此文盛赞郑儋勤政爱民之贤德。林云铭理出文章以郑儋"勤一生"为眼目,统领全篇,是郑儋得吏士之心的缘由,也是展现郑儋人格的极好例证。林云铭分析此文逐段以郑儋之"能"为线贯穿全文,体现郑儋之才能。以"能"辅"勤",以"勤"统领"能","勤""能"结合,便达到了赞扬郑儋的最好效果。方苞评曰:"通篇以'能'字为章法。"②又如林氏所评以下篇章:

> "志不就"三字,是一篇眼目。盖惟"有气"、"有吏才",所以得成其为志也。至于不能就时,无可奈何。惟有死后求其不至"沉泯"而已。(《唐河中府法曹张君墓碣铭》)③
>
> 通篇以中使侍郎"坐前敢抗己"句作眼,其行文练字造句,古雅绝伦,大约从行状中芟烦就简,自作机轴。(《河南少尹李公墓志铭》)④
>
> "怀奇负气"四字,是王君一生本领,逐段以此作线。(《试大理评

---

① 林云铭《韩文起》卷十。
② 马其昶《韩昌黎文集校注》,页400。
③ 林云铭《韩文起》卷十一。
④ 林云铭《韩文起》卷十一。

第一章 林云铭《韩文起》研究

事王君墓志铭》)①

以上诸篇,林云铭都是先寻出提领全文的眼目和贯穿全文的主线,理清脉络,文章的思路及意旨便了然于心。《唐河中府法曹张君墓碣铭》作于元和五年(810),张圆举进士不第,为韩弘旧吏,坐事贬岭南,后迁河中府法曹参军,摄虞乡令,河东令,又迁绛州刺史。元和四年(809),遇盗卒于汴州。张圆"有气"、"有吏才",但遭际不幸。林氏分析"志不就"是全篇眼目,确实道出了韩愈为一生怀才不遇的张圆写此墓碣铭的真实意图,也体现韩愈对士人悲惨遭遇的同情以及对官场腐败的讥嘲。《河南少尹李公墓志铭》作于元和七年(812),韩愈按时间顺序叙述李素一生履历事迹。李素有德才,勤政爱民,正直廉洁,敢于为民请命,得罪显宦,多次遭到迁谪排挤。尤其是李素为度支郎中时,得罪兵部侍郎、度支盐铁转运使李巽,不断被其排陷。因而林云铭认为"侍郎外称其能,竟坐前敢抗己"句是文章眼目,揭示了此句在全文的作用,其分析较为透彻恰当。《试大理评事王君墓志铭》元和九年(814)为王适作,王适才奇负气,因在仕途不乐而携妻子入闅乡南山不出,最后病卒,年四十四。正如林云铭所分析,"怀奇负气"是全文线索,"逐段以此作线"。王适既无事业可记,也无文学可述。韩文中叙述其举进士、干谒入仕、娶妻事件,其行为都异于常人,紧扣其怀才负气的性格特点。林云铭这种解读古文的方法使难以解读之韩文有章法可循。

2. 解析韩文布局之法

唐宋以降,随着文学批评理论的发展,诗话、诗论、诗式等繁兴,文人、学者开始重视对诗文之法的研究和分析。宋代黄庭坚很重视诗之法,提出"点铁成金法"、"换骨法"等。明清时期,由于复古主义兴起,再加之八股文的兴盛,诗文创作和分析中更多谈文法。唐顺之在《董中峰侍郎文集序》中说:"汉以前之文未尝无法,而未尝有法,法寓于无法之中,故其为法也密而不可窥。唐与近代之文不能无法,而能毫厘不失乎法,以有法为法,故其为法也严而不可犯。密则疑于无所谓法,严则疑于有法而可窥。然而文之必有法,出乎自然而不可易者,则不容易也。"②王世贞在《艺苑卮言》中论文章之法曰:"首尾开阖,繁简奇正,各极其度,篇法也。抑扬顿挫,长短节奏,各极其致,句法也。点缀关键,金石绮彩,各极其造,字法也。篇有百尺之

---

① 林云铭《韩文起》卷十一。
② 林纾《唐荆川集选评》,商务印书馆 1924 年版,页 26。

锦,句有千钧之弩,字有百炼之金。"①潘峰在《明代八股论评试探》中说:"八股论评在成化以后形成的一个主要特点是对各种文法的标举。"又说:"大到一篇文章,小到一句话,一个字,八股理论家都可以给它总结出一个'法'来。"②清人也极为重视作品布局之"法",尤其在清初小说评点中,大量运用"法"评点文章技巧。金圣叹评点《水浒》时运用"倒插法"、"夹叙法"、"草蛇灰线法"、"欲合故纵法"等。林云铭从小学作八股文,对这些方法应十分谙熟,评韩文受时代风气的影响,以"法"解析韩文布局,分析时反复提到"法"、"格"问题。林云铭分析韩文所用之法有"秘密法"、"无中生有法"、"卸担法"、"倒映法"、"暗度法"、"补法"、"省笔法"等。如评《送石处士序》:

> 若论作文之法,要说处士贤,又要说节度贤;要说目前相得,又要说异日建功。若系俗笔敷衍,便成滥套。看他特地寻出一个从事,一个祖饯之人,层层说来,段落句法,无不错落古奥。乃知推陈出新,总在练局,此文家秘密诀也。③

元和五年(810),朝廷力讨叛军王承宗,河阳节度使乌重胤求士,韩愈荐石洪出山辅佐。石洪出行之日,洛阳好友作诗送行,嘱韩愈作序。韩愈欲在文中表达乌重胤、石洪二人之贤及主宾相处之融洽,内容复杂,头绪较多,若不善于布局,文章层次就会混乱。韩愈巧用一个从事、一个祖饯从中穿线,将繁乱复杂的内容串联在一起。林云铭识破文中玄机,看出韩文所要表达的意图,揭示了此文布局暗用秘密之法。又如评《送殷员外使回鹘序》:

> 纯用无中生有之法,且移赠不得李诚,吾不知当日落笔时,如何着想成此一篇妙文也!④

元和十二(817)年殷侑副李孝诚奉命出使回鹘,韩愈为之送行作序。因忙于平淮蔡之事,朝廷延回鹘请婚之期,派二人完成此使命,因而此次出使较为特殊。韩愈送序对象又是副使殷侑,自然难以下笔。林云铭分析韩愈在文中叙副使殷侑有通经之才是用了"无中生有之法",避开一些敏感的政治

---

① 王世贞《弇州四部稿》卷一四四,影印文渊阁《四库全书》本。
② 潘峰《明代八股论评试探》,复旦大学 2003 年博士学位论文,页 131。
③ 林云铭《韩文起》卷七。
④ 林云铭《韩文起》卷七。

第一章 林云铭《韩文起》研究

问题,从而构成一篇妙文。再如以下所评:

> 其通蔡一节,谓上无可怨,则上之怨已可知。又以军心所属,民心所安,做个卸担之法,备极斡旋。(《刘统军碑》)①

> 疑惟简嫡出当嗣,屈于年幼,故篇首屡提韩国夫人,末复叙其子元立以弟得嗣之故,此用倒映法也。累迁官职,总不离京师宿卫,及为金吾执法,因得节度凤翔,故另插"治人将兵,无所不宜"二语,此用暗度法也。(《凤翔陇州节度使李公墓志铭》)②

> 故总叙在先,以著战功之多。下段即用"尽输南州"句,盖言前此所未尽者而皆尽,乃补法也。(《曹成王碑》)③

> 省却无数拖沓话头,比《欧阳詹哀词》另是一格。总之,昌黎为文,篇篇变换,不比今人,无论千百篇,只有一支笔也。(《独孤申叔哀辞》)④

> 其先点祖、父、妻、子,后点谱系,分属志铭,便不颠倒。此在他篇中,另是一格。(《施先生墓铭》)⑤

> 但亏他拉拉杂杂说来,纯用省笔。揆其所以能用省笔之故,只在上伏下应,天然位置,针针缝接,一丝不乱。较之他篇,另是一格。(《贞曜先生墓志铭》)⑥

以上几篇墓志铭和哀辞,更是各篇写法迥异,随墓主的生平、事业,特别是墓主的性格、行事而有不同的变化。林云铭解读韩文也抓住此点,分析出各篇的布局之法。《刘统军碑》作于元和九年(814),刘统军即刘昌裔,卒于元和八年(813),时为陈许军节度使。林云铭认为文章写刘统军与淮蔡交好成通途,德宗似无怨而实已怨,紧接着巧用军心之向、民心之安转移话题,作以周旋,是为"卸担之法"。可见林云铭对韩文文法理解之深刻。《凤翔陇州节度使李公墓志铭》用倒映之法、暗度之法,《曹成王碑》用补法,分别刻画出李惟简忠孝、李皋智勇谋略的性格特点。林云铭所说"格"实际也是"法"之含义,他评韩愈所作《独孤申叔哀辞》《欧阳生哀辞》《施先生墓铭》《贞曜先生墓志铭》行文之"格"各不相同。因英年早逝之独孤申叔、韩

---

① 林云铭《韩文起》卷十一。
② 林云铭《韩文起》卷十二。
③ 林云铭《韩文起》卷十一。
④ 林云铭《韩文起》卷八。
⑤ 林云铭《韩文起》卷十一。
⑥ 林云铭《韩文起》卷十一。

愈同年进士之欧阳詹、博通儒经之施士丐、忘年交之孟郊,个人遭际不同,韩文用不同格法体现了人物不同的性格特征,也表达韩愈对其不同的哀悼之情。总之,林云铭分析出了韩文章法变换多样的特点。正如林氏在《韩文起凡例》中所说:"但其行文遇繁杂处,偏能用省笔;遇率直处,偏能用曲笔;遇短促处,偏能用宽笔。或无中生有,或正中出奇,或拉拉杂杂,说出无数话,只逼出一句正旨;或劈头一二语,便已包藏许多妙义;或明写在此,而主意却在彼。或铺张,或回护,而其中错综变化,呼应收纵,又无不极其自然,所以后来作者俱不能出其范围。"①林云铭对文之"法"的重视,与当时评点风气密切相关。

林云铭评析韩文,除了运用浅显详尽的方式细解构思技巧外,还使用凝练而又形象的文学赏析语言分析韩文章法结构,如评《燕喜亭记》曰:"通篇逐句分写,如万嶂千波,争奇叠秀。"②又如评《新修滕王阁序》曰:"昌黎偏把欲游未游之意作线,三翻四覆,把王公政绩于不经意中叙入……读之如天半彩霞,可望而不可即,异样神品。"③再如评《鄠人对》曰:"篇中剖析辩驳,一层紧一层,如老吏断狱,字字铁案,真有关世教文字。"④再如评《龙说》曰:"凡文五转,亦如游龙夭矫,变化莫测。"⑤这种形象化的章法评点,使读者在阅读通俗浅显的详解评点方式之外,感觉别有一番滋味,也体现了林云铭评析韩文风格的多样化。

(二)细解韩文意旨

林云铭在解析韩文创作技巧、探究构思成因的基础上,也深入挖掘韩文创作意图,揭示作者的为文用心。如评《与孟尚书书》曰:

> 昌黎以谏佛骨,被谪潮州,与大颠游,在时人不能无疑其改悔。孟几道性嗜佛,且与昌黎相厚,其贻书必以信奉释氏为勤。不知昌黎以圣道自任,辟佛之说,是其平日大本领,即交潮僧大颠,亦以其识道理而节取之,犹陶元亮虎溪之笑,与闻钟避去本意,两不相碍。此理非浅人所能知也……在今日斯道仅存一线,安可不思所以全之。虽自知力不能胜,拼死不惜,断无一经贬斥,遂弃所守而信奉其法者。此后半段之意也。篇中总为卫道起见,笔力所至,有惓惓不容已之心;而又有勃

---

① 林云铭《韩文起》卷首。
② 林云铭《韩文起》卷七。
③ 林云铭《韩文起》卷七。
④ 林云铭《韩文起》卷七。
⑤ 林云铭《韩文起》卷七。

第一章　林云铭《韩文起》研究

勃不可遏之气,如劲弩初张,所中必洞。①

此文作于元和十五年(820),韩愈时为袁州刺史,孟尚书即孟简。林云铭并不因韩愈与僧人交往而质疑其反佛决心,而是认为韩愈有所取。林云铭逐层分析文意,揭示韩文意在宣扬圣贤之道,反佛老。评《讼风伯》曰:

> 此伤谗之作。云喻君子,风喻小人,谓下民不沾泽,由小人怒害君子所致。大约为争权起见,故以日喻君,言君犹分其设施之权者,欲仁其民也。小人亦曾受禄,在国家未尝相负,何故百计害之? 天道神明,若声其罪,不能免死。晦翁以为近"投畀有昊"之义,列入楚词,深得其旨。愚按:是篇当作于贞元十九年。时京兆尹李实,务征求以给进奉。公时为御史,因天旱,言京畿百姓穷困,今年税务征未得者,请俟来年,遂坐贬阳山令。故以旱云为风所止,雨泽不得下降,作个题目,暗刺李实之怒己也。此楚词之义也。②

此文全用比喻手法,影射时政。林云铭详释此文创作背景,进而推阐其创作意旨。林氏分析文中阻挡降雨之风指权奸小人,实指京兆尹李实。贞元十九年(803),关中大旱,百姓颗粒无收,而李实欺瞒朝廷照常敛财。韩愈上奏请减民赋税,受到李实谗害,被贬阳山。所以,林氏揭示文章暗刺李实,符合史实。评《答刘秀才论史书》曰:

> 按:吴兢当武则天时任史事,因武三思、张易之等监领,所书多有不实,遂发愤私撰《唐书》《唐春秋》,未就。及明皇即位,诏兢论次成书。故刘秀才引此为劝,以公在史馆,当以作史自任,垂褒贬于将来,立论未始不是。乃公初言史不易作;次言作史之人多有阴祸;三言所以不易作者,在搜罗必不能期其无漏;四言所以畏祸者,在传闻必不能保其皆真。不敢力任而俟之后人,其故何也? 盖公以盛名取忌,动而得谤,屡蹶复起,若再作史垂褒贬,人祸势立至。故以"天刑"带说,俱放在古人身上,而以事迹实录之难据,伴讲一番,方不着迹。至于中间所谓年志衰退,君相未曾督迫,宁自甘为浅陋偷惰之人,以安举朝群小之心,正恐此辈窥伺其意而中伤之,纯是一片忧谗畏讥隐衷,无处对人言也。③

---

① 林云铭《韩文起》卷四。
② 林云铭《韩文起》卷八。
③ 林云铭《韩文起》卷四。

元和八年(813)韩愈为比部郎中、史馆修撰,刘轲秀才来书劝其修国史,韩愈回答其书。关于此文意旨,众说纷纭。不体察韩愈心境便会认为其怯懦无勇,有失儒家史学的优良传统。唐代史馆与政权核心结合密切,史官与宰相之间关系紧密。史官笔书既受制于朝廷的意志,也受制于权要的私心。权要机关操纵国史原始材料的真实性。史官所记录,不得不多取禀监修之意旨,凿枘相违之处在所难免。正所谓刘知几曰"阁笔相视,含毫不断,头白可期,汗青无日",是对史官尴尬处境的最好诠释。在此文中,韩愈叙述了修史之难,一是易有人祸天刑,二是原始资料不可信。元和八年(813)宰相为李绛、李吉甫、武元衡,彼此之间矛盾重重,"时李吉甫、李绛情不相叶,各以事理曲直于上前"①。李绛是韩愈同年进士,关系甚好。李吉甫与白居易、元稹之间嫌隙已经较深,而韩愈与元稹关系甚密。处于此种状况,韩愈虽身任史职,但难觅原始材料,稍不留意,则将身陷纠纷。林云铭分析了韩愈所言作史之难的原因,其中隐含韩愈一片"忧谗畏讥"之心,但"无处对人言"。林氏揭示了此文的真正用意,这确实是韩愈对修当朝国史之难的切身感受。秦蓁《韩愈修史态度考辨——以〈答刘秀才论史书〉为中心》一文通过梳理《答刘秀才论史书》的写作背景,以"抉发其在'人祸天刑'的愤激背后所不能尽言之隐衷"。他认为:"《答刘秀才论史书》作于是非无准、真伪相杂而又随时可能被深深卷入权力斗争,成为无谓的牺牲品的背景之下,'人祸天刑'之说,殆有感激而云然,其情可悯,其心可谅。"②秦蓁的分析与林云铭见解一致,都看出了韩愈深藏的为文用心。

第三节 《韩文起》的价值与时代局限性

一、《韩文起》的历史评价

《韩文起》虽影响深远,但因掺杂八股评点法和清代评点学被时代大儒排斥而受讥讽,《四库全书》亦无收录。《四库全书总目提要》中评林云铭"以时文之法解古书,亦同浴而讥裸裎也"③。晚清徐世昌曰:"西仲《古文

---

① 刘昫《旧唐书》卷一百五十八,中华书局1975年版,页4160。
② 秦蓁《韩愈修史态度考辨——以〈答刘秀才论史书〉为中心》,《史林》2003年第2期。
③ 《四库全书总目·存目提要·楚辞灯提要》,永瑢等《四库全书总目》,中华书局2003年版,页1270。

第一章　林云铭《韩文起》研究

析义》《楚辞灯》《庄子因》《韩文起》,流传乡塾,颇为通儒所讥。"①周中孚说:"观所作《古文析义》两编暨《庄子因》《韩文起》诸书,皆不出科举之习。"②这些评论都批评其以时文之法析韩文。《续修四库全书》也没有收录此书,《续修四库全书总目提要》有关于此书的评论,但对其评价也甚低,曰:"《四库提要》称其学问则颇为弇陋,所评注选刻大抵用时文八股之法,不能得古文之源本。故集中诸文亦皆不如格……然于韩文之奥旨亦未能剔抉明言,但只囫囵模棱陈腐语,于古文之义法实未有所知也。"③这一评价仍承四库馆臣的观点。

《韩文起》从产生直到二十世纪三四十年代,没有受到应有的重视。近年来,林云铭及其著作逐渐进入研究者的视野,研究者也开始用一种新的眼光和学术理念对其深入探究,发现其真正的价值所在,改变以前旧观念。如黄乔生评说:"历史上拥护韩愈的一派如茅坤(1512—1601)著有《唐宋八大家文钞·韩文卷》,清代林云铭著有《韩文起》,林纾(1852—1924)著有《韩柳文研究法》,指出文章优点,颇为细致周到,足以启发后学。"④

《韩文起》遭到否定的主要原因是林云铭以八股法批点韩文和文学评点一直受大儒排斥。林云铭谙熟八股文,他的《庄子因》《韩文起》《楚辞灯》的确用了八股之法,但不能一概否定运用此法的价值。以八股法分析古文有无合理之处,尤其用来评韩文,这都有待重新论证,何况《韩文起》也并非全用八股之法。首先,《韩文起》产生时期,八股文正遭诋毁。八股文从一开始就利弊兼存,尤其是明代后期空疏学风日益严重,八股选士制度更是积弊丛生,受到的抨击和责骂越来越多。随着封建社会的渐趋没落,八股文便在废除与恢复交中替延续,直到光绪三十一年(1905)停止科举,才彻底废除八股文。明清时期八股文在朝堂上的废存之争大概有四次。第一次是明崇祯年间,标志着实质性动摇八股取士制度的开始。第二次发生在康熙继位之初。第三次废除八股文的争论在雍正年间。第四次发生在乾隆九年(1744),兵部侍郎舒赫德奏请停科举、废八股,最终被驳回。以上可看出八股文根深蒂固,影响深远,但又被讥嘲、攻击。此种环境下,《韩文起》渗入八股因子评韩文被批判是必然的。

---

① 徐世昌《晚晴簃诗汇》,三联书店1988年版,页228。
② 周中孚《郑堂读书记》,商务印书馆1968年版,页1386。
③ 陈锹《〈韩文起〉提要》,《续修四库全书总目提要》,齐鲁书社1996年影印。
④ 黄乔生《鲁迅、周作人与韩愈——兼及韩愈在中国文学史上的评价》,《鲁迅研究月刊》2004年第10期。

其次,《续修四库全书总目提要》编纂时期。从"五四"到抗战时期八股文一直被声讨,《韩文起》自然被《续修四库全书总目提要》编纂者排斥。《续修四库全书总目提要》撰写于1934年到1945年期间,此书提要大概在1931到1942年期间由陈锹完成,这一时期也是声讨八股文较为激烈的时期。1930年周作人《论八股文》提出要祛除八股气,1936年又发表《遵命文学》,认为八股虽废,幽灵还在:"科举停了三十多年了,看近年许多宣传,自标语以至论文,几乎无一不是好制艺,真令人怀疑难道习性真能隔世遗传的么?"①朱自清创作于1942年的《经典常谈》指责八股文:"除了口吻、技巧和声调之外,八股文里是空洞无物的……这原是君主牢笼士人的玩意儿。"②周作人在《古文的不通》一文中批判韩文,说:"廖柴舟论八股之害始于明太祖,以为甚于焚书,其实这还是始于韩文公的。"③八股文之源被追溯至韩愈那里,韩愈便成了罪魁祸首,而融以八股法的韩文评点必然逃不脱被大加讨伐的厄运。《续修四库全书总目提要》中对林云铭《韩文起》的批评便不难理解。再次,文学评点一直被大儒鄙夷,林云铭的评点著作必然也不受欢迎。

因八股文遭受批判,《韩文起》从清初产生便一直随着八股文的命运而被质疑。但用八股之法评韩文是否一无是处?

首先,对八股文要一分为二地看待。纵观明清大家对八股文的评论,大都存在矛盾态度,似不可解,其实在他们看来八股文有不同的品味,有高品位八股文、一般八股文、庸滥八股文之分。"在何景明、王世贞、戴名世、刘大櫆眼中,八股文应该区分不同的品味。他们推崇的是自认为高品位的八股文,厌恶的是庸滥不堪的劣品八股文"④。何谓高品位的八股文呢?当今学者说:"高品位的八股文境界,要求作者完全摆脱功名利禄的束缚,绝不将八股文作为谋取功名的武器,而是将写八股文的过程视为以圣经贤传陶冶自己心灵的过程,这样,作者便能够以一种恬淡静穆的心态,长年累月遨游于精微深远的儒家学说之中,逐渐以圣贤之心为我心,以圣贤之神情为我神情,在完整地、准确地把握儒家学说思想体系的基础上,厚积薄发,命笔为文,方能得圣贤之神髓。"⑤此观点正与林云铭看法一致。可见高

---

① 周作人《周作人文类编·本色》,湖南文艺出版社1998年版,页140。
② 朱自清《经典常谈》,复旦大学出版社2004年版,页133。
③ 周作人《周作人文类编·本色》,湖南文艺出版社1998年版,页410。
④ 黄强《八股文与明清文学论稿》,上海古籍出版社2005年版,页87。
⑤ 黄强《八股文与明清文学论稿》,页88。

第一章　林云铭《韩文起》研究

品位八股文传圣贤之道，以提升个人修养，而不以仕进为目的。庸滥八股文也即"功名八股文"，士子从圣贤经典中寻章摘句，断章取义，拼凑章句，严格按照八股之法行文，"代圣贤立言"以求"侥中"，完全把八股文作为步入仕途的敲门砖，以求博得一第，入仕之后又立即对这种八股文大加挞伐。在高品位八股文和庸滥八股文之间，还有中间层次的八股文。

明清八股文中，以追求功名为目的的庸滥八股文始终占主流地位，因此，八股文便被毫无区分地批判和讨伐。因八股文有高下之分，八股文作法便有"活法"与"死法"之分①。活法正如清初画家石涛所说："无法之法，乃为至法。"②林云铭自小便钻研制艺，通读儒家经典，仕途中以圣贤之心行事。林云铭并没有把八股文作为敲门瓦砾，他因官场污浊而归隐，潜心于治学，终了一生。林云铭在《庄子·天下篇》后评曰："岂若后世浅儒，粗就一篇烂时文，便自署其姓字于上，灾梨以自夸诩，徒以供覆瓿之用！当使古人笑人，至今齿冷矣。"③此"时文"应指庸滥八股文。林云铭在《韩文起凡例》中曰："读者俱要博稽经史，寻出根据来，方可测其高深。若粗记一二烂熟于口头套语，撺入制艺，不如不读。"林氏对当时粗制滥造的八股文持批判态度，所追求的应是所谓的高品位八股文。他善于运用"活法"分析韩文技巧，注意韩文中无法之法。如评《南阳樊绍述墓志铭》曰："读是篇，方知为文原无定法，神而明之，存乎其人矣。"④又评《河南少尹李公墓志铭》曰：

> 故段落篇法，无不天然入妙，尤叙事之所难者。粗心人读之，且不能分其句读，况探其神理乎？⑤

李素性狷介鲠直，关爱民生，卒于元和七年（812），韩愈为之作墓志铭。韩文将李素生平重要事迹巧妙穿插于一生履历中，盛赞李素人格。林云铭评其行文自然流畅，无露痕迹。姚范也评曰："随其历官而事迹附其中，荆公如此；却又别具作用，故机圆而势遒。"⑥林云铭分析韩文，欣赏其无法之法，探析其神理，领悟其堂庑，并不受限于庸俗八股文的教条。所以，同是八股法，也有不同等级，以八股之法评古文也不能被一棒子打死。林云铭以创作高品位八股文之活法从文章学的角度分析韩文，有其合理之处。

---

① 引用黄强《八股文与明清文学论稿》中观点，页107。
② 石涛《石涛画语录》，人民美术出版社1962年版，页26。
③ 林云铭《庄子因》，华东大学出版社2011年版，页365。
④ 林云铭《韩文起》卷十二。
⑤ 林云铭《韩文起》卷十一。
⑥ 马其昶《韩昌黎文集校注》，页368。

其次，研究对象是否适合运用八股法分析，也要区分看待。周作人追溯八股之源至韩文，也不为过。八股文最直接的渊源是宋代经义文，而宋代最受推崇的是苏轼、王安石的经义、策论之文，苏轼此类文体也多学习于韩愈文章，所以用八股之法有选择地评韩文也可谓是一种行之有效的方法。如韩愈《原毁》一文，八股文因素便十分清晰。用八股之法进行细密分析，也可以使读者深入理解作品，领会作文应如何命意、如何用笔、如何作曲折和照应之笔，使难以解读的韩文有章法可寻。对通学大儒来说，过于琐细，但对初学古文者来说确有门径可循。

二、《韩文起》的价值

鉴于一直以来对林云铭《韩文起》有失公允的评价，我们有必要重新探究《韩文起》的价值，给这部著作以合理的定位。

（一）详解韩文，为初学者指导读书作文门径。

自明代之后，诗文评点不仅继承宋代以来传统的文学鉴赏、品评方式，还从八股文写作中得到启示，另辟蹊径，"形成一种独特的批评方式，它的目的主要是为人们指点赏析作品、创作作品的具体途径，因此特别重视揭示'作文之用心'，对于作家的创作意图、创作方法，对于作品的遣词、造句、修辞、构思以及结构上的抑扬、开阖、奇正、起伏、转折等方面的艺术技巧，都进行了细致入微的评点"[①]。这种详细的评析方式对于读者理解和学习作品的艺术构思和表现方式大有裨益。《韩文起》详细解析韩文作法技巧，容易使初学者找到学习古文的门径。韩愈文章纵然千变万化，但遣词造句、谋篇布局总有规律可寻。林云铭解析韩文技巧，为后学指出赏奇析疑之法，如评《处士卢君墓志铭》曰：

> 卢处士毕生未受官职，即在家亦无卓卓可纪者，从何处得成一篇文字。公即因他少孤，追叙乃翁所以早死来历，点缀在前，便见有许多出色。及叙其能自立不出仕处，归之于不忍离母，不忍弃弟妹，绝不提出孝友二字，而孝友之德，跃跃见于言外。其铭词把富贵名寿，世人往往有幸而得者，与"其材"、"其人"，比论一番，因用一"逢"字，一"迎"字，而归之于命。见得世人为利为命，逢迎万状，亦是命该如此。而处士独以侍母育弟妹终其身，命虽不幸，其自立有不可及者，此意亦当于

[①] 郭英德等著《中国古典文学研究史》，中华书局2000年版，页478。

第一章 林云铭《韩文起》研究

言外求之。凡作文字,必写出一句,才成得一句者,便是不会作;读古人文字,必见得一句,才晓得一句者,便是不会读也。①

林云铭从韩文构思的字里行间探析其隐含的丰富内容,透过平平淡淡的文字,分析出韩文的真正用意。卢于陵处士终生未入仕,有"其材",却"以侍母育弟妹终其身",元和二年(807)因病卒。韩愈在墓志铭中先叙其父早逝经历,次叙其在家勤侍母育弟妹,因而未进仕。林云铭分析韩文意在赞卢处士忠孝且有才,并且认为韩文叙述卢处士"命虽不幸",无得富贵名寿,但文中表达"其自立有不可及者"之意必在言外求之,不应停留于韩文的字面表述,告诉读者读书之法。又评《画记》曰:

> 记本因画而作,然记中实有画。在当日画固然为入神之画,而记尤为入神之记也。中分人之事为一段,马之事为一段,诸畜器物共为一段,而穿插变化,使人莫可端倪。如记人一段内所骑之马,于记马一段内点出。所拥,所牵,所驱,所臂之畜,及所披,所载,所执,所植,所奉,所捏注,与妇人以孺子所载之具,皆于记诸畜器物内点出,此亦不难参互稽核。但当日画卷中,定不是把这些人物写在空空一个地面,必有山川草木,庐舍水火,床榻槽枥等件,然后人畜可行可止,器物可藏可出也。细思如何一并入记,看他记人有上下,马有陟降,人与马皆有涉者,非山川乎?人有驱牧,马有磨树,非草木乎?人有舍而具食,非庐舍乎?人有捏注,有附火,非水火乎?人有偃寝,马有秣者,非床榻槽枥乎?凡画中所有,难以入记者,无不历历如见,所以谓之入神。世人只在有字句中读书,余一生专在无字句中读书。②

此文是韩愈据所见一幅精工之画而作。画中人大小"百二十有三",马大小"八十有三",各种器物"二百五十有一",牛大小"十一",以及驴、犬、羊等,且姿态各异,惟妙惟肖。韩文描写活灵活现,如画在眼前。林云铭层层详解《画记》文字中隐含的丰赡内容,"凡画中所有,难以入记者,无不历历如见,所以谓之入神"。透过记中文字,林氏看到了韩愈精湛的描写技艺,把画中人畜物描写得栩栩如生,通过描写人畜动作巧妙带出画中草木等难以入笔的静态物件,达到"记中实有画"的效果,可以与画相媲美。这是林氏"在无字句中读书"的结果。此文的深奥之处确实也得到其他文人、学者的

---

① 林云铭《韩文起》卷十一。
② 林云铭《韩文起》卷七。

赞誉,方苞评曰:"周人以后无此种格力,欧公自谓不能为,所谓晓其深处;而东坡以所传为妄,于此见知言之难。"①张裕钊评曰:"读此文固须求其参错之妙,尤当玩其精整。"②林云铭挖掘韩文言外之意,正如司空图"不着一字,尽得风流"的诗歌批评理论。在解析韩文时,林云铭善于借此总结读书作文必须要向言外推求的道理,强调读书作文不要流于文字的字面意思,要注重揭示弦外之音、言外之意,以便初学者借鉴,掌握读书作文门径。面对所限定的材料,怎样驾驭资料,如何构思,才能成为一篇妙文,对于初学者来说,掌握一定技巧是非常必要的。如《考功员外卢君墓铭》,评曰:

> 卢东美殁后二十年,方请铭与其妻合葬。止存进身入官履历,并无事迹,如何得成一篇文字。看他虚虚将"四夔"名目,及李栖筠署为幕府一节,叙在前面,俱托之"天下大夫士"所与,以为后案。然后把乞铭内"事业"两字,只用数语阁起,而以未仕之先众人所与处,验其为德。看来虽似个卢公实录,其实"四夔"原非卢公一人,即李栖筠所辟崔造在内,亦非独取卢公一人。其当时天下大夫士,更未必尽知其事,而专与卢公一人也。自首至尾,总是空中楼阁,妙在步步作悬度不定之词,无一字指实,便不伤于支离附会。此乃无题目文字,只得如此措笔。③

此文作于元和二年(807),卢东美已卒二十年,其孙卢立为其请墓志铭于韩愈,以求道其"事业","示于今与后"。卢东美与韩会、崔造、张正则为友,常谈经济,时人号称"四夔"。卢东美所存事迹只有入官履历,面对这些简单的材料,韩文如何构思?"四夔"是天下众士将四人与夔皋相侔,体现其德之大,实际四人功勋并不显著,美称只是时人一种陋习,所以韩文先以其兄韩会为首引出"四夔"含义、来历,紧接叙卢东美辟为李栖筠幕府一事,以突出卢东美的美德。全文避开卢东美"事业"之事,处处借助外部言论评价其德行,且评论目标也不止卢东美一人,由此形成一篇妙文。所以林云铭分析此文"妙在步步作悬度不定之词",实已看出此文无所称之称的巧妙构思。曾国藩评此文"起笔逆",叙李栖筠署为幕府事属"接笔逆",因为都没直接叙卢东美事。通过阅读林云铭对韩文行文技巧的分析,士人便于掌握用有限的材料进行创作的技巧。

---

① 马其昶《韩昌黎文集校注》,页86。
② 马其昶《韩昌黎文集校注》,页86。
③ 林云铭《韩文起》卷十一。

第一章 林云铭《韩文起》研究

（二）振兴文坛复古之风

《韩文起》的价值不仅体现在解析韩文创作技巧的文章学方面颇具一定的时代意义,对清初文坛古风之复兴以及清代福建地区崇韩之风的发展也功不可没。《韩文起》深入分析与考证韩文,新见迭出,其对后世韩愈研究具有重要的借鉴价值。

明清时期,科考以八股文为主,为士子服务的质量较低的坊间刻本泛滥成风。士子为了考取功名,弃古文而不学,只摘取其中个别词语揎入八股文中应付科考,形成一种剽窃陋习。引导士子作文,振兴文坛古文,纠谬坊本之误,便成为古文家亟待解决的问题。福建地区刻书业自宋代以来就十分兴盛,尤其是坊刻业十分发达。坊刻本带来的负面影响使林云铭颇为忧心,这在《韩文起序》中已有明确交代。为了挽救文坛时艺剽袭之风,重振古文,林云铭悉心研治古文,探究其中神理奥妙,供士子学习。林云铭评点韩文初衷就是要振兴古文,剪除文坛剽窃之陋习。《韩文起序》中阐明了振起、兴起古文之义。林云铭评注韩文历时数十年,曰:"嗣余反复探索,暂有所得,即作蝇头小书,逐段逐句分记于各篇之内,常恐有兔起鹘落、稍纵即逝之虞。不惮一夜十起,如是者有年。渐觉鄙见日新,积疑尽释。"[①]

林云铭详细解析韩文创作技巧,探流溯源,深入挖掘韩文构思成因,让士子从中领会作文之法,创作出高境界的八股文,振兴古文。林云铭说:"海内君子得是编,当见韩文堂奥,必能于剽窃词句之时,溯流穷源,湔涤故习。"[②]明末清初时,出版印刷已经较为发达,市民商品经济活跃,利于书籍广泛传播。而附于书文中的评点可以很好地起到引导阅读、增进体验的作用,其中胪列的读书之"法"就成为一般阅读者欣赏文本的重要门径和钥匙。虽然《韩文起》受到大儒讥讽,但一般士人对其奉为作文法则。林云铭《韩文起》当时已广泛流布,在士人中引起了不小的反响。仇兆鳌评其"领异标新,每阐前人所未及,故海内外咸奉为准绳",能"开后学津梁"[③]。仇兆鳌对其的高度评价正是林云铭作为一个古文兼时文家的最高期望。《韩文起》振兴古文之"时义"的价值已经远超其文章学的意义。继林氏之后,以评点韩文振兴古文之士不绝如缕。其后沈闇担心"宋元以来其文俱漫无法度,恐古人为文之道绝而不传,后代好古之士误其所从"[④],固以韩文为范

---

① 林云铭《韩文起序》,《韩文起》卷首。
② 林云铭《韩文起序》,《韩文起》卷首。
③ 仇兆鳌《挹奎楼选稿序》,林云铭《挹奎楼选稿》卷首,《四库全书存目丛书》本,页3。
④ 沈闇《唐韩文公文凡例》,《唐韩文公文》卷首。

型,成《唐韩文公文》。

林云铭嗜好韩文,推崇韩愈,之后福建地区评点韩文风气未有间断。安溪李光地《韩子粹言》、光泽高澍然《韩文故》、闽县林纾《韩柳文研究法》,批点韩文,以教士子学作古文。尤其是林纾,与林云铭同为福建文人,林云铭为振兴古文而批韩文,林纾为坚守古文阵地而评韩文,可谓首尾呼应,为古文复兴做贡献。林云铭《韩文起》对福建地区推尊韩文之风的发展不无引领作用。林云铭研析韩文数十年,其评析韩文成果可资后世韩愈研究借鉴。罗联添《韩愈古文校注汇辑》、陈克明《韩愈年谱及诗文系年》等对林云铭《韩文起》成果多有借鉴和吸收。

三、《韩文起》之时代局限性

《韩文起》是韩文评点文献中较有代表性的批本,对韩文作出了重大贡献,对后世韩愈研究具有较高的价值。但因历史环境的局限性,《韩文起》也存在一定的缺憾。

(一)解析韩文过于主观化

林云铭忧国忧民,关心百姓疾苦,为官时为民请命,不阿谀权贵,这些和韩愈一脉相承。林氏用自己的遭际去解读韩文,能产生共鸣,能深入体会韩文旨意。不过林云铭过于以己之意逆韩愈之志的方式解读韩文,用自己的人生观去衡量韩愈一生行事准则,不免会稍显主观。如《答崔立之书》,评曰:

> 公乃谓应举之文,可不学而能,博学宏词,其文类俳优,时可羞耻;或四举而后成,或三试而不就,皆非文章之罪,何必藉此以求知于俗眼。然前此所以求试之故,不过为贫而仕,冀有利于人已耳!其实自家尚有两副大本领,出则行道,处则著书,揣摩业已成熟,无不可以自见于天下者,不在主司之赏识不赏识也。[①]

此书作于贞元十一年(795),因吏部以骈体公文取士,韩愈深习古文,不屑于时文,所以屡试失败。韩愈三试于吏部无所得,崔立之寄书勉之,韩愈作文答之。林云铭以自己的人生经历给韩愈也量定一条"出则行道"、"处则著书"的人生道路,实在过于主观化,未能解读韩愈之心。韩愈并不仅仅因贫困而出仕,而是想通过步入仕途实现自己远大的政治理想,贞元十二年

---

① 林云铭《韩文起》卷三。

第一章 林云铭《韩文起》研究

(796)韩愈便入汴州董晋幕。

林云铭受福建地区浓厚神文化观念影响,加之一生遭际坎坷,尤其是两次著作遭毁,思想上有一定的局限性,相信鬼神存在,相信天命。《挹奎楼选稿自序》曰:"又安知前此之初厄于兵,再厄于火,非有待于仇先生之明识与陈君之古道,可以推择而曲成乎!斯文未丧,天命不欺,此中殆有主之,匪可强也。"①林云铭《损斋焚余》中《林四娘记》是反映鬼神观念作品的代表,作于康熙六年(1667)。关于林四娘本事众说纷纭,莫衷一是。清代众多文人将林四娘写入作品,加以丰富和改编,渐敷成一名节烈女子。

林云铭信天命的思想在他评点韩文时也有一定的体现。编排韩文体例上,碑志部分"先神而后人",解析韩文渗入这一思想。如《送孟东野序》,评曰:

> 昌黎少时,梦人与丹篆一卷,强吞之,旁有一人拊掌而笑,觉后胸中物下咽,自是文章日丽。后见孟郊,乃梦中旁笑者。是两人文词皆本天授,为最得意之友,而是篇为最得意之文也。其大意以为千古文章,虽出于人,却都是天之现身,不过借人口发出,犹人之作乐,借乐器而传,非乐器自能传也。故凡人之有言,皆非无故而言,其胸中必有不能已者。这不能已,便是不得其平,为天所假处。篇中从物声说到人言,从人言说到文辞,从历代说到唐朝,总以天假善鸣一语作骨,把个千古能文的才人,看得异样郑重,然后落入东野身上,盛称其诗,与历代相较一番,知其为天所假,自当听天所命。②

林云铭深信韩愈少时梦东野这一神秘故事,认为千古文章都是天授之与人,韩愈和孟郊的文学造诣也是天所赋予。韩愈在文中劝孟郊听天命,实是为孟郊鸣不平。而林云铭则完全认定人的命运是天所注定,所以孟郊的命运也是上天安排,当听天由命,这当是过于主观化的分析。《答侯继书》评曰:"侯与公同年进士,不得留京而去,寄书与公。嗣公三求试于吏部而辄见黜,三上书于宰相而不见收,决意东归,作此以答之也。谚云:早知穷达有命,悔不十年读书。"③显然评语中透露一种过于主观化的情感。林云铭过于融以自己的遭际思想评注韩文不免有一定局限性,但这属于历史性问题。

---

① 林云铭《挹奎楼选稿自序》,《挹奎楼选稿》卷首,页4。
② 林云铭《韩文起》卷五。
③ 林云铭《韩文起》卷三。

(二)考证史实亦有牵强附会处

林云铭评析韩文以考证史实为基础,但对某些史实的稽考有胶柱鼓瑟之嫌。如《平淮西碑》,考证推韩碑事件曰:

> 但此文改用段文昌始末:罗昭谏以为李愬将石孝忠,怒其归功裴相,以愬功与颜胤齿,因仆之。事闻于朝,又杀其吏。天子亲讯,命段文昌改作。评者谓昌黎既欠实录,裴晋公亦无休休让美之怀,致谤有因。余独不以为然。细玩叙李愬之功,最为详明,原与颜胤迥别……是说也,在昌黎无非欲显天子之明且断耳。乃此辈尚欲哓哓议论国事,见之能自安乎? 重赏之下,必有死夫。前此藩镇惧讨,犹能遣刺客入皇都,杀宰臣而取其颅骨,况举朝协谋释憾,何求不得;且以天子万几,能使其亲讯阙廷,其中必有主之者矣。石孝忠自惟推碑杀吏,既可以结盈朝之权,又有所恃,必不至于死,更何惮而不为乎? 及读段文昌所作……与昌黎文大相抵牾,益知孝忠为李逢吉辈阴遣无疑矣。①

关于韩愈所撰《平淮西碑》被磨一事,论者存在争议。两《唐书》记载是李愬妻于禁中申诉韩文不实所致;唐代罗隐《谗书·说石烈士》、宋代丁用晦《芝田录》认为是李愬卒吏石孝忠因不满韩文掩埋李愬大功而推倒韩文碑;林云铭驳斥罗氏之说,推测是李逢吉辈阴遣石孝忠推碑,岂不知李愬曾受恩于李逢吉。卞孝萱撰写《两〈唐书〉记李愬妻于禁中诉〈平淮西碑〉不实》、《罗隐、丁用晦述李愬卒推倒韩碑》、《林云铭推测李逢吉辈阴遣石孝忠推碑》三篇文章,考证各种说法。当时朝廷主要存在李逢吉、令狐楚、皇甫镈与裴度、崔群、韩愈两方之间矛盾斗争。李逢吉一方反对讨伐淮西吴元济,制造种种阻碍。裴度则冲破重重阻挠出战,取得战争胜利,立下伟绩,双方矛盾更加激化。韩愈被命撰文歌颂此战事。韩文撰成之时,正是李逢吉一方在朝势力强大之时。平淮西之战中李愬也立了功,而韩文凸显了裴度功绩。对方便认为故意夸大裴度之功,而掩盖了李愬之绩,长期郁积的愤懑,找到了发泄的契机。李愬因曾受李逢吉恩遇,就入了圈套。李愬妻常出入禁中,便被利用来向皇上申诉"此冤"。迫于李、令狐势力的强大,宪宗不得不磨去已经认同的韩碑。因而韩碑最终被推的真相便是:"李逢吉遥控,李愬妻诉于宫中,皇甫镈潜于朝廷,互相呼应。宪宗既'重悟武臣心',又'恐盈朝不自安'……宪宗深思熟虑的结果——抑制功高的裴度,牺牲韩愈的

---

① 林云铭《韩文起》卷十。

文名,调整朝廷内部关系,以巩固其最高统治权。"[1]实际以上诸家观点实质相同,都是指党争的结果,只是推碑形式不同。林氏分析原因抓住要害,但没有详细查阅史书记载,而推测是石孝忠凭一人之气力推碑杀吏似乎不合常理。

关于林云铭《韩文起》应放置于时代背景下以还原历史的态度客观公正地评价,不因其有些许缺憾而掩盖其真实的价值,也不因作者美好的初衷而抹去其存在的不足。毕竟运用八股之法评韩文,也会有一定的牵强之处,要加以区分对待。

---

[1] 卞孝萱《冬青书屋笔记》,东方出版中心1997年版,页375。

第二章 方世举《韩昌黎诗集编年笺注》研究

方世举是清中期学者,博贯淹通,交游之人多当时名流。他在《韩昌黎诗集编年笺注》中运用乾嘉考据学的知识和方法详考韩诗词语、典故、职官制度等,秉持"知人论世"和"以意逆志"的阐释理论,运用"诗史互证"法阐释韩诗编年、意旨,纠史之误、补史之缺,同时又融以自己的诗学思想评析韩诗艺术特色,对韩愈研究贡献卓著。

第一节 方世举交游考及其诗学思想

一、方世举交游考

方世举(1675—1759),字扶南,晚号息翁,康熙监生,安徽桐城人,清代学者方章钺之孙、桐城古文派代表方苞之从弟。康熙五十年(1711),发生了轰动一时的"戴名世《南山集》案"。此案因书中多采用《滇黔纪闻》中所载南明桂王时事而牵连到原作者方孝标,方氏后代多人因之坐死或流放,方世举亦是其中之一,被累隶旗籍,远戍塞外。雍正元年(1723)恩诏放归田里,尝寓扬州。方世举天性高旷,一生未曾有过一官半职。乾隆元年(1736)朝廷方开博学鸿词科,某侍郎欲荐举方世举,世举婉谢不就。方世举诗宗杜、韩,"性好佛,又不喜赴人饮"①。方世举勤于治学,"读书均有评论于书本上下,左右,本行已满,则加别纸条记"②,又善作文,"年八十余犹于广座灯红酒绿中,伸纸濡墨,顷刻数十百言,而精彩曾不少减"③。方世举

---

① 杨钟羲《雪桥诗话余集》卷三,北京古籍出版社1992年版,页179。
② 萧穆《跋息翁汉书辩注》,萧穆《敬孚类稿》,《清代诗文集汇编》第729册。
③ 符葆森《国朝正雅集》,载钱仲联《清诗纪事·乾隆卷》,江苏古籍出版社1989年版。

第二章　方世举《韩昌黎诗集编年笺注》研究

晚年游于扬州,卒于乾隆二十四年(1759),享年八十四。方世举虽为一介布衣,其交游却甚为广泛,且不乏学界名流,对其潜研学问大有裨益。

(一)与族人交往

桐城方氏家族属名门望族,人才辈出,有着深厚的文化底蕴。方世举从祖父方孝标(1617—?)是康熙时著名学者文人,有《纯斋诗集》《纯斋文集》等著作,论者称其有以诗补史之称。

从兄方苞(1668—1749),字灵皋,晚年号望溪,是桐城古文派创始人,文名大躁于时。世举与方苞常有书信来往,互寄诗文,交流切磋。方苞很欣赏世举诗歌,方世举《春及堂集》中《寄李穆堂少宰四十韵》题序曰:"因望溪兄书来言,见拙诗于其壁上,高诵,一再叹为古人风骨。余方感旧,不觉兴怀。"[1]雍正二年(1724)世举与方苞一起拜其先断事公墓(五世祖方法,明成祖时投江自尽),方世举作诗《同望溪兄拜先断事公墓》,收入其《春及堂集》中。雍正十年(1732)二人又同省先祖墓,且有唱和诗。方苞作《展断事公墓二首》收入《方望溪先生全集》,方世举作《和望溪兄省墓二首》收入《春及堂集》。方世举在诗题下自注曰:"先断事公,明建文己卯举人,出方正学门,四川断事。成祖即位,违诏被逮。行至望江,尽节自沉……兄必欲叙事,故从而和之。"[2]省墓后方苞回白下(今南京),又向世举索取诗歌。为此世举作诗《兄回白下后索诗寄五十韵》曰:"昨喜上冢来,泪眼开笑口……愿保千金躯,长延六经寿。我衰犹读书,疑义资击掊。著述薄有之,欲出竟回肘。"[3]可见二人互动频繁。

乾隆七年(1742)方苞因病辞官告老还乡,之后曾寄自己诗稿与世举。方世举当时正忙于校勘张宗伯(明朝国亡殉国官员)的集子,没有及时阅读方苞诗,方苞便连写书信催促。方世举为此作《望溪兄特以诗稿下问,适有事牵,未及展读,连书迫促,因先呈长句二十韵》和《读毕寄还又呈二十二韵》二诗,收入《春及堂集》,前者曰:"薄海交游踪迹断,隔江兄弟性情通。寒暄脱略忘称疾,声病殷勤忘效忠。"后者曰:"吾兄但不官,何事不第一。不必更声诗,声诗复孤子。平生所为文,嚏唾皆经术。"从方世举对方苞文章的评价中知方世举甚为赞赏明道之文。乾隆十一年(1746),方世举到南京拜访方苞,且被留下观看刘亭牡丹。《春及堂集》中《病起看庭院牡丹,忆

---

[1] 方世举《春及堂集》,《四库未收书辑刊·拾辑》,北京出版社2000年影印,页700。
[2] 方世举《春及堂集》,页699。
[3] 方世举《春及堂集》,页699。

事怀人连十首》一诗"回思风雨连床看,马策无因叩白门"句下自注曰:"乾隆丙寅,偶过白下,望溪兄留看刘亭牡丹。余哀词所谓'香留三日座'也。"①乾隆十四年(1749)方苞去世,世举作有《望溪兄哀词十二首》,以示悼念之情,其六曰:"不知凡几世,世复有斯人。景运今尧禹,翘存此凤麟。通经非寡用,俗薄易生嗔。"②言语中可见出方世举对方苞学问和人格尤加推崇。因二人的密切交往,方世举诗学观与方苞文论观极为一致。

从侄方观承(1698—1768),字遐谷,号问亭,又号宜田。由中书官至直隶总督,加太子太保,政绩显赫,谥号恪敏。方观承亦善诗,有《问亭集》《三世诗刻》《述本堂集》等著作。

方世举和观承交往甚是密切。雍正初,方世举被赦南归过扬州,方观承自金陵探望。《兰丛诗话》云:"一日,宜田侄来自金陵,一见而立成《晤言》一律,已觉老成,又出其古、近体十数篇,尤佳。余惊喜过望,深谈数日,辞归,遂于江舟中记一小册,余不知也。历久为儿子所有,始见之。"③宜田册子中记载二人论诗之理、作诗之法,如册子中曾记一条:"余尝举宫詹公批杜有云'是排句,不是律句。'分别安在?质诸息翁先生,先生曰:'排句稍劲荡耳。'余曰:'匪惟是,音节承递间读之,自不可易。'先生曰:'子论更细。'"④方世举曾评观承诗有似唐高适、岑参等人风格,曰:"后以征辟起,从相国鄂公视河,又一遇之,为诵前军中五律十数首。时余卧矣,闻至'马嚼冰连铁,狼奔雪带沙','辨面戈攒火,开关钥坠霜'等句,不觉决然起,拍其肩背:'子欲抗高、岑塞上作,直入杜《秦州杂诗》耶!'"⑤征辟起,方观承做官多处,与世举见面甚少,但二人仍多有书信来往,并常作诗交流。世举曰:"逮其秉节钺,抚浙江,督直隶,凡通显者故学多废,而书来省问外,辄复言诗。"⑥方观承曾寄其《次京口不得拜先陇》七律给方世举,其中有云"舟边鹤过山沉月,江上乌啼夜有霜",方世举评其"情致独绝"。

雍正十年(1732),方观承随平郡王福彭出征准葛尔。雍正十一年(1733)从军归来,方世举作诗《宜田侄以诸生从军朔漠,归寄诗集题二十韵》。每逢观承升迁,世举都作诗对其加以鼓励,并寄以厚望。方世举虽不

---

① 方世举《春及堂集》,页712。
② 方世举《春及堂集》,页706。
③ 方世举《兰丛诗话》,载郭绍虞编《清诗话续编》,页770。
④ 方世举《兰丛诗话》,载郭绍虞编《清诗话续编》,页778。
⑤ 方世举《兰丛诗话》,载郭绍虞编《清诗话续编》,页771。
⑥ 方世举《兰丛诗话》,载郭绍虞编《清诗话续编》,页771。

第二章　方世举《韩昌黎诗集编年笺注》研究

入仕,仍心系国家民生,儒家思想在其心中根深蒂固。雍正十三年(1735),方观承拜中书舍人,方世举作《寻闻拜中书舍人》,诗曰:"玉韫山中那有辉,丈夫毕竟要雄飞……一官便即中书省,四世功名起紫薇。"①乾隆九年(1744),方观承迁直隶布政,方世举作《闻宜田就迁直隶布政》。乾隆十一年(1746)又摄抚山东,方世举作《寻又闻摄抚山东》诗,曰:"辨才须辟臧三耳,异士还求鲁两生。十二提封天尺五,早从东海树修名。"②乾隆十三年(1748),方观承巡抚浙江,方世举作《宜田巡抚浙江寄二十韵》,诗曰:"吾家开幕府,及尔三四人……奉国毋私顾,吾甘甑有尘。"③乾隆十四年(1749),方观承晋直督,方世举作《宜田晋直督后书来,因寄二十韵》,诗曰:"报国全无我,勤民大有秋……古来元老壮,努力振前修。"④方世举言语中处处流露出作为长辈对晚辈的欣赏与勉励之情,又有着朋友般的深切关怀之感。乾隆二十年(1755),世举年届八十,又作《宜田六十初度六首》赠观承。方观承抚浙时,曾寄书邀请方世举同游山水,曰:"家息翁先生博学笃行……及余抚浙时,纵江一水可达,屡以书订期请游览武林山水,不至,复书谓:'野人方与故里之朋旧剧谈高会,日掀髯鼓掌以为乐,欲以爱居享我耶?'其襟怀高明,当于古人中求之。"⑤从这些交往中,见出二人亦叔侄亦朋友的密切关系,其诗学思想也必定会在交往中相互影响。

表弟程梦星(1679—1755),字午桥,号汧江,一号香溪,江苏江都人,属扬州名流,汪懋麟外孙。康熙五十一年(1713)进士,官编修,有《平山堂志》《今有堂集》等著作。

方世举与程梦星少时一同读书,之后也多有交往,二人感情深厚。乾隆二十二年(1757)程梦星去世后,世举作《代书寄程午桥冥中》,回忆二人在一起时的童年趣事和亲密的表兄弟情谊,诗曰:"小时同读书,灯火接肱肘。至老犹时招,如农约耕耦。耄及吾懒行,连书催疾走……昔时宴园中,戏指园左右。"⑥雍正初,方世举南归途中曾应梦星之邀到家中一留。《兰丛诗话》云:"南归过扬州,表弟程编修午桥留笺注《李义山集》。"⑦此次过扬

---

① 方世举《春及堂集》,页692。
② 方世举《春及堂集》,页701。
③ 方世举《春及堂集》,页703。
④ 方世举《春及堂集》,页704。
⑤ 方观承《春及堂集序》,方世举《春及堂集》,页678。
⑥ 方世举《春及堂集》,页710。
⑦ 方世举《兰丛诗话》,载郭绍虞编《清诗话续编》,页770。

州方世举还为程梦星竹园题诗《题表弟程午桥编修筱园》一首,收入《春及堂集》。乾隆十八年(1753),梦星赠送世举《后牡丹亭》剧本。方世举《春及堂集》中《田田行》也是受程梦星之托在其家中所作,序曰:"程午桥说书女也,田其姓,午桥重之,以为名,意可知,人亦可知。一日出而为余说《双红传》,午桥为之请诗。"①方世举《代书寄程午桥冥中》曰:"为达冥漠君,原九复泉九。再世为弟兄,相期证林薮。后死老秃翁,顿首再顿首。"②表兄弟二人感情深厚,鱼雁往来频繁。

(二)与其他学者之交游

方世举交游广泛,所交往之人多当时学界名流,在交游中相互切磋技艺,方氏渊博的学识与其和当时名流的交游密不可分。

1. 朱彝尊

朱彝尊(1629—1709),号竹垞,字锡鬯,晚号小长芦钓鱼师,又号金风亭长,浙江秀水(今嘉兴市)人。康熙十八年(1679)举博学鸿儒,授翰林院检讨,入直南书房,曾参加纂修《明史》。朱彝尊有《明诗综》《曝书亭集》《经义考》等著作。朱彝尊生平好古,学识渊博,经、史、子、集、金石、碑板,竹、木、虫、鱼诸类,无不一一考索纂述,其诗气格本于杜甫,而兼以李白之风韵。查慎行评曰:"其称诗以少陵为宗,上追汉魏,而泛滥于昌黎、樊川,句酌字斟,务归典雅,不消随俗波,故长篇短什,无体不备,且无微不臻。"③

方世举曾从学朱彝尊,必然受其师学风、诗风影响。朱彝尊藏书丰富,且多古书秘本,又诗宗杜甫、韩愈,且批点过《韩昌黎先生集》,这些对方世举读书治学有极大影响。《兰丛诗话》云:"初从朱竹垞先生游,值友人顾侠君《笺注昌黎诗集注》新出,凡宋人有说皆收之……少年率尔,遂贸贸指摘于先生前,先生不责而喜之,且怂恿通考,以为异日成书。"④这是引发方世举笺注韩诗的缘由。方世举《韩昌黎诗集编年笺注》所注内容博杂,文字音韵、天文地理、人物名物、典章制度等一一考证。尤其是考据过程引用资料极为丰赡,体现出扎实的小学功底。朱彝尊常称赞世举诗才,袁洁《蠹庄诗话》曰:"桐城方公扶南,自幼工诗,朱竹垞太史尝称之。"朱彝尊尤其赏识方世举学韩之诗。方世举《春及堂集》中《早得樱笋》一诗"先生养子弟,且配青头鸡"句下自注曰:"乐府名,鸭也……余诗有'永宜王述投,不事赵

---

① 方世举《春及堂集》,页695。
② 方世举《春及堂集》,页710。
③ 查慎行《曝书亭集序》,朱彝尊《曝书亭集》卷首,《四部丛刊》本。
④ 方世举《兰丛诗话》,载郭绍虞编《清诗话续编》,页770。

鬼魅'句,时方学昌黎格调也。先生称而和之,今失其稿。"①方世举少时从学朱彝尊,且已开始学韩。朱彝尊还为方世举写过激励其读书之铭。乾隆二十三年(1758),世举作《授三儿陶砚》诗,题下自注曰:"匣内朱竹垞先生铭,分书;匣外赵秋谷《宫坊记》,小楷,皆亲笔也。"②在人生的最后,方世举把朱彝尊赠送之铭传给后人,足见朱彝尊对其影响之大,师生情谊之深。

2. 李绂

李绂(1675—1750),字巨来,号穆堂,江西临川人。自幼以神童称,十岁便能诗。康熙四十八年(1709)进士,改庶吉士,官至工部右侍郎。雍正间为田文镜所困,几死。著有《穆堂类稿》《阳明录》等。李绂为理学名家,宗主陆、王,诗文有异禀。其诗词采丰腴,自见风标。

方世举与李绂交往也较密切。康熙间北游京师十年,方世举与京师贤豪长者多有唱和,且常在一起质疑辨难,时人就将其与李绂并称。方世举在南归后作《寄李穆堂少宰四十韵》,诗中自注曰:"都下旧谈以余与君齿同貌同,而好读书亦同。"③李绂欣赏世举诗歌,清萧穆曰:"临川李绂督部尤推重焉,尝以先生所赋长篇险韵张诸广座,夸耀同人。"④李绂不仅将方世举诗歌示于同座,还尝将其张贴于家壁上。方世举《寄李穆堂少宰四十韵》题序曰:"因望溪兄书来言见拙诗于其壁上……不觉兴怀。"可见李绂对世举诗歌推崇之甚,也可窥见二人切密之谊。方世举诗中回忆当年在京师和李绂、何焯、张大受等大学者一起饮酒作诗的欢乐时光,其诗曰:"意集匠门家,高会末契托。纸笔间觥筹,歌呼杂音乐。"

3. 何焯

何焯是方世举早期朋友,二人也多有交往。方世举游京师间曾与何焯一起谈论诗歌,编为《梁园诗话》,现已佚。《兰丛诗话》云:"汪武曹、何屺瞻不甚为诗,而特许语有根柢。末契少年舒编修子展一一录之,以为《梁园诗话》。梁园者,水木清华,余寓居也。及雍正初南归,汪、何已先殁,舒亦旋以讣闻,不复知所录犹在人间否也?"⑤方世举南归后,何焯已去世。方世举作有《编修赠学士何君焯》收入《春及堂集》中。何焯还曾将陆漻所校宋元版书交方世举校勘,《春及堂集》中《长洲陆叟漻》诗题下自注曰:"经事

---

① 方世举《春及堂集》,页713。
② 方世举《春及堂集》,页715。
③ 方世举《寄李穆堂少宰四十韵》,《春及堂集》,页700。
④ 萧穆《方息翁先生传》,载《敬孚类稿》卷十二,《续修四库全书》第1561册,页92。
⑤ 载郭绍虞编《清诗话续编》,页770。

虞山,善别宋元书,何义门引与余校。"①在校勘过程中,方世举自能广阅古籍,为笺注韩诗积累知识。何焯赞赏世举独特的诗学评论观点,方世举在韩愈《辞唱歌》后评语曰:"亡友何义门常喜余破俗之论。"②在二人交游中,世举也深受何焯渊博学识的启发和影响,其《寄李穆堂少宰四十韵》曰:"义门破万卷,许我窥九明。"

4. 顾嗣立

方世举与顾嗣立的交往在其早年时期,《兰丛诗话》云"值友人顾侠君《笺注昌黎诗集》新出"③,这是方世举萌发注韩诗的最早缘由,也见二人相识较早。方世举《韩昌黎诗集编年笺注》对顾嗣立《韩昌黎先生诗集注》采取了一定的取舍。方世举南归后作《感旧诗二十四首》收入《春及堂集》,题序曰:"海内旧游频年凋谢,闲中追悼,各系一诗。非独怀人,盖以记事云尔。"其中有怀顾嗣立之作《庶常顾君嗣立》。

5. 陈鹏年

陈鹏年(1663—1723),字北溟,号沧洲,湖南湘潭人。康熙三十年(1692)进士,历官江宁知府、河道总督、兵部侍郎,两次进武英殿修书,谥恪勤。陈鹏年文章事业为一代伟人,诗风豪爽洒脱,有《道荣堂诗集》十卷、《文集》六卷。方世举早年曾携女儿谒见过陈鹏年。《春及堂集》有《报谒沧洲太守,稚女胜男强随车中,感而有作》。陈鹏年作诗《答扶南挈爱女见过》赠世举,收入方世举《春及堂集》。世举南归后,《感旧诗二十四首》中第一首即是怀念陈鹏年之作,即《总河谥恪勤陈公鹏年》,诗曰:"砥柱功名铁石心,黄河白璧共消沉。新恩汲黯淮扬老,旧事《离骚》湘水深。百折有身曾试玉,九幽无口更销金。茫茫雨雪愁春涨,鬼马灵云结暮阴。"④方世举盛赞陈鹏年人格魅力,将其拟比屈原、汲黯,歌颂其廉政爱民的崇高品格。

6. 张大受

张大受(1660—1723),字日容,号匠门,江苏长洲人,约康熙五十年(1711)前后去世。张大受生有异才,通百家,少从学于朱彝尊。张大受世居吴郡匠门,喜将掖后进,四方造门请业者络绎不绝。康熙南巡,尝召至御舟赋诗,因宣入纂修馆。张大受官翰林检讨时,奉命督学贵州,教诸生读书之法。张大受善诗古文,清新独出,有《匠门书屋集》等著作。方世举曾和

---

① 方世举《春及堂集》,页702。
② 方世举《韩昌黎诗集编年笺注》卷十二。
③ 方世举《兰丛诗话》,载郭绍虞编《清诗话续编》,页770。
④ 方世举《春及堂集》,页681。

京师一些大学者聚会于张大受家中饮酒作诗。方世举《寄李穆堂少宰四十韵》中曰:"意集匠门家,高会未契托。"方世举南归后作有《贵州学使检讨张君大受》,诗曰:"兰臭同心事渺茫,士林憔悴见孤芳……百口累深初得路,六年恩重等投荒。西南日落中原迥,铜鼓花苗哭讲堂。"①歌颂了张大受在贵州忠于教育事业的传道授业精神。

7. 赵执信

赵执信(1662—1744),字伸符,号秋谷,晚号饴山,青州益都(今属山东淄博)人,赵执信是清代诗人、诗论家,康熙十八年(1679)进士,授翰林编修,并担任《明史》纂修官,著有《声调谱》《饴山堂诗集》等。康熙二十八年(1689)因在"国丧"期间观看《长生殿》被革职,后漫游河南、岭南等地,抑郁困顿至老。赵执信是方世举早期朋友,方世举作有《有怀赵宫赞秋谷先生》,收入《春及堂集》。

8. 马曰琯

马曰琯(1688—1755),字秋玉,号嶰谷,安徽祁门人。徙居江苏江都(今江苏扬州),乾隆元年(1736)举博学鸿词,有《沙河逸老集》六卷。阮元评其"生平勤学好客,一时风儒名士,造庐授馆无虚日。酷爱典籍,有未见书,必重价购之,不惜千百金付梓","以故丛书楼所藏书画碑版,甲于江北"②。马曰琯与其弟马曰璐二人均为扬州大藏书家,藏书富甲江南,文人雅士常到此翻阅藏书,赋诗唱和,并留下了著名的《九日行庵文宴图》。世举与二人交往酬唱较多。《九日行庵文宴图》由画家方士庶、叶芳林绘画,描绘了乾隆八年(1743)九月九日厉鹗等人在马氏兄弟城外行庵小筑举行的诗会雅集的场景,方世举为之作跋,此图及跋现藏美国克利夫兰美术馆。马曰琯《沙河逸老集》中有《喜息翁至自桐城得东韵》诗,是方世举南归后和马氏兄弟一次会面所作。马氏兄弟曾邀请世举同作诗,马曰琯作《次息翁苦寒辞会韵》诗。马曰琯同方世举有唱和之作《和息翁留别原韵》,曰:"文宴追陪数,时操几杖从。剪灯话春雨,得句倚寒松……他年云霭霭,能不忆高峰。"③还有《息翁复至邗江仍用上年喜晤韵》等诗,见二人情谊深厚。

9. 马曰璐

马曰璐(1701—1761),字佩兮,号半槎,马曰琯弟。乾隆元年(1736)举

---

① 方世举《春及堂集》,页683。
② 阮元《淮海英灵集·乙集》卷三,《扬州文库》本,广陵书社2015年版。
③ 马曰琯《沙河遗老小稿》卷六,《丛书集成新编》第72册,新文丰出版社2008年版。

博学鸿词,不就,著有《南斋集》。马曰璐兄弟家有小玲珑山馆,藏书丰富,常名流咸集,极觞咏之盛。马曰璐《南斋集》中《喜息翁至自桐城》曰:"此生何分得周旋,白发飘萧号列仙……今日相逢秋色里,一尊如对阆风颠。"①马曰璐还作有《为息翁题曝书亭留客图》《听息翁谈〈春及堂集〉中往事》,后者曰:"松窗添对一灯青,话到苍凉众叶零。赖是予生未相识,不然争耐夜深听。"《春及堂集》中所收诗作多是方世举怀念隶属塞外之前交游之人和事,方世举向马曰璐倾诉自己的经历,足见二人相知之深,也流露出方世举对往日朋友的深刻眷恋之情。马曰璐和方世举唱和之作《和息翁扇头韵》,还有《同人作消寒诗会,息翁畏寒不赴以诗招之,即用其辞会原韵》和《怀息翁得蒸韵》,后者曰"昨日来书知健在,豪情不减昔飞腾"②。可知方世举和马氏兄弟在晚年仍有书信来往,相互关切之情甚深。

马氏兄弟二人均为扬州大藏书家,藏书极富,还多搜集稀世珍本、善本古籍。方世举与二人交往酬唱较密,且曾受邀至小玲珑山馆,应该有从二人处借阅古籍。方世举和马氏兄弟的密切交游,对其笺注韩诗定有极大帮助。何况,马氏兄弟曾几经周折搜集宋代韩愈年谱并刊刻,使其流传下来。而方世举笺注韩诗中也提到了这些年谱,不能否定,方世举从马氏兄弟藏书处借阅过这些书籍。

11. 卢见曾

卢见曾是乾嘉时期学者、书商。乾隆十九年(1754),卢见曾任两淮盐运使,其间曾与惠栋等名流交往甚密,卒年七十九。卢见曾是世举晚年朋友,世举《春及堂集》中有《怀卢雅雨使君塞上》。方世举《韩昌黎诗集编年笺注》完成后无力刊行,卢见曾为之刊刻行世。卢见曾在刊刻此书时,对其进行了订正校勘。方世举称:"卢雅雨使君为刻《韩诗笺注》垂成,零星样本寄来正讹,未遑答也。"③该书经卢见曾出资刊刻后仍署方世举书室名"春及堂"行世,卢见曾对此书贡献卓著。

除此之外,方世举诗集中还提到沈宗敬、查慎行、汪士铉、徐昂发等学者,僧人、琴师、画家等专门型技艺人士。如《春及堂集》中有《长洲琴僧雪凫》《建宁北山僧准弥兄弟》《扬州琵琶手郑公朝》《常熟黄山人鼎》等,其中黄鼎是清代画家。总观方世举交游之人,都是四方名士,有学者、文人,有

---

① 马曰璐《南斋集》卷五,《丛书集成新编》第72册。
② 马曰璐《南斋集》卷五,《丛书集成新编》第72册。
③ 方世举《兰丛诗话》,载郭绍虞编《清诗话续编》,页771。

藏书家,有评点家,还有专业技艺之士,多为康熙文坛名流。从身份上说,又多为显宦名宿。而且交往之人中多推崇韩诗,批注过韩诗。这种广泛的交游丰富了方世举知识学养,拓宽了其知识领域,为其笺注韩诗提供一定条件。可以说,正因为方世举这种广泛的交游,其韩诗笺注才得以顺利完成,并能流布于世。

二、方世举的诗歌创作与诗学理论

方世举诗歌理论及诗歌创作上有宗宋倾向,又自具风标。方世举交往之人都是康雍乾时期诗坛名人,其中朱彝尊、查慎行、顾嗣立、张大受等以才学为诗,实已显出宗宋的特点。朱彝尊虽抨击宋诗,主张由唐入宋,其后期创作实已接近宋诗。翁方纲认为诗歌发展至朱彝尊,将学问融于"言志"、"缘情"之诗中,性情与学问合。方世举强调作诗学问才情并重,对后人评韩诗为游戏之作的说法不以为然,补充解释道:"毕竟是高才而后能戏,亦始可戏。要之还要博学,博学不是獭祭,獭祭终有痕迹,手不释卷,日就月将,不待招呼而百灵奔赴矣。"① 与方世举交往之查慎行继朱彝尊之后成为浙派宗宋派的先驱,顾嗣立诗作也有明显的宗宋倾向,邓之诚亦评其:"嗣立诗才赡敏,颇拟韩、苏。"② 方世举交往之士多属宗宋派阵营代表,必然对其创作有重要影响。方世举现存作品多为长韵,有以学问为诗的特点。其《春及堂集》中有唱和、悼念友人之诗,还有关涉生活俗事之作。其中有一部分明显效法韩诗,如《汉铜雁足灯歌》,效韩愈《短灯檠歌》,云"昌黎尝咏短檠灯,不知较此谁光明"。《金鼓歌》效韩愈《石鼓歌》,《人日快晴又二十四韵》效韩愈《人日城南登高》,且云"诗难继韩愈"。陈诗评曰:"先生为朱竹垞门人,博学笃行,诗宗杜、韩。近时选家多称其近体,余独爱其古诗,如长江大河,波澜不穷,是真得杜、韩之法乳者。"③ 杨钟羲评其诗曰:"其诗笔闳括,固得力于韩也。"④ 方世举曾自述早期学韩之诗曾受到朱彝尊的盛赞。韩愈开宋诗之风,宗宋派多推重韩诗,由学韩进而入宋。从方世举交游圈子及其创作来看,方世举应倾向于宗宋派一派。

方世举诗虽学古人,有宋诗特点,但又能自树立,他的诗论中也无抑唐扬宋的倾向。沈德潜编《国朝诗别裁集》时欲收其诗,方世举拒之,作诗《沈

---

① 方世举《兰丛诗话》,载《清诗话续编》,页775。
② 邓之诚《清诗纪事初编》,上海古籍出版社1965年版,页330。
③ 陈诗《尊瓠室诗话》,载钱仲联编《清诗纪事》乾隆卷,页4846。
④ 杨钟羲《雪桥诗话余集》卷三,页179。

归愚宗伯方选今诗,闻以余人,放言有作,寄而止之》,其中"过情犹记题黄绢"下注曰:"前来书,以为熔铸古今,自开生面,而不受前人牢笼云。"此是沈德潜对其诗的高度评价。沈德潜《国朝诗别裁集》始于乾隆十九年(1754),完成于乾隆二十二年(1757)。方世举不愿其诗被收入《国朝诗别裁集》,理由是:"天下声名须后定,故人嗜好恐阿私。"是否还有其它难以言明的原因,暂不得而知。从拒入仕到拒扬文,方世举可谓是不汲汲于名利的学者。方世举师古不拟古,笺注韩诗时能发掘韩愈学古人但有创新变化,能自成一家的特点。

  诗歌理论上方世举倡导"诗要有理",《兰丛诗话》曰:"诗要有理……一事一物皆有理,只看《左传》臧孙达之言'先王昭德塞违者,如昭其文也'之类,皆是说理,可以省悟于诗。杜牧之叙李贺集,种种言其奇妙,而要终之言曰:'稍加以理,奴仆命《骚》可也。'可见词虽有余而理或不足,是大病。"①方世举提出"诗要有理"的创作理念,显然也契合于宋诗派诗论观。方世举提出的"理"合于儒家正统思想。方世举虽为一介布衣,且政治上受过无辜牵连,但仍有兼济天下、关心时政的思想,这与其深受方氏家族深厚的儒家思想文化的熏染不无关系。方世举与方苞交往密切,感情笃厚,二人相互推崇。方苞称其诗有"古人风骨",方世举评方苞"六经钟鼓君能振,半部清商我未穷"②,"耄耋穷经术,悲哉尽此生"③,"文章虽小技,海岳乃平收"④。方世举所强调的"理"与方苞儒道思想一致,其"诗要有理"的观点与方苞"言有序,言有物"的古文"义法"说甚为吻合。

  《韩昌黎诗集编年笺注》是方世举晚年所著,刊行于方世举去世前一年,即乾隆二十三年(1758)。此著作展现了方世举深厚的学术造诣、独特的诗学思想以及乾嘉考据学繁盛期的时代特点。

第二节 《韩昌黎诗集编年笺注》的阐释方法

  方世举《韩昌黎诗集编年笺注》是在总结前人注本基础上完成的一部集大成的韩诗注本,是韩集笺注文献中质量最好的注本。该书不仅开创了韩诗编年编排体例,笺注方法也具有清人注释的时代特色,有很高的学术

---

① 方世举《兰丛诗话》,载郭绍虞编《清诗话续编》,页784。
② 方世举《春及堂集》,页701。
③ 方世举《春及堂集》,页706。
④ 方世举《春及堂集》,页707。

第二章 方世举《韩昌黎诗集编年笺注》研究

价值,对今后韩诗研究及其它诗歌整理有一定的借鉴作用。

清中期的学术文化领域"继承了清初古文经学的训诂方法而加以条理发明,以朴实的考证手段用于古籍和语言文字学的研究,形成所谓的'朴学'"①。乾嘉时期学术风气崇尚求实,讲求话出有因,理出有据,推明古训,溯求本源,"实事求是为汉儒治学传统,乾嘉学者承此学风,论学立说,讲求有本之学,注重佐证,无征不信"②。乾嘉学者博涉文字、音韵、训诂、天文、地理、职官、目录、版本、辨伪等学,但又能专精。此期各个学术领域已发展成熟,吴孟复总结:"清代学风到了乾嘉之际,'学趋专门'。戴震及其弟子之最大贡献,就在于把原先'一揽子'的经学发展成为音韵学(戴传其弟子孔广森)、文字学(段玉裁)、训诂学(王氏父子)及哲学、天算、地理沿革等等,这不是繁琐考证,自然也没有错处。"③乾嘉时期朴实的考证学风渗透入诗歌阐释领域中,对其产生了重大的影响。方世举《韩昌黎诗集编年笺注》也明显有此特点,钩稽史实,考据文字、音韵、地理、职官、典章制度等知识,以推求韩诗的意旨。诠释过程援引材料翔实,论证精当,具体表现在两个方面,一是以小学的考证方式诠释韩诗语意,为解读韩诗扫除文字障碍;二是以诗史互证法笺释韩诗,考韩诗之编年,纠史书之误,逆韩诗之意。

一、用小学的考据方式诠释韩诗

韩愈才气浩大,博学多识,又有阳山、潮州两处蛮荒之地的贬谪经历,再加之中唐特殊的政治背景,其诗歌多用奇险之语,托寓政治,描写奇异环境,包揽知识丰富,便不易解读。方世举曰:"韩诗不可专学。东坡云:'退之仙人也,游戏于斯文。'游戏三昧,何可易言?香山寄韩诗云:'户大嫌甜酒,才高笑小诗。'毕竟是高才而后能戏,亦始可戏。要之还要博学,博学不是獭祭,獭祭终有痕迹。手不释卷,日就月将,不待招呼而百灵奔赴矣。"④方世举概括韩诗特点:"韩如出土鼎彝,土花剥蚀,青绿斑斓。"方世举多见古籍秘本,博学专精,著述丰富,为其笺注韩诗奠定了深厚的根基。方世举用扎实的小学知识考证韩诗,这是此注本的一大特点。方世举阐释韩诗中涉及的文化知识,总能旁征博引,尽可能搜罗殆尽相关文献。如《送文畅师北游》"征租聚异物,诡制怛巾袜"句,方世举注曰:

---

① 陈居渊《清代朴学与中国文学》,百花洲文艺出版社2000年版,页3。
② 漆永祥《乾嘉考据学研究》,中国社会科学出版社1998年版,页99。
③ 吴孟复《桐城文派述论》,安徽教育出版社1992年版,页102。
④ 方世举《兰丛诗话》,载《清诗话续编》,页775。

> 鲍照《登大雷岸与妹书》:"繁化殊育,诡质怪章。"束晳《近游赋》:"衣裳之制,名号诡异随迭。设系襦以御冬,资汗衫以当暑。"怛,音但,又当割切。按:《诗经》:"中心怛兮。"《说文》:"怛,得案切,憯也。"《广韵》:"当割切,悲惨也。"《庄子》"毋怛化"又有惊惧之意。《世说》:"庾亮大儿有雅重之质,温太真尝隐幔怛之。"是则与此诗用字正同。又按:《隋书·地理志》:"长沙郡杂有夷蜒,其男子但著白布裈,更无巾袴。其女子青布衫斑布裙,通无鞋屦。桂阳、熙平皆同。"阳山,隋时属熙平,则其巾袜之制,固宜有可骇者矣。与诗语合。①

此诗作于元和二年(802),文畅第二次拜访韩愈时。诗中叙及韩愈贬谪阳山及还京情况,多涉及到古代阳山之地的珍奇异物及民风习俗。"巾袜"之制便是此地少数民族的一种怪异服饰风俗。方世举广征古代典籍考证这一民俗文化,又详释"怛"字的不同音、义,其有"悲惨"、"惊惧"两种意思。方世举结合岭南之地的异俗进行考证,认为"诡制怛巾袜"暗示韩愈对此地异风异俗的惊骇之意,进而确定"怛"字在此诗中应取"惊惧"之意,才与诗语合。方世举详尽全面的考释出词意正符合了韩愈在此诗中所要表达的心情。又"况逢旧亲识,无不比鹣蟨"中"鹣蟨"一词,方世举注曰:

> 蟨,音兼厥。《尔雅·释地》:"南方有比翼鸟焉,不比不飞,其名谓之鹣鹣。"注:似凫青色,一目一翼,相得乃飞。又:"西方有比肩兽焉,与邛邛岠虚比,为邛邛岠虚啮甘草,即有难,邛邛岠虚负而走,其名谓之蟨。"注:《吕氏春秋》曰:"北方有兽,其名为蟨,鼠前而兔后,趋则顿,走则颠。"然则邛邛岠虚,亦宜鼠后而兔前,前高不得取甘草,故须蟨食之。②

鹣蟨,古代传说中的一种祥瑞之兽,为邛邛岠虚取甘草。方世举运用丰富的小学知识考释此兽的特点,以及其与邛邛岠虚互相依存的关系。了解了此兽特性,便易理解韩诗所要表达的意义。韩愈把旧友比作"鹣蟨",是其回京之后喜悦心情的流露,与其在岭南贬地的心境形成鲜明对比。如《送灵师》诗"枭卢叱回旋"句中"枭卢"一词,方世举注曰:

> 按:《晋书·张重华传》:"谢艾曰:六博得枭者胜。"而李翱《五木经》:"王采四,卢白雉牛。盱采六,开塞塔秃撅枭。全为王,驳为盱。

---

① 方世举《韩昌黎诗集编年笺注》卷四。
② 方世举《韩昌黎诗集编年笺注》卷四。

第二章　方世举《韩昌黎诗集编年笺注》研究

皆玄曰卢,白二玄三曰枭。"元革注曰:"王采,贵采也。眨采也。"则又以"卢"为最胜,"枭"为最下,大抵古今不同。然按《刘毅传》亦以"卢"为贵,则谢艾未足据也。"枭"二子白,使转为黑,即成"卢"矣。①

"枭卢"是古代博戏樗蒲的两种胜彩名,五枚骰子,黑白两面,五枚全黑称"卢",为最高彩,三黑二白称"枭",是杂彩。古代典籍中对这两种胜彩的解释存在异议。方世举征引不同文献求证按断,纠正史书中错误,使读者能正确了解这方面的知识。《刘生》诗"天星回环数才周"句中"天星回环"一词,方世举注曰

> 按:《礼记·月令》:"星回于天,数将几终,岁且更始。"《淮南子·时则训》:"星周于天。"注:"谓二十八舍更见南方,至是月周匝也。"此一年十二月,则星一周也。又按:《左传》:"晋侯曰:十二年矣。是谓一终,一星终也。"庾信《哀江南赋》:"天道周星,物极必反。"此谓星皆十二年一周也。今此诗若承阳山来,则谓师服至此已一年。若以"瞥然一饷成十秋"计之,则前此十年,今又二年,亦为一纪矣,言其当归也。②

刘生赋性任侠,放浪形骸,游历各地。贞元二十一年(804)到阳山拜访韩愈。贞元二十一年(805)韩愈离开阳山之时为刘生作此诗,劝其远游取将相之爵位,不要再逗留此地荒废光阴。方世举征引数种典籍稽考"天星回环"之意,星周指十二年,"天星回环数才周"句是韩愈巧用天星一周时间暗示刘生在外游历已久,应"当归"去。如若不解此词意思,便难以解读韩诗之意。但要正确解释此诗,注者必须具备广博的知识。通过方世举的诠释,此诗之意旨便了然于心。古代职官、地名等知识因朝代的更替也随之发生变化,韩诗中多有此类概念,研究者必须具备丰富的知识,才能正确笺注韩诗。如《石鼓歌》"中朝大官老于事"中"中朝"一词,方世举注曰:

> 《汉书·龚胜传》:"下将军中朝者议。"《后汉书·黄琼传》:"桓帝使中朝二千石以上会议其礼。"左思《魏都赋》:"中朝有艳。"善曰:"汉世大司马、侍中、散骑诸史为中朝。丞相六百石以下为外朝。"按:此中朝非汉制,但言中朝。③

"中朝"在汉代是一种官职,而在此诗中泛指朝中官员。方世举考证了"中

---

① 方世举《韩昌黎诗集编年笺注》卷二。
② 方世举《韩昌黎诗集编年笺注》卷二。
③ 方世举《韩昌黎诗集编年笺注》卷七。

朝"在汉代所指官衔,同时又辨别了此词在韩诗中的意思,以免产生误解。

从以上例子可看出,方世举治学态度严谨,考证深入精密,扎实可靠,这完全是受了乾嘉时期盛行的考据学风的影响。扫除了韩诗中的语意障碍,为进一步深入解读韩诗奠定了坚实的条件。

二、以"诗史互证"方法阐释韩诗

文学作品往往折射出其产生的时代背景,作者一些不宜明言的个人遭际和政治观点多曲折地隐藏其中。解决了作品中的文字障碍之后,就需要考证历史,进一步挖掘诗歌蕴含的深层意旨。用历史史料和文学作品相互印证,就是所谓的文史互证。这种诗歌阐释方法在清代发展较为成熟,运用比较普遍。清初期钱谦益《钱注杜诗》将诗歌本事的考证与作品思想意义的阐释、发挥相结合,正式确立了"诗史互证"方法[1],之后清人在诗歌阐释中大都受其影响。而在清代诗歌阐释学中,"最能显示考证学精神的就是所谓'以史证诗'和'以诗证史',或曰'诗史互证'"[2]。方世举笺注韩诗正是乾嘉考据学兴盛之时,也是"诗史互证"方法运用成熟时期。

"知人论世"与"以意逆志"是阐释学理论,早在汉代就被运用,宋代这种意识更加强烈,但将二者割裂,直到清代才将二者结合使用。明末清初王嗣奭在《杜臆原始》中说:"诵其诗,论其世,而逆以意。"此后"知人论世"和"以意逆志"便成为清人阐释诗歌的通则,通过"知人论世"达到"以意逆志"目的。章学诚说:"是则不知古人之世,不可妄论古人文辞也。知其世矣,不知古人之身处,亦不可以遽论其文也。身之所处,固有荣辱隐显、屈伸忧乐之不齐,而言之有所为而言者,虽有子不知夫子之所谓,况生于千古以后乎? 圣门之论恕也,'己所不欲,勿施于人',其道大矣。今则第为文人,论古必先设身,以是为文德之恕而已尔。"[3]因韩愈曲折的人生经历,其诗文多与中唐复杂的史实紧密相连,王元启称韩诗为"诗史"。要解读韩诗,必须知其人,了解其世,而后才能抉微其意。方世举淹通文史,具有深厚的史学功底,深熟唐及前朝历史,为其笺注韩诗奠定了基础。方世举在序中已经交代了笺注韩诗的初衷,曰:"明人蒋处士之翘、近时顾庶常嗣立,继有增注,其于笺亦皆未详。注而不笺,则非子夏《三百篇》小序之旨,又不

---

[1] 郝润华《〈钱注杜诗〉与诗史互证方法》,黄山书社2000年版,页82。
[2] 周裕锴《中国古代阐释学研究》,上海人民出版社2003年版,页373。
[3] 章学诚《文史通义·文德》,章学诚著、叶瑛校注《〈文史通义〉校注》,中华书局1983年版,页278。

第二章 方世举《韩昌黎诗集编年笺注》研究

得孟子'以意逆志'、'知人论世'之义。夫'以意逆志',须精思;'知人论世',必详考。"①方世举不满前人韩集注本只注词语不详考历史笺释诗意的做法,其在韩诗的诠释中尤注重将历史考据和文学阐释相结合,运用"诗史互证"法阐释韩诗。如《酬王二十舍人雪中见寄》诗,笺曰:

> 方云:王涯为舍人,见《王适墓志》,《本传》略之。顾嗣立曰:按《旧唐书·王涯传》:"擢进士第,登宏辞科。贞元二年,召充翰林学士,拜右拾遗、左补阙、起居舍人。"崧卿云《本传》略之,岂但见《新书》耶?按:涯贞元八年与公同年进士,安得贞元二年先已拜官?此必有脱字,又非贞元十二年。十二年,公在董晋幕。至二十年,公贬阳山,诗又必非是时作。再考《旧书·涯传》,元和九年正拜舍人。而《王适墓志》云:适入阌乡南山,中书舍人王涯、比部郎中韩愈日发书问讯。则此为九年之作无疑。又按:《旧书·宪宗纪》:九年正月己酉,大雾而雪。尤可为证。②

王涯为舍人,《旧唐书》有记载。方崧卿没有细考,便妄下结论。《旧唐书》王涯本传曰:"贞元二年,召充翰林学士,拜右拾遗、左补阙、起居舍人……九年八月,正拜舍人。"顾嗣立纠正方注,但也没有细考王涯生平,只引《旧唐书》前部分,认为王涯贞元二年(786)为舍人,对这一记载没有怀疑。方世举依据《旧唐书》的全面记载,认为"贞元二年"有误。方世举考王涯和韩愈同为贞元八年(792)进士,不可能在贞元二年(786)即为官,此应为元和九年(814)之误。又引《旧唐书·宪宗纪》和《王适墓志》进一步考证,断定此诗作于元和九年(814)。方世举治学态度严谨,通过全面细密地考查历史资料,逐一纠正前人疏漏,考证此诗创作年代,可谓是以史来证诗。又如《石鼎联句》,关于此诗诗旨学者有不同见解。方世举考历史证诗旨,曰:

> 按:此借石鼎以喻折足覆𫗧之义,刺时相也。篇中点睛是"鼎𫟛""水火"四字。序言元和七年,时李吉甫同平章事。史称吉甫与李绛数争论于上前,故曰:"谬当鼎𫟛间,妄使水火争。"上每直绛,吉甫至中书,长吁而已,故曰:"直柄未当权,塞口且吞声。"吉甫又与枢密使梁守谦相结,故曰:"一块元气闭,细泉幽窦倾。"吉甫自为相,专修旧怨,故曰:"方当洪炉然,益见小器盈。"又时劝上为乐,李绛争之,上直绛而薄

---

① 方世举《韩昌黎诗集编年笺注》卷首。
② 方世举《韩昌黎诗集编年笺注》卷八。

吉甫。又劝上峻刑,会上以于頔亦劝峻刑,指为奸臣,吉甫失色,故曰:"以兹翻溢怨,实负任使诚。"吉甫恶兵部尚书裴垍,以为太子宾客,欲自托于吐突承璀,以元义方素媚承璀,擢为京兆尹,故曰:"宁依暖热弊,不与寒凉并。"所奏请者,不过减削官俸,择人尚主,故曰:"区区徒自效,琐琐不足呈。"篇中言言合于吉甫,的为李吉甫作。朱子云托言弥明而丑其形貌,以资笑噱,使人不觉也。①

方世举所谓"折足覆餗",运用《周易·鼎》"鼎折足,覆公餗"之义,即大臣之才不足以胜其任,必致国败。方世举认为韩诗借石鼎喻此义,讥刺当朝时宰李吉甫力薄被委以重任的史实。方世举运用以史证诗的方法,通过考证当时史实来笺释韩诗意义。清代陆以湉《冷庐杂识》曰:"昌黎《石鼎联句诗》……独斥时相之说,似为得之。当公奏讨淮西之事,执政不喜,及为潮州刺史,宪宗将复用之,又为宰相所沮,诋为狂疏。方是时,李逢吉、皇甫镈、程异之徒,以褊小之才,膺鼎鼐之任,罔克同心辅治,而惟以媢忌为事,公于是托为此诗以讥之。"②陆氏以为刺李逢吉、皇甫镈、程异,陈沆(应为魏源)《诗比兴笺》认为讥刺皇甫镈、程异。李逢吉拜相在元和十一年(816),皇甫镈、程异拜相在元和十三年(818),而此诗作于元和七年(812),二人所论皆不符合史实。《新唐书·宰相表》记载元和六年(811)"正月庚申,李吉甫为中书侍郎,同中书门下平章事","十一月己丑,户部侍郎李绛为中书侍郎,同中书门下平章事",正合于诗歌创作年代。且李绛与韩愈同年进士,二人交情深厚。李绛与李吉甫同为宰相,多有不合,李绛鲠直,李吉甫"便僻",韩愈厌恶李吉甫自在情理之中。相比之下,方世举的考证于史实最为契合。卞孝萱也认同方世举观点,说:"方世举认为韩愈'借石鼎以喻折足覆餗之义,刺时相也'。是可以成立的。"③

诗歌文本可以借助历史史实弄清它产生的背景,考清其旨意及编年。而诗歌在保存历史资料方面也有重要价值。黄宗羲在《姚江逸诗序》中说:"孟子曰:'《诗》亡,然后《春秋》作。'使诗之与史相为表里也。故元遗山《中州集》窃取此意,以史为纲,以诗为目,而一代人物赖以不坠。"④通过诗歌文本的阐释可以纠史之误,补史之缺。方世举注本中也多运用了"以诗

---

① 方世举《韩昌黎诗集编年笺注》卷七。
② 钱仲联《韩昌黎诗系年集释》,页859。
③ 卞孝萱《〈石鼎联句诗序〉考》,《周口高等师范专科学校学报》1999年第1期。
④ 黄宗羲《姚江逸诗序》,《南雷文案》卷一,《四部丛刊》本。

第二章　方世举《韩昌黎诗集编年笺注》研究

证史"方法,通过笺释韩诗考证历史。如《送李六协律归荆南》题解曰:

> 按:李翱协律,见公《代张籍与李浙东书》,此明据也。《新书·翱传》云:中进士第,始调校书郎,累迁。元和初年为国子博士,史馆修撰。不载其为协律,然韩愈为张建封节度推官,得试协律郎,选受四门博士,史亦略之,则略翱不足为异。

《新唐书·李翱传》中不载其为协律,方世举引韩愈《代张籍与李浙东书》考证李协律确实指李翱,补充了《新书》翱传所缺。又如《寄崔二十六立之》中"员外丞",注曰:

> 按:立之履历无可考。就公集中诸诗考之,盖中进士,举博学宏词,初为赤县尉,转大理评事,谪官尝摄伊阳。又走巴蛮,乃为蓝田丞,未尝为员外也。此诗兼以员外丞称之,而又云"新恩释衔羁",或新授员外乎?

韩愈诗中所涉及到许多人物,在新旧《唐书》人物传中并不一定都有详细记载,此种情况可通过韩诗进行考证人物履历,此诗中崔立之便是例证之一。崔立之履历在史书及它处查无可考,方世举就据韩集中诸诗进行考证,弄清崔立之生平做官履历,以补史书之缺。

在多数情况下,方世举将韩诗文本与历史史实相互印证,或考辨各自的正误,或借以说明诗歌旨意、历史事实等,揭示了文学与历史的内在联系。如《南山有高树行赠李宗闵》是韩愈中期创作中较著名的一首诗。其诗曰:

> 南山有高树,花叶向衰衰。上有凤皇巢,凤皇乳且栖。四旁多长枝,群鸟所托依。黄鹄据其高,众鸟接其卑。不知何山鸟,羽毛有光辉。飞飞择所处,正得众所希。上承凤皇恩,自期永不衰。中与黄鹄群,不自隐其私……慎勿猜众鸟,众鸟不足猜。无人语凤皇,汝屈安得知?黄鹄得汝去,婆娑弄毛衣。前汝下视鸟,各议汝瑕疵。汝岂无朋匹?有口莫肯开。汝落蒿艾间,几时复能飞?哀哀故山友,中夜思汝悲。路远翅翎短,不得持汝归。

诗后方世举笺注曰:

> 按:此为宗闵贬剑州刺史作也。长庆元年,礼部侍郎钱徽知贡举,宗闵婿苏巢及第,宰相段文昌言礼部不公。元微之、李绅、李德裕相继和之,宗闵遂坐贬剑州。诗中凤皇喻君上也。黄鹄比宰相,喻段文昌。

215

众鸟比散官,喻元微之、李绅、李德裕。"不知何山鸟,羽毛有光辉"谓宗闵也。"上承凤皇恩"六语,谓其为中书舍人,自信得君,俯视一切。"不知挟丸子"四语,言为诸人所中伤也。"或言由黄鹄,黄鹄岂有之"谓中伤之言,本段文昌。"岂有"者犹言将无有之也。"无人语凤凰,汝屈安得知",惜当时无人为之申理也。"前汝下视鸟,各议汝瑕疵",谓李绅、德裕、微之辈继文昌而言者也。"汝岂无朋匹,有口莫肯开",谓钱徽之不奏文昌、李绅私书也。"汝落蒿艾间,几时复能飞",正伤其贬剑州也。"哀哀故山友,中夜思汝悲"四语,公自叙其友朋之情也。详玩诗语,一则曰汝屈,再则曰思汝。公于宗闵大有不平之鸣,绝无规讽之意。《新书》谓裴度荐李德裕,宗闵遂与为怨,公作此诗规之,不知何所据而云然。大抵后人以宗闵太和间树党修怨,晚节谬悠,遂并其初服诬之。又以韩公正人,赠诗自应规讽,无稽臆度,附会曲成。不知宗闵早年对策,甚有峭直之声,即与公同为裴度幕官,以及长庆初年立朝,皆未尝有倾险败行。逮至太和以后,党迹始张,而韩公殁已久矣,何从而预知其非先为规讽之诗乎?《苕溪渔隐诗话》明知党事在后,而以为何其明验,此疑鬼疑神之逆诈亿不信者,甚可笑也。韩醇说诗,不知理会通章文气,而以凤凰为指裴,未知黄鹄又作何解?此韩诗历来晦昧之篇,故详论之。

元和元年(821),科场案是中晚唐党争中重要事件,操纵于穆宗权柄之下。此次钱徽为主考官,李宗闵婿苏巢等十四人及等,段文昌、李绅托举之人落选,故言于上前,称考试不公。穆宗命白居易主持复试,结果苏巢等十人落选,最后以作弊之由,贬钱徽和李宗闵。方世举笺释详细具体,既串讲了诗意,也加深了读者对历史事实的认识与了解。方世举运用中唐历史事实来考证诗中各鸟所指,又逐句分析诗歌所蕴含的历史事实,纠正了《新唐书》错误观点以及前人旧注、诗话对此诗分析不当之处,又通过历史考证诗歌意旨。旧注将历史史实颠倒,导致误解诗旨。方世举运用"诗史互证"方法,把历史与文学结合起来相互考证,更有可信性。通过此种笺释,读者对此首晦昧比体韩诗有了正确理解,其笺释结果也被后人注本所吸收,如钱仲联《韩昌黎诗系年集释》对此成果有所借鉴。

第三节 方世举的韩诗批评观

方世举《韩昌黎诗集编年笺注》是乾嘉考据学兴盛下的研韩成果,除了用深厚的考据学知识笺注韩诗词语、史实外,方世举将"诗要有理"、"师古不泥古"的诗学思想、注重评析诗歌体格、音韵、宗派的诗评观贯穿在韩诗批评中,其中不乏真知灼见,对韩诗研究有重要的价值。

一、以"诗要有理"诗教观探析韩诗之"理"

方世举强调"诗要有理",并举《左传》中臧孙达劝谏鲁隐公纳郜鼎于宋的典故,以"省悟于诗",认为诗"词虽有余而理或不足是大病"[①]。鲁隐公纳郜鼎于宋,置于宗庙。臧孙达以君主应发扬各种美德为依据对鲁隐公违礼之举进行劝谏,曰"先王昭德塞违者,如昭其文也"。方世举将此要求移之于诗,强调诗歌要有传达儒家正统思想的功能,起到教化人心、美刺讽谏的作用,即"诗要有理"。这实际秉承了孔子"诗可以兴,可以观,可以群,可以怨"的儒家诗教观,与韩愈"文以明道"、"不平则鸣"的创作理论也一脉相承,与方苞"言有序,言有物"的古文"义法"说相呼应。韩愈提倡"文以明道"的创作观,韩诗也具有这一功能。韩愈所处中唐乱世,弊政日愈,佛法兴盛,藩镇滋生,严重冲击了儒家正统思想的主流地位。韩愈一生奉行儒家思想,并以儒家正统思想的继承人自居,一心想恢复儒家道统,把诗文作为承载宣扬儒道思想的工具。方世举深受家族中浓厚儒家文化的熏染,曾被远戍塞外的遭际不仅没有冲淡其儒家道统思想,反而使其对韩诗的理解又增添了一种同病相怜的条件,所以方世举对韩愈诗中"明"、"鸣"之"道"深有体会。方世举认为诗与文一样要有昭德塞违的作用,以其"诗要有理"的诗学观对韩诗探幽抉微,深入挖掘韩诗蕴含之理。

(一)探析"不平则鸣"之韩诗

韩愈在《送孟东野序》中曰:"抑不知天将和其声,而使鸣国家之盛邪?抑将穷饿其身,思愁其心肠,而使自鸣其不幸邪?"文中韩愈列举周公鸣周之盛与屈原鸣楚之衰及己之不幸的例子申明"不平则鸣"的含义,既有哀怨不满之情的抒发,也有欢愉欣喜之情的流露。《上宰相书》曰:"居穷守约,亦时有感激怨怼奇怪之辞,以求知于天下,亦不悖于教化。"此说明了韩愈的不平之鸣是以维护教化为目的,与其道统相一致。儒家之道历来重视文学作品思想内容的政教伦理性,强调文学作品要为政治教化服务,也就是美刺功能,韩愈的不平则鸣即包含此意,具体来说如学者解释:"他所说的'鸣国家之盛',如周公之鸣,就属于'美',这是欢愉欣喜之情的抒发;而

---

① 方世举《兰丛诗话》,载郭绍虞编《清诗话续编》,页784。

'自鸣其不幸',如屈原之鸣,就属于'刺',这是哀怨不满之情的抒发。"① 道是韩愈不平则鸣的标尺,道之不行是其鸣不平的依据。政治上败坏不符合儒家道德标准的行为,韩愈会不平而"鸣"。韩愈主张哀怨不满之情的抒发,实际上正是继承了屈原的"发愤以抒情"和司马迁的"发愤之所为作"的优良传统。在"美"和"刺"之间,韩诗则倾向于以"刺"鸣道。因为"穷苦之音"容易达到内外俱佳的效果,韩愈在《荆潭唱和诗序》中说:"夫和平之音淡薄,而愁思之声要妙。欢愉之辞难工,而穷苦之言易好也。是故文章之作恒发于羁旅草野,至若王公贵人气满志得,非性能而好之,则不暇以为。"方世举善于挖掘韩愈"穷苦之音"中的"道"。如评《夜歌》曰:

> 按:"闲堂独息"当是十八年为四门博士之时,不以家累自随也。参调无成,始获一官,何遽自得?然以一身较之天下,则一身为可乐,而天下为可忧。其时伾、文渐得宠,殷忧方大。而身居卑末,又非力之所能为,故托于《夜歌》以见意。②

方世举分析此诗贞元十八年(802)韩愈为四门博士时作,正处不得志之时。当时王伾、王叔文得宠,在朝中势力渐大。方世举认为恪守道统的韩愈必定对违背儒统的臣权大于君权的隐患甚为担忧,但自己身居卑微,只能透过诗歌表达这种忧虑,曰"乐哉何所忧,所忧非我力。"方世举对韩诗的解读可谓深入细微。韩愈所鸣也包含日常生活中的内容。《长安交游者一首赠孟郊》,方世举曰:

> 按:郊集有《长安羁旅行》云:"十日一理发,每梳飞旅尘。三旬九过饮,每食惟旧贫。失名谁肯访?得意争相亲。"又《长安道》云:"家家朱门开,得见不可入。高阁何人家?笙簧正喧吸。"此诗云"贫富各有徒",盖以郊有怨诽之言,故以此广其意。③

韩愈和孟郊情谊深厚,孟郊一生不得志,在诗中抒发不平之鸣。方世举以孟郊诗解析韩诗,较为恰当。方世举认为韩诗迎合孟诗意旨,用"穷苦之音"对失道社会进行讽刺,替孟郊鸣不平。关于《琴操十首》意旨,方世举指为贬潮州后效古先贤而作,评曰:

> 按:《琴操》十章,未定为何年所作。但其言皆有所感发,如"臣罪

---

① 寇养厚《韩愈古文理论中的"道"》,《文史哲》1996年第1期。
② 方世举《韩昌黎诗集编年笺注》卷二。
③ 方世举《韩昌黎诗集编年笺注》卷一。

218

当诛"二语,与《潮州谢上表》所云"正名定罪,万死犹轻"之意正同,盖入潮以后忧深思远,借古圣贤以自写其性情也。若《水仙》《怀陵》二操,于义无取,则不复作矣。①

方世举以其"诗要有理"的诗学观分析此诗作于贬潮期间,并用《古琴操》进行解释。《古琴操》十二首,多是表现古圣贤为维礼而发出的不平之鸣,《水仙》《怀陵》二操无深意,因而韩愈无取。这很符合韩愈因维护儒统驳斥佛法被贬潮州的心情。因而在诸多注家中,钱仲联吸取了方世举的观点。又《将归操》后评曰:

> 按:"涉浅"、"乘深"四句,从屈原《九章》"令薜荔而为理兮,惮举趾而缘木;因芙蓉而为媒兮,惮褰裳而濡足。登高吾不悦兮,入下吾不能"化出。"无与石斗"、"无应龙求",即"危邦不入,乱邦不居"之义也。②

韩愈此时怀才不遇,方世举化用屈原不遇时的作品《九章》中的诗句阐释韩诗诗旨,甚是恰当;接着又用孔子教育弟子"危邦不入,乱邦不居"的警句进一步解释诗句"无与石斗"、"无应龙求"的意思,这些都是对违礼社会的批判。孔子以周礼之道告诫弟子,不去不守礼的邦国谋职,在守礼的邦国必须谨记行周礼之道。韩愈一向奉守周礼、孔孟之道,方世举此解道出了韩愈的用意。方世举的分析完全以韩愈维护道统思想的目的为出发点。

方世举分析韩愈这一类"不平则鸣"之诗,都是对违反礼法社会的讽刺。如韩愈为维护礼法道统而揭露虚伪卫道者的《讳辩》一样,是典型的不平则鸣。这些"鸣"都是依"道"为标准,与道统相一致。

(二)阐释"明道"之韩诗

韩愈提倡"文以明道"的创作观,所以历来学者多认为韩文是道之载体,忽略韩诗的这一功能。而方世举则认为诗与文一样要有昭德塞违的作用,并将此理论移用于韩诗的评论中,探究韩诗所"明"之道。晚清魏源评韩诗曰:"当知昌黎不特约《六经》以为文,亦直约风骚以成诗。"③如《奉使常山早次太原呈副使吴郎中》诗,魏仲举本引樊汝霖注曰:

> 唐子西曰:公孙弘以董仲舒相胶西,梁冀以张纲守广陵,卢杞以颜

---

① 方世举《韩昌黎诗集编年笺注》卷十一。
② 方世举《韩昌黎诗集编年笺注》卷十一。
③ 陈沆《诗比兴笺》,页190。

> 鲁公使李希烈,李逢吉以韩愈使镇州,其用意正相类。然考之史,公出使在二月,而逢吉三月始召为兵部尚书,六月始代裴度为相,子西云尔,何也?抑岂逢吉险邪,遂以公此行为其所中欤?"君子恶居下流,天下之恶皆归焉。"此之谓也。①

长庆元年(821)镇州成德军都知兵马使王廷凑反,朝廷讨镇州诸军久屯无功,王廷凑又围牛元翼于深州。不得已,朝廷以王廷凑为成德军节度使。长庆二年(822)韩愈受诏宣抚镇州。成德军秩序混乱,韩愈入镇随时都有遭不测的可能,如李翱所说"既行,众皆危之"。但韩愈抱着效忠于国家的勇气和决心,决然进入镇州。此诗是韩愈出使镇州途中写给随行副使吴丹之作。樊汝霖认为韩愈冒险出使镇州宣慰叛军王廷凑是李逢吉压制韩愈的预谋,将之作为诠释此诗的创作背景,方世举则驳斥曰:

> 按:皇甫湜《韩文公墓志铭》:"王廷凑反,围牛元翼于深,救兵十万,望不敢前。诏择廷臣往谕,众栗缩,先生勇行。元稹言于上曰:'韩愈可惜。'穆宗悔,驰诏无径入。先生曰:'止,君之仁。死,臣之义。'遂至贼营,麾其众责之。贼怔汗伏地,乃出元翼。《春秋》美臧孙辰告籴于齐,以为急病。校其难易,孰为宜褒?呜呼!先生真所谓古大臣者耶!"据此则此行出于公之本意,不必以论逢吉也。②

方世举引皇甫湜《韩文公墓志铭》为佐证,分析韩愈此次出行完全出自本意,是其维护大一统思想的体现,并非受人逼迫。方世举用韩文中的儒道思想解析此诗创作背景,彰显韩愈身上所具有的浓厚的儒家正统思想。又如《送进士刘师服东归》,黄彻评曰:

> 昌黎《送刘师服》云:"携持令名归,自足贻家尊。"苏州《送黎尉》云:"只应传善政,朝夕慰高堂。"诚儒者迂阔之辞。

元和八年(813)刘师服下第东归洛阳,韩愈欣赏其才华、勇气,作诗勉励其来年再来赴考。"令名"即好的声名。《左传》"令名载而行之",有使德行传播四方之意。韩愈在诗中以"携持令名归,自足贻家尊"劝勉刘师服,即坚持以美德行事,便可以荣耀慰藉亲人。黄彻认为韩诗所言是迂腐之词,方世举驳斥黄氏观点,曰:

---

① 魏仲举《五百家注音辩昌黎先生文集》卷十。
② 方世举《韩昌黎诗集编年笺注》卷十二。

第二章　方世举《韩昌黎诗集编年笺注》研究

> 此诗"携持令名归",自是粹然醇儒之言。碧溪迂之,何耶? 诗中"骨鲠"二语,从"何意百炼刚,化为绕指柔"得来。

方世举认为韩愈劝勉刘师服应以美德行事,便可赡养其亲,属于儒家正统的教育观,此种行为才是真正醇儒思想的展现。方世举还特意诠释出"骨鲠"典故源出刘琨狱中所作《寄赠别驾卢谌》诗,以比刘师服的高尚气节。方世举可谓尽可能地寻绎韩诗的每一个细节,从中揭示出韩愈的"明道"意图。又如《元和圣德诗》,穆修曰:

> 韩退之作《元和圣德诗》,言刘辟之死曰:"婉婉弱子,赤立伛偻。牵头曳足,先断腰膂。次及其徒,体骸撑拄。末乃取辟,骇汗如写。挥刀纷纭,争刌脍脯。"此李斯颂秦所不忍言,而退之自谓无愧于《雅》《颂》,何其陋也?①

元和元年(806)朝廷斩叛党杨惠琳、刘辟,收复夏蜀,平定青、徐之乱,出现了暂时的中兴局面。元和二年(807)韩愈作《元和圣德诗》歌功颂德。穆修批评此诗描写朝廷斩首西川节度副使刘辟及其家族、党羽场面过于残忍,有失《雅》《颂》温柔敦厚之风。张栻批驳穆修曰:

> 诵退之《圣德诗》至"婉婉弱子"处,世荣举子由之说曰:此李斯颂秦所不忍言……盖欲使藩镇闻之畏罪惧祸,不敢叛耳。今人读之至此,犹且寒心,况当时藩镇乎? 此正是合于《风》《雅》处,只如《墙有茨》《桑中》诸诗,或以为不必载,而龟山乃曰:"此卫为狄所灭之由。"退之之言亦此意也。退之之意过于子由远矣,大抵前辈不可轻议。②

张栻认为此诗正合《风》《雅》,有教化人心之作用。方世举对二者观点进一步辨析曰:

> 按:苏、张二说皆有理,张更得"成《春秋》,而乱臣贼子惧"之义。《甘誓》言不共命者则孥戮之,而况乱臣耶? 言虽过之,亦昭法鉴。③

方世举对二人观点客观分析,但更赞同张栻的看法。方世举将此诗同比《春秋》《尚书》儒家经典,认为其有昭德塞违的作用。诗歌语言描写虽过度渲染,但对当时狼子野心的藩镇却有警示性,有利于维护国家的大一统。

---

① 方世举《韩昌黎诗集编年笺注》卷六。
② 方世举《韩昌黎诗集编年笺注》卷六。
③ 方世举《韩昌黎诗集编年笺注》卷六。

方世举虽为一介布衣,但对这首歌功之作评价可谓极高,确实融进了自己"诗要有理"的诗学观。永贞元年(805)韩愈自阳山徙掾江陵时作《题张十一旅舍三咏》,通过咏物以显其志。方世举对此诗的深入分析使韩愈的纯臣之心昭然若揭,曰:

> 按:《三咏》虽写物,颇有寄托。首章即潘岳赋《河阳庭前安石榴》之意,所谓"岂伊仄陋,用渝厥贞"者也。次章即《史记·屈原传》"井渫不食"之意,言可汲而不汲,未足以济人也。末章以新茎半枯、高架复扶,喻谪而复起,若欲大食其报,尚须加意栽培也。①

这三首诗是通过咏榴花、井、葡萄的生存境遇,暗喻韩愈自己的遭际,并申明志向,正是方世举所谓的"一草一木皆有理"。韩愈有深厚的儒学思想,位虽卑但不悲观,希冀以才识实现自己人生的社会价值,达到对生命的超脱,以获得精神上的不朽。方世举列举潘岳笔下安石榴生存环境鄙陋仍顽强开花结果,屈原修己全洁而不被见用,井水虽清但不被饮用之例,以比韩愈怀才不遇之境。然而此次量移江陵也是朝廷对韩愈的恩遇,使其充满期望。方世举析"新茎半枯、高架复扶,喻谪而复起"可谓恰当。方世举对这三首咏物诗的解析刻画出了一个修身治国、穷达都兼济天下的醇儒形象,为韩诗"明道"张本。

方世举还依"诗要有理"的标准批判韩诗中的浅显之作,如评《赠族侄》"词浅意陋,或非公作"。又如评《独钓四首》曰:

> 按:四诗之中,纤小字太多,一首藤角芡盘,二首柳耳蒲芽,四首芡觜梨颗,小家伎俩耳,不可法。②

方世举认为此诗纤弱,缺乏韩诗磅礴雄浑的特点,没有深刻意义,不足为学。

总之,方世举处处依"诗要有理"的观点评析韩诗。笔者认为方世举以"诗要有理"的诗学观批评韩诗,如同把桐城古文"义法"说推广运用在韩诗的批评中,对韩诗研究是一种创新。

二、以"师古不泥古"的诗学观论韩诗承中有变

方世举善于学习前人,且不落古人窠臼。方世举有自己的诗学观,他

---

① 方世举《韩昌黎诗集编年笺注》卷四。
② 方世举《韩昌黎诗集编年笺注》卷十。

第二章 方世举《韩昌黎诗集编年笺注》研究

提倡诗歌创作学古的同时要自具风格,自开派别。这一点与韩愈的诗学理论一致。韩愈《叉鱼招张功曹》与杜甫《观打鱼》同题材,但用意却不同。《碧溪诗话》曰:"老杜《观打鱼》云:'设网提纲万鱼急。'盖指聚敛之臣,苛法侵渔,使民不聊生,乃万鱼急也……'吾徒胡为纵此乐,暴殄天物圣所哀',此乐而能戒,又有仁厚意。亦如'前王作网罟,设法害生成',不专为取鱼也。退之《叉鱼》曰:'观乐忆吾僚。'异此意矣。亦如《蕲簟》云:'但愿天日恒炎曦。'"①黄彻认为杜诗是以打鱼讽刺扰乱民生的行为,是关心民生疾苦的表现,而韩诗则是描写打鱼之乐,不免对韩诗有所不满。方世举辩解曰:

> 按:论人当观其大节,论诗当观其大段,不可摘其一事一句而议优劣也。且杜作于前,韩继于后,固自不肯相袭。诗甚工细,有何可议?至于《蕲簟》之愿天炎,乃反衬簟之凉也。②

黄彻认为二诗题材相同,题意必然也要一致,此解过于牵强。方世举从诗歌创作要能自树立的原则上给予辩解,认为"杜作于前,韩继于后,固自不肯相袭",也符合韩愈自己的诗歌创作理论。诗歌创作有特殊的背景,特殊的用意。此诗贞元二十一年(805)春韩愈在阳山作,与张署同贬南方,二人距离相近,同病相怜。韩愈召张署前往打鱼,表达对同僚的想念之情。二诗虽都与打鱼有关,用意截然不同,必不能同论高下。同时又深入分析韩诗创作技巧,以乐衬哀,以热衬凉,正揭示出韩诗构思之巧,不落窠臼。又如《城南联句》,方世举曰:

> 按:此诗凡一百五十韵,历叙城南景物,巨细兼状,虚实互用,自古联句之盛,无如此者……其铺叙之法,仿佛《三都》《两京》,而又丝联绳牵,断而不断,如韩信将兵,多多益善,非其才大,安能如此?诗云:"肠胃绕万象,精神驱五兵。"又《送灵师》云:"纵横杂谣俗,琐屑咸罗穿。"可移评此诗也。③

此诗极尽铺叙城南景物,手法有似汉大赋,但方世举在大局中又看到了韩诗细微的变化。与《三都赋》《两京赋》零散的景物铺叙相比,韩诗"又丝联绳牵,断而不断",有一条主线贯穿其中。方世举还以韩评韩,用韩愈《送灵

---

① 方世举《韩昌黎诗集编年笺注》卷三。
② 方世举《韩昌黎诗集编年笺注》卷三。
③ 方世举《韩昌黎诗集编年笺注》卷五。

师》"纵横杂谣俗,琐屑咸罗穿"概括此诗特点,可谓恰当,又极具说服力。又如《秋怀诗十一首》,樊汝霖认为此诗学《文选》"偶丽翰藻"风格,是《文选》体,曰:

> 《秋怀诗十一首》,《文选》诗体也。唐人最重《文选》学,公以《六经》之文为诸儒倡,《文选》弗论也。独于《李邧墓志》曰:"能暗记《论语》《尚书》《毛诗》《左氏》《文选》。"而公诗如"自许连城价"、"傍砌有红药"、"眼穿长讶双鱼断"之句,皆取诸《文选》,故此诗往往有其体。①

而刘辰翁则以为此有韩诗一贯的豪宕之风,并非《文选》体,曰:

> 《秋怀诗》终是豪宕,非《选》体也。②

以上两说各执一词,都只是抓住了此诗特点之一面,无对错之分。方世举进一步解释:

> 樊、刘二说皆有可取,盖学《选》而自有本色者也。《文选》之学,终唐不废,但名手皆有本色。如李如杜,多取材取法其中,而豪宕不践其迹。韩何必不如是耶?③

方世举从此诗创作的根本分析,即"学《选》而自有本色",学古不拟古,有韩愈自己的特色,这正是各家所忽略的方面。方世举不仅抓住韩诗特点,从诗体流变角度分析,较有说服力,还对旧评一分为二看待,体现其公正客观的诗评态度。

方世举诗歌有以才学为诗的特点,但与一味追求用典的宋诗倡导者迥异,他反对用古太过,强调诗要保持自己的风格。正是秉持这样一种诗学观,方世举对韩愈用典过多的作品甚为不满,如评《赠崔立之》:

> 按:此诗不足为法。凡引古过演,文且不可,而况于诗焉。有寥寥小篇,演至大半者?演则精神不振,演则气势不紧。其下又并无精神,并无气势。惟落落漠漠,就缴六语以了之,此岂起衰八代者之合作乎?一时败笔,人所时有,但学者不可乐其易为而效之。④

韩愈此诗学《庄子》,但用典较多,方世举便不为赞同。他认为此诗用古繁

---

① 方世举《韩昌黎诗集编年笺注》卷八。
② 方世举《韩昌黎诗集编年笺注》卷八。
③ 方世举《韩昌黎诗集编年笺注》卷八。
④ 方世举《韩昌黎诗集编年笺注》卷八。

多便失去了韩诗特有的磅礴气势,属韩愈一时败笔,不值得效仿。方世举观点是否可取,有待商榷,其欣赏气势浩瀚之韩诗无可质疑。

三、从体格、用韵、宗派角度分析韩诗艺术特色

关于如何评点诗歌,方世举认为应从诗之大端,即体格、用韵、宗派方面评析,改变一直以来以字句为主要着眼点的批点模式。方世举曰:"余少学朱竹垞先生家,见《草堂诗话》之专言杜者,凡五十家,他可知也。然可取者少,又仅以字句为言,其于学诗之大端,体格异同,宗派正变,音韵是非,绝未及之。"①当然,方世举的看法不免有些绝对化。但在韩诗评析中,方世举注意从这些方面探究,使得韩诗中一些争论不止的问题得到了解决,而且可以从中看到韩诗的特点及渊源。

(一)从体格角度评韩诗

方世举认为评诗要注重诗之大端,《韩昌黎诗集编年笺注》中对多首韩诗从体格方面分析,如评《刘生》诗曰:

> 《刘生》本乐府旧题……《古乐府解题》云:"刘生不知何代人,观齐、梁以来所为刘生诗者,皆称其任侠豪放,周游于五陵、三秦之地,大抵五言四韵,意相类也。"公以师命姓刘,其行事颇豪放,故用旧题赠之,而更为七言长篇。集中有用乐府旧题而效其体者,如《青青水中蒲》及《有所思联句》是也。有用乐府旧题而变其体者,如《猛虎行》及此诗是也。②

在方世举之前很少有学者谈论此诗体格所属。方世举首先从文体角度分析此诗为乐府旧题,并进一步确定为乐府旧题之变体,即古乐府旧题为五言,韩诗为七言。方世举还对韩集中其它乐府旧题诗进行了分类。王元启则认为此诗不属乐府古题,曰:"题曰'刘生',与《孟生诗》同旨。或以为乐府古题,非是。"何焯在《义门读书记》中《刘生诗》之"往取将相酬恩仇"句下评曰"形之于声诗也",何焯所说"声诗"应指乐府诗,但没进一步阐释。翁方纲与方世举观点相同,评此诗效乐府旧题,曰:"昌黎《刘生诗》,虽纪实之作,然实源本古乐府横吹曲。其通篇叙事皆任侠豪放一流。其曰'东走梁汴','南逾横岭',亦与古曲五陵、三秦之事相合……不惟用乐府题,兼且

---

① 方世举《兰丛诗话》,载郭绍虞编《清诗话续编》,页769。
② 方世举《韩昌黎诗集编年笺注》卷二。

用其意,用其事。"①从韩诗所纪内容看,刘生是一不羁之子,甚是符合《古乐府解题》观点。沈文凡《韩愈乐府歌诗创作刍论——以〈琴操〉十首为诠释对象》②一文考证了韩诗中乐府歌诗,其中有《青青水中蒲》《猛虎行》。此文考证了韩愈具备创作歌诗的条件,其做过协律郎,懂得音乐,是创作歌诗的重要基础。这一点方世举也早有认识,在《听颖师弹琴》中,他就分析韩愈有极深的的乐理知识。

面对李、杜之后唐诗盛极难继的局面,韩愈别开生面,既学李、杜,又另辟蹊径,自成一家。韩愈发展了杜甫以议论、才学为诗的一面,运用散文的多种手法入诗,融入险僻词语,创造出险怪一派。其以文为诗的长篇险韵便引起后世争议,方世举注意到这种现象,但从文体学角度辩解:"昌黎受到刘贡父'以文为诗'之谤,所见亦是。但长篇大作,不知不觉自入文体。"③如《南山诗》,历来备受争议。方本引用范温《潜溪诗眼》记载宋孙莘老、王平甫、黄庭坚的观点:

> 孙莘老尝谓老杜《北征》胜退之《南山诗》,王平甫以谓《南山》胜《北征》,终不能相服。时山谷尚少,乃曰:"若论工巧,则《北征》不及《南山》;若书一代之事,以与《国风》《雅》《颂》相为表里,则《北征》不可无,而《南山》虽不作,未害也。"二公之论遂定。④

孙、王、黄三人评价《南山诗》各有侧重,但都没有从文体上区别。洪兴祖评:"此诗似《上林》《子虚赋》,才力少者不可到也。"洪氏看到了此诗特点,但没深入剖析。明末清初王嗣奭评:

> 昌黎《南山》,韵赋为诗;少陵《北征》,韵记为诗,体不相袭。而孙莘老、王平甫相提而争优劣,固非。至断定于山谷之评,亦未是也。《南山》琢镂凑砌,诘屈怪奇,自创为体,杰出古今。然不可无一,不可有二,固不易学,亦不必学,总不脱文人习气。⑤

王氏从文体角度评论韩诗与杜诗不同,抓住了根本。在方世举之前较少学者从文体学角度展开分析此诗。方世举亦从文体角度进行了更为详赡的

---

① 翁方纲《石洲诗话》,载郭绍虞编《清诗话续编》,页1388。
② 沈文凡《韩愈乐府歌诗创作刍论——以〈琴操〉十首为诠释对象》,《中山大学学报》2011年第2期。
③ 方世举《兰丛诗话》,载郭绍虞编《清诗话续编》,页774。
④ 方世举《韩昌黎诗集编年笺注》卷四。
⑤ 王嗣奭《杜臆》,上海古籍出版社1983年版,页58。

第二章　方世举《韩昌黎诗集编年笺注》研究

分析：

> 按：古人五古长篇，各得文之一体。《焦仲卿妻》诗传体，杜《北征》序体，《八哀》状体，白《悟贞寺》记体，张籍《祭退之》诔体，退之《南山》赋体。赋本六义之一，而此则《子虚》《上林赋》派。长短句任华《寄李白》《杜甫》二篇书体，卢仝《月蚀》议体，退之《寄崔立之》亦书体，《谢自然》又论体。触类而成，不得不然也。又按《南山》《北征》各为巨制，题义不同，诗体自别，固不当并较优劣也。此篇乃登临纪胜之作，穷极状态，雄奇纵恣，为诗家独辟蚕丛。无公之才，则不能为，有公之才，亦不敢复作。固不可无一，不可有二者也。近代有妄人，讥其曼冗，且谓连用"或"字为非法，不知"或"字本《小雅·北山》，连用叠字本屈原《悲回风》、《古诗十九首》，欵启寡闻，而轻有掎摭，多见其不知量也。①

从方世举的言论中可知他应没见到王嗣奭的评论，却和王氏的评价一脉相承，但方世举的分析更加透彻明晰。他肯定《北征》《南山》的成就，指出二诗根本的区别是文体不同，不可并论。又分析了同是巨制而文体不同的原因，即选题有别，所用文体必然各异。方世举对诗中连用"或"字、叠字的现象又追溯到了《诗经》这一源头，有力驳斥了蒋之翘以此批驳韩诗的看法。方世举还从文体的角度对古代五言诗中体格有别的作品逐一梳理，为韩诗溯源推流。虽然关于二诗的此种论断不是方世举发凡起例，但在韩诗批注本中却先而为之，并且被认可。高密诗派李宪乔和宗宋派方东树也高度肯定《南山诗》。此后方东树评"《北征》《南山》，体格不侔"，谭嗣同评："宋人以杜之《北征》，匹韩之《南山》，纷纷轩轾，闻者惑焉。以实求之，二诗体与篇幅，各有不同，未当并论。"②近代学者徐震曰："顾嗣立谓之光怪陆离，方世举称其雄奇纵恣，合斯二语，庶几得之。自宋人以比《北征》，谈者每就二篇较短长。予谓《北征》主于言情，《南山》重在体物，用意自异，取材不同，论其工力，并为极诣，毋庸辨其优劣。"③此论也是从文体角度进行分析。当然，有时这种方法运用得过于拘泥，如评《早春雪中闻莺》：

> 按：明人蒋之翘以此为南迁时作，谓北地无早莺，此似是实非。诗

---

① 方世举《韩昌黎诗集编年笺注》卷四。
② 谭嗣同《思篇四六》，载吴文治《韩愈资料汇编》，中华书局2004年版，页1632。
③ 徐震《评释》，载钱仲联《韩昌黎诗系年集释》，页462。

词睍豫,绝无悲伤。诗体是排律,诗格是试帖,必应试之作也。若以非时之物而言,则当如丙吉问牛之论气候,邵康节天津闻杜鹃之惊风移。公立言仅尔尔耶! 惟其试题不敢高论,且安见当时不偶有此事耶! 岭南无雁,而徐浩尝以雁至广州为奏,杜子美又有五律诗可以类推。①

方世举单从文体角度断定此诗属于韩愈早期作品,则稍显牵强。

(二)从音韵角度评韩诗

韩诗工于用韵,后人对其评价轩轾纷呈,但往往浅尝辄止。方世举在此方面有过深入分析,如《此日足可惜一首赠张籍》诗,评曰:

> 按:此篇用韵,全以《三百篇》为法。如《楚茨》"济济跄跄"一章,跄、羊、尝、亨、将、祊、明、皇、飨、庆、疆,是庚、阳二韵也。《瞻彼洛矣》末章,泱、同、邦,是阳、东、江三韵也。《凫鹥》首章,泾、宁、清、馨、成,是庚、青二韵,旁及侵韵也。四章潈、宗、降、崇,是东、冬、江三韵也。诸如此类,不可枚举。此诗用东、冬、江、阳、庚、青六韵,盖古韵本然耳。至于叠韵,亦非始于老杜。自老杜以前,《焦仲卿》诗叠用甚多,而亦本于《三百篇》。如《七月》第五章,"九月在户"、"塞向墐户",皆韵也。《伐木》首章用两"声"字,《正月》第三章用两"禄"字,《十月之交》第六章用两"向"字,《卷阿》末章用两"多"字,彼皆短篇,犹用叠韵。至《商颂·那》一章二十二句,而连用三"声"字为韵。《烈祖》一章二十二句,自"既载清酤"以下,亦用庚、阳为韵,凡押二"疆"字,二"将"字。论者读韩诗则震而惊之,读《诗经》则习焉弗察,何也? 又按:《史记·龟策传》"乃刑白雉及与骊羊"一段,凡二十六韵,杂用东、江、阳、庚、元、寒、先、真诸部,间见错出,如欧阳子所谓"乍离乍合者",是此用韵之祖也。洪景伯《隶续》谓本《汉平舆令薛君碑铭》亦是,但碑为延熹间文,又未必不因《史记》。至叠用韵,《焦仲卿》诗后,又有陈思王《弃妇词》等篇。顾宁人《日知录》言之,然未言《三百篇》,亦疏。②

宋代欧阳修、洪兴祖、胡仔、清初俞玚已评此诗有杂用韵、叠用韵的特点,没有详细分析。方世举与前人观点基本一致,但分析详尽且更深一步,探究出此诗用韵完全以《诗经》为法。他首先分析此诗用东、冬、江、阳、庚、青六韵,与《诗经》中《楚茨》"济济跄跄"一章、《瞻彼洛矣》末章、《凫鹥》首章、

---

① 方世举《韩昌黎诗集编年笺注》卷二。
② 方世举《韩昌黎诗集编年笺注》卷一。

四章相同;其次是叠用韵现象,俞场认为此诗叠用韵本于杜甫。方世举则追溯于《诗经》,并列举《诗经》中大量叠用韵的例子加以证明,如《伐木》首章用两'声'字,《正月》第三章用两'禄'字,《十月之交》第六章用两'向'字等,都是叠用韵。方世举将韩诗用韵追源于《诗经》,为韩诗源自《诗经》增添了证据。又《会合联句》,洪迈《容斋四笔》曰:"除'冢'、'蛹'二字《韵略》不收外,余皆不出二'肿'中。"方世举考曰:"按:'冢'、'蛹'二字《唐韵》所收,此诗未尝出韵,洪亦失考。"

(三)从宗派角度评韩诗

方世举熟读唐诗,几乎校遍唐诗:"凡唐诗误句、误字、误先后次第者,余辩之,批于各集甚多。"[①]因而其对唐诗纷呈的流派正变情况也颇为熟悉。唐诗自大历以降多变调,韩诗便是其中之一。如《盆池五首》,工与否,便存在争议。刘攽《中山诗话》曰:

> 退之古诗高卓,至律诗虽可称善,要有不工者。而好韩之人,句句称述,未可谓然也。韩云:"老翁真个似童儿,汲水埋盆作小池。"直谐戏语耳。[②]

洪兴祖曰:

> 或云:《盆池》诗有天工,如"拍岸才添水数瓶"、"一夜青蛙鸣到晓",非意到不能作也。[③]

刘攽与洪兴祖所引"或云"观点相反,认为此诗不工,洪兴祖则又同时引了刘攽观点,但没有案断。对于见仁见智的争论,方世举从宗派正变上分析辩解,曰:

> 按:刘、或两说,一言正,一言变也。大历以上皆正宗,元和以下多变调。然变不自元和,杜工部早已开之。至韩、孟好异专宗,如北调曲子,拗峭中见姿制,亦避熟取生之趣也。元、白、刘中山、杜牧之辈,不得其拗峭,而惟取其姿制,又成一格。[④]

元和诗坛出现两大主流诗派,韩孟诗派和元白诗派,以改变盛唐诗难以企及的局面,转而另辟门路。韩、孟尚险怪,元、白尚平易。方世举从诗歌正

---

① 方世举《兰丛诗话》,载郭绍虞编《清诗话续编》,页780。
② 何文焕《历代诗话》,中华书局1981年版,页285。
③ 祝充《音注韩文公文集》卷九,《中华再造善本》。
④ 方世举《韩昌黎诗集编年笺注》卷七。

调、变调方面对以上两种观点加以辨析,指出二者争执是参照标准不同所致。方世举认为刘氏依盛唐诗为标准评其为不工,若放入中唐变调之诗中评则极工,这就找到了问题的症结所在。方世举还进一步明晰唐诗之变始于杜甫,应是对朱彝尊评此诗"俚语俚调,直泻胸臆,颇似少陵《漫兴》《寻花》诸绝"的解释,也对严虞惇"此等语杜诗中最多,何不工之有"的含糊评论做了解答。方世举评析《奉和虢州刘给事使君三堂新题二十一咏》中《月池》诗,对五绝分派梳理。诗曰"寒池月下明,新月池边曲。若不妒清妍,却成相映烛。"方世举评曰:

> 按:五绝分派,王、李正宗之外,杜甫一派,钱起一派,裴、王一派,李贺一派,昌黎一派。昌黎派遂为东坡所宗,而陆放翁承之。①

各评家对此诗都略有微词。蒋之翘评曰:"王元美尝云:'绝句固自难……得此法者,仅太白一人。王摩诘亦具体而微。此退之《三堂二十一咏》盖亦步武摩诘《辋川杂诗》而未逮者,已不免落宋人口吻。'"②朱彝尊评曰:"首首出新意,与王、裴《辋川》诸绝颇相似,音调却不及彼之高雅。"③查慎行评曰:"二十一章效王、裴《辋川》唱和,古渐远。"④李宪乔眉批曰:"五绝王、李之外,端推裴、王,老杜已非擅长。至昌黎诸作,多率意为之,实不足以见公本色。"⑤方世举仍从诗歌宗派流变角度分析,对唐诗五绝继王维、李白正宗之外的变调清晰梳理,各家为什么诘难此诗便易理解。

方世举结合韩诗特点,融入自己的诗学观分析韩诗,多有精到之见,其成果也多被后世韩愈研究者参考借鉴,可谓对韩诗做出了重大的贡献。

第四节 《韩昌黎诗集编年笺注》的价值及不足

《韩昌黎诗集编年笺注》在当时就流传很广,并得到了学者的高度评价。首先是其友人卢见曾对其高度肯定:"吾友方扶南先生撰《昌黎编年诗注》,博极群书,详考事实,大抵援新、旧两《书》以正诸家之误,援《行状》《墓志》以正两史之误,俾读者显显然如与籍、湜辈亲登其堂,斯真昌黎之功

---

① 方世举《韩昌黎诗集编年笺注》卷八。
② 钱仲联《韩昌黎诗系年集释》,页898。
③ 钱仲联《韩昌黎诗系年集释》,页898。
④ 钱仲联《韩昌黎诗系年集释》,页898。
⑤ 李宪乔批方世举《韩昌黎诗集编年笺注》卷八。

第二章　方世举《韩昌黎诗集编年笺注》研究

臣也。"①章学诚《〈韩昌黎诗集编年笺注〉书后》认为该书"是亦攻韩集者不可不备之书"。王鸣盛评:"方世举《笺注》十二卷,编年位次,最有条理。"连鹤寿评:"其诗集,自李汉编次以下,考证详明,则以方扶南为最。"②梁章钜曰:"今欲求一初学读本,惟近人方扶南所辑注《编年笺注》十二卷,简而能赅,尚有条理。再求吾师纪文达公所批点之本,合而读之,亦可得其大凡矣。"③诸家从方本编年、考证方面给予了较高评价。

《韩昌黎诗集编年笺注》产生于乾嘉时期,既受此期学术背景的影响,又有作者自身学识素养的作用,其价值体现在多方面。首先是开创韩诗编年编排体例。其次是资料征引丰富,具有极高的文献价值。再次是在阐释学上的经验和成就也值得当今古籍整理借鉴。

一、开创韩诗编年编排体例

诗文集的编纂形式主要有三种:体裁编排、主题分类编排、年代编排。编纂虽然不等于注释,但采用某种编辑形式却能体现出编者对文学作品性质的独特理解。按年月先后编排,意味着把作品看作诗人对其生活时代的时事及其个人经历的出处的记述。读之可了解诗人的生世变迁与风格前后变化之关系,是一种"史"的眼光。宋代有韩愈年谱,但没有编年体韩集注本。清代"诗史"观进一步增强,在诗歌阐释中尚编年,贵本事。杨伦指出:"诗以编年为善,可以考年力之老壮,交游之聚散,世道之兴衰"④。冯应榴在《苏文忠公诗合注凡例》中更明确说:"编年胜于分类。""编年为善"在清代已成为解诗者无须争辩的共识。在此风气下,方世举也提出"年不重编,诗终多晦"的观点,且开创韩诗按编年编排的形式。方世举《韩昌黎诗集编年笺注凡例》曰:"旧本韩集前皆未列年谱,近日顾本有之,以为增订洪氏、方氏年谱,而不知元丰间之吕大防、崇宁间之程俱皆有之,皆宋人,皆可取,纷纷收入,甚苦繁冗。今约而编年,则每年之时事、出处皆系于每卷目录之下,逐卷了然,年谱可以不用并。"⑤按年月编排可以省去年谱之累。方世举注本开创了韩诗编年编排体例,是对韩诗阐释的一大贡献。章学诚评曰:"唐人诗集宜编年者莫若杜、韩,杜之编年多矣,韩则仅见于此。是固论

---

① 卢见曾《韩昌黎诗集编年笺注序》,方世举《韩昌黎诗集编年笺注》卷首。
② 王鸣盛《蛾术编》,商务印书馆1958年版,页29。
③ 梁章钜《退庵随笔·学诗》卷二十一,道光十六年刻本。
④ 杨伦《杜诗镜铨凡例》,《杜诗镜铨》,上海古籍出版社2019年版。
⑤ 方世举《韩昌黎诗集编年笺注》卷首。

世知人之学,实亦可见。诗文之集,因为一人之史,学者不可不知此意。为诗文者篇题苟皆自注岁月,则后人一隅三反,藉以考证时事,当不止于不补而已。"①方世举注本按年月编排韩诗,有助于读者深入理解诗意、诗旨,且给后世韩诗注本、选本以借鉴。

二、资料价值

方世举交游广泛,学识深厚,韩诗笺注中引用文献丰赡。据统计约500余种,遍涉经、史、子、集及佛、道典籍,具有很大的资料价值。此注本引用最多的是集部文献,其次是史部,现仅以这两部为例说明。集部中大量是先秦、魏晋南北朝时期到初盛唐的诗赋作品,这些作品有些源于《文选》,有些源自文人的别集。方世举还引用了大量的诗话文献,也是其一大价值。他对于宋代诗话多有引用,如李颀《古今诗话》(已佚,有郭绍虞《宋诗话辑佚》本)、蔡絛《西清诗话》(已佚)等。《听颖师弹琴》注后所附的《西清诗话》《许彦周诗话》,记载了宋代关于此诗音乐描写上的一些争论,按语中又引了嵇康《琴赋》、李肇《国史补》,使读者对古代关于音乐描写的知识有了较多的了解。方世举还加入了自己的分析,体现其深厚的乐理知识,与其和琴僧的交往不无关系。尤其是所引《西清诗话》佚失,就具有珍贵的资料价值。前代注本关于此点皆无评论,钱仲联《韩昌黎诗系年集释》在"集说"中引用方注,屈守元《韩愈全集校注》在题解下也全盘吸取了方注。

史部是唐及以前史书,其中佚失文献有谢承《后汉书》、鱼豢《魏略》等。据公私目录书记载,《魏略》宋时佚失,"裴松之《三国志注》、徐坚《初学记》等均引其中文字。清严可均据此辑佚11条,收入《全三国文》卷四十三"②。方注本卷十《晚秋郾城夜会联句》"赫赫火箭著"一句引《魏略》注,魏本韩醇注也引《魏略》,但事件同而所引文字有差异。韩注所引出自《三国志·魏明帝纪》诸葛亮围陈仓句注,所引用的《魏略》较简单,而方注引文内容相对复杂,二者所引《魏略》定是出自不同版本。方注本引用文献中多处用到《三国志注》,对韩醇注也有吸收和借鉴。此条注却用了与《三国志注》所引事件同而内容异的另外一种《魏略》版本,且在注中标明是《魏略》,是否乾隆时此书尚存,方世举当时见到了原本,因而没采纳韩注,这一结论虽不能断定,但至少方注本所引这一资料对辑佚《魏略》以及恢复其原貌很有参考价值。

---

① 章学诚《章学诚遗书》,文物出版社1985年版,页114。
② 郝润华《〈钱注杜诗〉与诗史互证方法》,黄山书社2000年版,页187。

第二章 方世举《韩昌黎诗集编年笺注》研究

三、阐释学价值

(一)考镜源流的阐释思想

诚如章学诚概括目录学有"辨章学术,考镜源流"的特点,方世举笺注韩诗也有此特点。无论是韩诗蕴含的古代文化知识,还是其自身艺术特点,方世举都要钩深抉隐,尽量弄清来龙去脉,并连带梳理出一系列相关知识,使注释内容详赡又易理解。这种方法有利于读者解读韩诗,还可从中学习到丰富的文化知识。

1. 考释文化习俗渊源

韩愈常以生活中俗事入诗,因而其诗中涉及丰富的文化风俗知识。如《斗鸡联句》,方世举梳理斗鸡习俗及关涉这一风俗的文学作品的发展历史。题解下注曰:

> 按:斗鸡见于《左传》,其来已久。战国时齐俗斗鸡走犬。汉太上皇、鲁共王皆好之,至建安诸子形于篇咏。唐世明皇好之,故杜甫有"斗鸡初赐锦"之句。俗尚相沿,盛行此戏。诗家赋咏亦多,然摹写精工,无逾斯作矣。①

方世举考证斗鸡风俗渊源已久,战国时期齐国已有这种斗鸡走狗的习俗,并见载于《左传》,且历代皇帝多有这一嗜好,因而此风俗逐渐盛行。方世举指出建安时期文人已有歌咏斗鸡风俗的作品,并且通过比较认为此诗摹写最为精工。

2. 考证词语渊源

方世举考韩诗中一些词语运用渊源,如《读东方朔杂事》中"蛟蛇"一词,方世举考曰:

> 按:扬雄《蜀都赋》:"其深则有水豹蛟蛇。"张衡《西京赋》:"惊蜩蝄,惮蛟蛇。""蛟蛇"二字连用本此。②

方世举考"蛟蛇"一词连用始于扬雄《蜀都赋》、张衡《西京赋》。又如《南山诗》中"澒洞"一词,方崧卿考证此词连用始于唐人,曰:"《淮南子》:'澒蒙鸿洞。'王褒《箫赋》、扬雄《羽猎赋》,所用皆同,唐人始兼用之。杜诗'鸿洞半炎方'、'澒洞不可掇'是也。"方世举则溯源此用法始于西汉,注曰:

---

① 方世举《韩昌黎诗集编年笺注》卷五。
② 方世举《韩昌黎诗集编年笺注》卷十。

> 按：贾谊《旱云赋》："运清浊之澒洞兮，正重沓而并起。"则西汉已有此语，非自唐人也。①

方世举考证此词连用始于汉代贾谊的作品，比方崧卿的推断年限早千年之久，真正推出了此词渊源所出。

3. 考查职官制度的演变历史

方世举稔熟历代职官制度，对韩诗中涉及到的职官制度都加以考释。如《晋公破贼回，重拜台司，以诗示幕中宾客愈奉和》中"三司"一词，方世举注曰：

> 按：《汉书·百官公卿表》：以司马主天，司徒主人，司空主土，为三公。司马初名太尉。武帝元狩四年，初置大司马，冠以将军之号，位在司徒上。《后汉书·百官志》云：以卫青数征伐有功，以为大将军，置大司马官号以尊宠之。其后霍光、王凤等皆然。是大将军之贵压三司也。至车骑将军，则仪同三司。此始自邓骘，见骘传。②

方世举注解"三司"这一制度的含义，还考证了大将军冠名大司马尊号权高三司、车骑将军位同三司待遇这些职官制度的起始渊源，使读者了解不同朝代职官制度的演变，在比较演变中更清晰地把握"三司"这一职官制度，更好理解其在韩诗中的意义。

4. 梳理文体演变源流

方世举评析韩诗艺术特色善于从文体方面梳理其流变脉络，分析韩诗中联句时溯源联句发展流变史，如《会合联句》题解曰：

> 按：王伯大以为联句古无，此体自退之始，殊为孟浪。沈括谓虞廷《赓歌》、汉武《柏梁》是唱和联句之所起，可谓究其源流矣。自晋贾充与妻李氏始为联句，其后陶、谢诸人亦偶一为之。何逊集中最多，然文义断续，笔力悬殊，仍为各人之制，又皆寥寥短篇，不及数韵。唐时如颜真卿等，亦有联句，而无足采，故皆不甚传于世，要其体创之久矣。唯韩、孟天才杰出，旗鼓相当，联句之诗固当独有千古。③

韩诗中有十三首联句，如高手对弈，竞相斗奇，又珠联璧合，浑融一体，使联句达到了炉火纯青的境界。但联句之体由来已久。王伯大认为联句始于

---

① 方世举《韩昌黎诗集编年笺注》卷四。
② 方世举《韩昌黎诗集编年笺注》卷十。
③ 方世举《韩昌黎诗集编年笺注》卷五。

第二章 方世举《韩昌黎诗集编年笺注》研究

韩愈。方世举用沈括观点,追溯联句发展历史至汉代。先秦时已有联句雏形,直到韩、孟,联句发展成熟。方世举的考辨不仅纠谬了旧注的观点,而且理清了文学史上一种诗体的发展源流问题,揭示了此种现象所涵盖的艺术规律。赵翼《瓯北诗话》中引用了方世举的考辨结论。联句发源于先秦这一观点暂时还没得到现代学者的认可,但这种追溯渊源的做法值得学习。

(二)注重文本探析的阐释理念

阐释文学作品,应首先注重从文本自身挖掘其意蕴,得到的结论才能使人信服。方世举笺注韩诗,便善于从韩诗文本出发,探讨诗旨诗意。韩愈一生极力排佛,但与僧人有交往,且有诗文赠送,因而后世学者多依此大肆挞伐韩愈辟佛立场不坚定,崇信佛道。朱熹《答廖子晦》抨击其与大颠和尚来往:"韩公本体功夫有欠缺之处,如其不然,岂其自然无自主宰,只被朝廷一贬,异教一言,而便如此失其常度?"[1]元代李治也曾批评说:

> 退之生平挺特,力以周、孔之学为学,故著《原道》等篇,抵排异端。至以谏迎佛骨,虽获戾,一斥几万里而不悔,斯亦足以为大醇矣!奈何恶其为人而日与之亲,又作为歌诗语言,以光大其徒,且示己所以相爱慕之深。有是心,则有是言;言既如是,则与平生所素著者,岂不大相反耶?[2]

韩愈在贬地与大颠和尚有来往,李治认为这有悖其平生反佛的坚定信念。清代颜元在《存人编》中也批评韩愈排佛不力。方世举则深入分析韩诗文本,如评《送灵师》曰:

> 公抵排异端,攘斥佛老,不遗余力,而顾与缁黄来往,且作序赋诗,何也?岂徇王仲舒、柳宗元、归登辈之请,不得已耶?抑亦迁谪无聊,如所云"逃空虚者,闻人足音,跫然而喜",故与之周旋耶?然其所为诗文,皆不举浮屠老子之说,而惟以人事言之。如澄观之有公才吏用也,张道士之有胆气也,固国家可用之才,而惜其弃于无用矣。至如文畅喜文章,惠师爱山水,大颠颇聪明,识道理,则乐其近于人情。颖师善琴,高闲善书,廖师善知人,则举其娴于技艺。灵师为人纵逸,全非彼教所宜,然学于佛而不从其教,其心正有可转者,故往往欲收敛、加冠

---

[1] 朱熹《晦庵先生朱文公文集》卷四十五,《中华再造善本》。
[2] 李治《敬斋古今黈·逸文二》,中华书局1995年版。

巾。而无本遂弃浮屠,终为名士,则不峻绝之,乃所以开其自新之路也。若盈上人爱山出无期,则不可化矣。僧约、广宣,出家而犹扰扰,盖不足与言,而方且厌之也。①

方世举深入文本分析,挖掘韩愈与僧人交往的真正原因在于欣赏这些僧人、道士的才能。方世举从《送僧澄观》诗中分析韩愈赞澄观有"公才",可"吏用";从《送张道士》诗中分析韩愈看重张道士有胆气,认为其"是国家可用之才";从《听颖师弹琴》《送廖道士序》《送高闲上人序》诗中分析韩愈喜颖师善琴、高闲善书、廖师善知人,"则举其娴于技艺"。韩愈本就是爱才之人,并不因其僧人、道士身份而拒之于门外。方世举说"皆不举浮屠老子之说",而是"惟以人事言之"。韩愈最终目的是想劝阻这些有用之才"弃浮屠,终为名士","以开自新之路",以便能为朝廷效力。方世举深入韩集文本解读,真正探得韩诗意旨,并不因韩愈与僧人、道士有唱和作品而简单断定其辟佛立场不坚定。李宪乔也承方世举观点,评《送文畅师北游》诗曰:"诸僧诗,于澄观取其经营之才,于惠师取其好游,于灵师取其能文,于文畅取其多得搢绅先生歌咏,皆非以僧取之。"评《送灵师》诗曰:"前曰遗贤,后曰材调,皆不以僧目之也。"刘国盈评韩愈与僧人交游:"不论从韩愈为什么要和一些僧人交往来看,还是从韩愈和僧人交往的内容来看,都无碍于韩愈是一个辟佛猛士,这就是结论。"②方世举如此笺注诗歌,不只是透辟解析一首韩诗,重在使读者领会到整理古籍所应注重的方面,即一定要从文本着手,深入探究作品本身所蕴含的深意,才能正确地理解作者的创作意图,得到一个令人信服的结论。李建昆评价方世举解析此诗的成果说:"方说之可贵,在于启示吾人从诗歌本文去研究问题,所得的结论自然比较容易获得信服。"③又如《听颖师弹琴》,方世举评曰:

> 按:嵇康《琴赋》中已具此数声,其曰"或怨㜘而踌躇",非"昵昵儿女语"乎?"时劫掎以慷慨",非"勇士赴敌场"乎?"忽飘飘以轻迈,若众葩敷荣曜春风",非"浮云柳絮无根蒂"乎?"嘤若离鹍鸣清池,翼若游鸿翔曾崖",又"若鸾凤和鸣戏云中",非"喧啾百鸟群,忽见孤凤凰"乎?"参潭繁促,复叠攒仄","拊嗟累赘,闲不容息",非"跻攀分寸不可上"乎?"或乘险投会,邀隙趋危","或搂挩㩃捋,缥缭潎冽",非"失

---

① 方世举《韩昌黎诗集编年笺注》卷二。
② 刘国盈《韩愈丛考》,文化艺术出版社1999年版,页139。
③ 李建昆《韩愈诗探析》,花木兰文化出版社2009年版,页147。

势一落千丈强"乎？公非袭《琴赋》，而会心于琴理，则有合也。①

韩愈此诗所描写音乐是否属琴声，也引起过争议。欧阳修认为此是写琵琶声，后世多随之。琴僧仪海从乐理的角度辨其为琴声，许顗在《许彦周诗话》中亦用乐理知识分析其为琴声。方世举将韩诗与嵇康《琴赋》二者文本一一对应分析，证明其所描写确属琴声。嵇康是琴艺家，其《琴赋》描写琴声更是毫无争议。方世举从文本角度为此诗寻找渊源，寻绎两者描写乐声相似之处，即使不懂乐理者也甚为信服。

（三）突破常规的阐释思路

方世举不仅大量引用《诗经》《左传》等典籍阐释韩诗的道统思想，还引用《周易》中哲理解释韩诗寓意。方世举说："比兴率依《国风》之花木草虫、《楚辞》之美人香草止耳。愚意兼之以《周易》象爻，《太玄》离测，尤足以广人思路。"②这原本是方世举在诗歌创作上的理论倡导，以开阔创作者及读者的视野。在《韩昌黎诗集编年笺注》中，方世举将这种创作思路运用到韩诗的阐释中，对涵盖广博的韩诗来说较为适合。翁方纲曾评韩诗说："韩文公'约《六经》之旨而成文'，其诗亦每于极琐碎、极质实处，直接《六经》之脉。盖爻象、繇占、典谟、誓命、笔削、记载之法，悉酝入《风》《雅》正旨，而具有其遗味。自韦孟、束晳以来，皆未有如此沉博也。"③

方注本中引《周易》约70条，阐释韩诗中语源、典故出处，或诠释整首诗的意旨，都是儒家正统思想的体现。如《嗟哉董生行》诗后评曰：

> 按："鸡狗"一段，形容物类相感，其说理本《易·中孚》"信及豚鱼"。④

此诗作于贞元十五年（799），韩愈在徐州张建封幕，董生未应举。董生本寿州人，离徐州较近。董生孝顺父母，家庭和睦。韩愈了解董生行义，评其"孝且慈"，欲荐之于张建封。为了突出董生的信义，韩愈描写董生家鸡狗相哺的生动故事作为衬托。方世举阐释此诗运用了《周易·中孚》"信及豚鱼"的典故，意指信用能及于小猪和鱼这样微贱之物，比喻人很有信用。董生的信义感染到鸡狗，能使鸡狗相哺，是"信及豚鱼"的极好表现。方世举突破常规思路的分析抓住了韩诗本义，体现了韩诗比兴不只依取《诗经》

---

① 方世举《韩昌黎诗集编年笺注》卷九。
② 方世举《兰丛诗话》，载郭绍虞编《清诗话续编》，页777。
③ 翁方纲《石洲诗话》，载郭绍虞编《清诗话续编》，页1389。
④ 方世举《韩昌黎诗集编年笺注》卷一。

《楚辞》中香草美人的特点。又如《杂诗四首》其三：

> 截椽为欂栌，斫楹以为桷。束蒿以代之，小大不相权。虽无风雨灾，得不覆且颠。解辔弃骐骥，蹇驴鞭使前。昆仑高万里，岁尽道苦遭。停车卧轮下，绝意于神仙。①

方世举评曰：

> 按：《易·系辞》曰："德薄而位尊，知小而谋大，力小而任重，鲜不及矣。"故曰："鼎折足，覆公餗，其形渥，凶。"言不胜其任也。执谊以轻材而窃高位，当平时且不可，况危疑之际，能无颠覆乎？然此乃用之者过也。世岂无骐骥，顾舍之而不用。君门万里，日暮途远，何由自致乎？②

方世举分析《杂诗四首》作于永贞元年（805），韩愈正处贬谪之地。此年韦执谊为宰相，以韦执谊、王伾、王叔文为首的政治集团执掌朝中大权，推行革新。韦执谊才小不堪重任，何况处于政局不稳之时，更会使国家"颠覆"。方世举引用《周易·系辞》恰当地揭示了此诗讽刺史实的意义。再如《石鼎联句》，方世举评曰："此借石鼎以喻折足覆餗之义，刺时相也。""折足覆餗"出自《周易·鼎》，比喻人力薄不胜其重任。方世举用此成语解析韩诗借石鼎的用意，实际是用《周易·鼎》爻辞九四"鼎折足，覆公餗，其形渥，凶"的寓意来阐释韩诗借用石鼎的含义，讥刺时相宰李吉甫力薄不胜重任之史实。方世举用《周易》解析韩愈此类诗歌，甚是恰切。

诚然，这种方法并不是放之四海而皆准的真理，不是对任何古籍整理都行之有效。如同清代盛行的"诗史互证"方法，也不是适合所有诗人的作品，有一定的适用原则，要视具体对象而言。从方世举阐释韩诗的方法来看，古籍整理角度要多样化，思路要开阔，一些难以解决的问题会涣然冰释。

三、方注本之不足

（一）注释词语有重复、不当之处

方世举注本注释词语出现一些罗列资料缺乏案断、重复注释、不当注而注等不足之处，这些卢见曾在序中已有提及。卢见曾说："扶南学问浩

---

① 方世举《韩昌黎诗集编年笺注》卷二。
② 方世举《韩昌黎诗集编年笺注》卷二。

第二章 方世举《韩昌黎诗集编年笺注》研究

博,然未免有贪多之病。其注之重复者(如"汤汤"字,首卷《古风》既注《尧典》,二卷《龙宫滩》诗复注之类)、习见者(如"淄磷",以《论语》注,不能以《孟子》注之类)、以诗注复以赋注者(如"丝竹"字,既以苏武诗注,复以任昉赋注之类)、不须注者(如《魏都赋》"肃肃阶关"作"萧萧阶闼",《后汉书》"辒柴毂"作"辒紫毂"之类),尽删之;讹舛者,更正之。"①如卷二《山石》诗首句"山石荦确行径微",方世举注"荦确"曰:

> 按:《广雅·释山》"岳,确也。"《玉篇》"磽确亦作埆。"郭璞《江赋》:"幽岫积阻,罌碕磬礭。"善曰:"皆水激石峣峻不平之貌。"又按:《广雅》:"礐确,石相扣声。"想与此通用,后"巴山荦罍","热石荦硈",音义亦相近。②

"荦确"是一个叠韵联绵词,唐、宋人常用此词,或作"确荦",如刘禹锡《吊马文》"结为确荦,融为坳堂",苏轼《东坡》诗"莫嫌荦确坡头路,自爱铿然曳杖声",都是形容山石众多、凸凹不平貌。此词不能拆开单讲,与"岳"(高山)、"磽确"(土地贫瘠)、"礐确"(石相扣声)不同。韩诗中"荦确"应指山石不平貌,方注未免贪多炫博而不能细审。

(二)诗歌编排顺序标准不一致

方世举按韩诗编年顺序排列,突破之前韩诗按文体排列的体例,是其对韩诗的一大创举。但方世举并没有彻底打破按诗体排列的局限,如《韩昌黎诗集编年笺注》中第五卷专录联句,则没有与其它诗放在一起按年代编排。这一点方世举做了解释,《会合联句》题解曰:

> 按:方云"联句多元和初作",其说良然。李汉取《城南联句》冠于首,以其大篇耳。论其次序,此篇在前,应编前卷《入关》《咏马》之后,因联句别为一体,故取元和初作,卒为一卷。而《远游》《莎栅》《石鼎》《郾城》,仍各编年。③

方世举认为联句文体不同,应放置一起,故此篇创作虽早,但仍置于联句一卷中,此注本并没有严格按编年排列。

(三)阐释诗旨有穿凿之嫌

方世举秉持"诗要有理"的诗学观,同时又强调把"知人论世"和"以意

---

① 卢见曾《韩昌黎诗集编年笺注序》,方世举《韩昌黎诗集编年笺注》卷首。
② 方世举《韩昌黎诗集编年笺注》卷二。
③ 方世举《韩昌黎诗集编年笺注》卷五。

逆志"结合阐释韩诗中的"理",他在序中说:

> 明季东吴徐氏刊以行世,世所称东雅堂本。其书甚当,顾辨注者多,而笺事者少。凡朱子指为有为而作,未及细笺者,亦遂无所发明。嗟乎! 朱子之意,安知其不望后人耶? 观于《尚书》不自注而属西山,可类推也。明人蒋处士之翘、近时顾庶常嗣立继有增注,其于笺亦皆未详。注而不笺,则非子夏《三百篇》小序之旨,又不得孟子"以意逆志"、"知人论世"之义。①

从序中可知方世举不满之前韩集注本注而不笺的做法,因此他特别注重通过考证史实来挖掘韩诗内涵,阐释韩诗意旨。但这种"诗要有理"的诗学观以及"以意逆志"的诗歌阐释方法用之较过则不免会穿凿附会,如《谴疟鬼》《记梦》等诗,方世举强释诗意。他认为《谴疟鬼》是讽刺名门子孙李逢吉,曰"本传言其天性奸回,妒贤伤善,则名家败类矣。故诗借疟鬼为颛顼不肖子以刺之"。郑珍在《跋韩诗》中反驳:"此诗公实因病疟而作……方氏又以移之李逢吉,究是臆度。要之名门子孙不修操行,以忝厥祖父者,比比而是。公自嬉骂疟鬼,而使不肖子读之自知汗背,此即有关世道也,何必定指斥某人耶?"②除此之外,方注本没有文字校勘,此点钱仲联已指出。

尽管方注本中有不足之处,然而瑕不掩瑜,方注本对韩诗整理的贡献不可忽视,其在韩愈研究的价值毋庸置疑。

---

① 方世举《韩昌黎诗集编年笺注序》,《韩昌黎诗集编年笺注》卷首。
② 郑珍《巢经巢诗文集》,页96。

第三章 李宪乔批方世举《韩昌黎诗集编年笺注》研究

清中期岭南地区宗韩之风浓厚,粤西、粤东两大诗坛代表都推崇韩愈其人其诗。李宪乔是山东高密诗派代表,后入仕粤西。李宪乔嗜好韩诗,又受此地崇韩风气的感染,批点方世举《韩昌黎诗集编年笺注》。其批点韩诗的方法独特,能深入揭橥韩诗的特点和价值。本章主要通过对李宪乔批点韩诗的背景、方法及其成就的论述,展现清代岭南地区接受韩愈情况,以及此地对韩愈研究的贡献。

第一节 李宪乔交游考及其批点韩诗的背景

一、李宪乔交游考

李宪乔(1746—1799),字义堂,一字子乔,号少鹤,清诗人、学者、书画家,出生于官宦世家,雍正朝御史李元直之子。与其兄李怀民(1738—1793)、李宪暠(1739—1782)合称"三李先生",为山东高密诗派代表。李宪乔天资聪颖,少有大志,期望在政治上有所作为。乾隆三十年(1765),李宪乔拔贡,当授为县令,但皇帝因其年幼而未让其出任。乾隆四十一年(1776),召试举人,及第,官广西,做过归顺知州、岑溪令、柳城令。乾隆五十一年(1786),因病回乡乞养。乾隆五十五年(1790),复官广西。嘉庆元年(1797),李宪乔卒于从征贵州兴义苗匪的途中。李宪乔前期生活于家乡,后期基本上活动于粤西。李宪乔诗运以真意,其文亦简劲有法度。李宪乔尤其酷爱韩诗,仰慕韩愈其人。其著作有《拗法谱》《通转韵考》《二客吟》(与李怀民合著)《少鹤先生诗钞》《李少鹤六家诗》《偶论四名家诗》《高密李氏孟诗评选》《高密三李诗话之凝寒阁诗话》等。

李宪乔一生交游甚广,前期与高密诗派诗人交往频繁,后期与粤西诗坛代表诗人关系切密,将山东高密诗派的创作风格、理念带入广西,形成以其为中心的广西高密诗派。另外,李宪乔与当时性灵派代表袁枚的密切交往对其诗学思想产生了重大影响。李宪乔的广泛交游,为其批点韩诗奠定了深厚的基础。

（一）与山左诗人交游

高密诗派推崇中晚唐诗人张籍和贾岛,以沉实苦吟来对抗诗坛追步王士禛"神韵说"和沈德潜"格调说"形成的蹈空无著、涂饰柔腻的诗风,使诗歌回归风雅传统。这是山左鲁儒执著与认真精神的体现,但他们的诗境都比较狭窄。李宪乔早期在家乡交游之人众多,对其有影响较大的有李怀民、李宪暠及高密单楷、单宗元、单烺、单襄榮、单韶等。

1. 与兄李怀民、李宪暠交游

李宪乔早期诗风诗论的形成与高密单氏有着密切关系,但主要还是受兄长李怀民、李宪暠的影响,共同开创了高密诗派。李怀民,号石桐、十桐、敬仲,清诗人、书画家。乾隆间诸生,因屡试不第,绝意于仕途,在家奉亲教弟,专治诗论诗。李怀民为高密诗派开派者,诗多五律,孤寒似贾岛。李宪乔受其兄怀民影响,以韩、孟、张、贾为宗。李怀民与李宪乔共作《重订中晚唐诗主客图》,以张籍、贾岛为主,是高密诗派诗论的重要组成部分,后又同作《二客吟》,李怀民还有《石桐先生诗钞》等著作。乾隆四十六年(1781),李宪乔官广西岑溪,李怀民前往岑溪,居五年之久。李宪暠,字叔白,号莲塘,诸生,工诗古文,重经世之学,有《叔白先生诗钞》《莲塘遗集》。宪暠诗初学《选》体,后学唐宋诸家。汪辟疆《论高密诗派》评其"涉猎较广,独不喜规模形似,无以定其专主,然意兴故自超越",诗名不如怀民、宪乔。李宪乔有多首赠送李怀民、李宪暠之诗,如《对雨有怀家兄石桐》《家兄石桐、淑白携远道人来游石溪,石桐有诗见示即事为答》《宿淮口口浦寄家兄石桐》《和石桐先生漫兴用放翁〈白鹭山〉诗韵》《舟泊画下山读石桐先生前题次韵》《将至昭平二里泊处,有峻岭瀑布之奇书寄石桐》《江行杂诗十首寄石桐先生》等诗。李怀民也有多首赠弟诗,其《石桐先生诗钞》中有《与叔白、子乔话上党旧游》《饮酒示子乔》《子乔赴都后二日作》《与叔白登太山绝顶怀子乔燕中》《子乔招游石溪,与诸生会诗,听远道人弹琴,即事遣闷,示子乔》《寄子乔容城》《迟子乔久不至,感秋而作》《送子乔充粤西同考官入省》《南食栗,示子乔》《送子乔移官苍梧,至陆云界去年偕叔白来迎处》《舟中除夕寄子乔》等,李宪暠《叔白先生诗钞》中有《病起怀家兄历下、子乔都中》《食核桃示子乔》《岑溪月夜寄子乔桂林》《和子乔〈游三界祠〉》《题子乔〈桂泷〉诗后》等诗,可见兄弟三人感情深厚,相互赠诗频繁,切磋交流诗艺。李宪乔诗学思想深受其兄的影响,主要吸取李怀民诗论观。

2. 与高密单氏之交游

高密单氏是明清时期山东著名的科举望族,对高密诗派的发轫、发展功不可没。清中期单楷、单宗元、单烺为人正直孤傲,诗追中晚唐孟郊、贾岛苦吟一派,称"三单先生",对三李创高密诗派有奖掖倡导之功。李宪乔早期诗风也深受单氏家族影响。李宪乔推崇三单,与之交往过从。单楷(1703—?),字书田,尤固穷力学,贫困至食木叶,仍吟咏不辍,如李怀民有《子乔自县中来言书田单先生贫状至食木叶,并邀叔白各赋一首为赠》诗。李宪乔曾从单楷问诗法,有《赠单丈书田》《再赠书田翁》,后者曰:"贾孟骨已霜,冷径无人造。岂谓千载下,复得见孤峭?"盛赞单楷人格。单宗元(生卒年不详),字绍伯,善诗,精于书法,任侠负气。三李皆游其门下,李宪乔为其诗集作跋,有《单绍伯〈愚溪集〉跋》。

单烺(1708—1776),字青俟,政声流闻,好学工诗。有赠三李诗,《题〈待鸿庄集〉,赠怀民、淑白、子乔兄弟二首》《怀民、淑白相过,述王蜀子之才之美,感而有作,并示子乔》。李宪乔有《侯门岂无酒肉一首赠单青俟(烺)》《送单青俟太守赴铜仁》《再赠青俟太守》,后者曰:"昔我尝赠青俟诗,勉以韩愈下张籍。"二人作诗以韩愈、张籍为勉。

单襄榮(生卒年不详),字子迄,乾隆监生,工诗。李怀民评其"诗体高妙,超然绝群,动与古会"。单襄榮少交友,独与三李为知己,常在一起讨论诗文。李宪乔有多首赠送单襄榮之诗,如《和石桐闻钟寄子迄》《赠单子迄》《哭子迄》等,其《哭子迄》曰:"净石常凭处,空斋共宿时。"见二人交往之密、感情之深,交流诗艺之频。

单绍(1738—?),字廉夫,号菱浦,监生,善诗文,有《蒻庐遗文》《蒻庐遗诗》。单绍与李宪乔交往频繁,二人有多首唱和赠答诗,如单绍《题少鹤诗卷后》《寄少鹤〈历下湖亭宴遇雪〉》《录近诗,将少鹤,梦与相见》等,单绍还为李宪乔集作序,有《李少鹤集序》,李宪乔有《得廉夫书》《游王员外园亭鹤,赠单廉夫》等。由上可见,李宪乔与单氏家族情谊深厚,关系密切,常交流切磋诗艺,对其诗学理论必然产生影响。

3. 与刘大观交游

刘大观(1753—1834),字正孚,号崧岚,山东临清州邱县(今属河北)人,工诗善书,有《玉磬山房诗文集》等。刘大观初仕广西永福县令,在粤西与李宪乔、李秉礼、施晋等人过从甚密。刘大观有《子乔字我曰"正孚",复为字说,以明其意,古谊可感,为报以诗》《与李子乔、李敬之、施晋之游栖霞寺》《得子乔桂林消息》等多首赠宪乔诗,刘大观字"正孚"亦起自李宪乔,见二人关系甚密。李宪乔有《寄刘正孚》《登镇安西楼,怀刘正孚》等诗赠刘大观,李宪乔还有《为正孚考定韩集书后,兼呈敬之郎中、锡蕃秀才二诗》诗,从中可推知二人应同宗韩愈。刘大观诗学李宪乔,是李宪乔诗歌在广西的重要推广者。

山左地区礼乐文化根深基厚,以儒家为根基的传统思想始终居于正统地位。高密诗派即产生在这一传统文化重镇,他们的诗学观以及对人生理想的追求鲜明地以儒家思想为基础。尤其是老辈三单遗世独立、清正廉洁的高尚人品,便是鲁儒精神的一种很好展现。作为高密诗派的代表,李宪乔深受此地浓厚儒学传统的影响。与兄长以及山左诗人的密切交游,必然促进李宪乔诗学思想的发展完善,扩大其在诗坛的影响。

(二)与袁枚交游

高密诗派针对当时风靡诗坛、涂饰柔腻的"神韵说",倡导清真雅正和清奇僻苦的诗风。李怀民在《重订中晚唐诗主客图说》中申明推崇张、贾的目的:"余读贞元以后近体诗,称量其体格,窃得两派焉:一派张水部,天然明丽,不事雕镂,而气味近道,学之可以除躁妄,祛矫饰,出入《风》《雅》;一派贾长江,力求险奥,不吝心思,而气骨凌霄,学之可以摒浮靡,却熟俗,振兴顽懦。"[1]对于王士禛的"神韵说",李怀民完全否定,在其《批众家诗话》中处处驳斥王氏观点,如批王氏的"予最喜'不著一字,尽得风流'八字"曰:"总是蹈空无著浮论,自误误人。"高密诗派秉持儒家诗教观,诗重言志,与袁枚重性情的诗论观不同。李怀民对袁枚诗论也大加否定:"若子才之诗格未必高于渔洋,而粗鄙村率不值渔洋一笑云。"[2]而袁枚对王士禛"神韵说"并未完全否定,而是看作诗中一格:"严沧浪借禅喻诗,所谓:'羚羊挂角,香象渡河,有神韵可味,无迹象可寻。'此说甚是。然不过诗中一格耳。阮亭奉为至论,冯钝吟笑为谬谈,皆非知诗者。诗不必首首如是,亦不可不知此种境界。"[3]李宪乔则与李怀民完全否定袁枚诗论观不同,其对袁枚诗学思想既有疏离,又有接受。

李宪乔与袁枚的交往始于乾隆四十九年(1784)。袁枚游历两粤,至桂

---

[1] 李怀民辑评《重订中晚唐诗主客图》,张耕点校,中华书局2018年版,页2。
[2] 李怀民《论袁子才诗》,李怀民等《高密三李诗话底稿》,《山东文献集成》第三辑第47册,山东大学出版社2010年影印清抄本。
[3] 袁枚《随园诗话》卷八,人民文学出版社1985年版,页273。

第三章　李宪乔批方世举《韩昌黎诗集编年笺注》研究

林时,李宪乔因公接待,极尽地主之谊。首次见面,袁枚便力肯李宪乔诗才。道光时期山东诗人王功后《岑溪令逸事》记载:"上官皆欲媚子才,思得一才学优长之倅令,陪侍游览唱和,而岑令(指李宪乔)居上选。初,岑令见子才,或恐不克配,负上官意。及子才见岑令游桂林近作,大倾倒,语中丞曰:'吾南游得一人,岑溪李君也。'"①袁枚《随园诗话》也有记载,曰:"余在粤,自东而西,常告人曰:'吾此行,得山东一人,山西一人。山西者普宁令折君遇兰,字霁山;山东者,岑溪令李君宪乔,字义堂。'二人诗有风格,学有根柢,皆风尘中之麟凤也。"②此次会晤,二人大有相见恨晚之憾,之后便开始频繁的书信交往,谈论诗歌理论及诗坛风气。袁枚《小仓山房尺牍》中有《答李少鹤书》《再答李少鹤书》。袁枚《再答李少鹤书》说:"来札所讲'诗言志'三字,力举李、杜、放翁之志,是矣。然亦不可太拘。诗人有终身之志,有一日之志,有事外之志,有偶然兴到、流连光景、即事成诗之志。志字不可看杀也。谢傅之游山,韩熙载之纵妓,此岂其本志哉?多识于鸟兽、草木之名,亦夫子语及之,而夫子之志岂在是哉?"③袁枚这一评诗理论意在指出诗歌"言志"的多样化,评诗不泥于以一种标准断定"志"的含义,更不能拘于以诗歌表层意义"逆"作者之"志"。李宪乔秉持儒家诗教论,所谓"志"指儒家"诗言志"之"志"。《小仓山房诗集》中有《岑溪令李君义堂猥蒙桂赠兼所和章舟中却寄》:"李侯示我诗百首,古人已亡今忽有。裁骏杜陵阘入座,旋惊退之笑窥牖……我年七十行万里,钦把心常记某某。"④李宪乔将自己诗集送与袁枚,袁枚将其比之杜甫、韩愈,溢美之词流于言表。《小仓山房文集》中收录了李宪乔《读随园诗题辞》《随园诗赞》,并与蒋士铨、赵翼的题辞并列,且集中仅有三人题辞。正如蒋寅所说:"他能将李宪乔的题辞及一篇《随园诗赞》与蒋、赵两家题辞并列于卷首,足见对李宪乔不是一般的看中。"⑤袁枚还为李宪乔父作墓志铭。李宪乔也有数首赠袁枚之诗,如《追送子才翁不及,题江楼壁》《夜半舟中,望燕子矶作,寄子才》等。诚然,李宪乔与袁枚交往过从,但对袁枚诗论也颇有异议:"外间不解辞语,所以袭乎仁义忠孝之言,而不足以动人者,则有沈归愚一派;恣乎缘情纵欲之言,而不足以垂教者,则有袁子才一派。此二者,楚固失之,齐亦未为得

---

① 王功后《岑溪令逸事》,引自李丹平编《高密诗派研究》,山东画报出版社2011年版,页35。
② 袁枚《随园诗话》卷六,人民文学出版社1985年版,页194。
③ 袁枚《小仓山房尺牍》卷十,《袁枚全集》第5册,江苏古籍出版社1993年版,页208。
④ 袁枚《小苍山房诗集》,《袁枚全集》第1册,页714。
⑤ 蒋寅《高密诗派的传播途径与影响》,《铜仁学院学报》2015年第2期。

也。求其所以失之故,正不能将正法眼与狻猊神通合并耳。"①但认为韩诗则融会二者于一体。纵然李宪乔重言志的儒家诗教观与袁枚重性情的诗学理论相去甚远,但与袁枚的密切交往,李宪乔诗学理论不能不受到影响。从其批韩诗的内容来看,李宪乔"诗言志"理论内涵拓宽,接受了司空图"不著一字,尽得风流"的淡远风格论以及性灵说重性情的一些论诗特点。李宪乔主张诗歌抒发真性情,强调性情之真挚,但以儒家伦理为标准,不能留于浅俗。

(三) 与粤西诗人之交游

李秉礼、朱依真是粤西诗坛大家,在思想上和创作上对韩愈也是心摹力追。李宪乔仕宦粤西,与朱依真、李秉礼交往甚深,三人之间有多首赠送、唱和之诗。李秉礼常将鹤比李宪乔,以松自比。李宪乔对李秉礼《韦庐诗内集》逐一评点。李宪乔对李秉礼诗的评点突出其含蓄蕴藉、清远空灵的特点,善于揭示李秉礼诗中之真性情,还常以韩愈诗文理论和唐代诗人作品作为评判标尺。如评《江上宴别子乔》诗曰:"少鹤云:情到至处兴到至处,而声之高下长短随之。"②评《早春示客》曰:"少鹤云:此诗佳处在淡在疏,而情却浓密,非关渲染点缀而成者。"③《戏简春田太守》有"几时清兴到城东"句,李宪乔评此诗曰:"少鹤云:较退之'有底忙时不肯来'绝句尤觉珍贵,其淡处正是唐谛。"④李宪乔的评语中可见其对唐诗之钟爱以及对严羽、王士禛诗歌理论的接受情况。评《栖鹤楼忆子乔》曰:"少鹤云:情味深远,真不减大历十才子也。若明季七子及国初朱、王、岭南陈、屈故作大声响以振俗耳者,对此能不颡否?"⑤李宪乔对李秉礼诗歌的评价不免过高,但足见二人情谊之深。李宪乔有《岁暮寄敬之》《敬之寄赠衣物二十事》《校唐人格律寄敬之》《喻友诗示敬之》《寄朱小岑》等诗寄赠二人。朱依真有《寄李石桐少鹤兄弟》《次山冰井,追和李少鹤韵》,李秉礼有《题子乔与鹤诗图》《赠子乔》《读子乔见怀诗》等诗赠李宪乔。乾隆五十一年(1786)李宪乔因病回乡休养,李秉礼作《送别子乔》,朱依真作《送少鹤归养》。李宪乔作有《桂林留别敬之》《敬之复来相送舟中作》《由柳州将入归顺寄敬之》《即事戏寄敬之》赠答李秉礼。乾隆五十五年(1790)李宪乔复官广西,李秉礼又

---

① 李宪乔《与李秉礼论诗札》,浙江浙商拍卖有限公司2011年春季拍卖会拍品简介。
② 李秉礼《韦庐诗内集》,《清代诗文集汇编》第423册,页405。
③ 李秉礼《韦庐诗内集》,页408。
④ 李秉礼《韦庐诗内集》,页409。
⑤ 李秉礼《韦庐诗内集》,页410。

第三章　李宪乔批方世举《韩昌黎诗集编年笺注》研究

有《得子乔书兼寄诗册,知复官西粤欣然有作》《望子乔不至》《同子乔栖霞寺待月作》《对月忆子乔》《戏咏笼鹤盆松寄子乔》等诗。李宪乔去世后,朱依真有《次韵松圃喜余归自闽南,因忆少鹤》。李秉礼作《哭子乔》,又有《忆鹤》(为子乔作):"松声鹤唳两无猜,鹤恋松枝去复来。此日松风吹谡谡,寥天不见鹤飞回。"①从这些诗中可见出三人的真挚友情。李秉礼、朱依真的宗韩便自然为李宪乔批韩诗营造了一个很好的氛围。李宪乔的韩诗批点能够流传于世也得益于李秉礼的保存之功。李宪乔去世后,李宪乔韩诗原批本藏于李秉礼处,施晋等人依据此手批本过录,今留存于世的是这一过录本。李宪乔广泛的交游对高密诗派的流传有重要影响。随着李宪乔交游范围的扩大,其跟从者众多,高密诗派也走出山东,散播到岭外。

因人生阅历的不同,李宪乔与高密诗派其他成员相比,诗风前后有变化。李宪乔早期诗学其兄,推崇张、贾;后期诗境阔大,出入唐宋诸大家,尤其崇杜、韩。袁枚评其:"足下之诗,酷摹韩、杜,故纵笔及之,为思患预防之戒。"②袁枚提醒李宪乔学杜、韩的同时,要规避杜、韩"槎枒粗硬"之弊。李宪乔诗论跳出高密诗派窠臼,秉持儒家诗教观的同时接受了司空图的"辨味说",又吸取了"神韵说"和"性灵说"的观点,重诗歌之真性情,这些成为其批点韩诗的基础。

二、李宪乔批点《韩昌黎诗集编年笺注》之条件

李宪乔心仪韩愈,其人其诗在他心目中都几近完美。李宪乔在山东时已崇韩甚久,评韩成果产生于粤西,这是他自身的韩愈情结和入仕的地域文化背景共同作用下的产物。

(一)李宪乔的韩愈情结

李宪乔对韩愈其人其诗推崇备至,思想上奉韩愈为典范,诗歌理论上与韩愈一脉相承,创作上极力效仿韩诗。李宪乔对韩愈的膜拜可谓是到了奉若神明的程度。

1. 思想上追摹韩愈

李宪乔是高密诗派的代表,一生关心民瘼,性狷介,不随世俗俯仰,喜爱杜、韩及其他唐宋大家,尤以韩愈为尊。杜甫、韩愈、苏轼为民请命,嫉恶如仇的刚烈性格,对李宪乔有深刻的影响。李宪乔仰慕杜甫忠君忧国之志

---

① 李秉礼《韦庐诗内集》,页435。
② 袁枚《小苍山房尺牍》卷八,《袁枚全集》第5册,页170。

气,钦佩韩愈"激切谏多,患难死生不能移变"之精神,赞誉苏东坡"至大至刚之气不以少屈,嬉笑怒骂不以少敛,万死投荒甘之若饴"之风范气度。李宪乔对韩愈及其诗极力推崇,把韩愈奉为一生行事的楷模。入仕之前,李宪乔不甘心过诗酒留恋的闲适生活,希望在政治上有一番作为,其《不朽》诗正是这种思想的诠释,曰:"古人志不朽,到今朽者半。何况本无志,其朽宁须问?少小尚奇伟,盛壮转庸漫。未夕求安寝,才晓思美膳。不知竟百年,彼此得无倦?喧喧车马会,沸沸丝竹宴。相看如聚沙,转眼已风散。问我何挟持,中夜常感叹。早达输邓禹,固穷愧原宪。不朽藉文字,所托良有限。若更逐靡靡,已矣何足算!"①登上仕途之后,虽是微官末秩,却为民除弊,尽职尽责。对官府大力修建烽堠一事,李宪乔作《修堠谣》诗,指责官府劳民伤财,妨碍农功。

李宪乔崇拜韩愈人格魅力,除其关心民生疾苦之外,还有韩愈爱才好士、重友情的人文关怀一面,从其韩诗批点中可见一斑。李宪乔同样爱民爱才,"乾隆六十年(1795)升任知州,明敏刚断,礼士爱民。尤工于诗,政暇尝以教州人士,州人粗知韵语,皆宪乔所教也。贡生童毓灵,序生童葆元,皆经其陶育,一时风雅称彬彬焉。"②在粤西,李宪乔的追随者及弟子形成了广西高密诗派。李宪乔还常把自己与李秉礼二人的关系比作韩、孟之谊,也常以韩愈为教导弟子的典范。李宪乔最后卒于"从征贵州兴义苗匪,奏凯监鹾入京"的路途中,关爱民生的思想与行为终其一生。

2.诗歌理论与韩愈一脉相承

首先,李宪乔倡导诗歌创作要有情志,与气相通。李宪乔评其友人李秉礼《韦庐诗内集》:"情到至处,兴到至处,而声之高下长短随之。"③继承了韩愈"气盛则言之短长与声之高下者皆相宜"的理论,并有所扩展。其中"志"便是作家的道德修养,即要以儒家正统观念作为创作的核心。杨钟羲评李宪乔诗风:"汇冶诸家,独师怀抱,才雄而气峭"。④李宪乔评李秉礼《晤荻蒲》诗曰:"一气盘旋,抟挽处大有力。不知者诧为拟初拟盛,都不必然。止是直搋胸臆,无渣滓,无隔碍,而笔与气足以达之。无论初盛中晚宋元名手,到功力熟时皆有此境,但空滑无学者不得藉口耳。"⑤李秉礼此诗感

---

① 李宪乔《少鹤先生诗钞》,页38。
② 何福祥纂修《归顺直隶州志》卷五,成文出版社1968年影印本。
③ 李秉礼《韦庐诗内集》,页405。
④ 杨钟羲《雪桥诗话三集》,北京古籍出版社1991年版,页343。
⑤ 李秉礼《韦庐诗内集》,页396。

248

第三章　李宪乔批方世举《韩昌黎诗集编年笺注》研究

慨人生,叹惋时光易逝,借此抒发对友人的真挚感情。李宪乔认为此诗流露作者真性情,便"笔与气足以达之"。其次,李宪乔又提倡诗人必须善于学习古圣贤之书。在《〈韦庐诗内集〉跋》中说到诗要达境,"惟深于学古者知之,不学者熟视无睹也"①。他认为做诗必须学有根柢,又要有自己的真性情,这实是学人、诗人之诗合一的诗学思想。韩愈"以文为诗"、"以议论为诗"开宋人门户。李宪乔选择以韩愈为中心,上推杜甫,下追苏、黄,兼容唐、宋,其诗也多长韵。再次,李宪乔要求学习古人要学其神得其骨而舍其皮肉,与韩愈"陈言务去"、"词必己出"创作理念相同。李宪乔评李秉礼《酬子乔见贻韦左司集》诗曰:"直起似欧梅,此七言体格以韩为宗主,历宋元明、国初诸大手皆因之,其诀不外妥帖排奡四字,但排奡不在气势,妥帖不在字句,却从骨子坚挺处辨别,即如此作,正好颠扑不破。若无其骨,难免一磕粉碎矣。"②李宪乔强调学习古人在"骨"之深邃处,而不在皮相。在李宪乔心中,韩诗几埒经典,由韩诗可进而溯源《诗经》,曰:"治诗有砥柱,乃溯《三百篇》。诗中砥伊何,万古矗一韩。"③

3.诗歌创作踵武韩诗

李宪乔创作上极力追步韩诗。袁枚《答李少鹤书》论其诗曰:"酷摹韩、杜。"④汪辟疆也曾说:"少鹤五言,近贾为多……惟五七言古体,则尝出入韩、苏,气体较大……要皆不失为高密派重镇也。"⑤《少鹤先生诗钞》中有数十首学韩、仰韩之诗,或仿其题材,或学其体裁,或效其用韵,或模其风格、语言。尤其在题材上以俗事入诗、创作手法上"以文为诗",极似韩愈。如《感将落齿》"韩子且勿嗟,吾亦未四十"⑥,不仅和韩愈《落齿》同以俗事入诗,连落齿的时间也相同,真可谓同病相怜。又《食竹虫》如同韩愈的"大肉硬饼如刀截",也以生活俗事入诗。此诗又与韩愈《赴江陵途中寄赠王二十补阙李十一拾遗李二十六员外翰林三学士》诗一样,都是通过描写南蛮之地的恐怖环境,表达对现实的不满。其长韵《大雨雹行》运用各种奇险怪诞之语烘托大雨雹之气势,如"歘鹙飒飒战毛发,飞雹错出如梅桃。涤荡乾

---

① 李秉礼《韦庐诗内集》,页422。
② 李秉礼《韦庐诗内集》,页371。
③ 李宪乔《少鹤先生诗钞》,页92。
④ 袁枚《小仓山房尺牍》卷八,《袁枚全集》第5册,页170。
⑤ 汪辟疆《论高密诗派》,《中华文史论丛》1962年第2辑。
⑥ 李宪乔《少鹤先生诗钞》,页49。

坤碎百怪,窜走野鼠啼山魈。组练长驱刃锋接,惨淡杀气无从逃"①,如同韩愈《陆浑山火和皇甫湜用其韵》一诗对火、雷之势的描写雄奇险怪。《宿马寨村赠徐丈》似韩愈《山石》,以古文章法入诗,在章法结构、用韵、意象选取、感情表达方面如出一辙。李宪乔还常用韩诗语言,或化用其句意,或用其词语。如《雨夜怀张阳扶》中"天地非不宽,羁鸿独无依"②,化用韩愈《出门》中"长安百万家,出门无所之"之意。《汪太守以陈洪绶画韩文公访卢仝卷见赠赋,谢并示归顺诸生》"拭目忽下拜,不觉涕汍澜",《留上窦东皋宗丞十八韵》"感深属千载,无取涕汍澜",应出自韩愈《龊龊》"报国心皎洁,念时涕汍澜"。李宪乔创作上学习韩诗,为其批点韩诗奠定了坚实的基础。

(二)清中期岭南盛行的宗韩之风

李宪乔批点韩诗是其自身崇韩的结果,但也少不了受当时社会上研韩风气的影响。李宪乔宦游粤西时,南方诗坛有着浓厚的研韩氛围。(可参见上篇第三章第三节论述)

南方韩学研究风气历久弥深,从唐至清,此地不断刊刻韩集,宗韩者代不乏人。而乾嘉时期的岭南诗坛,宗韩之风尤为浓厚。粤东诗坛大家黎简、冯敏昌、宋湘都极力推崇韩愈。此时粤西诗坛也弥漫着浓厚的宗韩风气,朱依真和李秉礼也心仪韩愈,与粤东诗人黎简又有交往。朱依真《题南润司马曝书图》曰:"黎生著笔写遒劲,图中貌出搏象狮。"作者自注"二樵简",即指黎简。黎简曾游历粤西,可见二人应有来往。黎简、李宪乔、朱依真、李秉礼同时被性灵派代表袁枚所推崇,又处毗邻之地,浓厚的宗韩风气应互相侵染,对各自的宗韩行为有促进作用。

岭南诗人在交往之间书序赠跋中,韩愈似乎是必谈之话题。李宪乔撰《韦庐诗集·跋》中以推尊韩愈贯穿始终,终引韩愈《喜侯喜至赠张籍张彻》诗作结:"'歆眠听新诗,屋角月艳艳。杂作承闲骋,交惊舌牙礑。缤纷指瑕疵,拒捍阻城堙'……惟言多谬误,仍嘱松甫还以教之,亦相长之义也。"③李宪乔以韩愈为榜样,与李秉礼相互勉励,切磋诗艺。游历粤西的邓显鹤、广西龙州同知王抚棠曾为李秉礼诗集撰写序跋时都以韩愈为效法对象。

岭南文人对韩愈顶礼膜拜。李宪乔为友人刘大观作《为正孚考定韩集书后,兼呈敬之郎中、锡蕃秀才二诗》对此地宗韩之风总结较为深刻,暗示

---

① 李宪乔《少鹤先生诗钞》,页16。
② 李宪乔《少鹤先生诗钞》,页16。
③ 李秉礼《韦庐诗内集》,页423。

第三章　李宪乔批方世举《韩昌黎诗集编年笺注》研究

出当时岭南诗坛已有强烈的尊韩风气,诗人宗韩相互之间已形成影响。李宪乔三十三岁步入仕途后一直活动在粤西,此地浓厚的宗韩之风为其批注韩诗提供了一个有利的氛围。

三、李宪乔批点《韩昌黎诗集编年笺注》的成书及其与《韩诗臆说》的关系

（一）李宪乔批点方世举《韩昌黎诗集编年笺注》成书

李宪乔手批方世举《韩昌黎诗集编年笺注》完成于仕粤西时期。李宪乔虽很早就学习韩诗,但深入解读韩诗始于任职广西期间。评《读皇甫湜〈公安园池〉诗书其后一首》曰:"此诗因朱子有多不可晓之语,遂置不观二十年矣。后读之恍然,盖持正以不合于时人,发而为诗。"李宪乔乾隆四十一年（1776）及第,四十五年（1750）仕粤西,此时他三十三岁,结合此评语至少可知其能深入解读韩诗应在入仕之后,对韩诗的批点也应开始于此期。李宪乔卒于嘉庆二年（1797）,其步入仕途之后的活动地域均在广西境内,如《归顺直隶州志》卷五云:

> 李宪乔,字少鹤,山东高密人。以贡生召试一等,钦赐举人。初知岑溪县,袁简斋太史游粤西,以文字交,深为所推许。改知柳城县……嘉庆元年,奉调从征贵州兴义苗匪,奏凯监鹾入京,行至永福卒。以军功荫其子县丞。[①]

李宪乔仕于广西,同韩愈的两贬广东,所在之处在当时都属偏远的蛮荒之地。他对韩愈的遭遇应更能感同身受,与韩愈产生共鸣,成为韩愈的异代知音,对韩诗的解读也深入独到。再加之南方本来就有浓厚的韩学研究风气,这更促使李宪乔对韩愈倍加推崇。并且据郭隽杰考证,李宪乔手批《韩昌黎诗集编年笺注》由李秉礼保存,之后又产生多种过录本,广泛流布粤西。李宪乔手批本已不可知是否见存于世,现流传下来的是七种过录本[②]。

（二）李宪乔批点《韩昌黎诗集编年笺注》与《韩诗臆说》关系

近人程学恂曾据李宪乔批点《韩昌黎诗集编年笺注》的原批本抄录评语编成《韩诗臆说》。陈迩冬曾收藏过一过录本,郭隽杰考证此本是嘉庆十七年（1812）依据李秉礼所藏李宪乔手批本过录,过录者已不可知。郭隽杰

[①] 何福祥纂修《归顺直隶州志》卷五,成文出版社1968年影印。
[②] 李福标《〈韩昌黎诗集编年笺注〉李宪乔批校在粤地的流传》,《文献》2012年第2期。

在协助陈迩冬整理其《韩愈诗选》时,发现《韩诗臆说》与李宪乔的韩诗批语相似,并借此为依据,发表《〈韩诗臆说〉的真正作者为李宪乔》一文,考证出《韩诗臆说》中内容实际上是程学恂抄袭李宪乔手批韩诗原本中评语。李福标《〈韩昌黎诗集编年笺注〉李宪乔批校在粤地的流传》又作了进一步的考证。笔者细读《韩诗臆说》,又略研究了李宪乔的诗学思想,进一步补充证明,考实《韩诗臆说》确是抄录李宪乔手批方世举《韩昌黎诗集编年笺注》原本批语,命名《韩诗臆说》。《韩诗臆说》刊行后,立即得到学术界的认可,今人的多种韩愈研究著作对其成果都有借鉴,可惜归功程学恂,而李宪乔的韩诗批点成就却不为人所熟知。

第二节　李宪乔批韩诗的特点

　　李宪乔宦游粤西时完成批点方世举《韩昌黎诗编年笺注》,倾毕生精力,其深厚的韩愈情结凝聚于此。清广西文人王拯评其"平生尤用力韩诗者,评点精粹,多所发明",又曰"子乔于韩诗可谓性命以之者矣"[①]。李宪乔阐释韩诗深入独到,较有特色,能挖掘出韩诗中前人所未曾关注过的方面,对韩愈研究有一定的贡献,主要表现在阐释韩诗的方法运用得巧妙深入,恰到好处,挖掘出了韩诗鲜为人知的特点及价值。李宪乔阐释韩诗虽不外乎笺诗意、析技巧、评风格,所运用的方法也没有跳出传统诗歌批评方式,如以意逆志、推源溯流等。但李宪乔结合韩诗特点,并在这些方法中融入了自己的见解,揭示出韩诗政治理想与生活性情并存之"志"以及蕴藉含蓄又不失《诗经》遗意之美,还首先发现了韩愈咏雪诗开宋白战体先河之价值。

一、用"以意逆志"法"逆"韩诗之"志"

　　李宪乔以儒家思想为基础,秉持"诗言志"儒家诗教理论。他认为"诗言志"乃是"诗人安身立命之处",因而特别推崇"言志"之诗。他所谓的"志"内容丰富,必须是诗人真性情的流露,又符合儒家伦理规范。李宪乔运用"以意逆志"法逆出韩诗政治理想与生活性情并存之"志"。李宪乔撰《韦庐诗集》跋曰：

[①] 引自李宪乔批方世举《韩昌黎诗集编年笺注》中浮签上王拯批语。此本属过录本,李宪乔批语是王拯过录,王拯评语则另抄纸上,粘附书中。

第三章　李宪乔批方世举《韩昌黎诗集编年笺注》研究

门人吕镈问曰:"每见先生读《曝书亭集》,不数页辄屏去,叹曰:没个安身立命处。及得韦庐寄到篇什,则读之忘倦,且于拟陶之作云:'此是敬之安身立命处。'然则韦庐之诗岂胜于竹垞耶?"答曰:"竹垞学富而才雄鸷,辞华而调铿锵,攀谢援沈,规模盛唐,为一代作手,夫岂韦庐所能逮?虽然,古所谓诗言志者,非仅铸为伟词扬诩盛气已也。必将有生平心力之所注,至真至确,不肯以庸靡自待者,渲泻流露于吟咏之间,乃所谓志也……"又问:"诗中何以为安身立命处?"曰:"难言也,故即子所易明者,世有恒言曰:李、杜、苏、韩……若韩悲二鸟赋、三上时相书,啼饥号寒,大声疾呼,竹垞似犹未至于此。乃甫为近侍,即激切谏急,患难死生,不为移变,及后还朝,而峨冠玉佩反引为愧。然后知昔之皇皇无君之凿枘不入,皆与孟子同揆,即能志孟子之志者也,此昌黎之安身立命处。若苏则进身最早,得遇甚隆,是与三子不同,故初无抑郁忧幽之感……万死投荒,甘之若饴,乃与韩子同揆,即能志韩子之志者也,此东坡之安身立命处。"又问:"唐宋迄今诗人多矣,必如四子,然后为有安身立命处乎?"曰:"亦不必然。人之所处有不同……"又问:"《韦庐集》中何所见?"曰:"在性情,不可以章寻句摘。"①

此为李宪乔师徒二人关于诗歌是否言志、何谓言志的一次讨论。李宪乔盛推言志之诗,推尊李、杜、韩、苏,对于朱彝尊仅铸伟词之诗则不感兴趣,较为欣赏李秉礼言内心真情之诗,这也是清代诗坛一直追求的真诗理念。李宪乔推崇言志之诗的"志"包含雅、俗两面,并且重在"真"、"至"情感的表露。雅如李、杜、韩、苏之关心民瘼之志,俗便是生活琐事之真情实感。李宪乔与袁枚交往密切,应受到了性灵派的影响。无论哪种志向的宣泄,李宪乔强调必须是"真"、"至"性情的流露,排除媚俗之情,符合儒家伦理,这是异于袁枚之处。李宪乔评析韩诗的过程中也一直贯穿着他的诗论观。

韩愈以儒道自任,其诗歌所体现出来忧国忧民的思想,重振儒学以图革时弊、振兴国家的政治理想,契合了李宪乔所崇尚的"诗言志"中政治之"志"。在李宪乔心中,韩愈被推崇为圣人,"与孟子同揆","昌黎之安身立命处"是"能志孟子之志"。李宪乔又将韩愈与荀子并论,曰:"韩郎与荀令,世好异吾侪。"②可见韩愈在其心中地位之高。李宪乔解析韩诗常用"以意逆志"法"逆"出韩诗中体现政治之"志"的一面。如评《出门》诗曰:"此等

---

① 李秉礼《韦庐诗内集》,页422。
② 李宪乔《少鹤先生诗钞》,页22。

诗即见公安身立命处。"再如《谒衡岳庙遂宿岳寺题门楼》诗,眉批曰:

> 七古中此为第一,后来苏子瞻解得此诗,所以能作《海市》诗。我公至大至刚,浩然之气,忽于游戏中无心显露……我公富贵不能移、威武不能屈之节操,忽于喜笑中无心显露。公志在传道,上接孟子,即《原道》及此诗可证也。文之与诗义自分别,故公于《原道》《原性》诸作皆正言之,以垂教也;而于诗中多谐言之,以写情也。即如此诗于阴云暂开,则曰此独非吾正直之所感乎?所感仅此,则平日之不能感者多矣。于庙祝妄祷,则曰:我已无志,神安能福我乎?神且不能福我,则平日之不能转移于人可明矣。然前则托之开云,后则以谢庙祝,皆跌宕游戏之词,非正言也。假如作言志诗云:"我之正直,可以感天地;世之勋名,我所不屑。"则肤阔而无味矣。读韩诗与读韩文迥别,试按之然否?①

这首诗作于永贞元年(805)秋,韩愈和张署奉命移掾江陵府。二人一道离开郴州,途经衡山,一度逗留,写下此诗。诗中托之云开、以谢庙祝,实是作者奉守儒家思想的精诚所致。借助这些戏语,传达作者的儒道思想,体现其"恻怛之忧,正直之操"。苏轼评其"公之精诚,能开衡山之云"。李宪乔正是以作者之"意",透过游戏语言的表层,深入恰切地"逆"出此诗的言外之"志",即"公志在传道,上接孟子",这正是他在《韦庐诗集跋》中论述韩愈承孟子之志观点的体现。《秋怀诗十一首》之七"秋夜不可晨"数句,眉批曰:"黯然慨然,一肚皮不合时宜,郁郁吐不尽。""不如觑文字,丹铅事点勘"句眉批曰:"无聊赖语,非本志在著述也。"②此诗元和元年(806)秋韩愈任国子博士时作,作者此时刚由江陵掾召回京。李翱《韩公行状》曰:"宰相有爱公文者,将以文学职处公。有争先者,构公语以非之,公恐及难,遂求分司东都。"③面对谗言,韩愈恐再次落难,不得不主动放弃将要迁升的职事,分司东都教授学生,以远离祸害。李宪乔具有与韩愈相似的经历,李秉礼作《李子乔诗序》曰:"子乔与人诚悫,每为黠者所愚,又以才高为忌者所中,于是复有西隆之役。"④这更有利于李宪乔深解韩愈在此诗中所要表达的真正志向:希望在政治上有所作为,而非著述立说。可谓道出了韩愈内心的

---

① 李宪乔批《韩昌黎诗集编年笺注》卷三。
② 李宪乔批《韩昌黎诗集编年笺注》卷八。
③ 郝润华《李翱集》,甘肃人民出版社1992年版,页83。
④ 李宪乔《少鹤先生诗钞》,页12。

第三章 李宪乔批方世举《韩昌黎诗集编年笺注》研究

苦楚。

李宪乔对韩诗的评析,不仅透过语言表层挖掘出了韩愈关爱民生之政治之"志",还注意到了韩愈个人生活琐事,即爱才好士、重友情之至情的生活之"志"。李宪乔吸取袁枚对"志"的阐释,将"志"扩充为雅俗之"志"。李宪乔对俗志也有一定标准约束,多指亲情、友情一类符合儒家伦理范畴之情谊。李宪乔对李秉礼《韦庐诗内集》的评点就始终贯穿着"真诗"的诗学观,善于揭示李秉礼诗歌中的真性情。评韩诗也注意揭示韩诗之真性情,如《答孟郊》诗中"才春思已乱,始秋悲又搅"句旁夹批曰:"写尽东野致功之苦。"诗后半上眉批曰:"凡公赞东野处真实不虚,是真巨眼,是真相知。"①孟郊年长韩愈十数岁,韩愈对其既有长者的尊敬,又有朋友的深情。《酬裴十六功曹巡府西驿途中见寄》评曰:"公于晋公实有知己之感,非同泛然也,故此等诗虽无甚深意而必存。"②裴度对韩愈有知遇之恩,韩愈对其心存感激。李宪乔认为此诗意虽浅,但流露出韩愈对裴度心怀感恩的真切情谊。《寄崔二十六立之》诗,眉批曰:"立之学虽不醇,然亦钦奇磊落之士,又与公同所感,故公实深契之。其中若赠彩绢,酬银觥,皆常琐事也。女助帨缡,男守家规,皆常琐情也。正欲使千载下见之,知公之与崔亲切如此,慨然赠友谊之重,则常琐处皆不朽也。"③在此诗中,李宪乔揭示出韩愈于琐事中表露的是他与崔立之之间深情厚谊。《玩月喜张十八员外以王六秘书至》诗评曰:"秘书有上公诗云'不以雄名疏野贱,唯将直气折王侯',当即在此时,而公已成绝笔矣。悲哉!嫉恶之怀,有生已然,好士之心,垂死不倦。呜呼!公乎!如之何勿思!"④李宪乔对韩愈流露生活琐事之真情之诗给予了如此高的评价,是看到了韩愈人格魅力的另一面。李宪乔批韩诗是继清初汪森《韩柳诗和集》之后又一家关注韩诗此特点的批本,钱仲联《韩昌黎诗系年集释》对这些观点都加以吸取。李宪乔的评析丰富了韩愈形象,对韩愈研究也是一种贡献。

通过以上两方面的论述,可以总结出李宪乔在批韩诗中所贯穿的诗学观,他认为诗要表达政治理想与生活之性情,流露真感情,而且表达的方式也要真实。对于脱离雅正之情或掩饰真性情的诗,李宪乔一概予以否定。李宪乔在《偶论四名家诗》中将朱彝尊《怪鸱行》与韩愈《射训狐》、《孟东野

---

① 李宪乔批《韩昌黎诗集编年笺注》卷一。
② 李宪乔批《韩昌黎诗集编年笺注》卷六。
③ 李宪乔批《韩昌黎诗集编年笺注》卷九。
④ 李宪乔批《韩昌黎诗集编年笺注》十二。

清代韩愈诗文文献研究

失子》比较而论,清晰地呈现了他批韩诗的诗学思想,可作为诠释其诗学观的典型例证,也是对以上两个方面的最好诠释。下面将这三首诗原文摘录如下,以便比照阅读,加深理解:

> 有鸟夜飞名训狐,矜凶挟狡夸自呼。乘时阴黑止我屋,声势慷慨非常粗。安然大唤谁畏忌,造作百怪非无须。聚鬼征妖自朋扇,摆掉棋楠颓墅涂。慈母抱儿怕入席,那暇更护鸡窠雏。我念乾坤德泰大,卵此恶物常勤劬。纵之岂即遽有害,斗柄行挂西南隅。谁谓停奸计尤剧,意欲唐突羲和乌。侵更历漏气弥厉,何由侥幸休须臾。咨余往射岂得已,候女两眼张睢盱。枭惊堕梁蛇走窦,一夫斩颈群雏枯。(《射训狐》)①

> 失子将何尤,吾将上尤天。女实主下人,与夺一何偏?彼于女何有?乃令蕃且延。此独何罪辜?生死旬日间。上呼无时闻,滴地泪到泉。地祇为之悲,瑟缩久不安。乃呼大灵龟,骑云款天门。问天主下人,薄厚胡不均?天曰天地人,由来不相关。吾悬日与月,吾系星与辰。日月相噬啮,星辰踣而颠。吾不汝之罪,知非汝由因。且物各有分,孰能使之然?有子与无子,祸福未可原。鱼子满母腹,一一欲谁怜?细腰不自乳,举族长孤鳏。鸱枭啄母脑,母死子始翻。蝮蛇生子时,坼裂肠与肝。好子虽云好,未还恩与勤。恶子不可说,鸱枭蝮蛇然。有子且勿喜,无子且勿叹。上圣不待教,贤闻语而迁。下愚闻语惑,虽教无由悛。大灵顿头受,即日以命还。地祇谓大灵,女往告其人。东野夜得梦,有夫玄衣巾。闯然入其户,三称天之言。再拜谢玄夫,收悲以欢忻。(《孟东野失子》)②

> 曩时怪鸱吟啸池上柳,丧我南村诗人李十九。五年不闻汝恶声,东邻西舍贺太平。今秋胡然忽而至,见之不异眼中刺。吾家阿镠衾枕间,叹息鸱来命将逝。初犹远林深处夜半鸣,既乃横飞不待日晡盲。摇头鼓翼坐屋角,后咷先笑窥檐楹。始知是物本为鬼伯使,如伥导虎山蹊行。训狐贼人枭食母,汝与同辈尤阴狞。唤人魂魄亦何苦,况择善者戕其生。呜呼吾子今死矣,欲不迁怒及汝非人情。闻之《周官》建有庭氏翨氏蔟氏,射以救日之弓救月矢。必覆其巢攻其翅,先王有害务尽除。岂若今人昧兹理,吾将断竹续竹弹以丸。毋俾恶鸟来林

---

① 钱仲联《韩昌黎诗系年集释》,页250。
② 钱仲联《韩昌黎诗系年集释》,页675。

256

第三章　李宪乔批方世举《韩昌黎诗集编年笺注》研究

端,月辰二六星四七,方书去汝夫何难?(《怪鸱行》)①

对于这三首诗,李宪乔评曰:

> 昌黎《射训狐》诗所刺者多,所感者大,故言无罪而闻足戒也。即《孟东野失子》诗亦隐鉴天人之理,明贤者处穷之道,特滑稽出之,异于正论耳。若此则绝无感兴深刺,不过以丧子心焦遂听信巫父之忌,欲逞志于微禽,亦失性情之正矣。况又援引《周礼》以自撑架,尤属可笑。《周礼》驱除恶物为万民也,岂为一身一家忌哉?再《周礼》此数条,论者以为王莽、刘歆所增,深为有见。竹垞拘信以饰不正之情,则平日读书功夫亦似卤莽矣。②

《射训狐》作于永贞元年(805),永贞革新已开始,此时韩愈仍在贬地阳山。各注家一致认为此诗有所讽刺。诗中训狐,即鸺鹠,传说是一种恶鸟。方世举阐释训狐拟比王叔文、王伾朋党,魏本集注解释为讽刺德宗时倚裴延龄、韦渠牟之门的浮躁干进者,总之认为此诗"所刺者多,所感者大",能起到教化人心的作用。元和三年(808),孟郊数日之内连失三子,韩愈作诗慰之。诗中慰藉孟郊,替孟郊鸣不平,认为上天"薄厚胡不均",以滑稽之言"明贤者处穷之道",暗含对违背儒家道统思想社会的讽刺。朱彝尊《怪鸱行》中鸱属猫头鹰一类,也是恶鸟。朱彝尊因丧子之痛迁怒于鸱鸟,斥责此鸟"本为鬼伯使","鸱来命将逝",又援引《周礼》为佐证,借以驱除鸱鸟,"必覆其巢攻其翅,先王有害务尽除。岂若今人昧兹理,吾将断竹续竹弹以丸"。李宪乔认为《周礼》驱除恶物是为万民,而朱彝尊驱除鸱是为"一身一家"除恶复仇,"绝无感兴深刺"。在李宪乔看来本来是表达失子之痛,是亲情的真实流露,反引用《周礼》除恶鸟事,用"先王有害务尽除"作为理由,强给诗歌笼罩一层光环,反而掩盖了真性情的流露,所以评其失"性情之正",不属儒家正统思想的范畴,不符合儒家诗教观。韩诗含有隐鉴天人之理的儒家正统思想,能使"闻足戒",所以"言无罪"。李宪乔对朱诗的批评不免有失偏颇,这是其恪守儒家正统思想下形成的诗学观所限。其实从作者的角度来看,此诗表达丧子之痛,确实是朱彝尊真感情的流露,不应是"不正之情",只是用为国为民除害行为掩盖,李宪乔便批评其宣泄形式不恰当。

---

① 朱彝尊《曝书亭集》卷十九,《四部丛刊》本,页238。
② 李宪乔《偶论四名家诗》,引自李丹平《高密诗派研究》,页344。

清代是"以意逆志"这一批评方法集大成时期①。分析作品能否"以意逆志"以及如何"以意逆志",清人进行了深入讨论。如何"以意逆志"? 清人总结出的原则之一是"论世忌牵强"。李宪乔分析韩诗时,多有遵照。《秋怀诗十一首》之四,李宪乔评曰:"说此诗只可如唐瞽,若必求其事以实之,则难免附会穿凿之病。此仆之读《毛诗》所以不信小序也。小序传出圣门,尚似多所附会,而况以千年后之人推臆者乎!"②李宪乔评此诗暗喻时政,但不可强解。

李宪乔能真正从精神上解读韩愈,尽量与其进行心灵的对话、思想的交契,解读韩诗时,透过语言表层深挖出韩诗政治理想、生活性情之"志"。清以前注家也多"逆"韩诗之"志",多注意韩诗明儒家先贤道学思想之"志",忽略其生活性情之"志"。无论是政治理想之志,还是生活性情之志,只要符合儒家正统思想的范畴,李宪乔皆极力赞同,正是清代求真诗、重性情诗学思想的体现。

二、"辨味说"与"诗言志"相融合评韩诗

清初王士禛接受了司空图辨味诗学理论,即"不著一字,尽得风流",形成其"神韵说"的精神内核。之后追步王士禛之人愈来愈多,使这种含蓄淡远诗风笼罩乾嘉诗坛。高密诗派以儒家传统观念为基础,推崇中晚唐张籍和贾岛,反对诗坛追步王士禛"神韵说"和沈德潜"格调说"形成的蹈空气,追求直露平实的诗风。

与高密诗派其他成员一味排斥王士禛"神韵说"不同,李宪乔承王士禛也接受了辨味说诗学理论,将之融入"诗言志"的诗教理论。李宪乔撰《韦庐诗内集跋》曰:

> 门人吕鐏问曰:"诗中何以为安身立命处?"曰:"难言也,姑即子所易明者,世有恒言曰李、杜、苏、韩……"又问:"唐宋迄今诗人多矣,必如四子,然后为有安身立命处乎?"曰:"亦不必然。人之所处有不同,若元道州之志在存恤,耻于躁进;韦苏州之志在恬淡,不为物牵;姚武功之轻心尘爵,为文致功;司空表圣之亮执高节,深究诗味;林和靖之追琢小诗,傲睨葛谢;陈后山之矢音酸苦,鄙夷权贵,是皆不渝其志者,

---

① 张伯伟《中国古代文学批评方法研究》,中华书局 2006 年版,页 70。
② 李宪乔批《韩昌黎诗集编年笺注》卷八。

第三章 李宪乔批方世举《韩昌黎诗集编年笺注》研究

余可以此推之。"①

李宪乔与其门人论诗何以"言志",从其回答中就可看出,他推尊儒家诗教观,欣赏委婉淡远的诗风,赞同司空图所提出的"不著一字,尽得风流"的诗论。李宪乔将"辨味说"与"诗言志"相融合这一诗论运用在韩诗批点中,注意韩诗含蓄淡远风格的评析。如评《东方半明》:"此诗忧深思远,比兴超绝,真二《雅》也。"评《雉带箭》:"诗文之妙,亦只在空处著笔。"评《三星行》:"此诗比兴之妙,不可言喻,伤绝谐绝,真《风》真《雅》。"评《次潼关先寄张十二阁老使君》:"写歌舞入关,不着一字,尽于言外传之,所以为妙。"李宪乔分析出韩诗具有含蓄蕴藉的一面,不失《风》《雅》遗音。评《夜歌》:"止三十字耳,而抵得《大雅》一篇,此为厚,此为深矣……'乐哉何所忧,所忧非我力'妙在不明言所忧何事。"此诗贞元十八年(802)韩愈为四门博士时作,其时王伾、王叔文得宠,公身居卑末,殷忧时局,但非力所能为,因而不用明言忧为何事,忧之意已显。评《送李翱》:"短韵深情。"评《河之水二首寄子侄老成》:"二诗剀切深厚,真得《三百篇》遗意,在唐诗中自是绝作。"长期以来学者对韩诗的评析多停留于险怪雄浑的风格或以文为诗的手法上,李宪乔既分析韩诗兴象玲珑的风格,又揭示其有《诗经》遗意的内涵,运用这种融通的诗学思想来解读韩诗,较为独到,在韩诗各家批注本中,与清初汪森韩诗评法一脉相承。

三、用"推源溯流"法探韩诗渊源及价值

"推源溯流"法把一个作家、作品放在文学发展史的长河中,予以衡量评价,也是文学批评的传统方法之一,早在钟嵘《诗品》中就已运用,章学诚指出:"盖《文心》笼罩群言,而《诗品》深从六艺溯流别也。"②李宪乔评析韩愈诗歌艺术特点时,也善于运用"推源溯流"法,不仅揭示出韩愈对古人的学习继承,而且析出韩愈对后人的影响。李宪乔分析韩诗创作技巧、风格方面,以韩愈为中心,上溯至《诗经》《楚辞》、史传文学源头,下推至对唐宋以降诗人的影响。李宪乔就韩诗之双向接受史进行考察,以期在一个更大的范围内把握韩诗接受他人与被他人接受的情形,构成一个双向接受史的链条,显示韩愈在诗歌史上的地位,与清人以韩愈为中心打通魏晋至唐宋诗歌的诗学路径相同。如评《利剑》诗曰:"此及《忽忽》等篇,古琴古味古

---

① 李秉礼《韦庐诗内集》,页422。
② 章学诚《文史通义·诗话》,章学诚著、叶瑛校注《〈文史通义·诗话〉校注》,页559。

调,上凌《楚骚》,直接《三百篇》也。"评《八月十五夜赠张功曹》诗曰:"此诗料峭悲凉,源出《楚骚》,入后换调,正所谓一唱三叹有遗音者也。"评《泷吏》诗曰:"此诗变屈、贾之语,而得屈、贾之意,最为超古。"《赠别元十八协律六首》诗,眉批曰:"其神黯然,其音悄然,其意阔然,得《天问》《九章》遗意。然以语句求之,则无一相肖者。"诸如此类评语李宪乔批《韩昌黎诗集编年笺注》中处处皆是,可见韩诗之渊源所出。李宪乔承韩愈"陈言务去"文论观,主张学习古人师古意不师古辞,要翻旧出新,学其"骨"。李宪乔曾在《书王令诗后》中说:"有宋诸子皆学韩,谁其首者梅都官。都官腕有退之鬼,虽无其貌神则完。左苏右石列鼎足,大抵籍岛争酸寒。坡公天授得其气,骑龙披发相拍肩。西江得味坐苦涩,口焦舌敝愁肺肝。对此令人意不快,遗法峻嶒留后山……学韩得骨不用肉,皮毛剥尽犹镵镌。"①李宪乔指出韩诗开宋诗门户,并分析各家学韩之特点。对韩愈学古作品,李宪乔既析出其源出古人一面,又看到创新变化;探析韩愈接受古人的同时,又分析了韩愈被后人接受的一面。如评《暮行河堤上》曰:"此诗意兴萧骚,看似无味,而感最深。后来苏子美多拟之。"评《郑群赠簟》诗曰:"东坡《蒲正簟》诗全从此出,然较宽而腴矣。"道出了苏轼学韩并有创新之处。评《和席八十二韵》诗曰:"自宋以来,多学韩体,然无逾欧、梅,梅得其骨,欧得其神也。"②欧阳修得韩神、梅尧臣得韩骨,李宪乔把二人看作学韩最高妙者。

李宪乔运用"推源溯流"法评析韩愈诗歌艺术特点虽然没跳出传统的窠臼,但他对此法的运用真正渗透到韩诗的特点中,用犀利独到的眼光发人所未发,挖掘出韩诗在诗歌发展史上的价值。李宪乔通过追源追出韩诗开白战体之先河。如韩愈一系列咏雪诗,李宪乔评价其开宋白战体之先河,评《喜雪献裴尚书》曰:"白战之令,虽出于欧,盛于苏,不知公已先发之。《咏雪》诸诗可按也。"又《咏雪赠张籍》评曰:"此与前诸《雪》诗,皆以开欧、苏白战之派者也。其形容刻绘神奇震耀,可谓尽雪之性。"李宪乔评李秉礼《韦庐诗集》时又涉及到对这几首诗的评价,再次强调自己的观点,评《夜雪》曰:

> 千古雪诗,自六朝迄唐初盛而工巧极矣,至昌黎始不得不别开生面,扫除一切玉树银花、柳絮鹅毛等常语,而专以白描写真为尚。后来

---

① 李宪乔《少鹤先生诗钞》,页17。
② 此书中李宪乔韩诗评语皆出自李宪乔批方世举《韩昌黎诗集编年笺注》,此批本现藏中山大学图书馆。

第三章 李宪乔批方世举《韩昌黎诗集编年笺注》研究

庐陵倡为白战之令，苏黄皆奉之，举世耳目为之一新，不知此体已肇于韩，不自欧始也，韩、欧、苏、黄诸雪诗妙处可并列观之。①

在古代评韩、注韩的诸家评论中，只有李宪乔注意到了这一问题，归功韩愈开白战体之先河。叶梦得评韩愈此类诗曰："诗禁体物语……韩退之两篇，力欲去此弊，虽冥搜奇谲，亦不免有'缟带'、'银杯'之句。"②叶氏评论显然是完全否定韩愈咏雪诗有白战体特点。方世举评《咏雪赠张籍》引叶氏观点，且进一步补充曰："此自是宋人论诗之语，唐贤何尝有白战体也！"③方氏否认韩诗有白战体特点，态度更为坚硬。韩愈此类诗实如李宪乔所评，已尽力"扫除一切玉树银花、柳絮鹅毛等常语，而专以白描写真为尚"，虽不是成熟的白战体，但要探究白战体之发源，不得不上溯到韩愈这一类诗，韩愈的先导作用是不可抹杀的。程千帆、张宏生《火与雪：从体物到禁体物——论白战体及杜、韩对它的先导作用》④，以火和雪一类诗为例详细探讨了白战体发展的过程，认为韩愈《喜雪献裴尚书》《咏雪赠张籍》等咏雪诗已突破传统，跳脱体物之樊笼局限，为宋代欧阳修、苏轼倡白战体导夫先路、发凡起例，此论实际是在李宪乔的观点上做进一步的详细阐述。此文正是引用了《韩诗臆说》中的观点，自然归功于程学恂。李宪乔的评析不仅发掘了韩诗的价值，也揭示了此种诗歌史现象所蕴含的艺术规律。

李宪乔将传统的文学批评方式与其诗学思想相融合阐释韩诗，更为全面地揭示了韩诗的特点，在韩诗批点中独具特色，对后世韩愈研究有着重要的参考价值。

第三节 李宪乔批韩诗的价值

李宪乔批点方世举《韩昌黎诗集编年笺注》批语被当时文坛名流频繁过录，证明其韩诗批点成果被时人认可。而程学恂《韩诗臆说》出版后，此成果又立即得到肯定，被众多韩愈研究者大量借鉴。李宪乔探析韩诗意旨、诗学源流、艺术特色，对读者理解韩诗有极大帮助，前文已论，此处不再赘述。李宪乔还在前人基础上能够更加深入地解决韩愈研究中一些有争

---

① 李秉礼《韦庐诗内集》，页418。
② 叶梦得《石林诗话》卷下，何文焕辑《历代诗话》，中华书局2004年版，页436。
③ 方世举《韩昌黎诗集编年笺注》卷十一。
④ 程千帆《程千帆全集》，河北教育出版社2001年版，页62。

议的问题，尤其能以历史发展的眼光人性化地分析问题，对后世韩愈研究有着极大的参考价值，以下就此略作分析。

一、为韩愈人格辩护

论及韩愈的人格，历来有批评其功利心过强的言辞，且多通过苛责部分韩诗诋毁其人格。如《示儿》诗，胡仔《苕溪渔隐丛话前集·韩吏部上》引苏轼语"所示皆利禄事也"，并且与杜甫《示宗武》诗比较而论，评曰"所示皆圣贤事也"。显而易见苏轼认为杜甫是以圣贤劝勉儿子读书，韩愈则以利禄诱儿子读书。在此评论中，韩、杜人品之高下就昭然若揭，不辨自明。苏轼的观点被多数韩集注家所承袭，如魏仲举《五百家注音辩昌黎先生集》等。朱熹评曰："此篇所夸，《感二鸟》《符读书》之成效极致，而《上宰相书》所谓'行道忧世者'则已不复言矣。其本心何如哉？"①显然也是批判韩愈诱子心切。邓肃《跋陈了翁书邵尧夫戒子文》曰："韩愈《示儿》古风，用玉带金鱼之说以激之，爱子之情则至矣，而导子之志则陋矣。"②清代学者多为韩愈辩解，如朱彝尊评曰："率意自述，语语皆真，亦淋漓可喜，只是偶然作耳。"③何焯评曰："亦随其子之高下而语之耳，王、朱之论，吾所不取，须观公镇州语'峨冠讲唐虞'、'考评道精粗'，则犹行道忧世之为也。姑以其外焉者诱进小儿曹耳！"④持相似观点者还有李光地、王元启等，李宪乔则进一步辩解，眉批曰：

> 教幼子只用浅说，即如古人肄雅加冠，亦不过期以服官尊贵而已。何尝如熙宁、元丰诸大儒，必开以性命之学，始为善教哉？此只作一通家常话看，绝不有意自见，而自有以见其为公处。东坡语亦不得执煞看，且即以实学而论子美之饱经术与退之之评道精粗正未知孰得也。⑤

"不知官高卑，玉带悬金鱼"句旁夹批曰："岂真称羡语？少陵《七歌》云'长安卿相多少年，富贵应须致身早'，当与此参看。""又问与谁频，莫如张樊如"句上眉批曰："谓张籍、樊宗师也。"此句旁又夹批曰："若但以利禄期之，则无事专及二人矣。"与朱、何评语相比，李宪乔的阐释就比较剀切。他认

---

① 朱熹《昌黎先生集考异》，上海古籍出版社、安徽教育出版社2001年版，页58。
② 钱仲联《韩昌黎诗系年集释》，页957。
③ 钱仲联《韩昌黎诗系年集释》，页957。
④ 何焯《义门读书记》，页519。
⑤ 李宪乔批《韩昌黎诗集编年笺注》卷九。

第三章　李宪乔批方世举《韩昌黎诗集编年笺注》研究

为以家常话教子,韩愈所做同古人加冠之事一样,只不过期望子孙登官显贵光宗耀祖罢了,并不是利禄所诱,而且提出应将韩愈《示儿》与杜甫《七歌》参看,其意就更明显,可见李宪乔辩解之客观。张籍、樊宗师是韩愈交往较深之人,李宪乔又从此方面推测:倘若以富贵利禄期待子弟,如此浅显的意图,韩愈在诗中则不必专提最能理解他的两人。易健贤评:"后世程学恂《韩诗臆说》认为韩诗可与杜诗《七歌》'长安卿相多少年,富贵应须致身早'参见……乃承袭郑珍之说。"[1]郑珍是晚清宗宋诗派代表,也批过韩诗,对此诗的阐释与李宪乔观点一致。后世因不明《韩诗臆说》真实作者,所以把对此诗的翻案大功归于郑珍,并说"经郑珍揭示,始见明豁,诗旨自然贯通无滞。"[2]李宪乔早于郑珍,此功绩实应属李宪乔。另一首《符读书城南》,魏本引宋人陆唐老云:"唯《符读书城南》一诗,乃微见其有戾于向之所得者,切切然饵其幼子以富贵利达之美,此岂故韩愈哉!"[3]李宪乔依然辩解曰:"看他说公说相,到底都归在行义上。是岂仅以富贵利达饵其子者乎?"郑珍在此基础上又详细论述,易文中同样归功于郑珍、程学恂说:"程学恂……与郑珍意同。"[4]并且李宪乔评李秉礼《宗瀚宗涛还家乡试作此示之》诗时也曾提及韩愈此类诗,曰:"此与渊明《责子》诗一例,只作家常话,即退之《示爽》《符城南读书》皆是也,其中自具真意,后人或妄为訾之,非也。"[5]因此较早且细致为韩诗辩解之功绩当归于李宪乔。以李宪乔为代表的清文人注重韩愈诗歌真性情、家常语特点的分析,从家常话立场详析诗旨,无过高赞许,也无过低贬抑,评价更为人性化。

二、辨析有争议之诗

韩愈《南山诗》历来聚讼纷纭,褒贬参半。评论者多将其与杜甫《北征》比较而论,多数认为韩诗不如杜诗,如宋孙觉、明蒋之翘、清朱彝尊、赵翼、王闿运等;也有认为杜诗不如韩诗,如宋王平甫;亦有认为韩诗可与杜诗媲美的,如程恩泽、陈衍;还有认为二诗各有优劣的,如黄庭坚。《北征》《南山》本属不同诗体,不可同论。这些评家各持己见,从诗歌描写工巧、是否有《风》《雅》遗音方面比较,对最根本之诗体问题则没有探讨,从而偏执一词。

---

[1] 易健贤《郑珍对韩愈研究的学术贡献》,《贵州教育学院学报》1995年第1期。
[2] 易健贤《郑珍对韩愈研究的学术贡献》,《贵州教育学院学报》1995年第1期。
[3] 魏仲举《五百家注音辩昌黎先生集》卷六。
[4] 易健贤《郑珍对韩愈研究的学术贡献》,《贵州教育学院学报》1995年第1期。
[5] 李秉礼《韦庐诗内集》,页386。

清代韩集研究者有从诗体角度辨析二诗,如方世举评"《南山》《北征》各为巨制,题义不同,诗体自别,固不当并较优劣",李宪乔承此观点进一步评曰:

> 读《南山诗》,当如观《清明上河图》,须以静心闲眼,逐一审谛之,方识其尽物类之妙。又如食五侯鲭,须逐一咀嚼之,方知其极百味之变。昔人云"赋家之心,包罗天地"者,于《南山诗》亦然。《潜溪诗眼》载孙莘老尝谓老杜《北征》胜退之《南山诗》,王平甫以谓《南山》胜《北征》,终不能相服。时山谷少,乃曰:"若论工巧,则《北征》不及《南山》;若书一代之事以与《国风》《雅》《颂》相为表里,则《北征》不可无,而《南山》虽不作未害也。"山谷语亦未尽确,然则《北征》可谓不工乎!此说是。要知《北征》《南山》本不可并论。《北征》诗之正也,《南山》乃开别派耳。公所谓李、杜精诚交通、百怪入肠者,亦不在此等也。①

李宪乔没有对二诗进行褒贬评论,而是客观分析各自的特点。李宪乔从辨体理论的角度解析,认为杜甫《北征》属正体,韩愈《南山》属破体,是赋体诗,诗之别派,因此二者缺乏可比性,不可同一而论。这一评析揭示了二诗的本质区别,比较公允,给此诗一个合理的定位,对诸家争议也给出了恰当的解释。从诗体角度辨析二诗,虽不是李宪乔发凡起例,但李宪乔的分析更进一步,更加全面深入。因《韩诗臆说》作者一直被认为是近人程学恂,所以这些成果也归为程学恂。

李宪乔的韩诗评点成果在近代以来没有流传开,其价值即不为人所知,直到近代程学恂窃后出版才得以重视。陈三立撰《韩诗臆说序》评曰:"探微窥奥,类多创获。"②后世注本、选本对其成果多有吸取,钱仲联《韩昌黎诗系年集释》引用其成果近160条,对《韩诗臆说》中的评语几乎全部引用。陈克明《韩愈年谱及诗文系年》对其评语也多有征引。

当然,李宪乔心折韩愈,嗜好韩诗,对韩愈其人其诗仍不免有过高之评。王拯评其"见人妄议者,则奋然抨击,有不自知甚过处"③。如评《东方半明》诗曰:"即以格调论,亦旷古绝今。"从李宪乔韩诗批点中可以看出其将韩愈奉若神明,看作圣贤代言者,将其几近乎塑造成为一个完美无缺憾之人,未免太过神圣化,这是李宪乔对韩愈追慕至极所带来的弊端,也是当今研究者在研究中应注意的重要问题,不要过于偏爱自己的研究对象。

---

① 李宪乔批方世举《韩昌黎诗集编年笺注》卷四。
② 陈三立《韩诗臆说序》,程学恂《韩诗臆说》卷首。
③ 引自李宪乔批方世举《韩昌黎诗集编年笺注》中浮签上王拯批语。

第四章　高澍然《韩文故》研究

在福建地区深厚的儒学传统和浓厚的宗韩风气下,高澍然研韩多年,深解韩愈绍继孟子及其"修辞明道"之志,评点韩文深受福建地区理学思想与清中后期汉宋之学融合大趋势的影响,采用考评结合的方式,特色鲜明。《韩文故》评点侧重揭示韩文重养气、气由"直养"心志而成的特点;擅用先贤经典中"易良"、"渊懿"一类甚少用于文学批评范畴的词语,评析韩文温淳质厚、平易渊雅的风格特征,多发前人所未发,这在韩集文献中独具一格。

第一节　高澍然生平交游及其文学思想

一、高澍然生平概述

高澍然(1774—1841),字时埜,号甘谷,晚号雨农,福建光泽人,清代著名方志学家和古文家。高澍然出身于书香门第,家族文化深厚,其祖父辈皆是饱学之士。高澍然是福建古文家朱仕琇弟子高腾之子,少聪颖,从父学古文,从叔父高博学《说文解字》。高澍然父亲及祖父为其聘请江西资溪县进士黄堂、福建建宁举人金荣镐等名士来家授教,奠定了其深厚的经、史学基础。嘉庆十二年(1807),援列为内阁中书,摄侍读。此年,父卒,遂归家不复仕,潜心治学。道光九年(1829),受福建总督孙尔准和《福建通志》总纂陈寿祺之聘,修《福建通志》。道光十四年(1834),陈寿祺卒,高澍然继任总纂。道光十五年(1835),应兴泉永兵备道周凯之邀,前往厦门玉屏书院主讲。三个月后,周凯调任台湾道,高澍然回光泽,执掌杭川及邵武二书院。道光十七年(1837),高澍然主修《光泽县志》,道光二十年(1840)完成。道光二十一年(1841),澍然卒。高澍然著述颇丰,方志学著作有《福建通志》、《福建历朝宦绩录》四十卷、《闽水纲目》十三卷、《河防三编》、《光泽县志》三十卷等;其他有《诗音》十卷、《春秋释经》十二卷、《易说》十三卷、《论语私记》二卷、《韩文故》十三卷、《李习之文读》十卷、《抑快轩文集》七十四卷等。

二、高澍然交游情况

高澍然交游之士多为儒学名流、文坛名宿,对其学术思想及古文理论有重要影响。高澍然给李兆洛作《与李申耆书》中自述交友情况,曰:"年踰四十交先师同里张君怡亭,踰五十交桐城姚君石甫,修志省城且六十矣,交富阳周观察使芸皋、仁和陈君扶雅、贵乡刘君五山。此五人者,皆天下士也。澍然既得而友之,相与考证是非,以信其志。于是数十年山中学古道甘苦,幸不隳于无归焉。然沿流以溯源,循支以寻干,则怡亭同私淑先师者石甫,师其叔祖惜抱先生,观察与扶雅师皋文先生,而五山师执事,乃当吾世均不获一质焉。"①现就高澍然交往密切者略加考述,以见其所处的学术、文学环境,以期了解其文学观念和学术思想。

1. 与本省士人之交往

福建地区自宋以来不乏儒林名士,高澍然交往之士多为当时儒林名流,如陈寿祺、梁彣、张绅、张际亮等。陈寿祺(1771—1834),字恭甫,号左海、梅修,晚号隐屏山人,福建候官(今福州)人,清代儒学家,重考据。陈寿祺注重经世致用之学,嘉庆四年(1799)进士,为阮元得意门生,初授翰林院庶吉士、散馆编修,在京与张惠言、王引之以经学名家齐名。父母殁后不出仕,主讲鳌峰书院多年,著有《左海全集》《左海诗集》《尚书大传》《左海经辨》等,曾主编《福建通志》。陈寿祺甚为赏识高澍然学问,道光九年(1829),聘其修《福建通志》。陈卒后,高澍然接替为总纂。高澍然与陈寿祺书信来往较多,有五篇《答陈恭甫先生书》,某些篇章论朱仕琇古文特点及福建古文发展状况,也是研究高澍然古文理论重要资料。高澍然还有《陈恭甫先生行状》和《记名御史陈恭甫先生墓志铭》,述陈寿祺生平重要事迹。陈寿祺《左海文集》中有《答高雨农舍人书》等文,与高澍然谈论为学为文之道。高澍然重理学的同时又重考据,应受到陈寿祺治学思想的影响。

梁彣(1778—1845),字维韬,号月山,福建将乐县人,清代著名理学家,有《月山遗书》《近思斋问答》等著作。道光五年(1825),梁彣游学福州鳌峰书院,山长陈恭甫极为赏识,视其为老友。梁彣坚守儒家尊德性、道问学

---

① 高澍然《抑快轩文集》,江苏广陵古籍刻印社1998年版,页611。

第四章　高澍然《韩文故》研究

理念,研究心性之学尤为独到。梁彣生平最服膺朱熹,论文重养气,而以学道为先。梁彣认为读书不应以制艺科名为满足,学问应在道德养成上下功夫。他提倡"洗心克己",作《洗心图》,追求"持敬、穷理、省察、克己、扩充"的洗心境界,倡导"养气学道"。梁彣与高澍然皆承韩愈"养气"说,但认为气来自于道:"彣观韩子之言为文也,取于心而注于手,汩汩然来,浩乎其沛然,言之短长与声之高下皆宜者,非其所自得乎。其所以至是者,曰由气盛,且曰:'气,水也。言,浮物也。'其所谓气先文而有,即孟子所养之气是也,学道之效也。"①梁氏强调养气须先学道,以培养作家道德修养:

> 然则韩子之文之不可及者,正以学道功深,精实纯粹之理充溢其中,所以闳中肆外,光辉发越而不可掩也。故或问韩子:"为文宜何师?"必答曰:"师古圣贤人。""如何师古圣贤人?"必答曰:"师其意,不师其辞。"又曰:"愈所能言者,皆古之道。"又曰:"愈之所志于古者,不惟其辞之好,好其道焉尔。"韩子曷尝不学道,因学文而见道,此后人意忖之言耳。兄学韩之文,宜学韩之所以为文。乃学文而讳言学道,谓古文近道,服习之久,得其气味之美,以为文自有道气,而足以载乎道,如是云云。果得韩之所以养气者,为之根柢欤!"②

梁彣以韩愈为中心分析古文理论,但完全从学道角度阐释韩愈文论观,认为作文要先学道,有重道轻文特点,并以此指出学韩文之路径。梁彣赞誉高澍然治古文之才能:"以兄之才之学,果能挺然于世俗之上,勇往直前,追韩子之所以学道者而学文,则昔得其门而升堂者,今且入室,周其奥窔,寝馈其中,而以身为昌黎矣。何必向昌黎口头讨气息生活耶!"③高澍然《韩文故》中删去用时式之韩文,评韩文重养气,认为韩文气于性出,醇厚谲如。高澍然《与梁维韬书》也谈论文气如何养成,但认定文道合一的路径,曰:

> 澍然学文者也,与先生异趣。然尝谓古文近道,必根诸中者为道心,发诸外者为道气。道气充腴,文与道俱,则学文学道二而一者也。夫其所谓二而一者,岂必谈性命讲道德乃与道俱哉?归于自得而已。有所自得,虽寻常自得之书、赠答、游览、题跋之作,皆足以载道,其道气存焉耳。无所自得,即言之而亦是韩子所谓陈言,庄子所谓古人糟

---

① 《梁彣致高澍然书》,刘声木《苌楚斋四笔》卷七,《苌楚斋随笔　续笔　三笔　四笔　五笔》,中华书局1998年版,页827。
② 刘声木《苌楚斋四笔》,页827。
③ 刘声木《苌楚斋四笔》,页828。

粕之余也。道何所附丽乎？曾皙言风浴咏归，夫子与之；子贡言欲无加诸人，夫子非尔。所及自得不自得之分也。①

高澍然是文人，梁丒是理学家，二人文论观自然同中有异，二人皆认为文道应合一，高澍然更重文之真性情，道非限定于性命之道，梁丒更重性命之道。梁丒《致高澍然书》评高澍然古文观，曰："兄以学文学道为二而一，而归于有所自得，其说善矣。"②

张绅（？—1832），字怡亭，福建建宁人，诸生，张际亮族兄，善诗古文词，醇古冲澹而孕奇气，李祥赓、姚莹皆称重之。著有《怡亭文集》二十卷，《诗集》六卷。高澍然、张绅为朱仕琇再传弟子，深得朱仕琇古文义理。朱仕琇在闽西北主要弟子有李祥赓和高腾，而张绅为李祥赓弟子。嘉庆二十四年（1819），高澍然结识张绅于邵武，"己卯交建宁张君怡亭"。张绅《抑快轩文集序》曰："光泽高君雨农与李古山先生相友善。先生卒，予为之作行状。而君见之独喜。时予与君俱在邵武得相见也，由是相知甚深。君少时即喜古文，而制艺非其所好。"③道光九年（1829），总督孙尔准聘张绅与高澍然共修《福建通志》。张绅赞赏高澍然人品，不为名利所累，"君独振立尘埃之外有以自得，故欢愉恬适之趣足于中而溢于文。其观理也明，其为气也清宜然矣"④。高澍然文集多经张绅删定。高澍然《答张怡亭书》和《与张怡亭书》谈论人品道德，亦有涉及古文理论。

张际亮（1799—1843），字亨甫，号华胥大夫、松寥山人，福建建宁人。工于诗，其诗较多反映社会现实。陈寿祺甚为器重张际亮，在写给高澍然信中曾说道："吾闽近日著作之盛，无过邵武朱梅崖之文、张际亮之诗，皆足以雄视海内。"高澍然为张际亮诗作序，由《松寥山人诗集序》可知张际亮二十岁时二人结交，"踰二年见于郡城，恂恂退让人也，遂定交"。高澍然与张际亮交往密切，鱼雁来往频繁，其《答张亨甫书》曰："别后四奉手书，未一裁答，足下不督，过之，又以书至，信之深而待之诚。"⑤高澍然《与张亨甫书》和《答张亨甫书》极度赞誉张际亮之才学与人品。

高澍然与同里学士交往者较多，其《答陈恭甫先生书》曰："比邑中多学古之士，如毛鹤龄耻庵、上官曦寅斋及何厚庵，或行或文，皆澍然益友。"高

---

① 高澍然《抑快轩文集》，页650。
② 刘声木《苌楚斋四笔》，页826。
③ 高澍然《抑快轩文集》卷首。
④ 张绅《抑快轩文集序》，高澍然《抑快轩文集》卷首。
⑤ 高澍然《抑快轩文集》，页638。

澍然交游广泛,且多理学之士,其学术思想必然受影响。

2. 与外省士人之交游

高澍然虽然居家不仕,但与外省士人也多有交游,如李兆洛、陈善、周凯、姚莹等。陈善(生卒年不详),字扶雅,仁和(今属浙江杭县)人。嘉庆六年(1801)举人,治经学,善古文辞,从游于阳湖文派、常州词派领袖张惠言。著有《研经日记》《四书古义》《晋书校勘记》《两晋疆域考》《福建通志列传稿》《损斋文集》等。高澍然与陈善主要交集在同修《福建通志》三年期间。高澍然《陈扶雅文集序》曰:"仁和同年友陈君扶雅教谕嘉善,忧归。故制府孙文靖公三聘,强起之,始以道光辛卯来闽修通志,与余同事三载,因得尽读君文。"①周凯《抑快轩文集序》亦曰:"明年,仁和陈扶雅来闽修通志,与高君雨农共事,甚相得,屡述君之文行学问,并寄君之近作以相示。"二人常交流作文应重养气和道心。高澍然为陈善诗文一一作评,"有作辄属余评",认为陈善"古文真精之道其在是矣"。道光十二年(1840),陈善归乡,之后二人常有书信往来,谈论作文之道,《陈扶雅文集序》曰:"甲午春别余而归,岁五六通问,启缄必有文数首,或一二首,盖君未尝一日不在余也。"②陈善亦为高澍然文集作《抑快轩文集序》,评高氏文"独得气之醇者"。

周凯(1779—1837),字仲礼,号芸皋,浙江富阳人,为宋著名理学家周敦颐后裔。嘉庆朝进士,官至台湾兵备道。周凯少时得同里宿儒高傅占启蒙,后从学张惠言,与陈善同为张氏主要门生,其诗词、书法、绘画被誉为"三绝"。道光十年(1830),周凯仕宦福建,访高澍然,二人结交深厚,常切磋学问。周凯《抑快轩文集序》曰:"凯自知为古文,即求知天下之能为古文者。比入闽,知光泽高雨农、建宁张怡亭二君,传朱梅崖先生之学,求其文未得见也。"③高澍然为周凯《内自讼斋文集》作序曰:"富阳周芸皋先生,道光十年观察吾闽,备兵泉州,之厦门。十三年冬,受事大府,辱访澍然于邸,论文,遂定交。澍然每读先生文,未尝不首肯而适独坐也。盖今作者推武进张皋文先生,其文体骨昌黎,神明庐陵,治气之善者也。其门人传其业者二人,一仁和陈君扶雅,一先生也。二人者,澍然幸皆得而友之。"④高澍然对周凯、陈善二人的仰慕之情流于字里行间。道光十五年(1835),高澍然应周凯之邀,前往厦门主讲玉屏书院,同时携带《韩文故》一书,请周凯为之

---

① 高澍然《抑快轩文集》,页255。
② 高澍然《抑快轩文集》,页255。
③ 高澍然《抑快轩文集》,页9。
④ 高澍然《抑快轩文集》,页266。

作序。周凯、高澍然二人互评对方古文,互有书信来往,高澍然有《答周观察芸皋先生文》《答周观察书》。周凯为高澍然文集作序,有《抑快轩文集序》《韩文故序》。

姚莹(1785—1853),字石甫,号明叔,晚号展和,安徽桐城人。姚莹治经世之学,关心民生。其"文章善持论,指陈时事利害,慷慨深切"。嘉庆二十一年(1816)任福建平和县知县,办事干练,诛奸抑暴。嘉庆二十四年(1819)春,调任台湾知县。鸦片战争中,领导台湾军民顽强抵御外敌。著有《中复堂全集》九十八卷。姚莹仕宦福建期间,与高澍然结交。高澍然有《与姚石甫书》《姚石甫心清消息图赞有序》。高澍然古文理论与桐城派文论有相承之处,与其同姚莹的交往应不无关系。

三、高澍然文学思想

高澍然是福建地区继朱仕琇之后倾全力写作古文的大家。身为古文家朱仕琇再传弟子,高澍然在福建古文发展史上地位至关重要。陈衍为高澍然《抑快轩文钞》作跋曰:"吾乡之号称能文于当世者,至明始有一王遵岩,至清始有一朱梅崖,继之者雨农。"①《清史稿·列传》二百七十二曰:"福建古文之学自仕琇,其后再传有高澍然,号雨农,光泽人,嘉庆七年举人,授内阁中书。未几,称病归。研说经传,尤笃嗜昌黎集。其文陈义正,言不过物,高视尘埃之表。名不如仕琇,要其自得之趣,有不求人知能树立者,著《春秋释经》《论语私记》《韩文故》及《抑快文集》。"②以刘声木为代表的部分学者视高澍然为桐城文派一脉,实际上,高澍然古文观与桐城派文论观同中有异。高澍然深得朱仕琇古文义理,而朱仕琇不喜桐城派古文,对方苞评价不高,"病其肤浅"③。方苞为文以学习欧阳修为主,朱仕琇治古文以学韩愈为主,李翱为辅,重立心正身。朱仕琇认为古文家必须以正身养气为先,古文要"平易诚见"。高澍然则进一步发展为"性足于仁",重古文之养气、载道,贵创新,提倡平易简洁醇厚之文风。

1. 倡导为文重养气,重文道合一

高澍然倡导文章注重养气,在其《送族子炳坤之台湾序》中详细阐明古文养气之法,曰:

---

① 陈衍《抑快轩文钞跋》,高澍然《抑快轩文集》卷首。
② 赵尔巽等《清史稿·列传》二百七十二,中华书局1977年版,页351。
③ 《清史列传·文苑传》,中华书局1987年版,页5895。

第四章　高澍然《韩文故》研究

> 临行语之曰：古文在养气计尔，闻之熟矣。虽然气有三，养之道有二，不可以不知也。何谓气有三？一清明之气，得诸天者也；一《诗》《书》之气，泽于古者也；一道义之气，足夫己者也。三者备，而古文之气以完。然清明之气，气之本然也；《诗》与《书》之气、道义之气，气之积然也。本然者可外见，犹天气清明，人皆仰之焉。积然者，宜化不宜迹，宜潜不宜著，外见则内漓，甚者如胥钞如途说，真精已亡，气于何附？吾无以知之矣。何谓养之道二？曰养心曰养性，心得所养而能空空，乃清明而得诸天者复矣。性得所养而能实实，乃美乃厚而泽于古足夫己者矣。由是为文可以立言，即可以立德，吾道岂二哉？昔人谓昌黎因文悟道，余亦因文悟德。①

高澍然族子炳坤曾从其学古文，在送别之时担心炳坤为文不善养气，故特地叮嘱如此，也是高澍然写作古文经验之谈。高澍然关于"气"之解说、"气"之如何养成，继而绍续孟子、韩愈、宋儒而来，认为首先要培养自身道德素养。"清明"之气应指孟子所谓天地本然之气，清静阔大之气，没有世俗熏染之正气。而《诗》《书》之气、道义之气"是后天培养而成。《孟子·公孙丑上》中说："敢问夫子恶乎长？曰：我知言，我善养吾浩然之气。敢问何谓浩然之气？曰：难言也。其为气也，至大至刚，以直养而无害，则塞于天地之间。其为气也，配义与道；无是，馁也。是集义所生者，非义袭而取之也。行有不慊于心，则馁矣。"②孟子所谓气正是天地间之正气。韩愈在《原道》中进一步解释说："博爱之谓仁，行而宜之之谓义；由是而之焉之谓道，足乎己无待于外之谓德。"③由仁义出发便谓道，由此修养自己无待于外谓德。究竟如何养气？韩愈《答李翊书》已有清晰说明，曰："始者非三代两汉之书不敢观，非圣人之志不敢存，处若忘，行若遗，俨乎其若思，茫乎其若迷……不可以不养也。行之乎仁义之途，游之乎《诗》《书》之源，无迷其途，无绝其源，终吾身而已矣。"④始终加强道德修养，读圣贤书，求圣贤志，沉潜其中而得窥圣贤之境界。陈善在《抑快轩文集序》中详细论述了文气如何养成，与高澍然论文气之养成同理，并论及高澍然文重"养气"之特点。陈氏之论有助于进一步弄清高澍然为文重养气思想，现摘录如下：

---

① 高澍然《抑快轩文集》，页164—165。
② 焦循《孟子正义》，中华书局1987年版，页199—202。
③ 刘真伦、岳珍《韩愈文集汇校笺注》，页1。
④ 刘真伦、岳珍《韩愈文集汇校笺注》，页699。

曾子之学本于诚意，孟子之养在乎集义，诚立矣，义集矣。尔雅深醇之气自流形于不知，岂作而致之哉？汉魏以后文体日漓，支离破碎，辞缛而气不举。非气不能举，无养气之学也。至唐昌黎韩氏约《六经》之旨而成文，以言之长短、声之高下归本于气盛，而曰"仁义之人，其言蔼如"，殆得孟子养气之传欤。至宋眉山苏氏专言养气，以为文者气之所形，欲求天下奇闻壮观，以激发其志气。于是后之学者逞才辨肆，议论纵横奔放，以为足以尽气之用矣，而不知气已失所养也。夫气之在文，与在天地无以异。当夫气宇清泰，六合开朗，万籁无声，非无气也，冲和之气被人于不觉也。及夫气失其平，寒燠愆期，风驰雨骤，万窍怒号，非气之盛也，有激而使之然也。人日处雨农，余同年也，潜心宋儒之学，将由宋儒以上达孟子、曾子，故其为文不矜才辨，不尚奇特，所言皆平易近情。而清微淡远之旨，淳茂渊雅之气，时流于吐纳嘘噏之间，则其所以养之者，岂一朝一夕之故哉？①

陈善更加明确指出为文养气之径，需合乎《六经》之旨，养成"冲和之气"、"淳茂渊雅之气"，而非逞才肆辨之气。"气"之形成重在"养"，"养"之旨在合乎道义，要培养个人道德修养，才能达到"仁义之言，其言蔼如"的效果，但非一朝一夕所能养成。高澍然为文重养气正与陈氏解说相合。高澍然潜心宋儒之学，由宋儒而追溯韩、孟，继承韩、孟养气理论，其文善于"养气"，集义为旨，冲和渊雅。高澍然倡导为文须先"养气"，培养个人道德修养，这一古文思想在其与友人交往书札中比比皆是，现从其《抑快轩文集》中摘录几例：

> 往者澍然与先生论文主养气，及序先生集，亦以养善养气为言。（《抑快轩文集》卷九《内自讼斋诗集序》）

> 殆谓古文之学当以论为基始耶！仆窃不谓然也。盖古文唯裕气难，裕气而臻夫醇厚冲和尤难。论主辨难则气易衿，主驰骋则气易流，为之者必胸有真气为之根柢，然后辨难与驰骋能不失焉。（《抑快轩文集》卷二十《答黄未涯书》）

> 然文之近道非徒能作俚语而已，必存诸中者为道心，发诸外者为道气，然后文与道俱，即极寻常语，莫非道之流行焉。苟无是二者，述《诗》《书》《论》《孟》之训，岂有当耶！韩子《与李翊书》云"惟陈言之

---

① 高澍然《抑快轩文集》，页6。

务去",陈言者非谓其远于理,谓其不切于己也。(《抑快轩文集》卷二十一《与王春卿书》)

盖古文一衰于六代而再弊于南宋,非六代所拟也,其人类皆通才绩学,言仁义言,而文卒不工,何哉? 无气体载之也。夫气体者,才与学所托以行远也。气不醇,体不厚,虽有新安、金溪之学,永康、永嘉之才,非灏则蘦耳,未见其能载也。则试求诸韩子之书,其气浑灏渊冲,其体广博淳易,所谓吐辞为经者不诬矣。(《抑快轩文集》卷二十一《答熊松臣书》)

盖古文道久衰息,吾乡尤甚,其为之者驰骋与考据而已。二者非才学异人不能为,然去古文道转远……盖古文惟论最难,盖古人已言者,不必作;古人未言者,而人能言者不必作;人不能言,而为一人私言者亦不必作也;未经人言,言之人人满其意者然后作。又论主发挥已见,气恒易矜,非养之醇,臻于冲淡,将与驰骋、考据者一迹矣。(《抑快轩文集》卷二十二《将之厦门答吕西存书》)

从高澍然这几篇与友人书札以及上文所提《与梁维韬书》可看出,其倡导为文须"养气"、有"道心",要醇臻冲淡,词必己出,不能单纯考据,亦不能逞才使气,要二者合一,正与汉宋融合学术趋向一致。高澍然认为文章以《六经》为根柢,必然醇厚渊雅,文道合一。

2. 提倡文风平易简淡

高澍然治古文反负奇,贵平易简洁,追求心醇气和,与其重文之道心密切相连。高澍然《答廖西田书》曰:"古文之道惟朴故真,惟真故厚,此仆所知者也。辞朴而色不穆则野,气朴而骨不腴则枯。"[1]高澍然认为古文之醇厚源自于心性,首先应培养个人道德修养,以《六经》为根柢,文才能充满浩然之气,以载道心。道心行诸中,道气行诸外,文章必然流露出醇厚平易之风。周凯评其为文特点曰:"君之学基于伦常身心之地,通于天地万物之大,经以《六经》、四子之书以直其气,纬以诸子百家之说以疏其流。然后浴乎《左》《史》以取洁,入乎韩、李以求其醇,游乎欧、曾以裕度……无一言、一行读者不当体诸身,无一事、一语不可以风世。人第见其淡,而淡之中至味永焉。人第见其浅,而浅之中至理实焉。由真气存其中而养之者素也……故曰君之文,古文正宗也,真气存其中,而养之者素也。"[2]高氏为文根柢《六

---

[1] 高澍然《抑快轩文集》,页665。
[2] 高澍然《抑快轩文集》,页10—11。

经》、史传,质朴有理,淡而有味。高澍然提倡为文应学《左传》《史记》简洁之法,去繁缛浮靡之风。其《答黄未涯书》曰:"窃谓古文体最严,韩子以为'唯其是'是也。夫是者斥浮靡而敦质厚,黜隐怪而归易简,此大较也。其所以致之,又在以道心行道气焉。盖质厚斯骨重,易简斯神寒,以道心行道气,而后二者不可为伪。"①又《答何肫迈书》曰:"来书询古文要旨,窃谓清真淳固四言足以蔽之。清故高,真故厚,淳固故悠远,高厚悠远,天地之恒气也。古文能外是乎?"②从高澍然这些书信中,可知其为文重养气,提倡简易醇厚文风。高澍然将其古文理论贯穿于韩文评点中,重韩文文气和道统思想的揭示,以及平易醇厚简洁风格的评析。

3. 重文章经世价值

清中期以后,边防战乱不断,高澍然身处福建,更能感受到海防形势之紧迫,为文也关注现实。高澍然提倡文章载道功用,重文章治世价值。其《答陈恭甫先生书》之二曰:"来书论文以立诚为本,以有用为归。又云徒得于文者下也。洵为笃论。"③高澍然留心当世之务,对当时治世人才缺乏、闽海形势等现实问题甚为关心,在其文章中皆有论述。如其《御嗫夷八议》,作于道光二十一年(1841),正值外国列强侵略之时,高澍然上书军府反对议和,提出抵御英军侵犯策略。文末曰:"微臣澍然惟有翘企太平而已。年且七十岂有奇计?惟不胜同仇之愤,为是刍荛之献云尔,内阁中书臣澍然昧死谨上。"④此书流露出浩然之气有似韩愈。谢金銮《蛤仔难纪略》关注台湾东北形势,高澍然作《书〈蛤仔难纪略〉后》,弘扬此书价值,曰:"先生时教谕嘉义,得其要领,撰是书,知当道惮于兴作北走京师,上其书同乡梁宫詹,宫詹具采……则先生是书之功全闽具赖之矣。伟矣哉!然是役也。"⑤周凯赞誉其文"经世之事得此经世之文以序之"。高澍然《答张亨甫书》中谈论其修纂通志中无关经世内容曰:"所纂乃选举、职官二表,当时恭甫先生以旧志二者极残芜,谓澍然性耐烦碎,特付之。然二者备掌故而已,即令精核详当,于国计人心风俗竟何裨益?于文义史裁劝惩之道竟何施设?徒尽心于无用之地耳。"⑥高澍然与人书信多谈及时事,关注现实。《答

---

① 高澍然《抑快轩文集》,页641。
② 高澍然《抑快轩文集》,页690。
③ 高澍然《抑快轩文集》,页594。
④ 高澍然《抑快轩文集》,页1680。
⑤ 高澍然《抑快轩文集》,页1132。
⑥ 高澍然《抑快轩文集》,页640。

何副贡书》曰："古文最贵其要莫亟于择言，昌黎曰'非三代两汉之书不敢观，非圣人之志不敢存'，盖谓择也。故虽荀、扬吐辞为经，犹疵其择焉不精，择言岂易易哉！顾有言不离道德仁义，循中正而黜隐怪，可谓能择矣。苟非其自得而摭言之，则不切于己、不当于时势事理，是不自有其言也。"①

高澍然提倡为文关经实，不过纵观其文集，关注时事之文并不突出。

第二节 《韩文故》的创作背景、体例内容及阐释特点

一、《韩文故》创作背景

宋清两代是韩集文献高峰期，而福建地区因繁荣的刻书业及深厚的理学根基，宗韩风气浓厚，一直以来都是韩集文献繁兴地。梁章钜说：

> 编注韩诗者，多出吾乡人之手。最前者为莆田方崧卿之《韩集举正》，自朱子《考异》出，而其书遂微。其以《昌黎先生集考异》于本集之外，别为卷帙，不便寻览。重为离析，散入本句之下者为福州之王伯大。而安溪李文贞公又以王伯大本讹脱窜失，颇失本来，复以朱子门人张洽所校旧本重刊，而其版亦旋佚。厥后有编辑《五百家音》之魏仲举，亦建安人，与所刊五百家注柳集同一炫博，不出书坊习气，前明又有不著名氏东雅堂集注，相传为廖莹中旧本，故世不甚重，其书且仍是采辑朱子及仲举之书，毫无新意。②

现留存于世的宋代韩集注本主要集中在福建地区，有莆田方崧卿《韩集举正》、尤溪朱熹《韩文考异》、建安严有翼《韩文切证》、魏仲举《五百家注音辩昌黎先生文集》、邵武廖莹中《东雅堂韩昌黎集注》，长溪（今霞浦）王伯大《朱文公校昌黎先生文集》，这些都是韩愈研究的重要文献。清初有林云铭《韩文起》、李光地《韩子文钞》，清中期有李馨《韩文翼》。高澍然父高腾之师朱仕琇文宗韩愈，高腾得其古文创作义理，亦尊崇韩文。高澍然自少就嗜好韩文，与福建地区浓厚的宗韩风气不无关系。由上文论述也可知，高澍然与友人来往书信谈论为文之道多以韩愈为范型，行事也标举韩愈。其友人甘小苍任浙江云和县令，其《答甘小苍书》曰："云和人所不兢也，又

---

① 高澍然《抑快轩文集》，页683。
② 梁章钜《退庵随笔·学诗》卷二十一，道光十六年刻本。

地穷则俗朴而吏驯,易兴教化,止奸慝。加以积岁不迁,与小民洽如家人,吏散幕清,从容弦诵,有昌黎宰阳山邂逅得初心之乐。"①其友人也多有拟韩之作,吕西村著作中有模韩之文,高澍然极为称赞,其《将之厦门答吕西村书》曰:"然如拟昌黎《通解》乃所谓未经人言,言之人人满意。其意者,又荡涤矜气殆尽,斯必传之作也。"②福建地区浓厚的研韩氛围,必然有利于高澍然对韩文的解读研习。

二、《韩文故》创作缘由、体例及内容

高澍然善古文,尤酷好韩文,枕籍其中数十年,"几如衣食,不可一日无"③。刘声木曰:"其父授以从朱仕琇所受古文法,肆力古文三十年,尤嗜韩文,出入必挟以行。"④其友张绅亦曰:"于古作者尤嗜韩昌黎之文,出入必挟以行。在邵武时,每见君于邸朝夕案上皆韩文也。"⑤鉴于韩文中杂而不醇、伪窜现象,高澍然在自己数十年研韩基础上,选取二百九十八篇进行评注,成《韩文故》十三卷。其《韩文故序》曰:"澍然治韩文三十年,有得于心,就全集删其伪窜者,用时式者,脱误不可读者,未醇者,存二百九十八首,加评注焉,名曰《韩文故》。"⑥

《韩文故》十三卷,首是周凯序,次是高澍然自序,次是目录,次为辨伪内容,次为正文。正文内容每篇有题解、眉批、夹批、夹注、文后总评,有些篇章后有附考。题解内容为考释创作背景、人物生平。眉批主要针对某一段或某一句而评,多是评章法技巧、行文风格,亦有异文校勘。如《送郑校理序》中"四年,郑生涵始以长安尉选为校理"句注曰:"校理复置在元和初,而此文指开元初制言上天子谓明皇,则四年上应有'元和'二字,省去不合。"⑦高氏运用理校法,分析"四年"上应有"元和"二字。此文作于元和五年(810),郑涵元和四年(809)自长安尉改集贤校理,故文章中没必要再注明为"元和四年"。夹注在正文词语下,为双行小字,主要考证韩文中典实、人物、职官制度、地理等知识。夹批就某一句旁边加圈并批注,批语为单行

---

① 高澍然《抑快轩文集》,页697。
② 高澍然《抑快轩文集》,页687。
③ 宋莘《韩文故序》,高澍然《韩文故》卷首,清刻本。注:本书所引高澍然韩文批语皆出自此本,藏国家图书馆。
④ 刘声木《桐城文学渊源撰述考》,黄山书社1989年版,页359。
⑤ 张绅《抑快轩文集序》,高澍然《抑快轩文集》卷首。
⑥ 高澍然《韩文故序》,《韩文故》卷首。
⑦ 高澍然《韩文故》卷三。

小字,主要分析句法技巧。文后"附考",双行小字,就韩文中涉及的典章制度、地理沿革等问题,单独进行详赡的考证梳理,少则数百字,多则几千字,如《送幽州李端公序》文后"附考"用了近一千四百字考证唐代各州设置情况及节度使调任制度。《送郑校理序》文后"附考"爬梳唐代集贤院发展演变状况。这是《韩文故》的独有特点,便于读者理解韩文,掌握更多相关知识。总括来看,《韩文故》注释评点内容主要有:典故、典章制度、地理沿革、人物履历等考证,异文校勘,韩文章法技巧、风格特征、本事意旨评析。

三、《韩文故》的阐释特点

乾嘉时期考据学兴盛,影响广泛。清中后期汉宋学趋向融合,因福建地区汉学家的带动,此地亦渐入汉宋融合之风气。与高澍然交往过从的经学名家陈寿祺精于今文,而于义理、名物又能融会贯通。陈寿祺初从福建理学家孟超然学习,颇受宋儒影响,后来师事阮元,又接触钱大昕、段玉裁等朴学大师,学汉儒治经。陈寿祺作为嘉道时期福建著名学者,必然会对福建地区学术风气带来影响。《清儒学案》曰:"闽中诸儒承李文贞、蔡文勤之后,多宗宋儒,服膺程、朱。自左海始,兼精汉学,治经重家法,辨古今文。"[1]陈寿祺与高澍然同修《福建通志》,交往密切。身处此种学术氛围下,高澍然整理韩文采取评注结合的方法,自然受其影响。高澍然学识深厚,研韩多年,谙熟韩文中涉及典章制度、人物地名、历史本事,深解韩愈绍继孟子及其"修辞明道"之志,将扎实的考证与极富特色的评析相结合,评点更加可信,读者从中获取知识更为丰富。

1. 侧重诠释人物典制

高澍然凭自己深厚的学殖素养,对韩文中的人物、地理、职官、典实等都加以考释。如《送幽州李端公序》题解曰:"端公名益,字君虞,登大历四年进士第。久不调,游燕。节度刘济辟置幕府,进为营田副使,终礼部尚书。称端公者,唐侍御史有台端、杂端、副端诸目,故侍御曰端公。而至德后,诸道使府参佐多带御史。益佐幽州,亦兼是职,但本传缺载耳。"[2]高澍然对李益仕宦经历及唐代端公之名称作了梳理,弥补史书对李益生平记载之缺。历代韩集注本中与高澍然解释相同的是宋代文说注,曰:"端公者,御史之号。唐时方镇得自置其官,以宠幕府之贤者,如张彻累官至范阳府

---

[1] 徐世昌等《清儒学案·左海学案》第 5 册,中华书局 2008 年版,页 5069。
[2] 高澍然《韩文故》卷三。

监察御史是也。益常居此职而史逸其事。故序以端公称之。"①相对文说注，高澍然的诠释稍显详尽。又"司徒公红袙首，鞾袴握刀，左右杂佩"句中关于古代官员服饰词语，高氏逐一注曰：

> "红袙首"，赤帻也。《后汉·舆服制》云秦加武将首饰为绛袙，即此。汉承秦制，施巾连题，却覆之，名曰帻。文武通服，而武曰平巾（文曰介帻），其耳短（文帝高其题，续之为耳），其色赤。至唐饰以金，五品官上为玉，武将、卫官朝参公事之服。诸本作"帕首"、"袜首"，均误。"鞾"，胡服，始赵武灵王。唐曰乌皮，"鞾"为戎服（文服乌皮履）。袴褶之制：五品以上用细绫及罗，六品以下用小绫，武吏谓之大口袴。唐刀四，一仪刀（羽仪所执），一鄣刀（以彰身），一横刀（即佩刀），一陌刀（即长刀）。按李嗣业、田珍为高仙芝左右陌刀将，则握者陌刀也。唐佩三品官上金装刀、砺石；一品官下兼手巾、算袋。中睿以后，武官五品以上敕佩钴鞢七事，佩刀，刀子、砺石、契苾真、哕厥、针筒、火石是也。②

高澍然依据《汉书·舆服志》、新旧《唐书·舆服志》考释韩文涉及到的司徒公刘济的"袙首"、"鞾袴"、"握刀"等佩饰，梳理了古代文武官吏佩饰、服饰特点及沿革情况。其中"袙首"，魏仲举五百家注、朱熹《韩文考异》等本作"帕首"，或作"袜首"，主要依据韩愈《送郑尚书序》互证。高澍然则从《汉书·舆服志》考证应为"袙首"，与诸本相异。文后"附考"又对唐代职官政治制度进行阐述，有利于对此文的理解。

2. 重分析韩文创作特点

高澍然对韩文几乎逐句评点，分析章句技巧及风格旨意。如《送幽州李端公序》"及郊，司徒公红袙首，鞾袴握刀，左右杂佩"句，眉批曰："因事立文，辞以气赡，他人为之徒积字耳。"旁批曰："典重苍蔚，兼有《左》《国》。"又"其礼辞曰：公，天子之宰，礼不可如是。及府，又以其服即事。某又曰：公三公，不可以将服承命"句，眉批曰："两辞简重端凝，归于本色，其不脱天子，精神完满，骨节通透。"旁批曰："辞文气温，而神则肃。"文后总评曰："司徒之恭，使者之让，如化工肖物，各止其所。而竟体典重蔚茂，一色铸就。其撼旨之忠恳，全从至性流出，《六经》之文也。"③高澍然高度赞誉韩文笔

---

① 屈守元、常思春《韩愈全集校注》，四川大学出版社1996年版，页1790。
② 高澍然《韩文故》卷三。
③ 高澍然《韩文故》卷三。

法巧妙,描写不同身份的人物自然生动,不露雕琢痕迹,达到出神入化境界。且文风朴质,典重蔚茂,文旨根柢《六经》。从《韩文故》中评语来看,高氏侧重分析韩文简劲平易、醇厚肃穆之特点。

《韩文故》选韩文将近三百篇,每一篇皆是如此评注,详尽的词语诠释与言简意赅的文学批评相结合,将韩集整理中考评结合的整理方式发展成熟,在韩集文献中独具特色。

第三节 《韩文故》的评点特色

福建地区文化底蕴深厚,自朱熹在此著书讲学之后,理学风气便日渐浓厚,理学名家代不乏人。清初施闰章曰:"自南宋以来,道学莫盛于闽,而闽莫盛于紫阳。"[1]梁启超也曾说:"福建,朱晦翁乔寓地也,宋以来称闽学焉……康熙间则安溪李晋卿光地善伺人主意,以程、朱道统自任,亦治礼学、历算等,以此跻高位,而世亦以大儒称之。同时有同安陈资斋伦炯善言海防,终于武职,世莫知为学者也。晋卿弟耜卿光坡则亦学晋卿之学而自得自较多,其子姓中亦多传礼学云。雍正间则漳浦蔡闻之世远亦以程、朱学闻于时。"[2]清初李光地、官献瑶,之后陈寿祺、梁芑等,都是福建地区儒学名流。高澍然与陈、梁交往密切,尤其梁氏对心性之学研究颇深。高、梁二人书札来往论文强调重养气、道心,此点尤为一致。高澍然评韩文贯穿了这一思想,《韩文故》侧重阐释韩文养气、气由"直养"心志而成的特点,又擅用先贤经典中"易良"、"渊懿"一类甚少用于文学批评范畴的词语评析韩文温淳质厚、平易渊雅的风格特征,此种评点在韩集文献中绝无仅有。这种独特的评点视域体现了福建地区浓厚的理学风气对研治韩集的影响。

一、分析韩文气于性出特点

高澍然评韩文重文气,且认为气于性出。刘炯甫评曰:"先生论文主气体,尝言:'吾之求之也,合气于朕,合神于漠,以追取其气与神而冥与之会。'"[3]高澍然称"昌黎取源孟子而汇其全",故其文"广博易良"。韩愈一

---

[1] 施闰章《送魏惟度归武夷山序》,《学余堂文集》卷八,影印文渊阁《四库全书》本。
[2] 梁启超《近代学风之地理的分布》,《清华大学学报》1924年第1期。
[3] 刘声木《李习之先生文读序论》,刘声木《苌楚斋随笔 续笔 三笔 四笔 五笔》,中华书局1998年版,页1047。

生身行孟子之志,对孟子思想多有绍继,其"气盛则言宜"文论源于孟子"我善养吾浩然之气"思想,"修辞明道"也是继承孟子之志发展而来。高澍然论韩文重"养气"、"明道",《韩文故序》曰:

> 李汉序公集云:"文者,贯道之器。"盖一言蔽之矣。夫道原于天,效于地,品于庶物,一当然自然之行焉。其贯于人也,为而不倚,故而不随,变而各止其所,盈其量。维文亦然。公之言曰文"唯其是",曰"君子慎其实"。是则人已见泯,而道之当然者审;实则诚之必形,而道之自然者出,二者其本也。而器之不匮,则依于体与气焉。《书》曰"辞尚体要",曾子曰"出辞气",言气体之重也。其本既立,器有其质,而体以范之,气以陶镕之,不倚不随,各止其所。盈其量而器以成,夫是之谓贯也。是故本立而气体不修为敝器,气体修而本不立为虚器。秦汉以来能匡二失,以上规《六经》《语》《孟》作者,公其人也。公笃于伦,达为于治,屡斥而不夺所守,其于道殆躬蹈之,虽省治之功,未知其邃密何如。要其本不可诬也,而发为文章,其体易良,其气浑灏,又足以载焉。①

高澍然分析古文创作要"养气"、"明道",辨析了"器"、"体"、"本"、"气"之间关系。"器"指文章,载道之文;"本"指以仁义为根基的志,文章所载之道;"体"指文章修辞,风格;气指文中浩然之气。文章要明道,文道要合一。高澍然认为"器之不匮,则依于体与气",文要气盛言宜,"本立而气体不修为敝器,气体修而本不立为虚器"。高澍然认定秦汉以来仅韩文"能匡二失,以上规《六经》《语》《孟》作者",关键在于韩文"本立"且"气体修",义理与辞章兼胜,故韩文最为符合他的文论观。

《韩文故》评析韩文重治气养性,且认为韩文气于性出,并非文论家多所指言辞层面之气,亦非本能的血气质性,而是以志为制御,气经过仁化"直养"心志而成。高澍然评《送杨支使序》曰:"措置合度,深于文者能之。而气之温淳洁易,百摹不到。若徒取主宾巧构,而不求诸气,即一一如法,亦羊质而虎皮,非善学韩。"此文表达韩愈与杨凭、杨仪之之间的深厚感情,韩文善于养气,便能使温淳渊懿之气充溢其间。评《答李秀才书》曰:"一宾一主,融洽分明,深于法者能之,然难其自然耳。而栖神渊穆,储气冲和,尤百摹不到。"《答侯继书》文后评曰:"清简有度,其质穆之气使人味之无极,

---

① 高澍然《韩文故序》,《韩文故》卷首。

由语语从肺腑流出,稍杂人为,便失也。书至此方谓之真切。"又如评《答李翊书》曰:"浑灏流转,气以神行,而中段藏十数折,稍弛非捱则碎,最窘人笔力,唯公为之沛然有余也。"关于此文,宋代吕居仁也评点曰:"退之此书最见其为文养气妙处。"林纾也赞同这一观点,他说:"吕居仁亦盛称此书为得文中养气妙处。今味之,良信。"此序文和以上三书皆是韩愈肺腑之言,字里行间流露着温淳质穆之气。擅于古文者虽能学韩文创作技巧,但文中"温淳洁易"、"渊雅冲和"之气则难以摹之。这也正是高澍然追求之古文风格。

高澍然凭借自己对韩文几十年的解读,指出了"气"之根源问题,并没有纯粹落在辞章的层面求气。高氏认为韩文之"气盛"是经过仁义修养而来,治气要先养性,若只在文字上求气,便"百摹不到",深合韩愈继承孟子的特质。邓国光论韩愈"气盛言宜"说:"他强调的是'盛'的气,一股'浩乎其沛然'的气,亦即是经历长时间'直养'心志而致的气,这时,本能的血气质性转化为刚健的精神力量;到了这地步,便可以言与意适,达到'言之短长与声之高下者皆宜'的境界。"①邓国光的这一观点,与高澍然的韩文评析中文论观基本一致。汪晚香又进一步解释韩愈养气途径说:"'仁义''养气'是孟子思想体系的核心内容。韩愈主张'求观圣人之道必自孟子始',所以,文要明道,就要突出孟子这一核心思想。如何把握这一核心呢?韩愈搬出向来不为人们所重视的《大学》《中庸》的一套'正心诚意'之说,突出强调个人的道德修养。"②"直养"心志需培养个人道德修养,需读儒家经典。韩愈在《答李翊书》中论述作文重在个人道德修养的培植:"无望其速成,无诱于势利,养其根而俟其实,加其膏而希其光。根之茂者其实遂,膏之沃者其光晔。"③又《答尉迟生书》曰:"夫所谓文章者,必有诸其中,是故君子慎其实。实之美恶,其发也不掩。本深而末茂,形大而声宏,行峻而言厉,心醇而气和。"④培植个人道德修养是气形成的关键。由此高澍然进一步指出培养个人道德修养即养性之紧要,"心醇"才能"气和"。如韩愈《答杨子书》"比于东都,略见颜色,未得接言语,心固已相奇,但不敢果于貌定"句,高澍然眉批曰:"公与人书随举胸臆,不待审择,自然洁厚宽平,此境最

---

① 邓国光《韩愈文统探微》,文史哲出版社1992年版,页107。
② 汪晚香《是"文气说"还是"修养论"——韩愈"气盛则言宜"说再评价》,《湖北师范学院学报》1990年第4期。
③ 刘真伦、岳珍《韩愈文集汇校笺注》,中华书局2010年版,页670。
④ 刘真伦、岳珍《韩愈文集汇校笺注》,页608。

不易及。盖必胸有气,毋斯即势会奇,所谓'有诸其中者'是也。"文末评曰:"寻常问答,不失直温之旨,气化于性也,故治气必先养性。"又如评《尚书左丞孔公墓志铭》曰:"不设间架,不立主脑,浑浑而去,以至所按之一一合度,极文家之高境,而诗书之味,古史之蕴,齐赶腕下,亦不自知其然,尤化境也。每读古人文,不胜老景颓唐,而公作是志未数月告终,其雄浑质厚如此,可谓性于文矣。"从高澍然的分析中,见其重在探究韩文治气养性方面,气由以仁义为根基之志主宰,非单就文字上求气,亦非气本身而言,故不可摹。高澍然将自己深受福建地区理学影响的文论观融入了韩文的评点中,揭橥韩愈文论绍继孟子这一文统,也紧扣韩愈散文特点。

正因为韩文之气由"直养"心志而成,对于"以文为戏"之文,高澍然也能透过表层挖掘其中"心醇气和"的特点。如评《进学解》曰:"是文精能如孙评,而体之庄重,气之冲和,直证诗人温柔敦厚之旨。"此是韩文"以文为戏"的一种风格,多数读者及评家看到的是韩愈发泄牢骚、抒发怨怼一面。韩文虽用《答客难》《解嘲》等体,但透过嘲弄和辩解的对话形式表达失志的悲愤,转换一种方式,仍不失"诗教"之旨。清初林云铭评曰:"其格调虽本《客难》《解嘲》《答宾戏》诸篇,但诸篇都是自疏己长,此则把自家许多伎俩、许多抑郁,尽数他人口中说,而自家却以平心和气处之。"①钱基博评此类文:"托物取譬,抑扬讽喻,为诗教比兴之遗,如《杂说》《获麟解》《师说》《进学解》《圬者王承福传》《讼风伯》《伯夷颂》是也。"②邓国光评其:"《进学解》之所以不落窠臼,是因为以极清醒理智的态度来处理那蕴积至久的抑愤,才有可能用'最得体'的方式表情达意,不致于流入惹厌的狂呼怒喊。"③诸家观点与高澍然一致,揭示出"戏文"蕴含的"诗教"宗旨。邓国光评韩愈此类文:"若非偌大的手笔,又怎能于游戏之间体现诗教的宗旨呢?发乎情,止乎礼义,始终不悖于教化,奇中有温,是韩文独步的根由。"④韩愈此文作于元和七年(812)至八年(813)任国子博士时,此时仕途蹭蹬,生活困顿。正因韩文善于养气,固满腹牢骚借他人之口说出,而自己却是一副温和面貌,所谓"仁义之人,其言蔼如也",体现了怨而不怒、温柔敦厚的传统诗教观,也正是气于性出使然。

---

① 林云铭《韩文起》卷二。
② 钱基博《韩愈志》,龙门书店 1969 年版,页 119—120。
③ 邓国光《韩愈文统探微》,页 81。
④ 邓国光《韩愈文统探微》,页 83。

二、评析韩文"易良"之风格

高澍然也是清中期福建地区理学名士,其理学思想贯注韩文评析之中。善用儒家经典中词语评论韩文,是《韩文故》又一大特点。"广博易良"便是高澍然对韩文风格体貌的总结,《韩文故》中出现最为频繁的评语是"易良"。高澍然《李习之先生文读序》曰:"昌黎之文,广博易良,余于《韩文故》言之详矣。而习之先生,其广博稍逊,其易良则似稍有进焉。盖昌黎取源《孟子》而汇其全,故广博与易良并;先生取源《论语》而得其一至,故广博虽不如,而易良亦非韩所有也。譬诸天地之气,其穆然太虚,冲和昭融者,《论语》之易良也;其堪然不滓,高朗夷扩者,《孟子》之易良也。二者微有区别焉,学之者宁无差等乎哉!"①"广博易良"一词始出现于《礼记·经解》第二十六,指儒家《六经》中《乐》的教化功能:

> 孔子曰:入其国,其教可知也。其为人也,温柔敦厚,《诗》教也;疏通知远,《书》教也;广博易良,《乐》教也;洁静精微,《易》教也;恭俭庄敬,《礼》教也;属辞比事,《春秋》教也。故《诗》之失愚,《书》之失诬,《乐》之失奢,《易》之失贼,《礼》之失烦,《春秋》之失乱。其为人也,温柔敦厚而不愚,则深于《诗》者也;疏通知远而不诬,则深于《书》者也;广博易良而不奢,则深于《乐》者也;洁静精微而不贼,则深于《易》者也;恭俭庄敬而不烦,则深于《礼》者也;属辞比事而不乱,则深于《春秋》者也。②

此指《六经》的教化作用旨在培养人的内在德性。儒家文化重简易,"'大乐必易'方能深入人心,'大礼必简'方能使人尊从,从而起到和谐心灵、规范人世的作用"③,提倡《乐》教在于以雅乐"道人之善",培养具有良善道德品质的人格,以达至对"大道"的契会,成就善的德性。"广博易良"是《乐》教的内在特征。以《乐》为教,可以使人胸怀宽广,性情中正,一致向善,即"广博易良"。孔颖达疏曰:"简易良善,使人从化,是易良。"朱自清《诗言志辨》中认为《乐》教之"广博易良"为《诗》教之"温柔敦厚"的注脚。雷永强解释"易良":"'易',取之于'易则易知,简则易从',表现了先秦儒家《乐》教的教化之方;'良者,善也',它真实地反映了儒家《乐》

---

① 高澍然《李习之先生文读序》,《李习之先生文读》卷首,同治十年抑快轩刻本。
② 吕友仁整理《礼记正义》卷五十,上海古籍出版社2008年版。
③ 郑万耕《〈史记〉与〈周易〉》,《史学史研究》2004年第4期。

教以'成德'的价值取向。"①韩愈继承发展荀孟修养论思想,提倡古文可以促进士人修身成德。"虽然韩愈的古文同道,不少人也表现出对修养问题的关注,但他们很少将'古文'与身心修养如此紧密地结合起来"②。而"广博易良"之文则更易达到修身成德之效,与韩愈提倡"文从字顺"文论相一致。

后世多用"广博易良"品评人格,用其批评文学作品则鲜有所见。《韩文故》中频频出现"易良",契合韩愈的古文修养论的关怀与思考。如评《原道》曰:"其论囊括宇宙,其格祖述官礼,其辞曰光玉洁,其气川流岳峙,其体广博易良,可以载道,可以配经。"此"广博易良"指韩文体貌宽广,性情良善,符合载道之旨。韩愈《袁氏先庙碑》"公惟曾大父、大父、皇考比三世,存不大夫食,殁祭在子孙"数语,高澍然眉批曰:"撼旨坚明,训词深厚,虽参用瘦硬之笔,而气朴神固,足以裕之,仍不失易良之体。"《南阳樊绍述墓志铭》文后评曰:"志廉栗而中裕,铭奥崛而中朴,均不失易良之体,非涩也。"此皆指韩文风格宽厚平易,与瘦峭奇奥之貌相对。《送陆歙州诗序》文后评曰:"公短篇文,神益暇,气益裕,不取廉杰峭拔,自然郁动。柳不如韩,正少此易良耳。"高澍然评韩文短篇能宽厚平易,柳文稍显峭拔。《送温处士赴河阳军序》文后评曰:"肆卓荦之文,而行以易良,盖深博无涯涘。"此论亦认为韩文风格简洁平易,宽广温雅。《送齐暭下第序》"见一善焉,若亲与迩,不敢举也;见一不善焉,若疏与远,不敢去也"数语,高澍然旁批曰:"体舒气洁,最合易良之旨。"《论变盐法事宜状》文后评曰:"国计民生,了然指掌。而词旨勤恳易良,有忧天下之隐,无争善之思,古大臣谋国正如是。"《答李翊书》"行之乎仁义之途,游之乎《诗》《书》之源"句,高澍然旁批曰:"公诸体大备,而归于易良,所以全蔼如之旨。"高澍然指出韩文"易良"风格来自于其深厚的"古文"素养,而正是韩文具备"易良"特点,才能表现"蔼如之旨",达到修养成德的效果。《祭柳子厚文》文后评曰:"树骨《左》《国》,兼有《风》《骚》。其哀丽芊绵,出以质厚,行以易良,则公本色。"《守戒》文后评曰:"人人意中能道语,而文以易良之体,足以佐佑《六经》。此载道之文,不徒系夫陈义高深。"《蓝田县丞厅壁记》文后评曰:"苍直廉洁而归于易良。"《答崔立之书》文后评曰:"此文与司马《报任少卿书》同一浑浑清灏之气。而马之恣睢,公之易良,亦各极其致。但骨腴神肃,公似少逊于马耳。"

---

① 雷永强《"广博易良",乐教也——儒家"乐教"题解》,《前沿》2011年第16期。
② 刘宁《韩愈古文理论与儒家修养思想》,《安徽大学学报》2014年第3期。

然是时公才二十有八,其造诣几与马埒,此所以包刘越嬴、继《六经》而作也。伟矣哉!"高澍然从韩文字里行间透析出"易良"特征。《答崔立之书》一文评家多认为韩愈极自负,曾国藩评"视世绝卑,自负绝大"。韩愈在文中只是表达自己的志向,不过用"浑浑清灏之气"而已,并无"恣睢"。邓国光《韩愈文统探微》中解析《答崔立之书》说:"这本来就是韩愈的素志,但出以激动的语气,后来的读者便对他产生误解了,如曾国藩……"①纵观以上评语,高澍然所评"易良"主要指韩文风格特征,宽广简洁,平易温和,是韩文"修辞明道"文论观的体现。高澍然运用"广博易良"一词概括韩文平易温和的特点,其实这一观点应是秉承了朱熹的韩文观。朱熹《韩文考异》对韩文的校勘考订以"文从字顺"为理念,体现韩文平易的特色。如莫砺锋所说:"在朱熹看来,韩愈诗文虽然有奇险的一面,但其主导倾向却是平易自然,韩愈不会为了追求奇险风格而损害字句的自然通顺。朱熹的这个见解是深得韩愈诗文之真谛的。""事实上朱熹才是最早以'平易'评价韩诗韩文的。朱熹对韩愈诗文风格的洞察力堪称千古卓识。"②高澍然承朱熹所论进一步分析韩文这一特色。

三、用论"经"说"圣"之"渊懿"评韩文风格

"易良"外,"渊懿"也是《韩文故》中出现频率较高的词语。"渊懿"一词虽不出自儒家经典,但较早见于汉代评论经典、品评圣贤,魏晋以降由品人渐为评文。扬雄《法言·问明》曰:"盛哉! 成汤丕承也,文王渊懿也。"又《法言·五百》题解曰:"圣人聪明渊懿,继天测灵,冠乎群伦,经诸范。"魏晋以降"渊懿"由品人渐为评文,但作为一个重要的文学批评范畴,一直未受重视。许结《说"渊懿"——以西汉董、匡、刘奏议文为例》首次梳理并阐释了"渊懿"一词发展演变史及其内涵特征,认为"'渊懿'一词,始见于汉人论'经'说'圣',魏晋以后,渐由品人旁及于评文",晋人挚虞《文章流别论》较早将"渊懿"用于文学批评,至宋代渐多,然多是评论圣贤言论和道学之文,而至明代,丁自申始用作评论董仲舒、匡衡、刘向奏议文,但仍未被作为文学批评范畴受到重视,直到近现代以来,才广泛运用于文学创作的品评之中。许结概括以"渊懿"评文需具备五个要素:符合经典的文字、道艺兼备的创作、必备学问之功底、有明道致用的功能、显示博雅的风格。又进一

---

① 邓国光《韩愈文统探微》,文史哲出版社1992年版,页11。
② 莫砺锋《朱熹文学研究》,南京大学出版社2000年版,页333。

步阐释用"渊懿"评西汉文时的内涵特征:"'渊懿'对西汉奏议文的创作规范,主要体现在'经义'、'学问'、'义理'与'雅正'诸端,而作为一种文学风貌,又具有三大特征:一是属于散文而非骈俪文;二是属于议论文而非叙事、抒情文;三是属于典雅醇厚之文,而与肤廓轻儇、桀骜狂狷之文不侔。"① 相对许结评西汉文渊懿特征,高氏评韩文之渊懿在文章体裁上不只限于议论文。

韩愈古文被高澍然冠以"渊懿"特点,与其在散文发展史上的作用及自身特点甚为吻合。许结说:"以三家奏议文为代表的'渊懿'文风,首先属于宫廷'王言',构成了由西汉言语文学侍从'待诏'到唐以后翰林院馆阁文士的创作传统,但在学术的发展过程中,它又不仅属于宫廷,而是扩张于整个散文(包括后来的'古文')创作传统。"魏晋以降,这种渊懿之文受到释道、骈文冲击,走向浮华靡丽。故"从散文发展的历史来看,古代文论家眼中以宫廷为主体的文章写作,到东汉以后受到双重挑战:一是佛、道及异端思想的渗入,形成对经术文风的思想损害,一是骈俪文词的影响,形成对经术文风的艺术摧伤"②。韩愈"文起八代之衰,道济天下之溺",是扭转这一局势之关捩人物。储欣曰:"自魏晋以降,柔筋脆骨,嫣然弄姿,雅道塞绝,而韩文奋发,皆天也。"③韩愈以"辟佛"、"反骈"为宗旨发起古文运动,倡导文以明道,并在创作中躬行践履。韩愈自称"非三代两汉书不敢视,非圣人之志不敢存",所著皆约《六经》之旨以成文,其文常被誉有"西京"之风,部分韩文淳厚温雅,有西汉奏议文所具备的"渊懿"之风。高澍然之前未见有评者用"渊懿"一词评析韩文,高氏发凡起例,其后曾国藩韩文评点中有两处提到"渊懿"一词。评《上巳日燕太学听弹琴诗序》曰:"和雅渊懿,东京遗调。"此论与韩文特点相符。评《进学解》曰:"仿东方朔《客难》、扬雄《解嘲》,气味之渊懿不及。"《韩文故》中则多处用"渊懿"一词。如评《释言》曰:"是文极宽平渊懿之观,要必神肃骨坚,语无枝叶,方克保厥美。而得诸忧谗之作,但见易良,不见噍杀,足征公天怀乐易,不怨不惊也。"林纾评此文曰:"退之此文,则敬慎茂密,意气恬静,无平者倔强之气。"④林纾与高澍然之见相似。又如《原毁》文末,高澍然评曰:"格似随衍,而细按之无剩语,

---

① 许结《说"渊懿"——以西汉董、匡、刘奏议文为例》,《文学遗产》2008 年第 5 期。
② 许结《说"渊懿"——以西汉董、匡、刘奏议文为例》,《文学遗产》2008 年第 5 期。
③ 储欣《昌黎先生全集录序》,《唐宋十大家全集录·昌黎先生全集录》,《四库全书存目丛书》本。
④ 林纾《韩柳文研究法》,页9。

第四章 高澍然《韩文故》研究

无懈字,无矜情嚣气,宽平渊懿,长言不烦。其格亦出《孟子》庄暴、沈同等章,目为随衍,直皮相之见也。"《释言》《原毁》都是针对谗言而发,韩文以平易婉转之语行之,毫无桀骜怨怼之气。林纾也评曰:"读昌黎'五原'篇,语至平易,然而能必传者,有见道之能,复能以文述其所能者也……《原毁》则道人情之所以然,曲曲皆中时俗之弊。公当日不见直于贞元之朝,时相为赵憬、贾耽、卢迈,咸不以公为能,意必有毁之者,故婉转叙述毁之所以生,与见毁者之所以被祸之故,未尝肆詈,而恶薄之人情,揭诸篇端。"[1]高澍然评《崔评事墓铭》曰:"宽平渊懿而不失肃固之体,其神全也。"评《圬者王承福传》曰:"沉思独往,浩然无涯,其气体宽平渊懿,如天引星辰而高之,斯文嫡脉也。"此文借传记展开议论,有理有据,鞭挞不合理社会现象,以规劝世人,意极含蓄。

还有一些篇章,高氏虽然没有直接用"渊懿"一词评析,但意义相近。如评《与华州李尚书书》曰:"气容渊雅,辞旨悱恻,信有道者之言,要其不可及者一真耳。"评《与鄂州柳中丞书》曰:"满腔忠悃,浩气磅礴,郁积相迫而成。公论文云'必有诸其中',如此文及又一首及《原道》《行难》《佛骨表》《与孟尚书书》《张中丞传后叙》《祭十二郎文》皆道义生气充塞天地,并非专治气格者所能袭取也。呜乎!懿矣。"对于韩愈这两篇书信,姚范曰:"二书如河决而东注。"何焯也评曰:"字字著实,观昌黎议礼制、谭兵农刑律等文,稽古而不迂,适时而不诡,经术纯明,非诸子修辞者所及。"刘大櫆曰:"奔泻苍古,似西汉。"诸家分析甚为一致。韩文将磅礴气势与深邃的义理相结合正是渊懿风格的一种展现。高澍然评《与崔群书》曰:"温淳绵厚,最近《诗》《骚》,而结体宽平,于载道之旨尤合。"评《袁州刺史谢上表》曰:"寥寥数语而温醇绵厚溢于行墨。"

高氏分析韩文文气,以及评论其"广博易良"、"宽平渊懿"之风貌,都重在展现韩文淳厚温雅,义理与辞章兼胜的特点,体现儒学视野下的韩文批评特色。《韩文故》的评析与福建地区深厚的儒学思想密切相连,呈现地域文化在韩集研究中的显著特点。诚然,高澍然的评析未能概括韩文风格之全貌,有些观点未必妥当,但整体上富有特色的评点深入揭示了韩愈"修辞明道"之志,溯源韩愈绍述孟子之志,契合韩愈的古文修养论思想,在韩文评点文献中实属独特,在韩集文献发展史上极具价值。

---

[1] 林纾《韩柳文研究法》,页3。

第四节 《韩文故》的价值及局限性

《韩文故》考评结合,资料丰富,评析独具特点,在韩集文献发展史上颇具价值和意义。此书成书之时已颇受关注,高澍然《答甘小苍书》曰:"阁下驰书二千里,专索拙撰《韩文故》,不参余语,其逸情雅尚岂今鞅掌簿书所有邪?"①甘小苍是其同乡友人,可见此书在当时有一定影响,对福建地区的学韩之风亦定有促进作用。

一、《韩文故》的价值

1. 资料价值

高澍然《韩文故》是清代福建地区继林云铭《韩文起》之后又一部特色鲜明的研韩成果,传承了福建地区自宋代以来的研韩传统,使得此地的韩愈研究得以薪火相续。《韩文故》采用汉宋学融合的理念整理韩文,具有时代地域特色,体现了清代韩愈诗文整理的多样化特点。故而《韩文故》是研究地域文化对韩愈诗文整理影响的典型代表,又是研究高澍然学术思想及清代福建地区宗韩的重要资料。《韩文故》在体例编排上依据福建地区韩集文献,可从中考察福建地区韩集文献体例编排中蕴含的地域文化思想。如《原性》一篇,《韩文故》将其放置《原道》之前,作为卷一之首,便是借鉴李光地《韩子粹言》编排体例,题解曰:

> 李文贞公选《韩子粹言》先《原性》,次《原道》。云《原性》篇乃《原道》之根柢,故《原道》言仁义就发用处说。自编文者失次,反缘此而滋无本之疑。今按两篇一总挈五性,一分释仁义,一结段带起佛老,一力辟二氏,次第了然,足证从前之误,从之。②

清以前韩集文献中《原道》居五《原》之首。李光地则认为《原性》是《原道》根柢,将其列为五《原》之首,且在《原道》文后详细分析曰:

> 此书大旨明仁义,排佛老而已。然仁义之道皆出于性,而释老言道之谬皆由其见性之差也。故《原性》之篇首言五性而主于一,深得以诚为本之意;末言二氏言性之异,以斥虚空断灭之非,然后道之大用流

---

① 高澍然《抑快轩文集》,页796。
② 高澍然《韩文故》卷一。

行于天下者,皆性之固有,而非自外至矣。故《原性》一篇乃此篇之根柢,自编文者失次,而学者诵习又专此而舍彼,反缘此而滋无本之疑,则韩公之扶树教道有所明白者,何自而使后人知之哉?[①]

作为清初理学大家,李光地深受福建地区深厚的程、朱心性之学影响,认为"仁义之道皆出于性",《原性》所言之性是《原道》根柢,必然在《原道》之前。高澍然依然重心性之学,倡导为文重在有道心,其对韩文编排次序借鉴李光地《韩子粹言》。广东林明伦《韩子文钞》也多引用李光地韩文评语,但对韩文的编排顺序则未采纳李光地观点。又如《杂说》其一,高澍然认为"此文唯安溪先生最为得本旨",而李光地依然从理学角度解析此文意旨。《韩文故》中这类信息可作为研究清代福建地区理学思想影响韩集整理的重要资料。

另外,《韩文故》中有附考,主要是梳理韩文中涉及的人物、地名、职官等资料,内容很详赡,这是其他韩集文献所少有的,借此可以考察唐代典章制度、地理沿革等知识。如《幽州送李端公序》附考梳理唐代集贤院发展史,《送石处士赴河阳军序》附考稽考河阳县演变史,《请上尊号表》附考考证唐代上尊号这一制度变化情况,等等,这些资料便于考察掌握唐代相关文化知识。

2. 评点学价值

《韩文故》侧重分析韩文淳厚温和渊雅的风格,在韩文评点文献中独具特色,使韩文评点多样化,对韩文的解读更为丰富。高澍然运用心性之学揭示韩愈绍述孟子文统,修辞以明道,重在韩文"养气"特色的分析。《韩文故》从"养气"深度探析出韩文醇厚谲如风格形成的原因,相对于以往评点家对于文风特征的总结,此可谓是知其然,亦知其所以然。高澍然对韩文章法技巧和风格的总结简练精到,对古代诗文整理极有价值。刘声木评曰:"诚能得通儒之书,深知文体者评点,其嘉惠后学,裨益文章,至远且大。兹举予所闻见者,略举于下:沈闰编《韩文论述》十二卷,雍正十二年,原刊圈点本。林明伦编《韩子文钞》十卷,乾隆廿二年七月,衢州府署文起堂原刊圈点写字本。高澍然编《韩文故》十三卷,道光□□□□□自刊本;《李习之先生文读》十卷,同治十年,抑快轩福州原刊本。单为鏓编《韩文一得》□卷,光绪□□□□□奉萱草堂原刊本。吴敏树编《史记别钞》二卷,光绪

---

① 李光地《韩子粹言》,清教忠堂刻本。

□□□□□原刊圈点本。姚鼐《归文评点》一卷,传钞本。以上七种,皆评点精粹,批郤导窾,实能启发人意,足以流传千古,允为学人矜式。"①高澍然分析韩文章法技巧、风格特点,有新颖独到的见解,能发人兴会,对后世韩愈研究有重要的参考价值。

二、《韩文故》的局限性

因受时代背景及高澍然自身治学特点的影响,《韩文故》亦存在一定程度的不足。

1. 评析韩文特点局限一面,理学色彩浓厚

高澍然评韩文与朱熹心性之学结合过于紧密,常用道心与道气限定分析韩文,理学气息过于浓厚。首先在韩文选取方面,弃韩文用时式者二十七篇,脱误不可读者三篇,未醇者二十九篇,伪窜者四篇。其中多以文之风格诡谲、气器不平、意旨不醇等为辨析标准,不免有失偏颇,掩盖韩文风格多样化。如《石鼎联句诗序》,不选理由为"弥明矜饰太过,而文肖之,故多器气,且近说部,不可学"。《与于襄阳书》弃之理由"神骨不肃,见亦狭促",《与少室李拾遗书》弃之曰"纯用韧笔,骨理不坚",《送汴州监军俱文珍序》弃之曰"陈义不高,语多失体",等等。尤其辨伪类,更体现高澍然以自己醇雅文学观判断韩文的主观性。如《上李尚书书》,高澍然辨伪曰:

> 唐德宗贞元十九年,关中旱饥,京兆尹李实专务掊敛。黎民重困至坏屋卖瓦木,贷麦苗输官。公初转监察御史,即奏论天下根本,乞停今岁赋内征,语斥京兆,可谓守正不阿矣。而公集有是年《上实书》,称实"赤心事上,忧国如家",又云"谷价不敢归"。呜呼!何妄也!公《上宰相书》并义正辞直,有奇气,而是书嫸阿媚软,积句为健,不类公笔。②

阎琦考此文贞元十九年(803)秋作,时韩愈为国子四门博士考满,尚未授监察御史。历来各家韩集文本皆无否认过此文的真实性,高澍然则摘取几句,从与文章风格以及韩愈儒行不符方面分析,认为此文为伪,实属无据而论。

其次在分析文章风格方面只突出韩文渊雅淳厚的特点,显得单一。此

---

① 刘声木《苌楚斋随笔·评点书目》,《苌楚斋随笔 续笔 三笔 四笔 五笔》,中华书局1998年版,页103—104。
② 高澍然《韩文故》卷首,《韩文故》。

种评法如同一把双刃剑,对整个韩文评点文献来说,《韩文故》丰富细化了韩文评点的类型,但就《韩文故》本身来看,这种分析则显得单一。韩文风格多样,高澍然以心性之学为宗旨,侧重展现韩文醇厚温雅一面,未能充分展现韩文风格的多样性。高氏多以"易良"、"渊懿"、"简洁"概括韩文特点,未能涵盖韩文风格之全貌。

2. 注释缺乏严谨性,不注明文献来源

清中期汉宋之学趋向兼容,福建地区受大环境之影响,在部分学者的努力下,学术从过去程、朱理学一枝独秀的局面,至嘉道时期转变为诸学并举,汉学、经世致用之学兴起的盛况。作为古文家的高澍然深受影响,在古文评点中注重实证之学。其《韩文故》评、注结合,对韩文典实、地理、职官等知识详细考证。但与乾嘉考据学者相比,高澍然的考证略显粗疏,缺乏严谨性,注释内容皆不属直接引用,稍显杂乱,且不注明所引文献出处。如《送石处士赴河阳军序》中"先生居嵩邙瀍谷之间",高氏注曰:

> 嵩山在今登封县北十里,东曰太室,西曰少室,相去十七里。邙山在今河南府治北十里,绵亘偃师、巩、孟津三县。瀍水出府治西北五十里谷城山,东流经治北,合谷水,至城南迳巩县入于洛。谷水出今渑池县南山中谷阳谷,东北流县南,历新安县南。又东北合涧水(涧水出渑池县东北二十三里白石山,东流合谷水,遂兼谷水之名),又东迳府治西北合瀍水入洛(二水合流入洛,并汉官后新道,非禹故迹)。

高澍然对"嵩山"、"邙山"、"瀍水"、"谷水"、"涧水"逐一注释,但所注内容不属于直接引用,亦未注明文献出处。关于"瀍水"、"谷水"、"涧水"注解,高氏应是引用顾栋高《春秋大事表·舆图》。关于"嵩山",晋郭缘生《述征记》、清顾栋高《春秋大事表·舆图》有相似记载;"邙山",则明李贤、彭时等撰《明一统志》、清高士奇《春秋地名考略》有类似记载,若不注明文献来源,读者易于混淆。

第五章　马其昶的韩文批注研究

马其昶作为桐城派后期代表，依然输心韩愈。马其昶的古文理论继桐城"义法"说，又有自己的特点，提倡雅洁而又富于韵味之文。马其昶批注韩集最大特点是选取桐城派诸家韩文批语，既代表了桐城派的韩文观，又体现了自己的文论思想，还可从中看出桐城派诸家韩文评语之间承变的发展脉络。

第一节　马其昶生平及其批注韩集概述

一、马其昶生平及其古文特点

马其昶(1855—1930)，字通伯，晚号抱润翁，安徽桐城人。陈三立在《桐城马君墓志铭》中评其："器干沉凝，少劬学，习为古文辞。既从同邑方柏堂、吴至父、武昌张廉卿诸先生游，文益工。及游京师，交郑君东甫、柯君凤荪辈，并进而治经自兹始。"[1]光绪二十一年(1895)，马其昶讲授经学于安庆藩司署中。光绪二十三年(1897)，主讲庐江潜川书院。光绪二十七年(1901)，于合肥李国松家讲授经学。李国松，字健父，李鸿章弟李鹤章之孙，擅古文，曾游陈三立之门。李国松博雅好古，家藏书数万卷，并多蓄碑版旧拓、书画名迹，其家藏有一些未传世的手稿本。光绪三十年(1904)，马其昶力鼎吴汝纶办学，出任桐城中学堂堂长。光绪三十四年(1908)，清廷诏举人才，安徽巡抚冯煦首推马其昶赴京任学部主事、京师大学堂教习。1916年清史馆聘马其昶为总纂，1930年病逝。

马其昶博贯淹通，一生著述丰富。三十岁以前，以古文扬名；三十岁以后，以研治群经为主，兼及子史，旁及佛典。吴孟复评曰："永朴姊夫马其昶

---

[1] 陈三立《散原精舍诗文集》，上海古籍出版社2003年版，页1072。

第五章　马其昶的韩文批注研究

遍注《易》《诗》《老》《庄》、屈赋,博而能精,至今中日学者皆称为最佳之读本。"①马其昶有《抱润轩文集》二十二卷、《抱润轩文集续集》若干卷、《存养诗钞》若干卷,早期还辑有《桐城古文集略》十二卷、《屈赋微》二卷;经类有《周易费氏学》八卷、《毛诗学》三十卷、《尚书谊诂》若干卷、《礼记节本》六卷、《大学·中庸·孝经合谊》三卷;史类有《清史稿·儒林传稿》若干卷、《桐城耆旧传》十一卷、《清史稿·文苑传稿》若干卷、《左忠毅公年谱定本》二卷;子类有《老子故》二卷、《庄子故》八卷、《金刚经次诂》一卷,由其著述便可见其学识之渊博。

马其昶是桐城派末期代表,其古文创作坚守桐城重镇,同时在继承中又有变化。陈三立在《抱润轩文集序》中说:

> 桐城自方氏、刘氏、姚氏迄于吴先生,宗派流演相嬗而名者十数辈,其述作渊源见海内鸿彦硕儒推引称说,不可胜原。通伯文虽甚精深微妙,卓卓树立,固皆守其传而有成,无复同异也……其与吴先生同时而所遭又异。当吴先生之世中外多故,改制之议浸昌,吴先生颇委输万国之说缘饰其文,文若为之一变。通伯不获安乡里,孤寄京师,厕抢攘嚣哄之扬,危祸交乘听睹,皇惑怏郁之极,辑《费氏易》《毛公诗传》毕,遂浸淫于佛乘。通伯异日之文,当不免更为一变。审如是,匪特远异诸老先生,即吴先生恐亦莫得而尽矣。嗟乎! 天地之变无穷,文章之穷亦与之无穷,然而非变也,变而通其同异,而后能维百世之不变者欤!②

马其昶古文传承了桐城派义法,但能自树立。马其昶身处宗社迁移,万方喋血之时,其古文承续了桐城派古文雅洁审美标准,又多了纡徐回环喟叹之妙。陈三立评其古文"体洁思严",而"韵出百家之上"。

马其昶师事吴汝纶、张裕钊,王树枏曾为其文集作序说:"吴汝纶崛起同光之际,与武昌张廉卿皆笃守姚氏学说,为清末巨子。吾友马通伯,其尊甫慎庵先生始存事庄,继事植之,而君又尝问业张、吴先生之门。同时,姚永朴仲实、永概叔节兄弟与君并起,以道义相切劘。盖二姚为慕庭子,君其姊夫也。"③马其昶父亲马树章,讳起升,号慎庵,咸丰间县学生,议叙同知,未仕。马树章生平治学服膺韩愈、欧阳修、朱熹、王守仁四大家,与清代桐城派戴均衡、方东树有交往。从王树枏所作序中可知,马其昶少从父学古

---

① 吴孟复《桐城文派论述》,安徽教育出版社1992年版,页24。
② 陈三立《抱润轩文集序》,马其昶《抱润轩文集》卷首,民国十二年北京刻本。
③ 王树枏《抱润轩文集序》,马其昶《抱润轩文集》卷首。

文,其后师事曾门四大子弟之吴汝纶、张裕钊。马其昶与桐城派末期大家姚永朴、姚永概兄弟关系密切,常在一起切磋论文。吴孟复评马其昶是"'桐城'嫡传,其文妙在雅洁而富于韵味"①。马其昶生活于清末衰亡之乱世,其文没有曾国藩及其弟子的雄奇恣肆之势,传承桐城派古文雅洁平淡而富于情韵的同时又多了一丝纡徐哀婉之喟叹。文风纡徐深婉,感喟低徊,有阴柔之美,语言雅洁得方苞、姚鼐真传。章太炎评其"能尽俗"。马其昶文与姚鼐更相近,刘声木说:"其文得方、姚真传,高洁纯懿,酝酿而出,其深造孤诣不逾乡先辈所传义法,然互名其家亦莫能掩。"②又说:"为文思深辞婉,言虽简而意有余,幽怀微旨,感喟低回,深造自得。"③马其昶曾以其《上孙方伯书》就教于张裕钊。张氏回复曰:"学介甫文已甚峭似,此后更可上窥昌黎。"钱基博评论马其昶古文特点说:"其昶综括一生,笔力坚净;拗峭之笔,饶有妩媚;浏亮之词,妙能顿挫;不为雄迈驱驰,而为瘦削拗折,是诚得王安石学韩愈之神者。然不如涛之出以高浑,而提折顿挫,在笔墨蹊径之外也。其昶承汝纶斯文之传,与涛为南北两宗,皆由王安石以学韩愈。"④又说:"其思深,其辞婉,其言虽简而意有余,往往幽怀微指,感喟低回;令人读之,而摩戛之音,醇酿之味,沁人心脾。"⑤从诸家对马其昶古文评价看,其古文在桐城派雅洁之外多了深婉之叹。马其昶批韩文时,也贯穿了这种继承中有变化的桐城古文观。马其昶文以碑传史为主,成就最高。其文整体风格含蓄蕴藉,一唱三叹,如王镇远评:"马氏的文章保持了桐城派文章雅洁醇厚的传统,同时情韵深长,颇有一唱三叹的特点,这正是末世文人幻灭抑郁心理的表现。"⑥陈三立评《惜抱轩文集》八十一则,也多体现其文雅逸高淡、低徊深婉的特点。

二、马其昶批东雅堂《韩昌黎先生集》与《韩昌黎文集校注》

《韩昌黎文集校注》是马茂元依据马其昶手批东雅堂《韩昌黎先生集》整理而成。马其昶曾在其《读书记》中表露过想要注韩集。马茂元说:"曩余于家中藏书得先大父抱润公批校东雅堂本《韩集》一部,朱笔细字,遍布

---

① 吴孟复《桐城文派述论》,安徽教育出版社1992年版,页174。
② 刘声木《桐城文学渊源撰述考》,黄山书社1989年版,页292。
③ 刘声木《桐城文学渊源撰述考》,页291。
④ 钱基博《现代中国文学史》,岳麓书社1986年版,页169。
⑤ 钱基博《现代中国文学史》,页170。
⑥ 王镇远《论桐城派与时代风尚——兼论桐城派之变》,《文学遗产》1986年第4期。

书中,手泽所存,珍护靡已。嗣读公所著《读书记》,得知公尝欲为《韩集》作注,然未见成书;意者此其稿欤?"①马其昶批《东雅堂韩昌黎先生集》始于光绪二十年(1894),完成于光绪三十三年(1907),历时十三年之久,此期是其专注研治古文之时。书中对诸家评语的辑录不是同一时期。光绪二十年(1894),马其昶先过录张裕钊、吴汝纶两家评语,书前题记曰"点读一遍,并录先师张廉卿先生及吴至甫师评语"。光绪三十三年(1907)又增补其他家评语,"补葺旧注,增益十倍于前"。

马其昶增入的内容有校、有注、有批,以补充和订正东雅堂本之不足。其批语主要引用明代唐宋派和清代桐城派各家批韩集的成果,这也是此批本最重要的成就。学者对其引用诸家批语进行了详细统计,"《韩昌黎文集》八卷(不含'外集'、'遗文')共采用唐顺之、茅坤、归有光及清人注释一千一百三十九条,其中曾国藩三百二十六条,沈钦韩二百六十九条,方苞一百二十一条,张裕钊一百一十八条,何焯七十九条,姚范五十七条,刘大櫆四十一条,吴汝纶三十九条,姚鼐二十五条,茅坤十五条,李光地十二条,归有光十一条,其他如唐顺之、孙葆田、梅曾亮、储欣、方东树、王元启、刘熙载、王鸣盛、包世臣皆不足十条。"②选用评家贯穿桐城派始末,展现了桐城派研治韩文的发展史与系统性。

马其昶批东雅堂本时重文不重诗,马茂元整理时便只取韩文部分,"旧本诗文合编。韩诗单行注本,清人有之,故公特详于文。兹谨据原稿重加勘校,编次文集成书,倘亦公之遗意耶"③。马茂元取韩文部分整理后,命名为《韩昌黎文集校注》,由古典文学出版社1957年出版,上海古籍出版社1984年重版。马其昶批东雅堂本中的韩文部分,马茂元整理时完整保存了东雅堂本旧注和马其昶增补内容,因此可以依据《韩昌黎文集校注》作为研究对象,探讨马其昶批注韩文的特点与价值。

第二节　马其昶批韩集的体例及批韩文的内容

一、马其昶批韩集和《韩昌黎文集校注》的体例

马其昶在东雅堂《韩昌黎先生集》上用朱笔对韩愈诗文进行批注,马茂

---

① 马茂元《韩昌黎文集校注叙例》,马其昶《韩昌黎文集校注》卷首。
② 徐雁平《批点本的内部流通与桐城派的发展》,《文学遗产》2012年第1期。
③ 马茂元《韩昌黎文集校注叙例》,马其昶《韩昌黎文集校注》卷首。

元整理时只取韩文,不录韩诗,把马其昶的批注内容与东雅堂本原有的校注内容一并录入,并进行断句。马茂元只录文,卷次进行调整,"徐氏东雅堂刊本《昌黎先生集》四十卷,《外集》十卷、《遗文》一卷、《昌黎先生集传》一卷,今去诗存文,并为《文集》八卷、《文外集》二卷、《遗文》一卷、附录《集外文》三篇,《集传》一卷仍旧"①。除《集外文》中《三器论》《上张徐州荐薛公达书》《下邳侯革华传》三篇外,其它篇目都与东雅堂本相同,各篇排列顺序也照旧。马其昶批韩文时,特别注意对韩文划分段落。马茂元第二次整理时便按照分段批注的方式,把各段中批注内容集中放在每段之后,按文中先后次序加序号排列。对文中同一处的校注批点,马茂元坚持旧注在前、马其昶补注在后的原则排列,并且加"补注"二字表明,以便加以区分。对文章的总体评价全都放在题目之下,东雅堂本文后的总评也移至题下,仍按评家年代先后顺序排列。

二、马其昶批注韩文的内容

马其昶集桐城派古文理论之大成,并将之运用在自己的学术研究中。清末汉宋之学已调和,代表宋学的桐城派大家坚持以宋学为主,吸取汉学之长,马其昶批东雅堂本也体现了这一理念。正如吴孟复评其:"汉学家之文主于考据,然而缭绕不清,芜杂不文。宋学家空言义理,陈陈相因,枵然无物。姚鼐以义理、考据、词章合一,然而'桐城派'作者,真能做到这一点的却很少,只有马其昶最擅其胜。"②马其昶批注内容较为丰富,有异文校勘、脱文补校,有文字、名物制度训释、史实疏证,有艺术特色评析,还有段落分解,融义理、考据、词章于一炉。

(一)校补韩文

马其昶对韩集中异文进行了校勘,校勘方法主要用对校、理校法。《祭虞部张员外文》中"衰白"、"家私",东雅堂本分别作"表白"、"家之",马其昶校曰:

"衰"别本作"表",今依宋本校正。
"私"别本作"之",今依宋本校正。③

对此二字的校勘,马其昶用了对校法。又如《送窦从事序》中"连山隔其阴,

---

① 马茂元《韩昌黎文集校注叙例》,马其昶《韩昌黎文集校注》卷首。
② 吴孟复《桐城文派述论》,安徽教育出版社1992年版,页198。
③ 马其昶《韩昌黎文集校注》,页311。

钜海敌其阳"句,马其昶引陈景云校注曰:

> "敌",南宋本作"敲",为"长海敲其阳",谓越地之南,风气宜泄太甚也。上句"山隔其阴",则谓越北风气与中原否阂不通也,故下云"风气之殊著自古昔"。①

南宋临邛本(韩醇本)此字作"敲",方崧卿认为应作"敲",东雅堂本认为应作"敌"。马其昶所引陈氏语,从韩文上下文意衔接上进行校勘,按断作"敲"亦符合文意。韩醇是韩愈后裔,曾依据家藏韩集校世所流传韩集中的舛误,陈景云所依韩醇本应较为可信。马其昶采用陈景云观点,补充旧注。刘真伦《韩愈文集汇校笺注》也引用陈氏观点。又如《通解》一文,马其昶在"必谓偏而不通者矣"句下补"可不谓之大贤者哉"句,补注曰:

> "可不谓之大贤者哉"一句,原本无,据宋闽本校理。②

东雅堂本脱此句,马其昶依据宋代闽本补入。蜀本、方崧卿《韩集举正》、朱熹《韩集考异》为"可不谓之大贤人者哉"。

(二)训释字词,诠释句意

韩文中一些不易解读的词语,东雅堂本若无注,或认为东雅堂本注释有疑问,马其昶便加以补充订正。现仅举一例说明,如《河中府连理木颂》"维吾王者有德,交畅者有五"句中"五"、"德",东雅堂本无注解,而读者理解较为困难,马其昶注曰:

> "五德"谓训威、宣和、克司、作仪及闵仁也。③

马其昶对"五"、"德"联合之意的解释较为符合文意。此注也被刘真伦《韩愈文集汇校笺注》所引用。

(三)考证舆地名物和典章制度

马其昶补注中也有对舆地、名物、典章制度、职官制度、历史史实等方面的考证,对有疑义的旧注进行辨驳。下面仅举几例以示说明。

《进学解》中"玉札丹砂,赤箭青芝,牛溲马勃,败鼓之皮"句,马其昶注解:

> 沈钦韩曰:《本草别录》:赤箭亦是芝类。沈括曰:天麻苗也。马勃

---

① 马其昶《韩昌黎文集校注》,页238。
② 马其昶《韩昌黎文集校注》,页678。
③ 马其昶《韩昌黎文集校注》,页79。

生园中久腐处,俗呼为马气勃是也。《本草纲目》:玉泉,亦名玉札。弘景曰:此是玉之精华,可消之为水。按:《说文》:"札,牒也。"玉札盖如《北史》李预服玉之法,解为薄片,仍用苦酒消为饵耳。①

此句中多数词语都是草药专有名词,不做阐释,一般读者很难理解其为何物。魏仲举《五百家注》引孙汝听条:"七者皆药名也。玉泉,一名玉札,生蓝田山谷。赤箭生陈仓山谷及泰山、少室。青芝,出泰山。牛溲,牛溺。马勃,马屁菌也,生湿地及腐木上。"②孙注只是注明了这些名物的属性及生长地,让读者对其有一个大概的认识,不能进一步了解详细信息。马其昶引用沈钦韩成果,不仅考证了"玉札"、"赤箭"、"马勃"的俗名称呼,还进一步解释其中较为陌生的"玉札"为何物。又引《说文》《北史》补充证明,尤其是举了《北史》中记载李预服玉之事,更形象地解释"玉札"的服用方法。结合孙汝听注和马其昶补注,读者便能对这几种药名有详细的理解。韩文中涉及的职官制度,马其昶详细考证。如《欧阳生哀辞》中"闽越官",马其昶引沈钦韩注:

沈钦韩曰:《册府元龟·诠选部》:唐制:黔中、岭南、闽中郡县之官,不由吏部,以京官五品以上一人充使就补,御史一人监之,四岁一往,谓之"南选"。贞元二年,勅福建选补使宜停。③

历代职官制度多有差异,即便是同朝代不同地方的职官,在任命等方面也不尽一致。唐时,福建地处偏远,其官吏选拔与中原便有不同。马其昶引用沈注考证了"闽越官"的任命方式。虽然,在这篇文章中此职官的考证与否,并不影响对韩文意思的解读,但却便于读者获取更丰富的知识。

(四)解析韩文艺术特色

马其昶批韩文,最重要成果便是对韩文艺术特色的分析,包含有章法技巧、行文风格等方面评析。

1. 分析章句技巧

《韩昌黎文集校注》既有对韩文整体章法的总结,也有对韩文段落、句法技巧的分析。如《读荀》,马其昶评其章法曰:

公尝言:"世无孔子,不当在弟子之列。"读此文,见其自命不在孟

---

① 马其昶《韩昌黎文集校注》,页48。
② 魏仲举《五百家注音辩昌黎先生文集》卷十二。
③ 马其昶《韩昌黎文集校注》,页301。

第五章　马其昶的韩文批注研究

子下。结题以抒己意,无端而来,截然而止,中间突起突转。此数者,文家秘密法也。①

"圣人之道不传于世"句,引张裕钊评曰:

> 突起,其中具雄阔之势。②

又"火于秦,黄老于汉"句,引张裕钊评曰:

> 突转。③

文末"孟氏醇乎醇者也;荀与扬,大醇而小疵"句,引张裕钊评曰:

> 二语断制。通体意义,尽归宿于此。④

韩愈借读《荀子》抒发己意,传圣人之道。文章前部分论孟子、扬雄诸家之说,最后才转入《荀子》一书,要删其疵存其醇。马其昶首先自己总结此篇文章行文技巧,认为此文行文内容用秘密之法,看似不连贯,实际是语不接而意接。又引用张裕钊评评语详细解读文中语句用法之巧妙。这种整体与局部结合的分析,便于读者理解韩文。又如《守戒》,引张裕钊评章法技巧曰:

> 通体转卸、接换、断续、起落,在在不测。⑤

此文本是劝谏统治者要有防备之举,而文中时时转叙古人,看似转换不接之语,意义正相连接。又如《蓝田县丞厅壁记》结尾一句"余方有公事,子姑去",评曰:

> 屹然而止,通篇意义皆结聚于此。法本《乐书》《平准书》。(方苞语)
>
> 以不问一事反结,跌宕有《简兮》诗人之意。(何焯语)⑥

崔斯立本为蓝田县丞,是县令副手。但县令处处专横跋扈,崔斯立有才无用武之地,只能以种树、吟诗度日。有人问,则自嘲此为公事。文章到此便

---

① 马其昶《韩昌黎文集校注》,页36。
② 马其昶《韩昌黎文集校注》,页37。
③ 马其昶《韩昌黎文集校注》,页37。
④ 马其昶《韩昌黎文集校注》,页37。
⑤ 马其昶《韩昌黎文集校注》,页51。
⑥ 马其昶《韩昌黎文集校注》,页89。

戛然而止,其中对士人遭遇及官场积弊的讽刺便不言而喻,全文主旨也暗含于此。方苞和何焯评价此句为通篇结穴,甚为恰当。再如《张中丞传后叙》,引方苞评曰:

> 截然五段,不用钩连,而神气流注,章法浑成,惟退之有此。前三段乃议论,不得曰《记张中丞逸事》;后二段乃叙事,不得曰《读张中丞传》,故标以《张中丞传后叙》。①

"小人之好议论……其他则又何说"数句,引部分注家评曰:

> 此文上两段皆为远辨当时之诬,下一段申翰等之论,兼为张、许辨谤,而以"小人之好议论"五句,为上下作纽。(姚鼐语)②

> 此段止数语,明直简净,与前后二段疏密相间,末作感愤,为上下关键。(张裕钊语)③

《张中丞传后叙》是韩愈在读李翰《张巡传》的基础上,对张巡、许远、南霁云三人的遗闻逸事作补充。其中前部分侧重为许远行为辨诬,中心便是"小人之好议论,不乐成人之美如是哉"。后部分侧重叙述南霁云、张巡英雄事迹,并补叙了许远忠勇一面。方苞分析文章议论、叙事结合,并解释题目名称之缘由。姚鼐、张裕钊分析"小人之好议论……其他则又何说"句为上下文过脉,有承上启下的作用,则恰如其当,切合文意。

2. 总结行文风格

总结韩文整体风格是此注本文学阐释的主要内容。马其昶主要引用桐城派诸家观点,明显体现桐城派简约精练、清真雅洁的古文观。当然,韩文的最大特点是充满雄奇恢宏气势,桐城派诸家也客观地评析了此点。马其昶又依据自己迂曲回环的古文观突出了韩文幽远婉转的一面。如《唐故河南令张君墓志铭》,引张裕钊评语:"坚净精峭,峻洁之气莹然纸上。"又如《凤翔陇州节度使李公墓志铭》,引归有光评语:"峻洁。"又如《河中府连理木颂》,引吴汝纶评语:"古雅遒奥之词,谲诡恢危之趣。"再如《上兵部李侍郎书》,引张裕钊评语:"随笔屈注,而笔力雄奇。"《太学生何蕃传》,引曾国藩评语:"善用缩笔,纡徐顿宕,如将不尽。"诸家评语,既有评韩文瑰伟诙诡、雄奇恣肆的一面,也有评韩文峻洁简约、含蓄委婉的特点。总之,桐城

---

① 马其昶《韩昌黎文集校注》,页73。
② 马其昶《韩昌黎文集校注》,页75。
③ 马其昶《韩昌黎文集校注》,页75。

派诸家评语体现出韩文风格的多样化,正符合韩文多变的特性。

(五)梳理韩文段落

马其昶很注重解析韩文段落,主要是引用方苞、曾国藩语,其中也有少数是马其昶自己的分析。划分段落,有利于初学者解读古文,学作古文。方东树曰:"文法以断为贵。逆摄突起,峥嵘飞动牵挽,不许一笔平顺挨接。"①方氏所说是将文法用之诗法,皆是要寻绎作品起承转接之处。姚永朴指出:"一曰分段落。盖不先将段落分清,何由寻古人线索而得其精神?惜抱先生于文之深古者,每注明各段大意;曾文正读书尤详于分段……凡读古人之文,每篇必求其主意而标志之,寻其伦次而分画之。明于古人之'有伦有脊',而后我之作文能'有伦有脊'也。"②古人作文句无标点,其间多语不接而意接,所以不理清段落,初学者则难以探得为文之精神。吕思勉曾说:"凡读古文,须分清段落,看其起结转接之处,文之力量,皆在此中。"③吕思勉对段落划分的重要性总结得十分中肯。划分段落并不是简单的讲段落大意,需要寻找文章的"起结转接"处,才能厘清其脉络,得其精神。正确断开文章段落并非易事,刘熙载曰:"章法不难于续而难于断,先秦文善断,所以高不易攀。然'抛针掷线',全靠眼光不走;'注坡蓦涧',全仗缰辔在手。明断,正取暗续也。"④诸家皆意识到弄清文章段落是解读作品之关键。

马茂元对此书的分段整理也多以诸家的段落分解为依据。如《与崔群书》,方苞划分为五个部分,对前四个部分做了总结。《韩昌黎文集校注》按照方苞的分析总结划分段落,第一部分:"自足下离东都……非所以待足下者也。"方苞曰:"以上叙与崔情谊。"⑤第二部分:"仆自少至今……亦过也。"方苞曰:"以上承前相亲重,而自明所以知之。"⑥第三部分:"比亦有人说足下……于吾崔君无所损益也。"方苞曰:"以上众人有疑,而己独知之深。"⑦第四部分:"自古贤者少……无怠!"方苞曰:"以上因篇首贤者宜在上位生慨,而正喜以勉之。"⑧方苞这种分解不仅仅是总结段落大意,还交代

---

① 方东树《昭昧詹言》,页10。
② 姚永朴《文学研究法》,凤凰出版社2009年版,页211。
③ 吕思勉《经子解题》,华东师范大学出版社1995年版,页96。
④ 刘熙载《艺概》,上海古籍出版社1978年版,页40。
⑤ 马其昶《韩昌黎文集校注》,页187。
⑥ 马其昶《韩昌黎文集校注》,页187。
⑦ 马其昶《韩昌黎文集校注》,页188。
⑧ 马其昶《韩昌黎文集校注》,页188。

了段落之间的承接关系,有利于读者理清韩文内在脉络,以掌握古文的写作之法。又如《祭河南张员外文》《集贤院校理石君墓志铭》《唐朝散大夫赠司勋员外郎孔君墓志铭》等篇,马其昶引用曾国藩的段落分析,马茂元也按曾氏的分解进行分段整理。《原道》一篇是马其昶自己分析总结划分段落,将此文分为五个部分。

马其昶对韩文的分析,重视划分段落,概括段意,这样有利于读者理解韩文,尤其益于初学者解读韩文。清初吕留良也曾评论划分文章层次段落有利于读者解读文章,其《晚村先生古文八大家精选》中对韩文多有段落梳理,桐城派评点古文也一直秉持这一做法。

第三节　马其昶与桐城派的韩文批评观

马其昶是桐城派末期代表,其韩文批点主要选取桐城派诸家批点韩文的成果。但在选取诸家观点时,马其昶依据自己的古文观进行取舍,体现了其所代表的桐城派的韩文批评观。

一、桐城派古文"义法"说与"雅洁"观

桐城派贯穿清代二百余年,古文创作理论主要是方苞的"义法"说和"雅洁"观,影响深远,马其昶评韩文秉承了桐城派古文"义法"说和"雅洁"观。

方苞提出"义法"说:"《春秋》之制义法,自太史公发之,而后之深于文者亦具焉。义即《易》之所谓'言有物'也;法即《易》之所谓'言有序'也。义以为经而法纬之,然后为成体之文。"[1]之后"义法"说被视为"桐城派古文艺术理论的起点和基石"[2],后经刘大櫆、姚鼐、曾国藩进一步发展完善,成为桐城派创作古文的法度。刘大櫆在"义法"说基础上提出"神气说"和"因声求气"法。姚鼐在方苞"义法"和"雅洁"观的基础上进一步接受刘大櫆"神气说",提出义理、考据、词章三者相济论和神、理、气、味、格、律、声、色"文者八"符号说,以及阳刚阴柔风格说。[3] 神、理、气、味是为文之精,指文章精神、道理、气势、韵味,是文章的内在意蕴;格、律、声、色是为文之粗,

---

[1] 方苞《又书货殖传后》,《方望溪全集》,世界书局1936年版,页29。
[2] 关爱和《义法说:桐城派古文艺术理论的起点和基石》,《文艺研究》2004年第6期。
[3] 吕美生《姚鼐散文艺术论新解——"以诗为文"论桐城派》,徐成志、江小角编《桐城派与明清学术文化》,安徽大学出版社2008年版,页279—293。

指文章之结构布局、句法、字法、声音之长短、文辞之风采,是文章的外在形式。姚鼐古文艺术理论最有价值的地方就是让"雅洁"说这一抽象概念变为具体可感的艺术评价标准。故桐城文派经过方苞、刘大櫆、姚鼐三祖传承,"雅洁"的内涵更为具体,如吕美生所说"终于在姚鼐手中获得了一个比较具体可感、认真可学的关于散文艺术的形式美可操作性程序和可解读性的符号逻辑和结构密码"①。曾国藩基本继承了"桐城三祖"的古文理论,并进一步扩充,提出"义理"、"辞章"、"考据"、"经济"合一的文论观。曾门四弟子吴汝纶、张裕钊、薛福成、黎庶昌是桐城派后期中坚,恪守桐城家法,承中有变。马其昶作为桐城派殿军,其古文理论也是继承中有变化,既有桐城派古文雅洁特点,又富于韵味。

对"义法"说内涵的阐释,学者众说纷纭。综观各家观点,桐城派"义法"说主要指古文内容和形式两方面。"雅洁"是古文创作的一种审美标准,其实来源于韩愈古文理论,韩愈古文在语言和构思技巧方面力求简洁。郭绍虞认为"文之雅洁由于讲义法,而义法之标准也即在雅洁"。"雅洁"既有语言的精练、儒雅,又有行文的巧妙安排、材料的精当剪裁。桐城派古文远祧韩愈,其古文理论也多承韩愈而来,反过来又用其古文观评韩文,也甚为恰当。

二、评析韩文艺术特色

《韩昌黎文集校注》中博采众说,其中对韩文艺术特色的评论吸取了明清以来各家之说,主要是桐城派诸家评语,体现桐城派对韩文研究的承继和发展特点。马其昶对诸家评论又进行芟繁减汰,侧重以言简意赅的方式概括韩文整体特点,没有详细阐述文法技巧。如李光地、何焯批韩集中对韩文创作意旨、句法技巧有详赡、琐细的分析,马其昶则不予引用,只取其整体概述性评语,这一点也符合了桐城派精简的古文观。《韩昌黎文集校注》中也偶有韩文句法技巧的分析,但都是引用桐城派简洁的评语。马茂元为《韩昌黎文集校注》所撰叙例中说:"余发而读之,窃见其融会群言,自具炉冶,凡所甄录,并刊落浮词,存其粹语,盖非沈氏书为然也。"②马其昶对诸家评语进行取舍,所引各家批语主要从韩文风格、创作技巧、语言推陈出新几方面评析探讨。

---

① 吕美生《姚鼐散文艺术论新解——"以诗为文"论桐城派》,页292。
② 马茂元《韩昌黎文集校注叙例》,马其昶《韩昌黎文集校注》卷首。

(一)品评韩文风格

桐城派依据其古文理论分析韩文,同时也结合韩文自身特点,从精简峻洁、幽怀远韵、诙诡雄奇三方面探析韩文风格特色。

1. 注重分析韩文雅洁精劲、朴老简峻之特点

桐城派以"雅洁"作为古文的审美标准,创作古文追求简洁清雅,评价韩文也渗透这一思想。如评《送王秀才(埙)序》:

> 北宋诸家皆得退之一体,此序渊雅古厚,其支流与子固为近。(方苞语)
>
> 韩公序文,扫除枝叶,体简辞足。(刘大櫆语)
>
> 其渊厚,子固能得之。其朴老简峻,则不及也。(张裕钊语)①

诸家评语观点基本一致,认为此文风格简峻朴老、清雅古厚。张裕钊对方苞观点进一步补充,指出曾巩继承韩文渊厚一面,但简峻则不及。又评《送湖南李正字序》:

> 叙交游聚散之感,老洁自不可及。(姚范语)②

此文为贞元十九年(803)韩愈为湖南观察使李仁钧之子李础送行所作,主要叙韩愈曾经与李仁钧的聚散之事,淡淡之语显出浓厚之情谊。姚范评此文朴老雅洁,紧扣韩文特点。再如评《复仇状》:

> 事理周尽,而辞令简要。观公论礼典兵刑处,岂可以文学之科限之?其老练精核,远侔武侯,近比宜公矣。(李光地语)
>
> 简易明道,最为文之高致。(姚范语)③

此文为元和六年(811)韩愈针对当时梁悦为父报仇杀人自投县请罪一案所作。韩文引经据典论述此类事件的处理要权衡变通,酌宜而行,礼刑两不失,唐宪宗最后处理此案下达敕令吸取了韩愈的建议。李光地评此文"事理周尽"、"辞令简要"、"老练精核",姚范评其"简易明道",可谓恰当。

《韩昌黎文集校注》中类似评语不胜枚举,此仅举几例。以上桐城派诸家评语都是运用高度简练的语言概括出韩文精简、峻洁的特点,其中有专指韩文语言简约、凝练的一面,如曾国藩评《科斗书后记》《送湖南李正字

---

① 马其昶《韩昌黎文集校注》,页261。
② 马其昶《韩昌黎文集校注》,页277。
③ 马其昶《韩昌黎文集校注》,页593。

序》;也有指韩文语言"清真雅洁"之特点,如评《送王秀才(埙)序》《复仇状》。韩文中这类文章不仅语言简练,而且渊雅古厚,能尽显义理,朴老峻洁之气跃然纸上,这正是桐城派古文家所竭力追求的一种为文境界。

2. 挖掘韩文幽怀微旨、感喟低徊一面

韩愈不仅以文为诗,在古文改革中也以诗为文,把诗的神韵融于散文创作中。钱穆曾说:"韩集中赠序一体,其中佳构,实皆无韵之诗也。今人慕求诗体之解放,欲创为散文诗,其实韩公先已为之,其集中赠序一类,皆可谓之是散文诗,尤其皆从诗之解放中来,仍不失之神理韵味也。"[1]韩文有些篇章具有迂曲回环之味,尤其是赠序一类,满含深情,富于韵味。桐城派创作中也有诗与文相互影响的特点,善于把诗歌的神韵意境运入古文创作中,使古文达到意韵深远、意在言外的境界。桐城派继承韩文文从字顺的一面,弃其奇险古奥特点。虽然桐城派古文与韩文风格有差异,但对韩文的评析仍能深入透彻,符合韩文特点。评韩文风格特点时,桐城诸家注意韩文含蓄委婉、幽远喟叹的一面。马其昶为文在桐城派古文雅洁温厚之外,更是注重追求文章含蓄蕴藉、纡徐曲回的风格。因而批韩文时,马其昶注意选取诸家评价韩文此方面的成果。如评《燕喜亭记》曰:

> 马、班作史,于数十层排比之后,必作大波以震荡之。公此记叙山水多用排比,后借贬秩翻出意义,摩空取势,使人不一览而尽,乃与上文神回气合。(张裕钊语)[2]

韩愈贬阳山时作此文。燕喜亭在连州,阳山当时属连州之邑。文章前部分叙山水之景幽美,最后引出贬谪此地之人王仲舒,并以"智者乐水,仁者乐山"赞其德结束。赞王仲舒的同时不免暗含自我感叹,读之便觉意犹未尽,张裕钊的评析紧紧扣住韩文特点。评《与李翱书》曰:

> 纡徐澹折,便与习之同一意态。欧文若导源于此。(刘熙载语)[3]

贞元十五年(799)汴州乱,韩愈依张建封于徐州时作此文。李翱写信劝韩愈赴京城谋事,韩愈回此书。文中首叙家穷空,家累之重无所依,拒绝去京,又回忆曾在京城八九年求人以度日的辛酸经历,文后以颜回自况。文风一唱三叹,沉郁顿挫。因而,刘熙载评此文风格纡徐淡远。何焯评其"顿

---

[1] 钱穆《杂论唐代古文运动》,载《唐代研究论集》第1辑,新文丰出版公司1992年版。
[2] 马其昶《韩昌黎文集校注》,页82。
[3] 马其昶《韩昌黎文集校注》,页178。

挫往复,兼有李之文态"。评《答刘正夫书》中"足下家中……岂异于是乎"句曰:

> 承上意反复言之,潆洄尽致。文固贵健劲,然须寓机趣于其中,乃觉奇妙隽永,不然,使人读之无余味,不足贵也。以此意求之退之之文,无不皆然。(张裕钊语)①

韩文谈论作文之理,文中强调作文能自树立为能者,文末又强调这一点。张裕钊评此句承上文之意反复言之,文风"奇妙隽永",使人读之余味无穷,评点甚为精到。评《送董邵南序》曰:

> 退之以雄奇胜,独此篇及《送王秀才(含)序》深微屈曲,读之觉高情远韵,可望不可及。(刘大櫆语)
> 沉郁往复,去肤存液。(曾国藩语)②

评《送王秀才(含)序》曰:

> 含蓄深婉近子长。(刘大櫆语)
> 淡折夷犹,风神绝远。(曾国藩语)③

评《送杨少尹序》曰:

> 反复咏叹,言婉思深。(何焯语)
> 唱叹抑扬,与《送王秀才(含)序》略相类,欧公多似此体。(曾国藩语)④

此三篇都是送行之序,一是董邵南因怀才不遇欲投河北藩镇,韩愈作序送之,文中用古今燕赵之比,暗指董邵南此行不当。二是王绩之后辈王含谒见韩愈,韩愈送之,文中举古之不遇之人阮籍、陶渊明、王绩。贞元十九年(803)韩愈位不高,实是借他人酒杯浇自己胸中块垒。三是送杨巨源告老还乡,韩愈作序送之,采用古今贤才对比之法,衬托杨之贤德。三篇序都采用对比手法回环往复,曲折表达文意,诸家评析此点也甚为一致。

马其昶韩文批校中不仅评价了韩文迂曲回环的特点,其所选评语自身也工整委婉,尤似诗歌评论,此类批语是以前评家评韩文所少有的。前人

---

① 马其昶《韩昌黎文集校注》,页208。
② 马其昶《韩昌黎文集校注》,页247。
③ 马其昶《韩昌黎文集校注》,页257。
④ 马其昶《韩昌黎文集校注》,页274。

第五章　马其昶的韩文批注研究

对韩文评价多关注其磅礴豪迈的气势,少有如此风格的评论语言,这应是桐城派评韩文的独特之处。马其昶依照自己为文迂回喟叹的古文观把诸家关于韩文此方面的分散评语选取出来,汇聚一起,使韩文深微屈曲、奇妙隽永的特点显现于读者视野之下,以便从中看到韩文恢弘浑浩特点之外的另一种风格,可见出桐城派评韩文的特点。

3.评析韩文雄奇恣肆、诙诡浑浩之特色

雄奇高浑、瑰伟诙诡是历来被公认的韩文主要特点。皇甫湜《谕业》曰:"韩吏部之文如长江秋注,千里一道。冲飙激浪,瀚流不滞。"苏洵《上欧阳内翰第一书》曰:"韩子之文如长江大河,浑浩流转,鱼鼋蛟龙,万怪惶惑,而抑绝蔽掩,不使自露。而人望见其渊然之光,苍然之色,亦自畏避,不敢迫视。"①桐城派诸家评语也都关注了此点,马其昶批韩文时也选取诸家在此方面的评论,在此略举几例。如评《答窦秀才书》:

雄硬直达之中,自有起伏抑扬之妙。(刘大櫆语)②

评《与孟尚书书》:

理足气盛,浩然若江河之达。(方苞语)

理明气畅,此文真是如潮。(何焯语)

浑浩变化,千转百折,而势愈劲,其雄肆之气,奇桀之辞,并臻上境。北宋诸家,无能为役。(张裕钊语)③

评《祭河南张员外文》:

公之奇崛战斗鬼神处,令人神眩。(茅坤语)

凄丽处独以健倔出之,层见叠耸,而笔力坚净,他人无此也。(姚范语)

昌黎善为奇险光怪之语以惊人,而与张同贬,其所经山川险阻患难,适足供其役遣,故能雄肆如此。又曰:祭文退之独擅,介甫亦得其似,欧公则不免平常。(刘大櫆语)④

韩文具有恢宏磅礴、雄浑恣肆之势,一泻千里,诸家皆分析出此特点。从桐城派诸家评语还可看出桐城派评析不断完善补充发展的趋势,如评《祭河

---

① 苏洵《嘉祐集》卷十一,中华书局1991年版。
② 马其昶《韩昌黎文集校注》,页138。
③ 马其昶《韩昌黎文集校注》,页211。
④ 马其昶《韩昌黎文集校注》,页313。

307

南张员外文》,刘大櫆分析韩文雄肆之因,并进一步总结韩愈祭文长于他家之处。

(二)探析韩文形式特点

1. 探析韩文行文技巧

桐城派古文理论之"义法"说不仅指语言表达简洁,还有行文技巧方面,包含有行文章法,材料剪裁、组织等,都要简练。桐城派文家极为重视文章结构问题,认为或顺或逆,或前或后,呼应顿挫,穿插开合,皆出于事理之当然,甚至将"位置之先后,剪裁之繁简"作为"文家第一要义"。韩文虽千变万化,但遣词造句、谋篇布局总有规律可寻,所以桐城派评析韩文时,善于推阐韩文章法结构,概括其行文技巧。

(1)总结韩文章法"变化随宜,不主一道"

为文之法既有常法又有活法,桐城派强调活法,追求行文"变化随宜,不主一道"。活法指文章之法常随意变化,不可端倪。方苞论文曰:"记事之文,惟《左传》《史记》各有义法,一篇之中,脉相灌输,而不可增损。然后前后相应,或隐或显,或偏或全,变化随宜,不主一道。"① 又评《史记·廉颇蔺相如列传》说:"变化无方,各有义法,此《史》之所以能洁也。"② 可见方苞评古文善于揭示其行文变化之特点。刘大櫆论文贵在善于变化,曰:"故文者,变之谓也。一集之中篇篇变,一篇之中段段变,一段之中句句变,神变,气变,境变,音节变,字句变。"③ 姚鼐在《与张阮林》中总结行文有活法和定法之说:"文有一定之法,有无定之法。有定者所以为严整也,无定者所以为纵横变化也。二者相济而不相妨。"刘开也说:"兵无常形,文无定法。"④ 韩文恰是篇篇无定法,墓志铭、赠序中体现得尤为明显,写法灵活多变,新意迭出,打破六朝以来所形成的写碑志要求"铺排郡望,藻饰官阶"的陈规陋习。桐城诸家分析时着实注意了韩文鱼龙百变的特点。如《故江南西道观察使赠左散骑常侍太原王公墓志铭》,曾国藩评曰:

> 特叙观察使一段于中以为主峰,余则叙官阶于前,叙政绩于后,章法变化,《神道碑》则逐段叙其政绩。观二篇无一字同,可知叙事之文,

---

① 方苞《书五代史安重诲传》,《方望溪全集》卷二,页32。
② 方苞《史记评语》,《方望溪全集·集外文补遗》卷二,页428。
③ 刘大櫆《论文偶记》,《论文偶记 初月楼古文绪论 春觉斋论文》,人民文学出版社1959年版,页8。
④ 刘开《复陈编修书》,《刘孟涂文集》卷三,上海扫叶山房1915年印本。

第五章 马其昶的韩文批注研究

狡狯变化,无所不合。①

韩文章法善于变化,不主故常,篇篇手法各异,即是同一题材,运笔也各不相同。如为太原王仲舒所作《神道碑》和《墓志铭》,前者先叙先世,次序官阶,后逐段叙政绩;后者如曾国藩所评,先叙官阶,次详叙观察使一事,后简叙政绩。二者结合阅读,相互补充,可对王仲舒有详细全面的了解又无累赘之嫌。又如同是赠僧、道士序,如《送浮屠文畅师序》《送高闲上人序》《送廖道士序》《送张道士序》《送浮屠令纵西游序》,各篇章法不同。如《送浮屠令纵西游序》,马其昶引张裕钊评语曰:

退之为释子作赠序,内不失己,外不失人,最见精心措注处。每篇各处意义无相袭者,笔端具有造化,惟退之当之,即此可悟变化之法。②

韩愈才力雄厚,一篇之中,行文变化也是游刃有余。如《获麟解》,张裕钊评曰:

翔蹴虚无,反复变化,尽文家禽纵之妙。③

此文写作时间有争议,或认为贞元十七年(801)为陆傪所作,或认为元和七年(812)韩愈自感怀才不遇而作。文章简短,论麟之祥与不祥,却四次转折,矫变不测,因而张裕钊论其"尽文家禽纵之妙"。前两转以知不知论麟之祥不祥,后两转以德不德论麟之祥不祥。韩愈善于根据写作背景变换行文方法,如《新修滕王阁记》第一段,姚鼐评曰:

王公观察江南西道一节,本是题后议论,却移作题前叙事,此公文较宋贤善变化处。④

元和十五年(820)江西观察使王仲舒重修滕王阁后属韩愈作记,韩愈此时正移袁州。关于滕王阁,已有王勃《滕王阁序》、王绪《滕王阁赋》、王仲舒《重修滕王阁记》三文在前。韩愈又因一直没机会亲临滕王阁,所以此记避开滕王阁风景,而叙自己错过观滕王阁的惋惜之情。王仲舒观察江南西道一节本是颂其政绩,应在文后议论,但作者却放置文前叙述。这是作者的一种巧妙行文方法,林纾《韩柳文研究法》评曰:"舍滕王阁外之风光,述观

---

① 马其昶《韩昌黎文集校注》,页534。
② 马其昶《韩昌黎文集校注》,页675。
③ 马其昶《韩昌黎文集校注》,页41。
④ 马其昶《韩昌黎文集校注》,页93。

察新来之政绩,与修阁之缘起。力与王勃之序、王绪之赋相避,自是行文得法处。"①

(2)评析韩文剪裁得当,结构安排合理

桐城派"雅洁"说不仅要求文章语言简洁,行文技巧方面也要简练,即文章材料的选取要详略精当,去繁芜;结构组织安排要合理,符合文章意旨的表达。评韩文时,桐城派便以"雅洁"的审美标准评价韩文,挖掘韩文行文上的特点。韩愈长于文章剪裁,要言不烦。尤其是记叙文,体裁各别,写法多样,善于运用简洁凝练的语言,把纷繁多样的人物、事件描述得形象鲜明,生动可感,极富文学性。如评《科斗书后记》:

> 叙述无一闲字。(曾国藩语)②

曾国藩强调此文叙述简洁,无累赘之词。又如《中大夫陕府左司马李公墓志铭》,方苞评曰:

> 叙事文最易散漫,故《左传》细碎处往往两事相对,于通篇杼柚外,随处置机牙,使章法相接。篇中姑之怜,与母之弃、诸父之闻相对;鲁公之拔擢,与郑尹之抑抠相对;喜得有为,与喜不受责相对:乃其遗则。③

此文头绪较多,材料繁多。韩文学习《左传》两事相对的叙述方法,文章脉络清晰,材料组织有条理,剪裁得当,详略安排适当,并且突出中心。又《曹成王庙碑》,诸家评曰:

> 此韩碑之最详者。然所详特讨希烈一事耳。自转贰国子秘书以上,著宗荫承王官之由也;行刺史事,试郡之由也;贬潮还衡,跌而复起之迹也;被召还裹,衷绖即戎之意也;讨国良,则虚言其方略;讨希烈,始实次其战绩,而不及其兵谋;末乃总括治行:案之,无一语可汰损者。(方苞语)

> 贬潮州与降良事小振,平李希烈事大振,凡叙事皆分大小为主宾,骤看乃直叙漫铺。(曾国藩语)

> 退之叙事文,简严生动,一变东汉文格,后人无从追步;然直叙处多本东汉旧法,出退之手笔,便简古不可及,却与东汉不同。于此能

---

① 林纾《韩柳文研究法》,页12。
② 马其昶《韩昌黎文集校注》,页94。
③ 马其昶《韩昌黎文集校注》,页545。

第五章 马其昶的韩文批注研究

> 辨,则于叙事之法,思过半矣。(张裕钊语)①

元和十一年(816),李道古求韩愈为其父李皋撰碑。李皋"既孝既忠",有功于国家,袭封曹,谥曰成,故曰曹成王。李皋一生功绩卓著,上元元年(760)除温州刺史时救灾民,宝应元年(762)副元帅李光弼讨叛军袁晁,大历十四年(779)受诬贬潮州,建中二年(781)为湖南观察使讨叛军王国良,建中三年(782)讨叛军梁崇义,建中四年(783)迁江西观察使率兵讨叛军李希烈。在诸多战事政绩及贬谪遭际中,韩文并不是平分笔墨,唯独详述平叛李希烈一事,其它事则一笔带过,使文章既详略得当,中心突出,完整详尽,又不蔓不枝,无可汰损。因李希烈与河北藩镇勾结,是讨伐诸叛军中的重中之重,此事关乎朝廷安危,需详述。曾国藩评其"凡叙事,皆分大小为主宾",方苞评其"所详特讨希烈一事",都揭示出了韩文结构安排得当之特点。韩文行文简古,既巧于剪裁,又善于组织材料,既合桐城"义法"说的要求,又合"雅洁"观的审美标准。又《唐故相权公墓碑》中"因善与贤,不矜主己"句,曾国藩评曰:

> 叙权公相业,专述用人一节,大抵"嘉善而矜不能,和而不流",二语该之,而文特矜炼。只此是叙名臣之法。若一一叙列事迹,则累牍不能尽矣。②

又评"其在山南河南,勤于选付"句曾国藩评曰:

> 选择事之要务,即与分付,不繁琐,无留滞也。③

韩愈此文特点是叙事简洁,所叙权德舆政绩主要详于其为相时善于用人这一方面,正如韩愈所说"天子以为宰相宜参用道德人"。宰相善用人,对朝廷极为重要,这也是其重要职责。林云铭也曾说"教育英才,乃宰相之职","以人事君者,宰相之常职"。韩愈曾三上宰相书不果,对宰相善用人之重要性深有感触,所以详述权德舆善于用人。韩愈所写墓志都能围绕墓主身份抓住核心事迹,根据人物所特有的行为举止,别求义理以抒襟抱,即曾国藩所说"选择事之要务",使人各一面。元代李淦《文章精义》评韩文:"退之诸墓志,一人一样,绝妙!"韩文往往打破平铺直叙的窠臼,细节安排波澜起伏。如《司徒兼侍中中书令赠太尉许国公神道碑》,马其昶引何焯评语:

---

① 马其昶《韩昌黎文集校注》,页423。
② 马其昶《韩昌黎文集校注》,页472。
③ 马其昶《韩昌黎文集校注》,页472。

> 先叙击走少诚,然后叙诛刘锷事,便不平直,此《左氏》叙事法也。若今人则有其舅之兵与地,下即接"自吾舅殁"云云矣。①

韩弘卒于长庆二年(822),次年韩愈为之作墓志铭。韩文中有"有其舅司徒之兵与地"和"自吾舅殁"两句,但并未衔接一起。韩弘少孤,依舅氏宣武军节度使刘玄佐读书习武,后留在军中。刘玄佐、刘逸谅卒后,韩弘为宣武军节度使,多次平叛。韩文首先叙韩弘家世及舅氏之位的经历,以"悉有其舅司徒之兵与地"句结束此部分。刘玄佐卒后,汴州内牙兵不断有叛乱,但下文并没承此句意述韩弘铲除内部牙将刘锷之事,而是转入叙平吴少诚之事。此事之后接"公曰:'自吾舅殁,五乱于汴者'",才转入平刘锷之事。如此行文,似乎思路不衔接。这是一种插叙法,根据文意所需巧妙安排材料的行文方法。韩愈撰此文目的是赞韩弘之功绩及效忠朝廷之忠心。吴少诚曾想与刘逸谅密谋夺陈、许,并勾结李师古,他的反叛关乎大局,因而韩文首先插叙此事,制止吴少诚后可使"河南无事",卒成朝廷剪逆之功。这在奉行大一统思想的韩愈看来,此事必是韩弘最大的功绩,插叙之前在情理之中,还可使文章行文叙事富于变化。

(三)评价韩文语言推陈出新

韩愈是善于使用语言的巨匠,一生与陈词滥调作斗争,坚持古文创作"词必己出",不落俗套。韩愈最早提出这一创作理论:"当其取于心而注于手也,惟陈言之务去,戛戛乎其难哉。"②其后古文创作者基本都遵循这一法则,桐城派更是要求作家应通过各自的途径,发挥各自的创作个性,古文创作师古意不师古辞。方苞虽强调:"序事之文,义法备于《左》《史》",但要善变:"退之变《左》《史》格调,而阴用其义法;永叔摹《史记》之格调,而曲得其风神;介甫变退之之壁垒,而阴用其步伐。"③刘大櫆说:"大约文字是日新之物,若陈陈相因,安得不目为臭腐?原本古人意义,到行文时却须重加铸造,一样言语,不可便直用古人,此谓去陈言。"④桐城派诸家秉承此理论,分析韩文时也关注此点便在情理之中。如《送高闲上人序》,引薛敬轩评曰:

> 《庄子》文,好学古文者多观之。公此序,学其法而不用其辞,学之

---

① 马其昶《韩昌黎文集校注》,页504。
② 韩愈《答李翊书》,刘真伦、岳珍校注《韩愈文集汇校笺注》,页700。
③ 方苞《古文约选序例代》,《古文约选》,清刻本。
④ 刘大櫆《论文偶记》,《论文偶记 初月楼古文绪论 春觉斋论文》页11。

善者也。①

薛敬轩评韩文文法师承《庄子》，却自铸伟词。又《曹成王碑》中"明年，李希烈反……田之果谷，下无一迹"一段，引何焯评曰：

> 此段学《左传·襄公十八年》围齐文法，而变其语。②

《左传》襄公十八年，齐屡扰鲁，鲁求救于晋，晋平公率诸侯攻齐。韩文此段叙曹成王帅军攻李希烈。二者对战事中败敌方式描写相似，但用语不同。何焯评韩文文法学《左传》，但能去陈言，较为恰当。又《处州孔子庙碑》，引何焯评曰：

> 韩公之文，无不根据经籍，而议论仍未尝袭前人陈言，故下笔如鱼龙百变。③

再如《魏博节度观察使沂国公先庙碑铭》，引方苞评曰：

> 序简以则，铭清而蔚，兼《尚书》《雅》《颂》之义，而无模拟之迹。④

《处州孔子庙碑》《魏博节度观察使沂国公先庙碑铭》，何焯、方苞分别评其承《六经》之义，但不袭《六经》之语。韩愈自言不读周秦、两汉以后书，其古文创作也多受汉以前古文影响，但用语自铸一炉。诸家分析韩文，多探寻韩文创作技巧方面效法古人作文之法，内容近《六经》之义，但不师古人陈言，便无模拟之迹。

三、揭示韩文内容源自《六经》

韩愈在《上宰相书》中自称其文"皆约《六经》之旨而成文"，这也正是桐城派推尊韩文缘由之一，由韩文可上溯至先秦、秦汉文。方苞《进〈四书文选〉表》曰："欲理之明，必溯源《六经》，而切究乎宋、元诸儒之说；欲辞之当，必贴合题义，而取材于三代两汉之书；欲气之昌，必以义理涵濯其心，而沉潜反复于周秦盛汉唐宋大家之古文。兼是三者，然后能清真古雅而言皆有物。"⑤其论说虽然不免有些局限，但从中可知方苞提倡为文必学习《六经》，承《六经》之旨。马其昶为文固守桐城派规范，以宗经为本，并自谓：

---

① 马其昶《韩昌黎文集校注》，页269。
② 马其昶《韩昌黎文集校注》，页430。
③ 马其昶《韩昌黎文集校注》，页490。
④ 马其昶《韩昌黎文集校注》，页403。
⑤ 方苞《进四书文选表》，《方望溪全集·集外文》卷二，页288。

"为文而不求之经是无本之学。"①马其昶作成《毛诗学》示姚永概,郑重申明:"吾之业是经也。"因而桐城派评韩文时注重其义理的阐发,揭示韩文与《六经》的关系。马其昶批韩集时,善于选取各家评韩文"根柢《六经》"的观点。如《争臣论》:

  逐节根据经义,故尽言而无客气。(曾国藩语)②

谏议大夫阳城在位五年而"未尝一言及于政",韩愈作文讥切之。韩愈从当时的政治出发,有的放矢,敢于秉正直言。韩愈坚守儒家道统,文中以《周易》阐释道理,以大禹、周公、孔子先贤的尽心职守为例,批评阳城渎职。所以曾国藩评其"逐节根据经义",并毫无客气。又《答李翊书》"行之乎仁义之途……终吾身而已矣"句,评:

  退之知立言之道在行之乎仁义之途,所以能约《六经》之旨而成文。(方苞语)③

李翊来书问韩愈立言、立道问题,韩愈作文答之。文中,韩愈总结自己行古道、立古言的三种境界进行说教,读古人书,力争心手一致,拒绝杂诱,醇而后肆。最终用一句话概括:"行之乎仁义之途,游之乎《诗》《书》之间,无绝其源,终吾身而已矣。"韩愈完全以《六经》之旨贯穿于文中。又如《答殷侍御书》:

  韩公于殷侍御,子厚于陆文通,欧阳于胡翼之,皆极致尊崇。今人欲学三公为文,而不尽心于经,斯失其本矣。(李光地语)④

此文作于元和十三年(818),殷侑完成《公羊春秋新注》后请韩愈作序。殷侑以通经入仕,注《春秋》,韩愈对其成果极其肯定。柳宗元心仪陆质,宣传其《春秋》学,倡导"大中之道",以正儒学之风。陆质卒后,柳宗元作《文通先生陆给事墓表》。宋胡瑗治经明道,讲"明体达用"之学,以儒经教诸生,是宋理学先驱,欧阳修甚为推崇,作《举留胡瑗管勾太学状》。三人所作文章都贯以经学宗旨,因而李光地认为要"学三公为文",必须"尽心于经",才能得其为文根本。再如《鳄鱼文》,评曰:

---

① 王树枏《抱润轩文集序》,马其昶《抱润轩文集》卷首。
② 马其昶《韩昌黎文集校注》,页108。
③ 马其昶《韩昌黎文集校注》,页170。
④ 马其昶《韩昌黎文集校注》,页208。

> 诚能动物,非其刚猛之谓。此文曲折次第,曲尽情理,所以近于《六经》。古者猫虎之类,俱有迎祭。而除治虫兽蛙龟,犹设专官,不以为物而不教且制也。韩子斯举,明于古义矣。(何焯语)①

元和十四年(819)韩愈贬潮州,闻鳄鱼危害民畜已久,作《鳄鱼文》,驱除之。文章首先提到"使军事衙推秦济以羊一猪一投恶溪之潭水,以与鳄鱼食",可谓极尽礼数;然后以过去君王德薄,使"鳄鱼之涵淹卵育于此,亦固其所"与"今天子嗣唐位,神圣慈武,四海之外,六合之内,皆抚而有之"作对比,明示鳄鱼刺史的职责是保护百姓安居乐业,告诫其"不可与刺史杂处此土",驱除鳄鱼的决心与信心昭然若揭;最后限定鳄鱼必须在三至七日内迁移,否则必有灭亡之灾。韩愈为了表达其作为刺史战胜鳄鱼的决心和勇气,文章义正词严,"事昭而理辨,气盛而辞断"。因而何焯认为虽然所治为"虫兽蛙龟",韩愈依然"教且制",以理征服鳄鱼,评其"曲尽情理","近于《六经》"。正因为此文严谨似经,致使后世对其文体产生异议,主要是祭文和檄文之争。吴楚材、吴调侯《古文观止》以为是祭文:"全篇只是不许鳄鱼杂处此土,处处提出'天子'二字、'刺史'二字压服他。如问罪之师,正正堂堂之阵,能令反侧子心寒胆慄。"②姚鼐、曾国藩则将此文与《谕巴蜀檄》并列,其确有《尚书·牧誓》《左传·僖公四年》讨贼檄文振振有词的特点。反之,后世效仿韩文但无义理之文则被批评,曾国藩评《新修滕王阁记》说:"反复以不得至彼为恨,此等蹊径自公辟之,亦无害;后人踵之以千万,乃遂可厌矣。故知造意之无关义理者,皆不足复陈也。"③

马其昶选取桐城派诸家韩文批评成果,体现了桐城派文论观,注重分析韩文雅洁和约《六经》之旨为文的特点,同时又融入自己纡回婉转的文论观。

第四节 马其昶批注韩文的价值及存在的问题

目前学者对《韩昌黎文集校注》的评价既突出了其价值所在,也揭示了其不足之处。李建昆说:"在台湾,学者研究韩诗,多半以钱仲联《韩昌黎诗系年集释》为文本;至于研究韩文,则以马其昶《韩昌黎文集校注》为根据,

---

① 马其昶《韩昌黎文集校注》,页208。
② 吴楚材、吴调侯《古文观止》卷八,中华书局1959年版。
③ 马其昶《韩昌黎文集校注》,页91。

两书各有崇高的学术价值。"①罗联添主编《韩愈古文校注汇辑》对韩愈文章的编次便是依据马其昶《韩昌黎文集校注》，其中包括马其昶所辑三篇集外文。刘真伦《韩愈文集汇校笺注·前言》总结道：

> 马其昶本除选录《考异》和五百家注的部分内容之外，还选录了明唐顺之至清吴汝纶等二十七家批点。明代唐宋派、清代桐城派的主要成果得到了较为完整的体现，这是该书的主要特点。该书征引的沈钦韩《韩集补注》为作者初注手稿本，比通行的广雅书局刻本多出数条，亦颇为后代论者所称道。但校勘注释非此书所长。就校勘而言，该书以属于朱熹校理本系统的东雅堂本为底本，文字一遵朱本，基本上无所改订；对于清末民初尚存于世的多种韩集宋元刻本，如刘允本、祝充本、文谠本、魏仲举本、廖莹中世䌽堂本、王伯大本，该书无一采用。就注释而言，该书注文极为简略，不但未能体现乾嘉以来文字、音韵、训诂等学术领域已经取得的巨大成就，即便是传统的注疏笺释，也远远未能达到前人的高度；对前人旧注，"仿朱子《离骚集注》例"，一律删去注家名氏，不但混淆泯没了韩文诠释的历史演进过程，也不符合现代乃至传统的学术规范。②

刘真伦指出了马其昶校注本的价值，肯定其收录桐城派诸家评论韩文成果以及保存了沈钦韩手稿本《韩集补注》中未行世材料的价值，同时也看到了此注本存在的一些问题。刘真伦所指此书问题应与《韩昌黎文集校注》产生背景相关。此注本是作者批东雅堂本的成果，经后人整理而成，书名也是后人命之，作者可能注重评章法技巧。笔者仔细解读《韩昌黎文集校注》，发现其有引祝充本、魏仲举本等宋人注释成果，但没注明，现对此注本的价值作进一步论述。

一、马其昶批注韩文的价值

（一）资料价值

马其昶批校东雅堂本，补注中广征博引，采用文献共有三十余家。马其昶征引数家资料，其中有些已经难以查找，靠马其昶本保存下来。罗联添主编《韩愈古文校注汇辑》中辑录的明清部分韩文研究成果便是依据马

---

① 李建昆《中华丛书〈韩愈古文校注汇辑〉评价》，《"国立编译馆"馆刊》2004年第1期。
② 刘真伦、岳珍《韩愈文集汇校笺注》，页10。

氏本所征引各家成果汇辑而成。罗先生根据马氏本记载的信息查找原书，若原书无可查，便转引马氏本的记载内容。其《凡例》说："清代马其昶补注引明清二十余家校注、评说，其书可查考者，径检原书征引，一时未能查考者，则据马氏补注称引辑录。"①即便是明清诸家评注韩文的资料大部分都有存留，但马其昶批校本较为全面地汇集清代桐城派各家评韩文的成果，可为研究者研究桐城派接受韩文面貌提供极大的便利。

马其昶本中一些清代文人学者，如孙葆田、郑杲、李国松、李松寿，都是清末人，其评注韩文的零散资料较难搜集，多数只能参考马其昶本提供的信息。孙葆田与马其昶关系较为密切，其主要是校注韩文，其余几家都侧重韩文艺术特色评析。马其昶当时批校东雅堂本也依靠李国松家所藏资料的帮助，才最终完成。李国松博雅好古，富于藏书。马其昶曾在李国松家教书，"时公馆合肥李氏。李氏富藏书，公复博采诸家之说，补苴旧注。"②马其昶在李国松家所借用资料应该比较宝贵，如所用沈钦韩《韩集补注》的手稿本便是李国松重金购得，比传世刻本内容多，极为珍贵。虽然马其昶征引以上诸家的资料较少，但至少可以证明一种现象：有清一代研治韩文者繁多，上至名臣，下到一般士人，很多都校注或批点过韩文，尤其桐城派各家皆尊崇韩愈，勤于治韩，批点韩集，相互之间交流学习，便于见到更多的评韩资料。正如学者所说："桐城派的著述中编选、批点著述相当丰富，其中蕴涵桐城文章之学、桐城诗学的重要内容。以姚永概等桐城文家来考察，围绕批点本存在一个'批点本书籍交流网络'，这一网络的'私密性'是家学传承秘不外传风习的一种表现；而家学的'私密性'，也是形成桐城派'地域性'的基因。"③而马其昶《韩昌黎文集校注》是典型的集桐城派众家成果的韩文注本。

马其昶引沈钦韩《韩集补注》，是沈钦韩注韩集的手稿本。马其昶在其批校东雅堂本上留有两条题记，其中一条罗列所引诸家姓名，并在姓名之下做了简单的介绍，如于沈钦韩名下注曰："名钦韩，吴县人，嘉庆丁卯举人，宁国训导。有《韩集补注》，未见传本，健父以重金购得其初注手稿，写于覆刻东雅堂本行间眉上，几满。沈病宋人所注率空疏臆测，故征引极繁

---

① 罗联添《韩愈古文校注汇辑凡例》，罗联添《韩愈古文校注汇辑》卷首，"台湾国立编译馆"2003年版，页Ⅲ—Ⅳ。
② 马茂元《韩昌黎文集校注叙例》，马其昶《韩昌黎文集校注》卷首。
③ 徐雁平《批点本的内部流通与桐城派的发展》，《文学遗产》2012年第1期。

富,然往往失之枝蔓;尤喜丑诋朱子。今择其精要者,繁删之。"①马其昶所引的沈注手稿本比后来刊行于世的《韩集补注》多出数条材料,因而具有宝贵的资料价值。如刘真伦注解《读鹖冠子》中"灭者二十有二"之"灭"字,便转引马其昶本中保留的沈注,曰:"马其昶注引沈钦韩曰:《释器》:'灭谓之点。'注:'以笔灭字为点。'"②足见此资料的珍贵性。

(二)评点学价值

评点古文,从中能够探得古文津筏,对指导学者作文很有价值。虽然在清代文学评点遭到大儒批评,如章学诚等,但古文评点确实为士子作文指导门径。吴孟复总结读古文、研究古文的方法有三条,其中之一便是"观古人评点",择善而从。叶百丰曾说:"评点之学……往往有逾于解说者,吾生平治文事,课生徒,得力于此为多,而于昌黎韩氏验之尤深……今欲先取昌黎集中世所诵习名篇,别择诸家评语之精粹者,汇为一编,以饷学者。"③叶百丰选取韩文名篇,并汇集历代评点大家的评语,编成《韩昌黎文汇评》一书,以示古文之法,并帮助现代人撰写文章。叶氏所选多是清代诸家韩文评语,主要有储欣、方苞、何焯、姚鼐、张裕钊、曾国藩、林纾等,与马其昶本所选诸家较为一致。马其昶所引诸家评点中,既有创作技巧的分析,又有整体风格意境的感悟,可适应不同层次读者解读韩文,学习作文之法以及评文技巧。如评《送区册序》曰:

> 风调与柳州相近。(方苞语)
> 昌黎阳山文字,尤高古简老。(刘大櫆语)
> 《送区弘南归》诗当是一时作,故蹊径与句法之廉悍并相类。(曾国藩语)
> 不独镵辞精莹,要其命意最幽洁,故读之有味。遒郁醇宕,风致与柳相近,惜抱文颇似之。(张裕钊语)
> 叙贬所往往舍荒凉而矜佳胜,公此文乃正言其穷陋,然止以反跌区生耳,故文势为之益峻。(吴汝纶语)④

此序作于贞元二十一年(805),区册到阳山访韩愈,归时韩愈为之作序送行。此文首叙阳山之穷乡僻壤,接着叙阳山百姓之淳朴、县治之简要,次

---

① 马茂元《韩昌黎文集校注叙例》,马其昶《韩昌黎文集校注》卷首。
② 刘真伦、岳珍《韩愈文集汇校笺注》,页123。
③ 叶百丰《韩昌黎文汇评序》,《韩昌黎文汇评》卷首,台北中正书局1990年版。
④ 马其昶《韩昌黎文集校注》,页266。

叙区弘的到来使韩愈感到异常兴奋,并常在一起诵读诗书,投竿而渔。诸家评语中,吴汝纶分析此序构思之巧。作者以贬地之蛮荒反衬区册之仁义品行,为文创造益峻之势。张裕钊指出此文命意与造语珠联璧合,才创造出一篇读之有味的佳作。曾国藩评此文句法有廉悍之势,而方、刘则从文章风格方面评论。马其昶汇聚诸家评语于一处,读者从中受益极大,不仅掌握了韩文的风格技巧,还可学以致用,指导自己创作。同时还可看到桐城派评韩文逐渐细致全面的发展过程。又《送杨少尹序》,马其昶既引诸家总评,如唐顺之曰:"前后照应,而错综变化不可言。"何焯评曰:"反复咏叹,言婉思深。"中间又引张裕钊对佳句的点评,如评"予忝在公卿后……古今人同不同,未可知也"一段曰:"此转更神妙不测。"评文章最后一节曰:"前幅已极文之变态,末段又别出丘壑,读之如寻幽览胜,探之不穷。"总评与佳句点评相结合更益于读者深入体会为文之妙,学习作文之法。

另外,马其昶批校韩文中所引桐城派诸家评语对于研究桐城派有重要作用。关于桐城派古文观的研究,诸家批注古文方面成果也可作为重要的佐证资料。马其昶是桐城派末期代表,其批校韩文引用了桐城派诸家批点韩文的成果,从开创者方苞到后期曾国藩、吴汝纶、张裕钊以及马氏自己,包含了桐城派二百多年来的发展的古文观,从中可以看到桐城派的发展轨迹。因此,对于研究桐城派的学者来说,《韩昌黎文集校注》是研究桐城派古文观的又一种视角,有着极其重要的意义。

二、马其昶批韩文存在的问题

马其昶韩文批注同其它韩集文献一样也非尽善尽美,具有较高价值的同时,仍然存在一定的时代局限性。

(一)征引资料不够全面

马其昶本价值之一是保存了桐城派评韩文的资料,体现了清代桐城派的韩文观,但此点也正是其局限性所在。如果就专门研究桐城派对韩愈的接受而言,此书资料已经较为充裕。但此书不能客观地展现宋以后韩集整理研究一千余年的历史,明清还很多韩集评注家的观点都没有被参考,因此评注内容在广度和深度上有所局限,只能体现桐城派的一家之言。

(二)学术规范性不够严谨

马其昶本在学术规范性上继承了清人学风严谨的特点,但有些地方还缺乏完善。

1. 引用材料没有贯彻尚古的原则

清代学风严谨，学者引用资料以尚古为要，马其昶注韩文时则没有严格遵循这条原则。如《乳母墓铭》，宋韩醇认为为乳母写墓志铭自韩愈开始，东雅堂本引用韩醇注：

> 旧本作"河南县令韩愈乳母李氏"。葬乳母且为之铭，自公始。①

马其昶引沈钦韩注辩驳此观点：

> 沈钦韩曰："晋王献之有《保姆碑志》，其例久矣。"②

其实，清初何焯在《义门读书记》中早已对此观点做出过考证：

> 按：王献之已有《保姆志》。③

清代何焯和沈钦韩引用同一条资料辩驳宋人观点，沈钦韩远在何焯之后。马其昶批校东雅堂本时对何焯批注韩集的成果征引较多，应该见过何焯批韩集的本子，但却采用了远远晚于何注的沈注，不免令人难解。

2. 征引资料删减欠当

在校注韩文时，马其昶广征博引，并对各家注的内容进行筛选，除去繁芜，体现桐城派简洁之特点。但有时不免出现删减失当的现象，如考《祭侯主簿文》中"进马"一职：

> 陈景云曰："进马"，官名，属殿中省，见《新史·百官志》。沈钦韩曰：《六典》："兵部郎中职，凡殿中省进马，取左右卫三卫高荫，简仪容可观者补充。"按："进马"之官，与斋郎并是荫资。④

沈钦韩在考此官职时还引了《新唐书》作解，曰：

> 《新唐书·百官志二》殿中省：进马五人，正七品上。掌大陈设，戎服执鞭，居立仗马之左，视马进退。⑤

这条材料考证了"进马"之职的性质，与上面所引《六典》条资料相结合，能更清楚地解释唐"进马"之官的特点，使读者更易理解此官职。而马其昶在征引时恰恰删减了此条资料，则稍嫌失当。

---

① 马其昶《韩昌黎文集校注》，页563。
② 马其昶《韩昌黎文集校注》，页563。
③ 何焯《义门读书记》，页590。
④ 马其昶《韩昌黎文集校注》，页327。
⑤ 沈钦韩《韩集补注》卷二十三，光绪十七年广雅书局本。

3.征引文献不注明出处

马其昶以东雅堂本为底本,以朱笔于韩集旁批注,未及完成即辞世。马其昶批注属草稿,由马茂元后期整理出版,署名《韩昌黎文集校注》。东雅堂本旧注仿朱子《离骚集注》体例,删去各家姓名,且在凡例中有说明"今仿朱子《离骚集注》例",其凡例也被载入《韩昌黎文集校注》的前言部分。马茂元依旧注原貌录入,马其昶批注的部分称补注。马其昶的补注中有许多引自魏仲举《五百家注》本、朱熹《考异》、新旧《唐书》等,征引文献未一一标注出处,容易造成混淆,引起误解。如《送王秀才序》中"于是有托而逃焉者也"句,马其昶补注曰:"原本无,据别本校补。"潮本、祝充本及魏仲举《五百家注》本皆有此句,此处"别本"马其昶未注明何本。

第六章　林纾的韩文评析研究

　　林纾与桐城派关系密切，被看作桐城护法，也是古文的最后坚守者。林纾不立派别，推崇传统文化，这使其对桐城派持一种疏离与接受的态度。林纾承桐城派"义法"说，并与"意境"说结合，进一步完善自己的古文理论与批评体系，形成一套古文文法理论。林纾运用自己的古文理论批评韩文富有特点，价值较高。

第一节　林纾的古文理论及其韩愈研究著述

一、林纾的古文理论

　　林纾（1852—1924），字琴南，号畏庐，晚清文学家、翻译家，福建闽县（今福州市）人。光绪八年（1882）举人，光绪二十六年（1900），在北京任五城中学国文教员，之后曾任北京大学讲席。林纾博闻强记，工于诗古文辞，文章善叙事抒情，文笔婉约，其古文为桐城派大师吴汝纶所推重。诗文笔记类著作有《畏庐文集》《续集》《三集》《畏庐诗存》《闽中新乐府》《畏庐琐记》《畏庐笔记》《畏庐漫录》等，古文研究理论著作有《春觉斋论文》《文微》，古文评点有《评选古文辞类纂》《韩柳文研究法》《左传撷华》，另有译述外国小说近二百种。

　　林纾诗学唐宋大家，其《与李宣龚书》中自称："吾诗七律专学东坡、简斋，七绝学白石、石田，参以荆公，五古学韩，其论事之古诗则学杜。"[1]林纾称道左、马、班、韩之文为"天下文章之祖庭"，其古文创作在桐城文之谨严平和之外又谐谑风趣且富于情感。作为桐城护法、古文的最后坚守者，林纾承桐城派"义法"说，与意境结合，进一步完善自己的古文理论与批评体

---

[1] 钱锺书《林纾的翻译》，商务印书馆 1981 年版，页 51。

系,形成一套纯艺术化的古文文法理论体系,包括意境论、艺术论、文体论、技法论、作家论,而以意境论为核心。林纾为文主张"积理养气","论文主意境、识度、气势、神韵,而忌率袭庸怪,文必己出"①。意境在林纾的论述中所指不一,有指文章风格,有指创作技巧,多数指创作前的涵养,即以高洁诚谨为最高标准,提高主体素养。创作主体须先修身,方能造境。而心、意、理是形成意境的关键要素,林纾指出文须有理:"凡无意之文,即是无理。无意与理,文中安得有境界?"又曰:"须知意境中有海阔天空气象,有清风明月胸襟。须讲究在初临文之先,心胸明彻,名理充备,偶一着想,文字自出正宗;不是每构一文,立时即虚构一境。"②林纾尤重文之意境,并对文章意境如何形成作了详细阐释:"文章唯能立意,方能造境。境者,意中之境也……故意境当以高洁诚谨为上者,凡学养深醇之人,思虑必屏却一切胶轕渣滓,先无俗念填委胸次,吐属安有鄙倍之语?须知不鄙倍于言,正由其不鄙倍于心。意者,心之所造;境者,又意之所造也……文字之谨严,不能伪托理学门面,便称好文字。须先把灵府中淘涤干净,泽之以《诗》《书》,本之于仁义,深之以阅历,驯习久久,则意境自然远去俗氛,成独造之理解。"③林纾认为必须心胸明朗,读圣贤之书,"灵府中淘涤干净",以提高自身素养,才能理明言正,方能造"高洁诚谨"之意境。这一文论实际与韩愈"养气"说理论相同,即"仁义之人,其言蔼如"。林纾将韩愈"养气"说转换为意境论,正是其追求含蓄蕴藉之文的宗旨体现,其《慎宜轩文集序》辩论古文曰:

> 今庸妄巨子饤饾过于汪伯玉,哮勃甚于祝枝山,用险句奇字以震眩俗目,鼓其赝,力斥桐城不值一钱,而无识之谬种,和者噪声彻天。余则以为其才不能过伯玉,而其顽焰所张又未能先枝山也。吾友桐城姚君叔节恒以余为任气而好辩,余则曰:"吾非桐城弟子为师门扞卫者,盖天下文章务衷于正轨,其敢为黔黑凶狞之句,务使人见而沮丧者,虽扬雄氏之好奇不如是也。昌黎沉浸于雄文,然奇而能正,盖得其神髓,运以关轴,所以自成为昌黎之文。惟《曹成王碑》好用奇字,乃转不见其奇。彼安庸之谬种若独得此秘,用之以欺人,吾亦但见其黔黑

---

① 赵尔巽等《清史稿·林纾严复辜鸿铭列传》卷四百八十六,中华书局1998年版。
② 《论文偶记 初月楼古文绪论 春觉斋论文》,页74。
③ 《论文偶记 初月楼古文绪论 春觉斋论文》,页73。

凶狞而已,不知其所言之为文也。"①

这篇文章实是讥讽曾批判林氏及桐城派为妖孽的章太炎一派宗魏晋风尚者,从中可见林纾推尊平正温和、富有韵味之文,不喜奇险虚枵之文。这是古文意境重要的审美境界。林纾对韩文的评析,便贯穿了这一古文观。

二、林纾的韩愈研究著述

林纾生平服膺韩、柳、欧文,尤喜韩文,潜研韩文数十载,其《答甘大文书》曰:"仆治韩文四十年。其始得一名篇,书而粘诸案,幂之。日必启读,读后复幂,积数月始易一篇,四十年中,韩之全集凡十数周矣。"②光绪二十一年(1895)秋,林纾应福州兴化知府张僖之聘校阅试卷,张僖曾谈到林纾前往随身所带书籍,仅"《诗》《礼》二疏,《春秋左氏传》《史记》《汉书》、韩、柳文集及《广雅疏证》而已。畏庐无书不读,谓古今文章归宿者止此。"③林纾曾自述说:"纾生平读书寥寥,左、庄、马、班、韩、柳、欧、曾外,不敢问津。于归震川则数周其集,方、姚二氏略为寓目而已。"④可见韩、柳文是林纾学习先秦、秦汉文之外的常习之文。林纾评韩文曰:"韩公之文,武夷之溪、玉华洞之泉声也。武夷山溪,每曲辄变。玉洞之泉,则伏流石片之下,虽繁其耳,听固未尝得泉。解此始可语韩,否则未见其能韩也。"⑤林氏用溪泉之声巧妙比喻韩文善变的特点。关于韩文在中国散文史上之地位,林纾同清初大家观点一致,认为韩文是通向先秦、秦汉文的必经之途,"由韩之道而推及《左》《庄》《史》《汉》,靡有不得其奥"⑥,又曰"欧、曾二氏,不得韩亦无能超凡入圣也"。林纾古文深受吴汝纶推许,其《赠马通伯先生序》曰:"余治古文三十年,恒严闭不以示人。光绪中,桐城吴挚甫先生至京师,始见吾文,称曰是抑遏掩蔽,能伏其光气者。"⑦苏洵曾评韩文抑遏蔽掩,吴汝纶对其文的赞誉无疑会激发了林纾以韩文为范例坚守古文文法的积极性。

林纾的韩愈研究成果丰硕,如《韩柳文研究法》《选评古文辞类纂》;其

---

① 林纾《畏庐三集》,上海书店1992年版,页5。
② 林纾《畏庐三集》,页31。
③ 张僖《畏庐文集序》,林纾《畏庐文集》卷首,上海书店1992年版,页21。
④ 林纾《林琴南书话》,浙江人民出版社1999年版,页77。
⑤ 林纾《百大家评注韩文菁华录序》,吴人麟编选《百大家评注韩文菁华录》卷首,广益书局1920年版。
⑥ 林纾《畏庐三集》,页31。
⑦ 林纾《畏庐续集》,上海书店1992年版,页25。

《春觉斋论文》《文微》中也颇多相关评论。林纾研治韩文的同时又教授韩文,"今笃老无用,尚集诸生讲《南华》《左》《史》及韩、欧之文。每授韩文一篇,辄加评语至数百言,务发其覆而后已"①,可见其对韩愈研究用力之勤。

1.《韩柳文研究法》

《韩柳文研究法》是林纾研治韩文和柳文多年的理论成果,不录原文,主要分析韩、柳文创作技巧、思路及意旨,实为评论韩、柳文之专著。全书分为上下两卷,上卷"韩文研究法",选韩文六十七篇,逐一评析;下卷为"柳文研究法",选柳文七十二篇,而且分析柳文时常与韩文比较而论,评判优劣。书名称"研究法"是晚清学术发展的新趋势,分析韩文更为系统,而非零散评点。此书1914年由商务印书馆首次印刷,书前有马其昶序。

2.《春觉斋论文》

《春觉斋论文》是林纾古文理论的集大成著作,主要分为《述旨》《流别论》《应知八则》《论文十六忌》《用笔八则》《用字四法》六个部分,论文章创作在这些方面应遵循的规律,也多以韩文作为例证和典范分析。此书于1913年连载于《平报》,名《春觉生论文》。1916年北京都门印书局易名为《春觉斋论文》,1921年上海商务印书馆再次易名为《畏庐论文》。1959年人民出版社以都门印书局排印本为底本,与刘大櫆《论文偶记》、吴德旋《初月楼古文绪论》合为一册印行。

3.《文微》

《文微》由朱羲胄(林纾弟子)1919年依据听林纾讲习古文记录的笔记整理而成。此书谈论古文创作、阅读等问题,极富系统性、理论性。黄侃评曰:"自彦和以后,世非无谈文之专书,而统纪不明,伦类不析,求如是书之笼圈条贯者,盖已希矣。"②全书分为十章,通则、明体、籀诵、造作、衡鉴五章为论文大纲,涉及古文一般理论、辨体、阅读、写作、评赏等问题;后五章为周秦文评、汉魏文评、唐宋元明清文评、杂评、论诗词,论析作家作品,其中多处评论韩文特点,并梳理韩文渊源及影响。1925年由黄冈陶子麟刊刻,书前有陶子麟序和黄侃题辞。

4.《选评古文辞类纂》

《选评古文辞类纂》十卷,由姚鼐《古文辞类纂》节选而成。林纾推崇姚鼐《古文辞类纂》,但认为此书过于繁重,不便初学者运用。林纾即在《古文

---

① 林纾《百大家评注韩文菁华录序》,吴人麟编选《百大家评注韩文菁华录》卷首。
② 黄侃《文微·题辞》,王水照编《历代文话》,复旦大学出版社2007年版,页6525。

辞类纂》基础上"慎选其优,加以详评",并以自己的古文主张为标准增加了姚鼐没有入选的数篇佳作。此书共选文一百八十七篇,其中韩文六十余篇,所占比例最高,新增入《送齐暭下第序》,曰:"惜抱生平于文深矣,且倾心于昌黎。而纾谓昌黎之《送齐暭下第序》,匠心独运,开后生小子无数法门,而惜抱竟不列选。"①文体分类上由原来的十三类归为十一类,每篇文章后又详加评论,主要分析章法技巧、作品意旨等。

第二节　分析韩文文体特点

林纾重古文文体研究,分析韩愈不同类型的文章有不同的高妙之处,在《春觉斋论文·流别论》中总结出各种文体的特点,对韩文文体特点也做了准确概括,彰显一代文宗高超的古文造诣。林纾评韩愈书与赠序文吞言咽理,墓志铭古朴典重,声沉韵哑,而哀辞则情韵兼胜,并在其韩文批评中一以贯之。

一、书与赠序吞言咽理

韩愈赠序文历来备受赞誉,姚鼐曰:"唐初赠人,始以序名,作者亦众。至于昌黎,乃得古人之意,其文冠绝前后作者。"②林纾也继而评之曰:"赠送序,是昌黎绝技。欧、王二家,王得其骨,欧得其神。归震川亦可谓能变化矣。然安能如昌黎之飞行绝迹邪!"③林纾总结韩愈赠序文最显著特点是吞言咽理,曰:"夫文章至于子昂、太白,尚何可议?不过唐世一有昌黎,以吞言咽理之文,施之赠送序中,觉唐初诸贤,对之一皆无色。"④此论与苏洵所评韩文"抑遏蔽掩"相似。林纾曰:"苏明允称韩文能'抑遏蔽掩,不使自露',不佞久乃觉之。蔽掩,昌黎之长技也。不善学者,往往因蔽而晦、累掩而涩,此蔽不惟樊宗师,即皇甫持正亦恒蹈之,所难者能于蔽掩中有渊然之光、苍然之色,所以成为昌黎耳。"⑤"抑遏蔽掩"亦即林纾所言"吞言咽理",意谓行文纡曲反覆、含蓄转折,富有启示性效果,又晓畅无晦色。韩愈将此法施之赠序文,使其委婉有味。《送浮屠文畅师序》是韩集中"吞言咽理"文

---

① 林纾《选评古文辞类纂序》,《选评古文辞类纂》卷首,浙江古籍出版社1986年版。
② 王水照编《历代文话》,页6360。
③ 林纾《韩柳文研究法》,页22。
④ 《论文偶记　初月楼古文绪论　春觉斋论文》,页68。
⑤ 林纾《韩柳文研究法》,页2。

第六章　林纾的韩文评析研究

的典型,林纾评曰:

> 《送浮屠文畅师序》,直是当面指斥佛教为夷狄禽兽,而文畅通文字,却不以为忤者,此昌黎文字遏抑蔽掩之妙也。文中着眼在一"传"字。传者,传道也。圣人之道有传,而佛教亦未尝无传,然昌黎偏不以"传"字许他。言外似谓有所传之道,即是人,无所传之道,即是夷狄禽兽。命意如此,行文实不如此。观他文中提笔,言民之初生,固若禽兽夷狄,然是浑沦说话,不辨儒佛,言下分出圣人立教。于是禽兽夷狄,与人始分形而立。说到浮屠,孰为孰传?此图穷匕见,逼人甚矣。而顶笔却推开浮屠,但论禽兽,言禽兽不知道,故易罹害。人知道,故获安居而粒食。此时仍引浮屠同为人类,见得前此禽兽二字,不是骂他,顾所以异于禽兽者,能亲圣人也。知其所自,即是醒他。溯源于圣人,若不知所自,仍禽兽耳。斥他不知,又将不知二字解脱,不是其人之罪,累擒累纵,一毫不肯放松,然后明出正告之意,仍不失儒者身份,令人百读不厌。[①]

此文作于贞元十九年(803),韩愈时为四门博士。林纾分析韩文技巧,累擒累纵,婉转有神味,不置文畅于尴尬之境,又不失自身儒者身份。韩愈平生毁佛,因此为浮屠作诗序文,最是难以措笔。文章开头即分"儒名墨行"与"墨名儒行"两类,前者虽在门墙,亦必挥之,后者虽在夷狄,亦当进之。然后假借文畅"喜文辞",而惜世人多举浮屠之说相赠,无人以圣人之道告之,认为文畅"如欲闻浮屠之说,当自就其师而问之,何故谒吾徒而来请也"。随即转入"圣人之道"畅所欲言,斥佛教为夷狄之道,而文畅通文字与夷狄异。韩愈将圣人与浮屠对举,圣人之道有本有源,浮屠之教孰为孰传,有所传者即是人,无所传者即为夷狄禽兽。但又说"今吾与文畅,安居而暇食,优游以生死,与禽兽异",显见"禽兽"二字,与"儒名墨行"者无关。最后明示正告,所谓"知而不以告人者,不仁也;告而不以实者,不信也",完全不失儒者身份与排佛立场,仍以圣人之教为依归。故林纾评"此昌黎文字遏抑蔽掩之妙也"。林纾详细寻绎此文行文迂回曲折之用意,将韩文"吞言咽理"之法分析得十分透彻,使读者易于理解韩文特点。又评《送廖道士序》曰:

> 至于《送廖道士序》,则把一座衡岳举在半天,几几压落廖师顶上,

[①] 林纾《韩柳文研究法》,页29。

忽又收回。自"五岳于中州"句,直至"千寻之名材,不能独当也"句止,使廖师听之色飞眉舞,谓此处定说到山人身上矣。"意必有魁奇忠信材德之民生其间",廖师必又点首叹息,羞不敢当。忽然闯出"而吾又未见也"句,把廖师一天欢喜撒在霄汉。以下似无文章,乃用迷惑老佛之教,又似所说者皆指廖师,至"未见"云云,直隐于佛老而未见耳,不是全无其人,廖师似已死中得活。忽又有"若不在其身,必在其所与游",则并隐于佛老中者亦都不属廖师身上。廖师考语但得"气专容寂,多艺善游"八字,与道字都无关涉。一篇毫无意味之文,却说得淋漓尽致,廖师亦欢悦捧诵而去,大类乳媪之哄怀抱小儿,佳处令人忽啼忽笑。神品之文,当推此种。①

此文可谓将吞言咽理之法运用到臻至之境。韩愈平生辟佛老不遗余力,若在序中一味斥骂,又无此体,故行文能伸能缩。前写景物之奇引出有"魁奇"之人,不见廖师,后写廖师,但与"魁奇"之美名若即若离,如同将一座衡岳几欲压落廖师头顶,忽又收回,最终廖师与"魁奇"者无关,但也欢悦捧诵而去。林纾还形象比喻道:"此文制局甚险,似泰西机器,悬数千万斤之巨椎于梁间,以铁绳作辘轳,可以疾上疾下,置表于质上,骤下其椎,椎及表面玻璃而止,分毫无损也……昌黎一生忠鲠,而为文乃狡狯如是,令人莫测。"②林纾的分析风趣幽默,使韩文吞言咽理之法灵动地展现于读者眼前。清初孙琮评此文曰:"胸中欲写出一个廖师,因廖师是郴民,却先写郴州,又先写岭南山水,又先写衡山灵奇,累累写来,却又不径写廖师,又写出许多珍奇物产。其势如风雨欲来,烟云万状,令人怖骇之至。及读至后幅,竟飘飘然,一点廖师,又飘飘然;一点其徒,又如云散雨收,万象俱寂,令人愉悦之至。"③孙琮和林纾对此文创作技巧评析一致,只是林纾的解析更利于初学者学习。

韩集中书体亦多吞言咽理之作,林纾曰:"昌黎集中,与书颇多,然多吞言咽理之作,有时文法同于赠序。盖昌黎未遇时,亦一无聊不平之人,第不欲为公然之谩骂,故与书时弄其狡狯之神通。其《答胡生书》伸缩吐纳,备极悲凉,若引吭高吟,至有余味,而惜抱之《古文辞类纂》乃不收入。"④《韩

---

① 《论文偶记 初月楼古文绪论 春觉斋论文》,页69。
② 林纾《韩柳文研究法》,页30。
③ 孙琮《山晓阁选唐宋八大家文·韩昌黎集》卷三,清刻本。
④ 林纾《选评古文辞类纂》,页113。

柳文研究法》中评《答胡生书》曰:"笔力备极伸缩,力量最大,奇巧百出,且吞咽无穷血泪于胸臆中,机杼非唐、宋大家所有。"①其《评选古文辞类纂》详析此文曰:

> 开头说他信道笃,笃者,不变也。许他信道,又防其变,故末言"愈之于生,既不变矣",即所以坚其信也。通篇两用"如之何"句,极悲凉。分贤不肖,此任属之公卿,明己之奖励后进,无公卿之力量也。"不敢有意于是",少为推开,而又不能忘情;"时或道之",则僭窃公卿之任矣。急言"于生未有益",又立时推开,鞭进一层,谓用是转招谤议。果以谤议为可畏,则怀自爱之心,今既不敢自爱,仍以称道后进为己任,在己为不畏谤议,而于生则无益。"无益"二字,前已说过,正恐于无益之外,且复有伤。"如之何"三字,是合己与胡生总言之,我无如何,则生亦无如何,言外谓其能信道者,则己不畏谤,生亦不畏伤矣。"如之何"非绝决语,正期望意也。以上为由己及人语,是步步为生设想。
>
> 至是转由胡生意中推测,"彼"字指公卿贵位也,"吾"者胡生自谓,"不利其求",所以无益,此亦说得实在。忽又一转,言离乡邑,去亲爱,甘辛苦而不厌者,正为功名而来,不必为道而来,则己所称许以信道者,又正岌岌难恃。此三字"如之何",较上句为危险。上句"如之何",尚有商量意;此句"如之何",有畏惧意。故急言"愈之于生,既不变矣",言己无贬道畏人之意,生亦当无贬道求合之心。有此一语,则开头许他"信道笃"意始完足。
>
> 一篇中似满怀牢骚,实则期望后进以怀道守义,意能怀能守,即不变矣。文之内转,真匪夷所思。②

此文约作于贞元十四年(798)至十九年(803)之间,胡直均贞元十九年(803)登第。胡生为科第,求韩愈推荐,韩愈回信婉转拒绝。文章巧用伸缩之法,诚恳地勉励后进,关心胡生之情溢于言表。韩愈期望胡生怀道守义,文却数次内转,层层递进,吞言咽理之法表现得淋漓尽致。文章原文不过三百字之多,林纾评析近六百字。精短之文内涵丰富,林纾详尽分析此文技巧,将行文中吐纳伸缩之处逐一阐释,道出了文法之妙。姚鼐《古文辞类纂》则未选,林纾因其善用吞言咽理之法而补入《选评古文辞类纂》。林纾

---

① 林纾《韩柳文研究法》,页18。
② 林纾《选评古文辞类纂》,页164—165。

说:"文有抟缩二诀,唯昌黎能之,荆公亦间能也。"①

二、墓铭古朴典重

韩愈集中墓志铭六十多篇,林纾曰:"昌黎集中,墓铭最多,铭词之古謇,后人学之辄踬,盖无其骨力华色。追逐而摹仿之,不惟音吐不类,亦不能遽蹴而止。"②铭体用于颂功或警戒,源远流长。铭体特征是博而能约、弘深温润、庄重典雅,而非伤情绮靡、悲歌慷慨。林纾评《魏博节度观察使沂国公先庙碑铭》铭词"纯正典重,不参奇特之笔,选字既纯,色尤古泽"③。班固《封燕然山铭》铭文运用骚体,但为了铭文不失典重,句末用仄声字,达到声沉韵雅不亢直的效果,"兰台深知铭体典重,一涉悲抗,便为失体,故声沉而韵哑。此诀早为昌黎所得,为人铭墓,往往用七字体,省去'兮'字,声尤沉而哑"④。韩愈铭体得典重之诀,每句省去"兮"字,显得简练凝重。林纾评《朝散大夫尚书库部郎中郑君墓志铭》曰:

"再鸣以文进途辟,佐三府治蔼厥迹。郎官郡守愈著白,洞然浑朴绝瑕谪。甲子一终反玄宅。"此体尤难称,不善用者,往往流入七古。七古在近体中,别为古体,以不佻也,然一施之铭词中,则立见其佻。法当于每句用顿笔,令拗,令謇,令涩。虽兼此三者,而读之仍能圆到,则昌黎之长技也。"再鸣以文"是一顿,谓由进士书判拔萃出身者。"进途"之下用一"辟"字,此狡狯用法也。"佐三府治"又一顿,"蔼厥迹"句以"蔼"字代"懋"字,至新颖。"郎官郡守愈"五字又一顿,其下始着"著白"二字,是文体,不是诗体。"洞然浑朴"四字作一小顿,"绝瑕谪"三字,即申明上四字意,以下"甲子一终"则顺带矣。句仅七字,为地无多,屡屡用顿笔,则读者之声,不期沉而自沉,不期哑而自哑,此法尤宜留意。⑤

此文作于长庆元年(821),时韩愈为兵部侍郎。郑君即郑群,永贞、元和初与韩愈同为江陵府判官,有同僚之谊。郑群卒于长庆元年(821)由衢州返京途中。此铭歌颂郑群生平功绩。铭文五句,每句七字,易流入七古。铭

---

① 王水照编《历代文话》,页6553。
② 林纾《韩柳文研究法》,页39.。
③ 林纾《韩柳文研究法》,页42。
④ 《论文偶记 初月楼古文绪论 春觉斋论文》,页54。
⑤ 《论文偶记 初月楼古文绪论 春觉斋论文》,页54。

第六章　林纾的韩文评析研究

体典重高亢，而用七古易不佻。韩文巧用顿笔，令句子典重拗涩，不浮不佻，音声古雅，最终达到庄重典雅的效果。林纾分析详赡周密，对韩文此类文体特点把握精准。

各代碑记特点不一，林纾曰："至于碑志之文，窃以为汉文肃，唐文赡，元文蔓，而昌黎之碑记文字，又当别论，不能就唐文中绳尺求之。"①韩愈碑记不拘一格，总体又不失古雅之风。林纾论曰："大抵碑版文字，造语必纯古，结响必坚骞，赋色必雅朴。往往宜长句者，必节为短句，不多用虚字，则句句落纸，始见凝重。《平淮西碑》及《南海庙碑》，试取读之，曾用十余字为一句否？"②评《南海神庙碑》曰：

> 文摹汉京，用短峭之笔，古色斑斓。入手步武高亢，瞻视非凡。叙及刺史位尊事集，而又惮劳，则极诋前人之畏葸，正为孔公留下勇往之地步。此亦常法，好在将祀事之不虔处，错错杂杂写来，都有一种肃穆尊严气象，诎然而止，能自顿断，成一段落，其善于行气，所谓不得不止也。既入孔公，用笔严洁。写祀事，写旋舻，有班孟坚、张平子之光色，未尝一笔趋入六朝。泽古之深，是昌黎独步。声亢而高，语重而屹，不纤不佻，是古文中应有之材料，不取骈文幽艳之作，以自隳其魄力。③

孔戣由事神到治人，神人俱依，韩愈在潮州时作文以美之。林纾评此文融合汉唐碑记文之特点，多用短句，高古肃穆，赋色雅朴，无六朝文纤佻幽艳之色，"古丽处，不惟李华不能及，及子厚亦当却步"。

三、哀辞情韵兼胜

关于哀辞文之特点，林纾说："哀词者，既以情胜，尤以韵胜。韵非故作悠扬语也，情赡于中，发为音吐，读者不觉其绵亘有余悲焉，斯则所谓韵也。"④哀辞重在抒情，韩愈集中哀辞虽不多，但却情韵兼胜。林纾评曰：

> 《昌黎集》中，哀辞凡两篇：一《哀独孤申叔文》，无序；一为《欧阳生哀辞》，哀欧阳詹也，其序曰……词中既哀詹矣，又哀其父母，见詹之死，尚有父母悲梗于上，所以哀也。《元丰类稿》有《王君俞哀辞》……正以君俞有老母在且孝，而不昌其年，此所以哀也。则亦仍守前人之

---
① 《论文偶记　初月楼古文绪论　春觉斋论文》，页56。
② 《论文偶记　初月楼古文绪论　春觉斋论文》，页56。
③ 林纾《选评古文辞类纂》，页308。
④ 《论文偶记　初月楼古文绪论　春觉斋论文》，页57。

331

法律。至于辞中之哀惋与否,则子固、震川皆不长于韵语,去昌黎远甚。他若方望溪之哀蔡夫人,则文过肃穆,辞尤无味,名为哀词,实不能哀,亦但存其名而已。①

林纾认为韩文情感深厚且善用韵语,并与曾巩、归有光、方苞之文相比较,其他三家不长于韵语,对哀惋之情的表达则稍显逊色。

第三节 评析韩文创作技巧及审美特征

林纾研治韩文成果丰富,总的来看主要是详赡分析文章创作技巧,批评韩文审美特征,其中不乏真知灼见。

一、分析韩文创作技巧

林纾承桐城派义法,认为"读古人文章,必先察其义训,然后绎寻其文法,始为有序"。刘大櫆曾提出:"神气者,文之最精处也;音节者,文之稍粗处也;字句者,文之最粗处也。"②姚鼐继而论曰:"所以为文者八,曰神、理、气、味、格、律、声、色。神、理、气、味者,文之精也;格、律、声、色,文之粗也。然苟舍其粗,则精者亦胡以寓焉?"③三人观点一脉相承。林纾所谓"寻绎文法"即由文之粗处求文之精处。林纾说"文章须从字里讨消息","大家之文一字不苟","汉以前文,针线皆看不出","唐、宋人文,可以按法而索迹",而韩文颇有"机杼"。韩愈"文能遏光"是其精髓,而此高妙之处须从字法、句法、章法上来体会,《韩柳文研究法》便是"择其针线之可寻者略为诠释"④,《春觉斋论文》中也多分析韩文创作技巧。林纾在韩文评析中实施了桐城派因声求气、遇粗求精的文论观,通过可以言传之字法、句法、章法,探求韩文内在之深奥精密处。

林纾论文重视词语的运用安置,用字得当可以化寻常为神奇,化熟为生,产生意想不到的效果。林纾称道韩文善用字,尤其赏识韩文用字古雅,结响亮,拼字称。林纾称:"古文之拼字,与填词之拼字,法同而字异;词眼纤艳,古文则雅练而庄严耳,其独出心裁处,在能自加组织也。"⑤古文与填

---

① 《论文偶记 初月楼古文绪论 春觉斋论文》,页57。
② 《论文偶记 初月楼古文绪论 春觉斋论文》,页6。
③ 王镇远、邬国平《清代文论选》,人民文学出版社1999年版,页577。
④ 林纾《韩柳文研究法》,页23。
⑤ 《论文偶记 初月楼古文绪论 春觉斋论文》,页131。

第六章　林纾的韩文评析研究

词拼字方法相同,皆取常用之字,一经拼集,便使之生色有味,强调古文要拼"庄雅"之字。评《进学解》曰:"读昌黎《进学解》,要看它用字造句,无往而不聪明。中间'觝排'、'攘斥'之类,即见其拼字工夫。总之,此文用古字,结响高,拼字称,为古来文家所罕及。"①"觝排""攘斥"便是"觝攘"和"排斥"的拼集,拼集之后的"觝排异端,攘斥佛老"庄雅有味。运用古人用过的字易有饾饤之嫌,而能文者善于拼字,既能避"盗拾"之嫌,还可生出新意。评《祭张员外文》曰:"古香古色,弥望皆然,而又高下随心,曲折如意,腕灵辞巧,所以千古独高。'岁弊寒凶'、'雪虐风饕'类语见得用字工夫,所谓'文必己出'也。'洞庭漫汗'十六字,高古浓响,雅深皆极,的非六朝人所能及。"②虽用古人字,但善于用字拼字,既做到了词必己出,文从字顺,又使文章古色斑斓。论《司徒兼侍中中书令赠太尉许国公神道碑铭》用字技巧曰:"铭词在在,尤寓用字之法……'雄唱雌和',是拼字法;'噰呻'、'睨眴',是代字法。此在读时玩索,自有神会。"③"雄唱雌和"是"雌雄"和"唱和"的拼集,生色有味。林纾说"盖古文原有此种拼字之法,即韩柳亦然。盖局势气脉者,文之大段也;缔章绘句原属小技,然亦不可不知,此等末节亦不能不垂意及之。"④正如陈望道评说"将两个并列或对待的双词,间错开来用的拼字法,看来可以算是介在镶嵌之间的一体","林纾著的《畏庐论文》中有'拼字法'一篇专论这一说法"⑤。林纾评此文"须看其用字,如猁字,愒字、磔字、养字、督字、鸿字,皆极古穆,味之自得用字之法"⑥。林纾分析韩文巧用常字生出奇效,分析用字典型的《曹成王碑》曰:

> 退之生平输心子云、相如、刘向,然学子云,未尝取其拗险黔黑者以警众,至于此篇,则忍俊不禁矣。其中用剡、鞣、铍、掀、撅、笯、跐等字,稍涉奇诡,实则奇处不在能用僻字也。如"委己于学",未尝奇也,然不言亲学,言"委己于学",则奇也。"耻一不通"之"一"字,即语所谓"一事不通,儒者之耻",无奇也,乃联"耻一"二字,则奇矣。行刺史事,非真除也,既拜衡州,则真除矣,乃用一"真"字,与"行"字相应,亦无奇处,而必曰"迁真于衡",斯奇矣。"声"与"势",常用之字,非奇

---

① 林纾《文微》,王水照编《历代文话》,页6550。
② 王水照编《历代文话》,页6550。
③ 林纾《韩柳文研究法》,页50。
④ 《论文偶记　初月楼古文绪论　春觉斋论文》,页132。
⑤ 陈望道《修辞学发凡》第七篇,复旦大学出版社2008年版,页136。
⑥ 林纾《选评古文辞类纂》,页322。

也,乃"声"下用一"生"字,"势"下用一"长"字,便足夺目,斯则不奇之奇。

须知文之能奇,偏用常用之字,能出人意表,百思莫到,法在泽古深,而济以烹炼之力,始能石破天惊。若漫无根柢,一味求奇,则举鼎绝膑矣。果精读此文,便知造句之法。知之当以意会,如步步效颦,转不能奇,反成为丑,亦不可不防。①

此文用字奇处不在用僻字,而在巧用常字,产生新奇效果。如林纾所说"盖用寻常经眼之字,一经拼集,便生异观",如韩文巧用"声生势长"表达李皋在衡州声望日高之意。李皋刺衡州,法令兼修,张弛有道,备受赞誉。而单看"声"、"生"、"势"、"长"四字皆为常字,组合一起便生奇效,可见韩文用字高妙之处。如评《送郑尚书序》曰:"观大帅据馆之'据'字,四帅守屏之'守'字,虔若小侯之'虔'字,不惟古雅,而且写尊卑上下之分,但用一字,闭目思之,均如见其状,用法纯学《汉书》。"②此文长庆三年(823)作,时郑权出为广州刺史、岭南节度使。文章处处伏笔衬郑公之尊,林纾则侧重分析韩文以用字之巧体现郑公之尊贵。

对于韩文用字之巧,林纾观察甚微;对于韩文章法布局之妙,林纾亦勾勒细致。林纾《春觉斋论文·用笔八则》阐述了古文用笔之妙,如顿笔、提笔、起笔、顶笔、绕笔、插笔等,关乎文章制局。用笔巧妙亦是韩文一大特色,林纾尤为关注。关于文之顿笔,林纾曰:"凡读大家之文,不但学其行气,须学其行气时有止息处。"③"止息"即指顿笔,文章讲气势,行气须有"止息处",才能张弛有韵味。林纾说:"文之用顿笔,即所以息养其行气之力也。"林纾认为韩文之所以能抑遏蔽掩是善用顿笔之故,如《送廖道士序》《送浮屠文畅序》等。评《唐故江西观察使韦公墓志铭》曰:

此文每录一事,必有小收束,学《史记》也。序文体近列传,本人事实过繁,乞文者不愿遗落,则一一须还他好处,若无驾驭斩截之法,便近散漫平芜。文自叙姓氏起至"以甥孙从太师鲁公真卿学,太师爱之"作一顿,自"举明经第"至"征拜太子舍人益有名"作一顿,自"迁起居郎"至"遂号为才臣"作一顿,自"刘辟反"至"上以为忠"作一顿,自"一岁拜洪州刺史"至"其大如是,其细可略作也"作一顿,"卒有违令,当死

---

① 林纾《选评古文辞类纂》,页317。
② 林纾《选评古文辞类纂》,页204。
③ 《论文偶记 初月楼古文绪论 春觉斋论文》,页119。

者"至"公能益明"作一顿,情事虽繁杂,无甚伟节,然每段拉以煞句,则眉目井然。①

韦公指韦丹,元和五年(811)卒于江西观察使任。韩愈于元和六年(811)为其作墓铭,歌颂其生平功绩。韦公政绩多,关爱体恤百姓,为百姓建造房屋、兴修水利等,治理地方政绩显赫。林纾分析韩文采用顿笔之法,一事一束,既彰显了韦公功绩,又使文敛气蓄势,纡徐曲折,使文章有言外不尽之意。若无驾驭材料之技巧,逐一叙来则散漫平芜。林纾的分析细致入微,使读者对韩文创作技巧了然于胸。

文有顿笔,其下必有顶笔相接,才能一脉牵连而下。顶笔运用得当,会使行文伸缩吐纳,流畅贯通,上下文意衔接天衣无缝。林纾认为韩文善用顶笔,"用顶笔须令人不测,此秘亦惟熟读韩文,方能领会",评《送齐皞下第序》曰:

"众之所同好焉,矫而黜之,乃公也;众之所同恶焉,激而举之,乃忠也。于是乎有违心之行,有怫志之言,有内愧之名。若然者,俗所谓良有司也。肤受之诉不行于君,巧言之诬不起于人矣。"此将皞之所以不得举之故顿断,归罪有司,别无余语。读者将谓此下必叙齐皞遇合之蹇,大发牢骚,回头更将有司痛詈一遭,补足余意。而昌黎顶此句之下,乃作三叠笔曰:"呜呼!今之君天下者,不亦劳乎?为有司者,不亦难乎?为人向道者,不亦勤乎?"似一味为有司解脱。既为有司解脱,何必更为齐皞不平?不知昌黎之意,盖恶当时俗尚锢蔽,以矫为直,纯是私心,有司沿俗成例,不足深责。前半之痛诋有司,罪案原定在有司身上,而实非昌黎文中之正意。故顶笔作纡徐宽缓之语,令人疑骇,正是昌黎善用顶笔之妙。及叙到"以己之不直,而谓人皆然","矫私"二字是积弊,当怪习尚,不能专怪有司,于是正意始明。此即伃所谓松缓其脉,不即警醒,却于句中无意处闲闲点出者是也。②

此文约作于贞元十年(794),齐皞第于贞元十一年(795)。齐皞之兄齐映贞元初为相,有司因俗习不取皞,而齐皞有才,韩愈力推之,故文章极难着笔。此文前部分本是替齐皞抱不平,问责有司。接下来便作顶笔,应骂有司,话锋陡转,反而替有司开脱,似与上文不相衔接。林纾分析此处实际是作者

---

① 林纾《韩柳文研究法》,页40。
② 《论文偶记 初月楼古文绪论 春觉斋论文》,页121。

巧用顶笔,是反接法,宜直先曲,欲吃紧处先有意松缓其脉,在纡徐宽缓之中引出文章正意,即前面痛诋有司,并非文章真意,批判"当时俗尚锢蔽"才是文章用意所在。顶笔故作宽缓之语,出人意外。林纾的分析可谓精准明晰,洞察韩文构思布局之妙,林纾曰:"大家之文,每于顶结之先,必删除却无数闲话,突然而起,似与上文毫不相涉,细按之,必如此接法。"①也即所谓:"文最要挺,即专说紧要之言,而删除闲语,且使断脉与来脉相续。古来能此者,唯左氏、太史公、昌黎而已。"②林纾对韩文用笔之巧深有领会,解析精到。

善用绕笔亦是韩文之长,林纾曰:"为文不知用旋绕之笔,则文势不曲。绕笔似复,实则非复……古惟昌黎最精此技,今略举一二篇用为标准,亦以见古人用心之曲折处。"用旋绕的笔法说明事实,层层推进,叙述透彻。评《代张籍与李浙东书》曰:

> 如《代张籍与李浙东书》,不过一瞽目之人向人求丐耳,文却将"盲"字作无数旋折:"盲目不盲心"是主脑,然处处伤悼"盲"字,却处处绕转"心"字。如盲者当废于俗辈,不当废于有道之人,有道者,知心也;将"心"字一回顾。又言浙水七州,均不盲者,然当问其贤,不当计其盲,知贤者,知心也;又将"心"字一回顾。于是直说盲心无用,自己盲目不盲心之有用;又将"心"字一回顾。果能赐坐问言,则目盲而心不盲,尚能吐其心中平生所知见;又将"心"字一回顾。再言心果不以衣食乱,则所言或胜于丝竹金石也;复言诚不以畜妻子忧饥寒乱心,则并盲目亦可以愈。时时自憾其盲,尤时时自明其心。一纤小题目,百转迎环,似纠缠却有眉目,似拖沓却分浅深,神妙极矣。次则《答刘正夫书》,立一"异"字为学文真诀。大概言文字可能,惟"异"字为难能……若卷帘,步步倒卷而上,上文有一处点眼,下文即处处回抱,文极紧严,又极历落,无逼促态度,读之能启人无数心思。③

张籍目盲,欲求荐于李浙东,韩愈代为与之书。林纾分析文章以"盲"字作无数绕笔,看似重复,实则处处回抱一"心"字,突出"盲目不盲心"之主旨,以感化李浙东。韩文巧用各种笔法,"能因事设权",使文章布局变化万千,成就篇篇妙文。林纾评曰:"天下文章,能变化陆离不可方物者,止有三家:

---

① 《论文偶记 初月楼古文绪论 春觉斋论文》,页121。
② 王水照编《历代文话》,页6530。
③ 《论文偶记 初月楼古文绪论 春觉斋论文》,页125—126。

一左、一马、一韩而已。"①其他如提笔、起笔等,韩文一样运用臻熟,林纾也都有所深析。由上文可见,林纾对韩文用字布局之巧妙把握得深入透彻,分析晓畅通透,深入浅出,便于读者理解。

二、评析韩文审美特征

林纾将"意境"与"义法"并提,论曰"舍意境,废义法,其去古乃远","意境者,文之母也,一切奇正之格,皆出于是间。不讲意境,是自塞其途,终身无进道之日矣"②。意境论是林纾古文理论体系之核心问题,林纾对"意境"展开论述,阐发成内涵丰富的古文审美命题,如气势、风趣、神味、情韵、识度、声调等。林纾认为韩文意境与义法兼备:"唐之作者林立,而韩、柳传;宋之作者亦林立,而欧、曾传。正以此四家者,意境、义法皆足资以导后生而进于古,而所言又必衷之道,此其所以传也。"③见其对韩文评价之高,既可引导后学,又可由此追溯古文之法。在韩文评点中,林纾多关注韩文气势、风趣、情韵方面。文章章法结构、布局安排关乎文章审美效果,林纾对韩文审美特征也多与创作技巧分析结合。

1. 评韩文"敛气蓄势"之雄直美

林纾说:"文之雄健,全在气势。气不王,则读者固索然;势不蓄,则读之亦易尽。故深于文者,必敛气而蓄势。"④林纾将韩文雄直之气势归功于用心之曲,"昌黎文,行气妙能蓄缩","韩昌黎集中无史论,舍《原道》外,议论之文多归入赠序与书中,至长无过五六百字者;篇幅虽短,而气势腾跃,万水回环,千峰合抱,读之较读长篇文字为久,即无烦璧冗言耳"⑤。林纾进一步阐释曰:

《丽泽文说》曰:"鼓气以势壮为美。势不可以不息,不息则流宕而忘反。"又曰:"不难于曲,而难于直。"此何谓也?息者,渟蓄也。不深究昌黎之文者,亦谓气盖一世。然昌黎之气直也,而用心则曲,关锁埋伏处尤曲,即所谓"势壮而能息"者。能息亦由于善养。马之千里者,初上道时,与凡马无异;一涉长途,而凡马汗渍脉偾,神骏则行所无事。

---

① 林纾《左传撷华》,北京联合出版公司2019年版,页3。
② 《论文偶记 初月楼古文绪论 春觉斋论文》,页75。
③ 林纾《与姚叔节书》,《畏庐续集》,页16。
④ 《论文偶记 初月楼古文绪论 春觉斋论文》,页76。
⑤ 《论文偶记 初月楼古文绪论 春觉斋论文》,页45。

何者？气壮而调良,娴于步伐耳。①

文章气势虽与奔放的抒写表达有关,但必须对其驾驭自如,能伸缩,做到"势壮而能息"。韩文"抑遏蔽掩",敛气蓄势,故极具气势。林纾评《答尉迟生书》曰:"入手论文数语,是大师之言。末幅用三'爱'字,二'取'字,自为解释,用笔伸缩,皆极自然……学者,学道也,偏不提出道字;但曰'有爱于是',言是者,道在是也。自命任道之意,毅然见之辞色。文于雄直中却有转折之笔,是昌黎长技。"②作者不满于一时之有司,故借答尉迟生以发挥,全文前一段多用四字句,紧凑有力,一气呵成,后一段多用反问句,气势凌厉,步步逼进,然而处处又有埋伏,处处又有玄机,在一伸一缩中将情感吐露得淋漓尽致,文之气势被推至顶点。所以古文创作笔法运用巧妙,便能在伸缩吐纳间显现文章的气势美,倘若一味宣泄,必然气竭力衰,文势索然。林纾也善于揭示韩文雄直气势形成的原因。评《祭鳄鱼文》曰:

> 文中两用"况"字,是一纵一缩之法……为忧民之故,所以不得不辨,纯是一团愚忠,生出一篇至文。初若不知其愚,实则忠君爱民一段诚款激成一篇好文字。读者当领取其浩然之气。此文真可当得"雄直"两字。③

文章用伸缩之法,"敛气蓄势",造就雄直之气。林纾探寻韩文渊源,认为此特点与其师法孟子不无关联:"孟子与陈相论并耕,千波万澜,吐茹蓄泄,神化至不可方物。昌黎终身用其道,故其所为文顿接若不相属,能蕴至理于不言之中,贬褒弗见明文,每从旁侧寓其无穷之慨。"④此文气势浩然,忠君爱民之情甚深。

2. 论韩文风趣性情之谐谑美

正言垂教形成的雄直美之外,韩文还具有一种幽默讽刺的谐谑之风。林纾翻译西方小说,受其风趣幽默之风滋养,创作也颇具此风。林薇说:"林纾的'好谐谑',除了他那种'少任气,人目为狂生'的性格使然,恐怕更多的还是由于迭更司、欧文等的幽默风趣对他濡染所致。他熔古今中外于一炉,创造了一种若庄若谐、似嘲似讽、活泼俏皮、妙趣横生的文笔,以雅谑

---

① 《论文偶记 初月楼古文绪论 春觉斋论文》,页89。
② 林纾《选评古文辞类纂》,页166。
③ 林纾《选评古文辞类纂》,页270。
④ 林纾《百大家评注韩文菁华录序》,吴人麟《百大家评注韩文菁华录》卷首。

第六章 林纾的韩文评析研究

而见长。"①林纾亦将"风趣"文风特征引入韩文评论之中,评《圬者王承福传》《毛颖传》"寄记讽刺,谐谑游戏",并为《毛颖传》辩解道:

> 自退之文出时,人争以为俳。《说文》:"俳,戏也。"似不应有此,故柳子厚力右之。是时张籍居弟子之列,亦颇以公文为谈诡,况余人耶?
> 此文全学太史,用典寥寥,而位置得宜处,竟似确有世系可考者。文叙事之有法,自是昌黎本色。吾辈当知其用字之法。即此游戏之作,所选字,非一字两义者,万不适用。②

文章将毛笔当作人,为其立传,并考证其祖先,构思滑稽,寓庄于谐,"以发其郁积",达到思想内容与艺术形式的完美统一。文中多用"两义"之字,表达寄托讽刺之意。林纾曰:"大抵文体之奇,有唐实自昌黎开之。"此文借毛颖身世际遇讽喻执政者的寡恩薄情,通过嬉笑诙谐的寓言方式表达严肃重大的主题,依然符合"文以载道"的原则,"奇而能正",使韩文在"正言以垂教",形成"气盛言宜"的美学特征之外,另成一种谐谑的美学风格。故林纾称其为"千古奇文"。储欣评其"以史为戏,巧夺天工"。评《送温处士赴河阳军序》曰:

> 送石文庄而姝,若再为庄论,絮絮作警戒语,便成老生常谈矣。故一变而为滑稽,谑而不虐,在在皆寓风趣。一起便突兀。"无留良"及"无马",皆为"空"字作注脚。接上东都为士大夫之冀北,风趣横生,森耸已极。由温生补出石生,明示此为第二篇文字,一笔与前篇不犯,盖前以庄,后以趣也。③

韩愈此文妙在行文布局上从容不迫,其起笔出人预料。原本写送行之事,却不以送行开始,反从伯乐与马上着笔,之后用一连串的设问,在戏谑中对温造之尊敬与赞扬得以巧妙表达。文章读来风趣迭生,余味无穷。林纾从送石文、温温文之细微处分析二者风格之不同,一庄一谐,可谓见微知著。

文章性情至关重要,林纾曰"性情为里,辞华为表","文章为性情之华,无论诗、古文辞,皆须有性情"④。性情是文章的中心,是文章的灵魂,文章无性情,则索然无味。林纾认为"韩文、杜诗所以独绝千古者,盖由其性情

---

① 林薇《林纾选集小说卷》,四川人民出版社1985年版,页8。
② 林纾《选评古文辞类纂》,页294。
③ 林纾《选评古文辞类纂》,页215。
④ 王水照编《历代文话》,页6529。

端厚"①。但林纾所认同的性情不能肆意为之,要能"长道德"。林纾评韩文,注意性情之揭示,即便是奏议、诏令一类较少能兼备艺术性色彩的文章,如《鳄鱼文》,林纾则因其"深婉有情",给以高度评价。此文倾诉的对象虽是动物,但"出以诚挚之笔""以动天下",林纾评其"以忠君爱民一段诚款激成一篇好文字"。受西方小说影响,林纾尤为注意古文中家常语所蕴含的真挚性情。评《欧阳生哀辞》"虽家常语,匪不刻挚"。又评《送李正字序》曰:"通是家常语,而情文最绵丽,由机轴妙也……因叙李生所以不能留侍之故,入情入理,悲凉世局,俯仰身世,语语从性情中流出,至文也。"②

3. 评点韩文之神味美

"神味"是文章审美之最高境,林纾曰"论文而及于神味,文之能事毕矣"。文具神味,耐人咀嚼。所谓"神者,精神贯彻处永无漫灭之谓;味者,事理精确处耐人咀嚼之谓"③。林纾也认为文章"神味"之养成须先培养作者的道德修养。韩愈《答李翊书》谈论为文之道曰:"无望其速成,无诱于势利。养其根而俟其实,加其膏而希其光。根之茂者其实遂,膏之沃者其光烨。仁义之人,其言蔼如也。"韩愈提倡为文要先提高作者修养。林纾论韩文此句曰"此数语得所以求神味之真相矣"④。林纾盛赞韩文纡曲反覆、千回百转、意味无穷之特点,如其评韩文赠序文吞言咽理,含蓄蕴藉,富有令人深思之神味。林纾比较《马说》与柳宗元《捕蛇者说》曰:"愚谓《马说》之立义,固主于士之不遇而言,然收束语至含蓄。子厚《捕蛇者说》,则发露无遗,读之转无意味矣。"⑤又评《南海神庙碑》"文中选言琢句真耐人寻味"。林纾论文重文之神味美,必然甚为赞赏有"神味"之韩文。

第四节 林纾韩文评析的价值及历史局限性

林纾批评韩文细致入微,揭示韩文创作技巧,既利于初学者掌握作文门径,又便于成学者领悟韩文奥诣,提升作文境界,对后世韩愈研究也具有重要价值。但受时代社会文化思潮影响,林纾带着浓厚的道学思想解读韩文亦不免存在牵强之处。

---

① 王水照编《历代文话》,页6557。
② 林纾《韩柳文研究法》,页33。
③ 《论文偶记 初月楼古文绪论 春觉斋论文》,页86。
④ 《论文偶记 初月楼古文绪论 春觉斋论文》,页87。
⑤ 林纾《选评古文辞类纂》,页2。

第六章 林纾的韩文评析研究

一、林纾韩文评析之价值

林纾吸取了桐城派文法理论,建立了一套自己的古文理论体系。作为一位古文大家、翻译家,林纾深解古文创作之奥秘和西方小说之特点,其对韩文的评点必然有自己独到的见解。林纾批评韩文全面细致,紧扣韩文特点,有些观点启人深思。从韩文各体特点到各篇特色,从用字用句、谋篇布局到气势风趣、性情神味,一一品评。细致入微的详解与言简意赅的精评兼具,新意迭出。陈克明《韩愈年谱及诗文系年》、叶百丰《韩昌黎文汇评》、罗联添《韩愈古文校注汇辑》、阎琦《韩昌黎文集注释》、张清华《韩愈诗文评注》等,对林纾的韩愈研究成果皆有吸收。

林纾解析韩文创作技巧细致入微,有利于读者学习韩文,领悟韩文创作之奥秘,并从中掌握写作技巧。林纾曰:"鄙意总集之选,颇不易易。必其人能文,深知文中之甘苦,而又能言其甘苦者,则每篇之上所点醒处,均古人之脉络筋节,或断或续,或伏或应,一经指示,读者豁然,斯善矣。若加以繁缛之词,盲称瞎赞,虽填满书眉,均属搔不着痒,于读者何补?"[1]可见林纾反对以批点的方式在文本上随处作评语,认为应对文章进行整体的脉络梳理分析,以更有利于读者学习,掌握作文要领。如评《赠崔复州序》曰:"通篇扼要一个'荣'字,一个'难'字。说到刺史之荣,则民事必膈膜;说到刺史之难为,则官事必不易办。中间一眼觑到连帅,意谓有连帅之明,则刺史之事便易办,民隐亦不至于膈膜。明送崔复州,意则在连帅于頔也。"[2]此文约作于贞元十九年(803),时韩愈为监察御史。复州属于山南东道,崔氏为复州刺史,于頔为山南东道节度使。林纾首先理出文章眼目"荣"、"难"二字,分析文章围绕此叙刺史、连帅之事,巧妙衬托出连帅之明。林纾解析此文创作技巧,揭示文章明是送崔复州,旨在颂扬于頔之明。通过林纾的解析,读者容易解读韩文意旨,掌握韩文构思之巧妙。阎琦《韩昌黎文集注释》吸收了林纾对此文的评析。如此评析,在林纾的韩文评点比比皆是。林纾对韩文的详细评析还可让士人从中领悟读书学习之法,马其昶评其研韩、柳文曰:"世之小夫有一得,辄秘以自矜。而先生独举其平生辛苦以获有者,倾囷竭廪,唯恐其言之不尽。后生得此,其知所津逮矣。"[3]如评《伯夷

---

[1] 林纾《选评古文辞类纂序》,《选评古文辞类纂》卷首。
[2] 林纾《选评古文辞类纂》,页217。
[3] 马其昶《韩柳文研究法序》,林纾《韩柳文研究法》卷首。

颂》曰：

> 伯夷一《颂》，大致与史公同工而异曲。史公传伯夷，患己之无传，故思及孔子表彰伯夷，伤知己之无人也。昌黎颂伯夷，信己之必传，故语及豪杰，不因毁誉而易操。曰"今世之所谓士者，一凡人誉之，则自以为有余；一凡人沮之，则自以为不足"，见得伯夷不是凡人，敢为人之不能为，而名仍存于天壤。而己身自问亦特立独行者，千秋之名，及身已定，特借伯夷以发挥耳。盖公不遇于贞元之朝，故有托而泄其愤，不知者谓为专指伯夷而言。夫伯夷之名孰则弗知，宁待颂者！读昌黎文，当在在于此等处著眼，方知古人之文，非无为而作也。①

林纾从韩愈遭际分析，认为此文借伯夷抒己心声，并提示读者读文之法。曾国藩也曾评其"此自况之文"。

二、林纾韩文评析之历史局限性

受特殊历史时代的影响，林纾评古文、宣讲古文主要为了坚守古文阵地，抵制新文学对传统文化的冲击，在评点过程中受桐城派条框之束缚，多注意文章技巧分析，其实也是评点学。正如慕容真整理《选评古文辞类纂》时说："其所评常能要言不烦，搔到痒处，有助于提高读者对于古文的鉴赏水平，对于借鉴写作技巧也不无裨益。但是林纾也象桐城派的先辈一样，未免过分注意文章的形式技巧，其评文的形式注意倾向也较为明显。"②林纾对所选韩文逐一分析其章法技巧，有些篇目分析显得过于形式化，揭示韩文主旨又受道学思想的约束。作为传统文化的守护者，林纾始终维护当朝统治，称"文运之盛衰，关国运也"，认为古文绝妙精深，"宜尊之为夏鼎商彝方称耳"，故处处以守护古文作为自己的使命。面对清末以白话文运动为重要内容的文学革命，林纾强力坚守古文阵地，极力宣扬古文，反对白话文对古文的破坏：

> 然此辈尚非废书不观者，所苦英俊之士，为报馆文字所误，而时时复搀入东人之新名词。新名词何尝无出处？如"请愿"二字出《汉书》，"顽固"二字出《南史》，"进步"二字出《陆象山文集》，其余有出处者尚多。惟刺目之字，一见之字里行间，便绝不韵。而近人复倡为马、班革

---

① 林纾《韩柳文研究法》，页8。
② 慕容真《选评古文辞类纂前言》，林纾《选评古文辞类纂》卷首。

第六章 林纾的韩文评析研究

命之说,夫马、班之学,又焉可及! 不能学马、班者,正与革命无异。且浮妄不学者,尚不知马、班,又何必革? 仆为此惧,故趁未朽之年,集合同志,为古文讲演之会。①

林纾极力抨击新文化的追从者,批评其对古文的冲击,也可见标纾为维护古文所做的努力。受时代限制,林纾的韩文评析中也带有浓厚的道学气息,体现其极力维护当时已经危机重重的社会统治的道学立场。如评《送董邵南序》曰:

> 公诗有《嗟哉董生行》言其家父母不戚,妻子不容,有狗生儿,鸡来哺之,慈祥感召,称董生至矣。乃生举进士,连不得志,去游河北。河北者,肃宗时割授叛将,而田承嗣据魏博,更四姓,传十世,反状尤剧。董生以不得志之人,往游河北,昌黎防其以佳人纵贼也,而又不便明斥……吊墓观市,皆是燕、赵豪侠之遗迹,令之出仕于明天子,则董生舍明天子而从贼,直是反面对照,使董生汗颜,无地自容也。然昌黎语时亦甚感慨,一毫不轻燕、赵之士。所谓"风俗与化移易",已看得田承嗣辈不值一钱,望其后来之改革。公此序不为董生发,直悲唐室藩镇,在在皆伏乱萌,其盼望承平之心,借董生以发也。②

历来评家多认为韩文旨在阻止董生此行,反对其为河北叛藩服务。朱熹认为此文是讥讽燕赵之不臣,而卒道上威德以警动而招徕之。王元启认为韩文意在鼓励董生前往河北藩镇,期望董生此行可以力挽狂澜,感化叛藩,使之归顺朝廷。林纾评此序为担忧唐朝因藩镇引起祸乱,借董生而发,表达其盼望天下承平的心愿,完全将董生搁置一边,似承朱熹观点而来。王、林二人皆侧重从韩愈心系国家安危的大局高度而解读此文,王元启崇程、朱理学,林纾亦主宋学,皆处于危乱时期,将时局安危系于心中是忠义之举,无可厚非,但对此文的解读不免有所偏颇,带有浓厚的道学思想。尤其是林纾,面对轰轰烈烈的新文化运动,面对旧制度的衰亡,竭力维护已陷入危机的封建统治,对韩文的解读时常与唐代藩镇相连。评《送石处士序》曰:

> 此文为藩镇发,特借石处士以警戒乌重胤耳……凡送序宜对本人而言,即有规劝之词亦对其本人着笔,足尔。而文中语语涉及乌公,至祖帐中祝规,而规乌公之意尤多于处士。则此文之着眼处,可以不辨

---

① 林纾《选评古文辞类纂序》,《选评古文辞类纂》卷首。
② 林纾《选评古文辞类纂》,页187。

而明。①

此文作于元和五年(810),乌重胤招贤才,共济国事。石洪德高望重,颇具才略,本不愿出仕,因乌重胤以国事相邀,便赴其幕为参谋。韩愈此文对二者皆有箴规,如张伯行曰:"故欲乌公听处士之谋划,以保宠命,又欲出仕无怀利以事大夫,此作序之大旨。"②张氏分析更切合文意。林纾解析此文宗旨完全归之于藩镇,不免有失偏颇。又评《燕喜亭记》曰:

> 收处用仁智二字绕转,俟德、俟道之意似乎以道学庸腐之言被入佳山水,实则非矣。开首有学佛人景常、玄慧二人,适触昌黎之忌,故盛言道学,把二僧舍置,无一字及之。此是昌黎辟佛本色。读者当悟其用意之所在,万不能目之为迂阔之谈。③

此文贞元二十年(804)韩愈贬阳山令时作。王弘中亦因事得罪王叔文等被贬连州,在连州与景常、元慧游,建亭避风雨,名之燕喜亭。韩愈与王弘中二人皆因贬秩而来,遣情于胜景,寓祝还朝。文章用曲折有致的笔法将人与物融合起来,烘托王弘中之德。林纾则强解此文所言"俟德"、"俟道"是为辟佛而宣扬道学,正是其道学心理的表现。又评《送高闲上人序》曰:"昌黎辟佛,偏有与浮屠赠送之文字,非重之,借是以攻掊之也。"④林纾对韩愈与僧人道士的赠送文章皆不加分析地释之为"借是以攻掊之",忽略了韩愈以期各取其才为国所用的意图。当然林纾评点韩文离不开时代因素的制约,同样任何一部韩集文献都是其特殊的时代环境和作者的文化背景共同作用下的产物,我们应当用历史主义的眼光来看待其价值和存在的问题。

---

① 林纾《选评古文辞类纂》,页214。
② 张伯行《唐宋八大家文钞·韩文公文》卷二。
③ 林纾《选评古文辞类纂》,页392。
④ 林纾《选评古文辞类纂》,页194。

结　语

韩愈是开启唐、宋文化转型之关键人物,其诗文以学殖与才情相结合,气势恢宏,源出于《六经》,蕴含着儒家道学思想,在中国文学史上有承上启下的作用。清人扩充诗文传统,韩愈是衔接上下文脉的重要一环,因而在清代其诗文自上至下备受尊崇。诚然,清代不乏批判韩愈之士[1],代表人物如清初王夫之,深批韩愈"不知道",曰:"愚尝判韩退之为不知道,与扬雄等,以《进学解》《送穷文》悻悻然,潜潜然泣,此处不分明,则其云'尧、舜、禹、汤相传'者,何尝梦见所传何事?"[2]显然王夫之并非持以客观的态度分析韩愈之道,这与其遗民身份和处境不无关联,其全盘否定韩愈的观点值得深入思考。章学诚是清代批评韩文的典型学者,其《与汪龙庄书》曰"古文失传亦始韩子"[3],《上朱大司马论文》曰:"古文必推叙事,叙事实出史学,其源本于《春秋》比事属辞。"又曰:"昌黎之于史学,实无所解,即其叙事之文,亦出辞章之善。"[4]章学诚从史学家的角度批评韩文并无传承先秦史传散文的衣钵。章氏之后又有一非韩者包世臣,其《与杨季子论文书》曰:"其离事与礼而虚言道以张其军者,自退之始,而子厚和之。"[5]其《书韩文后》也多有批韩文之意,主要批评韩愈抽象言道,与现实脱离。晚清严复于道光二十一年(1895)在天津《直报》上发表《辟韩》一文,主要针对韩愈《原道》中论及君统治民的合法性观点进行了尖锐的驳斥,这是清末动荡局势下对封建道统的挑战。稍后又有刘咸炘完成于1919年的《订韩》一文,重

---

[1] 可参看查金萍、莫砺锋《"非韩"的新式里程碑——严复〈辟韩〉及其影响》(《学术界》2018年第2期)、何诗海《清代非韩论及其对"以文载道"的冲击》(《文学遗产》2019年第1期)两篇文章对清代非韩现象的论述。
[2] 王夫之《薑斋诗话》,人民文学出版社1961年版,页176。
[3] 章学诚《章学诚遗书》,页82。
[4] 章学诚《章学诚遗书》,页612。
[5] 包世臣《艺舟双楫》,商务印书馆1935年版,页11。

点批驳韩愈干谒、辟佛以及所谓谀墓的行事作风。但整体上在清代尊韩属主流趋势,韩愈的地位明显升高,不少文人学者奉韩愈诗文为圭臬。即便是非韩者,大多从自己的学术思想和为政理想出发有针对性批评,而非完全否定,韩愈在清代的至高地位不可撼动。清中期许鸿磐《唐宋八家文选序》曰"知八家文皆足式,而昌黎之道独尊"①,如此之论,在清代的韩集文献中不胜枚举。韩诗在清中期被代表官方意识形态的御选《唐宋诗醇》提高至《雅》《颂》地位。韩诗承继杜甫,上至黄初、正始之音,下启苏、黄,被清代宗宋派所推尊。同时随着唐宋派矛盾的调和,韩愈被清人作为打通唐宋乃至魏晋的取径对象。韩文绍续左、班、马,被清代古文家看作通向先秦、秦汉文之"舟楫",被科考士子作为学习之范型。有清一代,许多文人学者自始至终将韩愈诗文作为研习对象。在不同历史时期,清代士人似乎都能在韩诗或韩文中寻找到某种契合点,故清代成为继宋之后历史上第二个韩愈研究高峰期。清代的韩愈接受资料非常之繁富,在韩愈研究史上意义重大。清代韩集研究者的身份也可谓是多样化,很多研究者还身兼多重角色。因身份不同,学术、文学背景的差异,研究韩集的角度各异,方法多样,风采异呈,都不同程度上对韩集整理作出了卓越贡献。

　　清代刻书、藏书业繁兴,韩集文献大都留存了下来,为后世研究韩愈提供了宝贵的资料。通观清代韩集文献,可以看出韩愈在清代的地位升高,清人对其评析更为客观,更加理性化,主要表现在以下几点:

　　一、地位升至《雅》《颂》,常与杜甫并论。前者上文已论,此不赘述。宋代吴沆《环溪诗话》曾把韩愈和李白、杜甫并列为"一祖二宗",但没有被广泛接受。明代李东阳单从韩愈开拓诗境的角度将其与杜甫、苏轼相提并论,但响应甚少。清代韩愈的地位明显提高,常与杜甫并论。叶燮对韩诗整体评价较高,提出韩愈与杜甫、苏轼"鼎立而三"。清初汪文柏也将杜、韩并提,其《杜韩诗句集韵序》曰:"《杜韩集韵》者,闲窗无事,取少陵、昌黎诗句,编入四声,备巾箱展玩也。余少而学吟,浏览唐百家诗,断以两家为指归。盖其格律天纵,不主故常,诸家卒莫出其范围。"②在清代,韩诗与杜诗一样被誉为"诗史"。王元启曰:"世称杜甫诗为诗史,公诗皆有为言之,此言殆可移赠。因念昔人注诗诚难之语,为深心考古者乃能喻,此非浅学所

---

① 许鸿磐《六观楼文存》,《清代诗文集汇编》第452册,页186。
② 汪文柏《杜韩诗句集韵序》,《杜韩诗句集韵》卷首,《四库全书存目丛书》本。

能率道也。"①清代出现多种杜、韩并论的文献,汪文柏《杜韩诗句集韵》、李黼平《读杜韩笔记》、彭应珠《杜韩诗文选注》、蒋启敩《李杜韩三家摘句》、虞铭新《杜韩五言古诗类纂》、颜懋侨《李杜韩柳诗选》(后三种已佚)。前代仅见明代郭正域批点《韩文杜律》将杜、韩并论。

　　清代韩集文献中把韩诗与杜诗比较而论就更为普遍,或从诗体而论,或从风格而评,或从押韵技巧而析,或从诗旨创作阐释,等等,可直观看出韩诗与杜诗的密切关系。如朱彝尊批《韩昌黎先生集》评韩愈《赴江陵途中寄赠王二十补阙李十一拾遗李二十六员外翰林三学士》诗"近《北征》",评《盆池五首》诗"俚语俚调,直写胸臆,颇似少陵《漫兴》《寻花》诸绝"。顾嗣立《昌黎诗集注》评韩愈《答张彻》诗"通首用对句,而以生峭之笔行之,便与律诗大别。少陵《桥陵》诗便是此种"。沈钦韩《韩集补注》谓韩愈《古意》"与杜甫《望西岳》作意趋同"。清初汪森的韩诗批点逐一分析韩诗特点,比较集中地寻绎了韩诗与杜诗的渊源关系。总之,清代批注家时常将韩、杜比较而论,分析韩愈对杜甫的继承与超越之处。尤其晚清时期,宗宋派更是打出"扶韩归杜"的旗号,把杜、韩紧紧连在一起,将二人作为打通魏晋至唐宋诗歌之关捩人物。

　　二、力排诋毁韩愈人格的观点,辨析态度则更为客观。明清翰林院祠祀韩愈,清中期以后全国各地,上至统治阶层,下至民间都祠祀韩愈,对其尊崇有加。从清代的韩集文献中也一样可以看出清人对韩愈极为膜拜,评价态度往往较为理性、客观。陈新璋说:"从宏观看,宋人对韩愈的评价反差甚大,褒者尊之如神,贬者则视为庸俗文人,这都有失偏颇。"②而李光地评韩愈曰:"浑身俗骨,然却临大事不放过,见迎佛骨,便忍不住一说;使王廷凑,便日驰三百里而执节不回。"③钱锺书认为是"最为平情之论"。韩愈一生恪守儒家道统思想,反佛道,极力想通过入仕实现自己的政治抱负,有些行为不免遭到后人病诟。如勉励儿子读书、与僧人道士交游唱和,在宋元明时代遭到多数人的批判。清代多数韩集研究者将韩愈放置于历史长河中客观评价,深入文本分析,持论有据,辩解透辟。除韩集批注家外,清代较有代表性的辨析便属诗论家赵翼。赵翼《瓯北诗话》卷三为"韩昌黎诗",多论历来争议较大问题。赵翼虽属性灵派,但又是史学家,善考据,其

---

① 王元启《读韩记疑序》,《读韩记疑》卷首,页583。
② 陈新璋《宋代的韩愈研究》,《华南师范大学学报》1997年第2期。
③ 李光地《榕村续语录》卷五,中华书局1995年版。

关于韩愈的评论步步有据。韩愈辟佛一事，历来争论最为激烈，赵翼论曰："昌黎以道自任，因孟子距杨、墨，故终身亦辟佛老。其于世之求仙者，固谓'吾宁屈曲在世间，安能从汝巢神山'矣。《谏佛骨》一表，尤见生平定力。然平日所往来，又多二氏之人。如送张道士有诗，送惠师、灵师、澄观、文畅、大颠，皆有诗文。或疑其交游无检，与平日持论互异，不知昌黎正欲借此以畅其议论。如谢自然白日升天，则叹其为妖魅所惑，化为异物；华山女说法动人，则讥其煽诱少年，争来听讲；于澄观则欲'收敛加冠巾'，于惠师则云'吾疾游惰者，怜子愚且淳'，于灵师亦云'方将敛之道，且欲冠其颠'，于文畅则草序排评，惟于大颠无贬词，则以其颇聪明识道理，于张道士亦无贬词，则以其上书言事，不用而归，固异乎寻常黄冠者流也。贾岛本为僧，名无本，因昌黎言，且弃僧服而举进士。然则，与二氏往来，亦何害？并非以空谷寂寥，见似人者而喜也。"①赵翼逐一阐释韩集中关于释道之诗文，从中揭橥韩愈之真正用意，而不是一味粗狂地批判，或无理由地回护。关于教子读书事，赵翼评曰："《示儿》诗自言'辛勤三十年'，始有此屋，而备述屋宇之垲爽，妻受诰封，所往还无非公卿大夫，其诱其勤学，此已属小见。《符读书城南》一首，亦以两家生子，提孩时朝夕相同，无甚差等，及长而一龙一猪，或为公相，势位赫奕；或为马卒，日受鞭笞，皆由学与不学之故。此亦徒利禄诱子，宜宋人之讥其后也。不知舍利禄而专言品行，此宋以后道学诸儒之论，宋以前固无此说也。观《颜氏家训》《柳氏家训》，亦何尝不以荣辱为劝诫耶！"②赵翼反对理学，言语中透出对宋儒的批判。赵翼并不否认韩愈以利禄诱子读书这一事实，但以历史发展的眼光人性化地评判此事，肯定了韩愈的行为，且客观公平。关于韩愈二妾绛桃、柳枝一事，王谠《唐语林》、邵伯温《邵氏闻见录》认为《初使王廷凑至寿阳驿》《镇州初归》诗便是为二妾所作，多数人拿此来攻击韩愈人品，认为其有失儒家伦常。前诗曰："风光欲动别长安，春半边城特地寒。"后诗曰："别来杨柳街头树，摆弄春风只欲飞。还有小园桃李在，留花不发待郎归。"明蒋之翘站在宋明理学立场辩解，认为诗单纯咏物，曰："《唐语林》不足信，退之固是伟人，岂殷殷于婢妾……诗意不过感慨故园景色耳。"③清代文人、学者多数坚持用历史主义原则更为人性化地评判，这是分析历史人物当有的一种客观态

---

① 赵翼《瓯北诗话》卷三，载《清诗话续编》，页1170。
② 赵翼《瓯北诗话》卷三，载《清诗话续编》，页1170—1171。
③ 蒋之翘《韩昌黎集辑注》，明刻本，藏国家图书馆。

度。如清初杨大鹤在《昌黎诗钞序》中很中肯地为韩愈辩护。(详细内容参见上篇第一章第一节《昌黎诗钞》叙录)王鸣盛也替韩愈辩解曰:"言'待郎归',语甚旖旎,安得泛指景色？退之寿阳之行,不畏强御,大节凛然。殷殷婢妾,何害其为伟人？宋头巾腐谈,往往如此。岂张籍祭诗亦不足信邪？"①连鹤寿补评曰:"文天祥为宋室忠臣,平时歌妓满前。然貌为道学而心实贪淫者,不得藉口于此也。"②杨、王、连三人在承认此事的基础上为韩愈辩护,逐一驳斥宋明人的观点,且明申道貌岸然的伪君子不得借此理由为自己开脱。对于此事,三人放置于当下的历史环境中分析,较为客观公正。韩愈三上宰相书之行为历来备受病诟,清初林云铭、卢轩则从宰相之职责、韩愈之志向方面评价,显得颇为合理。

其它如韩愈奖掖后进、确立道统传授之统绪等功绩也被清人肯定,如杨大鹤、四库馆臣等极力赞誉其培养、荐举后进,储欣、陈澧等高度评价其有开道统传授统绪之功。汪森的韩诗批本中抉发韩诗中的性情深入细微,尤其是对友人的深厚情谊。赵翼对韩愈奖掖后进、重友情之品格的分析从文本入手,有理有据,曰:"昌黎以主持风雅为己任,故调护气类,宏奖后进,往往不遗余力。如荐孟郊于郑相,荐侯喜于卢郎中,可类推也。其于友谊亦最笃。先与柳宗元、刘禹锡交好;及自监察御史贬阳山令,实以上疏言事,柳、刘泄之于王伾、王叔文等,故有此迁调。然其《赴江陵》诗云:'同官尽才俊,偏善柳与刘。或虑言语泄,传之落冤仇。二子不宜尔,将疑断还不？'是犹隐约其词,而不忍斥言。及柳、刘得罪南窜,昌黎忧其水土恶劣,作《永贞行》云:'吾尝同僚情可胜,具书所见非妄征。'则更惓惓于旧日交情,无幸灾乐祸之语。迨昌黎贬潮州,柳尚在柳州,昌黎《赠元协律》诗,谓'吾友柳子厚,其人艺且贤',且有《答柳州食虾蟆》等语。既死,犹为之作《罗池庙碑》,是昌黎与宗元始终无嫌隙,亦可见其笃于故旧矣。"③赵翼从韩愈诗文的细微之处分析,娓娓道来,令人信服。

三、韩愈律诗和"以文为诗"创作方法得到较高评价。韩愈诗文在清代备受推崇,即便是一直不被看重的律诗也得到清人的青睐。汪森批《答张十一功曹》:"公诗七言近体不多见,然类皆清新熨帖,一扫陈言,正杜陵嫡派,人自不知耳。"严虞惇批顾嗣立《韩昌黎先生诗集注》,认为韩愈律诗工

---

① 王鸣盛《蛾术编》卷七十六,商务印书馆1958年版,页27。
② 王鸣盛《蛾术编》卷七十六,页27。
③ 赵翼《瓯北诗话》卷三,载《清诗话续编》,上海古籍出版社1999年版,页1169

稳，非后人所及："论公诗者，皆云古诗胜于律诗。不知律诗之工稳，总非后人所及。盖其服膺老杜，非如江西一派，袭取一二硬涩字句，为得其神髓也。"①赵翼也评说："昌黎诗中律诗最少，五律尚有长篇及与同人唱和之作，七律则全集仅十二首，盖才力雄厚，惟古诗足以恣其驰骤，一束于格式声病，即难展其所长，故不肯多作。然五律中如《咏月》《咏雪》诸诗，极体物之工，措词之雅；七律更无一不完善稳妥，与古诗之奇崛判若两手，则又极随物赋形、不拘一格之能事。"②梁运昌在《韩诗细》中也高度称赞韩愈律诗，说："近体五七律，秀润雅致，可添大历十子之席，不得轻议。"③

韩愈以文为诗创作手法历来也是一个聚讼纷纭的话题，遭到宋人批判较多，代表性人物有沈括、黄庭坚、陈师道。沈括曰："退之诗，押韵之文耳，虽健美富赡，然终不是诗。"④陈师道曰："退之以文为诗，子瞻以诗为词，如教坊雷大使之舞，虽极天下之工，要非本色。"⑤黄庭坚说："诗文各有体，韩以文为诗，杜以诗为文，故不工尔。"清人如叶燮、汪森、顾嗣立、方东树等多位有影响力的文人则从诗歌发展历程上极力替其辩解，肯定韩诗的开创价值。尤其汪森善从韩诗以古文章法、句法为诗角度透析其平易晓畅风格形成的原因。清代宗宋派诗人更是效法以文为诗的创作手法，在此基础上将学人诗与诗人诗合二而一，发展成为清诗的一种风貌。杨大鹤《昌黎诗钞序》曰："极近世之论，直谓昌黎于诗本无所解云耳。'蚍蜉撼大树'，'鱼鳖警夜光'，多见其不自量。"⑥顾嗣立《昌黎先生诗集注序》曰："夫诗自李、杜勃兴而格律大变，后人祖述各得其性之所近，以自成名家。独先生能尽启秘钥，优入其域，非其余子可及。顾其笔力放恣纵横，神奇变幻，读者不能窥究其所从来，此异论所以繁兴，而不自知其非也。"⑦清代文人多从韩诗另辟诗歌一域之角度，高度评价韩愈此类诗之价值，符合诗歌文体内在的发展演变规律。

韩愈及其诗文在清代受到高度推崇，清人对韩愈研究做出了重要贡献。正如陈寅恪《论韩愈》一文对韩愈在中国文化史上的地位所总结的六

---

① 严虞惇《秀野堂本韩诗批》中评语，载钱仲联《韩昌黎诗系年集释》，页1337。
② 赵翼《瓯北诗话》，载《清诗话续编》，页1169。
③ 梁运昌《韩诗细凡例》，《韩诗细》卷首。
④ 惠洪《冷斋夜话》卷二，惠洪等撰《冷斋夜话　风月堂诗话　环溪诗话》，中华书局1988年版。
⑤ 陈师道《后山诗话》，何文焕编《历代诗话》，中华书局1981年版。
⑥ 杨大鹤《昌黎诗钞》，清刻本。
⑦ 顾嗣立《昌黎先生诗集注》卷首，康熙三十八年秀野草堂刻本。

结语

个方面:一曰建立道统,证明传授之渊源;二曰直指人伦,扫除章句之繁琐;三曰排斥佛老,匡救政俗之弊害;四曰呵诋释迦,申明夷夏之大防;五曰改进文体,广收宣传之效用;六曰奖掖后进,期望学说之流传。清人韩集整理中对多个方面已作了深入分析,并给予高度肯定。清代韩愈研究文献丰富,还有许多零散且有价值的资料有待进一步搜集整理、研究,以便更加全面地揭示清人对韩愈研究的贡献,并为后世韩愈研究提供借鉴。

主要参考文献

《增注东莱吕成公古文关键》,〔宋〕蔡文子注,《中华再造善本》据宋刻本影印。

《文章正宗》,〔宋〕真德秀辑,《中华再造善本》据元刻明修本影印。

《叠山先生批点文章轨范》,〔宋〕谢枋得辑,《中华再造善本》据元刻本影印。

《新刊经进详注昌黎先生集》,〔宋〕文谠注、王俦补注,《续修四库全书》本。

《昌黎先生集考异》,〔宋〕朱熹著,上海古籍出版社、安徽教育出版社2001年版。

《五百家注音辩昌黎先生文集》,〔宋〕魏仲举辑注,《中华再造善本》据宋庆元六年魏仲举家塾刻本影印。

《朱文公校昌黎先生文集》,〔宋〕王伯大编,《中华再造善本》据元至元十八年日新书堂刻本影印。

《韩集举正校》,〔宋〕方崧卿著,刘真伦汇校,凤凰出版社2007年版。

《东雅堂韩昌黎集注》,〔宋〕廖莹中注,影印文渊阁《四库全书》本。

《韩昌黎全集》,〔宋〕廖莹中注,中国书店1998年影印。

《昌黎文式》,〔元〕程端礼批点,清末抄本。

《文章指南》,〔明〕归有光著,《四库全书存目丛书》本。

《唐宋八大家文钞》,〔明〕茅坤选评,影印文渊阁《四库全书》本。

《顾瑞屏太史评阅韩昌黎先生全集》,〔明〕顾锡畴评,崇祯五年明德堂刻本。

《韩文杜律》,〔明〕郭正域选评,明万历间闵齐伋刻本。

《韩昌黎集辑注》,〔明〕蒋之翘注,明刻本。

《山晓阁选唐宋八大家文》,〔清〕孙琮编,清刻本。

《晚村先生八家古文精选》,〔清〕吕留良辑、吕葆中批点,《四库禁毁书丛刊》本。

《韩昌黎文启》，〔清〕吴铬选评，清刻本。

《韩文起》，〔清〕林云铭选评，上海会文堂书局1915年石印本。

《挹奎楼选稿》，〔清〕林云铭著，《四库全书存目丛书》本。

《昌黎先生全集录》，〔清〕储欣选评，《四库全书存目丛书》本。

《唐宋八大家文钞》，〔清〕张伯行选评，正谊书院本。

《韩子粹言》，〔清〕李光地选评，清教忠堂刻本。

《韩柳诗合集》，〔清〕汪森评点，清稿本。

《杜韩诗句集韵》，〔清〕汪文柏选辑，《四库全书存目丛书》本。

《唐宋八大家文分体读本》，〔清〕汪份选评，康熙五十八年遹喜斋刻本。

《韩昌黎先生诗集注》，〔清〕顾嗣立删补，康熙三十八年秀野草堂刻本。

《韩昌黎文选》，〔清〕佚名录、何焯批，康熙时期钞本。

《昌黎诗钞》，〔清〕姚培谦选评，清刻本。

《曝书亭集》，〔清〕朱彝尊著，《四部丛刊》本。

《义门读书记》，〔清〕何焯著，中华书局1987年版。

《昌黎先生诗集注》，〔清〕顾嗣立删补，朱彝尊、何焯评，光绪癸未广州翰墨园刻本。

《唐韩文公文》，〔清〕沈闿选评，清刻本。

《昌黎诗钞》，〔清〕杨大鹤选批，清刻本。

《兰雪斋韩欧文批评》，〔清〕陈仪选批，清乾隆抄本。

《韩笔酌蠡》，〔清〕卢轩评注，清刻本。

《方望溪全集》，〔清〕方苞著，世界书局1936年版。

《韩集点勘》，〔清〕陈景云著，刘氏味经书屋抄本。

《唐宋诗醇》，爱新觉罗·弘历敕选，影印文渊阁《四库全书》本。

《唐宋文醇》，爱新觉罗·弘历敕选，影印文渊阁《四库全书》本。

《音注韩昌黎孟东野诗》，〔清〕沈德潜选注，上海文明书局1934年版。

《古文快笔贯通解》，〔清〕杭永年辑，北京出版社1998年影印。

《古文笔法百篇》，〔清〕李扶九选评，岳麓书社1984年版。

《唐宋八家文读本》，〔清〕沈德潜选评，清光绪四年和刻本。

《唐宋八家文百篇》，〔清〕刘大櫆选评，道光三十年徐丰玉刻本。

《韩昌黎诗集编年笺注》，〔清〕方世举笺注，乾隆二十三年雅雨堂刻本。

《韩昌黎诗集编年笺注》，〔清〕方世举笺注，郝润华、丁俊丽整理，中华书局2012年版。

《高密三李诗话》，〔清〕李怀民等著，《山东文献集成》第三辑，山东大学出版社2010年版。

《韩昌黎诗集编年笺注》，〔清〕方世举笺注，李宪乔批，雅雨堂刻本。

《春及堂集》，〔清〕方世举著，《四库未收书辑刊》本。

《读韩记疑》，〔清〕王元启注，《续修四库全书》本。

《历代诗话》，〔清〕何文焕编，中华书局1981年版。

《韩集补注》，〔清〕沈钦韩注，光绪十七年广雅书局本。

《四库全书总目》，〔清〕永瑢等撰，中华书局2003年版。

《韩吏部诗钞》，〔清〕陈明善辑，清刻本。

《韩文公诗集》，〔清〕沈端蒙注，清刻本。

《唐宋八家文钞》，〔清〕高嵣选评，乾隆五十三年广郡永邑培元堂刻本。

《韩子文钞》，〔清〕林明伦选评，清衢州府署文起堂刻本。

《昌黎先生诗集注》，〔清〕顾嗣立补注，黎简批，康熙三十八年秀野草堂刻本。

《蛾术编》，〔清〕王鸣盛著，商务印书馆1958年版。

《韩诗细》，〔清〕梁运昌选评，清寒青山馆抄本。

《昌黎先生诗增注证讹》，〔清〕顾嗣立删补，〔清〕黄钺增注，咸丰七年四明鲍氏刻本。

《韩诗臆说》，〔清〕程学恂著，商务印书馆1934年版。

《韩集笺正》，〔清〕方成珪笺注，《续修四库全书》本。

《韩文故》，〔清〕高澍然评注，清刻本。

《韩文选》，〔清〕陈兆崙选评，《陈太仆评选八家文读本》本，光绪二十八年山东书局石印本。

《韩文百篇编年》，〔清〕刘成忠选评，光绪二十六年食旧堂石印本。

《读杜韩笔记》，〔清〕李黼平选评，上海中华书局聚珍仿宋版印1934年版。

《诗比兴笺》，〔清〕陈沆著，上海古籍出版社1981年版。

《增评韩苏诗钞》，（日本）赖襄子成选，菊池纯子显增评，光绪六年刻本。

《读昌黎先生集》，〔清〕俞樾评注，光绪七年增刻本。

《注释评点韩昌黎文全集》，蒋抱玄评注，上海会文堂书局1925年版。

《音注韩昌黎文》，〔清〕曾国藩注，文明书局1931年版。

《韩昌黎先生诗钞》，〔清〕陈敷选评，《陈氏丛书》，光绪九年刻本。

主要参考文献

《昌黎先生集》,〔清〕陈澧批校,同治九年广东述古堂刻本。
《韩昌黎集点勘》,〔清〕吴汝纶校,《桐城吴先生全书》,光绪三十年刻本。
《韩昌黎文集校注》,〔清〕马其昶校注,马茂元整理,上海古籍出版社1998年版。

《曾国藩全集·家书》,〔清〕曾国藩著,岳麓书社1985年版。
《求阙斋读书录》,〔清〕曾国藩著,《续修四库全书》本。
《巢经巢诗文集》,〔清〕郑珍著,黄万机、黄江玲校点,上海古籍出版社2016年版。
《桐城耆旧传》,〔清〕马其昶著,黄山书社1990年版。
《韩柳文研究法》,〔清〕林纾选评,商务印书馆1934年版。
《选评古文辞类纂》,〔清〕林纾选评,浙江古籍出版社1986年版。
《论文偶记 初月楼古文绪论 春觉斋论文》,〔清〕刘大櫆、吴德旋、林纾著,人民文学出版社1959年版。
《雪桥诗话三集》,〔清〕杨钟羲著,刘承幹参校,北京古籍出版社1991年版。
《雪桥诗话余集》,〔清〕杨钟羲著,刘承幹参校,北京古籍出版社1992年版。
《桐城文学渊源撰述考》,〔清〕刘声木著,黄山书社1989年版。
《苌楚斋随笔 续笔 三笔 四笔 五笔》,〔清〕刘声木著,中华书局1998年版。
《敬孚类稿》,〔清〕萧穆著,《续修四库全书》本。
《李审言文集》,〔清〕李详著,江苏古籍出版社1988年版。
《清诗话》,郭绍虞编,上海古籍出版社1963年版。
《清诗话续编》,郭绍虞编,富寿荪校点,上海古籍出版社1983年版。
《历代文话》,王水照编,复旦大学出版社2007年版。
《清代学术概论》,梁启超著,上海古籍出版社2000年版。
《近三百年学术史》,梁启超著,东方出版社2003年版。
《清诗纪事初编》,邓之诚编,上海古籍出版社1965年版。
《桐城吴氏古文法》,吴闿生著,台湾文津出版社1979年版。
《唐宋诗举要》,高步瀛选评,上海古籍出版社1978年版。
《唐宋文举要》,高步瀛选评,上海古籍出版社1982年版。

《唐集叙录》，万曼著，中华书局1980年版。
《清史稿艺文志及补编》，章钰、武作成等编，中华书局1982年版。
《金明馆丛稿初编》，陈寅恪著，上海古籍出版社1982年版。
《清代科举制度研究》，王德昭著，中华书局1984年版。
《清代七百名人传》，蔡冠洛编著，中国书店1984年版。
《韩愈研究资料汇编》，汕头大学中文系编著，汕头大学出版社1986年版。
《韩昌黎诗系年集释》，钱仲联著，上海古籍出版社1998年版。
《韩愈诗选》，陈迩冬编，人民文学出版社1984年版。
《韩集校诠》，童第德著，中华书局1986年版。
《韩愈志》，钱基博著，龙门书店1969年版。
《韩愈研究》，罗联添著，台湾学生书局1988年版。
《韩愈评传》，卞孝萱、张清华、阎琦著，南京大学出版社1998年版。
《韩愈全集校注》，屈守元、常思春主编，四川大学出版社1996年版。
《韩昌黎文汇评》，叶百丰辑，台北中正书局1990年版。
《韩学研究》，张清华著，江苏教育出版社1998年版。
《唐宋八大家文钞校注集评》，高海夫主编，三秦出版社1998年版。
《韩愈丛考》，刘国盈著，文化艺术出版社1999年版。
《韩愈诗文选评》，孙昌武编，上海古籍出版社2002年版。
《韩愈古文校注汇辑》，罗联添辑，"台湾国立编译馆"2003年版。
《韩昌黎文学传论》，阎琦、周敏著，三秦出版社2003年版。
《韩愈集宋元传本研究》，刘真伦著，中国社会科学出版社2004年版。
《韩愈资料汇编》，吴文治主编，中华书局2004年版。
《韩愈文集探元决异》，徐前发著，西北大学出版社2005年版。
《韩诗探析》，李建昆著，花木兰文化出版社2009年版。
《韩愈诗歌宋元接受史研究》，谷曙光著，安徽大学出版社2009年版。
《宋代韩愈文学接受研究》，查金萍著，安徽大学出版社2010年版。
《韩愈文集汇校笺注》，刘真伦、岳珍校注，中华书局2010年版。
《清代以前韩愈散文接受史研究》，全华凌著，湘潭大学出版社2011年版。
《韩愈经学考》，周静著，社会科学文献出版社2018年版。
《清诗纪事》，钱仲联主编，江苏古籍出版社1989年版。

《清代学术史研究》,胡楚生著,台湾学生书局1989年本版。
《桐城文派述论》,吴孟复著,安徽教育出版社1992年版。
《清史稿艺文志拾遗》,顾廷龙编,中华书局1993年版。
《中国清代思想史》,张越著,人民出版社1994年版。
《清人诗集叙录》,袁行云著,文化艺术出版社1994年版,人民文学出版社2016年版。
《中国古典文学研究史》,郭英德、谢思炜、尚学锋、于翠玲著,中华书局1995年版。
《清代朴学与中国文学》,陈居渊著,百花洲文艺出版社1997年版。
《乾嘉考据学研究》,漆永祥著,中国社会科学出版社1998年版。
《文学解释学》,金元浦著,东北师范大学出版社1998年版。
《中国古典诗歌接受史研究》,陈文忠著,安徽大学出版社1998年版。
《清代文论选》,王运熙、顾易生编,人民文学出版社1999年版。
《宋明理学与中国文学》,许总著,百花洲文艺出版社1999年版。
《清代诗学研究》,张健著,北京大学出版社1999年版。
《中国评点文学史》,孙琴安著,上海社会科学院出版社1999年版,
《说八股》,启功、张中行、金克木著,中华书局2000年版。
《〈钱注杜诗〉与诗史互证方法》,郝润华著,黄山书社2000年版。
《中国文学批评文献学》,孙立著,广东人民出版社2000年版。
《清人别集总目》,李灵年、杨忠主编,安徽教育出版社2001年版。
《谈艺录》,钱锺书著,三联书店2001年版。
《蛾术轩箧存善本书录》,王欣夫著,上海古籍出版社2002年版。
《中国选本批评》,邹云湖著,三联书店2002年版。
《中国古代阐释学研究》,周裕锴著,上海人民出版社2003年版。
《清代八股文》,邓云乡著,河北教育出版社2004年版。
《中国学术通史·清代卷》,张立文主编,人民出版社2004年版。
《清诗流派史》,刘世南著,人民文学出版社2004年版。
《钱仲联讲论清诗》,魏中林整理,苏州大学出版社2004年版。
《古诗文要籍叙录》,金开诚、葛兆光编,中华书局2005年版。
《中国文学批评史》,蔡镇楚著,中华书局2005年版。
《宋代韩学研究》,杨国安著,中国社会科学出版社2006年版。
《中国古代批评方法研究》,张伯伟著,中华书局2006年版。
《桐城派文论选》,贾文昭编著,中华书局2008年版。

《中国文学批评史》,郭绍虞著,百花洲文艺出版社2008年版。
《清代书院与学术变迁研究》,刘玉才著,北京大学出版社2008年版。
《明清唐宋八大家选本研究》,钟志伟著,台北文津出版社2008年版。
《明代文学复古运动研究》,廖可斌著,商务印书馆2008年版。
《文学研究法》,姚永朴著,许结讲评,凤凰出版社2009年版。
《高密诗派研究》,李丹平主编,山东书画出版社2011年版。
《善本书所见录》,罗振常著,上海古籍出版社2014年版。
《芷兰斋书跋初集》,韦力著,国家图书馆出版社2018年版。

后　记

从事韩愈研究多年的成果即将出版,心中略有一丝欣慰,但更多的是思考书中存在的问题和下一步该如何深入韩愈研究,同时也忆起了这些年来研究之路上的点点滴滴。自从2005年踏上金城兰州跟随恩师郝润华教授研习古典文献学,至今已十余载。先生对我生活上的悉心关怀和学习上的细心指导,我仍历历在目。我自知生性驽钝,承蒙先生不弃,收入门下,并时常不辞劳苦指导,为我解惑答疑,指点迷津。先生一丝不苟的治学态度和文史互通的治学方法,也时时影响着我。受先生研究领域的影响,我开始研究韩愈和韩集文献,收获颇多。宋代以来,研究、整理韩集的文献踵武不绝,且异彩纷呈,成果累累,并形成了历史上宋、清两个研韩高潮。清代是学术文化、学术思潮的总结期,研韩资料也颇为丰赡,且价值较高。2009年,先生将"清代韩愈诗文文献"定为我博士学位论文的研究对象。面对韩愈这位文化巨匠、文学巨擘以及诸多的韩集文献,我自感基础薄弱,难以驾驭,不免有些惶恐,最终还是在先生的殷切鼓励下迎难而上。清代韩集文献虽大多留存于世,却分藏于各地图书馆,许多评论资料也散见于清代诗文集、诗话、笔记等各种文献当中,搜集资料便成为我研究中的重要工作。

读书其间,我曾赴多家图书馆访书,至今还清晰记得在外查抄资料的情景。每有新发现,就与先生在电话中分享获取资料的喜悦心情,与先生探讨一时的心得体会,真有林云铭研究韩文时的"兔起鹘落"、"稍纵即逝"之恐。2012年,我通过了博士学位论文答辩,毕业后到陕西理工大学工作,仍专注于韩愈诗文文献研究,同时不断查阅增补资料,修改完善博士论文。2014年,我以此为课题申报了国家社科基金后期资助项目,有幸获批立项。

十余年来,我奔走于各地图书馆,虽多方搜集资料,但难免仍有遗珠。在多年的研究中,我深刻领会了韩愈雄奇与平易兼具的诗文风格魅力,从中感受其辛酸与刚强交织的复杂人生,慢慢走近了这位"文起八代之衰,道济天下之溺"的百代文宗，但我也深知与先贤精神上相遇之不易。正是如此，我克服了研究之路上的诸种障碍，并坚定了一直研究下去的信念。

　　本书的完成，得到了诸多师友的帮助与支持。一直以来，恩师郝润华先生不仅想方设法为我查找资料提供条件，而且在本书的研究思路与方法上提出了诸多指导性意见，并时时关切书稿的进展；博士论文答辩时，赵逵夫、尹占华、伏俊琏、李占鹏、张兵等先生提出了许多宝贵的意见；师弟燕飞、学林、师妹莫琼等时常为我提供新的资料信息，帮助审读书稿；申请国家社科基金后期资助项目时，各位评审专家也给书稿提出了中肯的修改建议；在查找资料的过程中，得到了国家图书馆、上海图书馆、复旦大学图书馆、中山大学图书馆、南京图书馆等多家图书馆老师的热情帮助，我不胜感激。同时，人民文学出版社葛云波先生为本书的出版也付出了大量心血，国家社科基金规划办公室资助本书顺利出版，在此一并表示感谢！因平时忙于工作，疏于家务，缺少对家人的关心和照顾，我很感谢家人给予的理解与支持。因本人才学疏浅，书中有些观点难免不甚成熟，敬请各位专家学者批评指正！

丁俊丽
二〇一九年四月十五日于陕西理工大学